DER MAGISCHE ZIRKEL

Katherine Neville

DER MAGISCHE ZIRKEL

Roman

Aus dem Amerikanischen von
Monika Curths

Scherz

Die Originalausgabe erschien unter dem Titel
«The Magic Circle» bei
Ballantine Publishing Group, New York.

Erste Auflage 1998

Tempus redit

Motto von Lorenzo Medici

Zeit ist ein Kreis; alles kehrt wieder

Friedrich Nietzsche

What goes around comes around

Motto der Hell's Angels

DIE HÖHLE

Und sie kennen weder das Zukunftsgeheimnis,
noch verstehen sie die alten Sagen.
Und sie wissen nicht, was ihnen widerfahren wird;
und sie werden ihre Seelen nicht vor dem Zukunftsgeheimnis retten.

PROPHEZEIUNG DER ESSENER
Die Schriftrollen vom Toten Meer

Schon kam das Ziel der Zeit, von dem die Sibylle einst raunte,
wiedergeboren beginnt ein neuer Kreis der Äonen.
Schon kehrt die Jungfrau zurück, Saturns Regierung kehrt wieder,
schon wird ein neuer Sproß entsandt aus himmlischen Höhen.

VERGIL, Hirtengedichte
4. Ekloge

CUMAE, ITALIEN

Herbst, A. D. 1870

Es war kurz vor Einbruch der Dunkelheit. Der Avernus, ein alter Kratersee oberhalb von Cumae, schien hinter einem metallisch schimmernden Dunstschleier zu schweben. Wo sich der Nebel teilte, spiegelten sich in der glatten Wasserfläche opalisierende Wolken und die silberne Sichel des Mondes.

An den Kraterwänden wucherten Krüppeleichen, die sich im schwindenden Licht blutrot bis purpurn färbten; und der schweflige Hauch des Sees mischte sich mit dem Geruch der spätherbstlichen Pflanzenwelt. In dieser unheimlichen, fast beängstigenden Atmosphäre schien es, als würde selbst die Natur an diesem alten, geheiligten Ort auf etwas warten, etwas, das seit Jahrtausenden vorhergesagt war und das heute nacht geschehen würde.

Als es nahezu dunkel war, löste sich aus den Bäumen am Ufer eine Gestalt, der rasch drei weitere folgten. Obwohl alle Lederanzüge und Helme trugen, verrieten Figur und Körperhaltung, daß eine, der Anführer, eine Frau war. Über der Schulter trug sie einen Pickel, eine zusammengerollte Plane, ein Seil und anderes Klettergerät. Schweigend führte sie ihre Gefährten am Ufer entlang zur anderen Seite des Sees, bis sie die Stelle erreicht hatten, die sie anhand einer grob skizzierten Landkarte ausgemacht hatten.

Die Frau wich in den tiefen Schatten zurück, wo dichtes Gehölz einen überhängenden Felsen tarnte. Sie tastete sich an der steilen, von Ranken bewachsenen Felswand entlang, bis sie die verborgene Spalte fand, zog ihre Arbeitshandschuhe an und entfernte das Gestein, das sie zu einem früheren Zeitpunkt sorgfältig an seinen ursprünglichen Platz zurückgelegt hatte. Klopfenden Herzens schob sie sich seitwärts durch die schmale Felsspalte. Ihre drei Gefährten folgten ihr einer nach dem anderen.

Im Inneren des Felsens breitete die Frau rasch die Persenning aus und stopfte sie unter Mithilfe der Männer in den Spalt, damit auch nicht der kleinste Lichtstrahl nach draußen dringen würde. Dann nahm sie ihren Helm ab und zündete die daran befestigte Karbidlampe an. Sie warf das üppige rotblonde Haar in den Nacken und blickte ihre drei kräftigen Weggefährten an, deren Augen im Lampenlicht glitzerten. Dann sah sie sich in der Höhle um.

Die Wände der riesigen, in das Lavagestein gehauenen Höhle ragten mindestens dreißig Meter in die Höhe. Ihr stockte der Atem, als sie erkannte, daß sie am Rand eines Abgrunds standen, der in pechschwarze Leere mündete. Irgendwo dort unten rauschte ein Bach. Das war der Weg, der einst die Sucher nach den Geheimnissen im Innern dieses erloschenen Vulkans geführt hatte. Das war der legendäre Ort, den so viele jahrhundertelang gesucht hatten – die Höhle, die dem sibyllinischen Orakel, der ältesten aller Prophetengestalten, als Wohnung gedient hatte.

Als das Licht der Lampe über die glänzenden Wände glitt, wußte die Frau, daß sie gefunden hatte, wonach sie suchte. Die Höhle war genau so, wie sie frühere Besucher beschrieben hatten – Heraklit, Plutarch, Pausanias und der Dichter Vergil, der diese Grotte in der Äneis als den Eingang zur Unterwelt unsterblich gemacht hatte. Es war durchaus möglich, daß sie und ihre drei Kameraden die ersten waren, die seit zweitausend Jahren diesen legendären Ort betraten.

Als Kaiser Augustus im Jahr 27 v. Chr. in Rom die Macht ergriff, ließ er die Sibyllinischen Bücher einsammeln und alles davon verbrennen, was er für «unglaubwürdig» hielt oder – anders gesagt – was ihn in seiner Stellung nicht unterstützte oder die Rückkehr der Republik prophezeite. Dann befahl er, die Grotte in Cumae unzugänglich zu machen. Der offizielle Eingang, der nicht hier, sondern am Fuß des Vulkans lag, wurde unter einem Berg von Schutt begraben. Seitdem war die berühmte Höhle für die Menschheit verloren – bis jetzt.

Die junge Frau legte ihre Ausrüstung ab und setzte sich den Helm mit dem kleinen Scheinwerfer wieder auf. Aus ihrer Lederweste nahm sie die Kartenskizze und reichte sie dem größten der drei Männer. Zum ersten Mal sprach sie, ohne zu flüstern.

«Aszi, du kommst mit mir. Deine Brüder bleiben hier und bewachen diesen Eingang. Denn wenn wir unten nicht weiterkommen, ist diese

Spalte die einzige Möglichkeit für uns, wieder hinauszukommen.» Und sich dem Abgrund zuwendend, fügte sie unerschrocken hinzu: «Ich gehe voran –»

Aber Aszi hielt sie am Handgelenk fest und sah sie an. Sein sympathisches Gesicht wirkte besorgt. Dann zog er sie an sich und küßte sie sanft auf die Stirn.

«Nein, Clio. Laß mich vorausgehen», sagte er. «Ich wurde auf Felsklippen geboren, *carita*, das weißt du doch», fügte er lächelnd hinzu. «Ich klettere wie eine Ziege. Meine Brüder werden dich nach mir hinunterlassen.» Als sie den Kopf schüttelte, fuhr er energischer fort: «Was immer dein Vater auf dieser Karte eingezeichnet hat, bevor er starb – es ist trotzdem nur die Meinung eines einzigen Mannes, die er sich dazu noch aus verstaubten Büchern zusammengelesen hat. Trotz all seinen Reisen hat dein Vater den Ort nie finden können. Und du weißt genau, daß Orakel oft gefährlich sind. In der Höhle von Delphi hauste eine ganze Brut tödlicher Pythons. Du weißt nicht, was wir in dem Heiligtum finden werden, das du in der Finsternis dort unten vermutest.»

Clio schauderte bei dem Gedanken. Die zwei stämmigen jungen Männer stimmten ihrem Bruder zu. Aszi entzündete eine zweite Lampe und befestigte sie an seinem Helm. Die Männer ließen das dicke Hanftau an der Felswand hinunter, und ihr jüngerer Bruder packte es mit bloßen Händen, stemmte sich mit den genagelten Stiefeln gegen die Kante und verschwand mit einem kurz aufblitzenden Lächeln in der Dunkelheit.

Nach einer Weile, die den Wartenden sehr lang erschien, schwang das Seil frei. Aszi hatte den Boden erreicht. Clio stieg in ihr Seil, das sie zu einem Klettergurt geknotet hatte, und die Männer sicherten es mit dem Hauptseil – eine zusätzliche Vorsichtsmaßnahme für den Fall, daß sie abrutschte. Dann stieg auch sie über die Kante.

Während Clio an der glatten Felswand hinunterkletterte, sah sie sich im Licht ihrer Lampe den Schiefer an, als würde er den Schlüssel zu einem tiefen Geheimnis enthalten. Wenn Wände Ohren hätten, dachte sie, würden diese hier Geheimnisse von Tausenden von Jahren verraten können – so wie die Sibylle, die die Zukunft und die Vergangenheit sehen konnte.

Die Sibylle, die älteste Prophetengestalt der Geschichte, eine Frau, die in vielen Ländern lebte und Hunderte von Generationen überlebte, wurde auf dem Idagebirge geboren, von dem aus die Götter dem Trojanischen Krieg zuschauten. Rund fünfhundert Jahre vor Christus reiste sie nach Rom, wo sie dem etruskischen Herrscher Tarquinius die Bücher mit ihren Weissagungen, die sich über die nächsten zwölftausend Jahre erstreckten, zum Kauf anbot. Als er den Preis, den sie verlangte, nicht zahlen wollte, verbrannte sie die ersten drei Bände, dann die nächsten drei, bis nur noch drei übrig waren. Diese kaufte Tarquinius schließlich und verwahrte sie im Jupitertempel, wo sie blieben, bis der Tempel mitsamt seinem kostbaren Inhalt im Jahr 83 v. Chr. verbrannte.

Die Vision der Sibylle war so inhaltsschwer und weitreichend, daß die Götter bereit waren, ihr einen beliebigen Wunsch zu erfüllen. Sie hatte um eine Lebenszeit von eintausend Jahren gebeten, aber vergessen, auch um Jugend zu bitten. Deshalb war sie gegen Ende ihres Lebens so geschrumpft, daß nur noch ihre Stimme übriggeblieben war, die aus einer kleinen Glasphiole heraus prophezeite. Die Phiole hatte man in diese alte Höhle der Geheimnisse gebracht. Von überall waren die Menschen gekommen, um ihr Lied zu hören, bis Augustus sie mit neapolitanischem Schutt für immer zum Schweigen brachte.

Clio hoffte inständig, daß sich das, was ihr Vater beim Studium alter Texte herausgefunden und erst auf dem Totenbett wirklich verstanden hatte, als wahr erweisen würde. Denn die Tatsache, daß sie dem größten Wunsch eines Sterbenden gefolgt war, hatte sie bereits alles gekostet, was sie in ihrem jungen Leben gekannt hatte.

Als sie unten ankam, legte Aszi seine kräftigen Hände um ihre Taille und half ihr, auf den glitschigen Steinen am Rand des unterirdischen Flusses Fuß zu fassen.

Über eine Stunde folgten sie der Karte ihres Vaters durch die Höhlen unter dem Vulkan. Schließlich gelangten sie zu dem hohen hohlen Felsen, unter dem jahrhundertelang die Nachfolgerinnen der Sibylle, junge Frauen vom Land, auf einem goldenen Thron gesessen hatten, von dem nur ein Haufen zerbröckelter Steine übrig war, und die Orakel verkündeten, die ihnen der Geist der alten Gottheit eingab.

Aszi blieb neben Clio stehen, dann beugte er sich unverhofft zu ihr nieder und küßte sie auf den Mund. Er lächelte.

«Du bist beinahe frei», sagte er.

Ohne ein weiteres Wort lief er die Geröllhalde hinauf und kletterte die letzten Meter an einem Felsen empor. Clio hielt den Atem an, als es ihm gelang, sich an einem Sims aufzurichten. Er streckte sich und tastete mit der freien Hand die dunkle Höhlung über seinem Kopf ab. Nach einer Weile, die ihr wie eine Ewigkeit erschien, nahm er etwas heraus.

Er kam zurück und gab Clio, was er gefunden hatte: einen glänzenden Gegenstand, der aussah wie eine winzige Flasche, nicht viel größer als ihre Handfläche. Clio hatte nie geglaubt, daß ein Fläschchen die *Stimme* der Sibylle enthalten würde; aber möglicherweise enthielt es ihre prophetischen *Worte*. Ihre Prophezeiungen, so hatte Plutarch gesagt, seien auf kleine Metallplättchen geschrieben und so leicht und zerbrechlich, daß sie der Wind davontragen würde.

Clio öffnete die Phiole, und die winzigen Blättchen fielen in ihre hohle Hand, ein jedes von der Größe eines Fingernagels und mit griechischen Buchstaben beschrieben. Sie berührte eines der Blätter, und dann sah sie Aszi an, der ihren Blick mit seinen dunklen Augen erwiderte.

«Was steht darauf?» flüsterte er.

«Auf diesem hier steht in Griechisch *En to pan*», sagte sie. «Es bedeutet: Eines ist alles.»

Die Sibylle hatte vorausgesagt, was an jedem kritischen Wendepunkt der Geschichte geschehen würde und – was noch wichtiger war – wie dies mit jedem kritischen Ereignis in der Vergangenheit zusammenhängt. Es hieß, sie habe den Beginn eines neuen himmlischen Zeitalters vorausgesagt, das Zeitalter der Fische, das unmittelbar auf das Zeitalter, in dem sie gelebt hatte, folgen würde und das ein von einer Jungfrau geborener König verkörpern würde.

Die Sibylle konnte geheimnisvolle Verbindungen sehen, die sich wie Spinnweben zwischen den Jahrtausenden spannten, Fäden, die Ereignisse in jedem Zeitalter mit denen im nächsten Himmelszyklus verbanden, das Zeitalter der Fische mit dem des Wassermanns, das erst zwanzig Jahrhunderte später heraufdämmern würde – und diese Zeit war ziemlich genau jetzt gekommen.

Clio ließ die Blättchen in die Phiole zurückgleiten. Aber als sie und Aszi den langen Rückweg antraten, um wieder an die Erdoberfläche zu gelangen, wurde Clio bewußt, was dieser Augenblick bedeutete, und sie fürchtete sich. Es war so, wie es sich ihr Vater immer vorgestellt hatte. Wenn man ein Fläschchen wie dieses, ein Fläschchen, gefüllt mit Zeit, ausgrub und die so lang verstummte Stimme der Vergangenheit freiließ, öffnete man eine Tür, die vielleicht besser geschlossen geblieben wäre – eine Büchse der Pandora.

Heute nacht war das Lied der Sibylle, das so lange in der Finsternis unter dem Vulkan geschlummert hatte, geweckt worden, um zum ersten Mal nach fast zweitausend Jahren wieder von Menschen vernommen zu werden.

EINTRITT IN DEN KREIS

Also befahl uns [Jesus], daß wir uns bei den Händen nehmen und einen Kreis bilden, und er selbst stellte sich in die Mitte und sagte: «Antwortet mir mit Amen.» Dann begann er zu singen und zu sagen…

Tanzt, ihr alle…
Zum Universum gehört der Tänzer.
Wer nicht tanzt, weiß nicht, was geschieht…

Wenn ihr jetzt meinem Tanz folgt, seht euch selbst in mir,
der ich spreche,
Und wenn ihr gesehen habt, was ich sehe,
bewahrt Stillschweigen über meine Geheimnisse.

Ich sprang: Aber versteht ihr das Ganze?

Johannesakten
aus den Apokryphen des Neuen Testaments

JERUSALEM

Frühjahr, A. D. 32

Montag

Pontius Pilatus steckte in Schwierigkeiten – in ernsten Schwierigkeiten –, und es erschien ihm wie eine bittere Ironie, daß zum ersten Mal in seiner siebenjährigen Amtszeit als römischer Präfekt in Judäa die verflixten Juden nicht daran schuld waren.

Er saß allein hoch über der Stadt Jerusalem auf der Terrasse des Palastes, den Herodes der Große erbaut hatte. Von hier aus sah er die Westmauer und das Jaffator. Weiter unten tauchte die sinkende Sonne das Laub der Granatapfelbäume der königlichen Gärten und die goldenen Taubenkäfige des Herodes in flammendes Licht. Hinter den Gärten, am Berg Zion, standen die Akazien in voller Blüte. Aber Pilatus konnte die schöne Umgebung nicht genießen. In einer halben Stunde mußte er die Truppen inspizieren, die wegen der bevorstehenden jüdischen Feiertage nach Jerusalem verlegt worden waren. Bei diesen Festen, mit all den Pilgern in der Stadt, ging meistens etwas schief. Ihm graute vor einem weiteren dieser Debakel, wie er sie in der Vergangenheit erlebt hatte. Trotzdem war das längst nicht sein größtes Problem.

Pilatus stand auf und ging rastlos auf der Terrasse auf und ab.

Aus den Berichten seiner Behörde – einem Nest von Spionen und Informanten, die für den Gouverneur eines jeden unterjochten Volkes lebenswichtig waren – ging hervor, daß es seit einiger Zeit einen Juden gab, der in der Wildnis umherzog und wie schon viele vor ihm behauptete, er sei der *inunctus* – der Gesalbte. Die Griechen nannten ihn *christos* – bedeckt mit Chrisam oder Öl –, und bei den Juden hieß er *mashiah*, was das gleiche bedeutete. Man hatte ihm erklärt, es sei eine ganz alte Geschichte im Glauben der Juden, daß plötzlich jemand komme, der sie von jeder Knechtschaft, in der sie sich zu befinden glauben, befreien und die ganze Welt in ein von Juden regiertes Paradies verwandeln würde. In letzter Zeit schien die Sehnsucht, einen solchen gesalbten König zu sehen, einen fieberhaften Höhepunkt erreicht zu haben.

Nach dem jetzigen Stand der Dinge hatte dieser neue Kandidat die Unterstützung des Sanhedrin – des Hohen Rats der Juden – und eine große Anhängerschar unter den Essenern, die vor ein paar Jahren einem Verrückten nachgelaufen waren, der sie ins Wasser tunkte. Diesen Mann hatte Herodes Antipas, der jüdische Tetrarch von Galiläa, enthaupten lassen – angeblich auf Wunsch seiner Stieftochter Salome, weil der Kerl seine Frau Herodias eine Hure genannt hatte. Und jetzt fürchtete Antipas diesen neuen Gesalbten, weil er ihn für die Wiedergeburt des Wasserpantschers hielt, den er um einen Kopf kürzer gemacht hatte, und glaubte, dieser sei gekommen, um sich zu rächen.

Aber es gab einen Dritten in diesem Spiel: den jüdischen Hohepriester Kajaphas, eine Marionettenfigur Roms, der über eine größere Polizeitruppe in Jerusalem verfügte als Pilatus und dem ebenfalls viel daran lag, Aufrührer loszuwerden, die das Römische Reich und eine zivilisierte Herrschaft stürzen wollten. Kajaphas und Antipas haßten und fürchteten die Juden, und der Sanhedrin und die Getauften unterstützten ihn, und das war um so besser, denn wenn dieser Jude über den Jordan ging, würde er alle mit sich reißen.

Pilatus blickte über die Ebene jenseits der Westmauer, wo die Sonne gerade unter den Horizont sank. Im Hof hinter ihm traten die Soldaten an wie vor jedem Fest. Sie würden mit den Pilgerscharen fertig werden, die in die Stadt strömten, um das Äquinoktium zu feiern, ein Fest, auf dem die Juden wie gewöhnlich bestanden, weil sie es für gleichwertig hielten mit einem ihrer einzigartigen historischen Ereignisse – in diesem Fall das Vorübergehen eines Geistes an ihren Häusern in Ägypten vor mehr als eintausend Jahren.

Pilatus hörte die Befehle des Ausbilders, der die neuen Soldaten antreten ließ, und das Tappen ihrer Ledersohlen auf den Marmorfliesen des tiefergelegenen Hofes. Schließlich wandte er sich um und blickte über die Terrassenmauer zu den Soldaten hinunter, die blinzelnd zu ihm aufschauten, direkt in die blendenden Strahlen der sinkenden Sonne, die ihn mit einer feurigen Aura umgaben, so daß sie kaum mehr als die Umrisse seiner Gestalt sehen konnten. Genau deshalb ließ er stets hier und um diese Tageszeit antreten.

«Soldaten von Rom», sagte er, «ihr müßt gerüstet sein für die vor euch liegende Woche, für die Massen, die in die Stadt pilgern werden. Ihr müßt bereit sein, mit allem fertig zu werden, was das Reich ungebührlich belasten könnte. Es gibt Gerüchte, Demagogen beabsichtigten, aus dem Fest, das ein friedliches sein sollte, einen Aufstand zu machen, um Gesetz und Ordnung zu stürzen. Soldaten von Rom, die Woche, die vor euch liegt, ist vielleicht eine Zeit, in der die Tat jedes einzelnen von euch den Weg des Reichs, vielleicht sogar der Geschichte ändern wird. Laßt uns nicht vergessen, daß unsere erste Pflicht darin besteht, jede gegen den Staat oder den *status quo* gerichtete Handlung zu verhindern, ob sie nun religiösen Gründen oder persönlicher Ruhmsucht entspringt, denn ihr Ziel und Zweck ist in jedem Fall, das Schicksal des Römischen Reiches – unser Schicksal – zu ändern.»

Dienstag

Es war noch dunkel, als Josef von Arimathäa müde und erschöpft von der Reise die Jerusalemer Außenbezirke erreichte. Er meinte, noch immer das Wasser gegen die Seiten der großen Schiffe schlagen zu hören, das Flüstern über dem nächtlichen Meer und das Geräusch des kleinen Ruderboots, das sich seiner Handelsflotte näherte, als er vor dem Hafen von Joppe lag, um bei Tagesanbruch in den Hafen einzulaufen.

Schon bevor sich Nikodemus' Bote zu erkennen gab und an Bord kam, ja noch bevor Josef die Nachricht gelesen hatte, die der Bote überbrachte, überkam ihn das Gefühl drohender Gefahr. Der rätselhafte Wortlaut überraschte ihn nicht – eine Vorsichtsmaßnahme, sollte die Nachricht in andere Hände fallen –, aber das, was sie *nicht* sagte, ließ Josef Schreckliches ahnen. Sogar jetzt sah er die Worte vor seinem inneren Auge:

Beeile dich. Die Stunde ist gekommen. Nikodemus

Die Stunde war gekommen – aber wie konnte das zugegangen sein? Es war doch noch nicht Zeit!

Er warf alle Vorsicht über Bord, weckte seine Mannschaft und ließ sie das Flaggschiff von den anderen Schiffen losmachen, um es mitten in der Nacht in den Hafen von Joppe zu steuern.

Seine Männer hatten heftig protestiert; zweifellos hielten sie ihn für verrückt, etwas so Gefährliches zu wagen. Und den Beweis für seine Verrücktheit lieferte er ihnen, als sie im Hafen angelegt hatten. Er überantwortete ihnen die kostbare Ladung – eine unerhörte Handlungsweise für den Eigner einer so großen Handelsflotte – und eilte trotz der von den Römern angeordneten Ausgangssperre in die Stadt, weckte seine Diener, ließ sie ein Pferd satteln und ritt allein in die Nacht hinaus. Denn bei Tagesanbruch würde der Hohe Rat in Jerusalem zusammentreten, und dann mußte er dort sein – was immer es kostete.

Während er über die gefährlichen Straßen des Hinterlands ritt – in finsterster Nacht und in einer Stille, in der nur der Hufschlag und der Atem des schweißenden Pferdes zu hören waren und hin und wieder aus den fernen Hainen das Zirpen der Zikaden –, ging Josef ständig die Frage durch den Kopf:

Was hatte der Meister getan?

Als Josef von Arimathäa die Stadt betrat, erschien über dem Ölberg der erste Schein des Morgenrots am Himmel. Die alten knorrigen Ölbäume standen wie Silhouetten vor dem heller werdenden Hintergrund. Er hämmerte mit den Fäusten gegen die Stalltür, um seinen Knecht aus dem Bett zu holen, damit er das Pferd tränkte und trockenrieb, und dann lief er, immer zwei Stufen auf einmal nehmend, die steinernen Treppen in die obere Stadt hinauf.

Trotz seiner Hast bemerkte er, daß sich die Akazien in der frühmorgendlichen Brise zu regen begannen. Diese Bäume mit ihren zarten, blütenübersäten Zweigen tauchten Jerusalem jedes Frühjahr in ein Meer von Gold.

Akazie, der heilige Baum.

«Und sie sollen mir ein Heiligtum machen, daß ich unter ihnen wohne», zitierte er laut.

Plötzlich stand die große, vornehme Gestalt des Nikodemus vor ihm, und Josef erkannte erst jetzt, daß er vor dem vertrauten Tor des Parks angekommen war, der Nikodemus' Palast umgab. Ein Diener schloß das Tor hinter ihm, während Nikodemus, dem das Haar offen über die breiten Schultern hing, die Arme ausbreitete, um den Freund willkommen zu heißen.

«Als ich in Arimathäa heranwuchs», sagte Josef, während er über das Meer der goldenen Akazienzweige blickte, «gab es überall am Fluß Böschungen aus *chittah*, den die Römer wegen der scharfen Dornen *acacia* nannten – es ist der Baum, von dem Gott wollte, daß wir daraus die erste Stiftshütte bauten, die Laube und den Altar, das Allerheiligste, und sogar den heiligen Bogen. Für die Kelten und Griechen ist der Baum ebenso heilig wie für uns. Sie nennen ihn den ‹goldenen Zweig›...»

«Du hast zu lang unter den Heiden gelebt, mein Freund», sagte Nikodemus kopfschüttelnd. «Schon wie du aussiehst, ist beinahe eine Gotteslästerung.»

Dagegen konnte Josef kaum etwas sagen. Er trug eine kurze Toga, hochgeschnürte Sandalen und einen unvorschriftsmäßigen Zopf im Nacken, hatte ein glattrasiertes, von der Seeluft rissiges und ledriges Gesicht und sah eher wie ein Kelte aus dem hohen Norden aus als wie ein vornehmer und geachteter jüdischer Kaufmann, der wie Nikodemus Mitglied des Rates der Siebzig war, wie man den Sanhedrin gemeinhin nannte.

«Als der Meister noch ein Junge war, hast du ihn schon ermutigt, diesen ausländischen Eigenarten zu folgen, die nur zum Umsturz führen können», sagte Nikodemus, während sie bergab schritten. «Trotzdem habe ich in den letzten Wochen gebetet, daß du kommst, bevor es zu spät ist. Denn vielleicht kannst nur du den Schaden beheben, der im vergangenen Jahr während deiner Abwesenheit angerichtet wurde.»

Es stimmte, daß Josef den jungen Meister wie ein eigenes Kind aufgezogen hatte, seit der Vater des Jungen, ein Zimmermann, der ebenfalls Josef hieß, gestorben war. Er hatte ihn auf Reisen ins Ausland mitgenommen, damit er das alte Wissen verschiedener Kulturen kennenlernte. Dabei war Josef von Arimathäa, der inzwischen mit seinen vierzig Jahren alt genug geworden war, um im Sanhedrin zu sitzen, nur sieben Jahre älter als der Meister. Und der Junge war für ihn nie etwas anderes gewesen – wie übrigens für jeden anderen auch, und das seit seiner Kindheit – als *der* Meister – nicht nur ein *rhabi*, was *mein* Meister oder Lehrer bedeutete, sondern der große geistige Führer, der er geworden war. Die Bemerkung des Nikodemus verstand Josef nicht ganz.

«Welchen Schaden soll ich beheben? Ich bin so schnell gekommen, wie ich konnte, nachdem ich deine Nachricht erhalten habe», versicherte Josef, ohne zu erwähnen, daß er dabei sein Vermögen und seinen Hals riskiert hatte. «Aber ich vermutete eine politische Krise, einen Notfall, daß uns etwas Unvorhergesehenes gezwungen hat, unseren Plan zu ändern...»

Nikodemus blieb stehen und sah Josef mit seinen dunklen, traurigen Augen an, die bis ins Innere der Menschen zu blicken schienen. Heute waren sie vor Erschöpfung gerötet, vielleicht auch von Tränen. Josef sah plötzlich, wie sehr sein Freund in dem einen Jahr, seit er ihn zuletzt gesehen hatte, gealtert war. Er legte die Hände auf Nikodemus' Schultern und wartete, wobei es ihm kalt über den Rücken lief, obwohl die Luft lind war, sich bereits erwärmte und der lavendelblaue Himmel hell und rosig wurde. Er war sich nicht sicher, ob er die Antwort hören wollte.

«Es gibt keine politische Krise», sagte Nikodemus, «wenigstens noch nicht. Aber etwas vielleicht weitaus Schlimmeres ist geschehen. Ich glaube, man könnte es eine Glaubenskrise nennen. Er selbst ist die Krise, verstehst du? Er hat sich so verändert, daß er kaum wiederzuerkennen ist. Nicht einmal seine Mutter versteht ihn mehr, ebensowenig seine treuesten Jünger.»

«Er hat sich verändert? Aber wie?» fragte Josef.

Während Nikodemus nach Worten suchte, blickte Josef hinunter über die Stadt, wo sich Akazien im Morgenwind wie streichelnde Finger bewegten. Und er betete um einen starken Glauben, um sich gegen das, was er herannahen fühlte, zu wappnen. Gerade als er einen Funken Hoffnung verspürte, ging die Sonne hinter dem Ölberg auf: eine Explosion von Licht, das von den Fassaden der Villen und Paläste hoch über ihnen auf dem Zionsberg widerschien und selbst die verwinkelten Gassen der unteren Stadt durchdrang. Und jenseits davon lag in der Ferne der majestätische Felsen des Salomontempels und darunter die Halle der Behauenen Steine, wo der Sanhedrin heute morgen zusammentrat.

Der Tempel war von Salomos Vater David, dem ersten wahren König der Juden, in einem Traum erdacht worden. Er war das Herz und die Seele des jüdischen Volkes, das ihn nach jeder Katastrophe wieder aufbaute oder restaurierte, und viele große Könige schmückten ihn mit ihren Schätzen. Inmitten weiter, offener Höfe schimmerten die weißen Marmorsäulen in der Morgensonne wie ein Geisterwald, und vom Tal aus gesehen leuchtete der Tempel wie die Sonne. Die glänzenden Dächer aus goldenen Ziegeln – ein Geschenk von Herodes dem Großen – blendeten das Auge am Morgen, so wie eben jetzt, und machten es um die Mittagszeit durch die starke Strahlenbrechung fast blind.

Während dieser morgendliche Glanz Josefs Herz erfüllte, hörte er Nikodemus leise sagen:

«Mein lieber Josef, ich weiß nicht, wie ich es dir erklären soll, aber ich denke... Wir alle fürchten, daß der Meister vollkommen verrückt geworden ist.»

Die Halle der Behauenen Steine war immer kalt und feucht. An den Wänden, aus denen Wasser sickerte, hatten sich schillernde Flechten gebildet. Die in den Fels des Tempelbergs gehauene Höhle hatte die Form eines eiförmigen Gewölbes, das unter dem Priesterhof und dem Hochaltar lag und zu Davids Zeit als Dreschboden diente. Man erreichte sie über eine steinerne Wendeltreppe von 33 Stufen. Josef hatte immer das Gefühl, daß allein das Betreten dieser Halle eine Art ritueller Initiation war. Im Sommer empfand man die feuchte Kühle wie eine Erlösung. Aber heute steigerte sie das Gefühl eines drohenden Verhängnisses, das sich nach Nikodemus' Worten eingestellt hatte.

Obwohl der Rat allgemein «Die Siebzig» genannt wurde, bestand er in Wirklichkeit aus 71 Mitgliedern, wenn der Hohepriester mitgezählt wurde, und entsprach damit zahlenmäßig allen solchen Räten seit der Zeit Moses.

Der beleibte Hohepriester Josef Kajaphas, in purpurnem Gebetsschal und gelbem Mantel, stieg als erster die Treppe hinab. Seinen Stab krönte ein prächtiger Kiefernzapfen aus reinem Gold, der Leben, Fruchtbarkeit und die Verjüngung des Volkes bedeutete. Wie alle Hohenpriester vor ihm bekleidete Kajaphas das Amt des Präsidenten im Sanhedrin aufgrund seiner religiösen Stellung, die ihm auch weltliche Macht verlieh, denn Gesetz und Thora waren eins.

Früher waren die Hohenpriester aus der Linie der Sadduzäer hervorgegangen, den Nachkommen Zadoks, des ersten Hohenpriesters von König Salomo. Aber nach der römischen Besetzung hatte der von Rom ernannte Marionettenkönig Herodes der Große als erstes die Mitglieder vieler vornehmer Familien hinrichten lassen und sie im Sanhedrin durch eigene Leute ersetzt. Dadurch hatte sich die Situation der Pharisäer bedeutend verbessert, die im Sanhedrin die liberalere und mehr populistische Partei der Thora-Schriftgelehrten darstellten, der auch Nikodemus und Josef trotz ihres persönlichen Reichtums angehörten.

Die Pharisäer verfügten über die Mehrheit im Sanhedrin, so daß ihr

Führer Gamaliël, der Enkel des legendären Rabbi Hillel, praktisch auch der Führer des Hohen Rats war – und dem Kajaphas ein Dorn im Auge. Die Pharisäer konnten es nicht unterlassen, immer wieder darauf hinzuweisen, daß Kajaphas seine Stellung weder durch Geburt wie die sadduzäischen Aristokraten noch durch Gelehrsamkeit wie die Pharisäer erworben hatte, sondern nur, weil er die Tochter eines *nasi*, eines Hohenpriesters, geheiratet hatte.

Aber es gab einen, den Kajaphas noch mehr haßte als die Pharisäer, dachte Josef, während er seinem Gefährten über die Steintreppe in die Halle der Behauenen Steine folgte, und das war der Meister. In den letzten drei Jahren hatte Kajaphas den Meister ständig durch die Tempelpolizei bespitzeln lassen. Er hatte versucht, ihn wegen Aufwiegelung einzusperren, nachdem er im Tempelhof, wo die Familie des Josef Kajaphas seit Generationen die einträgliche Taubenkonzession besaß, die Tische umgeworfen hatte.

Als die Mitglieder des Hohen Rates ihre Sitze eingenommen hatten, spendete der Hohepriester den Segen und trat beiseite, als der vornehme Rabbi Gamaliël vortrat, um die Versammlung zu eröffnen.

«Gott hat uns vor eine schwere Aufgabe gestellt», begann er mit seiner tiefen, volltönenden Stimme, die alle im Raum hören konnten. «Aber ungeachtet unseres Auftrags, unseres Wollens und ungeachtet des Ergebnisses der heutigen Sitzung glaube ich, für uns alle zu sprechen, wenn ich sage, daß heute niemand diesen Raum verlassen wird mit dem Gefühl vollkommener Zufriedenheit, was mit dieser bedauerlichen Sache des Jesua ben Josef von Nazareth zu tun hat. Wegen dieser Last, die auf uns liegt, würde ich gern mit etwas Erfreulicherem beginnen. Gerade heute ist, wie ihr seht, der reiselustigste unserer unsteten Brüder zu uns zurückgekehrt – Josef von Arimathäa.»

Die Männer am Tisch sahen zu Josef hin. Viele nickten ihm zu.

Gamaliël fuhr fort: «Heute vor einem Jahr erklärte sich Josef von Arimathäa bereit, im Auftrag des Tetrarchen von Galiläa, Herodes Antipas, und meiner Person, geheime Verhandlungen in Rom wegen der Nachkommen Israels zu führen. Diese Mission nach Rom war gut getarnt, da er wie üblich mit seiner Handelsflotte nach Britannien, Hispania und Griechenland reisen wollte. Doch als die Ausweisung der Juden aus Rom bekannt wurde, baten wir Josef, auf kürzestem Weg nach Capri zu fahren ...»

Kaum hatte Gamaliël Capri erwähnt, als ein Raunen durch die Reihen der Ratsmitglieder ging.

«Ich will euch nicht auf die Folter spannen. Die meisten von euch vermuten schon, was ich zu sagen habe. Mit Hilfe des kaiserlichen Neffen Claudius, der die früheren Herodeskönige kennt, erreichte Josef von Arimathäa ein Treffen mit dem Kaiser Tiberius in dessen Palast auf Capri. Bei dieser Begegnung konnte Josef von Arimathäa den Kaiser überzeugen, daß es ein weiser Entschluß wäre, den Juden die Rückkehr nach Rom zu erlauben.»

Nun applaudierten die Ratsmitglieder. Sie klopften laut auf den Tisch, und wer nahe genug bei Josef saß, drückte ihm kräftig den Arm, so auch Nikodemus. Alle im Saal waren schon vor Monaten davon in Kenntnis gesetzt worden, durch ein römisches Edikt, aber Josefs persönlicher Einsatz war bis jetzt, da er sicher von seiner Reise heimgekehrt war, ein streng gehütetes Geheimnis geblieben.

«Nun habe ich eine etwas ungewöhnliche Bitte an euch», fuhr Gamaliël fort, «aber nachdem uns Josef von Arimathäa einen so großen Dienst erwiesen hat und eingedenk seiner besonderen Beziehung zu Jesua ben Josef von Nazareth, möchte ich ihn fragen, ob er einen besonderen Wunsch hat hinsichtlich unseres weiteren Vorgehens in dieser Sitzung. Josef ist der einzige unter uns, der vielleicht nicht alle Umstände kennt, die zu der Krise geführt haben.»

Der Hohepriester Kajaphas runzelte die Stirn über diesen Antrag, aber die anderen nickten zustimmend.

«Ich danke euch von ganzem Herzen», begann Josef. «Ich bin erst heute morgen angekommen, und während wir hier sitzen, wird meine Flotte noch nicht einmal vollständig in den Hafen eingelaufen sein. Ich hatte auch noch keine Zeit zu schlafen, zu baden oder mich umzukleiden. Daran seht ihr, wie sehr ich mich beeilt habe, zu erfahren, worum es geht. Und bis jetzt weiß ich nur soviel, daß Jesua, der Meister – der für mich, wie einige von euch wissen, meine ganze Familie darstellt –, in einer sehr ernsten und mißlichen Lage ist, die uns alle betrifft.»

«Dann müssen wir dir die Geschichte erzählen», sagte Gamaliël, «und zwar der Reihe nach, denn die meisten von uns waren irgendwie daran beteiligt. Ich werde den Anfang machen.»

Die Geschichte des Meisters

Im vergangenen Herbst kam er allein zum Laubhüttenfest nach Jerusalem. Alle, die ihn kannten, waren darüber bestürzt. Die Jünger hatten ihn dreimal gefragt, ob sie mitkommen dürften, wenn er von Galiläa hinunterginge, um das Wort Gottes zu verbreiten, wie er das bei allen religiösen Anlässen tat, und Heilungen durchzuführen für die festlich gestimmte Menge. Er lehnte die Bitte dreimal ab und schickte sie fort. Aber dann ging er heimlich allein und erschien völlig unerwartet in den äußeren Tempelhöfen. Er wirkte fremd und geheimnisvoll, gar nicht er selbst, eher so, als folgte er einem inneren Plan.

Das Laubhüttenfest während der herbstlichen Tagundnachtgleiche erinnert an jene erste Stiftshütte aus Akazienzweigen, die Gott uns beim Auszug aus Ägypten zu bauen befahl, und es erinnert auch an die schlichten Hütten oder Zelte, die wir während jener langen Wanderschaft in der Wildnis errichteten, um darin zu wohnen. Bei dem Fest im vergangenen Herbst standen wie immer in den Gärten, Höfen und auf den Privatgrundstücken in Jerusalem die blumengeschmückten Zelte aus Zweigen, durch die die Sterne leuchten, der Wind bläst und der Regen auf die Familien und die Besucher tropft, die eine Woche lang darin wohnen und feiern, bis das Fest endet, wenn im Tempel das letzte Kapitel der Thora, der Tod Moses, vorgelesen wird zum Zeichen, daß damit ein alter Zyklus endet, so wie mit dem Tod Moses für unser Volk ein Zyklus endete.

Wenn der Gastgeber in der achten Nacht in seiner Hütte die Tafel aufhebt, spricht er ein Gebet, das älteste in der jüdischen Überlieferung, älter noch als das Fest selbst. Worum bittet er Gott? Natürlich um einen Gefallen: Er möchte dafür, daß er eine Woche lang «in einer Hütte gewohnt hat», im nächsten Jahr für würdig befunden werden, in der Hütte von Leviathan zu sitzen. Und was verkörpert die Hütte von Leviathan? Das bevorstehende neue Zeitalter, das Zeitalter des messianischen Königreichs, das mit dem Erscheinen eines *mashiah*, eines Gesalbten, beginnt, der das Seeungeheuer besiegen, dessen Haut für das Haus der Gerechten und dessen Fleisch für den messianischen Festschmaus verwenden wird. Er wird uns von Knechtschaft befreien und uns unter einem König vereinen. Er wird den Bogen zurückbringen und den Tempel erstrahlen lassen wie einst David und Salomo. Als der natürliche

Nachfolger dieser mächtigen Könige wird er das auserwählte Volk zu Ruhm und Herrlichkeit führen und die goldene Morgendämmerung heraufziehen lassen – nicht nur eines neuen Jahres, sondern eines neuen Zeitalters.

Ihr seht also, es konnte kein Zufall sein, daß der Meister zu diesem Fest *allein* gekommen ist.

In der achten Nacht erschien er im Garten von Nikodemus, einem großen, mit Bäumen bepflanzten Park, wo wie immer bei diesem Fest zahlreiche Hütten aus Zweigen und Blumen errichtet waren, Fackeln brannten und die Tore für vorüberkommende Pilger und andere geöffnet waren.

Am Ende des Festes erhob sich der Meister von seinem Platz, schob Teller und Becher zur Seite und stieg auf den niederen Bronzetisch.

Mit einer Hand hielt er einen Wasserkrug in die Höhe und begann, das Wasser zu verschütten – auf den Tisch, den Boden und die Gäste, die erschrocken aufsprangen. Alle waren verwirrt; niemand wußte, was das bedeuten sollte. Dann warf der Meister den Krug auf den Boden, hob die Arme und rief: «Ich bin das Wasser! Ich vergieße mich für euch. Wen da dürstet, der komme zu mir und trinke! Wer an mich glaubt, von dessen Leib werden Ströme lebendigen Wassers fließen.»

Später erinnerten sich die Anwesenden an seine volltönende Stimme und wie schön er gesprochen hatte, und erst dann wurde ihnen bewußt, daß sie eigentlich nicht die geringste Ahnung hatten, wovon er gesprochen hatte.

Als sich die Leute nach dem Abendessen zerstreuten, hörte Nikodemus zufällig ein Gespräch zwischen einigen seiner Pharisäergenossen. In Kajaphas' Palast am anderen Ende der Stadt sollte noch an diesem Abend eine heimliche Sitzung stattfinden. Obwohl Nikodemus nicht eingeladen war, beschloß er hinzugehen, denn offensichtlich waren sogar die überzeugtesten Anhänger des Meisters von diesem merkwürdigen Auftreten schockiert und verwirrt.

Am nächsten Morgen ging Nikodemus zum Tempel, um den Meister zu suchen, bevor ihn die anderen finden würden. Er wollte ihn beschützen vor dem, was er vielleicht tun oder sagen würde, denn seine Worte wurden häufig sogar von den Jüngern falsch ausgelegt. In der Nacht zuvor hatte Kajaphas darauf bestanden, den Meister unter einem Vorwand zu verhaften, sobald er an diesem Morgen erscheinen würde – trotz des heftigen Widerspruchs von Nikodemus und den anderen; selbst Kajaphas' eigene Tempelpolizei war dagegen.

Der Meister betrat kurz nach Nikodemus den Tempelhof. Er trug dasselbe weiße Gewand wie tags zuvor. Sofort umringte ihn eine Menge, darunter auch einige Teilnehmer der heimlichen Versammlung. Auf Kajaphas' Veranlassung hin hatten sie eine Ehebrecherin mitgebracht. Sie stellten sie vor den Meister hin und fragten ihn, ob er der Meinung sei, daß sie die Frau steinigen sollten, wie es das Gesetz befahl. Es war eine Falle, denn sie wußten, daß der Meister an Vergebung glaubte, wenn solche Sünden bereut wurden.

Aber zum Erstaunen aller sagte der Meister nichts. Statt dessen setzte er sich auf die Erde und begann, mit dem Finger Figuren in den Staub zu zeichnen, als hätte er nicht gehört, was man zu ihm gesagt hatte. Inzwischen waren immer mehr Leute zusammengelaufen, um zu gaffen und die Frau zu verhöhnen, die sie ihm wie ein Stück Fleisch an einem Haken präsentierten.

Als sie auch nach einiger Zeit nicht aufhörten, ihn zu bedrängen, stand er auf und blickte schweigend in die Runde. Er schaute jedem in die Augen, als wollte er dessen Seele prüfen. Schließlich sagte er:

«Wer unter euch ohne Sünde ist, der werfe den ersten Stein auf sie.»

Dann setzte er sich wieder hin und zeichnete Figuren in den Staub. Als er nach einer Weile aufblickte, stand die Frau allein vor ihm, und er sagte zu ihr:

«Geh hin und sündige nicht mehr.»

Als Nikodemus, der etwas abseits stand, diese Worte hörte, verstand er, was der Meister eben getan hatte. Er hatte sein Leben riskiert für eine Frau, von der er wußte, daß sie zu Recht angeklagt war, denn er hatte gesagt: «Sündige nicht *mehr.*» Er hatte jeden, der hier zugegen war, gezwungen, selbst zu urteilen, auch die Frau, denn auch sie mußte erkennen, was er für sie getan hatte.

Als die Frau gegangen war, trat Nikodemus neben den Meister. Er wollte sehen, was er da in den Sand zeichnete. Es war eine Art Knoten, ein sehr komplizierter Knoten, denn man konnte weder Anfang noch Ende erkennen.

Der Meister spürte Nikodemus Anwesenheit. Er stand auf, verwischte mit dem Fuß das Bild, das er gezeichnet hatte, wandte sich um und strebte mit raschen Schritten dem Hof der Geldwechsler innerhalb des Tempelbezirks zu. Nikodemus mußte sich anstrengen, um ihn einzuholen. Dort umringten ihn wieder die Leute, die ihn draußen verhöhnt hatten, und sie beschuldigten ihn, falsche Dinge von sich zu behaupten. Und dann tat er das, was zu dem Gerücht führte, daß er wahnsinnig sein könnte.

Als diese Männer sagten, sie seien die Kinder Abrahams, sie bräuchten weder den Meister noch seine Ratschläge und daß ihnen seine Behauptung mißfiele, er sei der Messias und ein Nachkomme Davids, da besaß der Meister die Kühnheit zu sagen, er kenne Abraham persönlich und Abraham habe sich gefreut, als er von der Mission des Meisters hier auf Erden hörte. Sie lachten und sagten, der Meister sei kaum alt genug, um einen Mann zu kennen, der seit ein paar tausend Jahren tot ist. Doch der Meister brachte sie mit einem einzigen Blick zum Schweigen, und dann sagte er, Gott selbst habe sie miteinander bekannt gemacht! Er sagte, er, der Meister, sei Gottes Sohn – das Fleisch Gottes! Aber damit nicht genug. Er sagte auch – und viele hier im Saal waren Zeugen –:

«Ich und mein Vater sind eins. Ehe Abraham ward, bin ich.» Er benutzte den heiligen Namen, um sich selbst zu beschreiben. Es war eine Gotteslästerung, für die einer verdient, ausgepeitscht oder gesteinigt zu werden.

Aber das war nur der Anfang. Erst vor einem Vierteljahr, lang nach dem Fest, wurde der Meister nach Bethanien ins Haus des jungen Lazarus gerufen – er ist der Bruder von Miriam und Martha von Magdali, die zu den engsten Anhängern des Meisters gehören. Der Junge war schwer krank und wollte den Meister sehen, bevor er starb. Aber selbst die Zwölf stimmten überein, daß sich der Meister hier schlecht benommen hatte, denn er weigerte sich, die Familie aufzusuchen, sogar als man ihm sagte, daß ihn die Frauen baten, ihren Bruder zu heilen und vor dem sicheren Tod zu retten. Als er endlich kam, war der Junge schon drei Tage tot. Miriam erklärte ihm, daß der Leichnam bereits verwese und stinke, und sie und ihre Schwester verwehrten dem Meister den Zutritt zum Grab.

Da blieb er vor der Grabhöhle stehen und rief Lazarus – den jungen, toten Lazarus –, bis er ihn geweckt hatte. Lazarus erhob sich aus dem Grab seiner Väter, in Leichentücher gehüllt. Der Meister erweckte ihn von den Toten.

«Großer Gott», flüsterte Josef von Arimathäa, als der Erzähler geendet hatte. Er blickte mit glasigen Augen in die Runde und brachte kein Wort heraus. Was hätte er auch sagen können? Im Gegensatz zu den Sadduzäern, für die der Tod einfach das Ende des Lebens war, lehrten die Pharisäer, daß ein Mensch, der ein gutes Leben geführt hatte, auf ein ewiges Leben im Himmel hoffen konnte. Aber an Auferstehung – daß ein verfaulender Leichnam aus dem Grab zu einem Erdenleben zurückgebracht werden konnte – glaubte niemand. Es war eine entsetzliche Vorstellung.

Viele, die mit Josef an diesem Tisch saßen und seine Bestürzung sahen, versuchten, seinem Blick auszuweichen. Nur der Hohepriester Kajaphas sah sich zu einer Bemerkung veranlaßt.

«Es scheint, dein Neffe, unser geliebter Jesua ben Josef von Nazareth, Sohn eines bescheidenen Zimmermanns, ist größenwahnsinnig geworden, mein lieber Josef», sagte er mit aufreizend salbungsvoller Stimme. «Statt der Führer zu sein, der Lehrer, *rabh*, Meister, der gesalbte König oder was es sonst noch war, worauf deine Genossen hier gehofft haben, scheint er sich zu einem Verrückten gemausert zu haben, der glaubt, sein Stammbaum gehe auf den einen wahren Gott zurück und daß er darüber entscheiden könne, wer leben und wer sterben soll. Ich frage mich, wie ein solcher Gedanke in seinem verwirrten Hirn entstehen konnte.»

Er sah Josef hohnlächelnd an. Josef wußte sehr wohl, daß viele hier, auch wenn sie schwiegen, die Meinung des Hohenpriesters teilten. Denn Gott war nicht zu beschreiben und nicht körperlich greifbar. Gott konnte nicht Fleisch werden.

Wie hatte das nur geschehen können? dachte Josef. In einem einzigen Jahr hatte sich seine Welt verkehrt.

Josef mußte sofort mit dem Meister sprechen. Er kannte ihn besser als jeder andere. Er kannte die Reinheit seiner Seele, und er mußte ihn sprechen, bevor es zu spät war.

Freitag

Es gab in diesem Teil des Hügellandes nur einen einzigen Ort, wo sich der Meister aufhalten konnte, und das war in der Stadt Bethanien im Haus von Lazarus von Magdali und seinen Schwestern Miriam und Martha.

Wenn Josef an die Schwestern von Magdali dachte, überkam ihn stets ein zwiespältiges Gefühl. Miriam – oder Maria, wie die Römer sie nannten – erinnerte ihn an all die Fehler, die er im Lauf seines Lebens gemacht hatte, als Jude und als Mann. Er liebte sie – das stand außer Frage –, in jeder Hinsicht und wie ein Mann eine Frau lieben sollte. Aber Miriam liebte einen anderen. Und nur Josef von Arimathäa wußte – im Gegensatz zu vielen anderen, die nur eine Vermutung hegten –, daß es der Meister war, den sie liebte. Josef konnte es ihr nicht verübeln, denn er liebte ihn auch. Deshalb hatte er sich Miriam nie erklärt und würde es auch nicht tun, solange der Meister lebte.

Aber er schickte einen Boten nach Bethanien, um sich zum Abendessen einzuladen, und Martha ließ ihn in einem vertraulichen Antwortschreiben wissen, daß der Meister am Donnerstag aus Galiläa herunterkommen wollte und sie für Freitag ein Gastmahl und ein leichtes Abendessen vorbereiten werde, denn dann habe der Meister etwas Wichtiges zu verkünden.

Am Freitag vormittag fuhr Josef nach Bethanien hinaus, das nur wenige Meilen hinter Gethsemane lag. Als er unterhalb des Hauses anhielt, sah er eine weiße Erscheinung mit ausgebreiteten Armen den Hügel herunterkommen. Es war der Meister – aber er schien seltsam verwandelt. Er war umgeben von vielleicht hundert Menschen – wie gewöhnlich waren die meisten Mädchen und Frauen –, die alle weiß gekleidet waren, Blumensträuße im Arm hielten und auf seltsame, aber bezaubernde Weise sangen.

Josef saß sprachlos in seinem Wagen. Als der Meister auf ihn zuging, flossen seine Kleider wie Wasser um seine Glieder. Er blickte Josef in die Augen und lächelte. Josef sah ihn – nur in diesem einen Augenblick – als das kleine Kind, das er einmal war.

«Liebster Josef», sagte der Meister, während er Josefs Hände nahm und ihn vom Wagen herunterzog, «wie hat mich nach dir gedürstet. Wirst du bei mir bleiben?»

«Ja, ich bleibe zum Abendessen – und über Nacht», sagte Josef. «Martha hat alles vorbereitet. Und ich werde bleiben, so lange du willst. Wir müssen wirklich miteinander reden.»

«Ich meine, wirst du bei mir bleiben?» wiederholte der Meister lächelnd, aber in einem Ton, als wäre er in Gedanken weit fort. Und Josef lief es eiskalt über den Rücken.

«Laß uns ins Haus gehen», sagte er rasch. «Wir haben uns sehr lange nicht gesehen, und es gibt viel zu besprechen.»

Josef schickte die anderen fort und ging mit dem Meister zum Haus hinauf. Er würde jemand schicken, der sich um die Pferde kümmerte. Sie erreichten den Säulengang des großen und weitläufigen Steinhauses.

Sie fanden Martha, die ältere Schwester, bei den Lehmöfen an der Rückseite des Hauses, wo sie, das geflochtene Haar mit einem Tuch bedeckt, mit erhitztem Gesicht geschäftig hin und her eilte.

«Heute gibt es einen Festschmaus», rief Martha den beiden Männern entgegen, die sich zwischen den mit Tabletts beladenen Dienerinnen ihren Weg bahnten, um Martha zu begrüßen. «In Wein marinierten Fisch», fuhr sie voller Stolz fort, «Brote und Soßen, Hühnerbrühe, Lammbraten und die ersten Frühlingsgemüse und Kräuter aus dem Garten. Ich bin seit Tagen mit Kochen beschäftigt! Nachdem der Meister wie gewöhnlich alle, die ihn besuchen kamen, eingeladen hat, mußte ich mehr kochen als geplant. *Pesach* ist zwar erst nächste Woche, aber dies hier ist ein Dankopfer unserer Familie – nicht nur, weil du, Josef, gesund von der Reise zurück bist, sondern auch für das Wunder, das der Glaube des Meisters erst vor einem Vierteljahr an unserem Lazarus bewirkt hat.»

Marthas Gesicht strahlte vor Liebe und Verehrung für den Meister; sie schien keine Veränderung an ihm zu bemerken. Überrascht sah Josef den Meister an, und tatsächlich war diese seltsame Jenseitigkeit von vorhin verschwunden, und an ihre Stelle war wieder das warme Mitgefühl getreten, das in Josefs Augen weitgehend die große Anhängerschaft erklärte, die der Meister in der kurzen Zeit seiner geistlichen Tätigkeit gewonnen hatte. Der Meister schien die Gabe zu besitzen, jedes dunkle Geheimnis im Herzen der Menschen zu erkennen, aber er konnte auch verzeihen.

Plötzlich stand Miriam vor ihnen. Sie lächelte ihr herzerwärmendes sinnliches Lächeln, mit dem sie wie immer Josefs Gefühle in Aufruhr versetzte.

Das üppige, glänzende Haar hing ihr über die Schultern und verlieh ihr einen Hauch von Mutwilligkeit. Die Älteren – und auch viele Jünger – hielten sie deshalb für ein politisch kostspieliges und unnötig gefährliches Spielzeug im Gefolge des Meisters. Für Josef hatte sie etwas Ursprüngliches an sich, etwas wie eine Naturgewalt. Sie war ähnlich wie Lilith, Adams erste Frau in den ältesten hebräischen Texten – eine reife Frucht, die Leben spendet und nichts versagt.

«Josef von Arimathäa!» rief sie, sobald sie ihn sah, und warf sich in seine Arme. «Wir haben dich alle vermißt, aber ich habe mich am meisten nach dir gesehnt», sagte sie sehr ernst, als sie sich aus seiner Umarmung gelöst hatte und ihn aus ihren großen grauen Augen unter den dichten Wimpern anblickte. «Der Meister und ich haben oft über dich gesprochen. Wenn du hier bist, gibt es nie Zank und Streit oder Jammern und Klagen. Du fegst das alles beiseite, und plötzlich ist alles ganz einfach.»

«Ich wünschte, ich könnte begreifen, was sich seit meiner Abreise verändert hat. Denn etwas hat sich verändert», entgegnete Josef. «Früher hat es nie Streit gegeben.»

«Sicher hat er dir erklärt, daß sich nichts verändert hat, stimmt's?» sagte Miriam und sah den Meister vorwurfsvoll an. «Alles ist bestens in Ordnung, hat er das gesagt? Aber so ist es nicht. Er versteckt sich seit Monaten – sogar vor seinen Anhängern. Und alles nur, damit er nächsten Sonntag zum *Pesach* im Triumph in die Stadt einziehen kann, umgeben von –»

«Du wirst doch jetzt nicht nach Jerusalem gehen», wandte sich Josef erschrocken an den Meister. «So wie die Dinge stehen, halte ich das nicht für klug.»

Der Meister legte einen Arm um Josef und den anderen um Miriam und zog beide an sich, als wären sie seine Kinder.

«Meine Zeit ist gekommen», sagte er. Dann drückte er Josef noch enger an sich und flüsterte ihm ins Ohr: «Bleib bei mir, Josef.»

Gegen Abend brach die Schar der Anhänger auf. Friedlich zogen sie über den Hügel und hinterließen in den Gärten und unter den Obstbäumen einen Blütenteppich.

Als es dunkel wurde, zündeten die Mägde die irdenen Öllampen auf der Terrasse an und servierten ein leichtes Abendessen. Die Zwölf waren da sowie der junge Lazarus, der bleich und matt aussah und den ganzen Tag über kaum gesprochen hatte, sowie einige ältere Frauen und die Schwestern des Hausherrn. Die Mutter des Meisters hatte ausrichten lassen, daß sie leider erst am Ende des *Pesach* aus Galiläa kommen konnte.

Als der Meister das Dankgebet gesprochen hatte und jeder bei Brot und Suppe ordentlich zulangte, stand Miriam auf und nahm ein schönes, aus Stein gemeißeltes Gefäß in die Hand, das neben ihr auf dem Tisch stand. Sie ging zu Josef, der in der Nähe des Meisters saß, und bat ihn, das Gefäß für sie zu halten. Dann öffnete sie den Deckel und griff mit beiden Händen hinein, während die andern am Tisch verstummten und sie anstarrten, denn sie schien im flackernden Lichtschein zu schweben wie ein Verkündigungsengel oder wie ein Engel am Jüngsten Tag.

Als sie die Hände herausnahm, wehte der überwältigend würzige Duft von indischer Narde über Terrasse und Garten. Josef wußte, daß das Öl, das von ihren Händen tropfte, teurer war als zwei Hände voll Rubine und Gold.

Langsam dämmerte den Gästen, was nun folgen würde. Simon stieß seinen Teller beiseite und wollte vom Tisch aufstehen. Jakob und Johannes Zebedäus hoben die Hand, um Miriam aufzuhalten. Judas war bereits aufgesprungen – aber sie kamen alle zu spät.

Josef hielt die Alabasterdose und schaute verwundert zu, wie Miriam, deren Gesicht in diesem Licht beglückend schön aussah, die flüssige Salbe aus ihren Händen auf den Scheitel des Meisters rinnen ließ, wo sie weiterfloß über sein Gesicht und seinen Hals bis in die Kleider. Es war der traditionelle heilige Ritus, wenn einer zum König gesalbt wurde. Dann kniete sie vor dem Meister nieder. Sie ließ sich von Josef das Salbengefäß reichen, zog dem Meister die Sandalen aus und goß je eine Handvoll des kostbaren Öls über seine nackten Füße. Zum Zeichen vollständiger Unterwerfung und Verehrung warf sie ihr wundervolles Haar über ihr Gesicht und trocknete damit die Füße des Meisters.

Josef war starr vor Schreck wie die anderen auch. Judas fand als erster die Sprache wieder und drückte in abgemilderter Form aus, was alle empfanden: «Wir hätten es verkaufen und mit dem Geld den Armen helfen können!» rief er, zornrot im Gesicht.

Josef wandte sich dem Meister zu, während er versuchte, das alles zu verstehen.

Die Augen des Meisters glänzten im Feuerschein dunkelgrün. Er sah Miriam an, die neben Josef auf dem Boden kniete, als würde er sie nie wiedersehen – als wollte er sich ihre Züge für immer einprägen.

«Warum bist du so besorgt um die Armen, Judas?» sagte der Meister, ohne den Blick von Miriam zu wenden. «Die Armen werdet ihr allezeit bei euch haben, aber mich nicht.»

Wieder schauderte es Josef. Er saß mit dem Gefäß in der Hand neben dem Meister und kam sich vollkommen hilflos vor. Aber der Meister redete ihn an, als hätte er Josefs Gedanken gelesen.

«Miriam wird dir später erklären, was du wissen willst», sagte er leise und fast ohne die Lippen zu bewegen. «Aber zunächst möchte ich, daß du mir ein Tier besorgst, auf dem ich am nächsten Sonntag nach Jerusalem reiten kann.»

«Ich bitte dich, laß von diesem Plan ab», flüsterte Josef. «Er ist gefährlich – und nicht nur das. Was du vorhast, ist schlichtweg ruchlos. Du entweihst die Prophezeiungen. Obwohl ich Miriam liebe, muß ich dich darauf hinweisen, daß kein König der Juden je auf ungeweihtem Boden oder von der Hand einer Frau gesalbt wurde.»

«Ich bin nicht gekommen, um König von Judäa zu sein, lieber Josef. Ich habe ein anderes Königreich – und, wie du gesehen hast, auch eine andere Art und Weise der Salbung. Aber ich habe noch eine weitere Bitte an dich, lieber Josef. Bis zum *Pesach*-Abendmahl werden viele nach mir suchen. Ich kann dir heute noch nicht sagen, wo wir uns zu diesem Mahl treffen werden – es wäre zu gefährlich. Du mußt zum Tempel kommen und die anderen mitbringen. Dort, in der Nähe des Marktplatzes, wirst du einen Mann mit einem Wasserkrug sehen. Folge ihm.»

«Sind das deine einzigen Anweisungen? Daß wir an einen Ort kommen und einem Unbekannten folgen sollen?» fragte Josef.

«Folge dem Wasserträger», sagte der Meister, «und alles wird geschehen wie geplant.»

Samstag

Es war kurz nach Mitternacht, als es geschah. Kajaphas sollte den Augenblick nie vergessen, als sie kamen, um ihn zu wecken. Er wußte, daß etwas Gefährliches und Aufregendes geschehen würde und daß es das war, worauf er die ganze Zeit gewartet hatte.

Die Tempelpolizei, die den Palast und die Person des Hohenpriesters bewachte, stand vor seiner Kammer und erklärte ihm, daß ein Mann am Palasttor erschienen sei – hier, in einem gesicherten Teil der Stadt, und obwohl schon längst Sperrstunde war. Er sei ein kräftiger, gutaussehender Mann, dunkelhaarig, mit einem zerfurchten Gesicht und hoher Stirn, und er wolle nur mit dem Hohenpriester sprechen, und dies in einer privaten, aber sehr dringenden Angelegenheit. Obwohl er kein Empfehlungsschreiben vorweisen konnte und völlig unangemeldet kam, hatten die Tempelpolizisten gezögert, ihn festzunehmen oder einfach fortzuschicken.

«Und was will er?» fragte Kajaphas, obwohl er tief in seiner Seele wußte, daß jede weitere Frage überflüssig war. Ein Verräter erkennt den anderen, und deshalb hatte Kajaphas diesen Mann vielleicht schon immer gekannt.

Er erhob sich von seinem Lager. Sein Diener legte ihm den dunkelgrünen Hausmantel um, und dann begab er sich, gefolgt von der Tempelwache, durch die gepflasterten Korridore zu dem Empfangsraum, wo der Fremde wartete. Kajaphas ahnte, daß dies ein schicksalhafter Augenblick, daß seine Stunde gekommen war.

Als er später von den Römern und vom Hohen Rat über diese Nacht befragt oder vielmehr verhört wurde, konnte er sich seltsamerweise nur daran erinnern, wie er mitten in der Nacht geweckt worden war, durch die langen Korridore ging und das Gefühl hatte, seinem Schicksal entgegenzugehen – letzteres erwähnte er selbstverständlich nicht. Der Fremde und die Begegnung mit ihm blieben verschwommen, als wäre er in jener Nacht betrunken und nicht ganz bei Sinnen gewesen.

Aber warum sollte er sich auch an ihn erinnern? Er hatte ihn schließlich nur ganz kurz und nur in jener einen Nacht gesehen. Den Rest hatte die Polizei erledigt. Sie zahlten ihm für seinen Dienst dreißig Silberstücke aus. Wie konnte man von Kajaphas erwarten, daß er sich so lange danach an den Namen dieses Mannes erinnerte? Es war ein Bursche aus Kerijot; aber genau wußte er das auch nicht mehr. Aufs Ganze gesehen, dachte Kajaphas, in dem großen Teppich, den die Geschichte wob, kam es darauf doch gar nicht an. Nur der Zeitpunkt war wichtig.

In zweitausend Jahren würden ihre Namen wie Staub über eine riesige Ebene wehen, und kein Mensch würde sich an all das erinnern.

Sonntag

Claudius Nero Tiberius konnte in der Dunkelheit sehen.

Als er jetzt in finsterster Nacht, die weder Mond noch Sterne erhellten, an der Mauerbrüstung stand, konnte er dennoch die Umrisse und Adern seiner kräftigen Hände erkennen, die auf der Brüstung ruhten. Mit seinen großen dunklen Augen blickte er aufs Meer hinaus und bis hinüber in die Bucht von Neapel. Er sah die weißen Schaumkronen und die Küstenlinie, die in tiefer Dunkelheit lag.

Diese Fähigkeit, im Dunkeln zu sehen, besaß er schon im frühesten Kindesalter. Auf diese Weise hatte er seiner Mutter geholfen, über Wiesen und Berge zu fliehen, als sie damals von Soldaten des Gaius Octavian verfolgt wurde, der sie verführen wollte. Dann wurde Octavian Augustus der erste Kaiser von Rom. Tiberius' Mutter ließ sich von seinem Vater scheiden, der Kommandant der großartigen alexandrinischen Flotte Julius Caesars gewesen war, und wurde Roms erste Kaiserin.

Sie hieß Livia und war eine bemerkenswerte Frau. Sie förderte die *pax romana,* wurde von den Vestalinnen geehrt und von fast allen im Reich geschätzt. Herodes Antipas baute eine Stadt in Judäa, die er Livias nannte, und mehrmals hatte man vorgeschlagen, sie wie Augustus in den Rang der Unsterblichen zu erheben.

Aber Livia war tot. Dank ihr war jetzt Tiberius Kaiser, denn sie hatte, um die ehrgeizigen Pläne ihres Sohnes zu fördern, jeden legitimen Erben, der zwischen ihm und dem Thron stand, vergiftet – und, wie man in weiten Kreisen glaubte, sogar den göttlichen Augustus. Vielleicht sollte man sagen, daß sie es vor allem in ihrem eigenen Interesse getan hatte. Tiberius fragte sich, ob Livia, wo immer sie jetzt sein mochte, auch im Dunkeln sehen konnte.

Es schien tausend Jahre zurückzuliegen, seit Tiberius an jener anderen Brüstung in seinem selbstauferlegten Exil auf Rhodos stand, wohin er sich vor seiner liederlichen Ehefrau Julia, der Tochter des Augustus, geflüchtet hatte. Wegen ihr hatte er sich von seiner geliebten Vipsania trennen müssen. In der Woche, in der Augustus Julia verbannte und seinem Schwiegersohn eine Nachricht schickte mit der Bitte, nach Rom zurückzukehren, hatte man ein Omen gesehen: Ein Adler – ein Vogel, der noch nie auf Rhodos gesehen worden war – hatte sich auf dem Dach seines Hauses niedergelassen. Die Auslegung seines Astrologen Thrasyllos, daß Tiberius der Thronfolger sein würde, hatte sich als richtig erwiesen.

Tiberius glaubte, die Welt würde vom Schicksal regiert und daß man mit Hilfe der Astrologie, der Omen oder der herkömmlichen Weissagungsmethoden wie das Lesen von Knochen und Eingeweiden etwas über das Schicksal erfahren könnte. Deshalb hielt er es für sinnlos, die Götter anzuflehen oder mit Opfergaben und dem Bau kostspieliger Tempel und Monumente besänftigen zu wollen.

Für ebenso nutzlos hielt er die Ärzte. Seit seinem dreißigsten Lebensjahr hatte er weder eine Behandlung noch eine Arznei gebraucht und war mit seinen vierundsiebzig Jahren noch stark wie ein Stier. Er hatte einen wohlgeformten Körper und die Haut eines jungen Athleten. Seine Hände waren so kräftig, daß er einen frisch gepflückten Apfel mit jedem beliebigen Finger seiner Hände durchbohren konnte. Es wurde sogar behauptet, daß er während seiner Zeit als Soldat in Germanien auf diese Weise Männer getötet hatte. Er war in der Tat ein großartiger Soldat gewesen und auch ein ausgezeichneter Staatsmann – zumindest am Anfang.

Aber diese Zeiten waren vorbei. Die Vorzeichen hatten sich zu seinen Ungunsten verändert. Er konnte nie wieder nach Rom zurückkehren. Ein Jahr vor der Sejanus-Affäre war Tiberius auf dem Weg nach Rom den Tiber hinaufgefahren, aber seine kleine Schlange Claudia, die er immer an seiner Brust trug und mit eigener Hand fütterte, war eines Morgens an Deck tot aufgefunden worden, halb aufgefressen von Ameisen. Und die Omina sagten: «Hüte dich vor dem Pöbel.»

Nun stand er jede Nacht auf dieser hohen Klippe, einem geschichtsträchtigen und geheimnisumwitterten Ort, der Capri genannt wurde, was nichts anderes hieß als Ziege. Einige meinten, die Insel hieße so wegen Pan, der halb Mensch, halb Geißbock war und den Hermes mit einer Wassernymphe gezeugt hatte. Andere glaubten, die Insel sei nach dem Sternbild des Steinbocks benannt, der wie ein Fisch aus dem Meer gesprungen sei.

Obwohl Tiberius Staats- und Sakralrechtler, Soldat, Staatsmann und Kaiser war, galt seine Liebe – und darin glich er seinem Neffen Claudius – der Geschichte, insbesondere der Geschichte der Götter, die in diesen modernen Zeiten von den meisten für Mythen gehalten wurden. Am liebsten waren ihm die Sagen der Griechen.

Und nun, nach all den Jahren des Exils auf diesem Steinhaufen, in denen ihm fast nur von Tragödien und Verrat berichtet worden war, tauchte plötzlich am äußeren Ende des Römischen Reichs ein neuer Mythos auf. Es war im Grunde keine neue Geschichte, das wußte Tiberius, sondern eher eine sehr alte. Vielleicht war es der älteste Mythos der Welt, der in jeder Zivilisation vorkam, seit Geschichte überliefert wurde. Es war der Mythos des «sterblichen Gottes», eines Gottes, der das höchste Opfer bringt, indem er Mensch wird, und der durch die Hingabe seines

Lebens die Zerstörung einer alten Ordnung und durch seine Wiedergeburt eine neue Weltordnung herbeiführt – einen neuen Äon.

Während Tiberius in der Dunkelheit auf der Terrasse am Rand der Klippe stand und dem Rauschen der Wellen lauschte, die unten gegen die Felsen schlugen, blickte er hinüber zu der matt leuchtenden Silhouette des Vesuvs, wo seit undenklichen Zeiten die heiße Lava brodelte und kochte, der aber, so sagte man jedenfalls, stets nur einmal am Ende eines Äons ausbrach.

Aber standen sie denn jetzt nicht an der Schwelle zu einem neuen Zeitalter? War dies nicht der neue Äon, den die Astrologen erwartet hatten? Tiberius fragte sich, ob er es noch erleben würde, wenn sich die entfesselte Kraft des Vulkangotts aus dem Bauch der Erde entlud. Es würde bald geschehen – und dann würde es das einzige Mal sein zwischen dem vergangenen und dem künftigen Äon von je zweitausend Jahren.

Plötzlich sah er in der Nähe des Festlands ein Ruder aufblitzen. Vermutlich war es das Schiff, nach dem er schon die halbe Nacht ausschaute und das ihm mit dem heraufdämmernden Morgen den Zeugen bringen würde, der beim Tod des Gottes zugegen gewesen war.

Er war groß und schlank, hatte eine olivfarbene Haut, mandelförmige Augen und rabenschwarzes Haar, das ihm glatt und glänzend auf die Schultern fiel. Er trug eine weiße Leinentunika, die mit einem Strick lose zusammengehalten wurde, und die für die Leute aus dem Süden üblichen bronzenen Armbänder. Tiberius saß auf einem auf der Terrasse errichteten Marmorthron und blickte auf das Meer hinaus. Der Mann, der in Begleitung der kaiserlichen Wache sowie des Kapitäns und der Mannschaft, die ihn auf die Insel gebracht hatten, die Terrasse überquerte und sich vor Tiberius auf ein Knie niederließ, hatte sichtlich Angst – aber er wirkte dennoch stolz.

«Dein Name ist Tammuz. Du bist Ägypter», sagte der Kaiser und gebot ihm aufzustehen. «Trotzdem sollst du der Steuermann auf einem Handelsschiff sein, das zwischen Judäa und Rom fährt.» Als der Mann schwieg, fügte Tiberius hinzu: «Du magst sprechen.»

«Es ist so, wie du sagst, Kaiser», antwortete Tammuz. «Mein Herr besitzt eine Handelsflotte. Ich bin der Steuermann auf einem Schiff, das nicht nur Fracht befördert, sondern auch Passagiere.»

«Erzähle mir, was du gesehen hast. Und erzähle ausführlich.»

«Es war eines Abends, schon ziemlich spät. Das Abendessen war längst vorbei», begann der Ägypter. «Die meisten Reisenden saßen an Deck und tranken noch ihren restlichen Wein. Wir fuhren entlang der Küste von Römisch-Griechenland in der Nähe der Echinades-Inseln. Der Wind hatte sich gelegt, und das Schiff dümpelte in der Nähe der dunkel bewaldeten Umrisse der kamelhöckrigen Paxi-Inseln. Da schallte von dort eine tiefe Stimme über das Wasser; sie rief meinen Namen.»

«Tammuz», murmelte der Kaiser versonnen.

«Ja, Herr», antwortete Tammuz. «Beim ersten Mal habe ich nicht darauf geachtet und nicht sofort erkannt, daß ich es war, der gerufen wurde. Ich mußte ja das Schiff steuern. Aber beim zweiten Mal horchte ich auf, weil mich keine lebende Seele auf diesen kleinen griechischen Inseln kannte. Es kannten ja nicht einmal die Schiffsreisenden meinen Namen. Als mein Name zum dritten Mal gerufen wurde, sahen sich die Reisenden um, denn wir waren das einzige Schiff in diesem Teil des dunklen Meeres. Deshalb nahm ich mich beim dritten Mal zusammen und antwortete der verborgenen Stimme, die mich über das Wasser rief.»

«Und was geschah, als du geantwortet hast?» fragte Tiberius, während er aus dem ersten Morgenlicht in den Schatten rückte, damit die Seeleute und Wachen seine Gedanken nicht lesen könnten, wenn er die Antwort des Ägypters vernahm.

Tammuz sagte: «Die Stimme rief: ‹Tammuz, wenn du an Palodes am Festland vorbeikommst, sag ihnen, der Große Pan ist tot!›»

Tiberius sprang plötzlich auf. Mit seiner hohen Gestalt überragte er alle, und er sah Tammuz scharf an.

«Von welchem Pan sprichst du?»

«Herr, er ist keiner der ägyptischen Götter, in deren Glauben ich erzogen wurde. Als Angehöriger des großen Römischen Reichs will ich mit diesen heidnischen Ideen bestimmt nichts mehr zu tun haben. Aber ich fürchte, ich bin in meinem neu angenommenen Glauben noch nicht genügend geschult. Soviel ich weiß, ist Pan der halbgöttliche Sohn eines Gottes namens Hermes, den wir in Ägypten Thot nennen. Und als Halbgott ist Pan vielleicht für den Tod erreichbar. Hoffentlich ist es keine Gotteslästerung, wenn ich das so sage.»

Für den Tod erreichbar! dachte Tiberius – der größte Gott in Tausenden von Jahren? Was war das für eine absurde Geschichte? Er fuhr sich mit der Hand über das Kinn und setzte sich wieder. Sein Gesicht war maskenhaft starr geblieben. Mit einem Kopfnicken bedeutete er dem Ägypter fortzufahren.

«Die Mitreisenden und die Besatzung waren ebenso erstaunt und verwirrt wie ich», fuhr Tammuz fort. «Wir überlegten, ob ich tun sollte, was die Stimme verlangt hatte, oder ob ich mich lieber nicht darauf einlassen sollte. Ich habe das Problem dann so gelöst, daß wir vorbeifahren und nichts unternehmen wollten, wenn bei Palodes eine Brise wehte. Sollte das Meer jedoch glatt sein und kein Wind wehen, würde ich laut rufen, was mir gesagt worden war. Als wir schließlich vor Palodes Flaute hatten, rief ich hinüber: ‹Der große Pan ist tot!›»

«Und dann?» fragte Tiberius, wobei er sich aus dem Schatten vorbeugte, um dem Steuermann in die Augen zu sehen.

«Vom Festland kam ein Aufschrei», sagte Tammuz. «Viele Stimmen, die weinten und klagten. Herr, es schien, als würde die ganze Küste und das tiefe Innere dahinter über eine schreckliche Familientragödie trauern. Sie schrien, das sei das Ende der Welt, das sei der Tod der göttlichen Ziege!»

Unmöglich! Tiberius hätte beinahe laut aufgeschrien, als er im Geist diese Stimmen hörte. Es war vollkommen verrückt! Der erste Wahrsager hatte Roms Schicksal in der Zeit von Remus und Romulus vorausgesagt – die von Wölfen aufgezogen wurden, was ebenfalls prophezeit worden war. Seit dieser Zeit bis zum jetzigen Augenblick war von keinem mehr auf ein so dunkles Ereignis hingewiesen worden. Tiberius fröstelte trotz der bereits wärmenden Morgensonne.

War diese Ära denn nicht erst der Anfang des Römischen Reiches, das schließlich erst mit Augustus begonnen hatte? Jeder wußte, daß der «sterbliche Gott» nur dem Namen nach ein Gott war, weil Götter unsterblich waren. Man suchte sich einen Ersatz, einen neuen «Gott», um den alten Mythos zu erneuern. Diesmal sollte es ein armer Hirte sein, ein Bauer oder Fischer – jemand, der einen Wagen oder Pflug zog – und nicht einer der größten, ältesten Götter Phrygiens, Griechenlands und Roms. Die große römische Zivilisation, genährt von der Muttermilch einer Wölfin, würde nicht durch einen alten, kinderlosen, einsiedlerischen Herrscher, der seine letzten Tage im Exil auf einer nach einer Ziege benannten Insel verlebte, zu Fall gebracht werden. Nein, es mußte eine Lüge sein, eine List, die sich einer seiner zivilen Feinde ausgedacht hatte

– jemand, der ihn an den Rand bitterster Verzweiflung zu treiben hoffte, indem er einer Lüge ins Leben verhalf – und nicht einem neuen Zeitalter. Sogar der Name des Steuermanns schmeckte nach Mythos, denn Tammuz war der Name des ältesten Gottes, der starb – älter als Orpheus, Adonis oder Osiris.

Der Kaiser hob den Blick, befahl der Wache, dem Steuermann etwas Silber zu geben, und wandte sich ab zum Zeichen, daß die Audienz beendet war. Aber während Tammuz das Geld ausgehändigt wurde, wandte sich Tiberius noch einmal an ihn.

«Steuermann, nachdem so viele Reisende auf deinem Schiff waren, muß es doch noch andere Zeugen geben, die diese seltsame Geschichte bestätigen können.»

«Gewiß, Herr», antwortete Tammuz. «Viele können bezeugen, was ich gehört und getan habe.» Tiberius war, als hätte er ein merkwürdiges Licht in den unergründlichen schwarzen Augen gesehen. «Trotz allem, was wir zu wissen glauben», fuhr Tammuz fort, «gibt es nur einen Zeugen, der uns sagen kann, ob dieser Große Pan ein Sterblicher war oder ein Gott, ob er lebt oder tot ist. Aber dieser einzige Zeuge ist nur eine Stimme – eine Stimme, die über das Wasser ruft ...»

Tiberius befahl ihm mit einer ungeduldigen Geste zu gehen und begab sich zu der abgeschieden gelegenen Mauerbrüstung – seinem Gefängnis. Aber während er zusah, wie der Steuermann zum Hafen hinuntergeführt wurde, rief er seinen Sklaven und übergab ihm eine Goldmünze, die er dem Ägypter bringen sollte. Der Sklave eilte den Pfad zum Hafen hinunter und gab dem Steuermann die Münze, der den Blick zur Terrasse hob, wo der Kaiser stand.

Tiberius wandte sich ab und ging in seine leere Wohnung im Palast. Dort goß er duftendes Öl in die Amphore auf dem Altar und entzündete es zu Ehren der Götter.

Er mußte diese Stimme finden – die Stimme, die in der Wildnis rief. Er mußte sie finden, bevor er starb – oder Rom würde untergehen.

DER ZEUGE

Nur ich bin entkommen, um dir zu berichten…
Verdunkelte Gedanken
Wie das Wasser vom Wind…

Es gibt immer
Jemand, der durch Zufall etwas sieht,
Dem das Unglück widerfährt,
In den Augenblick hineinzustolpern,
Unvorbereitet, ahnungslos,
Nichts denkend… und es geschieht,
Und er sieht es…
Gefangen im ausweglosen Netz,
gesehen, miterlebt zu haben…

Ich war es.
Ich und nur ich allein.
Der Augenblick hat uns zusammengesperrt
In sein gähnendes,
gräßlich skeptisches Grinsen.

Nur ich. Ich allein, um dir zu berichten…
Ich, der ich nichts verstanden,
nichts gewußt habe, dem nichts gesagt worden ist.

ARCHIBALD MACLEISH, J.B.

Gott gewinnt immer.

ARCHIBALD MACLEISH, J.B.

SNAKE RIVER, IDAHO

Vorfrühling 1989

Es schneite. Es hatte seit Tagen geschneit und schien nicht mehr aufhören zu wollen.

Ich fuhr durch das dichte Schneegestöber, das schon einige Zeit vor Morgengrauen eingesetzt hatte. Um Mitternacht hatte ich in Jackpot, Nevada, angehalten, dem einzigen rosigen Neonschimmer am Himmel auf mindestens hundert Meilen gebirgiger Wildnis, durch die mich meine lange Fahrt von Kalifornien nach Idaho und zurück zu meinem Job in der Nuklearanlage führte. In Jackpot setzte ich mich an einen Tresen, während im Hintergrund die Spielautomaten rasselten, aß ein fast rohes Grillsteak mit Pommes und trank einen Scotch, den ich mit heißem schwarzem Kaffee hinunterspülte. Damit hatte ich das von meinem Onkel Earnest für diese Art von Streß und Herzschmerz empfohlene Allheilmittel geschluckt und kehrte zurück in Nacht und Kälte, um mich wieder hinter das Steuer zu klemmen.

Wenn ich in den Sierras keinen Zwischenstopp eingelegt hätte, weil dort der erste frische Schnee fiel und ich plötzlich das Gefühl hatte, meine wunde Seele bräuchte einen Tag auf Skiern, hätte ich mir diese Schlitterei auf eisglatter Straße in der Mitte von Nirgendwo erspart. Aber wenigstens war dies ein Nirgendwo, das ich gut kannte – jede Straßenunebenheit auf dieser Strecke zwischen den Rocky Mountains und der Küste war mir vertraut. Ich war sie oft genug gefahren, wenn ich dienstlich unterwegs war – Ariel Behn, Sicherheitsexpertin für Nuklearanlagen. Nur auf diese letzte Tour hätte ich gern verzichtet.

Bei dieser monotonen Fahrerei auf dem verschneiten Highway wurde mein Körper unwillkürlich zum Autopiloten, und meine Gedanken gerieten in den Sog einer dunklen Strömung, die mich an einen Ort zurückversetzte, wo ich nicht sein wollte. Die Meilen tickten dahin, der Schnee wirbelte, die Spikes knirschten auf der vereisten Straße, die wie ein schwarzes Band unter mir durchlief.

Ich wurde das Bild von dem grünen, von Sonne und Schatten gesprenkelten Hang dort unten in Kalifornien nicht los, das ruhige geometrische Muster der Grabsteine, das sich darüber hinzog: dünne Schichten aus Stein und Gras, die das Leben vom Tode trennten, die mich von Sam trennten – für immer.

Der Rasen war neongrün – ein wundervoll schimmerndes Grün, das es nur in San Francisco und nur um diese Jahreszeit gibt. Über diesem leuchtenden Rasen erstreckten sich in welligen Reihen die kalkweißen Grabsteine über den Hügel. Zwischen den Gräbern standen hohe dunkle Eukalyptusbäume mit silbrigen Blättern, von denen das Wasser tropfte. Ich blickte durch die getönten Scheiben der Limousine, als wir von der Straße in den Presidio-Friedhof einbogen.

Ich war diese Straße oft gefahren, als ich in der Bay Area lebte. Es war die einzige Route von der Golden Gate Bridge zur San Francisco Marina, und sie führte unmittelbar am Soldatenfriedhof vorbei, in den wir jetzt fuhren. Heute, aus der Nähe und praktisch in Zeitlupe gesehen, war alles wunderschön, geradezu berauschend für das Auge.

«Sam hätte es hier gefallen», sagte ich laut. Es waren die ersten Worte, die ich auf der Fahrt zum Friedhof sagte.

Jersey, die neben mir im Wagen saß, reagierte barsch: «Nun, schließlich ist er jetzt ja hier, nicht wahr? Oder wozu wird der ganze Rummel veranstaltet?»

Ich roch ihren Atem.

«Mutter, wieviel hast du heute schon getrunken?» sagte ich. «Du riechst wie eine Destille.»

«Cutty Sark, bitte schön», sagte sie lächelnd. «Zu Ehren der Navy.»

«Verdammt noch mal, Mutter, das ist eine Beerdigung», sagte ich wütend.

«Ich bin Irin», erklärte sie. «Bei uns hält man Totenwache und bringt die Leute fröhlich auf den Weg. Für meine Begriffe ein wesentlich zivili ... sierterer Brauch.»

Sie hatte bereits Probleme mit mehrsilbigen Worten. Ich krümmte mich innerlich und hoffte nur, sie würde bei der Grabrede nicht dazwischenreden. Ich hielt sie zu allem fähig – besonders in diesem Stadium, bevor sie völlig betrunken war. Und Augustus und Grace – mein sehr förmlicher Vater und meine Stiefmutter, die an allem etwas auszusetzen hatte – fuhren im Wagen hinter uns.

Die Limousinen passierten das schmiedeeiserne Tor des Friedhofs und die Leichenhalle. Der Gottesdienst sollte im Freien stattfinden, und der Sarg war bereits geschlossen – «aus Gründen der nationalen Sicherheit», wie man uns gesagt hatte. Außerdem war uns – etwas diskreter – mitgeteilt worden, daß Sam wahrscheinlich kaum zu erkennen gewesen wäre: Familien von Bombenopfern würden es gewöhnlich vorziehen, auf diesen Anblick zu verzichten.

Wir fuhren die Lincoln Avenue entlang und hielten unter dichten Eukalyptusbäumen am anderen Ende des Friedhofs, wo bereits mehrere Wagen parkten – alle mit den weißen Nummernschildern der US-Regierung. Auf einer kleinen Anhöhe standen neben einem frisch ausgehobenen Grab mehrere Männer, darunter ein Feldgeistlicher und einer mit einem dicken langen Zopf, der wie der Schamane aussah, um den ich gebeten hatte. Sam hätte auch das gefallen.

Unsere drei Limousinen parkten vor den Regierungsautos: Jersey und ich im Familienauto, Augustus und Grace hinter uns, und Sam im Wagen vor uns – in einem bleigefütterten Sarg. Wir stiegen aus und gingen den Hügel hinauf, während der Sarg ausgeladen wurde. Augustus und Grace stellten sich still etwas abseits, was ich zu schätzen wußte. Auf diese Weise wurde Jerseys Fahne nicht zum Problem.

Ein Mann in Trenchcoat und dunkler Brille löste sich aus der Schar der Regierungsbeamten und ging auf die anderen zwei Familienmitglieder zu, um ein paar Worte mit ihnen zu wechseln. Dann kam er zu Jersey und mir.

Plötzlich merkte ich, daß wir nicht für eine Beerdigung angezogen waren. Ich trug das einzige schwarze Kleid, das ich besaß; aber es war mit großen lila und gelben Blumen gemustert. Und Jersey trug ein schickes französisches Kostüm in Eisblau, einem Farbton, der zu ihren Augen paßte und ihr Markenzeichen war, als sie noch auf der Bühne stand. Ich hoffte, niemand würde unseren Verstoß bemerken.

«Mrs. Behn», sagte der Mann an Jersey gewandt, «ich hoffe, es macht Ihnen nichts aus, noch ein paar Minuten zu warten. Der Präsident möchte an der Feier teilnehmen.»

Er meinte nicht *den* Präsidenten, sondern einen früheren, den Jersey den «Erdnußfarmer» nannte und vor dem sie aufgetreten war, als er noch im Weißen Haus wohnte.

«Teufel nein», antwortete Jersey, «solange es Sam nichts ausmacht.»

Dann lachte sie, und mich streifte eine weitere Dunstwolke. Die Augen des Mannes waren unsichtbar hinter der dunklen Brille, nicht jedoch seine Lippen, die plötzlich schmal wurden. Ich sah ihn eisig an und schwieg.

Der Hubschrauber ging über der Straße nieder und landete auf der Crissy-Field-Landebahn neben der Bucht. Zwei Autos mit dunkel getönten Scheiben waren hinausgefahren, um den hohen Gast abzuholen.

«Mrs. Behn», fuhr der Mann mit der dunklen Brille leise fort, als befänden wir uns in einem Kriminalfilm. «Ich bin beauftragt, Ihnen zu sagen, daß der Präsident in Vertretung unserer derzeitigen Regierung Vorbereitungen für den Ablauf der Zeremonie getroffen hat. Obwohl Ihr Sohn als ziviler Berater nicht eigentlich ein Mitglied des Militärs war, ereignete sich sein Tod, während er im Dienst… richtiger gesagt, in seiner Beraterfunktion für das Militär tätig war. Unsere Regierung möchte ihn deshalb angemessen ehren. Geplant ist eine kleine Zeremonie. Eine Militärkapelle wird spielen. Dann erhält der Verstorbene den Abschiedssalut von siebzehn Schuß, und anschließend wird Ihnen der Präsident die Distinguished Service Medal für die hervorragende Erfüllung einer verantwortungsvollen Aufgabe überreichen.»

«Wieso mir?» sagte Jersey. «Ich bin nicht der Tote!»

Die Feier verlief nicht ganz so wie geplant.

Danach hatten sich Augustus und Grace in ihre Suite zuoberst im Mark Hopkins auf Nob Hill zurückgezogen und mir eine Nachricht geschickt, sie «erwarteten» mich zum Abendessen. Nachdem es erst Mittag war, ging ich mit Jersey ins Buena Vista auf einen flüssigen Lunch. Wir fanden einen Holztisch an den vorderen Fenstern mit Blick auf die Werften und die Bucht.

«Ariel, Liebes, es tut mir wirklich leid, was passiert ist», sagte Jersey und trank ihren Scotch in einem Zug wie ein Glas Milch.

«Leid tun hilft nichts», sagte ich, ihre eigenen Worte gebrauchend, die ich als Kind gesagt bekam, wenn ich etwas falsch gemacht hatte. «Ich esse heute abend mit Augustus und Grace. Was zum Teufel soll ich ihnen sagen?»

«Vergiß es», sagte Jersey und sah mich mit ihren berühmten eisblauen Augen an, die erstaunlich klar wirkten trotz ihres jüngsten Lebensstils. «Ich bin einfach erschrocken. Es ist wahr. Die verdammte Ballerei hat mich erschreckt.»

«Du hast doch gewußt, daß sie schießen würden», entgegnete ich. «Aber du warst blau wie ein Veilchen. Nur deshalb bist du ins Grab gefallen. Großer Gott – vor all diesen Leuten!»

Jersey sah mich gekränkt an, und ich starrte wütend zurück.

Aber plötzlich mußte ich lachen. Zuerst sah Jersey nur überrascht aus; dann begann sie ebenfalls zu lachen. Wir lachten, bis uns die Tränen übers Gesicht liefen, weil meine Mutter bäuchlings sechs Fuß tief in der Grube gelegen hatte, noch bevor sie den Sarg hinuntergelassen hatten.

«Und das direkt vor der Nase des Erdnußfarmers», stieß Jersey hervor, und wir bogen uns vor Lachen.

«Vor Augustus und Grace», japste ich zwischen hysterischen Krämpfen.

Es dauerte einige Zeit, bis wir uns beruhigt hatten. Ich wischte mir mit der Serviette die Tränen ab und lehnte mich mit einem Seufzer zurück.

«Ich wünschte, Sam hätte gesehen, was du getan hast», sagte ich und drückte Jerseys Arm. «Es war so komisch. Er hätte sich totgelacht.»

«Er ist auch so gestorben», sagte Jersey und bestellte noch einen Drink.

Um sieben Uhr fuhr ich am Mark Hopkins vor in der Limousine, mit der mich Augustus abholen ließ. In jeder Stadt, die er besuchte, mietete er sich einen Wagen mit Chauffeur, damit er sich nicht dazu herablassen mußte, einem Taxi zu winken. Mein Vater hielt sehr auf sich. Ich bat den Fahrer, mich um zehn Uhr abzuholen und zu dem kleinen viktorianischen Gasthof auf der anderen Seite der Brücke zurückzubringen, wo ich abgestiegen war. Erfahrungsgemäß reichten mir drei Stunden mit Augustus und Grace.

Ihre Suite im Penthouse des Hotels war groß und mit üppigen Blumenarrangements dekoriert, die Grace für ihre Umgebung zu brauchen schien. Augustus öffnete auf mein Klopfen und musterte mich von oben bis unten. Mein Vater wirkte stets elegant mit seinem silbergrauen Haar und der gebräunten Haut. Heute, in schwarzem Kaschmirblazer und grauen Hosen, wirkte er ganz wie ein Feudalherr – eine Rolle, für die er sein Leben lang geprobt hatte.

«Du kommst spät», sagte er mit einem Blick auf seine goldene Armbanduhr. «Du solltest um halb sieben hier sein, damit wir uns vor dem Essen noch unter vier Augen unterhalten könnten.»

«Der heutige Vormittag war für mich Familientreffen genug», erklärte ich und bedauerte sofort, auf die früheren Ereignisse des Tages angespielt zu haben.

«Und ich möchte auch über deine Mutter mit dir sprechen», sagte Augustus. «Aber zunächst – was kann ich dir zu trinken anbieten?»

«Ich habe mit Jersey zu Mittag gegessen», sagte ich. «Ich glaube, ich brauche nichts, was stärker ist als Wasser.»

Augustus sorgte auch stets für eine gut sortierte Bar, obwohl er selbst kaum trank. Vielleicht war es das, was in der Ehe zwischen ihm und meiner Mutter nicht gestimmt hatte.

«Dann gebe ich dir am besten einen leichten Weißwein mit Soda», sagte er. Er spritzte die Soda aus einer von einem Netz umhüllten Flasche und reichte mir das Glas.

«Wo ist Grace?» fragte ich, während er sich einen dünnen Scotch mixte.

«Sie hat sich hingelegt. Nach der Vorstellung, die deine Mutter heute morgen gegeben hat, war sie ziemlich erschüttert – verständlicherweise.» Augustus sprach von Jersey stets als «deine Mutter», als ob ich für ihre Existenz verantwortlich wäre und nicht sie für meine.

«Ich finde, sie hat einer morbiden Angelegenheit die nötige heitere Note gegeben. Da spielt eine Blaskapelle, es wird Salut geschossen, eine Medaille wird überreicht – und das, weil jemand im Dienst der Regierung in tausend Stücke zerfetzt wurde!»

«Versuch nicht, das Thema zu wechseln, junge Dame», wies mich mein Vater im autoritärsten Tonfall zurecht. «Das Benehmen deiner Mutter war absolut unmöglich. Degoutant. Zum Glück waren keine Reporter zugelassen.»

Augustus benützte nie Worte wie «schrecklich» oder «entwürdigend» – das war ihm zu subjektiv, zu gefühlsträchtig. Er wollte objektiv sein, distanziert. Für ihn zählten Erscheinung und Reputation.

In dieser Hinsicht war ich ihm ähnlicher, als ich zugeben wollte. Trotzdem fand ich es unerträglich, daß ihn das Benehmen meiner Mutter bei einem gesellschaftlichen Anlaß mehr interessierte als der schreckliche Tod von Sam.

«Ich frage mich, ob die Menschen schreien, wenn sie auf solche Art und Weise sterben», sagte ich.

Augustus drehte sich um und ging zur Schlafzimmertür.

«Ich muß Grace wecken», sagte er über die Schulter, «damit sie sich zum Essen fertig machen kann.»

Grace betupfte ihre verweinten Augen und strich sich mit dem Handrücken eine blondierte Strähne aus der Stirn. «Ich verstehe nicht, wie wir hier in einem Restaurant sitzen und essen können und uns gleichzeitig wie menschliche Wesen benehmen wollen.»

Bis zu diesem Augenblick war mir nie in den Sinn gekommen, jemand wie Grace könnte bewußt versuchen, sich wie ein Mensch zu benehmen. So konnte man sich irren.

«Er war so jung», sagte Grace zwischen kleinen Schluchzern und einem Happen *Steak tartare.* Und ihr Brillantarmband zurechtrückend fügte sie die verräterischen Worte hinzu: «Nicht wahr?»

Tatsache war, daß Grace Sam nie kennengelernt hatte. Meine Eltern hatten sich vor fast fünfundzwanzig Jahren scheiden lassen, und Grace und Augustus waren seit rund fünfzehn Jahren verheiratet. Seitdem war viel Wasser ins Meer geflossen, dazu gehörte auch, wie Sam mein Bruder geworden war, ohne der Sohn meiner Mutter oder meines Vaters zu sein. Meine Familienbeziehungen sind etwas kompliziert.

Aber ich hatte keine Zeit, darüber nachzudenken, denn Grace war zu ihrem Lieblingsthema übergegangen, und das hieß Geld. Ihre Tränen versiegten auf wunderbare Weise, und ihre Augen hatten wieder ihren alten strahlenden Glanz.

«Wir haben heute nachmittag die Anwälte angerufen», erzählte sie plötzlich erstaunlich lebhaft. «Die Testamentseröffnung ist morgen, wie du weißt – und ich denke, ich sollte dir sagen, daß wir ein paar gute Neuigkeiten für dich haben. Natürlich wollte man uns keine Einzelheiten verraten, aber es scheint, daß *du* die Haupterbin bist.»

«Prima», sagte ich. «Sam ist noch keine Woche tot, und schon hat es sich für mich rentiert. Hast du herausbekommen, wie reich ich sein werde? Kann ich sofort aufhören zu arbeiten? Oder wird sich das Finanzamt das meiste unter den Nagel reißen?»

«Das hat Grace nicht gemeint, und das weißt du», sagte Augustus, der Figuren in seine *crème de volaille* rührte, während ich versuchte, die Kapern auf meinem schottischen Lachs aufzuspießen.

«Grace und mir geht es hier nur um dich», fuhr er fort. «Ich habe Sam nicht gekannt – zumindest nicht gut –, aber ich bin sicher, er hat dich sehr gern gehabt. Schließlich seid ihr praktisch wie Geschwister aufgewachsen, nicht wahr? Und als Earnests einziger Erbe muß Sam sehr ... nun, sagen wir, in sehr angenehmen Verhältnissen gelebt haben, meinst du nicht auch?»

Mein verstorbener Onkel, der ältere Bruder meines Vaters, war im Bergbau- und Erzgeschäft tätig gewesen und reich wie Midas. Obendrein war er im Vollbesitz seines erworbenen Reichtums gestorben, denn Geld ausgeben hatte ihn nicht interessiert. Sam war sein einziges Kind.

Als sich meine Eltern scheiden ließen, war ich noch sehr klein. Jersey zog mehrere Jahre lang mit mir in der Welt herum, von einer Hauptstadt zur anderen. Sie war überall stets willkommen, weil sie schon vor ihrer Heirat mit Augustus eine bekannte Sängerin war – daher rührte auch ihre Bekanntschaft mit dem Erdnußfarmer und mit nahezu jeder gesellschaftlichen Größe. Die Behn-Männer hatten immer ein Faible für extravagante Frauen gehabt. Aber sie hatten auch oft Probleme mit ihnen.

Jersey hatte schon seit Jahren getrunken, aber jeder erwartete von Opernsängerinnen, daß sie Champagner wie Wasser tranken. Erst als Augustus seine Verlobung mit Grace bekanntgab – die eine geklonte Jersey war, nur zwanzig Jahre jünger –, griff Jersey so richtig zur Flasche. Sie flüchtete mit mir nach Idaho, um sich von meinem verwitweten einsiedlerischen Onkel Earnest in finanziellen Dingen beraten zu lassen (mein Vater hatte alles, was sie an Gagen verdient hatte, für sich investiert – ein weiterer typischer Zug der Behn-Männer). Und zu jedermanns Überraschung verliebten sich Jersey und Earnest ineinander.

Und ich, ein Kind, das praktisch in Grandhotels aufgewachsen war, befand mich plötzlich mitten in einem Nirgendwo, das ich heute, fast zwanzig Jahre später, Zuhause nannte.

So gesehen zielte die vage formulierte Frage meines Vaters genau auf den Punkt. Meine Mutter, die erst mit dem einen und dann mit dem anderen der Brüder verheiratet war, hatte, solange Earnest lebte, nicht mehr getrunken. Aber da Earnest sie gut genug kannte, hinterließ er sein ganzes Vermögen Sam mit der Auflage, für sie und mich «nach eigenem

Gutdünken» zu sorgen. Und nun war Sam auch tot. Aller Wahrscheinlichkeit nach wurde ich durch seinen Tod zur Multimillionärin.

Onkel Earnest starb vor sieben Jahren, als ich gerade aufs College kam, und keiner von uns hatte Sam seitdem gesehen. Er war ganz einfach verschwunden. Jersey und ich bekamen jeden Monat unsere Schecks. Sie vertrank den ihren, und ich zahlte meinen auf ein Konto ein und ließ das Geld stehen. Denn inzwischen hatte ich mir einen Job besorgt.

Erst damals, als ich anfing zu arbeiten, in meiner ersten Woche als Sicherheitsbeauftragte einer Kernkraftanlage, hörte ich wieder von Sam. Er rief mich in meinem Büro an, und Gott allein weiß, woher er wußte, wo ich zu finden war.

«He, Hotshot», sagte Sam – so nannte er mich am liebsten, seit wir Kinder waren. «Du hast eine Familientradition gebrochen. Keine Koloraturen oder hoch das Bein in der ‹Chorus line›?»

«‹Mein idealer Lebenszweck ist Borstenvieh und Schweinespeck›», zitierte ich aus meinem unfreiwillig erworbenen musikalischen Repertoire. Aber ich war so glücklich, seine Stimme zu hören. «Wo hast du all die Jahre gesteckt, Blutsbruder? Du brauchst doch keiner Erwerbstätigkeit nachzugehen, nachdem du jetzt hauptberuflich Familienwohltäter bist. Danke für all die Schecks.»

«Ich bin aber tatsächlich erwerbstätig», korrigierte mich Sam, «und zwar bei verschiedenen Regierungen, die ungenannt bleiben wollen. Ich mache eine Arbeit für sie, die kein anderer machen kann – ausgenommen die, die von mir ausgebildet werden. Es ist ein Einmannunternehmen. Vielleicht hast du eines Tages Lust zu einem Joint-venture. Wie wär's damit?»

Diese mysteriöse Andeutung eines Job-Angebots war das letzte, was ich von Sam bis zu dem Telefonanruf des Testamentsvollstreckers gehört hatte.

Plötzlich spürte ich, daß die Reifen nicht mehr griffen. Wie von unsichtbarer Hand gezogen, rutschte der Wagen Richtung Straßenrand.

Ich schreckte auf, packte das Lenkrad und steuerte mit aller Kraft in die Gegenrichtung, um den Wagen vom Bankett wegzubringen. Aber nun schleuderte ich in die andere Richtung.

Verdammt! Ich durfte nicht von der Straße abkommen! Hier draußen gab es nichts als Schnee und noch mal Schnee. Es war so finster und schneite so dicht, daß ich nicht einmal sehen konnte, was rechts und links von der Straße war – vielleicht nur ein steiler Abgrund.

Trotz meiner Panik war ich imstand, meine Geistes- und Körperkräfte zu aktivieren, um den Wagen unter Kontrolle zu bringen. Ich schaukelte von einer Straßenseite zur anderen, um zu verhindern, daß der Wagen ausbrach, und versuchte, ein Gefühl für das Gleiten der Reifen auf dem Neuschnee zu bekommen, der glitschig und weich auf einer steinharten schwarzen Eisschicht lag.

Es schien ewig zu dauern, bis ich das Gefühl hatte, daß sich der Rhythmus der Stahlmassen auf ein Gleichgewicht einpendelte und ich diesen Ringkampf gewinnen würde. Ich zitterte wie Espenlaub, während ich das Tempo auf dreißig, fünfundzwanzig Meilen verlangsamte. Dann holte ich tief Luft und gab wieder Gas, denn ich wußte, daß man in einem solchen Schneetreiben nie ganz anhalten durfte, weil man sonst möglicherweise nicht mehr genug Schwung hatte, um wieder anzufahren.

Ich fuhr weiter in die schwarze und leere Nacht hinein, schickte ein Dankgebet zum Himmel, und dann schüttelte ich heftig den Kopf und schlug mir einige Male fest auf die Wangen, um wach zu werden. Ich kurbelte das Fenster herunter, so daß Wind und Schnee hereinwehten. Die Schneeflocken brannten wie Nadelstiche auf meiner Haut. Ich atmete tief die eisige Luft ein und hielt für eine Minute den Atem an. Dann fuhr ich mir mit dem Rücken des Handschuhs über die brennenden Augen, riß mir die Skimütze vom Kopf und schüttelte meine Haare in dem wild durch den Wagen wirbelnden Fahrtwind. Als ich das Fenster wieder schloß, war ich in die Wirklichkeit zurückgekehrt. Was war los mit mir?

Natürlich wußte ich, was mit mir los war. Sam war tot, und ich konnte mir ein Leben ohne ihn nicht vorstellen. Ich war wie betäubt vor Kummer. Obwohl ich in den vergangenen sieben Jahren von Sam nicht viel gesehen oder gehört hatte, war er immer dagewesen bei allem, was ich tat. In gewisser Weise war er die einzige wirkliche Familie, die ich je hatte.

In diesem Augenblick sah ich durch den Flockenwirbel ein Licht in der Ferne. Es war groß genug, um eine Stadt zu sein, und es gab nicht viele hier draußen in der hochgelegenen Wüste. Für mich sah es aus wie mein Zuhause.

Aber das Abenteuer war noch nicht ganz vorbei.

Ich hielt an der Straße oberhalb des Hauses mit dem reizenden Kartoffelkeller, den ich mein Zuhause nannte, und als ich hinunterblickte, war ich der Verzweiflung nah. Die Einfahrt war verschwunden unter einer Schneewehe, die bis an die Fenster des ersten Stocks hinaufreichte. Es sah so aus, als müßte ich mich nach der grausamen Autofahrt auch noch zum Haus durchgraben, ganz zu schweigen von der Schipperei, die nötig sein würde, um meine Souterrainwohnung freizulegen. Das hatte ich nun davon. Warum mußte ich auch in Idaho in einem Keller wohnen wie eine Kartoffel?

Ich stellte den Motor ab und blickte finster den Hang hinunter, wo normalerweise die Zufahrt war. Wie alle hier im gebirgigen Idaho hatte ich zu jeder Jahreszeit eine Notausrüstung im Wagen – Sand, Salz, Wasser, Thermoanzug, wasserdichtes Schuhzeug, Heizmaterial, Startkabel, Seile und Ketten –, aber ich hatte keine Schaufel. Und selbst mit einer Schaufel hätte ich allein nie genug Schnee wegschaffen können, um den Wagen die Einfahrt hinunterfahren zu können.

Ich saß da, taub vor Erschöpfung, und schaute zu, wie sich der weiche rieselnde Schnee leise rings um mein Auto legte und ich langsam darunter begraben wurde. Sam würde jetzt etwas Lustiges sagen, dachte ich, oder vielleicht aus dem Auto springen und einen Schneetanz aufführen, um das Werk der Götter zu ehren...

Ich schüttelte wieder den Kopf, um zu mir zu kommen. In meiner Wohnung klingelte das Telefon. Aber im ganzen Haus brannte kein Licht. Vermutlich war mein exzentrischer, wenn auch liebenswerter mormonischer Hausherr ins Gebirge gefahren, um morgen im frischen Pulverschnee Ski zu laufen – oder er betete im Tempel, daß sich die Einfahrt von selbst freischaufeln möge.

So zuwider mir der Gedanke auch war, im tiefen Pulverschnee herumzustapfen, so sah ich im Augenblick nur eine Möglichkeit, den Abhang zwischen Haus und Wagen zu überqueren – und das war auf Skiern. Zum Glück befand sich auch meine Langlaufausrüstung im Wagen. Ich mußte nur die Strecke erwischen, unter der sich die Einfahrt befand, denn unser vorderer Rasen, den man mit Fug und Recht als gähnenden Abgrund bezeichnen konnte, lag unsichtbar unter einer Schneewehe verborgen, die sich, wenn ich hineinfiel, als ebenso bodenlos und tödlich erweisen konnte wie Treibsand. Außerdem mußte ich den Wagen über Nacht hier oben stehenlassen, wo er verschüttet sein würde, wenn ich ihn nicht vor morgen früh, bevor die Schneepflüge durchkamen, retten konnte.

Ich stieg aus und holte die Ski aus dem Wagen, meine Tasche und was ich sonst noch über der Schulter tragen konnte, und stellte das Zeug auf die Straße. Als ich nach den Stiefeln suchte, sah ich durch das Seitenfenster meinen Briefkasten – gekennzeichnet durch die kleine Fahne, die wie ein fröhlicher Leuchtturm aus der Schneewehe ragte –, und plötzlich fiel mir ein, daß ich vergessen hatte, auf dem Postamt Bescheid zu sagen, sie möchten meine Post sammeln, bis ich von der Beerdigung wieder zurück sein würde. Ich schlug die Wagentür zu, ließ aber den Griff nicht los, um nicht das Gleichgewicht zu verlieren, während ich den Schnee vom Briefkasten fegte und die Post herausnahm, die sich im Lauf der Woche angesammelt hatte. Es war mehr, als ich gedacht hatte. Ich ließ den Türgriff los, um nach meiner Tasche zu greifen, wobei ich versehentlich etwas vom Wagen zurücktrat.

Es war nur ein Schritt, und doch steckte ich sofort bis zur Taille im Schnee – und ich sank weiter. Ich bekam scheußliche Angst und durfte doch nicht in Panik geraten, denn wenn ich anfing, um mich zu schlagen, würde ich nur noch schneller einsinken. Ich hatte lange genug in dieser Gegend gelebt, um zu wissen, daß schon viele Menschen auf diese Weise erstickt waren – versunken im bodenlosen Schnee, wo sie weder Arme noch Beine bewegen konnten, um sich zu befreien. Und in dem Augenblick, als ich zu sinken begann, fiel mir zusätzlich ein, daß ich ziemlich sang- und klanglos zu der Beerdigung abgereist war; ich hatte nur meinem Chef gesagt, daß es einen Todesfall in der Familie gegeben hatte, und meinem Vermieter hatte ich eine wenig aufschlußreiche Nachricht hinterlassen. Es war durchaus möglich, selbst wenn mein Wagen gefunden wurde, daß man mich erst im Frühjahr nach der Schneeschmelze finden würde.

Ich warf den hinderlichen Poststapel unter den Wagen, damit er nicht auch im Schnee verschwinden würde. Dann gelang es mir, einen Ellbogen auf die feste Straßendecke zu stützen und mich, mit der anderen Hand zerrend und ziehend, so weit zu drehen, daß ich beide Arme flach auf die Straße legen konnte. Als ich mich nach oben zog, kostete es mich sämtliche Kraft, die ich aufbringen konnte. Dann lag ich platt auf der Straße, zitternd und schwitzend vor Erschöpfung und Angst. Aber kurz darauf begann ich zu frieren. Der Schnee, der nach dem Tauchbad an mir klebte, taute, und die Feuchtigkeit drang in meine nicht völlig wasserabstoßenden Sachen.

Ich rappelte mich auf und riß die Wagentür auf. Mir war kalt, ich war naß und müde und wütend auf mich.

Ich holte meine Stiefel aus dem Wagen, schnürte sie mit steifen Fingern in völlig durchnäßten Handschuhen zu und stieg in die langen, federleichten Langlaufskier. Ich stopfte die Post in meine Tasche und hängte sie mir um die Schulter, und dann fuhr ich in vorsichtigen Bögen hinunter zur Hintertür. Warum hatte ich das nicht gleich versucht? Für die Post wäre morgen auch noch Zeit gewesen.

Das Telefon klingelte wieder, als ich die Ski abstellte, die Tür aufstieß und halb taumelnd und mit einer Menge Schnee die steile Treppe zu meinem gemütlichen Verlies hinunterpolterte. Zumindest *war* es gemütlich, als ich es vor einer Woche verließ.

Ich machte Licht und sah das Eis, das an der Innenseite der Fenster klebte, und die Eisblumen an den Spiegeln und den Glasscheiben der Bilder. Während ich meinen Vermieter verfluchte, weil er jedesmal, wenn ich das Haus verließ, die Heizung auf Sparflamme schaltete, zog ich die nassen Stiefel aus, bevor ich meine orientalischen Teppiche betrat. Dann rannte ich durch das Wohnzimmer, dessen Wände mit Büchern vollgestellt waren, und hechtete auf ein paar Kissen, um zum Telefon zu greifen, das dort auf dem Boden stand.

Ich hätte mich ohrfeigen können, weil ich abgenommen hatte. Es war Augustus.

«Warum bist du nicht hiergeblieben?» war das erste, was er sagte. «Grace und ich wußten allmählich nicht mehr, wo wir dich noch suchen sollten. Wo bist du gewesen?»

«Ich habe mich ein bißchen im Schnee vergnügt», sagte ich, während ich mich auf den Rücken rollte. «Ich dachte, die Party sei zu Ende. Oder habe ich etwas verpaßt?» Ich knöpfte meine nassen Hosen auf und versuchte, sie loszuwerden, um mir in diesem Eiskeller nicht den Tod zu holen. Mein Atem kondensierte zu Hauchwölkchen.

«Dein Sinn für Humor erschien mir schon immer etwas deplaziert, um es gelinde auszudrücken», belehrte mich Augustus. «Als du nach der Testamentseröffnung verschwunden bist, haben wir in deinem Hotel angerufen und erfahren, daß du noch am selben Vormittag abgereist bist.

Aber nachdem das Testament verlesen war, hatten Grace und ich natürlich einer Pressekonferenz zugestimmt –»

«Eine *Pressekonferenz?*» sagte ich und richtete mich erstaunt auf. Ich versuchte, den Hörer am Ohr zu behalten, während ich mich aus dem nassen Parka schälte und den Pullover auszog, aber ich bekam nur den Schluß mit von dem, was Augustus sagte.

«Was muß mir gehören?» fragte ich zurück. Ich fuhr mit den Händen ein paarmal kräftig über meine Gänsehaut, stand auf und nahm das Telefon mit hinüber zum Kamin, wo ich Tannenzapfen und Papier unter die Holzscheite stopfte, während ich Augustus' Antwort zuhörte.

«Die Manuskripte natürlich.»

Ich hielt das brennende Streichholz an das Papier und beobachtete mit Erleichterung, daß es sofort Feuer fing. «Ich habe keine Ahnung, von welchen Manuskripten du sprichst!»

«Willst du damit sagen, du weißt von nichts?» sagte Augustus mit seltsamer Stimme.

«Vielleicht könntest du mich einweihen, bevor ich hier erfriere», sagte ich mit klappernden Zähnen. «Was sind das für Manuskripte, die Sam mir hinterlassen hat?»

Zu meiner Überraschung zögerte Augustus keinen Augenblick. «Sie sind sehr viel wert», sagte er. «Sobald du etwas über sie erfährst – wovon wir ausgehen können», fuhr er fort, «mußt du sofort mich oder unsere Anwälte informieren. Ich glaube, du erkennst die Lage nicht ganz, in der du dich befindest.»

Okay, dachte ich, ich will es noch einmal versuchen. Ich holte tief Luft.

«Nein, vermutlich nicht», gab ich zu. «Könntest du mir trotzdem mitteilen, Vater, was die ganze Welt bereits zu wissen scheint? *Was sind das für Manuskripte?*»

«Die von Pandora», antwortete Augustus. Er spuckte den Namen aus wie etwas Bitteres.

Pandora war meine Großmutter – die wenig liebevolle Mutter meines Vaters, die ihn kurz nach seiner Geburt verlassen hatte. Obwohl ich sie nie kennengelernt habe, war sie nach allem, was ich über sie gehört habe, die interessanteste, extravaganteste und unverschämteste der Behn-Frauen. Und das wollte in unserer Familie einiges heißen.

«Pandora besaß Manuskripte?» fragte ich meinen Vater.

«Tagebücher und Briefe, Korrespondenz mit den ‹Großen und Mächtigen›», sagte er in wegwerfendem Ton, und dann fügte er wie beiläufig hinzu: «Möglicherweise hat sie sogar Memoiren verfaßt.»

Auch wenn ich in den meisten Dingen nicht mit meinem Vater übereinstimmte, kannte ich ihn gut genug, um zu merken, wann er etwas von mir wollte. Wahrscheinlich hatte er in den letzten zwei Tagen jede Viertelstunde hier angerufen. Wenn er so versessen darauf war, mich zu erreichen, und wenn dieses Zeug so heiß war, daß er bereit war, eine Pressekonferenz zu geben – warum schmeichelte er sich jetzt bei mir ein?

«Woher kommt dieses späte Interesse?» fragte ich. «Ich meine, die liebe Pandora ist seit Jahren tot.»

«Es wird allgemein angenommen, daß Pandora diese Manuskripte in die Obhut der... anderen Seite der Familie gegeben hat», sagte mein Vater förmlich. «Earnest muß sie jahrzehntelang unter Verschluß gehalten haben. Er hatte viele Angebote», fuhr Augustus fort, «aber er wußte nicht, was sie wirklich wert waren, weil sie alle in einer Art Geheimschrift verfaßt wurden. Dann hat dein Cousin Sam...»

Heiliger Strohsack! Ich stand halbnackt vor dem Feuer mit dem Telefon in der Hand. Die Stimme meines Vaters war nur noch ein Nebengeräusch. Großer Gott – sie waren verschlüsselt!

Sam war verschwunden, seit sein Vater Earnest gestorben war. Er war sieben Jahre für uns nicht erreichbar, und jetzt war er tot. Und welches Ereignis fiel in diese Zeit? Seine Erbschaft, zu der vielleicht auch diese Manuskripte gehörten. Und was war Sams Beruf und Leidenschaft? Was hatte er seit seiner Kindheit getan und ständig verbessert? Was hat er mich gelehrt und mir damit zu einem lukrativen Job verholfen?

Sam war ein Codeknacker, einer der besten auf der Welt. Wenn er von diesen Manuskripten wußte, hatte er bestimmt nicht widerstehen können, sie sich genauer anzusehen, insbesondere, wenn sein Vater ihren Wert feststellen wollte. Er muß sie sich angesehen haben, vielleicht hatte er sie sogar entschlüsselt, lange bevor Earnest starb. Davon war ich fest überzeugt. Und wo waren sie jetzt?

Aber wesentlich wichtiger war für mich die Frage: Was war an den Tagebüchern meiner Großmutter, die nun ich theoretisch geerbt hatte, so gefährlich, daß Sam sterben mußte?

DER KNOTEN

Die meisten sagen nun, da die Enden der den [Gordischen] Knoten bildenden Fäden nicht sichtbar, sondern mehrfach in vielfältigen Windungen ineinander verschlungen waren, so habe Alexander, außerstande, die Verknotung zu lösen, sie mit seinem Schwert durchhauen…

Plutarch

Das Geheimnis des Gordischen Knotens scheint religiöser Art gewesen zu sein – wahrscheinlich der Name von Dionysos, der nicht ausgesprochen werden durfte, eine in den Peitschenriemen geknotete Chiffre…

Als Alexander in Gordion, wo er sein Heer für die Invasion ins Innere Asiens zusammenstellte, den Knoten brutal durchschnitt, zerschlug er gleichzeitig eine alte Ordnung, indem er die Macht des Schwertes über die religiöser Mythen setzte.

Robert Ranke-Graves, Die griechischen Mythen

Es war fast drei Uhr morgens, als ich die Hähne der großen klauenfüßigen Badewanne aufdrehte und betete, die Wasserrohre möchten nicht eingefroren sein. Erleichtert sah ich das heiße Wasser in die Wanne laufen. Ich goß etwas Badesalz und flüssige Seife in die Wanne und stieg hinein. Die Wanne war so tief, daß mir das Wasser bis zur Nase reichte. Ich schäumte mir die Haare ein und dachte, daß ich über eine Menge nachzudenken hatte. Aber mein Gehirn war so zerzaust wie meine Haare, was nach den Ereignissen dieser Woche und der beschwerlichen Heimreise kein Wunder war.

Als ich in der Wanne lag und die Wärme genoß, ging quietschend die Badezimmertür auf, und Jason spazierte herein – was vermutlich bedeutete, daß auch Olivier, mein Hausherr, heimgekommen war. Jason würdigte mich nur eines kurzen Blickes aus seinen durchdringenden grünen Augen. Er lief zu der Stelle, wo meine feuchte seidene Unterwäsche auf dem Boden lag, betrachtete sie verächtlich und begann, sie mit den Pfoten zu bearbeiten. Aber ich streckte einen Arm aus der Wanne und nahm sie ihm weg.

«O nein, mein Lieber!» sagte ich streng.

Jason sprang auf den hölzernen Wannenrand und schlug mit der Pfote nach dem Seifenschaum. Er sah mich fragend an. Jason war die einzige mir bekannte Katze, die Wasser liebte, und er konnte genausogut schwimmen wie ein Hund.

Aber heute nacht – oder vielmehr heute morgen – war ich für Spiele zu müde, und so schubste ich ihn vom Wannenrand auf den Fußboden, stieg aus dem Wasser und trocknete mich ab. In meinem flauschigen Bademantel, das Haar in ein Handtuch gewickelt, tappte ich in die Küche und setzte den Kessel auf, um mir vor dem Schlafengehen einen heißen gebutterten Grog zu machen. Ich nahm den Besen und klopfte mit dem Stil an die Decke, damit Olivier wußte, daß ich zurück war – obwohl er das anhand meines Wagens oben an der Straße vielleicht schon festgestellt hatte.

«Chérie», ertönte bald darauf Oliviers Stimme mit ihrem unüberhörbaren franko-kanadischen Akzent. «Ich bin auf Schneeschuhen vom Jeep ins Haus gegangen, aber ich war mir nicht sicher, ob ich den kleinen Argonauten zu dir hinunterlassen soll. Du hättest ja schon schlafen können. Wie steht's mit mir?»

«Okay, komm runter und trink einen Grog mit, bevor ich zusammenbreche», rief ich hinauf. «Und erzähl mir, was sich in der Firma getan hat.»

Ich hatte Olivier Maxfield vor rund fünf Jahren kennengelernt, als wir zusammen einem Projekt zugeteilt wurden. Er war eine merkwürdige Mischung aus Kerntechniker und Kochkünstler, schwärmte für Yankee-Slang und Cowboy-Bars, und er war Mormone – allerdings ein unbußfertiger, denn er war nicht bereit, seine Liebe zur französischen Küche der alkohol- und koffeinfreien Kost der Heiligen der Letzten Tage zu opfern.

Als wir uns das erste Mal begegneten, erklärte mir Olivier, er habe bereits gewußt, daß ich in sein Leben treten würde, denn ich war ihm kurz zuvor in einem Traum als Heilige Jungfrau erschienen, die mit dem Propheten Moroni um die Wette flipperte. Am Ende unserer ersten gemeinsamen Arbeitswoche erhielt er ein Zeichen, daß mir ein billiger Mietpreis offeriert werden sollte, damit ich in seine Souterrainwohnung einzog. Der Flipperapparat, an dem ich als Jungfrau Maria den Propheten geschlagen hatte, wurde wunderbarerweise Wirklichkeit in Gestalt einer Neuerwerbung der unweit von unserem Büro gelegenen Cowboy-Bar.

Vielleicht lag es an der verrückten Art und Weise, wie ich aufgewachsen war, daß ich Olivier als Erfrischung empfand nach einem Arbeitstag in einer Nuklearanlage voll von Ingenieuren und Physikern, die alle ihre braunen Lunchtüten mitbrachten und um fünf Uhr nach Hause gingen, um mit ihren Kindern die Wiederholungen harmloser Fernsehserien zu sehen. Die Partys, zu denen ich ging, fanden stets in den Häusern von «Firmenfamilien» statt. Im Sommer wurden im Garten Hamburger und Würstchen gegrillt; im Winter gab es im Wohnzimmer Spaghetti, Salat und Knoblauchbrot aus der Tiefkühltruhe. Es sah so aus, als hätte niemand in dieser abgelegenen Hochwüste je von einer anderen Art zu speisen gehört.

Olivier dagegen hatte in Montreal und Paris gelebt und war auf einem Sommerkurs von *Cordon Bleu* in Südfrankreich gewesen. Als Hausherr ließ er vielleicht ein bißchen zu wünschen übrig in puncto Heizung und Schneeräumen, aber dafür hatte er andere Vorzüge. Während er für die Menüs, die er mindestens einmal die Woche für Jason und mich zubereitete, in seiner riesigen, perfekt eingerichteten Küche hackte, würfelte und rührte, unterhielt er mich mit Geschichten über die großen europäischen Küchenchefs und weihte mich in die neuesten Modetrends in der Cowboy-Szene ein.

«Was war so wichtig, daß du plötzlich verschwinden mußtest?» Oliviers hübsches Grübchenlächeln erschien in der halboffenen Tür zur Treppe. Er fuhr sich durch die braunen Locken und sah mich aus seinen großen dunklen Augen an. «Wo warst du? Der Pod hat jeden Tag nach dir gefragt, aber ich wußte von nichts.»

«Der Pod» war der allgemein gebräuchliche Spitzname meines Chefs, der auch der Leiter der gesamten Nuklearanlage war. Man nannte ihn aber nur hinter seinem Rücken so, denn obwohl er mit richtigem Namen Pastor Owen Dart hieß, hatte er nichts von einem Pastor an sich. Seine Initialen POD wurden auch als «Prince of Darkness» gelesen.

Ich würde gern behaupten, daß dieser Spitzname nicht auf meinen Boss zutraf. Aber um ehrlich zu sein: Von den zehntausend Beschäftigten in der Firma – oder auch von den Industriebossen in Washington, mit denen er auf du und du stand – war ich, soviel mir bekannt war, die einzige, die von ihm noch nicht heruntergeputzt worden war. Zumindest bis jetzt. Der Pod schien mich echt zu mögen. Er hatte mich sozusagen eigenhändig für den Job, den ich jetzt hatte, ausgesucht, als ich noch auf der Uni war. Die Folge dieser unverhofften Zuneigung war, daß mir nicht alle Kollegen trauten – ein weiterer Grund, warum der fesche Mormonencowboy und Gourmet Olivier einer meiner wenigen Freunde war.

«Tut mir leid», sagte ich zu Olivier, während ich heißes Wasser auf den Brei aus braunem Zucker, Butter und Rum in die Punschgläser goß. «Ich mußte so schnell weg. Wir hatten einen plötzlichen Todesfall in der Familie.»

«Oje, hoffentlich niemand, den ich kenne?» sagte Olivier mit einem

Lächeln – obwohl wir beide wußten, daß er niemanden aus meiner Familie kannte.

«Es war Sam», sagte ich und versuchte, das Rauhe in meiner Kehle mit dem Grog hinunterzuspülen.

«Großer Gott! Dein Bruder?» sagte Olivier und sank auf das Sofa neben dem Feuer.

«Mein Cousin», berichtigte ich ihn. «Oder eigentlich mein Stiefbruder. Wir sind wie Geschwister aufgewachsen. Er ist mehr mein Blutsbruder. Ich meine, er *war*...»

«Du liebe Zeit, deine Familienbeziehungen sind aber auch kompliziert», sagte Olivier in Anspielung auf meine übliche Antwort, wenn sich jemand nach meiner Familie erkundigte. «Bist du sicher, daß du mit diesem Burschen tatsächlich verwandt warst?»

«Ich bin seine Alleinerbin», erklärte ich ihm. «Das genügt mir.»

«Gut – dann war er reich, aber kein wirklich enger Verwandter. Trifft es das?» fragte Olivier hoffnungsvoll.

«Ein bißchen von beidem», sagte ich. «Ich stand ihm wahrscheinlich näher als jeder andere in meiner Familie.» Was nicht viel besagte, aber das wußte Olivier nicht.

«Oh, wie schrecklich für dich! Aber warum habe ich nie von ihm gehört – bis auf die Erwähnung seines Namens? In all den Jahren, seit wir zusammenarbeiten und uns diese bescheidene Behausung teilen, hat er dich nie besucht und nie angerufen.»

«Unsere Familie kommuniziert übersinnlich», sagte ich. Ich nahm Jason auf den Arm, weil er mir dauernd um die Beine strich.

«Ah, da fällt mir ein...» unterbrach mich Olivier. «Dein Vater ruft seit Tagen hier an. Er hat nur gesagt, du müßtest ihn sofort zurückrufen.»

In diesem Augenblick klingelte das Telefon, und Jason sprang erschreckt auf den Boden.

«Sie müssen tatsächlich übersinnliche Fähigkeiten haben, um unsere Schwingungen um diese Uhrzeit zu empfangen», sagte Olivier mit einem Blick auf seine Armbanduhr. Während ich nach dem Telefon griff, leerte er sein Glas und stand auf. «Morgen mache ich dir Pfannkuchen zum Frühstück. Willkommen daheim!» rief er über die Schulter und verschwand nach oben.

«Gavroche, Darling», waren die ersten Worte, die ich hörte, als ich den Hörer abnahm.

Großer Gott, waren meine Familienmitglieder plötzlich tatsächlich übersinnlich geworden? Es war mein Onkel Laf. Ich hatte seit Ewigkeiten nichts mehr von ihm gehört. Er nannte mich immer Gavroche – das ist französisch und heißt Göre.

«Laf?» sagte ich. «Wo bist du? Du klingst, als wärst du eine Million Meilen weit weg.»

«Im Augenblick bin ich in der *Wien*», was bedeutete, daß er sich in seiner großen, im Stil des 18. Jahrhunderts eingerichteten Wohnung gegenüber der Wiener Hofburg befand, wo Jersey und ich früher wohnten und wo es jetzt acht Stunden später war als hier – also elf Uhr vormittags. Anscheinend hatte Onkel Laf den Dreh mit den unterschiedlichen Zeitzonen immer noch nicht raus.

«Ich war so traurig, Gavroche, als ich das von Sam erfahren habe», sagte er. «Ich wollte zur Beerdigung kommen, aber dein Vater …»

«Das ist schon okay», versicherte ich ihm, weil ich die Sache nicht unnötig komplizieren wollte. «Im Geist warst du bei uns, genauso wie Onkel Earnest, auch wenn er schon tot ist. Ich habe einen Schamanen aufgetrieben für ein kleines Ritual. Danach hat das Militär Sam geehrt, und Jersey ist ins offene Grab gefallen.»

«Deine Mutter ist ins Grab gefallen?» sagte Onkel Laf mit der Begeisterung eines Fünfjährigen. «Oh, das ist wundervoll! Was meinst du? Hat sie es geplant?»

«Sie war betrunken wie gewöhnlich», erklärte ich ihm. «Aber es war trotzdem komisch. Ich wünschte, du hättest Augustus' Gesicht gesehen.»

«Jetzt tut es mir richtig leid, daß ich nicht dabei war», sagte Laf, und in seiner Stimme schwang so viel freudige Erregung, wie ich sie einem Mann, der auf die Neunzig zuging, nicht zugetraut hätte.

Sie hatten nicht viel füreinander übrig, mein Vater und mein Onkel Lafcadio Behn – vielleicht weil Laf, der Stiefsohn meines Großvaters aus einer früheren Ehe, mit meiner Großmutter Pandora durchgebrannt war, kurz nachdem sie meinen Vater geboren hatte.

Über diese Sache – wie über so manch andere – wurde in meiner Familie nicht gesprochen.

«Onkel Laf», sagte ich, «ich möchte dich etwas fragen. Ich weiß, wir sprechen nie über die Familie, aber ich möchte, daß du weißt, daß Sam alles mir hinterlassen hat.»

«Gavroche, genau das habe ich von ihm erwartet. Du bist ein gutes Mädchen, und du hast es verdient. Ich habe genug für ein bequemes Leben – mach dir wegen mir keine Sorgen.»

«Ich mache mir keine Sorgen wegen dir, Laf. Ich will dich nur etwas fragen. Es hat mit der Familie zu tun, und vielleicht weißt du etwas darüber. Sam hat mir anscheinend noch etwas hinterlassen – es ist kein Haus oder Grundbesitz oder Geld ...»

Mein Onkel Laf war so still geworden, daß ich nicht sicher war, ob ich noch mit ihm verbunden war.

«Gavroche», sagte er schließlich, «du weißt, daß internationale Telefongespräche aufgezeichnet werden.»

«Tatsächlich?» sagte ich, obwohl ich es bei meinem Beruf sehr gut wissen mußte. «Aber das spielt doch bei unserem Gespräch keine Rolle.»

«Gavroche, warum ich anrufe», sagte Onkel Laf, und seine Stimme klang völlig anders als zuvor. «Ich bedaure, daß ich nicht zu Sams Beerdigung kommen konnte. Aber zufällig werde ich nächstes Wochenende ganz in deiner Nähe sein – in dem großen Hotel in Sun Valley.»

«Du kommst ins Sun Valley Lodge? Nächstes Wochenende?» sagte ich. «Du kommst von Österreich nach Sun Valley?»

Die Reise von Wien nach Ketchum war auch bei besten Verhältnissen kein Zuckerschlecken. Wegen der hohen Rockies und des unberechenbaren Wetters war es schon schwierig genug, vom nächsten amerikanischen Bundesstaat dorthin zu gelangen. Hatte Laf vergessen, daß er fast neunzig Jahre alt war?

«Laf, so gern ich dich wiedersehen würde nach all den Jahren, aber ich glaube, das ist keine sehr gute Idee», erklärte ich ihm. «Außerdem habe ich wegen der Beerdigung schon eine Woche in der Firma gefehlt. Ich weiß nicht, ob ich mir schon wieder freinehmen kann.»

«Mein Darling», sagte Laf. «Ich glaube, ich weiß, was du mich fragen willst, und ich kenne auch die Antwort. Also bitte, sei dort.»

Als ich im Bett lag und gerade die Augen schließen wollte, erinnerte ich mich an etwas, woran ich seit Jahren nicht mehr gedacht hatte. Ich sah die feine rote Linie vor mir, die Grey Cloud mit seinem scharfen Messer in mein Bein geritzt hatte, als er mich zum ersten Mal schnitt – eine Reihe winziger rubinroter Blutstropfen. Ich hatte nicht geweint, obwohl ich noch klein war. Noch heute erinnere ich mich an die schöne, überraschend rote Farbe meines Bluts, das aus meinem Körper drang. Aber ich hatte keine Angst.

Als ich einschlief, träumte ich, was ich seit meiner Kindheit kein einziges Mal wieder geträumt hatte. Es war, als hätte der Traum die ganze Zeit irgendwo in den schattigen Winkeln meines Bewußtseins gewartet...

Ich war allein im Wald. Ich hatte mich verirrt. Es war dunkel, und die tropfenden Bäume wurden immer dichter. Ich roch den dampfenden Waldboden und sah im letzten schräg einfallenden Licht den weißlichen Dunst aufsteigen. Die feuchten Tannennadeln bildeten einen schwammigen Teppich unter meinen Füßen. Ich war erst acht Jahre alt. Ich hatte Sam aus den Augen verloren, und dann sah ich auch den Weg nicht mehr. Es wurde zu dunkel, um seinen Spuren zu folgen, so wie er es mich gelehrt hatte. Ich war allein und fürchtete mich. Was sollte ich tun?

Ich war die ganze Nacht bis zum Morgengrauen aufgeblieben. Mein kleiner Rucksack war schon gepackt mit allem, was man meines Wissens mitnehmen mußte: ein Müsliriegel, ein Apfel und ein Pullover. Obwohl ich noch nie eine richtige Wandertour mitgemacht hatte, wollte ich Sam auf dieser Wanderung, seinem ersten *tiwa-titmas*-Tag, heimlich begleiten.

Sam, der nur vier Jahre älter war als ich, hatte mit diesen Ausflügen begonnen, als er in meinem Alter war. Jetzt war er zwölf. Diese Tour würde seine fünfte sein – alle bisherigen waren ergebnislos verlaufen. Jeder im Stamm betete, daß sie diesmal erfolgreich verlaufen würde, daß er die Vision haben würde. Aber nur wenige wagten es wirklich zu hoffen. Schließlich war Sams Vater, Onkel Earnest, ein Bleichgesicht von weither. Und als Sams Mutter, Bright Cloud, jung gestorben war, hatte der Vater den Jungen aus der Reservation in Lapwai geholt, so daß Sam nicht die richtige Erziehung durch sein eigenes Volk erhalten hatte. Dann hatte der Vater das Unsägliche getan: Er heiratete eine englische Frau, Jersey, die zu viel Feuerwasser trank. Niemand ließ sich täuschen, als sie mit einer Tochter auftauchte, aufhörte zu trinken und in einer großmütigen Laune darauf bestand, daß die Kinder jeden Sommer bei Sams Großeltern im Reservat verbringen sollten. Niemand ließ sich von solchen Tricks täuschen.

Das *tiwa-titmas* war das wichtigste Ereignis für einen jungen Nez Percé, ob männlich oder weiblich. Es war die Einführung ins Leben und in das Universum. Große Anstrengungen wurden unternommen, um die Vision zu bekommen: heiße Bäder, stundenlanges Schwitzen in Lehmhütten und ausgiebiges Erbrechen zur inneren Reinigung mit Hilfe von Birkenrinde, die man sich in den Hals steckte.

Sam war in diesen Bergen aufgewachsen. Er begrüßte jeden Fels, jeden Bach und jeden Baum wie einen Freund. Und nachdem er schon viermal auf Visionssuche gegangen war, hätte er den Ort auch blind gefunden, während ich nicht einmal den Pfad finden konnte.

Im Traum hörte ich die Geräusche des Waldes näher und näher kommen, während ich durch scharfes Gras und zurückschnellende Zweige bergauf hastete. Etwas Großes bewegte sich hinter einem Baum. Der Wald wurde immer dunkler, aber schließlich erreichte ich die angestrebte Stelle und kletterte bis zum höchsten Punkt, kroch bäuchlings bis zum Rand und blickte hinaus über das von Berggipfeln umstandene Tal.

Und dort, auf einem Berg unter mir, auf der anderen Seite einer breiten Schlucht, war der magische Zirkel. Genau in der Mitte saß Sam. In meinem Traum saß er dort im Schneidersitz auf dem Boden, in seinen fransenverzierten Buckskins, das Haar fiel ihm lose über die Schultern – aber er saß mit dem Rücken zu mir. Er blickte zur untergehenden Sonne und konnte mein Zeichen nicht sehen.

Ich rief seinen Namen, laut und immer wieder, in der Hoffnung, daß vielleicht ein Echo zu ihm drang. Und dann schrie ich. Aber er war zu weit entfernt...

Olivier rüttelte mich an den Schultern. Durch die Fenster meines Verlieses fiel Licht, und das bedeutete, daß etwas von dem Schnee davor weggeschmolzen war. Wie spät war es? Warum schüttelte mich Olivier so wild?

«Bist du in Ordnung?» fragte er, als ich die Augen öffnete. Er sah ganz erschrocken aus. «Du hast so laut geschrien, daß ich dich bei mir oben gehört habe. Jason ist vor Schreck unter meinen Kühlschrank gekrochen.»

«Geschrien?» sagte ich. «Es war nur ein Traum. Ich habe das seit Jahren nicht mehr geträumt. Außerdem... so war es in Wirklichkeit nicht.»

«Was war nicht so?» fragte Olivier.

Aber dann dämmerte mir plötzlich, daß Sam wirklich tot war. Nur im Traum konnte ich ihn wiedersehen – und wenn der Traum eine falsche

Erinnerung war, dann war das alles, was ich hatte. Es war eine Erkenntnis, die mich schlagartig traf und fast betäubte.

«Der Pfannkuchenteig ist fertig», sagte Olivier. «Es gibt Buttermilchpfannkuchen, literweise Malzkaffee, ein paar von den schweinischen Würstchen, die genug Cholesterin enthalten, um deine Gefäße für die Nachwelt zu erhalten, und obendrein Eier auf zart –»

«Wie spät ist es eigentlich?»

«Zeit für einen Brunch. Das Frühstück hast du verschlafen», sagte Olivier. «Ich habe gewartet, um dich zur Arbeit mitzunehmen. Dein Wagen wurde leider vom Schneepflug begraben.»

Nach dem Brunch beschloß ich, mir etwas Warmes anzuziehen und meinen Wagen auszubuddeln, bevor ich zur Arbeit ging. Nach zwei Tagen im Auto brauchte ich etwas Bewegung – und manchmal bekamen wir nach einem Tauwetter wie diesem starken Frost, so daß ich mein Auto aus dem Eis hacken mußte. Aber ich brauchte auch Zeit, um den mentalen Schritt von Sams Beerdigung in den Arbeitsalltag zu schaffen.

Ich ging hinaus, wo ich zwischen glitzernden Schneewehen und mit Eiszapfen behangenen Häusern meinen kleinen Honda freilegte. Und ich dachte, daß die Stoffe, aus denen wir unsere Träume und Wirklichkeiten weben, sehr verschiedenartig sind.

Tatsächlich hatte ich Sam in jenen Wäldern nicht gefunden – aber er fand mich. In der wirklichen Geschichte – nicht im Traum – bin ich über die Baumgrenze hinaufgestiegen, wo das Klima für die Bäume zu rauh ist, um zu überleben, und wo sich angeblich kein Tier schlafen legt. Es war Vollmond, und ich stand, gebadet in weißes Licht, auf einem Felsen. Die Sonne war längst untergegangen und der blauschwarze Himmel von Sternen übersät. Schwarzer, undurchdringlicher Wald umgab mich ringsum.

Ich glaube, ich hatte noch nie so schrecklich Angst wie damals, als ich allein in diesem milchig weißen Licht stand und ins Universum hinaufschaute. Ich hatte so große Angst, daß ich meinen Hunger vergaß. Ich konnte nicht einmal weinen. Ich weiß nicht, wie lange ich dort stand, unfähig mich zu bewegen trotz der Gefahr, die mir hier oben drohte. Aber jeder Schritt hätte mich wieder näher an diesen schwarzen, unheimlichen Wald gebracht, dem ich gerade entflohen war.

Dann kam er, mitten in der Nacht, durch den Wald, um mich zu suchen. Als ich sah, daß sich am Waldrand etwas bewegte, wich ich zuerst erschrocken zurück. Aber als ich Sams helle Buckskins erkannte, rannte ich über das offene Gelände und warf mich in seine Arme, und ich weinte vor Erleichterung.

«Okay, Hotshot», sagte Sam, schob mich von sich weg und sah mich mit Augen an, die im Mondlicht silbergrau aussahen. «Du kannst mir später erzählen, was dich auf die verrückte Idee gebracht hat, mir nachzulaufen. Aber du kannst von Glück sagen, daß ich ein Stück zurückgegangen bin und deine Spuren gefunden habe. Hoffentlich ist dir klar, daß du meine wichtige Begegnung mit den Totemgeistern vermasselt hast. Und dann bist du hier oben, obwohl ich dir gesagt habe, daß du nachts nie über die Baumgrenze hinausgehen darfst. Hat dir mein Großvater Dark Bear nicht erklärt, warum sogar Wolf und Silberlöwe die Nacht nicht hier oben verbringen?»

Ich schüttelte den Kopf und kämpfte mit den Tränen, während er den Arm um mich legte und meinen Rucksack aufhob. Wir gingen zurück in den Wald. Sam nahm meine Hand, und ich versuchte tapfer zu sein.

«Oberhalb der Baumgrenze wohnen die Totemgeister», sagte Sam, während wir uns durch das Unterholz zwängten. Ich hörte das leise schmatzende Geräusch, das seine Mokassins auf dem feuchten Boden machten. «Tiere spüren, daß die Geister da sind, selbst wenn sie sie weder sehen noch riechen können. Deshalb mußt du, wenn du ernsthaft vorhast, den Geistern zu begegnen, an einem Ort warten, wo nicht einmal Bäume leben können. Aber der Ort, zu dem ich gehe, wird von einem großen Zauber beschützt. Ich kann dich jetzt in der Nacht nicht zurückbringen. Also werden wir unser *tiwa-titmas* gemeinsam haben, du und ich. Wir werden dort oben in dem Kreis warten, daß die Geister in uns eingehen.»

Obwohl ich sehr erleichtert war, daß ich die Nacht nicht allein auf dem Bald Mountain verbringen mußte, war mir die Sache mit den Totemgeistern nicht geheuer.

«Warum sollen die Geister *in uns eingehen*?» Die Frage fiel mir nicht leicht.

Sam antwortete nicht, aber er drückte meine Hand, um mir zu bedeuten, daß er meine Frage gehört hatte. Wir stiegen weiter durch den dunklen Wald, ziemlich lange, wie mir schien, bis wir endlich zu dem Kreis kamen. Im Wald war es immer noch sehr dunkel, aber dort draußen schien der Mond auf die kahle Bergkuppe und den Kreis aus Felsen.

Hand in Hand verließen Sam und ich den Wald. Als wir in den Kreis traten, geschah etwas Merkwürdiges. Das Mondlicht war hier anders; es glitzerte und glänzte, als ob unzählige Silberteilchen in der Luft schwebten. Und eine leichte Brise erhob sich, die mich frösteln ließ. Aber ich hatte keine Angst mehr. Ich war fasziniert von diesem magischen Ort. Irgendwie hatte ich das Gefühl, daß ich hierher gehörte.

Sam führte mich in die Mitte des Kreises und kniete sich auf den Boden. Aus der Tasche, die er am Gürtel trug, nahm er bunte Perlen und «Glücksfedern» heraus, von denen ich wußte, daß es Talismane waren, und befestigte sie in meinem Haar. Dann schichtete er in der Mitte des Kreises dicke Äste und Zweige auf und entzündete ein Feuer. Während ich dort stand und mir die Hände wärmte, merkte ich plötzlich, wie kalt mir war – ich war naß und durchgefroren bis auf die Knochen. Die Flammen schlugen hoch in den Himmel, und Funken sprühten in die schwarze Nacht und mischten sich mit den Sternen. Ich hörte Herbstgrillen im Gebüsch, und über uns sah ich den Großen und den Kleinen Wagen.

«Wir nennen sie Großer und Kleiner Bär», sagte Sam, dessen Augen meinem Blick gefolgt waren. Er saß mit überkreuzten Beinen neben mir auf dem Boden und stocherte im Feuer herum. «Ich glaube, die Bärfrau wird mein Totemgeist werden – obwohl ich sie nie von Angesicht zu Angesicht gesehen habe.»

«Warum nicht der Bär?» fragte ich überrascht.

«Die Bärin ist ein großes Totemtier», sagte Sam. «Wie die Löwin beschützt sie ihre Jungen – manchmal sogar vor dem Vater der Jungen –, und sie sorgt für Nahrung.»

«Was passiert, wenn dein Totemgeist… in dich eingeht?» fragte ich, denn dieser Vorgang beunruhigte mich noch immer. «Ich meine, tut er dir etwas?»

«Ich weiß es nicht, Hotshot», sagte er lächelnd. «Ich habe es noch nicht erlebt – aber ich denke, wir werden es wissen, wenn es mit uns geschieht. Mein Großvater Dark Bear hat mir gesagt, daß sich der Totemgeist sanft nähert, manchmal in menschlicher Gestalt und manchmal als Tier. Dann entscheidet der Geist, ob du bereit bist. Und wenn du bereit bist, spricht er zu dir und gibt dir deinen geheimen heiligen Namen –

einen Namen, den niemand außer dir kennen wird, es sei denn, du willst das Geheimnis mit jemand teilen. Dieser Name, sagt mein Großvater, ist die geistige Kraft eines Kriegers und in vieler Hinsicht wichtiger als unsere ewige Seele.»

«Warum ist dein Totemgeist noch nicht in dich eingegangen, um dir deinen Namen zu geben?» fragte ich. «Du hast es doch schon so oft versucht.»

Die lackschwarzen Haare, die Sam bis auf die Schultern fielen, verdeckten seine Augen, so daß ich nur sein Profil sehen konnte – dunkle Wimpern, kräftige Backenknochen, gerade Nase, gefurchtes Kinn. Und plötzlich, im flackernden Licht des Feuers, kam er mir viel älter vor, als er mit seinen zwölf Jahren war. Plötzlich sah er selbst wie ein alter Totemgeist aus. Dann wandte er sich mir zu. Seine Augen waren klar und hell wie Diamanten, und er lächelte.

«Ariel, weißt du, warum ich dich immer ‹Hotshot› nenne?» fragte er, und als ich den Kopf schüttelte, sagte er: «Weil du mit deinen acht Jahren viel klüger bist, als ich damals war, als ich zum ersten Mal auf *tiwatitmas* gegangen bin. Vielleicht bist du immer noch klüger als ich. Und das ist nicht alles. Ich glaube, du bist auch tapferer als ich. Als ich zum ersten Mal ohne einen Führer in diese Wälder kam, habe ich bereits jeden Stock und jeden Stein auf diesem Weg gekannt. Aber du bist heute einfach losgegangen und hast dich blind deinem Schicksal anvertraut. Mein Großvater nennt das, den notwendigen Glauben zu haben.»

«Ich bin ja *dir* nachgegangen», sagte ich. «Ich glaube, ich bin einfach nur dumm.»

Sam warf den Kopf in den Nacken und lachte.

«Nein, nein. Du bist nicht dumm», sagte er. «Aber vielleicht, nur vielleicht», fügte er mit seinem wundervollen Lächeln hinzu, «wird das, was heute passiert ist – daß du dich im Wald verlaufen und dich in Gefahr gebracht hast –, eine Art Talisman für mich sein, meine glückbringende Kaninchenpfote.» Er zog einmal kräftig an meinem Pferdeschwanz. «Vielleicht bringt es mir Glück, daß ich dich hier draußen gefunden habe.»

Und so war es dann auch. Auf diese Weise wurde Sam Grey Cloud, und unser Totemgeist segnete uns mit dem Licht. Wir mischten unser Blut, und ich wurde zum Teil Indianerin. Von dieser Nacht an war es, als wäre ein Knoten in mir aufgegangen; als würde ich von nun an auf einem geraden und klar erkennbaren Weg durchs Leben gehen – bis heute.

Der US-Regierung wird immer wieder die Verschwendung von Steuergeldern vorgeworfen, aber nie in Verbindung mit übermäßig komfortablen Arbeitsbedingungen für ihre Angestellten. Das gilt besonders für uns hier draußen in der Provinz, wo jeder Cent für Arbeitsplatzverbesserungen zehnmal umgedreht wird. Es wird mehr Geld für die Asphaltierung der 2,5 Hektar großen Parkflächen für Regierungsfahrzeuge rings um unser Werk verwendet als für den Bau, die Möblierung, Reparaturen, Reinigung oder Heizung der Gebäude, in denen Menschen arbeiten müssen.

Als ich kurz nach der Mittagspause auf den riesigen Parkplatz fuhr und nach einer Lücke Ausschau hielt, schienen die einzigen freien Plätze auf dem offiziellen Angestelltenparkplatz im westlichen Wyoming zu liegen. Um diese Jahreszeit konnte nach einem Tauwettereinbruch, wie wir ihn an diesem Morgen hatten, Wind aufkommen mit Temperaturen bis minus 20°. Bereits jetzt prasselten Eisgraupel gegen meine Windschutzscheibe. Ich beschloß, eine Geldstrafe zu riskieren und meinen Wagen vor dem Hauptgebäude auf dem kleinen Besucherparkplatz abzustellen. Angestellte durften hier weder parken noch diesen Eingang zur Empfangshalle benützen. Aber gewöhnlich konnte ich einen vom Aufsichtspersonal dazu überreden, mich ins Dienstbuch einzutragen, ohne daß ich außen um den riesigen Gebäudekomplex herumlaufen mußte, um ihn durch die offiziellen Eingangsschleusen für Angestellte an der Rückseite zu betreten.

Ich schob mich auf einen der freien Plätze, schlug den Kragen meines Schaffellmantels hoch, wickelte mir den langen Kaschmirschal um den Kopf und zog mir die wollene Skimütze über die Ohren. Dann sprang ich aus dem Wagen, schloß ab und rannte zu den Glastüren des Vordereingangs, die ich keinen Augenblick zu früh erreichte, denn der Windstoß, der hinter mir hereinfuhr, riß die Tür fast aus den Angeln. Ich mußte sie mit Gewalt zudrücken. Dann durchquerte ich den Windfang zur nächsten Tür und betrat die Empfangshalle.

Ich nahm meinen Schal ab und trocknete mir die vom Wind tränenden Augen, als ich ihn sah. Er stand am Empfangsschalter und trug sich aus. Ich erstarrte.

Ich meine, wie hätte ich die Zeile aus dem Lied vergessen können, das Jersey so oft in den Konzerten, zu Hause und auf Schallplatten gesungen hatte: «Du wirst einem Fremden begegnen...»

Und hier war er. Obwohl die Umgebung – die Empfangshalle des

Technical-Science-Gebäudes – nicht ganz so idyllisch war wie die in dem Lied, wußte ich ohne den Schatten eines Zweifels, daß dieser Mensch allein für mich erschaffen worden war. Er war das Geschenk, das mir die Götter als Trost für meinen toten Cousin Sam geschickt hatten und das ich verpaßt hätte, wenn ich durch den vorgeschriebenen Hintereingang gegangen wäre. Nicht auszudenken!

Er sah tatsächlich ein wenig wie meine Bilderbuchvorstellung von einem Gott aus. Sein dunkles volles Haar war elegant bis auf Kragenhöhe geschnitten. Er war groß und schlank und hatte dieses wie gemeißelte Profil, das man stets mit Helden verbindet. Der weiche Kamelhaarmantel und der weiße Seidenschal hingen lässig von seinen breiten Schultern. Die teuren italienischen Lederhandschuhe hielt er zwischen langen, anmutigen Fingern.

Seine Haltung und dieses hoheitsvolle, distanzierte Auftreten grenzten an Arroganz. Aber als er der Sicherheitsbeamtin Bella – die ihn anglotzte – den Rücken kehrte und in meine Richtung ging, sah ich, daß seine Augen unter den dunklen Wimpern von tiefem, dunklem Türkis, ja nahezu Indigoblau waren. Sein Blick streifte mich; seine Augen wurden für einen Moment schmäler, und mir wurde klar, daß ich in dieser Aufmachung die erotische Ausstrahlung eines Eisbären hatte.

Er kam auf mich zu. Er wollte zum Ausgang. Er würde das Gebäude verlassen! Ich mußte etwas tun – in Ohnmacht fallen oder mit ausgebreiteten Armen den Ausgang versperren. Statt dessen schloß ich die Augen und roch ihn, als er vorüberging – eine Mischung aus Tanne, Leder und Zitrone, die mich leicht benommen zurückließ.

Möglich, daß mir meine Einbildung einen Streich spielte, aber mir war, als hätte er mir im Vorübergehen etwas zugeflüstert: «Exquisit.» Vielleicht hatte er auch nur *«excuse me»* gesagt, denn ich schien den Ausgang zumindest teilweise zu versperren. Als ich die Augen öffnete, war er gegangen.

Ich wollte im Dienstbuch nachsehen, aber als ich an Bellas Schreibtisch trat, hatte sie sich wieder gefangen und klatschte ein Blatt Papier auf das aufgeschlagene Buch. Als ich überrascht aufblickte, funkelte sie mich wütend an.

«Sie haben die Schleusen zu benutzen, Behn», fauchte sie und wies auf die Tür, die nach draußen führte. «Und das Dienstbuch darf nur von der Geschäftsleitung eingesehen werden.»

«Jeder Besucher, der sich hier einträgt, kann das Buch lesen und sehen, wer hier war», erwiderte ich. «Warum nicht auch die Angestellten? Das ist ja eine ganz neue Vorschrift.»

«Sie arbeiten bei der nuklearen Sicherheit, nicht beim Gebäudeschutz – deshalb kennen Sie sie nicht», sagte sie herablassend.

Bevor sie wußte, wie ihr geschah, zog ich das Blatt unter ihren mauvefarben lackierten Fingernägeln weg und las:

Prof. Dr. Wolfgang K. Hauser; IAEA; Krems, Österreich.

Ich hatte keine Ahnung, wo Krems in Österreich lag. Aber IAEA war die Internationale Atomenergiebehörde, die die Atomindustrie weltweit beaufsichtigte. Österreich selbst gehörte nicht zu den Kernenergie produzierenden Ländern. Trotzdem erhielten hier einige der besten Atomexperten der Welt ihre Ausbildung. Ich hätte zu gern mehr über Prof. Dr. Wolfgang K. Hauser erfahren.

Ich lächelte Bella an und kritzelte meinen Namen ins Dienstbuch.

«Ich habe eine dringende Verabredung mit meinem Chef, Pastor Dart. Er hat mich gebeten, so schnell wie möglich aus dem anderen Gebäude herüberzukommen», erklärte ich ihr, während ich meinen Mantel auszog und ihn an den Garderobenständer der Lobby hängte.

«Das ist gelogen. Dr. Dart ist noch mit Besuchern aus Washington beim Essen», sagte Bella mit einem gemeinen Ausdruck im Gesicht. «Ich weiß es, weil er sich mit ihnen vor über einer Stunde ausgetragen hat. Hier, Sie können selbst nachsehen…»

«Ah, auf einmal ist das Dienstbuch nicht mehr nur Chefsache», sagte ich grinsend und verschwand durch die innere Tür.

Olivier saß in dem Büro, das wir uns in diesem Gebäude teilten, und spielte an seinem Computer. Wir waren die Leiter der Abteilung, die Atommüll wie Brennstäbe oder anderes transuranisches Material, also Stoffe, die eine höhere Atomzahl hatten als Uran, zu erfassen, zu sichern und zu verwalten hatte. Das Material wurde von Computern erfaßt, deren Programme unsere Computergruppe entwickelt hatte.

«Wer ist Professor Dr. Wolfgang K. Hauser von der IAEA in Österreich?» fragte ich Olivier, als er von seinem Apparat aufblickte.

«O Gott – nicht du auch noch!» stöhnte er, während er seinen Drehstuhl zurückschob und sich die Augen rieb. «Du bist doch erst seit ein paar Minuten wieder an deinem Arbeitsplatz. Wie konntest du dir diese Krankheit so schnell einfangen? Dieser Bursche ist wie ein Virus. Bis jetzt ist noch keine Frau verschont geblieben. Und ich habe gedacht, du würdest ihm als einzige widerstehen. Ich habe gutes Geld auf dich gesetzt. Wir haben nämlich gewettet.»

«Er ist wunderbar», erklärte ich Olivier. «Er hat so eine Art von… Ich weiß nicht, wie ich es nennen soll… Es ist nicht direkt Magnetismus…»

«O *nein*!» rief Olivier, während er aufstand und die Hände auf meine Schultern legte. «Jetzt habe ich vielleicht auch das Geld für den Lebensmittelhändler verloren!»

«Du hast hoffentlich nicht das Budget für exotische Kräutertees verwettet», sagte ich grinsend.

Er setzte sich und vergrub stöhnend den Kopf in seinen Händen. Mir wurde plötzlich bewußt, daß ich dank Prof. Dr. Wolfgang K. Hauser seit einer Woche zum ersten Mal wieder gelächelt und Sam für ganze zehn Minuten vergessen hatte.

Olivier sprang auf, als die Alarmanlage zu tuten begann und eine Stimme über den Lautsprecher verkündete:

«Das ist ein Probealarm. Wir machen unsere Winter-Feuerübung. Diese Übung ist sowohl von der örtlichen Feuerwehr als auch von der Ordnungsbehörde des Bundes vorgeschrieben. Bitte begeben Sie sich rasch zu Ihrem nächsten Notausgang und warten Sie auf dem Parkplatz in sicherem Abstand von den Gebäuden, bis Entwarnung gegeben wird.»

Du liebe Zeit! Bei Feuerübungen konnten wir nur die Notausgänge benutzen. Alle Schleusen und Türen, die zurück ins Gebäude führten, wurden automatisch verriegelt, damit niemand bei einem wirklichen Notfall eingeschlossen wurde – einschließlich der Tür zur Empfangshalle, in der mein Mantel hing. Wenn es draußen etliche Minusgrade hatte, als ich ins Haus kam, würde es jetzt noch kälter sein. Und eine Feuerübung konnte eine halbe Stunde dauern.

«Komm schon», sagte Olivier, während er in seinen Parka schlüpfte. «Zieh dich an! Wir müssen raus!»

«Mein Mantel ist in der Lobby», sagte ich, während ich hinter ihm durch das bereits menschenleere Großraumbüro zum Ausgang lief. Ein Heer von Menschen strömte aus den vier Ausgängen hinaus in den eisigen Wind.

«Du bist komplett verrückt», sagte Olivier. «Wie oft habe ich dir gesagt, daß du nicht die Lobby benützen sollst? Jetzt wirst du in einen Eisblock verwandelt. Ich würde dich ja unter meinen Mantel nehmen, aber wir passen nicht beide hinein. Jetzt müssen wir ihn eben abwechselnd anziehen, immer so lange, bis der andere anfängt zu erfrieren.»

«Ich habe einen Daunenparka im Auto, und meine Autoschlüssel sind hier in meiner Handtasche», sagte ich. «Ich setze mich ins Auto und lasse die Heizung laufen. Wenn die Übung zu lang dauert, gehe ich runter in die Cowboy-Bar auf einen Tee.»

«Okay, ich komme mit», sagte Olivier. «Vermutlich hast du auch unvorschriftsmäßig geparkt, wenn du durch den Vordereingang hereingekommen bist.» Ich grinste ihn an, während wir im Strom der Menschenmenge ins Freie geschoben wurden. Dann rannten wir zur Vorderfront des Gebäudes.

Als ich den Wagen aufschließen wollte, sah ich, daß die Verriegelungsknöpfe bereits oben waren. Der Wagen war offen. Das war merkwürdig, denn ich schloß meinen Wagen immer ab. Vielleicht war ich heute so zerstreut, daß ich es vergessen hatte. Ich kroch hinein, zog meinen Parka an und drehte den Zündschlüssel, während Olivier auf der anderen Seite einstieg. Der Motor sprang schwerfällig an. Insofern war es gut, daß ich noch einmal herauskam und den Wagen startete. Bei diesem Wetter konnte sich das Öl im Kurbelwellengehäuse in einen Eiszapfen verwandeln.

Und dann bemerkte ich den Knoten, der an meinem Rückspiegel baumelte.

Sam und ich hatten als Kinder mit Begeisterung alle Arten von Knoten gelernt. Ich war ein regelrechter Experte geworden und konnte die meisten Knoten einhändig schlingen wie ein richtiger Seemann. Sam sagte, die Inka hätten eine Knotenschrift gehabt, mit der sie rechnen und sogar eine Geschichte erzählen konnten. Als Kind verschickte ich Knoten-Nachrichten – manchmal auch an mich selbst, um festzustellen, ob ich mich später erinnern konnte, was sie bedeuteten.

Bei mir lagen immer irgendwo ein paar Längen Garn oder Schnur herum – so auch auf dem Armaturenbrett. Wenn ich unter Streß stand oder mich mit einem Problem beschäftigte, flocht und knüpfte ich die Fäden, trennte die Knoten wieder auf, und manchmal entstand ein richtig kompliziertes Makramee. Wenn ich das Knüpfmuster ausgearbeitet hatte, war wunderbarerweise auch meistens mein Problem gelöst. Aber ich erinnerte mich nicht, dieses Stück Garn gestern nacht auf meiner Heimfahrt oder heute morgen auf der Fahrt zur Arbeit gesehen zu haben. Mein Gedächtnis spielte verrückt.

Ich berührte den Knoten, als es im Wagen allmählich warm wurde. Es waren in Wirklichkeit zwei Knoten, wenn man den Teil, der um die Halterung des Spiegels gewickelt war, dazurechnete: ein Salomonsknoten, der eine kritische Entscheidung anzeigte, und eine schlüpfrige Schlinge, die genau das bedeutete, was sie war. Was hatte ich mir dabei gedacht? Ich nahm das Garn in die Hand und spielte damit. Olivier hatte das Radio angeschaltet und einen Sender mit seiner geliebten näselnden Cowboy-Musik eingestellt. Ich bedauerte, daß ich ihn in meinen Wagen eingeladen hatte – schließlich verbrachten wir neunzig Prozent unseres Lebens unter demselben Dach. Dabei fiel mir ein, daß ich weder von Olivier noch von sonst jemand Spuren gesehen hatte, als ich vergangene Nacht – oder vielmehr heute morgen – nach Hause gekommen war. Trotz Schneegestöber und Wind hätte doch irgend etwas darauf hinweisen sollen, daß er da war. Warum hatte er nicht wenigstens einen Teil meiner Post ins Haus gebracht, wenn er die ganze Zeit am Ort war?

«Olivier, wo warst du, während ich fort war?»

Olivier sah mich mit seinen dunklen Augen an und küßte mich leicht auf die Wange.

«Darling, ich muß dir gestehen», sagte er, «daß ich ein Cowgirl getroffen habe, dem ich nicht widerstehen konnte.»

«Du hast den Blizzard bei einem Cowgirl verbracht?» sagte ich überrascht, denn Olivier war nicht der Typ, der mal eben bei einem Mädchen übernachtete. «Klär mich auf. Ist sie hübsch? Ist sie eine Mormonin wie du? Und wo war Jason unterdessen?»

«Ich habe den kleinen Burschen mit einer großen Schüssel Futter zu Hause gelassen. Und zum Trinken geht er an den Wasserhahn. Was die Dame betrifft, so würde der Imperfekt unsere Beziehung am besten beschreiben. Dahingeschmolzen wie der Schnee und zu Eis erkaltet.»

Sehr poetisch.

«Ich muß nächstes Wochenende nach Sun Valley», sagte ich. «Wirst du Jason wieder allein lassen, oder soll ich ihn mitnehmen?»

«Gehst du Ski laufen?» fragte Olivier. «Warum nimmst du uns nicht beide mit? Ich habe schon überlegt, wo man diesen Neuschnee am besten nützen könnte. In Sun Valley haben sie einen Meter Neuschnee an den Hängen – und in den Senken eineinhalb Meter Pulverschnee.»

Olivier war ein ausgezeichneter Skiläufer und schwang leicht wie eine Feder durch den Pulverschnee. Ich kam mit dem Tiefschnee nicht so gut zurecht, aber ich schaute Olivier gern von weitem zu.

«Ich werde wahrscheinlich kaum Zeit zum Skilaufen haben», sagte ich, «weil mein Onkel dort sein wird. Er möchte Familienangelegenheiten besprechen.»

«Du scheinst viel Aufmerksamkeit von deiner vormals abwesenden Familie zu bekommen, jetzt, nachdem du eine Erbin bist», sagte Olivier. Gleich darauf tat ihm seine Bemerkung sichtlich leid.

«Ist schon okay, Olivier», sagte ich. «Ich komme drüber weg. Abgesehen davon ist mein Onkel selbst sehr wohlhabend. Er ist ein berühmter Geiger und Dirigent...»

«Doch nicht etwa Lafcadio Behn? Ist das dein Onkel?» fragte Olivier. «Ich habe mich schon immer gefragt, ob du mit einem der berühmten Behns verwandt bist, denn sehr viele Behns gibt es nicht.»

«Wahrscheinlich bin ich mit ihnen allen verwandt.»

Das Entwarnungssignal kam in dem Moment, als ich zu Olivier sagte, wenn er Lust habe, könne er mit nach Sun Valley kommen. Zögernd schaltete ich den Motor aus, um in die bittere Kälte hinauszugehen. Als ich den Wagen abschloß, erinnerte ich mich, daß ich ihn vorhin auch abgeschlossen hatte. Jemand war in meinen Wagen eingebrochen.

Ich sah im Kofferraum nach, wo die Lehne des Rücksitzes umgeklappt war; aber es war alles noch da, was ich gewöhnlich im Auto hatte, wenn auch ein wenig anders angeordnet. Jemand hatte den Wagen durchsucht. Ich schloß die Tür wieder ab – es war eine Art Reflexhandlung – und folgte Olivier zum Hintereingang, wobei ich meinen Boss, Pastor Dart, der das gleiche Ziel hatte, beinahe umrannte.

«Hallo Behn – da sind Sie ja wieder!» sagte er, während ein Lächeln über sein bulliges Gesicht huschte. «Kommen Sie in einer halben Stunde in mein Büro. Ich habe eine Menge mit Ihnen zu besprechen.»

Ich sagte dem Pod, ich würde zu ihm kommen, und ging in mein Büro, wo das Telefon klingelte.

«Geh du ran», sagte Olivier. «Ich hab vergessen, dir zu sagen, daß heute morgen, bevor du hier warst, eine Dame von einer Zeitung angerufen hat wegen irgendwelchen seltenen Manuskripten. Danach hat immer wieder jemand angerufen und wieder aufgelegt, sobald ich mich gemeldet habe. Wahrscheinlich irgendein Spinner.»

Nach dem vierten Klingeln nahm ich den Hörer ab.

«Ariel Behn, *Waste Management*», meldete ich mich.

«Hi, Hotshot», sagte eine sanfte, vertraute Stimme – eine Stimme, die ich nur mehr im Traum zu hören gehofft hatte. «Es tut mir leid, wirklich sehr leid, daß es auf diese Weise geschehen mußte – aber ich bin nicht tot», sagte Sam. «Ich könnte es aber bald sein, es sei denn, du kannst mir helfen – und das schnell.»

DIE REUE

MARSYAS:
Schwarz, schwarz, unerträglich schwarz!
Geh, Schreckgespenst der Zeiten, geh!
Genügt es nicht, daß ich sie hinter mir gelassen?
Ich habe das Geheimnis der Gedankenverbindung
Durch zahllose Jahre, durch viele Leben,
In vielen Sphären gefunden.
Dem dunklen Plan des Daseins, meines Seins,
Hab ich ein Glanzlicht aufgesetzt.
Ich kannte mein Geheimnis. Alles, was ich war… und bin.
Die Rune ist vollendet, wenn alles, was ich werde,
Vergangen sein wird wie im Flug…

OLYMPAS:
Im Leben wie im Tod, zu Wasser und zu Land
will ich dir folgen. Darauf meine Hand.

Aleister Crowley, AHA

Ich mußte mich setzen – und zwar schnell. Das Blut wich aus meinem Kopf, als würde es abgesaugt, und ich plumpste wie ein Stein in meinen Stuhl. Dann beugte ich mich vor, bis meine Stirn meine Knie berührte, damit ich nicht ohnmächtig wurde.

Sam lebte. Er *lebte* – oder träumte ich? Solche Dinge geschahen manchmal im Traum. Sie konnten ganz wirklich erscheinen. Aber Sams Stimme war da, obwohl ich eben von seiner Beerdigung zurückgekommen war. Es war höchste Zeit für eine Überprüfung meines Geisteszustands.

«Bist du noch dran, Ariel?» Sam klang besorgt. «Ich höre dich nicht atmen.»

Ich hatte tatsächlich aufgehört zu atmen. Es erforderte eine ganz bewußte Anstrengung, wieder damit anzufangen. Ich schluckte, umklammerte die Stuhllehne und zwang mich, eine Antwort hervorzubringen.

«Hi», sagte ich in die Sprechmuschel. Es klang lächerlich; aber was um alles in der Welt sollte ich sonst sagen? Ich hatte einen Schock.

«Es tut mir leid. Ich weiß, was du gerade durchmachst, Ariel», sagte Sam. Es war die Untertreibung des Jahrhunderts. «Aber bitte, stell jetzt keine Fragen. Es wäre sogar gefährlich für dich, überhaupt etwas zu sagen, es sei denn, du bist allein.»

«Bin ich nicht», sagte ich rasch, während ich versuchte, mich wieder einigermaßen unter Kontrolle zu bringen.

«Das dachte ich mir», sagte Sam. «Ich habe den ganzen Vormittag angerufen, und immer war jemand anderer dran. Hör zu, wir müssen eine saubere Telefonleitung finden, damit ich dir sagen kann, was passiert ist.»

«Sie könnten mich zu Hause anrufen», schlug ich vor. Ich mußte meine Worte vorsichtig wählen; und ich rückte auch mit dem Stuhl etwas von Olivier ab, der mit dem Rücken zu mir saß und auf seinem Computer herumhackte.

«Dein Privatanschluß ist angezapft», sagte Sam, der sich auf solche Dinge verstand. «Diese Büroleitung ist sauber, wenigstens im Augenblick. Dein Wagen ist auch nicht sicher», fügte er, meine nächste Frage vorwegnehmend, hinzu. «Jemand hat ihn aufgebrochen und gründlich durchsucht. Der Knoten und die Schlinge am Spiegel waren von mir, um dich zu warnen. Ich hoffe, du hast nichts von besonderem Wert im Wagen oder bei dir zu Hause versteckt. Ich bin sicher, daß du von Profis überwacht wirst, und das fast die meiste Zeit.»

Von *Profis*? Was sollte das heißen? Daß ich ebenfalls in diesen Spionagethriller verwickelt war? Nach allem, was ich in den letzten vierundzwanzig Stunden durchgemacht hatte, hatte mir das gerade noch gefehlt. Und obwohl ich gern gewußt hätte, was Sam mit «Sachen von besonderem Wert» meinte, mußte ich meine Zunge hüten und konnte nur sagen: «Mir ist nichts aufgefallen» – statt zu sagen, daß nichts fehlte.

Olivier stand auf und streckte sich. Als er zu mir herübersah, beugte ich mich über meinen Schreibtisch und tat, als würde ich mir technische Daten notieren. Mir schlug das Herz bis zum Hals. Ich mußte das Gespräch so schnell wie möglich beenden, deshalb sagte ich zu Sam: «Was sollten wir nach Ihrer Meinung als erstes tun?»

«Wir müssen uns zu bestimmten Zeiten sprechen können, ohne daß jemand bemerkt, daß du etwas verheimlichst. Also zum Beispiel kein Ausweichen auf öffentliche Telefonzellen.»

Daran hatte ich als erstes gedacht. Also streichen.

«Was ist mit Computern?» fragte ich, auf meinen Block kritzelnd. Ich wünschte, Olivier würde auf die Idee kommen, sich ein bißchen die Beine zu vertreten.

«Computer?» sagte Sam. «Nicht sicher genug. Jeder kleine Hacker kommt in einen Regierungscomputer. Wir müßten einen mehrschichtigen Code ausarbeiten, und dafür fehlt uns die Zeit. In der Straße vor deinem Büro, ein Stück weiter unten, ist eine Cowboy-Bar. Sie nennt sich ‹No-Name›. Ich ruf dich dort in einer Viertelstunde an.»

«Um diese Zeit habe ich eine Besprechung mit meinem Chef», sagte ich. «Ich will sehen, ob –»

In diesem Augenblick erschien der Pod in der Tür.

«Behn, ich habe schon etwas eher Zeit», sagte er. «Kommen Sie in mein Büro, sobald Sie hier fertig sind.»

«Okay – ich vermute, du mußt los», sagte Sam in mein Ohr, während sich Olivier anschickte, dem Pod zu folgen. «Dann sagen wir, in einer Stunde. Wenn du es nicht schaffst, rufe ich dort jede Viertelstunde an, bis ich dich erreiche. Ariel? Mir tut das alles sehr leid.» Dann legte er auf.

Mit zitternder Hand legte ich den Hörer auf und versuchte mit wackligen Beinen aufzustehen.

Der Pod hatte sich noch einmal umgedreht, bevor er ging, und sagte zu Olivier: «Ich brauche Sie bei dieser Besprechung nicht – nur Behn. Ich borge sie mir für ein paar Wochen für ein dringendes Projekt aus, bei dem sie Wolfgang Hauser von der IAEA zur Hand gehen soll.»

Dann ging er, und Olivier sank stöhnend auf seinen Stuhl.

«Mein Prophet Moroni, womit habe ich das verdient?» fragte er mit dem Blick zur Zimmerdecke, als erwartete er, daß der Mormonenprophet dort über ihm schwebte. Dann sah er mich wütend an. «Ist dir klar, daß ich damit das gesamte Jahresbudget für mehrfarbige Nudelerzeugnisse aus Norditalien plus den Zuschuß für Gurken- und Balsamico-Essig einbüße?»

«Es tut mir so leid», sagte ich und strich ihm über den Rücken, während ich benommen aus dem Büro wankte.

Die Idaho-Atomanlage, in der ich arbeitete, war weltweit die erste, in der man sich wissenschaftlich mit der Entstehung und der Verhinderung von Nuklearunfällen beschäftigte.

Der Gegenstand der hiesigen Forschung, der in letzter Zeit an Bedeutung gewonnen hatte, war eng mit dem Projekt verbunden, an dem Olivier und ich während der vergangenen fünf Jahre gearbeitet hatten, also mit *waste management* oder wie giftiger, gefährlicher und transuraner Abfall zu kontrollieren ist. Olivier und ich überwachten die größte bestehende Datenbank, um festzustellen und zu überprüfen, wo radioaktives Material gelagert oder versenkt wurde. Als Pioniere auf diesem Gebiet fanden wir es auch ganz in Ordnung, daß wir den größten Vorrat an schwarzen Sprüchen gehortet hatten wie «Anderer Leute Abfall ist unser täglich Brot» und dergleichen.

Aber Olivier und ich waren kleine Fische. Die eigentliche Forschungstätigkeit hier in Idaho bestand in den *meltdown*-Tests, wenn es zum Schmelzen des Reaktorkerns kommt, und in eingehenden Untersuchungen von anderen Unfallarten, die an unseren Reaktoren draußen in der Lavawüste vorgenommen wurden. Obwohl es keineswegs ungewöhnlich war, daß die Internationale Atomenergiebehörde einen Vertreter wie Wolfgang Hauser zu einem Gedanken- und Informationsaustausch nach Idaho schickte, war ich auf das, was mir der Pod nun über den angekündigten Auftrag mitteilte, nicht gefaßt.

«Ariel, sind Sie über die Probleme, die die Sowjets im Augenblick haben, unterrichtet?» fragte der Pod, sobald ich in seinem Büro Platz genommen und er die Tür geschlossen hatte.

«Nun ja – gewissermaßen. Ich meine, was man so jeden Abend in den Nachrichten hört», antwortete ich. Gorbatschow war in Teufels Küche geraten, weil er Freiheit in einem Land einführte, in dem Menschen eingesperrt oder hingerichtet worden waren, nur weil sie es gewagt hatten, über Freiheit zu sprechen.

«Die IAEA befürchtet», fuhr der Pod fort, «daß die Sowjetunion die Herrschaft über einige ihrer Republiken verlieren könnte, in denen riesige Mengen atomarer Waffen und radioaktiven Materials lagern, ganz zu schweigen von den Brutreaktoren, von denen viele veraltet sind und ohne angemessene Kontrollsysteme. Das alles könnte in die Hände ungenügend ausgebildeter Provinzler fallen, die keiner zentralen Kontrolle unterliegen würden, die nichts zu verlieren und alles zu gewinnen hätten.»

«Was kann ich dagegen tun?»

Er warf den Kopf in den Nacken und lachte laut und herzlich.

Trotz seines Rufs, den er verdiente, konnte ich Pastor Owen Dart im Grunde gut leiden. Er war ein drahtiger, robuster Mann, ein ehemaliger Box-Champion bei der Army und Vietnamveteran. Die struppigen rotbraunen Haare und das zerbeulte Ledergesicht waren bei ihm Charaktermerkmale. Er war kaum größer als ich, aber ein Draufgänger, und er schlug sich besonders gut, wenn er in die Enge getrieben wurde. Ich war froh, daß ich ihm noch nie in die Quere gekommen war. Leider sollte sich das bald ändern.

«Sie meinen, welchen Auftrag Sie haben werden?» sagte er. «Das wird Ihnen Wolf Hauser erklären, wenn er nächste Woche zurückkommt. Hätte ich gewußt, daß Sie schon da sind, hätte ich Sie noch mit ihm bekannt machen können. Aber jetzt ist er für den Rest dieser Woche draußen bei den Reaktoren. Doch ich kann Ihnen jetzt schon sagen –

wenn auch ganz unter uns –, daß Sie Dr. Hauser nach Rußland begleiten werden. Die Vorbereitungen laufen bereits.»

Rußland? Das war völlig unmöglich – jetzt, nachdem Sam von den Toten auferstanden war und sich vor einer Killerbande verstecken mußte, die nur ein paar Meter von hier auf dem Parkplatz lauerte. Sam und ich hatten jetzt schon Kommunikationsprobleme. So sehr mir die Vorstellung einer engen Zusammenarbeit im Ausland mit Dr. Wolfgang Hauser gefiel, wußte ich doch, daß ich dieser Sache sofort einen Riegel vorschieben mußte.

«Ich bin Ihnen sehr dankbar für das Angebot, Sir», sagte ich, «aber offen gesagt, sehe ich nicht, wie ich in dieser Angelegenheit nützlich sein könnte. Ich war noch nie in Rußland, ich spreche kein Russisch. Ich bin weder promovierte Chemikerin noch Physikerin. Ich wüßte gar nicht, was ich wie einordnen sollte, wenn es darauf ankäme. Ich habe immer nur etikettiert und verfolgt, was andere ausgegraben und identifiziert haben. Außerdem sagten Sie zu Olivier Maxfield, dieser Job würde ein paar Wochen dauern. Er wird mich von meiner eigentlichen Arbeit abhalten.»

Ich war völlig außer Atem. Ich versuchte, gegen den Strom zu paddeln, aber mein Kanu schien nicht voranzukommen.

«Machen Sie sich deswegen keine Sorgen», tröstete mich der Pod mit wenig tröstlicher Stimme. «Schließlich sind Sie und Maxfield Co-Direktoren Ihrer Abteilung.»

Ich hätte gern gefragt, warum Olivier nicht einbezogen wurde, aber die Stimme des Pod hatte jenen distanzierten Ton angenommen, den er gegenüber Leuten anwendete, deren Entlassung bereits unterschrieben in seiner Schublade lag. Er stand auf und begleitete mich zur Tür.

«Tatsache ist», sagte er, bevor wir die Tür erreichten, «daß die IAEA Sie vor Monaten bereits für diese Aufgabe bestimmt hat aufgrund Ihrer Leistungen und meiner Empfehlung. Die Sache ist beschlossen. Und offen gesagt, Behn, dieser Job wird gut bezahlt und ist eine Riesenchance für Sie. Sie sollten mir die Hände küssen dafür, daß ich ihn Ihnen zugeschanzt habe.»

Mir war schwindlig von all dem, was seit der Mittagszeit auf mich hereingebrochen war. Als der Pod die Tür öffnete, platzte es aus mir heraus: «Ich habe nicht mal ein russisches Visum!»

«Das ist geregelt», erklärte er kühl. «Das sowjetische Konsulat in New York wird Ihnen ein Visum ausstellen.»

Ich fluchte innerlich. Vielleicht hatte Sam eine Idee, wie ich mich vor dieser Reise drücken könnte.

«Übrigens», fügte der Pod in umgänglicherem Ton hinzu, als ich mich verabschieden wollte, «ich habe gehört, Sie hatten einen Todesfall in der Familie. Hoffentlich nicht jemand, der Ihnen nahestand.»

«Näher als ich im Augenblick sagen kann», antwortete ich mit nichtssagender Miene und berührte leicht seinen Arm. «Aber vielen Dank für die freundliche Anteilnahme.»

Als ich den Gang hinunterging, warf ich einen Blick auf meine Uhr und ich fragte mich, wie nah Sam diesem Ort tatsächlich war. Dann zog ich meine Winterausrüstung an und ging zur Cowboybar.

Bierdunst und Zigarettenqualm schlugen mir entgegen, als ich die dunkel getäfelte Bar betrat. Die Musikbox spielte. Ich setzte mich an einen Tisch an der Wand, wo das Telefon hing, bestellte eine Virgin Mary und wartete. Endlich klingelte das Telefon. Ich war sofort auf den Beinen und griff nach dem Hörer.

«Ariel ...» Sams Stimme klang erleichtert, als ich mich meldete. «Ich bin fast durchgedreht seit der Beerdigung. Ich wollte dich erreichen, dir alles erklären. Aber zunächst mal: Bist du in Ordnung?»

«Ich erhole mich», sagte ich. «Ich weiß nicht, ob ich lachen oder weinen soll. Ich bin verrückt vor Freude, weil du lebst, und wütend, weil du mir – uns allen – so etwas zugemutet hast. Im Augenblick habe ich nur dein Wort, daß es wirklich nötig war, deinen Tod vorzutäuschen. Weiß das außer mir sonst noch jemand?»

«Im Moment kann es außer dir niemand wissen», sagte Sam. Seine Stimme klang wie eine gespannte Saite. «Wir sind in größter Gefahr, wenn jemand erfährt, daß ich lebe.»

«Was heißt *wir*?»

«Ariel, ich meine es ernst. Im Augenblick bist du mehr in Gefahr als ich. Ich hatte wahnsinnige Angst, du würdest nicht direkt nach Idaho zurückkommen – daß du vielleicht irgendwohin fährst, um allein zu sein, und das Päckchen nicht bekommen würdest. Als ich entdeckt habe, daß dein Telefon angezapft ist und dein Wagen durchsucht wurde, habe ich gebetet, du möchtest es an einem sicheren Ort deponieren ...»

Die Kellnerin strich ihr Trinkgeld ein, das auf dem Tisch lag, und sah mich fragend an, ob ich noch einen Drink wollte.

Ich schüttelte den Kopf, während ich zu Sam sagte: «Ich weiß nicht, was du meinst.» Aber ich ahnte, was er meinte. Als die Kellnerin außer Hörweite war, flüsterte ich: «Welches Päckchen?»

In der Leitung herrschte plötzlich Totenstille. Ich fühlte die Spannung, die in dieser Stille lag. Als Sam schließlich antwortete, zitterte seine Stimme.

«Erzähl mir nicht, Ariel, du hättest es nicht bekommen», sagte er. «Ich mußte es vor der Beerdigung ganz schnell loswerden. Du warst die einzige Person, auf die ich mich in dieser Situation vollkommen verlassen konnte. Ich habe es an dich adressiert in einen Briefkasten geworfen. Ich dachte, niemand würde auf die Idee kommen, es unter der gewöhnlichen Post zu vermuten. Und ich habe gehofft, du würdest es bekommen, sobald du wieder zu Hause bist und deine Post abholst. Oder warst du noch nicht auf der Post?»

«Verdammt, Sam», flüsterte ich. «Was hast du mir angetan? Was hast du mir geschickt? Doch hoffentlich nicht meine ‹Erbschaft›?»

«Hat jemand auf der Beerdigung etwas davon erwähnt?» fragte Sam flüsternd, als würde jemand in der Leitung lauschen.

«Erwähnt?» fuhr ich auf, dämpfte meine Stimme aber sofort wieder. «Das Testament wurde laut verlesen! Augustus und Grace haben eine Pressekonferenz gegeben! Die Medien haben angerufen und wollten es finden! Onkel Laf kommt aus Österreich angeflogen! Reicht dir das?»

Ich war schon ganz heiser von dem Geflüster. Ich konnte nicht glauben, was mit meinem bislang ruhigen, geordneten Leben passierte. Ich konnte nicht glauben, daß Sam lebte und ich ihn am liebsten erwürgt hätte.

«Ariel, bitte», sagte Sam. Er klang, als würde er sich die Haare raufen. «Hast du deine Post abgeholt oder nicht? Gibt es eine Erklärung, warum du das Päckchen nicht gesehen haben könntest?»

Mir wurde richtig übel. Es war nicht schwer zu erraten, was das Päckchen enthielt: Pandoras Manuskripte. Die Manuskripte, auf die alle so versessen waren. Die Manuskripte, von denen ich glaubte, daß sie an Sams Tod schuld waren.

«Ich habe vergessen, einen Sammelauftrag bei der Post abzugeben», sagte ich und hörte, wie Sam am anderen Ende der Leitung scharf Luft holte. «Ich war ein bißchen durcheinander», sagte ich ärgerlich. «Schließlich mußte ich zu deiner Beerdigung. Ich hab's einfach vergessen.»

«Wenn es die ganze Zeit in deinem Briefkasten war», sagte Sam immer noch flüsternd, «wo ist es dann jetzt?»

Großartig. Es war in einem Haufen Wust auf meinem Wohnzimmerfußboden – oder vielleicht in einer zwei Meter tiefen Schneewehe. Dann fiel mir ein, wie ich in den Schnee eingesunken war und meine Post auf die Straße unter das Auto geworfen hatte.

«Als ich gestern nacht heimkam, habe ich meinen Briefkasten geleert», sagte ich zu Sam, «und alles in der Wohnung auf den Boden geworfen. Ich habe mir die Post noch nicht angesehen. Sie liegt noch dort.»

«Mein Gott», sagte Sam. «Wenn deine Leitung schon abgehört wurde, bevor du zu Hause warst, dann haben sie deine Wohnung inzwischen durchsucht – vielleicht schon mehr als einmal. Sie wurde bestimmt durchsucht, nachdem du heute zur Arbeit gefahren bist. Ariel, ich bin wegen des Päckchens beinahe getötet worden, und du bist nur so lange sicher, wie sie glauben, daß du es noch nicht hast. Aber ich habe nicht bedacht, in welche Gefahr ich dich bringe, als ich es an dich geschickt habe.»

«Wie reizend von dir», sagte ich. «Ist es vielleicht so eine Art Kettenbrief, bei dem einen Tod und Verdammnis treffen, wenn man ihn nicht weiterschickt?»

«Du verstehst nicht, Ariel. Uns *droht* Tod und Verdammnis», sagte Sam. Ich hatte ihn noch nie so verzweifelt erlebt. Seine Stimme wurde noch leiser, als er fortfuhr: «Es ist so wahnsinnig wichtig, daß es nicht in die falschen Hände gerät. Es ist wichtiger als wir – als dein Leben oder meins …»

«Wie bitte?» sagte ich. «Bist du völlig übergeschnappt? Was willst du damit sagen? Daß ich mein Leben für etwas aufs Spiel setzen soll, was ich nie gesehen habe und was mich nicht einmal interessiert?»

«Es ist ein Teil von dir, und du bist ein Teil davon», sagte Sam jetzt gereizt. «Und obwohl es mir sehr leid tut, daß ich dich hineingezogen habe, Ariel, kann man die Zeit nicht zurückdrehen. Was geschehen ist, ist geschehen. Du bist die einzige, die dieses Paket finden kann. Und ich sage dir, daß du es finden *mußt*. Wenn du es nicht findest, werden nicht nur dein und mein Leben in Gefahr sein, das versichere ich dir.»

Ich hatte keine Ahnung, was ich tun sollte. Ich wollte nur, daß das alles aufhört. Ich wollte mich unter dem Bett verstecken und am Daumen lutschen. Aber ich versuchte, mich zusammenzureißen.

«Okay, laß uns von vorne anfangen. Wie sah das Päckchen aus?» fragte ich Sam.

Auch er schien zu versuchen, seine Gedanken auf die Reihe zu bringen. Seine Stimme klang spröde.

«Ungefähr so groß wie ein Packen Schreibpapier», sagte Sam.

«So etwas war nicht in meinem Briefkasten!» Ich war mir ganz sicher, denn ich hatte meine gesamte Post in einer Hand gehalten, als ich anfing, im Schnee zu versinken, und ich hatte alles auf die Straße geworfen. «Dann gibt es nur eine Erklärung», sagte ich zu Sam. «Das Päckchen ist noch nicht angekommen.»

«Das gibt uns eine kleine Atempause», sagte Sam düster. «Es kann heute kommen, und du bist nicht zu Hause. Aber sehr wahrscheinlich sind *sie* dort – oder sie werden zumindest das Haus beobachten.»

Ich hätte zu gern gewußt, wer *sie* waren, wollte aber zuerst das Wichtigste geregelt haben.

«Ich könnte veranlassen, daß meine Post nicht ausgetragen wird –» begann ich, aber Sam fiel mir ins Wort.

«Das ist zu verdächtig. Dann würden sie wissen, daß es mit der Post kommt. Wie gesagt, ich glaube, daß sie dir nichts tun werden, solange sie nicht sicher sind, ob du das Paket hast. Oder sie haben es bereits, oder sie wissen, wie es ankommen wird. Im Augenblick bist du also sicher. Ich schlage vor, du gehst wie sonst auch nach Hause und siehst wie üblich in deinem Briefkasten nach. Ich versuche, dir irgendwie eine Nachricht zukommen zu lassen. Aber vorsichtshalber rufe ich dich hier morgen um diese Zeit noch einmal an.»

«Einverstanden», sagte ich. «Aber wenn du mich eher erreichen willst – meine Computeradresse ist ABehn Nukesite. Du kannst jede Chiffriermethode benützen. Gib mir nur in einer anderen Message einen Hinweis, okay? Und Sam... Onkel Laf kommt dieses Wochenende nach Sun Valley. Ich treffe ihn dort. Er sagte, er würde mir die Geschichte meiner Erbschaft erzählen.»

«Das dürfte höchst interessant werden», sagte Sam. «Aus seinem Mund würde ich die Geschichte auch gern hören, also gib gut acht. Mein Vater hat sich bei Familiengeschichten immer ziemlich bedeckt gehalten, genau wie deiner. Übrigens, wenn du im Sun Valley Lodge bist... vielleicht können wir unsere Beobachter abschütteln und uns auf dem Berg treffen. Wir kennen uns dort doch beide gut aus.»

«Das ist eine gute Idee, nur mein Hausherr und meine Katze kommen auch mit», sagte ich. «Aber wir kriegen das schon hin, vorausgesetzt, wir leben noch lang genug. Mein Gott, Sam, ich bin so froh, daß es dich wieder gibt.» Ich schien unfähig, diese nabelschnurähnliche Telefonverbindung zu trennen, obwohl ich die Kellnerin wieder zu meinem Tisch kommen sah und wußte, daß ich Schluß machen mußte.

«Ich auch, Hotshot», sagte Sam. «Ich hoffe, es gibt uns beide noch sehr, sehr lange. Und noch einmal, Ariel: Bitte verzeih mir. Ich konnte es nicht anders machen.»

«Das wird sich zeigen», sagte ich.

Ich hoffte nur, daß uns wenigstens genug Zeit bleiben würde, um Pandoras tödliche Papiere in unsere Hände zu bringen.

Olivier mußte länger arbeiten, um sich das nächste Wochenende freinehmen zu können. Deshalb besorgte ich für mich und Jason etwas zum Abendessen. Bis ich nach Hause kam, war es dunkel, aber der Mond lugte hin und wieder zwischen den Wolken hervor, und der Wind hatte genug Schnee weggefegt, so daß ich die Einfahrt ausmachen konnte. Ich stieg aus und streute Salz und Splitt. Dann fuhr ich den Wagen hinunter, lud meine Einkäufe aus und ließ Jason ins Freie, damit er sich den Schnee ansehen konnte.

Nachdem ich die Tüten ins Haus gebracht hatte, ging ich so gelassen wie möglich zum Briefkasten. Ich hörte noch, wie Sam sagte, ich sollte mich normal benehmen, obwohl mein Herz wild klopfte. Ich schaute Jason zu, der im Schnee herumtollte. Ich dachte nur an das Päckchen, das hoffentlich dort oben im Briefkasten wartete – ungeachtet der schrecklichen Folgen, die daraus resultieren konnten. Ich wollte einfach nur die dumpfe Angst loswerden, die mich jedesmal überkam, wenn ich daran dachte.

Als ich die Post aus dem Kasten nahm, schoben sich plötzlich Wolken über den Mond, und es wurde dunkel. Der Inhalt meines Briefkastens fühlte sich nicht so an, als wäre ein größeres Päckchen dabei. Das bedeutete, daß mir ein weiterer Tag voller Spannung und Ungewißheit bevorstand, und danach vielleicht noch einer und noch einer...

Doch plötzlich ging mir ein Licht auf.

Das geheimnisvolle Paket hatte niemand genommen. Es war nie in meinem Briefkasten gewesen und würde nie dort sein! Mein Briefkasten war kleiner als selbst ein einziger Packen Papier. Und nachdem der Schnee verhindert hatte, daß jemand an unsere Tür kam, um dort ein Paket abzulegen, bedeutete das, daß es der Postbote nicht abliefern konnte. In diesem Fall mußte er einen kleinen gelben Zettel hinterlassen haben, mit dem ich die Sendung abholen konnte.

Wer immer Sams «Profis» waren, sie würden nicht so dumm sein, hier auf offener Straße meine Post nach einem gelben Benachrichtigungsschein zu durchwühlen – und schon gar nicht, wenn sie keine Ahnung hatten, daß die «wertvolle» Sendung als gewöhnliche, nicht versicherte Postsendung unterwegs war.

Selbst wenn jemand den Benachrichtigungsschein gefunden hatte, würde er dann versuchen, das Paket bei der Post abzuholen? Das wäre ziemlich riskant in einer Stadt dieser Größe, wo man sich an einen Fremden, der für jemand die Post abholen wollte, nicht nur erinnern, sondern ihn auch sofort auf Herz und Nieren prüfen würde. Wir in Idaho sind von Natur aus mißtrauisch gegenüber Fremden. Wenn das Paket angekommen war, könnte sich der gelbe Zettel zwischen dem feuchten Haufen Post im Haus befinden, wo man ihn vielleicht gefunden hatte, wenn meine Wohnung heute nachmittag durchsucht worden war. Aber selbst ohne den Zettel könnte ich das Päckchen morgen abholen.

Während ich mir das alles überlegte, ging ich mit der Post von heute zum Haus zurück. Die Wolken teilten sich, und ich sah Jason am Hang auf dem Schnee sitzen und mit einem Blatt spielen. Ich wollte ihn schon rufen, doch dann erstarrte ich. Es war kein Blatt, womit er spielte. Es war die Ecke eines gelben Zettels, der zur Hälfte im Schnee steckte und vielleicht letzte Nacht, als ich die Post unter das Auto warf, dorthin geweht worden war.

Die Schneedecke war vielleicht stark genug, um das Gewicht einer Katze zu tragen, aber bestimmt nicht meins. Wenn ich versuchen wollte, zu der Stelle zu gelangen, wo Jason mit dem Zettel spielte, würde ich die gleiche Erfahrung machen wie letzte Nacht. Ich konnte schlecht meine Langlaufski holen, um die Schneewehe wie in der vergangenen Nacht zu überqueren, denn das wäre noch auffälliger gewesen, als Anrufe in Telefonzellen entgegenzunehmen.

Es gab nur eine Möglichkeit. Ich mußte hoffen, daß sich Jasons Lust am Apportieren nicht auf seinen kleinen roten Gummiball beschränkte.

«Jason, bring es mir», flüsterte ich, während ich in die Hocke ging und die Hand ausstreckte.

Jason sah mich an und zuckte mit dem Schwanz. Dann schloß sich die Wolkendecke, und es war wieder dunkel. Die Silhouette von Jasons kleinem Körper konnte ich vor dem hellen Schnee sehen, aber nicht den Zettel. Inständig hoffte ich, Jason würde nicht auf die Idee kommen, ihn zu verbuddeln, so daß ich morgen den ganzen Garten ausschaufeln mußte, was noch auffälliger gewirkt hätte als die Besorgung des Zettels auf Langlaufskiern.

«Komm schon, Jason», flüsterte ich etwas lauter, während ich betete, daß die unsichtbaren Schnüffler nicht im Gebüsch auf der anderen Straßenseite saßen und zuschauten.

Ich richtete mich auf und versuchte, wie eine gewöhnliche Frau zu handeln, die ihre gewöhnliche Katze ins Haus lockt. Ich ging weiter, weil ich nicht übermäßig bemüht wirken wollte. Außerdem würde auch Jason mißtrauisch werden, wenn ich ihn zu sehr drängte. Aber er hatte mich verstanden. Bevor ich den Hintereingang erreicht hatte, schmiß er sich gegen meine Beine – wie immer, wenn er wollte, daß ich ihn auf den Arm nahm. Ich bückte mich in der tintenschwarzen Dunkelheit, zog die Handschuhe aus und tastete nach seinem Kopf, um zu fühlen, was ich nicht sehe konnte: In seinem Maul steckte ein Stück Papier.

Gottlob, dachte ich. Vorsichtig und mit zitternden Fingern nahm ich das Papier aus Jasons Maul.

«Braver Kater!» flüsterte ich. Jason schnurrte, und ich streichelte seinen glatten Kopf.

Im selben Augenblick wurde die Einfahrt von Helligkeit überflutet. Ich starrte wie ein geblendetes Kaninchen ins gleißende Licht, während ein Wagen mit aufheulendem Motor auf mich zukam. Ich geriet in Panik, weil ich nicht sehen konnte, wohin ich ausweichen sollte. Jason hatte hinter mir Zuflucht gesucht, als könnte ich ihn vor dem Ungeheuer schützen. Aber irgendwie hatte ich in diesem Sekundenbruchteil die Geistesgegenwart, den gelben Abholschein in den Ärmel meines Schaffellmantels zu stecken.

Die Scheinwerfer und das brüllende Motorengeräusch kamen durch die Einfahrt direkt auf mich zu und versperrten mir jeden Ausweg. Ich stand wie angewurzelt und tastete blind nach meinem Wagen als möglichem Puffer. Dann gingen plötzlich Lichter und Motor gleichzeitig aus, doch sehen konnte ich trotzdem nichts. Es war wieder stockfinster. Eine Wagentür ging auf und wurde zugeschlagen; dann hörte ich die Stimme mit dem Quebec-Akzent:

«Herrje, Kinder, könnt ihr nicht tagsüber im Schnee spielen?»

«Was ist das für ein Monstrum», rief ich in die Dunkelheit, «wenn die Dachscheinwerfer schon drei Meter hoch sitzen? Du hast mich zu Tode erschreckt.»

«Bei meinem Wagen ist das Öl eingefroren», sagte Olivier, während er näher kam. «Larry, der Programmierer, hat mir bis morgen seinen Truck geliehen. Ich habe ihn bei seiner Wohnung in der Stadt abgesetzt, bevor ich heimgefahren bin.»

Ich wunderte mich, wie Olivier unsere dunkle, leere Straße herunterkommen konnte, ohne daß ich ihn gesehen oder gehört hatte. Aber ich war so erleichtert, daß es Olivier war und nicht die Mörderbande, daß ich ihm um den Hals fiel, als er in Reichweite war. Und dann gingen wir zu dritt ins Haus.

«Ich habe nur ein Steak besorgt», sagte ich im Flur, von dem die zwei Treppen in unsere Wohnungen führten. «Ich dachte, du würdest dich im Büro verpflegen.»

Aber Olivier winkte nur ab. «Ich bin völlig erschöpft. Ich hoffe, es macht dir und Jason nichts aus, ohne mich zu speisen. Manchmal wirkt ein gesunder Schlaf Wunder.»

In meiner Wohnung unten klingelte das Telefon. Olivier hob eine Augenbraue. Es war ungewöhnlich, daß ich so viele Anrufe erhielt.

«Ich hoffe, mein Telefon entwickelt keine schlechten Angewohnheiten», sagte ich. «Sonst müßte ich mir noch einen Anrufbeantworter zulegen.»

Olivier und ich trennten uns. Ich rannte nach unten und hob nach dem sechsten Läuten ab.

«Ariel Behn?» sagte eine Frau mit einer grellen Stimme. «Hier spricht Helena Voorheer-LeBlanc von der *Washington Post.*» Du liebe Zeit – was für ein Name! Aber ich konnte Reporterinnen noch nie leiden – zu aufdringlich für meinen Geschmack.

«Miss Behn», fuhr sie fort, «ich hoffe, Sie haben nichts dagegen, daß ich Sie in dieser für Sie so traurigen Zeit behellige, aber ich habe mehrmals versucht, Sie an Ihrer Arbeitsstelle zu erreichen. Ihre Familie hat mir dann diese Privatnummer gegeben. Man versicherte mir, daß es

Ihnen nichts ausmachen würde, ein paar Augenblicke mit mir zu sprechen. Würde es Ihnen jetzt passen?»

«Ob jetzt oder später, es ist egal», erklärte ich mit einem Seufzer.

Ich bekam allmählich Kopfschmerzen – kein Wunder nach dem schreckensreichen Nachmittag. Mein Steak wurde warm, meine Wohnung kalt, und in meinem Ärmel steckte ein gelber Zettel, der heißer war als Nobelium und eine wesentlich längere Halbwertzeit hatte als mein Leben, wenn ich nicht bald etwas dafür tat. Ein Interview mit der *Washington Post*? Zum Teufel, warum nicht?

«Was möchten Sie gerne wissen, Miss ... hm, LeBlanc?» sagte ich höflich, während ich den Zettel hervorholte, den Jason gerettet hatte. Ja! Das war's. Postleitzahl San Francisco. Neben dem angekreuzten Kästchen stand: Paket für Briefkasten zu groß.

Ich zog den Mantel aus. Dann stopfte ich den Zettel in die hintere Hosentasche und machte mich daran, den Kamin zu heizen, an dem ich gewöhnlich mein Abendessen kochte.

«Ihr verstorbener Cousin muß ein sehr tapferer Mann gewesen sein», lautete Miss LeBlancs Einleitung zu unserem Gespräch.

«Ich bin eigentlich nicht in der Stimmung, jetzt über meinen verstorbenen Cousin zu sprechen», erklärte ich ihr, während ich Kleinholz auf die kalte Asche des gestrigen Feuers legte. «Woher kommt dieses plötzliche Interesse an mir und meiner Familie? Ich fürchte, ich verstehe das nicht ganz.»

«Miss Behn – oder darf ich Sie Ariel nennen? Sie müssen doch wissen, daß Ihre Familie seit drei Generationen Menschen hervorgebracht hat, die berühmt wurden aufgrund ihrer Talente und ihres Einflusses auf wirtschaftlichem und kulturellem Gebiet. Und trotzdem hat noch niemand eine Tiefenstudie von dieser Familie gemacht, deren Beiträge –»

«Die *Washington Post* will eine Tiefenstudie von meiner Familie machen?» warf ich ein. Das konnte nur ein Witz sein. «Sie meinen, als Serie in der Sonntagsbeilage?»

«Ha, ha», lachte sie hell, dann erinnerte sie sich offensichtlich an meine «Trauerzeit» und beruhigte sich. «Nein, natürlich nicht. Miss Behn – soll ich direkt zur Sache kommen?»

Ich wünschte bei Gott, sie würde es tun. Wir wußten beide, worauf sie aus war, aber ich sagte schlicht: «Ja.»

«Was uns interessiert, sind die Manuskripte. Die Zeitung hätte gern die Exklusivrechte zur Veröffentlichung. Wir sind selbstverständlich bereit, eine große Summe zu zahlen. Aber wir wollen uns auf keinen Preissteigerungskampf einlassen.»

Preissteigerungskampf?

«Von welchen Manuskripten sprechen Sie?» fragte ich naiv. Sie sollte ruhig etwas für ihr Geld tun.

Ich schloß die Augen, während ich den gelben Zettel in meiner Hosentasche mit den Fingerspitzen berührte. Dann hielt ich das Streichholz an das Papier im Kamin.

«Natürlich von den Briefen und Tagebüchern von Zoe Behn», sagte sie. «Ich dachte, Ihre Familie hätte mit Ihnen gesprochen.»

«*Zoe* Behn?!» sagte ich und erstickte beinahe an dem Namen. Das war schlimmer als meine düstersten Phantasien. «Was hat Zoe Behn damit zu tun?» fragte ich schließlich.

«Es scheint unmöglich, daß Sie nicht genau wissen, was Sie geerbt haben, Miss Behn.» Helena Voorheer-LeBlancs Stimme klang vor Erstaunen geradezu sanft.

«Warum klären Sie mich nicht auf?» schlug ich vor.

Es war viel geschrieben worden über meine schreckliche Tante Zoe, die Halbschwester meines Vaters, die als das schwarze Schaf der Familie galt. Das meiste hatte sie selbst geschrieben. Aber heute hörte ich zum ersten Mal von «Briefen und Tagebüchern». Doch was könnte Zoe darin noch zu sagen haben? Schlimmer als das, was sie bereits weltweit ausposaunt hatte, konnte es nicht sein.

«Ich war auf der Pressekonferenz in San Francisco, Miss Behn.» Helena holte hörbar Luft. «Uns wurde gesagt, daß Ihnen als der alleinigen Erbin Ihres verstorbenen Cousins Samuel Behn auch der Nachlaß zufällt, den *er* geerbt hat – einschließlich des Erbes Ihrer Großmutter, der berühmten Opernsängerin Pandora Behn, und Ihres Onkels, des Bergwerksmagnaten Earnest Behn. Ihr Vater und Mr. Abraham, der Testamentsvollstrecker, sagten auf der Pressekonferenz, ihrer Meinung nach enthalte dieser Nachlaß nicht nur Pandora Behns Korrespondenz mit bekannten Persönlichkeiten und private Aufzeichnungen, sondern auch die ihrer Stieftochter Zoe, der bekannten...» Kurtisane war das Wort, das mir auf der Zunge lag, aber sie sagte: «...Tänzerin.»

Wie gesagt, meine Familienverhältnisse sind ziemlich kompliziert.

«Sagen Sie, Helena», entgegnete ich, «nachdem Sie auf dieser Pressekonferenz, die ich leider verpaßt habe, so viel erfahren haben, muß doch auch jemand gewußt haben, wo diese bedeutenden Manuskripte sind?» Bei der Testamentsverlesung wurden sie ganz sicher nicht erwähnt.

«Ja, sicher, Miss Behn», sagte sie. «Deshalb habe ich auch so bald bei Ihnen angerufen, denn die Zeit spielt hier eine wichtige Rolle. Nach Aussage des Testamentsvollstreckers soll im Fall des Ablebens Ihres Cousins sein gesamter Besitz spätestens eine Woche nach der Testamentseröffnung in Ihren Händen sein.»

Verdammt! Mein Leben war in Gefahr. Ich saß in der Falle – und das alles wegen meines geliebten Blutsbruders Sam.

Im Grunde war es gar nicht so schwierig, meine verwandtschaftlichen Beziehungen zu schildern. Es war nur unangenehm.

Mein Großvater Hieronymus Behn, ein Holländer, der nach Südafrika ausgewandert war, heiratete zweimal: zuerst Hermione, eine wohlhabende Afrikanderwitwe, die bereits einen kleinen Sohn hatte, meinen Onkel Lafcadio, den Großvater Hieronymus adoptierte. Aus der Ehe zwischen Hieronymus und Hermione gingen zwei Kinder hervor: mein Onkel Earnest, der in Südafrika geboren wurde, und meine Tante Zoe, die in Wien zur Welt kam, wohin die Familie nach der Jahrhundertwende umgezogen war. Diese beiden Kinder waren also die Halbgeschwister meines Onkels Laf, da er und sie dieselbe Mutter hatten.

Als Hermione in Wien krank wurde, soll sie meinen Großvater gebeten haben, eine junge hübsche Studentin vom Wiener Konservatorium einzustellen als eine Art Kindermädchen für die noch kleinen Kinder und besonders für deren musikalische Erziehung. Nach Hermiones Tod wurde diese junge Frau namens Pandora die zweite Frau meines Großvaters und Mutter meines Vaters Augustus. Sie verließ Mann und Kind und brannte nach der Geburt von Augustus mit meinem Onkel Laf durch.

Um die Sache noch komplizierter zu machen, beschloß meine Tante Zoe – die praktisch von Pandora großgezogen wurde und ihre kranke Mutter kaum, ihren vielbeschäftigten Vater noch weniger gekannt hatte –, mit Laf und Pandora davonzulaufen, und schuf so mit einem einzigen Schlag das, was später das «Familienschisma» genannt wurde. Zoes späteres Leben als erfolgreichste Halbweltdame im Kielwasser von Großen und Prominenten seit Lola Montez würde einen Roman füllen.

Buchstäblich für mein Leben gern hätte ich gewußt, was Onkel Laf, eine Schlüsselfigur in dem Familiendrama, über diese Manuskripte wußte, die ich geerbt hatte, ob er wußte, wem sie tatsächlich gehört hatten – Pandora oder Zoe? – und welche Rolle sie im Gesamtbild spielten. Das hoffte ich am kommenden Wochenende zu erfahren, wenn ich dann noch lebte.

Mir war klar, daß auch Sam wesentlich mehr wußte, als er gesagt hatte oder sagen konnte. Aber warum jahrzehntealte Briefe und Tagebücher noch so brisant waren, oder warum mein Vater gesagt hatte, sie seien alle in Geheimschrift verfaßt, was außer ihm niemand erwähnt hatte, oder warum Sam mit Hilfe der US-Regierung seinen eigenen Tod inszeniert und mich zum Opfer einer Pressekonferenz gemacht hatte, bei der über Erbschaftsangelegenheiten geredet wurde – all das würde sich noch herausstellen. Nur der letzte Punkt machte mich immer noch sprachlos vor ohnmächtigem Zorn. Doch zunächst, nachdem ich Sam nicht vor morgen nachmittag in der No-Name-Bar zur Rede stellen konnte, mußte ich auf Nummer Sicher gehen und vor allem am Leben bleiben.

Mein erster Schritt war, das Telefongespräch mit Helena, Starreporterin der *Post,* die mir mehr erzählt hatte als ich ihr, zu beenden. Ich sagte ihr, ich würde sie informieren, sobald ich die Manuskripte hätte. Als nächstes mußte ich mich entscheiden, ob ich das Paket noch eine Weile der Anonymität des Postamts überließ, so daß ich nur diesen kleinen Abholzettel zu verstecken brauchte, oder ob ich es abholen sollte und mir etwas dazu einfallen ließ, bis ich es Sam übergeben konnte. Er verdiente es, daß ich ihm diese heiße Kartoffel auf schnellstem Wege zurückgab. Was immer diese Manuskripte enthielten – ich war mir inzwischen sicher, daß ich es nicht wissen wollte –, sie wären wahrscheinlich besser irgendwo vergraben geblieben. Ich war eine Närrin, zu glauben, ich könnte meiner Familie entkommen, indem ich mich hier in Idaho vergrub.

Bevor ich schlafen ging, nahm ich meinen gewebten, mit Federn besetzten «Traumfänger» ab, der über meinem Bett hing, um böse Träume abzuhalten, und steckte ihn in eine Schublade. Ich dachte, wenn ich es mir vor dem Einschlafen fest vornahm, würde ich vielleicht etwas träumen, das mir den Weg durch das schauerliche Labyrinth weisen würde, zu dem sich mein Leben entwickelte.

Ich erwachte vor Morgengrauen in Schweiß gebadet.

Ich hatte geträumt, ich würde laufen – nicht aufrecht, sondern auf allen vieren –, durch ein schilfähnliches Dickicht, das so dicht war, daß ich kaum etwas sehen konnte. Hinter mir spürte ich den heißen Atem eines großen dunklen Tiers, das geifernd und mit knirschenden Zähnen nach mir schnappte. Ich hatte wahnsinnige Angst. Durch das Schilf sah ich, daß eine offene Wiese vor mir lag, und gleich dahinter war eine Mauer. Würde ich die Wiese schnell genug überqueren und über die Mauer springen können, um dem Tier zu entkommen? Ich strengte mich noch mehr an, obwohl meine Lunge bereits zu platzen schien. Ich hetzte über das Rasenstück und stürzte auf die Mauer zu.

Da erwachte ich und saß aufrecht im Bett. Jason, der zu mir ins Bett gekrochen war und sich irgendwie zwischen mich und das warme Federbett geschoben hatte, lag mit geschlossenen Augen auf der Seite. Aber seine Füße zuckten, als würde er schnell laufen, um etwas Schrecklichem zu entkommen. Ich fing an zu lachen.

«Wach auf, Jason», sagte ich und schüttelte ihn, bis er die Augen aufmachte. So verrückt konnte man werden, dachte ich, daß man die Träume seiner Katze mitträumte. Aber wenigstens war ich aus diesem Traum mit einem Entschluß erwacht: Ich würde das Paket abholen. Mir blieb nichts anderes übrig. Ich würde mir nie verzeihen, wenn das verdammte Ding verschwinden würde, nur weil ich es nicht rechtzeitig abgeholt hatte. Wo ich es verstecken sollte, war eine andere Frage. Mein Büro war nicht sicher; zu viele Leute gingen dort ein und aus. Und bevor ich das Paket nicht gesehen hatte, konnte ich nicht einmal davon ausgehen, daß ich sämtliche Dokumente an einem Ort verstauen konnte. In einen Briefkasten hatten sie jedenfalls nicht hineingepaßt.

Als ich nach draußen ging, sah ich erleichtert, daß Oliviers geborgter Truck nicht mehr die Einfahrt blockierte, so daß ich mit meinem Wagen rückwärts hinauffahren konnte, ohne im Schnee zu landen. Er mußte früh losgefahren sein, um Larry, den Programmierer, abzuholen.

Ich hielt vor der Post, ungefähr zehn Minuten nachdem sie aufgemacht hatte. Mein Wagen war der einzige, der vor dem Eingang parkte. Ich stieg aus und nickte dem Postangestellten zu, der Salz auf die vereisten Stufen streute. In meinem Kopf und in meiner Brust schien jemand eine Kesselpauke mit lateinamerikanischen Rhythmen zu traktieren. Warum war ich so aufgeregt? Kein Mensch hier konnte wissen, was in dem Paket war, das ich abholen wollte.

Ich trat an den Schalter und reichte George, dem Mann am Schalter, meinen gelben Zettel. Er ging nach hinten in den Lagerraum und kam mit einem Paket zurück, das größer war als ein Packen Schreibpapier.

«Tut mir leid, daß Sie deswegen eigens herkommen mußten, Miss Behn», sagte George zwischen seinen Zahnlücken lispelnd und reichte mir das ziemlich schwere Paket. Dann kratzte er sich am Kopf. «Ich hätte es ja gern dem Burschen gegeben, den Sie vorhin geschickt haben, aber er hat gesagt, Sie hätten den Zettel verloren. Ich habe ihm gesagt, daß Sie es dann selbst abholen oder dem Abholer eine unterschriebene Vollmacht mitgeben müssen. Aber wie ich sehe, haben Sie Ihren Abholschein gefunden ...»

Ich stand da wie taub – als wäre jedes Geräusch ausgesperrt, als säße ich in einem schalldichten Glasbehälter. Ich hielt das Paket fest, und George sah mich an, als überlegte er, ob er mir ein Glas Wasser bringen oder Luft zufächeln sollte.

«Ich verstehe», brachte ich krächzend hervor. Dann räusperte ich mich. «Das ist schon okay, George. Ich bin sowieso hier vorbeigekommen.» Während ich so normal wie möglich zum Ausgang ging, überlegte ich verzweifelt, wie ich die Frage stellen könnte, auf die ich unbedingt eine Antwort brauchte. Als ich an der Tür war, wußte ich es.

«Ach, übrigens, George», sagte ich. «Ich habe einige Leute gebeten, das Paket für mich abzuholen, wenn sie zufällig vorbeikommen. Wer ist denn hier gewesen? Dann kann ich den anderen sagen, daß es sich erübrigt hat.»

Ich erwartete, daß er sagen würde: «Ein neues Gesicht in der Stadt» oder etwas Ähnliches. Aber was er sagte, ließ mein Blut erstarren.

«Wieso ... es war Mr. Maxfield. Seine Adresse ist die gleiche wie Ihre. Deshalb hätte ich ihm das Paket gern mitgegeben. Aber die Vorschriften sind nun mal so.»

Olivier! Es war wie ein Schlag in den Magen. Ich sah die Truckscheinwerfer vor mir – und heute die leere Einfahrt. Ich versuchte zu lächeln und dankte George. Dann ging ich hinaus und stieg in meinen Wagen, wo ich eine Weile mit dem Paket auf dem Schoß sitzen blieb.

Obwohl ich wußte, daß es unsinnig war, nahm ich den Hirschfänger aus dem Handschuhfach, den ich dort aufbewahrte und der noch nie ein Stück Wild berührt hatte. Ich zerschnitt die Paketschnur und riß das Packpapier auf. Wenn dieses Paket mein Verderben war, wollte ich wenigstens wissen, was drin war. Als ich die erste Seite sah, fing ich an zu lachen.

Sie war in einer Sprache beschrieben, die ich nicht lesen konnte. Die Buchstaben waren nicht einmal die unseres Alphabets, obwohl sie mir seltsam bekannt vorkamen. Ich ließ die übrigen Seiten wie Spielkarten durch meine Finger laufen. Es waren ungefähr zweimal hundert Blatt, und alle waren ähnlich mit schwarzer Tinte und von ein und derselben Hand beschrieben – federartige Stabzeichen mit kleinen Kreisen und hier und da vorspringenden Höckern, die über die Seiten zu tanzen schienen und ein wenig den Symbolen auf einem Indianerzelt glichen. Woran erinnerten sie mich?

Und dann wußte ich es. Ich hatte solche Zeichen auf einem Friedhof in Irland gesehen, als Jersey mit mir die Gräber ihrer Vorfahren besuchte. Es waren Runen, die älteste Schrift der germanischsprachigen Stämme im nördlichen Europa. Dieses verdammte Manuskript war in einer Sprache verfaßt, die seit mehr als tausend Jahren tot war.

Gerade als mir diese Erkenntnis kam, sah ich aus dem Augenwinkel, daß sich auf dem Parkplatz etwas Dunkles bewegte. Ich blickte auf und sah Olivier über den mit Splitt und Salz bestreuten Weg auf meinen Wagen zukommen. Ich warf das Manuskript auf den Beifahrersitz, wo es zum Teil aus der Umhüllung rutschte und ein paar Seiten auf den Boden fielen. Ich versuchte, den Wagen zu starten, aber in meiner Hysterie verfehlte ich zweimal das Zündschloß. Als der Motor endlich ansprang, war Olivier schon fast an der Beifahrertür. Mit dem Ellbogen drückte ich den Hebel des Türschlosses nach unten, wodurch sämtliche Türen verriegelt wurden. Gleichzeitig legte ich den Rückwärtsgang ein.

Olivier packte den Griff der Beifahrertür und versuchte, mir durch das Fenster etwas zuzurufen, aber ich ignorierte ihn. Ich schaltete in den Vorwärtsgang und fuhr los, obwohl Olivier die Hand am Türgriff hatte. Bevor ich auf die Fahrbahn einschwenkte, sah ich zu ihm hin. Er starrte durch die Scheibe auf das Manuskript!

Nun wußte ich, daß Olivier tatsächlich hinter dem Manuskript her war und daß er wußte, daß ich es hatte. Ich drehte fast durch. Die Chancen, es jetzt irgendwo in der Stadt zu verstecken, waren gleich null. Ich konnte es nur irgendwo außerhalb verstecken – aber wo?

Olivier wußte, daß ich meinen Onkel am Wochenende in Sun Valley treffen würde; das wäre zu offensichtlich. Ich mußte unbedingt auf eine

Straße, die aus der Stadt hinausführte – und das schnell, bevor Olivier wieder in seinem Wagen saß und mir folgte. Mit dem Manuskript im Wagen erwischt zu werden war das schlimmste, was mir passieren konnte.

Ohne groß nachzudenken, wozu ich im Augenblick weder die Zeit noch den nötigen klaren Kopf hatte, brauste ich die Straße entlang, die nach Sun Valley führte – und über den Tetonpaß nach Jackson Hole.

DIE SCHLANGE

DIE SCHLANGE:
Die Schlange stirbt nie.
Eines Tages wirst du mich aus dieser schönen Haut
schlüpfen sehen als neue Schlange mit einer neuen
und schöneren Haut. Das ist Geburt.

EVA:
Ich habe das schon gesehen. Es ist wundervoll.

DIE SCHLANGE:
Wenn ich das *kann, was kann ich dann nicht?*
Ich sage dir, ich bin sehr klug.
Wenn ihr miteinander sprecht, Adam und du,
höre ich euch sagen «warum?». Immer «warum?».
Ihr seht etwas, und ihr sagt: «Warum?»
Ich aber träume nie Dagewesenes,
und ich sage: «Warum nicht?»

George Bernard Shaw,
Zurück zu Methusalem

Bei diesen winterlichen Bedingungen würde die Fahrt über die Grenze von Idaho und hinein nach Wyoming gut zwei Stunden dauern. Aber sie würde mir zum ersten Mal seit meiner Rückkehr aus San Francisco die Möglichkeit geben, über alles nachzudenken. War ich wirklich erst gestern zurückgekommen?

Ich hatte einen Job und bereits über eine Woche gefehlt; und mein Boss war im Augenblick nicht sonderlich glücklich mit mir, weil ich wegen der Rußlandreise kalte Füße bekommen hatte. Wenn ich heute, am zweiten Arbeitstag nach dem Urlaub, unentschuldigt fehlte, hatte ich vielleicht bald gar keinen Job mehr. Dann hatte ich versprochen, heute nachmittag in der No-Name-Bar auf Sams Anruf zu warten. Ich hatte keine Ahnung, wie ich nach dieser unerwarteten Wendung der Ereignisse wieder Kontakt mit ihm aufnehmen sollte. Und kurz bevor ich das Ende des Tales erreichte, machte ein Gedanke in meinem geplagten Kopf die Katastrophe perfekt: Ich konnte meinen Kater nicht im Haus eines Schurken lassen, dem ich zudem noch die Miete für diesen Monat schuldete!

Am Talende führte die Straße in engen, steilen Serpentinen bergauf, um dann den Windungen des Flusses zu folgen, der aus dem dichten Unterholz wie aus dem Nirgendwo auftauchte. Ich kannte jede Biegung und jede Kehre auswendig und fuhr die Strecke wie einen Slalom. Nach dem zweistufigen tosenden Wasserfall ging es durch mehrere Täler, die sich der Snake River gegraben hatte.

Der Snake ist einer der schönsten Flüsse Nordamerikas, und er verhält sich so, wie er heißt – wie ein dunkles geheimnisvolles Reptil, das sich nur in den wilden, unzugänglichen Schluchten der Rockies zu Hause fühlt. Fast die gesamten eintausend Meilen vom Yellowstone Nationalpark in Wyoming durch Idaho und Oregon bis zu seiner Mündung in den breiten Columbia River im Staat Washington mäandert der Snake River in engen Zickzackkurven. Über weite Strecken verbirgt er seine Gefährlichkeit unter einer glasglatten Oberfläche. Aber die Strömung ist so stark und die ruhigen Stellen sind manchmal so tief, daß nur wenige, die von den Fluten mitgerissen wurden, je wieder gefunden wurden; sogar Autos verschwanden auf Nimmerwiedersehen im Schlangenfluß. Das erklärt die Gerüchte von dem riesigen Wassermonster, das dort lauert und alles verschlingt, was es in seine unterirdische Höhle schleppt.

Wie gewöhnlich um diese Jahreszeit lag das Tal in dichtem Nebel, der sich beim Zusammentreffen des relativ warmen Dampfes aus dem tiefen Fluß mit der eiskalten Gebirgsluft bildete. Einheimische prüfen kurz vor den letzten bergab führenden Serpentinen, solange die Straße noch zu sehen ist, ob sich hinter ihnen andere Fahrzeuge befinden, mit denen sie unten in der Nebelsuppe zusammenstoßen könnten. Dabei sah ich den Wagen hinter mir, der sofort wieder hinter einer Kurve verschwand.

Es war ein unscheinbares graues Regierungsfahrzeug mit weißem Nummernschild, wie es sich jeder der zehntausend Beschäftigten borgen konnte, wenn er im Auftrag der Firma etwas zu erledigen hatte. Was hatte dieser Wagen hier draußen auf dem Weg in die Wildnis zu suchen? Wer Regierungsfahrzeuge für persönliche Zwecke oder Freizeitaktivitäten benützte, mußte mit einer saftigen Geldstrafe oder sogar Entlassung rechnen.

Aber vielleicht war der Wagen offiziell unterwegs. Sam hatte gesagt, man würde mich rund um die Uhr bewachen. Wenn sogar Olivier die Finger im Spiel hatte, woher sollte ich dann wissen, ob nicht noch andere beteiligt waren? Obwohl ich den Fahrer durch die Windschutzscheibe nicht sehen konnte, als der Wagen an der letzten Biegung wieder zum Vorschein kam, war ich überzeugt, daß er mich verfolgte. Außer mir war sonst niemand hier draußen.

Aber ich kannte jede Kurve und jede Unebenheit auf dieser Strecke und wußte, daß ich meinen Verfolger dort unten im Nebel abhängen konnte. Nach der nächsten Kurve beschleunigte ich und tauchte in das letzte Steilstück hinunter. Im Rückspiegel sah ich, daß er das gleiche tat – und dann umhüllte uns dichter weißer Nebel. Ich hörte nur noch Stille, während sich mein Wagen auf der schlangenförmig gewundenen Straße durch den Nebel schob.

Ich hatte das Gefühl, seit Stunden in diesem dicken Nebelkissen durch Haarnadelkurven zu steuern; aber die Uhr am Armaturenbrett sagte mir, daß es erst zwanzig Minuten waren. Die Straße würde bald wieder aus dem Nebel auftauchen, denn ich näherte mich dem Paß. Dort oben gabelte sich die Straße, so daß man auf verschiedenen Routen nach Jackson fahren konnte. An der ersten Abzweigung, die im Nebel fast unsichtbar war, bog ich ab und hielt am Straßenrand an. Ich kurbelte das Fenster etwas herunter und horchte bei abgestelltem Motor.

Knapp eine Minute später kam das Behördenauto vorbei. Ich hörte das Motorengeräusch und sah schemenhaft die dunkelsilberne Silhouette, aber nicht mehr. Dann wartete ich fünf Minuten, bevor ich auf meiner Route weiterfuhr.

Auf der Straße über den Paß herrschte klare Sicht, so daß ich eine kurze Atempause bekam, um nachzudenken. Ich fragte mich, warum jeder dieses Manuskript haben wollte, das mir in die Hände gefallen war, und warum es in Runen geschrieben war. Es war sicher keine Korrespondenz, die Großmutter Pandora oder Tante Zoe geführt hatten; und es sah auch nicht so aus, als könnte es sich dabei um Erinnerungen jener Berühmtheiten handeln, mit denen die beiden angeblich verkehrt hatten. Auch war die keltische Sprache seit Urzeiten tot; das Dokument auf dem Sitz neben mir hatte aber noch nicht einmal begonnen zu vergilben, und die Tinte, mit der es geschrieben war, wirkte recht frisch. Möglicherweise hatte Sam das Ganze in einem Runencode geschrieben, um Schlüsselstellen des Originals und gefährlichere Dokumente zu kopieren – und vielleicht auch, um einen Hinweis zu geben, wo sich die Originale befanden für den Fall, daß ihm etwas zustieß.

Nur daß Sam das Manuskript loswerden mußte, ergab keinen Sinn. Wenn sein Tod vorgetäuscht war, wenn jeder auf diesem Planeten wußte, daß ich ihn beerben würde, wenn Journalisten genug wußten, um eine Pressekonferenz und Exklusivrechte zu verlangen, und wenn sogar mein Hausherr als Spion auf mich angesetzt war, dann mußte diese ganze Sache geplant worden sein, um jemand aufzuscheuchen – jemand, der die echten Manuskripte haben wollte. Und ich war der Köder.

Ich wußte nun auch, was ich tun würde. Ich mußte dieses Dokument an einem so schwer auffindbaren Ort verstecken, daß es niemand außer mir und Sam finden konnte. Und ich wußte genau, wo das sein würde.

Glücklicherweise hatte ich meine Ski dabei.

In Jackson Hole fuhr ich auf den Parkplatz gegenüber den Grand Tetons, wie die französischen Trapper diese zwei busenförmig zum Himmel weisenden Berggipfel genannt hatten. Ich stopfte das Manuskript in einen meiner Rucksäcke aus dem Kofferraum, nahm den silbernen «Mondanzug», Parka, Thermosocken und Handschuhe, die ich immer dort liegen hatte, und ging ins Hotel, wo ich mich in der Damentoilette umzog. Dann trank ich eine Tasse Kaffee, besorgte mir etwas Kleingeld in der Cafeteria und machte den unerläßlichen Anruf beim Pod, um meine Abwesenheit an diesem meinem ersten vollen Arbeitstag nach dem Beerdigungsurlaub zu erklären. Ich hoffte, daß er nach unserer gestrigen kleinen Meinungsverschiedenheit nicht gleich explodiert war, als ich heute morgen nicht im Büro erschien.

«Behn, wo sind Sie?» sagte er, sobald mich seine Sekretärin durchgestellt hatte.

«Mir ist gestern nacht plötzlich eingefallen, daß ich noch einige Daten von hier draußen brauche. Ich bin in Arco», log ich.

Die Kernanlage Arco mit ihren zweiundfünfzig regierungseigenen Forschungsreaktoren befand sich in der Hochwüste und war von der Stadt und von der Post, die ich so eilig verlassen hatte, mit dem Auto in drei Stunden in entgegengesetzter Richtung zu erreichen. Aber nach den nächsten Worten des Pod war meine Lüge nur noch absurd.

«Ich habe Maxfield gebeten, Sie zu suchen, gleich heute morgen, als er ins Haus kam. Wolf Hauser ist früher zurückgekommen und tauchte hier in aller Frühe auf. Er war überglücklich zu hören, daß Sie sich seinem Projekt anschließen werden. Er wollte Sie sofort treffen, weil er noch einiges außerhalb der Stadt zu erledigen hatte. Wir haben bei Ihnen zu Hause angerufen, aber Sie waren schon weg. Deshalb habe ich Maxfield zur Post geschickt, um Sie dort zu erwischen –»

«Zur Post?» warf ich ein, und ich hoffte, es klang wie eine beiläufige Frage. Warum zur Post? War der Pod auch in diese Sache verwickelt? Ich traute bereits niemand mehr – der beste Weg, um paranoid zu werden.

«Gestern abend, als Sie schon weg waren», fuhr der Pod fort, «rief mich jemand von der *Washington Post* an», erklärte er. «Die Dame sagte, sie habe seit Tagen versucht, Sie zu erreichen wegen irgendwelcher wertvoller Papiere, die Sie erwarten würden und für die sich die *Post* interessiere. Ich habe ihr gesagt, daß Sie sie heute anrufen würden.

Als dann Hauser plötzlich hereinschneite, fiel mir ein, daß Sie vielleicht noch unterwegs sind, um Ihre Post abzuholen. Deshalb habe ich Maxfield losgeschickt. Aber Sie müssen sich höchst merkwürdig benommen haben, nach dem, was er mir erzählt hat.»

Ich wußte, was folgen würde: daß ich losfuhr ohne Rücksicht auf die meinen Wagen berührenden Körperteile von Olivier und daß ich den Rest von ihm beinahe plattgewalzt hätte. Ich kam mir wie eine Idiotin vor. Doch obwohl die Erklärung des Pod recht logisch klang, blieben einige Fragen offen; zum Beispiel, ob die Idee, das Paket für mich abzuholen, von meinem Chef stammte oder von Olivier. Aber ich konnte diese Frage nicht stellen, ohne ihn wissen zu lassen, daß sich das Paket jetzt in meinem Besitz befand.

Ich sagte dem Pod, ich würde vor Büroschluß zurück sein, und legte auf, ziemlich erleichtert, daß Olivier doch nicht als Kandidat für den Spion, Schläger und Katzenmörder in Frage kam. Trotzdem war ich fest entschlossen, die nötigen Vorsichtsmaßnahmen zu treffen und das Manuskript zu verstecken, wo es niemand finden würde – vielleicht nicht einmal mehr ich selbst.

An der Seilbahn mußte ich eine halbe Stunde warten, bis die Gondel eingehängt war und der Betrieb aufgenommen werden konnte. Als es schließlich soweit war, standen so viele Fahrgäste an, daß sie uns wie Ölsardinen hineinpackten und die beladene Gondel wiegen mußten, bevor sie sie an dem sehr dünn aussehenden Seil über die Abgründe schweben ließen. Ich stand, das Gesicht an eine Fensterscheibe gepreßt, eingepfercht zwischen all den ungeduldigen Mittelwestlern und japanischen Touristen und genoß den herrlichen Ausblick auf siebenhundert Meter Tiefe, in die wir stürzen würden, wenn sich die Ladung dieser Apfelsinenkiste als zu schwer erwies. Mit dem Sessellift, dachte ich, wäre ich einfacher und schneller oben gewesen; aber ich war mir nicht sicher, ob ich die Stelle, zu der ich wollte, finden würde, wenn ich nicht von Scylla und Charybdis aus startete.

Scylla und Charybdis waren meine Lieblingsfelsen, zwei riesige Zinnen, zwischen denen man hindurchfahren mußte, wenn man aus der Gondel kam – es sei denn, man fuhr durch tiefen Pulverschnee um sie herum, was ich selten tat und heute bestimmt nicht vorhatte, weil es auch ohne ein schweres Manuskript auf dem Rücken schwierig war, an diesem tückischen Hang das Gleichgewicht zu halten.

Die Stelle zwischen den zehn Meter hohen Felstürmen war schmal und steil. Es war ein unübersichtlicher Tunnel, in den nur durch einen schmalen Spalt von oben Licht fiel und der für einen Schneepflug zu eng war.

Ich schob mich mit dem Rest der Sardinen aus der Gondel und nahm aus dem Wald von Skiern und Stöcken, die an der Seite der Gondel befestigt waren, das Paar, das mir gehörte. An der Aufwärmhütte ließ ich mir Zeit, klopfte den Schnee von meinen Stiefeln, schnallte die Ski an, rieb meine beschlagene Schneebrille blank und ließ meinen Seilbahngefährten, die es kaum erwarten konnten, sich den Berg hinunterzustürzen, den Vortritt. Ich wollte freie Bahn haben, wenn ich aus dem steilen Tunnel kam, um nicht den gestürzten Skifahrern ausweichen zu müssen, die gewöhnlich auf dem Hang unterhalb von Scylla und Charybdis herumlagen, und um unbeobachtet mein Versteck suchen zu können.

Ich wußte, daß in der nächsten halben Stunde keine Gondel heraufkommen würde, und nachdem sich die Menge verlaufen hatte, machte ich mich allein auf den Weg. Das einzige Geräusch war das Zischen meiner Ski im Schnee, als ich in Fallinie losfuhr und in den schwarzen Schlund zwischen Scylla und Charybdis tauchte.

Es gelang mir, in der Spur zu bleiben, bis ich auf der anderen Seite herauskam, wo mich unverhofft eine Bö erwischte, die mit voller Wucht seitlich auf meinen Rucksack drückte. Ich wackelte und war drauf und dran hinzufallen, aber dann hob ich den linken Ski, verlagerte mein Gewicht auf das rechte Knie, bis ich mit dem Handschuh über den Boden strich. Dann schnellte ich hoch und schwang mich wie ein Eisläufer auf das linke Knie, bis ich mein Gleichgewicht endlich wiederhatte.

Ich holte tief Luft und musterte die Kontur der Berge. Die Grand Tetons erhoben sich majestätisch in der Ferne. Wonach ich ausschaute, war ein Grat, von dem ich abfahren mußte, um die Spalte zu finden, zu der ich wollte, und die dahinter liegende Höhle. Plötzlich war mir, als hätte ich das leise Zischen von Skiern hinter mir gehört. Merkwürdig, ich befand mich auf dem höchsten Skihang dieses Berges; über mir gab es keine anderen Lifte, und ich dachte, ich hätte gewartet, bis jeder aus der Gondel ausgestiegen und losgefahren war.

«Mit dem Wedeln scheint's noch nicht so zu klappen», sagte ein paar Meter hinter mir eine tiefe Stimme mit deutschem Akzent. In den Skigebieten trieben sich viele Deutsche herum, sagte ich mir. Es konnte nicht sein.

Aber er war es. Er glitt neben mich, und wieder fühlte ich mich ein wenig wacklig auf den Beinen, als ich anhielt. Er nahm seine Skibrille ab, wickelte sie wie ein Gummiband um den Ärmel seines schwarzen Overalls und lächelte mich mit seinen türkisblauen Augen an.

«Guten Morgen, Dr. Hauser», sagte ich verblüfft. «Was führt Sie mitten in der Woche hier herauf?» Dann nahm ich mich zusammen. Schließlich konnte das hier kaum ein Zufall sein, und das bedeutete, daß es gefährlich werden konnte. Also fuhr ich wieder los.

«Ich könnte Sie dasselbe fragen, Mademoiselle Behn», rief er, während er mich rasch einholte. «Ich habe wirklich einen äußerst wichtigen Auftrag. Aber *Sie* scheinen die Dinge zu verzögern.» Als ich zu ihm hinüberschaute, dachte ich, wie schön sein Mund war, ebenso diese kantigen Wangenknochen...

Unsere Blicke trennten sich gerade rechtzeitig genug, um einem Mugel auszuweichen – er rechts, ich links –, und als wir wieder zusammenkamen, lachte Dr. Hauser. In perfektem Rhythmus glitten wir nebeneinander über den Hang. Plötzlich stieß er im Fahren die Stöcke in den Schnee, hob die Ski an und sprang mit erstaunlicher Kraft und Behendigkeit über einen umgestürzten Baum. Dann fuhr er, als wäre nichts gewesen, mit fließenden Bewegungen weiter über ein wogendes Buckelmeer, während ich versuchte, meine Gedanken zu sammeln.

Die Erklärung dafür, wie er mich erkennen konnte, war einfach. Schließlich hatte er, wie mir der Pod sagte, meine Personalakte eingesehen, so daß er dort mein Foto gesehen hatte. Aber das erklärte nicht, was er auf diesem Berg, hundert Meilen von der Stadt entfernt, zu suchen hatte. Als hätte er meine Gedanken gelesen, hielt er an, wo sich die markierten Abfahrten gabelten. In einer Wolke aufgewirbelten Schnees wandte er sich mir zu und sagte:

«Ich bin Ihnen durch zwei Staaten und auf diesen Berg gefolgt. Das reicht für heute vormittag. Wie wäre es, wenn wir zu der Skihütte fahren, die gleich dort unten liegt und wo ich Ihnen ein schönes, warmes Mittagessen bestellen kann? Wir könnten uns unterhalten und ein wenig kennenlernen. Es sei denn», fügte er hinzu, «Sie haben ein Picknick in Ihrem Rucksack.»

«Nein, ich würde gern mitkommen», sagte ich, hoffentlich nicht zu eilfertig, «und es tut mir sehr leid. Ich wußte nicht, daß Sie es waren, der mir gefolgt ist.»

«Ich akzeptiere jede Entschuldigung», erwiderte er mit einer Verneigung. «Der Trick im Nebel war wirklich gut. Als Sie verschwunden waren, habe ich drei Straßen ausprobiert, bis mir endlich klar wurde, was Sie getan haben. Sagen Sie, wie lernt eine junge Frau, jemanden so geschickt abzuhängen?»

«Vermutlich bin ich deshalb im Sicherheitsbereich gelandet», sagte ich. «Mir haben schon immer Versteckspiele Spaß gemacht – etwas verfolgen, entdecken, fangen.»

«Dann geht es Ihnen wie mir», sagte Professor Dr. Wolfgang K. Hauser und lächelte geheimnisvoll.

Nach unserem Mittagessen in dem Vogelnest namens «Schloss», das auf halber Höhe des Berges lag, nannte mich Dr. Hauser «Ariel» und bestand darauf, daß ich ihn mit «Wolfgang» anredete. Er hatte mir gezeigt, wie man aus unseren Parkas Schaukelstühle machen konnte, indem man sie über Ski und Skistöcke spannte, die wir in den Schnee gesteckt hatten. Dort saßen wir nun in der Sonne vor der Schlossterrasse, stippten knuspriges dunkles Brot in unser Austernstew und tranken mit Zimt und Nelken gewürzten Glühwein.

Wolfgang hatte mir einige gute skiläuferische Tips gegeben, als wir zum Schloss hinunterfuhren. Er fuhr unglaublich gut, noch besser als Olivier. Es gab nur wenige, die diese besondere Kombination von Kraft und Anmut besaßen, so daß alles, was sie am Berg taten, mühelos aussah.

Als wir zögernd aufbrachen, sah mich mein neuer Kollege nachdenklich an.

«Ich überlege, was ich als Gegenleistung für den kostenlosen Skiunterricht von heute morgen verlangen könnte», sagte er.

«Sie sollten gar nichts verlangen», antwortete ich, während ich mir den Parka um die Taille meines Skianzugs band. «Alle Österreicher erteilen Skiunterricht. Das ist ein Teil ihrer Natur. Sie brauchen es wie die Luft zum Atmen, und dafür verlangt man nichts.»

Er lachte.

«Aber ich muß Sie etwas Ernstes fragen», sagte er. «Sie wissen, daß ich Sie von Ihren Fotos kenne. Aber eigentlich habe ich Sie an Ihren Augen erkannt – als Sie gestern in das Firmengebäude kamen und so dick eingewickelt waren, daß Sie wie ein Eisbär aussahen. Ich wollte Sie eigentlich sofort ansprechen, aber dann war mir das vor all den anderen irgendwie peinlich.»

Er nahm mir den Rucksack aus der Hand, den ich gerade schultern wollte, und stellte ihn auf den Boden. Dann legte er die Hände auf meine Schultern. Ich spürte die Wärme, die von seinen Fingern in meinen Körper strömte. Dies war der erste Mann, bei dem ich weiche Knie bekam, wenn ich ihn nur ansah – und jetzt *berührte* er mich. Aber was dann folgte, machte mich vollkommen sprachlos.

«Ariel, Sie wissen, daß wir bald bei einem schwierigen Auftrag zusammenarbeiten werden. Wahrscheinlich ist es unvernünftig, was ich Ihnen jetzt sage, aber ich muß es einfach tun. Ich muß Ihnen sagen, wie schwer es mir fällt, mit Ihnen eine berufliche Beziehung aufrechtzuerhalten – die Art von Beziehung, die für die Durchführung unseres Auftrages nötig ist. Ich schwöre Ihnen, ich habe das nicht geplant, und ich bin auch nicht der Typ für solche Sachen. Mir ist so etwas wirklich noch nie passiert...» Er schüttelte den Kopf und sah mich an, als erwartete er, daß ich etwas sagte. «Ich weiß nicht recht, wie ich es sagen soll», fuhr er fort. «Ich komme mir vor wie ein Narr, aber ich fühle mich sehr zu Ihnen hingezogen.»

Zu *mir?* Heilige Scheiße! Jetzt wurde es wirklich schwierig. Dieser Mann war in mehr als einer Hinsicht gefährlich – und mein Leben war schon gefährlich genug. Wenn er nur nicht so attraktiv gewesen wäre!

Warum in Gottes Namen hatte der Pod beschlossen, ausgerechnet mir dieses Gift zu verabreichen? Ich schloß die Augen und atmete tief ein.

«Wie also lautet Ihre Frage?» sagte ich und trat unter Aufbietung all meiner Kräfte einen Schritt zurück, so daß seine Hände von meinen Schultern fielen. Die direkte Leitung war unterbrochen. Ich machte die Augen wieder auf.

«Welche Frage?» sagte er verwirrt.

«Sie sagten, Sie müßten mir eine ernste Frage stellen», erklärte ich und überging den Rest seiner Rede, obwohl mein Herz noch aufgeregt pochte.

Wolfgang Hauser zuckte die Achseln und wirkte ein wenig verlegen. Anscheinend wußte er selbst nicht recht, welche Reaktion er von mir erwartet hatte – oder was als nächstes auf die Tagesordnung kommen könnte.

«Sie trauen mir nicht», sagte er, «und Sie haben vollkommen recht.

Warum sollten Sie auch? Ich folge Ihnen wie ein Idiot durch den Nebel, hetze Sie einen Skihang hinunter, platze mit meinen Gefühlen heraus... Für all das entschuldige ich mich. Aber ich muß Ihnen noch etwas erklären...»

Ich wartete. Aber auf die Breitseite, die jetzt kam, war ich nicht gefaßt.

«Ich bin ein persönlicher Bekannter Ihres Onkels Lafcadio Behn aus Wien und wurde nach Idaho geschickt, um Sie, so gut ich kann, zu beschützen. Ich bin vor Ihrer Rückkehr von dieser Beerdigung in San Francisco hierhergeflogen, um sicherzugehen, daß ich Sie als Mitarbeiterin für meinen Auftrag bekomme – nicht allein wegen Ihres beruflichen Könnens, sondern weil die Dokumente, die Sie geerbt haben, nicht in die falschen Hände geraten dürfen. Verstehen Sie?»

Lieber Gott, was sagte er da? Bei mir drehte sich alles.

«Ariel», fuhr er fort, «ich versichere Ihnen, als ich diesen Auftrag annahm, habe ich nicht erwartet, jemand zu finden...» Er hielt inne und sah mir kurz in die Augen. «O verdammt, ich hab's verpatzt», sagte er schließlich und wandte sich ab, um seine Ski aus dem Schnee zu ziehen. «Fahren wir zurück in die Stadt, okay?»

Diese Wendung der Dinge paßte nun gar nicht in meinen Plan, das Manuskript hier oben zu verstecken. Ich versuchte, mir eine Entschuldigung auszudenken: daß ich wegen meiner Trauer allein sein wollte und ein bißchen Zeit bräuchte, um über alles nachzudenken. Aber wir waren beim Glühwein so vertraulich geworden, er hatte seine Bekanntschaft mit dem degoutanten Zweig meiner Familie enthüllt, eine glühende Leidenschaft für mich angedeutet und außerdem mehr als einmal meinen Rucksack beäugt – insofern erschien mir eine solche Ausrede zu fadenscheinig. Überdies war mir aufgefallen, daß er mich nicht gefragt hatte, was *ich* hier oben tat. Deshalb hielt ich es für das Beste, Zeit zu schinden, die letzte Abfahrt hinunterzufahren und mir Gedanken über ein Versteck für das Manuskript zu machen, wenn ich wieder im Wagen saß und nach Hause fuhr.

Bis wir uns angezogen hatten und in die Skibindung gestiegen waren, hatte Wolfgang soviel von seinem Charme und seiner Selbstbeherrschung wiedergewonnen, um vorzuschlagen, daß diesmal ich hinter ihm fahren sollte. Jeder Skifahrer weiß bald, daß er mehr lernt als in tausend Skikursen, wenn er den Bewegungsablauf – die rhythmische Kombination von Gewichtverlagerung und Stockeinsatz – eines besseren Läufers nachahmt. Ich nahm diese Chance mit größtem Vergnügen wahr – bis er in den Pulverschnee hinausfuhr.

Er sprang über den Rand der gewalzten Piste und kurvte durch ein dick verschneites Nadelgehölz. Es dauerte einen Augenblick, bis ich erkannte, daß er einer großen Rinne voll von feinstem Pulverschnee zustrebte – ein Schnee, der jedes Jahr Tausende von Touristen anlockte. Die Rinne lag am anderen Ende des Waldes. Ich hatte diese Abfahrt in all den Jahren, in denen ich hier Ski lief, gemieden wie die Pest.

Tiefschneefahren verlangt eine völlig andere Technik als Pistenfahren. Man lehnt sich nach hinten wie in einem Schaukelstuhl, damit die Skispitzen nach oben gedrückt werden und nicht im Schnee steckenbleiben. Man braucht dazu eine ungeheure Flexibilität in den Knien und sehr viel Kraft in den Schenkeln. Wenn sich die Skispitzen festfahren, wenn man stehenbleibt oder verkantet und hinfällt, fängt man an zu sinken.

Weil ich nie diesen besonderen Rhythmus gefunden hatte, fühlte ich mich im tiefen Pulverschnee vollkommen hilflos. Ich haßte ihn. Und nun hatte ich auch noch den Rucksack auf dem Rücken.

Deshalb bog ich vor dem Pappelwald ab, um weiter unten auf die Piste zurückzukehren. Und da passierte es.

Ich hatte den Waldrand erreicht, als ich merkte, daß etwas nicht stimmte.

Ich fühlte es, bevor ich etwas hörte, und dann war es kein lautes Geräusch, eher ein Flüstern, als ob die Erde einen langen, zitternden Seufzer aushauchte. Ich glaube, meine Handflächen, die in den warmen Handschuhen plötzlich zu prickeln begannen, nahmen es eher wahr als mein Gehirn. Als ich begriff, was geschah, erkannte ich auch, daß ich keine Ahnung hatte, was ich tun sollte.

Der Boden unter mir bewegte sich – nicht der Boden selbst, sondern der Schnee! Der Berg warf seine Haut ab. Er riß sie sich ab. Mit einem einzigen brutalen Ruck trennte er sich von der eineinhalb Meter dicken Schneedecke, die sich im Lauf des Winters angehäuft hatte. Ich war in einer Lawine.

Und dann setzte der Lärm ein – zuerst ein Grummeln, das rasch zu einem dröhnenden Donnern anschwoll, als der Schnee immer schneller rutschte und sich übereinanderschob und Steine und Felsbrocken rings um mich den Hang heruntergeschleudert wurden. Ich fuhr am Waldrand entlang, aber ich wußte immer noch nicht, ob ich mein Heil im Wald suchen sollte, wo ich riskierte, daß ein Baum auf mich stürzte, oder hier draußen auf dem Hang, wo der schwere Schnee wie eine Riesenladung Zement herunterkam.

Mein Mund war völlig trocken vor Angst. Meine Hände wurden gefühllos. Bloß nicht ohnmächtig werden! Und dann dachte ich, es wäre vielleicht besser, ohnmächtig zu sein, wenn ich von der Wucht der Lawine getroffen und untergehen würde. Ich fuhr schnell, aber ich wußte, der Schnee war schneller. Links von mir, auf dem offenen Hang flogen Felsbrocken wie Gummibälle durch die Luft. Rechts, aus dem Augenwinkel, sah ich entwurzelte Bäume fliegen. Die Lawine war ein lebendiges, atmendes Ding, das wie das Ungeheuer im Snake River alles verschlang, was ihm in den Rachen kam.

Ich konnte ihr nicht entkommen. Ich war keine Rennläuferin, und schon bessere Skifahrer als ich hatten vergebens versucht, einer Lawine davonzufahren. Um meinen Hintern zu retten, fiel mir nichts anderes ein, als auf den Beinen zu bleiben und mit der Lawine zu fahren – und das so lange, bis sie genug Masse und Geschwindigkeit hatte, um mich zu überrollen. Und immer noch hatte ich den verdammten Rucksack auf dem Buckel.

In dieser Sekunde zuckten zwei Gedanken durch meinen Kopf. Der erste war, daß ich in Kürze das untere Ende des Waldes erreichen würde, der mich von dem Pulverschneebecken am Fuß des Hangs, wo die Mulde auslief, trennte – und der zweite: Was war aus dieser Mulde geworden? Und nachdem sich Pulverschnee rascher bewegte als fester Schnee – was war aus Wolfgang Hauser geworden?

Beide Fragen wurden gleichzeitig beantwortet.

Unten sah ich die Stelle, wo die Schnee- und Geröllmassen des Pistenhangs zu meiner Linken und des Pulverschneetrogs zu meiner Rechten in einem Kessel aufeinandertrafen und der Schnee durch den Aufprall wie ein wirbelnder Trichter in den Himmel stob.

Meine überanstrengten Beine taten mir so weh – ich hätte schreien können! Jede Sehne schien mir zuzurufen: Halt an! Aber ich wußte, jetzt anzuhalten würde den sicheren Tod bedeuten. Dann sah ich rechts eine schwarze Gestalt zwischen den Bäumen. Obwohl der Schnee unablässig den Hang herunterwirbelte und Bäume umriß, steuerte Wolfgang auf mich zu.

«Ariel!» brüllte er über den Lärm hinweg. «Springen Sie! Sie müssen springen!» Ich sah mich verzweifelt um und versuchte zu sehen, was er meinte – und dann wußte ich es.

Genau unter mir, wo der Wald endete, war die Kante einer tiefen Spalte, die wie eine Sprungschanze in die Luft ragte. Ich konnte nicht darüber hinaussehen, aber ich wußte bereits, was dahinter lag. Ich war früher schon viele Male über diese Kante gefahren, indem ich die Skispitzen einfach abkippen ließ und wie eine Träne an der senkrechten Wange des Felsens hinunterglitt in die Schlucht, wo ich dann in einem Felsenmeer Slalom fuhr.

Aber bei dem Tempo, das ich jetzt fuhr und das ich nicht verringern durfte, würde ich nicht über die Kante abtauchen können. Ich mußte entweder die Schlucht umfahren – das hieß, auf den offenen Hang hinausfahren, wo meine Chancen praktisch gleich null waren, denn die Lawine hatte mich inzwischen fast eingeholt –, oder ich sprang, wie Wolfgang gesagt hatte, und betete, daß ich dreißig Meter tiefer aufrecht auf meinen Skiern und auf Schnee landen würde und nicht auf hartem Fels.

Für lange Überlegungen blieb mir keine Zeit. Ich schlüpfte aus den Stockschlaufen und ließ die Stöcke fallen, damit ich bei der Landung nicht aufgespießt wurde. Dann warf ich den Parka ab, den ich um die Taille gebunden hatte, um mich freier bewegen zu können. Nur den verdammten Rucksack wurde ich nicht mehr los, bevor ich zum Sprung ansetzen mußte. Also mußte er mit. Ich würde fliegen wie der Glöckner von Notre-Dame.

Ich ging tief in die Hocke, um schneller zu werden und eine bessere Körperbeherrschung zu haben. Als ich über den Felsvorsprung schoß, hob ich den Körper an und streckte mich mit angelegten Armen und vorgerecktem Kinn dem Wind entgegen, damit ich von der Klippe wegkam und sauber landen würde.

Meine Ski lagen auf bodenlosem Raum. Ich sauste in die Schlucht, ich fiel im freien Fall, und ich wußte, ich mußte mich konzentrieren und durfte nicht in Panik geraten. Ich bemühte mich, die Skispitzen hoch- und zusammenzuhalten, während Schnee und Geröll von der Klippe stürzten und um mich herumwirbelten. Ich fiel und fiel. Als sich der Abgrund unter mir auftat, sah ich, wie schmal das weiße Band aus Schnee dort unten war und wie zahlreich und groß die Felsbrocken waren. Und wieder dachte ich an das Schlangenungeheuer und den starrenden Rachen des Todes.

Sekunden später, die mir wie eine Ewigkeit in einem bösen Traum vorkamen, landeten meine Ski auf Schnee, aber gleichzeitig schlug ich mit dem Arm gegen einen Felsen. Wie ein Sägemesser schlitzten die zerklüfteten Ränder den Ärmel meines silbernen Skianzugs auf und das Fleisch darunter, vom Ellbogen bis zur Schulter. Durch den Aufprall wurde ich zur Seite geschleudert, und ich verlor die Balance. Obwohl ich noch keinen Schmerz empfand, fühlte ich das Übelkeit erregende Pochen, als das warme Blut in meinen Ärmel sickerte.

Während riesige, gezackte Felsbrocken wie verschwommen an mir vorbeiflogen, bemühte ich mich verzweifelt, auf den Beinen zu bleiben. Aber ich hatte ein solches Tempo – und keine Stöcke, die mir etwas Halt gegeben hätten. Ich schaffte es nicht, meine Ski unter Kontrolle zu bringen. Ich verkantete, geriet ins Schleudern, und dann flog ich. Ich überschlug mich, meine Ski schlugen auf Stein, die Bindungen öffneten sich, und ich prallte gegen Felsen, wobei sich der dicke Rucksack mehrmals als schützender Puffer bewährte.

Aber meine Schultern und Schienbeine bekamen einiges ab. Sie krachten von einem Stein auf den anderen, während ich mit dem blutenden Arm meinen Kopf zu schützen versuchte. Ein loser Ski schnellte hoch und verpaßte mir eine Platzwunde an der Stirn. Schließlich wurde ich gegen einen großen Steinblock geschleudert und blieb liegen.

Ich blutete, und die Schmerzen setzten ein, aber das Dröhnen und Donnern über mir erlaubten jetzt keine Verschnaufpause. Schnee und Schutt prasselten in solchen Mengen in die Schlucht, daß sie den Himmel verdunkelten. Ganze Bäume, mit Wurzelballen und Krone, schleuderten über mir durch den Raum. Der Sprung über die Kante hatte mir einen Vorsprung verschafft. Ich hatte eine Chance, davonzukommen, aber nur wenn ich in Bewegung blieb.

Ich rappelte mich auf, legte die Ski nebeneinander, die noch an den Fangriemen hingen, und stieg, so schnell ich konnte, wieder in die Bindung. Dann lief ich im Schlittschuhschritt los, schlängelte mich auf Eis und Schnee zwischen den Felsbrocken der Schlucht bergab, und dann holte mich ein keuchender Wolfgang Hauser ein.

«Mein Gott, Ariel, Sie sehen schlimm aus», stieß er hervor, als er das Blut sah, das mir über das Gesicht lief.

«Ich lebe. Es ist nichts gebrochen», rief ich in den tosenden Lärm, während wir nebeneinander dahinjagten, um der Lawine zu entkommen. «Sind Sie okay?»

«Ich bin okay», schrie er zurück. «Ich bin besser gelandet als Sie. Die ganze Rinne kommt herunter – nicht einmal die Bäume konnten den Schnee aufhalten. Wenn wir nicht gesprungen wären, wären wir zwischen zwei Lawinen geraten.»

«Heilige Scheiße!» sagte ich und warf kurz einen Blick zu ihm hinüber. Er lachte und schüttelte den Kopf.

«Sie sagen es», rief er.

Am anderen Ende der Schlucht ragte eine weitere Felswand in die Höhe, zu der jedoch eine im Bogen verlaufende Rampe hinaufführte. Wir hasteten im Grätenschritt hinauf. Auf halber Höhe blieb Wolfgang stehen. Er legte seine behandschuhte Hand auf meine Schulter und nickte stumm in die Richtung der Schlucht, durch die wir heruntergekommen waren. Mir war schon ein wenig schwindelig durch den Blutverlust; aber als ich zurückblickte, wurde mir übel. Ich ging in die Hocke und umschlang meine Knöchel.

Das ganze Tal war verschwunden. Das Meer aus schwarzen Steinen, durch das wir gerade gefahren waren, gab es nicht mehr. Die tiefe Schlucht war fast bis zum Rand mit schmutzigem, weißem Schutt gefüllt, aus dem Wurzeln und Äste in den Himmel ragten. Der Felsvorsprung, von dem wir abgesprungen waren, lag vielleicht noch zwei Meter über dem, was jetzt als Talboden sichtbar war.

Wolfgang strich mir über das Haar, als ich vor Entsetzen schauderte.

Wir schauten zu, wie der letzte Schnee vom Rand der Schlucht rieselte, und sahen den seiner weißen Decke beraubten dunklen Hang dahinter, wo noch immer vereinzelt Steine in die Tiefe rollten. Es war ein Anblick vollkommener Verwüstung – und das alles war in weniger als zehn Minuten geschehen. Ich brach in Tränen aus. Wolfgang zog mich auf die Beine, legte die Arme um mich und streichelte mich, bis ich aufhörte zu schluchzen. Dann ließ er mich los, wischte mir mit seinem Handschuh Blut und Tränen aus dem Gesicht und küßte mich leicht auf die Stirn, wie man ein verängstigtes Kind zu beruhigen versucht.

«Wir wollen Sie schleunigst verarzten. Sie sind ein kostbares Wesen», sagte er lächelnd. Aber die nächsten Worte des zärtlichen Dr. Hauser erschreckten mich.

«Sie sind mehr als kostbar, meine Liebe, und ganz erstaunlich», sagte er. «Einer Lawine auf Skiern davonzufahren mitsamt einem Manuskript auf dem Rücken!» Und als ich ihn entsetzt anstarrte, fügte er hinzu: «Oh, ich muß es nicht sehen, um zu wissen, was es ist. Ich bin Ihnen auf den Berg gefolgt, um sicherzugehen, daß Sie es nicht verstecken oder verlieren. Wenn es das Runenmanuskript ist, was ich glaube, dann gehört es mir. Ich selbst habe es Ihnen zugeschickt.»

DIE MATRIX

Matrix, die; spätlateinisch matrix *(Gen.:* matricis) = *öffentliches Verzeichnis, Stammrolle, eigtl. = Gebärmutter.*

Deutsches Universal Wörterbuch

In ihr [der Tragödie] haben wir, wiedergeboren aus der Musik, den tragischen Mythos – und in ihm dürft ihr alles hoffen und das Schmerzlichste vergessen!

Friedrich Nietzsche

Alle Erstgeburt ist mein.

2. Mose; 34,19

Jeder kann einen Fehler machen, aber was ich mir hier geleistet hatte, war ein echter Hammer. Es war alles meine Schuld. Ich hatte die falschen Schlüsse gezogen.

Sam hatte nichts von Runen gesagt – nicht einmal, daß es sich bei dem, was er mir geschickt hatte, um ein Manuskript handelte. Er sagte nur, daß es die Größe von einem Packen Papier habe. An einem einzigen Tag hatte ich meinen Hausherrn beinahe überfahren, war durch zwei Staaten geflohen und wäre beinahe von einer Lawine verschüttet worden, während ich mit einem hinreißenden österreichischen Wissenschaftler schäkerte. Und alles wegen des *falschen* Pakets. Ich versprach Gott, weniger zu flirten, wenn er mir keine so krummen Dinger mehr in den Weg legen würde. Aber das löste mein neues Problem auch nicht: Das Paket von Sam war immer noch nicht da. Und vielleicht gab es – dank meiner Überreaktion – auch Sam nicht mehr.

Während ich zerschunden und blutend mit Wolfgang ins Tal fuhr, versuchte er, mich über das Runenmanuskript, das er mir geschickt hatte, aufzuklären. Er hatte mir das Manuskript sofort nach seiner Ankunft in Idaho aushändigen wollen. Weil ich jedoch wegen Sams Beerdigung längere Zeit fort war und er geschäftliche Verpflichtungen außerhalb der Stadt hatte, schickte er mir die Runen per Post, damit ich sie bei meiner Rückkehr vorfinden würde. Als der Pod heute morgen Olivier auf die Suche nach mir schickte, fuhr auch Wolfgang bei der Post vorbei, und als er mich dort voller Panik losfahren sah, beschloß er, Olivier sich selbst zu überlassen und mir nachzufahren.

Als wir die Talstation erreichten, fragte ich Wolfgang, was die Runen in meinem Rucksack bedeuteten und was ich damit anfangen sollte, nachdem ich sie nicht einmal lesen konnte. Er sagte, es handle sich um die Kopie eines Dokuments; meine Familie in Europa habe ihn gebeten, sie mir zu bringen, und wie er verstanden habe, hätten die Runen etwas mit den Manuskripten zu tun, die ich eben von meinem Cousin Sam geerbt hatte. Er schlug vor, daß wir uns, sobald ich verarztet war, irgendwo hinsetzen und in Ruhe miteinander reden sollten; dann würde er mir sagen, was er sonst noch zu dem Thema wußte.

Wir verbrachten eine Stunde in der Ambulanz in der Talstation, umgeben von streng riechenden Flaschen und dem Tumult der Leute von der Bergwacht, die mit Tragbahren und Funkgeräten herumliefen, Verletzte an dem Hang bargen, wo die Lawine niedergegangen war, und anhand der verkauften Liftkarten festzustellen versuchten, wie viele Läufer noch nicht heruntergekommen waren. Inmitten dieses Tohuwabohus wurde ich auf einen Tisch gelegt, bekam ein paar Spritzen, den Kopf bandagiert und vierzehn Stiche in den Oberarm.

Eine Unterhaltung zwischen Wolfgang und mir war hier unmöglich, aber ich konnte meinen eigenen Gedanken nachhängen. Ich wußte, daß unser Nuklearprojekt kein Vorwand für eine Vergnügungsreise von Wolfgang Hauser nach Idaho sein konnte. Es stand fest, daß er ein hoher Beamter der IAEA war; andernfalls hätte er nie Zutritt zu unseren Anlagen bekommen und noch weniger die Erlaubnis, die Personalakte einer mit Sicherheitsfragen befaßten Angestellten der US-Regierung einzusehen. In dieser Hinsicht war alles korrekt.

Doch eine andere Frage blieb offen: Wie kam es, daß Prof. Dr. Wolfgang K. Hauser in Idaho eintraf, als ich noch in San Francisco auf Sams Beerdigung war? Wie konnte jemand gewußt haben – und es muß jemand gewußt haben –, daß durch Sams Tod jene anderen, noch fehlenden Dokumente in meine Hände fallen würden?

Mit meinem genähten Arm in der Schlinge und vollgepumpt mit schmerzstillenden Mitteln stimmte ich Wolfgangs Vorschlag zu, daß er mich in meinem Wagen nach Hause fahren und den Firmenwagen abholen lassen würde.

Während der Rückfahrt war ich ziemlich benommen. Als die Betäubung nachließ und die Schmerzen einsetzten, nahm ich die Tablette, die mir der Arzt mitgegeben hatte. Leider fiel mir zu spät ein, daß ich gewöhnlich auf Kodein überreagierte. Kurz danach hatte ich das Gefühl, als hätte ich einen Hammerschlag auf den Kopf bekommen. Während des größten Teils der Fahrt war ich praktisch weggetreten, so daß meine Frage unbeantwortet blieb.

Es war bereits dunkel, als wir zurückkamen. Obwohl ich mich später nicht erinnern konnte, daß ich Wolfgang den Weg zu mir nach Hause erklärt hatte oder wie wir dort ankamen, wußte ich noch, daß ich in der Einfahrt im Wagen saß und daß mich Wolfgang fragte, ob er meinen Wagen behalten könne, um zu seinem Hotel zu fahren, oder ob er sich bei mir telefonisch ein Taxi bestellen solle. Was ich geantwortet habe, wußte ich nicht mehr, und auch alles andere blieb verschwommen.

Man stelle sich also meine Überraschung vor, als ich am nächsten Morgen erwachte und feststellte, daß ich in meinem Bett lag und meinen Rucksack und alles, was ich tags zuvor anhatte, zusammen mit einem schwarzen Skianzug, der nicht mir gehörte, auf einem Stuhl auf der anderen Seite des Zimmers liegen sah. Unter der Bettdecke schien ich nichts anderes auf dem Leib zu haben als meine langen seidenen Unterhosen.

Ich richtete mich auf und sah mit Schrecken den strubbeligen Kopf, einen gebräunten Arm und die nackten, muskulösen Schultern von Wolfgang Hauser, der in meinem Schlafsack auf dem Boden schlief. Als er sich kurz darauf umdrehte, konnte ich im fahlen Morgenlicht, das durch die vergitterten Fenster fiel, sein Gesicht sehen: dichte dunkle Wimpern über kräftigen Wangenknochen, die lange schmale Nase, das kantige, gefurchte Kinn und den sinnlichen Mund. Sein Profil hätte das einer römischen Skulptur sein können. Sogar im Schlaf war er der attraktivste Mann, den ich je gesehen hatte. Aber was tat er halbnackt in meinem Schlafsack auf dem Fußboden meiner Wohnung?

Er schlug die Augen auf, als hätte er meine Gedanken gehört, stützte sich auf den Ellbogen und lächelte mich an. Diese unglaublichen türkisblauen Augen hatten eine gefährliche Sogwirkung, so gefährlich wie die unsichtbare Strömung des Schlangenflusses.

«Ich hoffe, Sie halten mich nicht für aufdringlich, weil ich hier übernachtet habe», sagte er. «Aber als ich Ihnen gestern aus dem Wagen half, sind Sie ohnmächtig geworden. Ich konnte Sie gerade noch auffangen. Irgendwie habe ich Sie dann hier heruntergebracht und aus diesen zerrissenen und blutverschmierten Klamotten geschält. Ich hatte Angst, Sie in diesem Zustand allein zu lassen. Wie geht es Ihnen?»

«Ich weiß es noch nicht so recht», sagte ich. Mein Kopf fühlte sich noch immer wie mit Watte gefüllt an, und mein Arm brannte wie Feuer. «Danke, daß Sie geblieben sind. Sie haben mir gestern das Leben gerettet. Ohne Sie läge ich jetzt unter Schnee und Schutt auf dem Grund eines Canyons. Ein bißchen schwach fühle ich mich noch.»

«Sie haben seit gestern mittag nichts gegessen.» Wolfgang setzte sich auf und öffnete den Reißverschluß des Schlafsacks. «Eigentlich müßte ich sofort los. Durch unseren gestrigen Ausflug bin ich etwas in Verzug geraten. Aber zuerst gibt's Frühstück. In die Geheimnisse Ihrer Küche hat mich Ihr Kater bereits gestern nacht eingeweiht. Er schien zu erwarten, daß ich ihm etwas zu fressen gebe.»

«Ich glaube es nicht», sagte ich lachend. «Sie retten mein Leben und füttern sogar meinen Kater! Wo ist er denn?»

«Vielleicht ist er diskret», sagte Wolfgang mit einem verschwörerischen Lächeln.

Dann drehte er sich um und kroch aus dem Schlafsack mit nichts weiter an als seinen Unterhosen. Er holte sich seinen schwarzen Skianzug und zog ihn rasch an, doch ich konnte nicht umhin zu bemerken, daß Prof. Dr. Hauser einen phantastischen Körper hatte. Bevor er sich umdrehen und meine heimlichen Gedanken an meinen brennenden Wangen ablesen konnte, schnappte ich mir ein Kissen und hielt es mir vor das Gesicht.

Aber zu spät. Die Sprungfedern quietschten leicht, als er sich auf den Bettrand setzte. Er nahm mir das Kissen weg und küßte mich.

Es ist nicht so, daß ich noch nie geküßt worden wäre – aber so geküßt wurde ich noch nie. Keine bedeutungsschwangeren Seufzer, kein Lippenbeißen, Speicheln, Herumtappen oder theatralisches Getue, wie das in meiner kaum erwähnenswerten Vergangenheit häufig der Fall war. Statt dessen wurde bei der Berührung unserer Lippen eine Energieflut freigesetzt, die von ihm auf mich überging und mich mit heißem Begehren erfüllte. Nach diesem Kuß war mir, als hätten wir uns bereits geliebt und müßten es jetzt noch einmal und noch einmal tun.

Ich fragte mich, ob sich dieser Wolfgang Hauser auf Flaschen ziehen und lagern ließe.

«Ariel, du bist so schön», sagte er, während er mit den Fingerspitzen mein Haar berührte. «Sogar jetzt mit all deinen Wunden und blauen Flecken möchte ich mit diesem wunderbaren Körper Dinge tun, die ich noch mit niemand getan habe.»

«Ich denke… ich glaube nicht…» stammelte ich hirnlos. Wolfgang legte einen Finger auf meine Lippen.

«Laß mich weiterreden», sagte er. «Gestern ist zwischen uns alles schiefgelaufen, weil ich versucht habe, die Dinge zu überstürzen. Ich bewundere dich außerordentlich. Du bist sehr stark und sehr tapfer. Weißt du, daß dein Name früher einmal ein alter Name für Jerusalem war? ‹Ariel› bedeutete einst ‹Löwin Gottes›.»

«*Löwin?*» sagte ich und gewann zum ersten Mal nach Wolfgangs Kuß meine normale Stimme wieder. «Da habe ich ja einen Ruf zu verlieren.»

«Das gleiche gilt für ‹Wolf›», sagte er mit einem geheimnisvollen Lächeln.

«Ich verstehe – wir sind beide Jäger», sagte ich und lächelte zurück. «Aber ich jage solo, während ihr Wölfe in Rudeln jagt.»

Er ließ meine Haarsträhne los, mit der er gespielt hatte, und sah mich nachdenklich an.

«Ich jage dich nicht, Ariel. Du traust mir immer noch nicht», sagte er ernst. «Ich bin hier, um dir zu helfen und dich zu beschützen. Die Gefühle, die ich vielleicht für dich hege, sind mein Problem – nicht deins –, und sie sollten mit den Zielen oder dem Auftrag der Leute, die mich hergeschickt haben, nicht kollidieren.»

«Du sprichst von Leuten, die dich hergeschickt haben, aber du sagst nie, wer sie sind», entgegnete ich ungeduldig. «Und warum hat man mir nichts gesagt? Gestern hast du behauptet, du seist ein Freund meines Onkels Lafcadio, aber er hat mir gegenüber nie deinen Namen erwähnt. Ich denke, du solltest wissen, daß ich ihn nächstes Wochenende in Sun Valley treffen werde. Da wird sich die Wahrheit schnell herausstellen.»

«Ich sagte, er ist ein Bekannter, nicht ein Freund.» Er wandte sich mit ausdrucksloser Miene ab. Dann stand er auf und blickte auf mich hinunter. «Bist du jetzt fertig?»

«Nicht ganz», sagte ich, froh, daß ich meinen Gefühlen endlich Luft machen konnte. «Wie kommt es, daß anscheinend jeder schon vor dem Tod meines Cousins gewußt hat, daß ich diese verdammte Erbschaft machen werde?»

«Ich kann dir das alles sagen, wenn du es wirklich hören willst», sagte Wolfgang ruhig. «Aber ich muß vorausschicken, daß ein solches Wissen sehr, sehr gefährlich sein kann.»

«Wissen ist nie gefährlich», erklärte ich mit zunehmendem Ärger.

«Nicht wissen ist gefährlich – besonders wenn es sich um Dinge handelt, die das eigene Leben betreffen. Ich habe es satt, daß mir Dinge verheimlicht werden, weil es angeblich zu meinem Besten ist! Ich habe es satt, immer im dunkeln zu tappen!»

Als ich das sagte, wurde mir plötzlich klar, wie ernst es mir war. Denn das war es, was in meinem Leben von Grund auf nicht stimmte. Es war nicht nur die Angst vor dem Unbekannten, vor einem geheimnisvollen Paket – selbst wenn dessen Inhalt lebensgefährlich sein konnte. Es war diese obligatorische Verschwiegenheit – sowohl in meiner Arbeitswelt als auch in meiner Familie. Nichts konnte offen und ungeniert getan werden. Alles mußte heimlich geplant und verabredet sein.

Dank Sam war ich eine Meisterin in diesem Spiel geworden. Dank Sam traute ich niemandem – und niemand konnte mir trauen.

Wolfgang beobachtete mich mit einem merkwürdigen Ausdruck. Mein leidenschaftlicher Ausbruch hatte auch mich überrascht. Ich hatte bis jetzt nicht gewußt, wie tief diese Gefühle in mir begraben lagen – oder wie schnell sie hervorbrechen konnten.

«Wenn es das ist, womit ich dein Vertrauen gewinnen kann, dann werde ich dir stets sagen, was du wissen möchtest, so gefährlich das auch für uns beide sein könnte», sagte er, und er schien es ernst zu meinen. «Es ist unbedingt notwendig, daß du mir vertraust, selbst wenn dir die Antworten nicht gefallen. Die Person, die mich hierhergeschickt hat, bat mich auch, dir das Runenmanuskript zu geben.» Er wies auf meinen Rucksack auf dem Stuhl. «Obwohl du sie nicht kennengelernt hast, wirst du doch ihren Namen kennen. Es ist deine Tante Zoe Behn.»

Ich fragte mich, warum ich in brenzligen oder aufregenden Situationen immer «heilige Scheiße» sagen mußte. Ich meine, was genau *ist* heilige Scheiße? Produzierten Götter oder Heilige Abfall wie die übrige Menschheit? Und war ich tatsächlich so phantasielos, daß mir kein anderer Ausdruck mehr einfiel – nicht einmal, wenn ich Selbstgespräche führte?

Aber in meinem Beruf gehörte es irgendwie dazu, über Abfall zu witzeln – wahrscheinlich, weil das Hinterherräumen im Schlepptau einer sich dauernd vergrößernden und immer mehr Abfall produzierenden Bevölkerung auf diesem immer kleiner werdenden Planeten eine ziemlich irremachende und deprimierende Aufgabe war.

Insofern war es nicht ungewöhnlich, daß ich an diesem Morgen von

Olivier im Büro mit einer aufmunternden Wiederholung des Tom Lehrer Lieds *Pollution* begrüßt wurde, das sich in unserer Abteilung besonderer Beliebtheit erfreute wegen solcher Sätze wie: «Den Frühstücksmüll aus der San Francisco Bay trinkt man zum Lunch in San Jose.» Oliver schnippte mit den Fingern den Takt dazu, als ich eintrat drehte er sich auf seinem Stuhl um und sah mich an.

«O gütiger Prophet Moroni!» rief er. «Du siehst ja aus wie etwas, das der kleine Argonaut ins Haus zu schleppen pflegt, wenn du mir das nicht übelnimmst. Was ist passiert? Bist du gegen eine Laterne gerast in deinem gestrigen Wahn, Fußgänger umnieten zu wollen?»

«Nein, aber in eine Lawine», entgegnete ich. Sobald Wolfgangs Firmenwagen abgeholt war und herauskam, daß er und ich den ganzen Tag Ski laufen waren, würde sich sowieso die ganze Firma das Maul zerreißen. «Das vor der Post tut mir leid, Olivier. Ich bin ein bißchen verwirrt in letzter Zeit.»

«Eine Lawine? Auf dem Weg von der Post zur Arbeit? Oje, es wird ja richtig abenteuerlich in unserem Dörfchen», sagte Olivier, während er aufstand und mir fürsorglich den Stuhl zurechtrückte. «Aber du bist den ganzen Tag nicht zur Arbeit gekommen, und als ich gestern abend um sieben nach Hause kam, stand dein Wagen in der Einfahrt, und das ganze Haus war dunkel und still. Jason und ich haben allein gegessen und uns gefragt, wo du sein könntest.»

Da hatte sich Jason also *zwei* Abendmahlzeiten verschafft – eine unten und eine aus Oliviers Feinschmeckerküche. Dieser Schlingel. Olivier wartete auf eine Antwort. Ich legte die Finger auf den Verband über meinem pochenden Auge. Dann sah ich Olivier an.

«Ich hoffe, du hast nicht auch das Budget für Freilandhühner und Wildbret vom Bio-Bauern verwettet», sagte ich. Olivier starrte mich offenen Mundes an.

«Du hast doch nicht etwa …?»

«Die Nacht mit Dr. Hauser verbracht? Ganz recht», erwiderte ich. «Aber es ist nichts passiert.»

Bei der Aufmerksamkeit, die Wolfgang Hauser erregte, und in einer Kleinstadt wie dieser würde es sowieso bald jeder wissen.

«*Nichts passiert?*» Olivier schrie beinahe. Dann knallte er die Tür unseres Büros zu und warf sich in seinen Drehstuhl. «Was soll das nun wieder heißen?»

«Der Mann hat mir das Leben gerettet, Olivier», sagte ich. «Ich war verletzt, wie du siehst, und er hat mich nach Hause gebracht. Ich war bewußtlos, deshalb ist er geblieben…» Ich hielt mir den schmerzenden Kopf.

«Ich glaube, ich brauche eine neue Religion», sagte Olivier und stand auf. «Der Prophet Moroni scheint über das impulsive Verhalten von Frauen nicht viel zu wissen. Ich habe immer den mosaischen Glauben bewundert – schon wegen der Kraft des hebräischen Ausdrucks ‹Oi!›. Von welchem Wort, glaubst du, ist er abgeleitet? Warum tut es so gut, einfach herumzugehen und ‹Oi› zu sagen?»

Olivier ging herum und sagte «Oioioi». Ich fand es an der Zeit, einzugreifen.

«Fahren wir am Wochenende nach Sun Valley?» fragte ich.

«Warum wohl arbeite ich jeden Tag bis spät in die Nacht?» fragte er zurück.

«Wenn Wolfgang Hauser bis dahin wieder zurück ist, kommt er mit», sagte ich. «Schließlich arbeite ich ab Montag mit ihm zusammen – und er ist mein Lebensretter.»

Olivier hob die Augen zur Zimmerdecke. «O mein Prophet! Du hast es wirklich vermasselt.»

Ich hoffte, Olivier würde mit der Bedeutung des Wortes «Oi» bald rüberkommen, denn es klang allmählich wie eine ziemlich gute Beschreibung meines jetzigen Lebens.

Wolfgang hatte mich an diesem Morgen zur Arbeit gefahren, weil ich meinen genähten Arm nur unter Schmerzen bewegen konnte. Ich bat ihn, vor der Post anzuhalten und auf mich zu warten, während ich kurz hineinging. Ich unterschrieb ein Formular, damit George meine Post lagerte. Er sollte mich nur anrufen, wenn ein größeres Paket eintraf. Ich würde dann nach der Arbeit vorbeikommen und es abholen. Eine Erklärung brauchte ich George nicht zu geben. Schließlich war ich hier keine Fremde.

«Ich hoffe, du warst nicht allzu schockiert, von deiner Tante Zoe zu hören», hatte Wolfgang zu mir gesagt, als ich das Omelett aus saurer Sahne und Kaviar verschlang, das er aus dem Sammelsurium in meinem Kühlschrank zusammengerührt hatte. «Deine Tante würde dich sehr gern kennenlernen. Sie ist eine faszinierende Frau mit großem Charme. Sie hat sogar Verständnis dafür, daß sie vom Rest der Familie für das schwarze Schaf gehalten wird.»

Die meisten Details aus Zoes Leben kannte man aus den geschwätzigen Büchern, die sie veröffentlicht hatte – zum Beispiel ihre Karriere als eine der berühmtesten Tänzerinnen Europas oder ihren ebenso legendären Nebenberuf als eine der schillerndsten Halbweltdamen Europas.

Aber bis heute morgen hatte ich nicht gewußt, daß meine Tante Zoe während des Zweiten Weltkriegs Mitglied der französischen Résistance war, geschweige denn, daß sie als Informantin für das Office of Strategic Services, kurz OSS, gearbeitet hatte, jene erste offizielle internationale Spionagegruppe der USA, aus der später die CIA hervorging. Aber ich fragte mich, wieviel davon stimmte.

Auch wenn solche Eskapaden zu unserem Familienstammbaum paßten, hielt ich es für unwahrscheinlich, daß sich eine Organisation wie das OSS – die Codes knackte, Nachrichten entschlüsselte und in einem Metier arbeitete, das Verschwiegenheit voraussetzte – mit einer Tratschnudel wie Tante Zoe einließ. Andererseits konnte ein solcher Ruf auch eine ausgezeichnete Tarnung gewesen sein.

Wenn es stimmte, was zur Zeit über Zoe berichtet wurde, dann saß sie mit ihren dreiundachtzig Jahren quicklebendig in Paris, trank ausgiebig Champagner und führte ein skandalöses Leben wie eh und je. Ich wollte wissen, wie sie sich jemand wie Wolfgang Hauser geangelt hatte, einen hohen Beamten der IAEA.

Wolfgang erzählte, er habe Zoe im März vergangenen Jahres in Wien bei einer Fünfzigjahrfeier der internationalen «Friedenswächter» aus dem Zweiten Weltkrieg kennengelernt, und während des Begrüßungsabends in einem Heurigenlokal hätten sie sich angefreundet. Zoe habe ihm nach zwei Flaschen neuen Weins genügend vertraut, um von dem Runenmanuskript zu erzählen. Danach habe sie ihn gebeten, ihr zu helfen.

Wolfgang sagte, Zoe habe die Runen, von denen ich jetzt eine Kopie besitzen würde, schon vor Jahrzehnten erworben. Woher und wie sie sie bekommen hatte, habe sie nicht verraten, nur daß es mit der Wagner-Ära vor der Jahrhundertwende zu tun hatte, als in Deutschland und Österreich großes Interesse an einer Rückbesinnung auf die angeblich höhere germanische Kultur aufkam. Gesellschaften wurden gegründet, so sagte er, die überall in Europa Runeninschriften von alten Steinmonumenten sammelten und entzifferten.

Zoe dachte, ihr Dokument sei selten und wertvoll und könnte vielleicht irgendwie mit den Manuskripten in Zusammenhang gebracht werden, die Sam von Zoes Bruder Earnest geerbt hatte. Sie sagte zu Wolfgang, es sei vielleicht sogar möglich, daß Sam Runendokumente besitze, die ihr bei der Identifizierung und Übersetzung der ihren helfen könnten. Aber nach Earnests Tod waren Zoes Bemühungen, Sam ausfindig zu machen, erfolglos gewesen.

Zoe hoffte, daß Wolfgang aufgrund seiner Stellung bei der Internationalen Atomenergiebehörde vielleicht über *mich* mit Sam Kontakt aufnehmen und diese Sache besprechen könnte, ohne den Rest der Familie zu behelligen. Trotzdem fand es Wolfgang eigenartig, daß sie sich ausgerechnet ihm, einem völlig Fremden, anvertraute.

Mir erschien dies durchaus verständlich. Zoe war zwar über achtzig, aber sie war nicht blind. Die Männer, mit denen sie sich abgegeben hatte, waren nicht immer reich gewesen, aber sie hatten durch die Bank phantastisch ausgesehen.

Wolfgang hatte sich also einverstanden erklärt, unsere Familie, mit der Zoe nicht mehr verkehrte, zu umgehen und Sam und mich zu finden, um uns für diese Sache zu begeistern; aber er hatte nicht sofort etwas unternommen, sondern erst, als er einen triftigen Grund hatte, um nach Idaho zu reisen. Er konnte nicht wissen, daß eine seiner angepeilten Kontaktpersonen bis dahin tot sein würde, und auch nicht, wie ich auf den Vorschlag seitens einer Verwandten aus dem Kreis derer, die von unserer Seite gemieden wurden, reagieren würde.

Es war sinnlos, Wolfgang zu erklären, daß ein solches Dokument, wäre es jemals auch nur für kurze Zeit in Sams Besitz gewesen, bereits entschlüsselt sein würde. Der einzige nie geknackte Code dieses Jahrhunderts wurde im Zweiten Weltkrieg von den Navaho entwickelt. Die Kultur der Indianer ist ein Nährboden für solche Dinge, und Sam war ein Experte für Codes.

Außerdem mußte ich mir immer wieder ins Gedächtnis rufen, daß *ich* die einzige Person auf diesem Planeten war, die wußte, daß Sam noch lebte. Aber um den Knoten zu lösen, in den ich mich verstrickt hatte, mußte ich Sam erst einmal finden.

Für den Rest der Woche blieb alles frustrierend ruhig. Es war nicht so, daß ich mir eine weitere Verfolgungsjagd oder eine Lawine wünschte, um mir die Langeweile zu vertreiben. Das Problem war, daß noch immer kein Paket eingetroffen war und daß ich keinen Kontakt zu Sam bekommen hatte.

Ich fuhr an der No-Name-Bar vorbei und erkundigte mich so nebenbei wie möglich nach Anrufen. Der Barkeeper sagte mir, er habe den Münzfernsprecher an der Wand gegenüber ein paarmal klingeln hören, aber das sei schon etliche Tage her. Es sei auch niemand an den Apparat gegangen, um abzuheben.

Jeden Tag ging ich meine E-mail durch, aber von Sam war nichts dabei.

Olivier und ich mußten für ein paar Tage unsere Fahrten zwischen Büro und zu Hause koordinieren, bis ich wieder selbst fahren konnte; und Wolfgang war noch nicht wieder in der Stadt. Deshalb war ich in gewisser Weise ganz froh, daß kein Paket kam, solange ich es nicht allein abholen konnte. Das Runenmanuskript versteckte ich inzwischen, wo es niemand finden konnte, und zwar direkt vor der Nase von zehntausend US-Regierungsangestellten – im *DOD Standard*.

Dieses Richtlinienwerk des Verteidigungsministeriums, kurz DOD, (Department of Defense), ist die Bibel aller Forschungs- und Entwicklungsabteilungen der amerikanischen Bundesregierung: 35 Bände mit gesetzlichen Bestimmungen und Durchführungsverordnungen, die berücksichtigt werden müssen, ob nun ein Computersystem entwickelt oder ein Leichtwasserreaktor gebaut werden soll. Die Herstellung und Aktualisierung dieses Grundlagenwerks kostete den Steuerzahler ein Vermögen.

Wir hatten mehrere Exemplare der großen mehrbändigen Ausgabe in der Firma; eine befand sich auf dem zwei Meter langen Bücherbord unmittelbar vor meinem Büro. In den fünf Jahren, die ich hier arbeitete, hatte ich noch nie erlebt, daß jemand einen Band herausnahm oder gar darin nachschlagen wollte. Ich war mir sicher, wenn ich das Runenmanuskript hier versteckte, würde es niemand finden.

Am Freitag, als ich zum ersten Mal wieder selbst zur Arbeit fahren konnte, blieb ich länger im Büro als Olivier, was ihn nicht überraschte, weil wir am nächsten Morgen nach Sun Valley fahren wollten und ich noch einiges vor dem Wochenende aufzuarbeiten hatte. Sobald er gegangen war, holte ich die Bände des *DOD Standard* aus dem Regal vor meiner Tür, öffnete die Klemmrücken und legte ungefähr alle vierzig oder fünfzig Seiten über alle Bände verteilt ein Runenblatt ein.

Als ich fertig war, war es zehn Uhr. Glücklicherweise hatte ich beim Hantieren mit den schweren Bänden meinen Arm nicht überanstrengt. Ich setzte mich auf meinen Schreibtischstuhl, um eine Minute auszuruhen und zu überlegen, ob ich auch alles erledigt hatte. Dabei berührte ich zufällig die Maus meines Computers; der auf meinem Computer aktivierte Bildschirmschoner verschwand, und ein fast leeres Bild erschien, das den halbdunklen Raum erhellte.

Es war ein Symbol, das ich noch nie gesehen hatte – ein vergrößertes Kennzeichnungssternchen, das den halben Bildschirm ausfüllte.

Unter diesem Symbol stand ein Fragezeichen.

Wie kam das auf meinen Bildschirm? Niemand hier im Büro hätte es eingeben können. Ich saß den ganzen Tag an meinem Schreibtisch.

Ich tippte Fragezeichen in mein Terminal für «Hilfe». Der Computer gab mir eine Information, die ich von dort noch nie bekommen hatte und die mit Sicherheit nicht einprogrammiert war: Ich sollte meine E-mail durchsehen.

Ich ließ die Mail-Datei durchlaufen, obwohl ich sie erst ein paar Stunden zuvor überprüft hatte. Trotzdem war ein neuer Eingang vermerkt. Ich holte mir die Message auf den Schirm.

Sie baute sich ganz langsam auf, als befände sich dahinter eine Hand, die das Bild verkehrt herum zeichnete. Verblüfft und gleichzeitig fasziniert schaute ich zu, wie die Buchstaben erschienen. Bevor die Nachricht ganz durchgegeben war, wußte ich, wer sie geschickt hatte. Es konnte nur Sam gewesen sein.

Ich druckte mehrere Kopien aus, und dann sah ich mir das Ganze genauer an.

Ich wußte, daß die erste Sicherheitsregel verlangte, eine chiffrierte Nachricht so schnell wie möglich aus dem Computer zu löschen, aber ich kannte Sam. Wenn er wollte, daß die Nachricht sofort nach dem Ausdrucken gelöscht werden sollte, hätte er sie selbstlöschend programmiert. Die Tatsache, daß sie sich noch auf meinem Bildschirm befand, bedeutete, daß sie außer der Buchstabenfolge noch andere Hinweise enthielt. Einen hatte ich vielleicht schon erhalten: den Stern.

Ich nahm drei von unseren billigen durchsichtigen Plastikkugelschreibern aus der Schreibtischschublade und band sie mit einem Gummiring zusammen. Dann fächerte ich sie sternförmig auf und schob sie über die Seite, um zu sehen, ob entlang der drei Achsen Akrostichen auszumachen waren, also Buchstabenreihen, die ein Wort ergaben. Fehlanzeige. Doch ein solcher Hinweis wäre auch zu simpel gewesen und damit zu gefährlich, um ihn in meinem Computer zu hinterlassen.

Während ich diese nur aus einzelnen Buchstaben bestehende Nachricht betrachtete, rückte ich für ein paar Sekunden ein Stück davon ab, um eine andere Perspektive zu bekommen. Um einen unbekannten Code zu knacken, ist es stets von Vorteil, wenn die Person, die die Nach-

B	L	O	N	G	A	N	O	U	H	A	U	R	E	S	N	O	U	S	S	A	F	X	M	V	C
O	F	Q	O	A	E	F	O	G	S	J	O	B	E	E	Y	T	U	I	T	I	B	P	Z	G	A
N	A	J	U	N	R	S	I	N	A	P	N	R	G	N	I	N	I	D	A	N	T	D	K	R	T
E	D	D	N	A	H	C	C	S	I	I	O	O	M	O	T	L	O	M	E	T	H	O	H	A	G
S	E	M	C	S	C	W	T	S	F	O	G	R	A	H	C	F	N	I	E	G	R	I	S	E	T
H	P	S	A	A	W	I	O	N	M	C	U	O	A	F	G	A	O	R	O	O	D	J	L	T	E
A	W	O	L	L	E	Y	R	N	E	E	A	L	D	P	H	U	O	R	H	T	O	A	I	S	E
R	L	E	A	R	O	A	A	A	I	S	I	F	D	A	S	T	N	I	M	T	L	C	N	I	V
A	O	I	E	N	I	R	E	I	G	G	L	I	L	N	E	T	Y	Y	A	S	R	K	E	D	A
E	L	L	F	H	T	H	W	L	H	A	G	I	E	A	P	O	A	E	A	A	U	S	A	B	L
T	E	C	T	T	G	E	M	P	T	N	I	L	C	M	M	W	D	V	R	L	D	O	I	Y	L
R	Y	I	T	T	H	R	E	E	F	O	U	R	D	R	S	T	&	E	L	O	H	N	E	R	E
U	V	L	A	M	B	W	A	S	A	I	P	T	O	D	O	C	Y	L	M	I	R	S	A	A	T
W	R	H	G	R	A	N	D	T	T	M	S	U	N	L	O	O	E	L	Y	M	L	H	I	A	I
E	A	E	M	O	A	A	S	I	S	E	T	O	E	C	C	W	M	L	A	C	C	H	T	S	N
E	T	R	O	F	N	M	Z	N	E	L	R	T	H	H	A	Y	N	T	L	&	T	S	E	T	A
I	T	G	E	B	D	H	O	A	J	E	B	Y	H	L	I	V	L	B	H	A	C	A	O	N	A
I	T	F	L	A	M	L	D	G	K	L	O	T	O	D	U	D	L	I	W	I	V	A	O	E	B
O	R	T	H	O	T	H	D	W	J	T	O	L	N	E	B	A	G	K	B	X	R	N	O	V	T
Y	L	A	H	T	E	Z	I	L	O	F	N	E	H	T	C	T	X	C	H	A	L	T	U	E	E
Q	F	L	W	E	V	N	F	L	O	W	T	T	M	D	K	C	H	L	Y	E	I	N	Y	S	S
S	D	R	A	R	O	B	A	Q	E	O	S	H	U	N	D	S	P	Q	D	U	A	F	E	T	U
D	O	F	N	U	R	C	U	A	P	S	I	R	X	O	I	W	P	A	L	Y	Q	W	E	C	I
O	O	S	G	M	H	K	T	N	O	H	Y	P	O	M	A	R	B	K	E	A	G	M	S	F	R
J	W	H	N	S	T	H	W	R	Q	L	O	Y	U	O	M	L	I	K	Z	Y	Y	Z	I	O	A
L	P	U	P	T	T	A	V	R	O	E	X	Z	H	N	I	N	O	G	H	I	P	S	H	L	K

richt verschlüsselt hat, versucht, mit dem Adressaten zu kommunizieren – und das geht natürlich besonders gut, wenn man zufällig von dieser Person ausgebildet wurde wie ich von Sam.

So konnte ich zum Beispiel jetzt davon ausgehen, daß mir Sam nie eine Nachricht via Computer geschickt hätte – er hielt Computer für absolut unsicher –, wenn es sich nicht um etwas Wichtiges oder Dringendes oder beides gehandelt hätte, wenn es nicht etwas gewesen wäre, das ich unbedingt erfahren mußte, bevor ich am Wochenende nach Sun Valley fuhr. Daß ich das vorhatte, wußte Sam; dennoch hatte er mit der Mitteilung eine Woche lang gewartet, ja praktisch bis zur letzten Minute am Freitag abend. Offensichtlich hatte er keine andere Kommunikationsmöglichkeit gefunden und war deshalb gezwungen, eine Methode anzuwenden, der er nicht traute. Daraus konnte ich auf zwei wesentliche Kriterien hinsichtlich der «Persönlichkeit» des von ihm verwendeten Codes schließen.

Erstens: Nachdem Sam glaubte, daß sich auch andere mit der Nachricht befassen könnten, mußte der Code mehrschichtig und mit irreführenden Ködern durchsetzt sein, die jeden, der ihn zu knacken versuchte, Zeit und Mühe kosten würden.

Zweitens: Sam war wegen Zeitdrucks, unter dem er selbst stand, ein Risiko eingegangen. Also mußte er einen Code benützen, der einfach genug war, damit *ich* ihn schnell, exakt und allein entschlüsseln konnte. Beides zusammen sagte mir, daß der Schlüssel zu diesem Code etwas sein mußte, das höchstwahrscheinlich nur ich sehen würde.

Mit Hilfe eines Lineals prüfte ich Zeile für Zeile, und schon hatte ich den ersten Anhaltspunkt entdeckt. Es gab zwei Zeichen – nur zwei – auf dieser Seite, die *nicht* Buchstaben des Alphabets waren: die beiden Und-Zeichen (&) in Zeile zwölf und sechzehn. Vielleicht waren sie die Verbindung zwischen zwei Teilen der Nachricht. Weil dies vermutlich jeder herausgefunden hätte, war ich mir sicher, daß hier die Spur – die falsche wie die richtige – begann. Und noch sicherer war ich mir, daß ich einen Hinweis finden würde, der nur meinem Auge zeigte, wo ich den offensichtlichen Pfad verlassen mußte.

Ich wurde nicht enttäuscht. Das Und-Zeichen in Zeile sechzehn verband die Worte *Scylla und Charybdis* und führte zu der vollständigen Nachricht: *Jackson Hole, two pm Scylla and Charybdis.* (*Jackson Hole, zwei Uhr nachmittags, Scylla und Charybdis*). Das war ein falscher Köder;

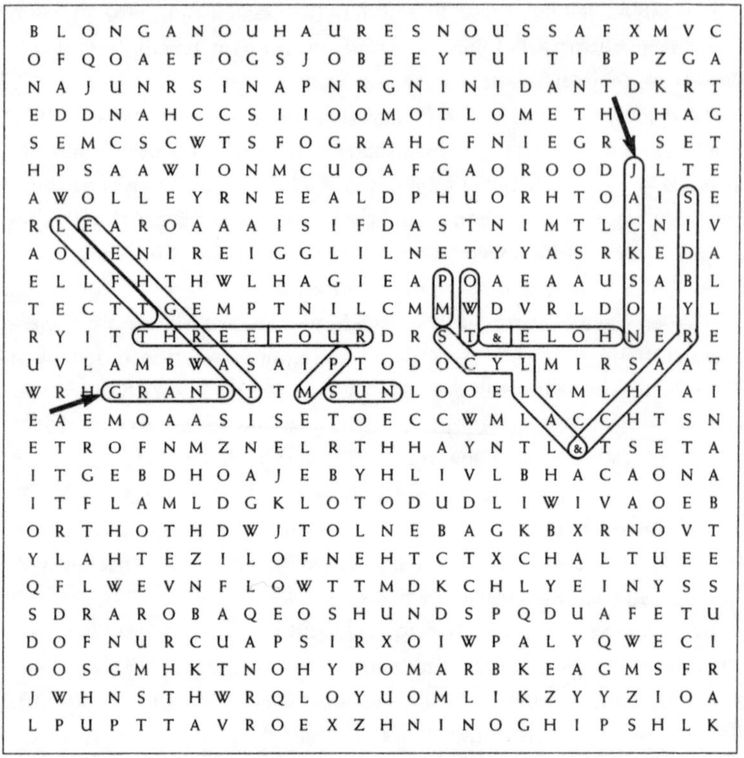

nicht nur, weil es mein privater Spitzname für diese Felsen war, den vielleicht auch andere kannten, sondern vor allem, weil ich Sam gesagt hatte, daß ich an diesem Wochenende nach Sun Valley und nicht nach Jackson Hole fahren würde, um Onkel Laf zu treffen. Aber trotzdem sagte mir dieser Köder, daß die Nachricht, die ich suchte, erklären würde, wo Sam mich an diesem Wochenende treffen wollte.

Es gab ein paar andere verstreute Mitteilungen, die einem ins Auge sprangen. Eine begann mit dem Wort *Grand* in Zeile vierzehn und besagte, daß er mich am Sonntag in Grand Targhee an Lift drei um vier Uhr nachmittags treffen würde.

Aber ich hielt es für wahrscheinlicher, daß Sams eigentliche Nachricht irgendwo in den widersprüchlichen Informationen versteckt war, die von dem anderen Und-Zeichen abzweigten und alle mit Orten in Sun Valley zu tun hatten.

Das Und-Zeichen in Zeile 12 verband die zwei Worte *valley* und *day*. Ich ging noch ein Stück weiter zurück und las von Südosten und dann gerade nach Norden: *Sun Valley & (Sun) Day (Sun Valley & Sonntag)*. Dann begannen die Gabelungen, denen schwer zu folgen war.

Ich las das Wort *noon (Mittag)*, aber danach verirrte ich mich in einem Labyrinth. Nach einer Weile fand ich rückwärts gelesen das Worte *ten (zehn)* und folgte ihm im Kreis, bis ich las: *ten am room thirty-seven (zehn Uhr morgens, Zimmer siebenunddreißig)*. Sehr unwahrscheinlich, dachte ich, daß Sam so kompliziert vorging, um eine simple Nachricht zu übermitteln. Weitaus komplexer war das Wort *Vorabend*, das ich schließlich von dem Und-Zeichen abzweigend fand, und die daran anknüpfende Nachricht schwirrte über die ganze Seite: *Sunday eve at lodge dining room eight pm wear yellow scarf (Sonnabend im Hotel-Speisesaal, acht Uhr, trag gelben Schal)* – als ob ich mich zu erkennen geben müßte …

Außerdem: Sun Valley lag zwar in der Nähe von drei kleineren Städten, zwei Gebirgszügen und einer weiten, mit Skiern befahrbaren Hügellandschaft, wo wir uns treffen konnten; aber ich war mir sicher, daß Sam gesagt hatte, wir sollten uns auf dem Baldy, dem Skiberg, treffen, weil wir ihn beide gut kannten. Mit meinen Fäden im Arm und in meiner derzeitigen körperlichen Verfassung war ich nicht gerade scharf darauf, meine Alpinski anzuschnallen. Aber ich schien kaum eine andere Wahl zu haben.

Ich war überzeugt, daß ich noch nicht auf die richtige Nachricht gestoßen war. Sie mußte deshalb auf der Spur liegen, die dem Wort *noon* folgte. Aber wo führte sie weiter? Ich fand das Wort *get*, das mit einer langen Passage, die Teil eines größeren Bildes zu sein schien, verbunden war; aber das Wort führte nicht zusammenhängend in diesen Satz. Also suchte ich weiter. Ich fand *on*, daneben *in* und *to*. Die Buchstaben vor meinen Augen begannen zu tanzen, obwohl ich schon den Finger benutzte, um dem Buchstabenlabyrinth auf dem Blatt zu folgen.

Doch dann fand ich ein richtiges Wort: *Toussaint*.

Ich ging von dem Wort *on* nach Norden, wandte mich nach Osten und wieder nach Süden. Toussaint – Allerheiligen. Doch hier endete mein religiöses Wissen, denn ich war in meiner Kindheit nur dann in die Kirche gegangen, wenn Jersey bei einer Messe singen mußte. Ob Allerheiligen näher bei Allerseelen oder Karneval lag – die beide nicht am kommenden Sonntag angesagt waren –, daran konnte ich mich nicht mehr erinnern. Doch dann fiel mir ein, daß die Abfahrten an den Hängen des Baldy die Namen von Ferien- und Feiertagen tragen. Wahrscheinlich war das kein Zufall.

Ich kniff die Augen zusammen und studierte den Buchstabenraster noch einmal. Seit einer Stunde saß ich nun über diesem vertrackten Puzzle. Mir taten die Augen weh, und meine Wunde am Arm, die zu heilen begann, juckte wie verrückt. Es gelang mir, das Wort *Toussaint* mit einigen anderen zu verbinden, wie *go* und *through*, die ich vorher gefunden hatte; aber dann wußte ich wieder nicht weiter. Verdammt, Sam! *Begib dich zu Toussaint und geh (oder fahre) durch…* Durch *was*? Welche Abfahrt sollte ich nehmen? Ich atmete tief ein, schloß die Augen und versuchte, mir einen dreidimensionalen Lageplan des Berges vorzustellen.

Wenn man zum Beispiel oben an der Sesselliftstation Lookout, von der alle Abfahrten möglich waren bis auf die namens Mayday, startete und dann hinter dem Lift herumfuhr, würde man einer Linie folgen, die aus der Vogelperspektive so ähnlich aussah wie die Buchstabenreihen dieser Mitteilung hier auf dem Blatt. Ja, wenn ich bis an den Anfang der Mitteilung zurückging, verlief das Wort *valley* – wenn mich die Erinnerung nicht trog – im selben Winkel wie der Skilift auf dem Berg!

Ich wußte, ich war auf der richtigen Spur. Also schloß ich meine strapazierten Augen und konzentrierte meine Gedanken wieder auf den Berg. Wenn man vom Lift kam, fuhr man bergab über einen schmalen Sims und dann durch ein weites Mugelfeld. Ich öffnete die Augen und suchte das Wort *mogul* in der Gegend, wo dieses Feld liegen müßte. Ich brauchte eine Minute, aber ich fand es – ein Zickzackmuster, genau so, wie man es durchfahren müßte – und dann gleich danach das Wort *field*. Ich hatte Herzklopfen vor Aufregung. Dann mußte ich wieder eine Weile überlegen.

Ich hatte gleich unter *field* das Wort *down (hinunter)* gefunden, aber ich wußte, daß von diesem Mugelfeld fünf andere Hänge abzweigten, deren Namen ich ebensowenig im Kopf hatte wie die der anderen Abfahrten, wenn ich nicht zufällig *Toussaint* gefunden hätte. Alles, woran ich mich erinnerte, waren geographische Merkmale, Lifte, wohin die Lifte führten und wie sie entsprechend ihrem Schwierigkeitsgrad gekennzeichnet waren: grün, blau oder schwarz – mit Kreisen, Vierecken und Rauten. Aber das alles schien mir hier nicht zu helfen.

Doch kurz nach dem Wort *down* sah ich den Buchstaben *b*. Ich folgte im Geist den scharfen Serpentinen bis zu der Stelle, wo der nächste Lift abgehen würde. Ich hätte wissen müssen, wie gut mich Sam kannte. So fand ich die Worte *black diamond (schwarze Raute).* Die mit der schwarzen Raute gekennzeichnete Abfahrt endete an einer weiteren Liftstation. Dieser Lift würde mich zum nächsten Hang bringen. Ich folgte den Worten an dieser Stelle und las: *then follow this path through… (Dann folge diesem Weg durch…)* Und das Wort, das dann nach Norden führte, hieß *woods (Wald).* Nachdem das Ende eines Worts am Straßenrand «Exit» bedeutete, konnte ich davon ausgehen, daß hier die Mitteilung endete und daß dies auch die Stelle war, an der ich Sam am Sonntag mittag treffen würde.

Jetzt sah ich den ganzen Plan vor mir: Ich würde den Sessellift zur Halloween-Abfahrt nehmen und nach dem Mugelfeld links in eine schwarze

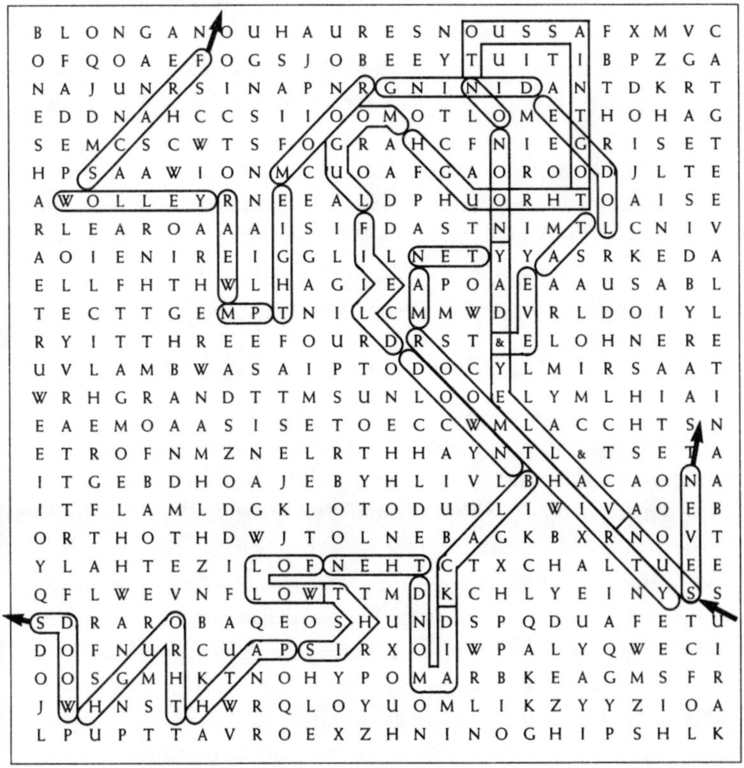

Abfahrt einbiegen. Alles war ganz einfach bis auf die Tatsache, daß die mit einer schwarzen Raute gekennzeichneten Abfahrten die steilsten und schwierigsten waren und ich einen verletzten Arm hatte. Diese Abfahrt würde mich auf die andere Seite des Berges führen, weg vom Touristenstrom, in ein bewaldetes Gebiet mit schmalen Schneisen, wo ich die von Sam angebrachten Markierungen leicht erkennen könnte; und er könnte die Markierungen auch noch im letzten Moment ändern und mich umdirigieren, wenn dies aus Sicherheitsgründen notwendig werden sollte.

Ich war ziemlich stolz auf mich, dies alles aus einer Matrix von 26 mal 26 Zeichen herausgefunden zu haben, auch wenn mir klar war, daß Sam das eigentliche Genie war, indem er seine Mitteilung in einen geographischen Zusammenhang gebracht hatte, den nur jemand verstand, der die Gegend dort so gut kannte wie ich.

Ich wollte die Seite schon löschen, als mir einfiel, daß darunter vielleicht noch etwas zu finden war. Ich klickte die Maus zweimal auf dem Stern, aber es passierte nichts. Dann versuchte ich den ersten Buchstaben von *Sun Valley*, und schließlich klickte ich den letzten Buchstaben des Wortes *woods* an. Das Buchstabenmuster verschwand, und eine Message erschien:

Keen gnosis of gnosis: Unterschrift: *Reg du Coly*.

Reg du Coly war ein Anagramm von Grey Cloud, Sams Name, den ihm die Geister gegeben hatten und den nur wir beide kannten. Das bedeutete, daß auch die andere Hälfte von Sams Message ein Anagramm war.

Ich würde eine lange Nacht vor mir haben.

Aber so lang wurde sie dann doch nicht. Ich verstand mich sehr gut auf Anagramme – und darauf hatte Sam gezählt.

Das erste Wort von Sams Anagramm war *keen*, ein Wort, das als Verb «wehklagen» oder «um einen Toten klagen» bedeutet. Sehr passend, dachte ich, angesichts der Tatsache, daß Sam theoretisch tot war und ich ihn beklagte – wohlwissend, daß er am Leben war.

Von dem anderen Wort, *gnosis*, wußte ich, daß es Wissen bedeutete – besonders das geheime esoterische Wissen, das man bei Transformationen brauchte. Auch hier bestand ein gewisser Zusammenhang zu meinen genealogischen Neigungen, meinem Beruf und der Situation, in der ich mich hier vor meinem Computer befand.

Am einfachsten und schnellsten läßt sich ein Anagramm enträtseln, wenn man die Buchstaben sortiert und dann versucht, Worte daraus zu bilden. In Sams Message *keen gnosis of gnosis* gab es die folgenden Vokale und Konsonanten: 2 e; 2 i, 3 o; 1 f; 2 g; 1 k; 3 n; 4 s. Daraus ließen sich nicht viele sinnvolle Sätze konstruieren. Um mir die Sache zu erleichtern, hatte mir Sam mit den Worten *keen* und *gnosis* zwei Hinweise gegeben.

Wenn *keen* eine Wehklage war, dann war es etwas, das laut geäußert wurde, ein Schrei, vielleicht sogar ein Lied. Es dauerte ein Weilchen, bis mir einfiel, daß sowohl meine Mutter als auch meine Großmutter berühmte Sängerinnen waren. Also nahm ich einmal an, daß mit *keen* ein Lied gemeint war.

In Sams Anagramm gab es genug Buchstaben, um das Wort *song (Lied)* zweimal zu buchstabieren – und das war alles, was ich zur Lösung brauchte. Die übrigen Buchstaben ergaben rasch *seek (suche)* und *in (in)*. *I seek in Song of Song (Ich suche im Hohenlied)* – das war es, was Sam mir noch mitteilen wollte. Also brauchte ich eine Bibel.

Olivier hatte das Mormonenbuch in seiner obersten Schreibtischschublade, aber keine Bibel. Großer Gott! In dieser Firma gab es so viele religiöse Fanatiker, daß sogar während der Mittagszeit Bibellesungen abgehalten wurden. Irgendwo mußte doch eine Bibel herumliegen. Ich durchsuchte mehrere Büros, bis ich eine gefunden hatte. Dann suchte ich das Hohelied, das kürzeste Buch der Bibel.

Und dann las ich: «Das Hohelied Salomos».

Mir entging nicht, daß dies nicht Sams einziger Hinweis auf Salomo war. Der erste war der salomonische Knoten, der an meinem Rückspiegel hing – sein erster Kontakt mit mir seit seiner Wiedergeburt. Da ich nicht die Zeit hatte, die geheime Bedeutung dieses siebenseitigen Gedichts zu enträtseln, was schon viele vor mir versucht hatten, blätterte ich zunächst einmal bis zum letzten Vers: «Flieh, mein Freund! Sei wie eine Gazelle oder wie ein junger Hirsch auf den Balsambergen!»

Da wußte ich, daß ich so schnell wie möglich auf den Berg kommen mußte.

DAS KARUSSELL

Weh Ariel, Ariel… Denn der Herr ist zornig über alle Heiden und ergrimmt über alle ihre Scharen. Er wird an ihnen den Bann vollstrecken und sie zur Schlachtung dahingeben.

Jesaja 29 und 34

Man kann nicht behaupten, der Anblick eines Ringkampfes sei vergnüglicher als der eines Karussells, aber es besteht kein Zweifel, was von beiden die größeren Scharen anlockt.

George Bernard Shaw

Die vulkanischen Bergkegel des Naturdenkmals «Craters of the Moon» glitzerten wie schwarze Diamanten in der Sonne. Erstarrte Lavaströme wanden sich auf dem Talboden, über den die verlassene Straße nach Sun Valley führte.

Wir hatten meinen Wagen genommen, weil der von Olivier immer noch in der Werkstatt war; aber Olivier fuhr. Jason saß oder stand, die Vorderpfoten gegen das Armaturenbrett gestemmt, und behielt Landschaft und Fahrtrichtung im Auge. Mein Arm war inzwischen so weit geheilt, daß ich wieder fahren konnte; deshalb war Olivier überrascht, als ich ihn bat, die ganze 150 Meilen lange Strecke zu fahren, damit ich auf dem Rücksitz die Bibel lesen konnte. Vielleicht dachte er, mein jüngster Kummer habe mich veranlaßt, Trost in der Bibel zu suchen; aber das war es nicht, was ich im Hohenlied, das aufgeschlagen auf meinem Schoß lag, zu finden hoffte.

Es war seltsam, daß Sam zur Bibel gegriffen hatte, um seine Nachricht zu verstecken, denn keiner von uns war in Glaubensdingen besonders beschlagen.

Als wir Sun Valley erreichten, fuhr Olivier auf den Parkplatz, packte unsere Taschen und Ski aus, und dann gingen wir ins Hotel. Ich brachte Jason in mein Zimmer und rief Laf an, um ihn wissen zu lassen, daß wir da waren. Ich hatte Laf darüber informiert, daß ich Freunde mitbringen würde. Laf hatte geantwortet, daß er uns erwarte und uns alle zum Brunch einladen würde. Wolfgang war jedoch in Nevada aufgehalten worden, so daß unsere heutige Runde nur aus Onkel Lafcadio, Olivier und mir bestehen würde – dachte ich jedenfalls. Nachdem Olivier und ich unsere Sachen in unsere Zimmer gebracht hatten, gingen wir hinunter in den berühmten Speisesaal des Hotels, um Laf zu begrüßen.

Der aus großen Natursteinen aufgemauerte Kamin, die holzgetäfelten Wände, die hohen Decken mit den Kronleuchtern, die weiß gedeckten Tische mit Platztellern aus schwerem Silber und die riesigen Fenster mit Blick auf verschneite Wiesen – das alles erinnerte an eine Zeit, die hundert Jahre zurücklag. Sun Valley war von Eisenbahngesellschaften gebaut worden, um die Reichen und Berühmten in die unbekannte und deshalb exotische Wildnis der Idaho-Rockies zu locken.

Der Oberkellner führte Olivier und mich durch den Raum zu einem großen runden Tisch am besten Platz vor den Fenstern, der für uns reserviert war. In der Mitte des Tischs, auf weißem Damast, prangte eine Schale mit blutroten Rosen. Kein anderer Tisch war ähnlich dekoriert. Einige Gäste blickten diskret zu uns herüber, als wir Platz nahmen, unsere Weingläser sofort gefüllt wurden und wie von Zauberhand ein Korb mit frischen, warmen Brötchen auf unserem Tisch stand. Der Oberkellner persönlich nahm den Dom Perignon aus dem Eiskübel neben unserem Tisch und füllte unsere kristallenen Champagnergläser.

«Ich habe noch nie erlebt, daß hier jemand so bedient wurde», sagte Olivier, als wir allein waren. «Normalerweise zeigen sie einem die kalte Schulter und servieren noch kälteres Essen.»

«Du meinst den Champagner und die Rosen?» sagte ich. «Das ist alles für meinen Onkel Lafcadio und dient nur zur Einstimmung des Publikums. Er ist der große Zampano.»

In diesem Augenblick – das Timing war perfekt – fegte Laf durch die Flügeltüren auf der anderen Seite des Speisesaals. Zu seinem Gefolge gehörten sein persönlicher Kammerdiener, eine mir unbekannte junge Dame und mehrere Kellner. Während er in seinem eleganten Cape den Saal durchquerte und Finger für Finger die Handschuhe abstreifte, entwickelte er eine solche Sogwirkung, daß sich die Köpfe der anderen Gäste wie von selbst in seine Richtung drehten. Onkel Laf legte keinen Wert darauf, unerkannt zu bleiben – was ihm auch nicht gelungen wäre.

Während Laf mit langen Schritten den Raum durchmaß, schwenkte er seinen Stock mit dem Goldgriff vor sich her, als müßte er Gänse oder Enten von seinem Pfad vertreiben. Ich stand auf, um ihn zu begrüßen. Als er die Arme ausbreitete und mich umarmte, glitt das Cape von seinen Schultern. Es wurde – mit einem Finger und bevor der Saum den Boden berührte – von Volga Dragonoff, Lafs transsylvanischem Diener, aufgefangen und mit einer geschickten Drehung geworfen, worauf es perfekt gerafft auf dem Unterarm des Dieners landete.

Laf umarmte mich, ohne darauf zu achten, was hinter ihm vorging.

«Gavroche! Welche Augenweide!» sagte er strahlend und hielt mich ein Stück von sich ab, um mich besser betrachten zu können.

Die Kellner hatten rings um den Tisch die Stühle für uns zurechtgerückt und warteten darauf, daß wir uns setzten. Das bedeutete, daß wir noch eine Weile stehen würden, weil Laf sich ungern zu etwas genötigt fühlte. Er warf seine schlohweiße, schulterlange Mähne in den Nacken und sah mich mit seinen durchdringenden blauen Augen an.

«Du bist noch schöner geworden als deine Mutter», sagte er.

«Danke, Onkel Laf. Du siehst großartig aus», sagte ich. «Darf ich dir meinen Freund vorstellen: Olivier Maxfield.»

Olivier lächelte, aber bevor er etwas sagen konnte, trat die junge Frau, die mit Laf gekommen war, nach vorn. Laf hob den Arm, und sie legte ihre schmale, elegante Hand darauf und lächelte uns an.

«Freut mich sehr», sagte Laf. «Gavroche, das ist meine Begleiterin Bambi.»

Bambi?

Das mußte ich Onkel Laf wirklich lassen: Dieses Mädchen war nicht der übliche Exotikverschnitt, mit dem er sich seit dem Tod von Pandora, die die große Liebe seines Lebens war, zu schmücken pflegte. Im Gegenteil. Sie war atemberaubend, eine der schönsten Frauen, die ich je gesehen hatte. Sie hatte ein Gesicht, das wie gemeißelt wirkte, mit schimmernden Augen und vollen Lippen, und das von üppigem, blondem Haar umrahmt wurde. Sie trug einen cremefarbenen, einteiligen und figurbetonenden Veloursanzug, dessen Reißverschluß weit genug geöffnet war, um die Fülle darunter nicht nur ahnen zu lassen. Aber es war nicht nur ihre üppige Schönheit, die den Saal in völliger Stille verharren ließ. Es ging etwas Strahlendes von ihr aus, als wäre sie aus lebendigem, atmendem Gold. Ihr Haar glänzte wie ein Wasserfall, wenn sie sich bewegte. Ihre Haut hatte die sanfte Glut einer reifen, sonnenwarmen Frucht, und in ihren weit auseinanderliegenden Augen tummelten sich winzige goldene Funken. Jawohl, wegen eines solchen Gesichts waren tausend griechische Schiffe über das schäumende Meer gefahren, war Ilion in Schutt und Asche versunken. Okay –, vielleicht war ich nur neidisch – aber irgend etwas *mußte* faul an ihr sein.

Dann öffnete sie den Mund und sagte: «Grüß Gott, Fräulein Behn. Ihr Onkel hat mir so viel von Ihnen erzählt. Ich habe mein Leben lang davon geträumt, Sie kennenzulernen ...»

Sie reichte mir die Fingerspitzen ihrer Hand wie einen schlappen Waschlappen, und ihre Augen, die vorhin unendlich tief gewirkt hatten, erschienen mir jetzt nur unendlich leer. Ich warf Olivier einen Blick zu, der achselzuckend und ein bißchen traurig zurückgrinste. Bambis Oberstübchen war eindeutig sparsam möbliert.

«Ich hoffe, ihr beide werdet wie Schwestern sein», sagte Laf und drückte Bambis Arm.

Dann wandte er sich unserem Tisch und den wartenden Kellnern zu, was für uns das Signal war, das gleiche zu tun. Das transsylvanische Faktotum Volga Dragonoff – der jeden Wunsch und jede Laune seines Herrn schon im voraus wußte – suchte sich einen Stuhl in der Nähe der Saaltür und nahm dort mit Lafs Cape auf dem Schoß Platz. Ich nickte Volga lächelnd zu und legte zum Gruß die Finger an die Stirn, und er nickte zurück, aber ohne zu lächeln. Volga lächelte nie.

«Bambi ist eine außerordentlich begabte Cellistin», sagte Laf zu Olivier. Ich wußte, was das bedeutete. «Jeder weiß», fuhr er fort, «daß das geschickte Greifen sowie die Beweglichkeit und Kraft des bogenführenden Handgelenks alle großen Saiteninstrumentalisten auszeichnen. Aber nur sehr wenige wissen, daß es beim Cello vor allem darauf ankommt –»

«... wie man es zwischen die Schenkel klemmt», beendete ich seinen Satz.

Olivier sah mich an, gluckste und griff nach dem Wasserglas.

«Sehr richtig», bestätigte Laf, während der Oberkellner die Speisekarten brachte. «Der Körper des Künstlers muß selbst zum Instrument werden, das die Musik in einer alles umfassenden, leidenschaftlichen Umarmung umschließt.»

«Das leuchtet mir ein», brachte Olivier mühsam hervor und blickte bewundernd auf Bambis olympischen Körper.

«Ich nehme die *Œufs Sardou*», sagte Laf zum Oberkellner, der die Bestellung persönlich aufnahm. «Aber mit *sauce béarnaise* und reichlich Zitrone.» Und nachdem er auch für Bambi bestellt hatte, als ob sie dazu nicht imstande gewesen wäre, wandte er sich an Olivier und mich.

«Gavroche, wollt ihr jungen Leute vielleicht nach dem Brunch Ski laufen?»

Als ich den Kopf schüttelte und auf meinen verletzten Arm deutete, meinte er: «Dann werden wir unser privates Plauderstündchen abhalten, während die anderen Ski laufen. Aber jetzt, beim Essen, könnte ich euch eine Geschichte von allgemeinerem Interesse erzählen ...»

«Eine Familiengeschichte?» fragte ich in einem Ton, der eine dezente Aufforderung zur Zurückhaltung ausdrücken sollte. Hatte Onkel Laf nicht am Telefon gesagt, was er mir zu sagen habe, sei vertraulich?

«Nicht eigentlich eine Familiengeschichte», entgegnete Laf und tätschelte lächelnd meine Hand. «Es ist meine eigene Geschichte, die du bestimmt noch nicht kennst, denn dein Vater kennt sie ebensowenig, wie mein Halbbruder Earnest sie gekannt hat. Und Bambi hier, die meint, sie würde über jedes dunkle Geheimnis meines Lebens Bescheid wissen, kennt sie auch nicht.»

Das schien eine merkwürdige Charakterisierung der schönen, aber ein bißchen faden Bambi zu sein, deren Betragen wenig Interesse an welchem Thema auch immer vermuten ließ.

«Weißt du, Gavroche, trotz meines langen und abwechslungsreichen Lebens», fuhr Laf fort, «erinnere ich mich an alles, was ich gesehen, geschmeckt und gerochen habe. Irgendwann muß ich meine Philosophie zu Papier bringen, daß Düfte und Gerüche in der Tat die Schlüssel zu früheren Erinnerungen sind. Aber am lebhaftesten bleiben einem Dinge in Erinnerung, die entweder mit großer Schönheit oder großer Bitterkeit verbunden sind. Der Tag, an dem ich Pandora, deine Großmutter, zum ersten Mal sah, war eine Kombination von beidem.»

Die Kellner servierten unser Essen und nahmen mit schwungvoller Geste die Deckel von den Speisen. Laf lächelte mich an und fuhr fort.

«Um zu erklären, wie alles begann, muß ich euch leider erst das Traurige erzählen – und dann das Schöne.

Ich wurde Ende des Jahres 1900 in der Provinz Natal an der Ostküste von Südafrika geboren. Natal erhielt seinen Namen vierhundert Jahre zuvor von dem Seefahrer und Entdecker Vasco da Gama, denn er erblickte diesen Ort zufällig am Weihnachtstag, dem 25. Dezember 1497. Die astrologischen Zeichen zur Zeit meiner Geburt waren höchst ungewöhnlich: Fünf Planeten passierten gleichzeitig das Sternbild des Schützen. Der bedeutendste war Uranus, der Bringer der neuen Weltordnung, der Planet, von dem man erwartete, daß er das neue Zeitalter des Wassermanns einleiten würde – oder vielleicht sollte man besser sagen, eine neue Welt*un*ordnung, denn schon vor langer Zeit war prophezeit worden, daß das Zeitalter des Wassermanns mit der gewaltsamen Zerstörung der alten Ordnung beginnen würde. Für meine Familie dort in Natal hatte diese Umwälzung schon längst begonnen. Ich wurde geboren, als der Burenkrieg in vollem Gange war – ein Krieg zwischen den englischen Siedlern und den Nachkommen der schon früher eingewanderten Holländer oder Buren, wie sie sich nannten. Wir Engländer nannten sie –»

«*Wir* Engländer, Onkel Laf?» warf ich überrascht ein. «Ich dachte, unsere Familie stamme von Afrikaandern ab.»

«Mein Stiefvater – dein Großvater Hieronymus Behn – konnte sich mit Fug und Recht als Bure bezeichnen», sagte Laf mit einem bitteren Lächeln. «Aber mein leiblicher Vater war Engländer und meine Mutter Holländerin. Die Herkunft meiner Eltern und meine Geburt in einem von einem solchen Krieg zerrissenen Land erklären wohl zur Genüge meine Erbitterung gegenüber diesen verdammten Buren. Dieser Krieg löste eine Kette von Ereignissen aus, die bald die ganze Welt in Mitleidenschaft zogen. Ich brauche nur an damals zu denken, und schon steigt mir die Galle hoch. Wie tief und schmerzlich solche Gefühle sind, Gavroche», sagte Laf, «kann nur jemand nachvollziehen, der die Geschichte meines merkwürdigen Heimatlandes kennt. Ich sage ‹merkwürdig›, weil es nicht als ein Staat, sondern als ein geschäftliches Unternehmen, eine Handelsgesellschaft begann. Es wurde bekannt als *the Company*, und diese Kompanie schuf sich von Anfang an eine private, völlig eigene Welt auf einem dunklen und wenig bekannten Kontinent. Sie schuf eine Isolation, die so undurchdringlich war wie die dornigen Hecken der Bittermandel, die zum Symbol der Buren wurden und ihrem Wunsch, getrennt vom Rest der Welt zu leben …»

Die Bittermandelhecke

Seit Hunderten von Jahren, seit die niederländische Ostindische Kompanie in der Tafelbucht die erste Wasser- und Verpflegungsstation gegründet hatte, ernährten sich viele Buren von der Viehzucht. Mit ihren Schaf- und Rinderherden waren sie beweglicher als die Ackerbau treibenden

Siedler. Wenn den Viehzüchtern die Geld- und Machtgier der Kompanie nicht paßte, zogen sie einfach fort und suchten sich neue Weideplätze, und das wurde ihnen bald zur lieben Gewohnheit, ungeachtet der Tatsache, daß dieses «neue» Land schon von anderen genutzt wurde. Und sie waren auch nicht bereit, es mit anderen zu teilen.

In weniger als einem Jahrhundert hatten sich diese Treck-Buren den größten Teil des von den Hottentotten bewohnten Landes angeeignet. Sie hatten die Hottentotten und deren Kinder versklavt und die Buschmänner verjagt und nahezu ausgerottet. Wenn die Buren, die sich für eine von der göttlichen Vorsehung auserwählte höherstehende Rasse hielten, tatsächlich irgendwo siedelten, umgaben sie ihre Höfe mit den dichten, dornigen Hecken des Bittermandelbaums – dem ersten deutlichen Apartheidsymbol –, denn diese Hecken sollten nicht nur Raub und Diebstahl verhindern, sondern auch, daß sich Eingeborene und Buren vermischten.

Das wäre vielleicht so weitergegangen, aber im Jahr 1795 eroberten die Engländer das Kapland. Auf Veranlassung des im Exil lebenden Prinzen von Oranien, denn die Niederlande waren von französischen Revolutionstruppen besetzt, kaufte England die Kapkolonie von den Niederlanden für sechs Millionnen Pfund. Die Buren waren bei diesem Handel nicht nach ihrer Meinung gefragt worden, und nun sollten sie Untertanen einer britischen Kronkolonie werden und sich einer Ordnung fügen, die ihrer bisherigen Lebensweise widersprach.

Dann kamen immer mehr Menschen ins Land, sie stammten aus England, Schottland und Irland – Pflanzer und Siedler mit ihren Frauen und Kindern sowie Missionare, die in den Busch zogen, um die Eingeborenen zum christlichen Glauben zu bekehren. Die Missionare waren empört, als sie sahen, wie die einheimischen Stämme behandelt wurden, und berichteten darüber. Knapp vierzig Jahre später, im Jahr 1833, erzwang die britische Regierung die Freilassung der Sklaven per Gesetz, was für die Buren völlig unakzeptabel war. Und damit begann der Große Treck.

Tausende zogen über den Oranje durch Natal und in die Wildnis des nördlichen Transvaal, um sich der britischen Herrschaft zu entziehen. Sie nahmen sich das gesamte Territorium von Betschuana und kämpften erbittert gegen die kriegerischen Zulu. Diese «Vortrekker» bildeten Wehrlager und lebten ständig am Rand der Anarchie, aber sie hielten sich immer noch für die Auserwählten Gottes.

Der fanatische Glaube der Buren an ihre rassische Überlegenheit wurden von der separatistischen Reformierten oder Dopper-Kirche unterstützt. Einer ihrer leidenschaftlichsten Anhänger war der junge Paulus Kruger, der später als Präsident der Republik Transvaal den Burenkrieg entfachte. Die Führer solcher calvinistischer Kirchen hatten früh erkannt, daß etwas unternommen werden mußte, um die Vormachtstellung der auserwählten, für immer reinen, für immer weißen Buren zu sichern und auszubauen.

Im Einvernehmen mit der Kirche wurden aus den Waisenhäusern in Holland junge Mädchen geholt, für die niemand finanziell aufkam und die praktisch keine Zukunftsaussichten hatten. Ganze Schiffsladungen mit Mädchen, von denen viele fast noch Kinder waren, wurden zu den Kapkolonien verfrachtet als Bräute für die Buren in der Wildnis des «Veldt». Im späten Winter des Jahres 1884 befand sich unter diesen Mädchen eine junge Waise namens Hermione, die meine Mutter werden sollte.

Sie war kaum sechzehn Jahre alt, als sie erfuhr, daß sie mit einer Schar anderer junger Mädchen nach Afrika geschickt werden sollte, um einen Mann zu heiraten, von dem sie noch nicht einmal den Namen kannte.

Über Hermiones Herkunft ist nichts bekannt; wahrscheinlich war sie ein uneheliches Kind, das die Mutter ausgesetzt hatte. Sie wuchs in einem calvinistischen Waisenhaus in Amsterdam auf, wo sie oft darum betete, es möge etwas geschehen, das sie aus diesem tristen Leben herausführen würde. Aber sie hatte bestimmt nicht damit gerechnet, daß Gott ihre Bitte erfüllen würde, indem er sie wie Zuchtvieh um die halbe Erde schickte. Dazu kam, daß sie dank ihrer streng calvinistischen Erziehung nicht einmal wußte, was eine eheliche Verbindung bedeutete; und was sie dem Geflüster der anderen Mädchen entnahm, machte ihr nur noch mehr angst.

Als das Schiff im Hafen von Natal anlegte, wurden die jungen Frauen und Mädchen, die von der stürmischen Seereise erschöpft, schlecht ernährt und verängstigt waren, von einer Horde betrunkener Burenfarmer, den für sie vorgesehenen Ehemännern, begrüßt, die keine Lust hatten, zu warten, bis die Kirchenältesten eine geeignete Partnerin für sie aussuchen würden. Sie waren gekommen, um sich ihre Beute selbst zu holen.

Die Mädchen auf dem Schiffsdeck drängten sich wie verängstigte Tiere aneinander und blickten hinunter auf ein Meer grölender Männer, die auf die Gangway zustürmten. Die paar Geistlichen an Bord verlangten, die

Seeleute sollten die Brücke wieder einholen, aber ihre Rufe gingen im Geschrei der Menge unter. Hermione schloß die Augen und betete.

Und dann brach die Hölle los. Die betrunkenen, ausgelassenen Buren schwärmten auf das Schiff. Die Mädchen schrien, als sie gepackt und wie Mehlsäcke davongeschleppt wurden. Hermione preßte sich verzweifelt an die Reling und dachte, daß es vielleicht besser wäre, sich ins Meer zu stürzen, statt einem dieser Kerle in die Hände zu fallen.

Aber im selben Augenblick umschlangen sie zwei Arme, daß sie selbst keinen Arm mehr bewegen konnte, und hoben sie hoch. Sie versuchte zu treten und zu beißen, aber der Mann hielt sie nur noch fester, während er sie durch die Menge schob und ihr Flüche ins Ohr schrie. Ihr wurde schwindlig und sie fürchtete, ohnmächtig zu werden, als sie über die Gangway und hinunter zu den schlammigen Straßen des Hafens getragen wurde. Als sie bereits halb bewußtlos war, stieß etwas gegen ihren Entführer, und sie wurde zu Boden geworfen. Als sie wieder auf die Beine kam, hatte sie nur eines im Sinn: schnell weg! Aber dann nahm jemand ihre Hand. Es war eine starke, kühle Hand, die fest und sicher zugriff, aber nicht so wie die groben Hände des Mannes, der sie vom Schiff geschleppt hatte. Statt sich loszureißen und wegzulaufen, blieb sie stehen und sah den Mann an, der ihre Hand hielt.

Seine Augen waren hellblau, genau wie die ihren, und es bildeten sich Fältchen an seinen Augenwinkeln, als er auf sie herunterlächelte. Es war ein Lächeln, wie sie es noch nie gesehen hatte. Er lächelte, als gehörte sie zu ihm, und er strich ihr so zärtlich eine Locke aus dem Gesicht, als würden sie sich seit Jahren kennen.

«Komm mit mir», sagte er.

Das war alles, aber es genügte, daß sie, ohne eine einzige Frage zu stellen, mit ihm ging. Der Fremde hob sie auf sein Pferd, saß hinter ihr auf und legte den Arm um sie, um sie festzuhalten.

«Ich bin Christian Alexander – Lord Stirling», sagte er. «Und ich habe sehr, sehr lange auf dich gewartet.»

Meine Mutter hatte das Glück, eine sehr schöne Frau zu sein, und ihr silberblondes Haar verschaffte ihr von vornherein einen gesellschaftlichen Vorteil an den Küsten Südafrikas. Mein Vater war jedoch keineswegs der stolze Lord, der er zu sein vorgab, obwohl das damals nur wenige wußten – auch meine Mutter nicht.

Christian Alexander war der fünfte Sohn eines unbedeutenden Landedelmanns aus Hertfordshire und hatte als solcher keinerlei Aussicht, Geld oder Besitz zu erben. Aber er war als junger Mann mit einem Jugendfreund, dem Sohn eines Pfarrers, nach Oxford gegangen; und als sein Freund aus gesundheitlichen Gründen jeden Sommer nach Afrika reiste, nahm mein Vater die Gelegenheit wahr, ihn zu begleiten. Er wurde schließlich der vertrauenswürdigste Geschäftspartner dieses langjährigen Freundes. Und der Name dieses Freundes war Cecil John Rhodes.

Schon während ihrer ersten Reise – im späten Frühling 1879, als beide erst siebzehn Jahre alt waren – wurden auf den De-Beers-Farmen Diamanten entdeckt, und damals hatte Cecil Rhodes eine Vision.

Genauso wie Paulus Kruger nach Art der Buren an die göttliche Vorsehung glaubte, glaubte nun Cecil Rhodes an eine britische Zukunft in Afrika. Rhodes wollte die Diamantenfelder unter dem Dach einer Gesellschaft vereinen – einer britischen Gesellschaft. Er wollte eine britische Eisenbahn von Kapstadt nach Kairo bauen, um die britischen Kolonien in Afrika zu verbinden. Als später die riesigen Goldreserven in Südafrika entdeckt wurden, beanspruchte er auch sie für das britische Empire. In der Zwischenzeit wurde Rhodes ein mächtiger Mann, und mein Vater wurde – dank der Freundschaft mit Rhodes – reich.

1884, als die sechzehnjährige Hermione aus Holland nach Südafrika kam, war mein Vater zweiunddreißig Jahre alt und schon seit gut zehn Jahren Diamantenmillionär. Als ich im Dezember 1900 geboren wurde, war meine Mutter ebenfalls zweiunddreißig. Und mein Vater war im Burenkrieg gefallen.

Jeder hatte geglaubt, der Krieg sei vorbei, als die Belagerungen von Mafeking, Ladysmith und Kimberley aufgehoben wurden. Knapp zwei Monate vor meiner Geburt annektierten die Briten Transvaal, und Paul Kruger floh nach Holland. Viele Engländer packten damals die Koffer und kehrten nach Hause zurück. Aber die Guerillakämpfe in den Bergen gingen noch über ein Jahr weiter. Die Engländer trieben Frauen und Kinder aus den aufständischen Burenkolonien zusammen und sperrten sie in Konzentrationslager. Mein Vater starb an den Folgen einer Verwundung, die er bei Kimberley erlitten hatte. Rhodes starb zwei Jahre später ebenfalls bei der Belagerung von Kimberley, als seine Gesundheit den Strapazen nicht mehr standhielt. Und wieder zwei Jahre später starb Kruger in Holland. Es war das Ende einer Ära.

Aber es war auch ein Anfang, und dieser war gekennzeichnet durch das Aufkommen von Terrorismus und Guerillakriegsführung, Konzentrationslager und Völkermord. Ein neues Zeitalter dämmerte herauf, das wir weitgehend den Buren zu verdanken haben, obwohl sich die Engländer nach Kräften beeilten, auch ihren Beitrag zu leisten.

Als mein Vater starb, übertrug Cecil Rhodes meiner Mutter als Gegenwert für die Beteiligung meines Vaters am Aufbau der De-Beers-Diamantenkonzession ein riesiges Vermögen in Form von Bargeld und Einnahmen aus Schürfrechten. Und er spendete zusätzlich aus seinem eigenen Vermögen einen großzügigen Betrag für meine Erziehung und Ausbildung.

Als Mr. Rhodes dies alles in die Hände der Witwe Hermione Alexander gab, hatte er mehrere Umstände nicht bedacht: zum Beispiel, daß meine Mutter nicht die sorgfältig erzogene, vernünftig denkende Engländerin war, wie der Name «Lady Stirling» vielleicht vermuten ließ, sondern in einem calvinistischen Waisenhaus aufgewachsen war; daß die einzige Lebenserfahrung, die sie danach gemacht hatte, ein Dasein in einer luxuriösen Umgebung war, mit schönen Kleidern und Juwelen, Gewächshäusern und Bediensteten, das ihr ein ungeheuer reicher, wesentlich älterer und sie abgöttisch liebender Ehemann ermöglichte; daß sie erst zweiunddreißig Jahre alt und noch immer eine große Schönheit war; daß sie nur ein einziges, eben erst geborenes Kind hatte und keinerlei Erfahrung, worauf man bei einem Kind achten mußte; daß sie jetzt dank der großzügigen Regelung von Mr. Rhodes eine der reichsten Frauen Afrikas, vielleicht sogar der ganzen Welt war – was sie noch attraktiver machte.

An all das hatte Mr. Rhodes nicht gedacht und wahrscheinlich auch nicht meine Mutter, denn sie war weder habgierig, noch interessierte sie sich für materielle Dinge. Aber es gab andere, die sich sehr bald dafür interessierten, und derjenige, der am schnellsten zur Tat schritt, war Hieronymus Behn.

Wer heute den Ruf von Hieronymus Behn kennt, den er sich als Industriemagnat und skrupelloser Geschäftsmann erworben hat, kann sich wahrscheinlich nicht vorstellen, daß er 1901, kurz nach meiner Geburt, als armer calvinistischer Geistlicher, den die Kirche heimlich geschickt hatte, weil ja noch Krieg herrschte, zu meiner Mutter kam, um sie in ihrem Kummer zu trösten und sie in den Schoß ihres Volkes und ihrer calvinistischen Glaubensgemeinschaft zurückzuführen.

Drei Monate später – ich war noch kein halbes Jahr alt – waren sie verheiratet.

Man muß dazu sagen, daß Hieronymus Behn – von der Religion einmal abgesehen – für eine trauernde Witwe sehr attraktiv gewesen sein muß. Er war so ein Mann, der seine Hände auf eine Frau zu legen schien, wenn er sie nur ansah. Ich bin überzeugt, er wußte genau, wo und wie er diese Hände zu benutzen hatte. Er hat sie oft und sehr geschickt benutzt, um anderen Leuten in die Taschen zu greifen und sich ein Vermögen zu schaffen. Aber wie konnte ich damals wissen, daß er bereits begonnen hatte, uns auszuplündern?

Als der Krieg zu Ende war, kam mein Bruder Earnest zur Welt. Als Earnest zwei Jahre alt war und ich vier, wurde ich in ein Kinderheim nach Salzburg gebracht, und man sagte mir, meine Familie würde bald nach Österreich umziehen. Als ich sechs Jahre alt war, erfuhr ich im Internat in Salzburg, daß ich eine Schwester namens Zoe bekommen hatte.

Erst als ich zwölf war, sollte ich meine Familie wiedersehen. Ich erhielt eine Fahrkarte nach Wien, und dort sah ich nach fast acht Jahren zum ersten Mal meine Mutter wieder – es sollte auch das letzte Mal sein.

Bevor ich meine Mutter wiedersah, erfuhr ich, daß sie im Sterben lag.

Ich saß gegenüber einer hohen Flügeltür in einem großen, zugigen Gang auf einem harten Stuhl mit gerader Lehne. Links neben mir warteten zwei neue Bekannte: meine Halbgeschwister Earnest und Zoe. Zoe zappelte auf ihrem Stuhl herum, zerrte an ihren blonden Korkenzieherlocken und versuchte, die sorgfältig gebundenen Schleifen aus ihrem Haar zu ziehen.

«Mami will nicht, daß ich Schleifen trage», sagte sie vorwurfsvoll. «Sie ist sehr krank, und die Schleifen kratzen sie, wenn ich sie küsse.»

Dieses Kind hatte irgendwie nicht das Wesen eines sechsjährigen Mädchens. Während der ernste Earnest wie ein Südafrikaner näselte – was ich mir in den acht Jahren in einem österreichischen Internat abgewöhnt hatte –, sprach dieses kleine Ekel ein aristokratisches Hochdeutsch und benahm sich herrischer als der Hunne Attila.

Ich wußte nicht, was ich empfinden würde, wenn ich meine Mutter nach so langer Zeit, in der ich kaum etwas von ihr gehört hatte, wiedersehen würde. Ich konnte mich kaum noch an sie erinnern und wurde zunehmend nervöser.

Earnest sagte nicht viel und saß nur mit im Schoß gefalteten Händen neben Zoe. Sein Profil war die beinahe makellos schöne Version des gröber gemeißelten Profils seines Vaters, und dazu hatte er das wundervolle Haar unserer aschblonden Mutter.

«Sie stirbt, weißt du», erklärte mir Zoe und wies mit ihrer kleinen Hand auf die bedrohliche hohe Doppeltür auf der anderen Seite des Ganges. «Vielleicht sehen wir sie heute zum letzten Mal.»

«Sie stirbt?» sagte ich und hörte, wie die zwei Worte durch den düsteren Korridor hallten. Mir war, als bildete sich etwas Hartes und Gefühlloses in meiner Brust. Wie konnte meine Mutter sterben? Auf den Fotos, die auf meiner Kommode in der Schule standen, war sie schön und jung. Krank konnte sie sein, aber daß sie sterben würde, darauf war ich nicht vorbereitet.

«Es ist furchtbar», sagte Zoe. «Richtig ekelhaft. Irgend etwas Unheimliches kriecht und wächst in ihrem Kopf. Sie mußten ein Loch in ihren Kopf bohren, damit er nicht platzt –»

«Zoe, hör auf», sagte Earnest leise. Dann sah er mich traurig aus seinen hellgrauen Augen unter den langen dichten Wimpern an.

Ich war völlig schockiert. Aber noch bevor ich mich wieder gefangen hatte, öffneten sich die großen Türen, und Hieronymus Behn trat in den Gang. Mit seinem modischen Backenbart erkannte ich ihn kaum wieder, aber darunter war sein Gesicht straff geblieben. Er schien vollkommen Herr der Lage zu sein, ungerührt von dem entsetzlichen Geschehen hinter jenen Türen.

«Lafcadio, du kannst jetzt hereinkommen und deine Mutter sehen», sagte Hieronymus zu mir. Als ich aufstand, hatte ich weiche Knie. Meine Lippen begannen zu zittern, und der Klumpen rutschte mir wie ein Stück Eis in die Kehle.

«Ich komme mit», erklärte Zoe, die bereits neben mir stand und meine Hand hielt.

Während sie mit mir im Schlepptau auf die Tür zumarschierte, blieb mein Stiefvater stehen, als wollte er uns den Weg versperren. Aber dann stand auch Earnest auf.

Er stellte sich neben uns und sagte ruhig: «Nein, wir Kinder gehen alle zusammen hinein, weil es so für unsere Mutter weniger anstrengend ist.»

«Natürlich», sagte Hieronymus nach einer Pause, die nicht länger als ein Herzschlag war, und trat beiseite, um uns Kinder durchzulassen. Es war das erste, aber nicht das letzte Mal, daß ich erlebte, wie sich Earnest mit seiner ruhigen Art gegen Hieronymus Behn durchsetzte. Earnest war auch später der einzige, der dies fertigbrachte.

Trotz des Reichtums meines verstorbenen Vaters, trotz unserer großartigen Plantage in Afrika oder der Pracht der zahlreichen Landsitze, die ich in der Umgebung von Salzburg kennengelernt hatte, war ich noch nie in einem so phantastischen Raum gewesen wie in diesem hier hinter der großen Flügeltür. Er war so ehrfurchtgebietend wie das Innere einer Kathedrale: die hohe Zimmerdecke, kostbare Teppiche, luxuriöse Tapeten und Vorhänge, Lampen aus buntem Glas, das in den Farben von Edelsteinen leuchtete, mit Blumen gefüllte Kristallschalen, der weiche Glanz kostbarer Biedermeiermöbel.

Als wir im Flur waren, hatte mir Zoe erzählt, daß die Zimmer in den unteren Stockwerken unseres Hauses schon mit Elektrizität ausgestattet waren. Ich wußte, daß Thomas Alva Edison persönlich zehn Jahre zuvor zum ersten Mal eine elektrische Beleuchtung hier in Wien im Schloß Schönbrunn installiert hatte. Aber das Zimmer meiner Mutter wurde von dem milden gelben Schein von Gaslampen erhellt, und hinter einem niedrigen Glasschirm am anderen Ende des Zimmers brannte ein flakkerndes Feuer.

Doch nie wieder möchte ich einen solchen Anblick erleben wie den meiner Mutter, die in dem riesigen Himmelbett lag mit einem Gesicht, das weißer war als die weißen Spitzenrüschen, die sie umgaben. Sie wog fast nichts mehr. Sie war wie die leere Hülse einer Frucht, die bei der geringsten Berührung zu Staub zerfällt. Die Kappe, die sie trug, konnte nicht verbergen, daß ihr Kopf kahl rasiert war, versteckte glücklicherweise aber, was sonst noch darunter sein mochte.

Ich hätte nie geglaubt, daß dies meine Mutter war. In meiner Erinnerung war sie eine schöne junge Frau, die mich bis zu meinem vierten Lebensjahr mit ihrer lieblichen Stimme in den Schlaf gesungen hatte. Als sie ihre tränenfeuchten blauen Augen auf mich richtete, wollte ich die Hände vors Gesicht schlagen und aus dem Zimmer laufen.

Mein Stiefvater lehnte mit verschränkten Armen am Türrahmen, seine kalten Augen starr auf das Bett gerichtet. In der Nähe des Kamins standen Dienstboten in einer Gruppe beisammen; einige schluchzten leise ins Taschentuch oder umarmten einander, während sie zusahen, wie wir Kinder an das Bett unserer Mutter traten. Dann hörte ich Earnests Stimme neben mir.

«Mutter, Lafcadio ist hier», sagte er. «Er möchte, daß du ihn segnest.»

Sie bewegte die Lippen, und wieder half Earnest, indem er die kleine Zoe aufs Bett hob. Er goß etwas Wasser in ein Glas und reichte es Zoe, die es Tropfen für Tropfen auf die ausgetrockneten Lippen meiner Mutter träufelte. Die Kranke versuchte etwas zu sagen, und Zoe übernahm es, das kaum vernehmbare Flüstern zu übersetzen. Ich fand es gespenstisch und unnatürlich, die vielleicht letzten Worte meiner sterbenden Mutter aus dem Mund einer Sechsjährigen zu hören.

«Lafcadio», sprach meine Mutter durch Zoe, «ich segne dich. Es tut mir sehr leid, daß wir so lange getrennt waren. Dein Stiefvater dachte... Wir dachten, es sei das Beste für... deine Erziehung.»

Selbst das Flüstern schien sie ungeheuer anzustrengen. Ehrlich gesagt, ich betete, daß sie zu schwach sein möge, um fortzufahren. Ich hatte mir in all den Jahren so oft ein Wiedersehen mit meiner Mutter vorgestellt, aber keines wie dieses: ein Abschied vor weinenden Zuschauern und im Kreis einer mir völlig fremden Familie, die mich zum letztmöglichen Zeitpunkt geholt hatte. Es war tatsächlich makaber; ich konnte kaum erwarten, daß es vorbei sein würde. Ich war so verwirrt, daß ich beinahe etwas Wichtiges überhört hätte.

«...deshalb hat dein Stiefvater angeboten», plapperte Zoe meiner Mutter nach, «dich zu adoptieren und die Verantwortung für dein Wohl und deine Erziehung zu übernehmen, als wärst du sein leiblicher Sohn. Ich hoffe, daß ihr wie Vater und Sohn zueinander seid. Ich habe die Dokumente erst heute unterschrieben. Du bist jetzt Lafcadio Behn und gleichrangig mit deinen Geschwistern Earnest und Zoe.»

Er hatte mich *adoptiert*? Großer Gott! Wie konnte ich der Sohn eines Mannes werden, den ich kaum kannte? Hatte ich bei dieser Sache nicht auch mitzureden? Sollte dieser schreckliche Opportunist, der sich ins Bett meiner Mutter geschlichen hatte, nun über meine Erziehung, mein Leben und das Vermögen meiner Familie bestimmen? Plötzlich begriff ich voller Entsetzen, daß ich nach dem Tod meiner Mutter keine Familie mehr haben würde. Ich fühlte einen wahnsinnigen Zorn – einen brennenden, verzweifelten Zorn, wie ihn vielleicht nur Kinder empfinden können, die keinerlei Macht über ihr eigenes Schicksal haben.

Mir schossen die Tränen in die Augen, und ich wollte schon aus dem Zimmer laufen, als sich eine Hand leicht auf meine Schulter legte. Ich dachte, es wäre mein Stiefvater, der irgendwo hinter mir stand; statt dessen erblickte ich ein ganz erstaunliches Wesen mit klaren, wundervoll grünen Augen, in denen ein lustiges Feuer zu funkeln schien. Das von dunklem wallenden Haar umrahmte Gesicht erinnerte mich an Bilder von Wassernixen, von Wesen aus den Tiefen des Meeres, aus glitzernden Zauberwelten. Sie war hinreißend. Ich vergaß Hieronymus Behn, meine Zukunft, meine Verzweiflung – sogar meine Mutter auf ihrem Sterbebett.

Und dann sagte sie mit einem seltsamen fremdländischen Akzent: «Das ist also unser kleiner englischer Lord Stirling?» Dabei lächelte sie mich an, als hätten wir uns schon immer gekannt. «Erlaube, daß ich mich vorstelle. Ich bin Pandora, die Freundin und Gefährtin deiner Mutter Hermione.»

Sie sah nicht alt genug aus, um ihre «Gefährtin» zu sein – vielleicht meinte sie «Gesellschafterin». Aber sie hatte auch «Freundin» gesagt, nicht wahr? Als Hieronymus auf sie zukam, ging sie an ihm vorbei, als ob sie ihn nicht sehen würde, und trat an das Bett meiner Mutter.

Sie nahm die kleine Zoe wie ein kleines Kissen vom Bett und legte sich das Kind einfach über die Schulter. Zoe, die mit dem Kopf nach unten hing, wandte mir das Gesicht zu und hob wissend eine Augenbraue, als teilten wir ein interessantes Geheimnis.

«Frau Hermione», sagte Pandora zu meiner Mutter, «wenn ich eine Fee wäre, die Ihnen vor Ihrem Tod drei Wünsche – für jedes Ihrer drei Kinder einen – gewähren würde, wie würden Ihre Wünsche lauten?»

Die Dienstboten begannen zu flüstern. Zweifellos waren sie ebenso erschrocken wie ich über das kühne Auftreten dieser Dame, die den Hausherrn einfach stehenließ und den bevorstehenden Tod und die letzten Wünsche ihrer Herrin wie eine Art Gesellschaftsspiel behandelte.

Aber noch überraschender war die Veränderung, die mit meiner Mutter vor sich ging. Plötzlich kam Farbe in ihr bleiches Gesicht; ein rosiger Hauch legte sich über ihre Wangen. Obwohl ich heute noch schwören würde, daß beide kein einziges Wort sagten, schienen sie einander etwas mitzuteilen. Nach einer Weile nickte meine Mutter, als würde sie etwas bejahen. Als sie die Augen schloß, lächelte sie noch immer.

Pandora drehte sich um, wobei Zoe auf ihrem Rücken wie das Ende einer Pelzstola mitschwang, und sah Earnest und mich an.

«Wie ihr Kinder wißt, darf man Wünsche nicht laut sagen, sonst verlieren sie ihre Zauberkraft», erklärte Pandora. «Deshalb werde ich jedem von euch den Wunsch eurer Mutter ins Ohr sagen.»

Dann ließ sie Zoe von der Schulter auf das Bett gleiten und zupfte kopfschüttelnd an den gestärkten Haarschleifen.

«Armes Mädchen, sie haben dich garniert wie eine Weihnachtsgans», sagte sie zu Zoe, löste die steifen Bänder aus Zoes Haar, während sie ihr den Wunsch ihrer Mutter ins Ohr flüsterte. Dann sagte sie: «Jetzt kannst du deiner Mutter einen Kuß geben und ihr für ihren Wunsch danken.»

Zoe krabbelte über das Bett und tat, wie ihr geheißen. Pandora ging zu Earnest, flüsterte ihm etwas ins Ohr und schickte ihn zu unserer Mutter.

Was mich betraf, so glaubte ich nicht, daß man mir noch etwas wünschen konnte, war ich doch eben wie ein Leibeigener an Hieronymus Behn verkauft worden, der keine Zeit verlieren würde, meine Zukunft ebenso gründlich zu zerstören, wie er meine Gegenwart und meine Vergangenheit ruiniert hatte.

Vielleicht bildete ich es mir ein, aber mein Stiefvater, der noch immer in meiner Nähe stand, schien zu erstarren, als Pandora in ihrem raschelnden grauen Seidenkleid auf uns zukam. Nun schien sie ihn nicht nur zu bemerken – sie blickte ihm sogar direkt in die Augen, und das mit einem Ausdruck, den ich mir nicht erklären konnte. Sie legte mir wieder die Hand auf die Schulter und beugte sich so dicht an mein Ohr, daß sich unsere Wangen berührten. Ich roch den Duft ihrer warmen Haut und fühlte die gleiche Erregung wie zuvor. Aber bei ihren Worten, die sie mit großem Nachdruck sagte, lief es mir kalt über den Rücken.

«Du darfst dir nichts anmerken lassen, du mußt unbedingt tun, was ich dir jetzt sage», flüsterte sie. «Seit du hier bist, sind wir alle in großer Gefahr – und vor allem du. Um es dir zu erklären, werde ich dich aus diesem Haus bringen, das voller Spione und Lügen und Leid ist. Ich werde es morgen versuchen, verstanden?»

Gefahr? Was für eine Gefahr? Ich verstand nichts, aber ich nickte. Pandora drückte kurz meine Schulter und kehrte an das Bett zurück, wo sie die Hand meiner Mutter nahm und sich an die Dienerschaft wandte.

«Frau Behn ist glücklich, ihre Kinder endlich beisammen zu sehen», sagte Pandora. «Aber jetzt ist sie müde und braucht Ruhe.»

Bevor die Hausangestellten hinausgegangen waren, rief Pandora meinem Stiefvater quer durch das Zimmer zu: «Herr Behn, Ihre Frau möchte, daß Sie gleich morgen früh anspannen lassen, damit die Kinder und ich eine Stadtrundfahrt machen können, bevor Lafcadio wieder in die Schule zurück muß.»

Mein Stiefvater schien einen Augenblick zu zögern, bevor er eine leichte Verneigung in ihre Richtung machte.

«Mit Vergnügen», sagte er, obwohl es nicht so klang. Dann wandte er sich abrupt ab und verließ das Zimmer.

Als wir am nächsten Morgen das Haus verließen, schneite es. Aber weder dunkle Wolken noch unwirtliches Wetter konnten Zoes Begeisterung trüben. Sie durfte bei einem heimlichen Abenteuer mitmachen, noch dazu mit einem neuen Bruder, den sie herumkommandieren konnte. Sie konnte es kaum erwarten, bis das Kindermädchen sie fertig angezogen hatte und sie mich zu den Ställen schleppen konnte, wo wir Kinder, wie ich erfuhr, unsere eigene Kalesche hatten – eine Kutsche mit Verdeck, vor die bereits vier Pferde gespannt waren. Der Kutscher saß auf dem Bock und wartete auf uns. In den anderen Boxen standen weitere Kutschen und ein funkelnagelneues Automobil.

Während wir über die kopfsteingepflasterten Straßen holperten und ich zum ersten Mal einen Eindruck von Wien bekam, sah ich, daß Earnest sich mehrmals umdrehte und durch das Fenster einen Blick auf den starren Rücken unseres Kutschers warf. Deshalb hielt ich weiterhin den Mund und wartete ab, obwohl ich immer nervöser wurde. Ich konnte mir einfach nicht vorstellen, welche Gefahr einem zwölfjährigen Kind in einem vornehmen Haushalt wie dem der Behns drohen könnte. Pandora unterbrach meine Gedanken.

«Warst du schon einmal in einem Vergnügungspark?» fragte sie mich lächelnd. «Der Prater – das ist der Wiener Vergnügungspark – war früher fürstliches Jagdgebiet. Heute gibt es dort ein Riesenrad und Karussells.»

«Papa erlaubt uns nicht, in den Prater zu gehen», sagte Zoe. Sie schien es zu bedauern.

«Er sagt, da gehen nur Arbeiter hin, die Bier trinken und Wurst essen», erklärte Earnest. «Und als ich gesagt habe, daß die Arbeiter im Winter vielleicht nicht hingehen, hat Vater gesagt, daß der Prater im Winter geschlossen ist – sogar das Riesenrad.»

«Euer Vater hat halb recht und halb unrecht», sagte Pandora. «Der

Prater ist im Winter geschlossen, aber ich habe besondere Verbindungen, die vom Wetter unabhängig sind.»

Als wir den Prater erreichten, war es bitterkalt geworden. Alles sah öde und verlassen aus. Am Eingang waren Schranken heruntergelassen, so daß wir nicht mit dem Wagen zum Riesenrad fahren konnten. Zoe war sehr enttäuscht.

«Es ist nicht weit», sagte Pandora. «Lafcadio, du nimmst Zoe auf die Schultern. Weiter drinnen im Park wird der Schnee nicht so hoch liegen.»

Wir ließen den Kutscher mit den Pferden im Schutz einer Eisenbahnbrücke in der Nähe des Nordbahnhofs zurück, und dann stapften wir, Pandora mit hochgerafften Röcken, ich mit Zoe auf den Schultern, durch den Schnee und um die Schranken herum in die stillen weißen Arkaden des Parks. Als wir die breite Hauptallee mit den sich darüber wölbenden Bäumen erreichten, wo die Wege geräumt waren, setzte ich Zoe ab.

«Lafcadio, nun können wir dir erzählen, was wir dir gestern abend nicht sagen konnten», sagte Earnest. «Siehst du, Vater wollte nicht, daß du nach Wien kommst. Es hat deshalb einen furchtbaren Streit gegeben. Wenn Pandora nicht gewesen wäre, hättest du nicht kommen dürfen.»

Wegen *mir* hat es Streit gegeben? Ich sah Pandora fragend an.

«Wieviel weißt du über deinen Stiefvater?» fragte sie.

«Praktisch nichts. Ich habe ihn und meine Mutter fast acht Jahre lang nicht gesehen», antwortete ich, wobei es mir nicht gelang, meine Verbitterung zu unterdrücken. Obwohl mich schon der Gedanke, der gesetzlich anerkannte Sohn von Hieronymus Behn zu sein, wütend machte, war es mir peinlich, dies vor seinen leiblichen Kindern zu sagen.

«Zoe und ich, wir kennen unseren Vater auch nicht sehr gut», sagte Earnest und stieß mit seinem glänzend polierten Stiefel in den Schnee. «Er ist immer auf einer Konferenz oder in wichtigen Geschäften unterwegs. Aber mit Mutter sind wir auch nie allein. Immer sind mein Lehrer oder Zoes Kindermädchen oder die Diener dabei – wie gestern abend.»

«Eure Mutter ist praktisch eine Gefangene in ihrem eigenen Haus», sagte Pandora, aber als sie mein Gesicht sah, fügte sie hinzu: «Ich meine damit nicht, daß sie im Speicher eingesperrt ist. Aber seit die Familie vor acht Jahren nach Wien gezogen ist, wurde sie nicht mehr allein gelassen.

Sie wird von mehreren Dienstboten bewacht, die sogar ihre Post lesen. Sie hat keine Freunde, bekommt keine Besuche und geht nie ohne Begleitung aus dem Haus…»

«Aber *Sie* sind doch ihre Freundin», sagte ich.

Ich hatte mich in all diesen Jahren immer wieder gefragt, warum mich meine Mutter verlassen, ihre beiden anderen Kinder aber bei sich behalten hatte. Ich glaubte – oder wollte glauben –, daß mein Stiefvater dahinter steckte. War er tatsächlich der Schuft, den ich mir vorgestellt hatte? Aber Pandora hatte mit ihren Enthüllungen erst begonnen.

«Als deine Mutter Hieronymus geheiratet hatte», sagte sie, «investierte er bald danach das Vermögen deines Vaters in ein industrielles Bergbaukonsortium, das er so ausbaute, daß es nicht mehr vom provinziellen Afrika aus geleitet werden konnte. Eine Weltstadt wie Wien war der geeignete Ort dafür. In Wien lernte dein Stiefvater bald, daß es nicht genügte, reich zu sein und eine schöne Frau zu haben, über deren Vermögen er frei verfügen konnte. Um in den vornehmen Salons zu verkehren, und das wollte er, brauchte man auch einen einwandfreien gesellschaftlichen Leumund. Im katholischen Österreich mußte deshalb eine Herkunft aus ärmlichen calvinistischen Verhältnissen vertuscht werden; und es durften auch keine Geschichten über die unbekannte Herkunft und die Erziehung eurer Mutter in einem Waisenhaus durchsickern. Von einer Dame wie Hermione Behn erwartete man zum Beispiel, daß sie musizierte oder malte, aber so etwas hatte sie nie gelernt.

Aber das war andererseits auch wieder ein Segen. Denn obwohl Hermione im Haus ständig unter Beobachtung stand, durfte sie Lehrer haben, die sie und ihre Kinder unterrichteten und die sie sich selbst aussuchen konnte. Die Unterrichtsstunden waren für sie die einzigen Gelegenheiten, hin und wieder mit jemand allein zusammenzusein, der nicht unter der völligen Kontrolle ihres Ehemannes stand. Auf diese Weise bin ich eurer Mutter begegnet. Sie hatte schon sehr viele Lehrer bemüht, aber immer nur für kurze Zeit, weil keiner über die Eigenschaft verfügte, die sie sich heimlich wünschte.»

«Wieso heimlich?» fragte ich überrascht.

Pandora sah mich mit einem merkwürdigen Ausdruck an und sagte: «Ja weißt du, deine Mutter war überzeugt, daß sie nur mit einem Lehrer zufrieden sein würde, der aus Salzburg kam.»

«Aus Salzburg!» rief ich und hatte plötzlich begriffen. «Meine Mutter wollte mich finden – aber *er* hat es nicht erlaubt, nicht wahr?»

Pandora nickte und fuhr fort: «Ich hatte einen Freund. Er hieß Gustl und studierte Bratsche an der Wiener Hochschule für Musik. Nebenbei gab er Musikunterricht, um sich etwas dazuzuverdienen. Gustl stammte aus einer Stadt in der Nähe von Salzburg, und er wußte, daß ich dort Familienangehörige hatte. Als deine Mutter beim Vorstellungsgespräch mit ihm auf Salzburg zu sprechen kam, hat er mich, seine Freundin, erwähnt, und so wurde ich die Musiklehrerin im Hause Behn.»

«Und dann hat Pandora dich in Salzburg gefunden», mischte sich Zoe ein, «und deshalb wissen Mutter und Earnest und ich so viel über dich.»

«Aber Sie haben mich nie in Salzburg besucht», sagte ich.

«Tatsächlich?» entgegnete Pandora mit hochgezogenen Brauen.

Wir waren inzwischen in die Mitte des Parks gelangt, wo die Wege sternförmig zusammenliefen. Hier stand das Riesenrad, von dem Earnest gesprochen hatte. Es war so hoch, daß es in den dichten Wolken verschwand, und mit den silbrigen Gondeln sah es aus wie mit Lametta behangen. An einem klaren Tag, dachte ich, könnte man von oben bestimmt die ganze Ringstraße sehen, den «magischen Kreis», der den historischen Kern Wiens umschließt. Ein Stück weiter stand das Karussell. Die Straußenvögel, Giraffen und Elefanten wirkten in dieser düsteren Schneelandschaft sehr fehl am Platz. Das Karussell drehte sich auf geheimnisvolle Weise; niemand schien es anzutreiben. Es drehte und drehte sich, als ob uns die Tiere erwartet hätten.

In der Nähe des Karussells, auf einer Steinbank unter verschneiten Bäumen, saß ein Mann mit dem Rücken zu uns. Er trug eine Seemannsjacke und eine Strickmütze. Als er uns hörte, drehte er sich um. Auch er schien uns zu erwarten. Aber ich legte die Hand auf Pandoras Arm und zwang sie stehenzubleiben.

«Warum hat mich mein Stiefvater von meiner Mutter ferngehalten?» fragte ich. «Welche Mutter würde so etwas zulassen? Auch wenn sie eine Gefangene war, wie Sie sagen, hätte sie in all den Jahren bestimmt einen Brief hinausschmuggeln können.»

«Das ist jetzt alles nebensächlich», sagte Pandora ungeduldig. «Ich habe dir gestern gesagt, daß du in Gefahr bist. Wir alle sind in Gefahr, sogar hier an diesem einsamen Ort, wenn uns jemand belauscht. Es geht um Geld, Lafcadio – um das Geld deines Vaters Christian Alexander, um fünfzig Millionen Pfund in Krügerrand, und wertvolle Bergwerksanteile. Die Zinsen aus diesem Vermögen, das für dich als Treuhandvermögen angelegt war, sollten deiner Mutter zugute kommen. Nach ihrem Tod sollte es dir gehören. Verstehst du nicht? Sie wird bald sterben! Er hat sich die Verfügungsgewalt über dieses Geld verschafft. Er hat sie gezwungen, die Adoptionspapiere zu unterschreiben, und ihr gedroht, alle Kinder zu enterben, wenn sie sich weigern sollte. Hermione liegt im Sterben und quält sich entsetzlich, weil sie nicht weiß, was aus ihren Kindern wird ...»

«Und Earnest und ich wollen mit dir weglaufen», warf Zoe ein.

«Mit mir?» rief ich verblüfft. «Aber ich laufe nicht weg. Wohin soll ich denn weglaufen?»

«Ich dachte, du könntest ein Geheimnis bewahren», sagte Pandora zu Zoe und zupfte sie an einer Haarlocke, die unter ihrer Pelzmütze hervorlugte. Dann sagte sie an mich gewandt: «Ich möchte, daß du meinen Cousin Dacian Bassarides kennenlernst, der dir unseren Plan erklären wird. Im Winter ist er Parkwächter im Prater, und im Sommer ...»

Aber mein Verstand schien zu streiken. Der junge Mann in der Seemannsjoppe kam auf uns zu, nahm meine behandschuhte Hand in seine beiden Hände und lächelte mich an, als teilten wir ein intimes Geheimnis – und das war tatsächlich der Fall! Nun war ich vollkommen verwirrt. Aber dann begann sich der Nebel in meinem Kopf zu lichten, und ich begriff allmählich.

Ich hatte nie jemand etwas von meiner heimlichen Leidenschaft erzählt. Seit meiner Ankunft in der Salzburger Schule ging ich jeden Tag nach dem Unterricht in den nahe gelegenen Wald und spielte dort auf einer kleinen Geige – sie war fast ein Spielzeug –, die ich einmal geschenkt bekommen hatte. Nicht einmal die Lehrer kannten mein Geheimnis.

Aber selbst die glühendste Leidenschaft bringt einen mit einem so minderwertigen Instrument irgendwann nicht mehr weiter, ganz zu schweigen davon, daß sich mein Unterricht darauf beschränkte, vor den Türen des Salzburger Festspielhauses zu lauschen. Das änderte sich, als eines Tages, vor fast einem Jahr, ein dunkeläugiger junger Mann durch den Wald kam und so hinreißend auf seiner Geige spielte, daß man vergaß, daß die Töne aus einer Geige kamen. Es war, als würde seine Seele singen, als würden sich die Töne mit der Luft zu einer langen, leidenschaftlichen Umarmung vereinen.

Und noch am selben Tag wurde der junge Mann, den ich eben erst als Pandoras Cousin Dacian Bassarides kennengelernt hatte, mein Lehrer. Wir trafen uns wöchentlich mehrmals im Wald, und er zeigte mir mit wenigen Worten, wie man Geige spielt. Er mußte der «Bote» gewesen sein, den Pandora und meine Mutter geschickt hatten, um mich in Salzburg zu finden.

«Deine Mutter hat einen letzten Wunsch für dich, Lafcadio», sagte Pandora, während sie Earnest und Zoe auf das fahrende Karussell half. «Als sie von deiner Begabung erfuhr, betete sie, du möchtest eines Tages ein berühmter Geiger werden – der größte Geiger auf der Welt. Zu diesem Zweck hat sie einen privaten Fonds aufbewahrt, den dein Patenonkel, Mr. Rhodes, für dich eingerichtet hatte und von dem dein Stiefvater nichts weiß. Es ist keine sehr große Summe, aber genug, um deine musikalische Ausbildung zu bezahlen, wenn du soweit bist. Dacian hat sich bereit erklärt, dir in den nächsten Jahren bei der Vorbereitung für die Musikhochschule zu helfen. Wenn dein Vater nicht mehr für deine Ausbildung aufkommen will, werden wir einen Platz finden, wo du wohnen kannst. Würde dir dieser Plan deiner Mutter gefallen?»

Ob mir der Plan gefallen würde? Innerhalb eines Tages hatte sich meine Welt von innen nach außen verkehrt – das Gefängnis mit meinem Stiefvater als Wärter war einer Zukunft gewichen, in der ich der Erfüllung all meiner Träume entgegensah.

Dann stieg auch ich auf das verschneite Karussell, und die Zeit verging wie im Flug, obwohl wir bestimmt eine Stunde oder noch länger fuhren. Dacian spielte mit kalten Fingern kleine Stücke auf der Geige – denn für die Pfeifenorgel des Karussells fehlte der Dampf, wie er uns erklärte –, und Pandora summte die zweite Stimme durch ihren dicken Schal. Zoe hüpfte und stolzierte um das Karussell herum, während Earnest und ich auf unseren auf und ab schaukelnden Reittieren saßen – ich auf einem Wolf und Earnest auf einem fliegenden Adler.

Nun wurde mein erster Familienausflug durch einen Neuankömmling unterbrochen. Ein Fremder kam durch die Allee aus der entgegengesetzten Richtung, aus der wir gekommen waren.

«Du liebe Zeit, es ist Wolf!» sagte Pandora. Sie zog ihren Schal vom Gesicht weg und ergriff den Arm ihres Cousins. «Aber wie hat er uns hier gefunden?»

Ich war gar nicht begeistert, daß meine schönen Träume unterbrochen wurden. Vielleicht war der Mann gekommen, um uns abzuholen. Ich blieb sitzen und beobachtete den Fremden aus zusammengekniffenen Augen.

Er war schlank, hatte ein längliches glattrasiertes und bleiches Gesicht, und er war älter als Pandora – vielleicht zwanzig Jahre oder noch mehr. Er trug einen abgetragenen, aber sauber gebügelten Anzug mit einem langen, fransigen Künstlerschal, aber trotz des kalten Wetters keinen Mantel. Sein braunes Haar war auf die damals populäre «romantische» Art geschnitten, so daß er es von Zeit zu Zeit recht affektiert aus der Stirn werfen mußte. Er schlug sich mit den behandschuhten Händen gegen die Brust, offensichtlich um sich warmzuhalten, und stieß Hauchwölkchen aus, während er dahinging. Als er nah genug war, konnte ich seine Augen sehen – Augen von einem so verblüffenden, intensiven Blau, daß man kaum den Blick abwenden konnte.

Er rief Pandora entgegen: «Auf der Suche nach euch bin ich fast erfroren!»

Und Zoe rief: «Bitte, bitte, Wolf, komm zu uns aufs Karussell.»

«Ich muß euch etwas Wichtiges zeigen», sagte er, «heute noch, denn das Museum in der Hofburg ist ab morgen wegen Reinigungs- und Reparaturarbeiten geschlossen und niemand weiß, für wie lang. Jedenfalls werde ich dann bestimmt nicht mehr hier sein. Ich habe schon für alle Karten besorgt.»

«Es tut mir leid, daß du in diese Kälte hinausmußtest», sagte Pandora. «Aber ich habe Frau Behn versprochen, den Kindern Wien zu zeigen. Laf muß bald wieder in die Schule.»

«Der Bursche ist also der andere Behn-Sohn, der halb Engländer und halb Bure ist, ja?» fragte der Fremde.

Ich korrigierte ihn nicht wegen des halben Buren, aber ich wunderte mich, daß jemand, der nicht einmal einen Mantel oder eine Seemannsjacke wie Dacian besaß, hier in Wien mit unserer Familie bekannt war.

«Wolf war der Zimmergenosse von Gustl, dem Musiker, der mich zu deiner Mutter gebracht hat», erklärte mir Pandora. «Sie kennen sich schon seit ihrer Schulzeit und haben sogar eine Oper miteinander geschrieben.»

«Aber den Gustl habe ich seit Jahren nicht gesehen», sagte Wolf lächelnd zu Pandora, schwang sich neben mich auf das fahrende Karussell und sagte beinahe vertraulich, als teilten wir zwei ein Geheimnis:

«Unsere Wege liegen weit auseinander. Gustl hat den weltlichen eingeschlagen, ich den göttlichen.»

Jetzt, aus der Nähe, sah ich, daß seine Augen wirklich ganz ungewöhnlich, ja beinahe hypnotisierend waren. Er sah mich an, als ob sein Urteil entscheiden würde, was ich und mein Leben wert sein könnten, und als er zufrieden nickte, fühlte ich mich merkwürdigerweise glücklich. Dann sprang er wieder hinunter zu Pandora, nahm ihre Hände und hob ihre Finger an seine Lippen. Aber er küßte nicht ihre Hand, sondern seine eigene. Es war ein seltsamer österreichischer Brauch, den ich schon in Salzburg beobachten konnte.

«Ich schreibe keine Libretti mehr», sagte er. «Jetzt male ich wieder. Mit meinen Aquarellen bin ich ganz erfolgreich. Letzten Herbst habe ich vom Kunsthistorischen Museum einen kleinen Auftrag gehabt. Ich habe in der Rubensgalerie ein paar Rahmen vergolden müssen. Eines Abends bin ich nach der Arbeit noch geschwind hinüber in die Hofburg, bevor sie zugemacht haben. Und da habe ich etwas Hochinteressantes entdeckt. Seitdem lese ich jeden Abend in der Bibliothek, was ich darüber finden kann. Ich war deswegen auch in Melk in der Bibliothek, die ganz interessante Manuskripte hat, und sogar einmal in Salzburg.»

Dann wandte er sich wieder mir zu. «Ich glaube nicht an Zufälle, junger Mann», erklärte er mir. «Ich glaube an das Schicksal. Ich finde es zum Beispiel interessant, welche Tiere ihr Buben euch auf diesem Karussell ausgesucht habt. Earnest hat sich den kühnen Adler ausgesucht und du einen Wolf. Mein Name zum Beispiel hieß auf althochdeutsch Athawulf, was soviel heißt wie hochgeborener oder glücklicher Wolf. Und mein Familienname hat früher wahrscheinlich dasselbe bedeutet wie Bure. Ein Hüttler war ein Kleinbauer, jemand, der sich vom Land ernährt...»

«Wau!» rief ich mitten in Onkel Lafs Lebensgeschichte hinein, die er uns beim Brunch im Sun Valley erzählte. «Willst du damit sagen, dieser Bursche war tatsächlich *Adolf Hitler*?»

Als Laf lediglich lächelte, blickte ich zu Bambi und Olivier, die beide wie Fische glotzten.

«Gavroche, die Geschichte war fast zu Ende», sagte Laf.

«Für mich *ist* sie zu Ende», erklärte ich ihm, während ich meinen noch halbvollen Teller mit einem köstlichen Omelett mit geräuchertem Lachs wegschob und aufstand.

«Wo gehst du hin?» fragte Laf.

Olivier kämpfte mit seiner Serviette und versuchte, die protokollarische Frage zu lösen, ob er mein Gast war oder der von Laf. Ich bedeutete ihm sitzenzubleiben.

«Ich mache einen Spaziergang», sagte ich. «Ich brauche ein bißchen frische Luft, bevor du mir noch mehr solche Sachen zu schlucken gibst.»

«Ich bitte dich nur, noch ein wenig Champagner zu schlucken», sagte er lächelnd und meinen heilen Arm tätschelnd. «Danach mache ich mit dir einen Spaziergang. Oder wollen wir schwimmen gehen, während dein Freund hier Bambi ein wenig die Berge zeigt? Das heißt, wenn Sie Lust haben.» Laf sah Olivier fragend an, der sofort aufsprang.

Nach einem tumultuösen Aufbruch mit Kellnern, Mänteln, Stühlerücken und Umarmungen verschwanden Bambi und Olivier, und Laf und ich begaben uns nach draußen zu dem runden, von einer Glaswand geschützten Thermalbad, von dem man ringsum auf Berge und durch das geöffnete Dach in den Himmel blickte. Volga Dragonoff brachte uns Badeanzüge.

«Onkel Laf», sagte ich, als wir beide endlich allein waren und in dem dampfenden, herrlich entspannenden Mineralwasser saßen, «wie konntest du nur eine so lächerliche Geschichte erzählen? Olivier ist ein Freund von mir, aber er ist auch mein Kollege. Nach diesem Brunch wird er meine Familie für noch verrückter halten, als sie tatsächlich ist.»

«Verrückt? Ich finde nicht, daß meine Geschichte verrückt ist», widersprach Laf. «Sie ist Wort für Wort wahr.»

Er ließ sich bis über den Kopf ins Wasser gleiten. Als er wieder auftauchte, lag seine silberne Mähne glatt an, so daß seine eisblauen Augen voll zur Geltung kamen. Als junger Mann mußte er phantastisch ausgesehen haben. Kein Wunder, daß sich Pandora in ihn verliebt hatte ... aber war das nicht ein Teil des Problems?

«Alles, was du gesagt hast, war erfunden», erklärte ich Laf, «besonders die Sache über unsere Familie. Es ist das erste Mal, daß ich gehört habe, dein Vater sei Engländer und habe ein Hundertmillionen-DollarVermögen besessen. Und wenn Pandora meinen Großvater Hieronymus wirklich so haßte, wie du sagst, warum hat sie ihn dann noch im selben Jahr, als du erst zwölf warst, geheiratet? Warum ist sie lange genug bei ihm geblieben, um ein Kind von ihm zu bekommen – meinen Vater?»

«Ich kann mir Augustus' Version der Geschichte schon vorstellen», sagte Laf mit einem Anflug von Zynismus, «aber jetzt, wo wir allein sind, werde ich dir offen sagen, wie es war, auch wenn ich es nicht gerne tue, denn es handelt sich schließlich um deinen Großvater. Aber du hast gefragt, Gavroche, warum Pandora einen so verabscheuungswürdigen Mann geheiratet hat, und das ist eine gute Frage.

Als wir an jenem Abend in Wien nach Hause kamen, erfuhren wir, daß meine Mutter während unserer Abwesenheit gestorben war. Zoe und Earnest waren verzweifelt und völlig außer sich, und wir wurden alle früh zu Bett geschickt. Am nächsten Morgen wurde ich von einem kräftigen männlichen Dienstboten zum Zug nach Salzburg gebracht.

Danach habe ich Pandora fast fünf Jahre lang nicht mehr gesehen, denn sie wurde aus Wien weggebracht. Dann kam der Erste Weltkrieg, und erst danach erfuhr ich, daß sie damals noch in derselben Nacht nach dem Tod meiner Mutter von meinem Stiefvater vergewaltigt wurde. Er zwang sie, ihn zu heiraten, indem er ihr drohte, er würde Dinge über sie enthüllen, die sie und ihre Familie in große Gefahr bringen könnten.»

«Er hat *was*? Bist du wahnsinnig?» flüsterte ich.

«Nein, aber damals dachte ich, ich müßte wahnsinnig werden», erwiderte Laf mit einem schmerzlichen Lächeln. Ich erkannte an der Art, wie er sprach, daß er die Wahrheit sagte, und fragte mich, ob er jemals mit einem anderen darüber gesprochen hatte.

«Warum erzählst du nicht zu Ende, Onkel Laf?» sagte ich, während ich ein Stückchen näher rückte und die Hand auf seine Schulter legte. «Es tut mir leid, was ich gesagt habe. Ich möchte wirklich alles wissen.»

«Dann laß mich dort fortfahren, als wir mit Wolf in unserer Kutsche zur Hofburg fuhren, um die Waffensammlung zu besichtigen und den geheimnisvollen und faszinierenden Schatz, den er dort entdeckt hatte ...»

Das Schwert und die Lanze

Wolf hatte in der Hofburg zwei Altertümer entdeckt, die ihn faszinierten: ein Schwert und eine Lanze. Diese Gegenstände, die er für sehr alt und wertvoll hielt, waren merkwürdigerweise in einer schlichten Glasvitrine in einer etwas abgelegenen Ecke untergebracht. Das Schwert war lang und krumm; es hatte keine Scheide, und der Griff schien eher aus dem Mittelalter zu stammen als aus der Antike. Die Lanze war klein, schwarz und unauffällig mit einer primitiven messingfarbenen Zwinge, die Stoßklinge und Schaft zusammenhielt. Wir standen eine Weile davor, bis Earnest wissen wollte, was diese Waffen bedeuteten.

«Diese Stücke sind sehr alt», sagte Wolf mit fast träumerischer Stimme, «mindestens zweitausend Jahre, und vielleicht noch älter. Man weiß, daß sie bereits zur Zeit Christi existierten, und sehr wahrscheinlich gehörten sie seinen Jüngern. Mit diesem Schwert soll der heilige Petrus im Garten Gethsemane dem einen Tempelwächter das Ohr abgehauen haben. Jesus befahl ihm, das Schwert einzustecken, denn ‹wer das Schwert nimmt, der soll durch das Schwert umkommen›. Aber die Lanze ist sogar noch interessanter», fuhr Wolf fort. «Ein römischer Soldat, ein gewisser Gaius Cassius Longinus, der dem Pontius Pilatus unterstand, hat mit dieser Lanze Jesus am Kreuz die Seite geöffnet, um sicher zu sein, daß er tot war, und dann floß Blut und Wasser aus der Wunde ...»

Ich konnte das lange, blasse Gesicht von Wolf im Spiegel der Glasscheibe sehen. Er wirkte immer noch traumverloren. Seine erweiterten Pupillen verstärkten das Hypnotisierende dieser leuchtendblauen Augen unter den dunklen Wimpern. Aber Pandora, die auf der anderen Seite der Vitrine stand, brach den Zauber.

«Auf dem Schild hier steht», sagte sie, «daß dieses Schwert vermutlich dem Hunnenkönig Attila gehörte und die Lanze dem Kaiser Friedrich Barbarossa und daß Schwert und Lanze eine eigene Legende haben: Jedesmal, wenn diese beiden Waffen in die Hand eines einzigen Kriegers gelangten – wie anscheinend im Fall von Karl dem Großen –, ist dieser Krieger der Führer der gesamten zivilisierten Welt geworden.»

«Herrschen die Habsburger deshalb über so viele Länder?» fragte ich. Ich fand es aufregend, die Geheimnisse einer alten Legende zu entdecken. «Denn es sind ja beide Waffen in ihrem Besitz, nicht wahr?»

Wolf, der aus seiner Trance erwacht war, antwortete anstelle von Pandora. «Es heißt, ein *Krieger* muß sie besitzen», sagte er gereizt. «Diese Habsburger sind nichts anderes, als was ihr Name besagt: ein Habichtsnest – aber sie sind keine Habichte. Wo sie sich niederlassen, da bleiben sie hocken und polstern ihr Nest. Das sind keine Jäger oder gar Führer eines stolzen tapferen Volkes. Und ich habe gelernt, daß es für diese Art von Macht, von der ihr sprecht, nicht genügt, nur zwei von diesen Gegenständen zu besitzen. Es gibt viele solcher Relikte aus der Vergangenheit, auf denen der Staub von Äonen liegt, und nur wenn *alle* in einer Hand versammelt sind, wird sich die Welt verändern lassen. Ich glaube, daß eine solche Zeit sehr nah ist.»

Wir Kinder blickten mit großem Respekt auf die zwei Waffen in der Glasvitrine, aber insgeheim fragte ich mich, wie eine so gründliche Veränderung bewirkt werden könnte, wenn die anderen «alten Schätze» ebenso hinfällig und zerbrechlich waren wie diese beiden.

«Wenn eine solche Zeit nah ist», sagte eine leise Stimme hinter mir, «dann kennst du doch sicher auch die anderen Objekte, nach denen du suchst, oder nicht?»

Als ich mich umdrehte, sah ich, daß es Pandoras Cousin, mein Geigenlehrer Dacian Bassarides, war, der dies gesagt hatte. Er war die ganze Zeit so still gewesen, daß wir ihn fast vergessen hatten. Wolf nickte aufgeregt.

«Ich glaube, daß es insgesamt dreizehn sind», erklärte er uns. «Es sind Eßgefäße, Kleidungsstücke, Werkzeuge oder Kriegsgerät, ein Edelstein und ein Brettspiel. Bei meinen Studien habe ich Hinweise gefunden, wie jedes dieser Objekte über Jahrhunderte verborgen geblieben sein könnte. Zum letzten Mal – da bin ich mir absolut sicher – waren sie zur Zeit Christi vereint, mit anderen Worten: im letzten neuen Zeitalter. Deshalb habe ich meine Nachforschungen in Melk und dann in Salzburg fortgesetzt, denn hier am Fluß und oben in den Bergen des Salzkammerguts sind die Orte in unserem Land, wo die alten Völker gehaust haben. Ich wußte, daß ich die Botschaft, die ich suchte, in diesen Gegenden finden würde. Es gibt dort Aufzeichnungen in Runen…»

«Die Runen?» warf ich ein. Ich hatte ein unbehagliches Gefühl, nicht nur, weil Laf eine Pause einlegte, sondern auch, weil er in eine andere Welt versunken schien.

«Ein Manuskript in Runenschrift. Vermutlich hat dir dein Cousin Sam so etwas vermacht», sagte Laf nach einer Weile. «Wolf wollte es zusammenstellen und sogar entziffern – kurz vor Ausbruch des Ersten Weltkriegs. Ich bin überzeugt, daß er diese Aufgabe nicht erfolgreich zu Ende geführt hat. Aber jemand anders hat es getan.»

«Ich glaube nicht, daß ich das von Sam habe», sagte ich. Ich konnte ihm schlecht sagen, daß Sam noch am Leben war und daß ich mit ihm darüber gesprochen hatte. «Aber ich habe ein *anderes* Dokument, das in Runen abgefaßt ist, von einem Freund von dir bekommen. Ich hatte nur noch keine Gelegenheit, es mir genauer anzusehen...»

«Von einem Freund von mir?» sagte Laf, der plötzlich wieder ganz in der Gegenwart war. «Von wem?»

«Wolfgang Hauser – ein Wiener –»

«Gavroche, was sagst du da?» Trotz des Dampfs, der uns umgab, sah ich, wie Laf unter seiner Sonnenbräune erbleichte. «Wolfgang Hauser ist kein Freund von mir, sondern ein Freund deiner Tante Zoe. Wie ist er zu diesem Manuskript gekommen?»

Ich weiß nicht, ob mein Gesicht verriet, wie elend ich mich fühlte. Als Laf mich ansah, sagte er: «O Gavroche, was hast du getan?»

«Onkel Laf, ich möchte, daß du mir aufrichtig sagst, wer Wolfgang Hauser ist und wie gut du ihn kennst», sagte ich, obwohl ich mir ziemlich sicher war, daß ich nicht hören wollte, was er zu sagen hatte.

«Ich kenne ihn nicht», sagte Laf. «Ich bin ihm ein- oder zweimal begegnet. Er ist einer von Zoes Favoriten, einer dieser hübschen Burschen, mit denen sie sich gern dekoriert.»

Daß ich bei dieser schonungslosen Beschreibung meiner jüngsten großen Leidenschaft nicht zusammenzuckte, verdiente geradezu Applaus – und auch, daß ich mir eine Bemerkung über die offensichtlich sehr ähnliche Beziehung zwischen Onkel Laf und Bambi verkniff.

«Aber ich kenne deine Tante Zoe», fuhr Laf fort. «Sie war nie die Königin der Nacht, als die sie sich gern darstellt. Damit hat sie Reklame gemacht. Es war ein Propagandakonzept, das der raffinierteste Propagandist dieses Jahrhunderts für die damals berühmteste Tänzerin zurechtschneiderte. Sie und dieser Wohltäter haben jahrzehntelang versucht, das Manuskript von Pandora zu bekommen. Pandora war es nämlich, die es zusammengestellt hat. Vielleicht bist du inzwischen selbst darauf gekommen, daß Zoes Mentor, bester Freund und engster Vertrauter über ein Vierteljahrhundert niemand anderer war als Adolf Hitler.»

Laf schwieg und sah mich an. Mein Herz saß irgendwo unter meinem Magen, und ich hatte das Gefühl, wenn ich nicht schleunigst aus diesem dampfenden Wasser herauskam, würde ich ohnmächtig werden. Lafs nächste Worte schienen von weither zu kommen:

«Es ist unmöglich, daß Zoe oder Wolfgang Hauser eine Kopie dieses Manuskripts haben. Alles, was Earnest gehörte, hat er sein Leben lang streng gehütet.» Und nach einer Pause flüsterte er: «Gavroche, ich hoffe inständig, du hast es nicht Hauser anvertraut – oder ihn im selben Raum damit allein gelassen. Wenn doch, dann sind Earnest und Pandora umsonst gestorben – und vielleicht auch dein Cousin Sam.»

DIE WAHRHEIT

Wenn eine Spur mich leitet, will ich finden, wo eine Wahrheit steckt, und steckte sie auch recht im Mittelpunkt.

William Shakespeare, Hamlet

JESUS:
Ich bin dazu geboren und in die Welt gekommen, daß ich für die Wahrheit zeugen soll. Wer aus der Wahrheit ist, der höret meine Stimme.

PILATUS:
Was ist Wahrheit?

Johannesevangelium, Kap. 18, Vers 37–38

Deshalb ist der Versuch, bei der Wahrheit anzukommen, und besonders bei der Wahrheit über die Götter, ein Verlangen nach dem Göttlichen.

Plutarch, Moralia

Die Wahrheit ist so eine Art Hobby von mir.

Cary Grant als Meisterdieb John Robie
in Über den Dächern von Nizza

JUDÄA

Frühling, A. D. 33

Der erste Apostel

Als er auferstanden war frühe am ersten Tag der Woche, erschien er zuerst Maria Magdalena... und da sie (die Jünger) hörten, daß er lebte und wäre ihr erschienen, glaubten sie ihr nicht.

MARKUSEVANGELIUM
Kap. 16, Vers 9

Aber was *ist* die Wahrheit?» fragte Johannes Zebedäus seinen älteren Bruder Jakobus. «Wie kann Josef von Arimathäa erwarten, daß wir uns an etwas erinnern, das vor über einem Jahr geschah?»

Die Brüder kamen vom Hafen von Joppe, wo Jakobus eben mit dem Schiff von seiner Reise zu den Kelten im Westen Hispaniens zurückgekehrt war. Er war ein ganzes Jahr fort gewesen. Nun lag die Stadt hinter ihnen, und sie befanden sich auf der steinigen Landstraße.

«Als ich mit Josef Britannien besuchte», sagte Jakobus, «sagte er mir, seiner Meinung nach fehle ein wichtiger Teil aus der Geschichte über die letzten Tage des Meisters. Du weißt, der Meister hat immer gesagt: Seine ‹Geheimnisse› mit seinen treuen Jüngern zu teilen, das würde eines Tages sein Vermächtnis sein. Josef meinte, der Meister habe uns vielleicht tatsächlich diese Geheimnisse mitgeteilt, als er erkannte, daß er nur für kurze Zeit bei uns bleiben würde. Aber weil er in Gleichnissen redete, habe keiner von uns die Bedeutung hinter seinen Worten verstanden. Deshalb bin ich hierhergeeilt, um Josefs Brief zu überbringen, in dem er Miriam von Magdali bittet, dieser Sache nachzugehen. Und er hofft, daß wir – du, Simon Petrus und ich –, daß wir sie als die drei auserwählten Nachfolger des Meisters dabei unterstützen.»

Jakobus und sein jüngerer Bruder Johannes Zebedäus waren zusammen mit ihren Gesellen Simon Petrus und dessen Bruder Andreas die ersten Jünger, die der Meister für seine Mission gewonnen hatte. Als er sie an den Ufern des Sees Genezareth traf, sagte er, sie sollten ihre Fischernetze liegenlassen und ihm folgen; er würde sie lehren, «Menschenfischer» zu sein. So kam es, daß die Brüder Zebedäus als die ersten erwählten Jünger eine bevorzugte Behandlung erwarteten, die sie auch stets erhielten – ausgenommen in letzter Zeit. Dieses Jahr, dachte Johannes voller Gram, hatte sie alles gekostet. Sein älterer Bruder war zu lange fort gewesen.

«Kannst du mir erklären, was Miriam von Magdali damit zu tun hat?» fragte Jakobus. «Warum sollte *sie* der offizielle Bote sein?»

«Josef ist stets dafür eingetreten, daß sie der erste Apostel war. Sie war die erste, die den Meister nach seinem Tod gesehen hat, als er an jenem Morgen aus einem Grab in Josefs Garten Gethsemane auferstanden war», antwortete Jakobus. «Wenn Josef von Miriam spricht, nennt er sie immer noch den ‹ersten Boten›, den Apostel für die Apostel. Und ob wir nun glauben oder nicht, daß der Meister Miriam eine so große Ehre zuteil werden ließ, müssen wir, wenn wir ehrlich sind, anerkennen, daß so etwas durchaus seinem Charakter entsprochen hätte. Diese Ehre wäre nicht größer als jede andere, die ihr der Meister im Lauf seines Lebens erwiesen hat.»

«Ehren und Küsse!» sagte Johannes aufbrausend. «Alle wissen, daß *ich* der Lieblingsjünger des Meisters war. Er hat mich behandelt wie sein Kind und mich viel öfter umarmt als Miriam. Als er starb, hat er mir da nicht aufgetragen, wie ein Sohn für seine Mutter zu sorgen? Und er hat gesagt, du und ich würden aus seinem Kelch trinken, wenn das himmlische Königreich kommen würde – eine Ehre, die genauso groß ist wie jede, die er Miriam erwiesen hat.»

«Ich fürchte diesen Kelch, Johannes», sagte Jakobus leise. «Vielleicht solltest du ihn auch fürchten.»

«Es hat sich alles verändert, Jakobus, seit du Judäa verlassen hast», sagte der Jüngere. «Das Triumvirat, von dem du gesprochen hast, gibt es nicht mehr. Petrus sagt, daß nur *ein* Fels ein Grundstein sein kann und daß er vom Meister dafür erwählt wurde. Es herrscht Zwietracht, Eifersucht und Unmut zwischen den Freunden. Wenn du in Jerusalem geblieben wärst, wäre es vielleicht nicht so weit gekommen.»

«Es tut mir leid, das zu hören», sagte Jakobus. «Aber ich bin überzeugt, daß sich die Dinge nicht so sehr verändert haben, daß nichts mehr zu retten wäre.» Er legte seinem jüngeren Bruder die Hand auf die Schulter, wie es der Meister oft getan hatte, und Johannes fühlte schmerzlich, wie sehr er die schlichte Art und die Stärke des Meisters vermißte.

«Du verstehst nicht, Jakobus», sagte Johannes. «Miriam von Magdali ist Petrus ein besonderer Dorn im Auge. Sie lebt seit Monaten völlig zurückgezogen bei ihrer Familie in Bethanien. Petrus verübelt ihr die besondere Nähe zum Meister mehr als mir. Wegen ihr hat er alles geändert. Jetzt predigen oder heilen Frauen nicht mehr. Sie müssen ihr Haar bedecken, weil angeblich solche Unbedecktheit und solche Freiheiten wie zu Lebzeiten des Meisters zu verführerisch sind und die Frauen zur Zügellosigkeit verleiten würden –»

Jakobus unterbrach ihn sichtlich erschrocken: «Willst du damit sagen, Simon Petrus hat solche Regeln eigenmächtig aufgestellt?»

«Mit Unterstützung von anderen – aber zu denen gehöre ich nicht», erwiderte Johannes. «Weißt du, Jakobus, du und Josef, ihr *wünscht* die Wahrheit, aber es gibt einige, die glauben, sie würden sie bereits *haben*. Es wird eine Saga gesponnen, um jedes Wort und jede Tat des Meisters zu erklären, und häufig von jenen, die ihn nie verstanden oder nicht einmal gekannt haben. Diese Geschichten sind verwirrend, widersprüchlich und manchmal sogar frei erfunden. Er wird zum Beispiel behaupten, daß die ‹sieben Teufel›, die der Meister aus Miriam vertrieben hat, nicht nur sündhafter Stolz und Eitelkeit waren aufgrund ihrer Erziehung und ihrer Schönheit, sondern etwas viel Schlimmeres – etwas Verderbtes –»

«Aber wie können sie so etwas sagen?» rief Jakobus entsetzt. «Warum erlaubt Petrus so etwas? Fürchtet er nicht, daß ihn der Meister vom Königreich ausschließen wird?»

«Vergiß bitte nicht», antwortete Johannes mit einem bitteren Lächeln, «daß es Simon Petrus ist, der die Schlüssel zu diesem Königreich besitzt. Sie wurden ihm vom Meister übergeben, worüber er niemanden im unklaren läßt. Wie du siehst, lieber Bruder, bist du nicht einen Augenblick zu früh zurückgekommen.»

BRIGANTIUM (GALIZIEN):

Sommer, A. D. 34

Die Worte

Denn es wird sich erheben ein Volk wider das andere und ein Königreich wider das andere... Denn mancher falsche Christus und falsche Prophet wird sich erheben... Aber zu der Zeit, nach dieser Trübsal, werden Sonne und Mond ihren Schein verlieren, und die Sterne werden vom Himmel fallen, und die Kräfte der Himmel werden ins Wanken kommen...

Und das Evangelium muß zuvor verkündet werden allen Völkern... Himmel und Erde werden vergehen; meine Worte aber werden nicht vergehen.

Jesus von Nazareth
Markusevangelium, Kap. 13; 8–31

Josef von Arimathäa stand auf einem hohen Felsen oberhalb der Bucht von Brigantium, wo im letzten Abendschein das Schiff von Jakobus Zebedäus in den Nebel und auf das offene Meer hinausglitt. Brigantium, einst das kultische Zentrum der großen keltischen Göttin Bridgit, war der letzte keltische Hafen, den es noch auf dem Kontinent gab. Der größte Teil Iberiens war seit Hunderten von Jahren, seit den Punischen Kriegen, in der Hand der Römer. Erst zur Zeit des Augustus wurde dieser abgelegene nordwestliche Teil des Landes blutig erobert, aber der Mut der einheimischen Bevölkerung war nicht gebrochen.

Diese keltischen Stämme hatten ein weites Gebiet von Spanien bis Kleinasien kulturell geprägt und überall Siedlungen gegründet. Mit ihrer Kunstfertigkeit beeinflußten sie das Handwerk von Skandinavien bis

Nordafrika. Keltische Krieger waren im Lauf der Jahre so häufig raubend und plündernd über den Kontinent hergefallen, daß die Römer zum Schutz gegen sie das System der Legionen eingeführt hatten, mit dem sie nun den größten Teil der Welt beherrschten. Die Aufgabe, keltische Geschichte, Riten und Sprache zu erhalten, fiel den Druiden zu – Männern wie diesem, der jetzt neben Josef auf der hohen Felsenküste stand.

Er trug die gleiche keltische Tunika wie Josef, die eine Schulter bedeckte und mit einer goldenen Fibel zusammengehalten wurde, doch die des Druiden war aus weichen, dicken Rotfuchsfellen gefertigt, denn er war ein bedeutender Mann in der Fuchssippe. Seinem Rang, der dem eines Fürsten und Priesters gleichkam, entsprachen auch die dicken, goldenen und mit kunstvollen Mustern verzierten Torques, die er um den kräftigen Hals und die muskulösen Arme trug.

Lovernios, der Stammesfürst der Füchse, war ein Druide, dem Josef sein Leben lang vertraut hatte und der für ihn – mit Ausnahme des Meisters – der weiseste Mensch war, den er kannte.

«Es ist fast vorbei», sagte Josef.

«Vorbei – vielleicht», entgegnete Lovernios. «Aber jedes Ende ist ein neuer Anfang, wie der Meister uns gelehrt hat. Ich frage mich, ob du genau verstehst, was das bedeutet?»

«Ich fürchte, es bedeutet, daß du ebenso wie Miriam von Magdali glaubst, der Meister lebt – daß er durch die Verwandlung des Todes gegangen ist, aber irgendwie immer noch unter uns wandelt.»

Der Druide zuckte die Achseln. «Erinnere dich an seine Worte: ‹Ich bin bei euch alle Tage bis ans Ende der Welt.›» Er zitierte einen Lieblingssatz des Meisters.

«Im Geiste, ja. Das ist möglich», gab Josef zu, «aber kaum, indem er Fleisch und Blut an- und auszieht wie einen Mantel, wie sich manche das vorstellen! Nein, mein weiser Freund, es war nicht primitiver Aberglaube, der mich hergeführt hat. Ich suche die Wahrheit.»

«Was du suchst, mein Freund», sagte Lovernios kopfschüttelnd, «wirst du niemals in diesen Tongefäßen finden. Sie enthalten nur Worte.»

Josef bückte sich und nahm aus dem Netz eine Amphore, die Miriam mit einer Eins gekennzeichnet hatte. Er erbrach das Siegel des Tongefäßes, zog die Schriftrolle heraus, öffnete sie, und dann las er laut vor:

An: Josef von Arimathäa,
Glastonbury, Britannia
Von: Miriam von Magdali,
Bethanien, Judäa

Innig geliebter Josef,

vielen Dank für Deinen Brief, den uns Jakobus Zebedäus nach seinem Besuch bei Dir brachte. Es tut mir leid, daß es ein ganzes Jahr gedauert hat, Deine Bitte zu erfüllen, aber wie Du sicher von Jakobus erfahren hast, hat sich hier alles verändert – alles.

O Josef, wie sehr du mir fehlst! Wie dankbar bin ich Dir, daß Du mich gebeten hast, diese Aufgabe zu übernehmen. Es scheint, daß nur Du Dich daran erinnerst, wie sehr der Meister auf Frauen angewiesen war. Frauen gaben ihm Obdach, reisten mit ihm und lehrten, heilten und halfen an seiner Seite. Mit seiner Mutter folgten wir ihm nach Golgotha; wir standen weinend unter dem Kreuz, bis er starb, und gingen zum Grab, um seinen Leichnam zu waschen, mit Kräutern zu salben und in feines Linnen zu hüllen. Kurz gesagt, wir Frauen waren es, die von Anfang bis Ende beim Meister blieben – ja sogar bis über das Ende hinaus, bis sein Geist zum Himmel aufstieg.

Josef, ich bedaure, daß ich meinen aufgewühlten Gefühlen so freien Lauf lasse. Aber als Du durch Deinen Brief über die Meere hinweg mit mir sprachst, fühlte ich mich wie eine Ertrinkende, die im letzten Augenblick gerettet wurde. Ich stimme Dir zu, daß in den letzten Tagen des Meisters etwas Entscheidendes geschah, und bin um so enttäuschter, daß ich Deinem Wunsch nicht nachkommen und nicht sofort nach Britannien reisen kann. Aber diese Verzögerung könnte ihr Gutes haben, denn ich habe vielleicht etwas entdeckt, das in keinem der Berichte, die ich für Dich gesammelt habe, erwähnt wird: Es bezieht sich auf Ephesus.

Miriam, die Mutter des Meisters, die auch zu mir wie eine Mutter war, ist ebenso beunruhigt wie wir über das, was in so kurzer Zeit aus dem Vermächtnis ihres Sohnes geworden ist. Sie will nach Ephesus an der Ionischen Küste ziehen und hat mich gebeten, sie zu begleiten und für den Rest des Jahres bei ihr zu bleiben, bis sie sich dort eingerichtet und eingelebt hat.

Ihr Beschützer, der junge Johannes Zebedäus, den der Meister *parthenos* zu nennen pflegte, scheint jetzt ein erwachsener Mann zu sein. Er hat in Ortygia, im Wachtelland vor der Stadt, ein kleines Steinhaus gebaut. Vielleicht kennst Du den Ort von Deinen Reisen. Der Meister muß ihn gekannt haben, denn er hat ihn selbst ausgewählt und seiner Mutter kurz vor seinem Tod davon erzählt. Es ist merkwürdig, daß er gerade diesen Ort gewählt hat. Das Haus, sagte man mir, liegt nur einen Steinwurf entfernt von der heiligen Quelle, von der die Griechen glauben, daß sie die Stelle kennzeichnet, wo ihre Göttin Artemis geboren wurde. Aber da ist noch mehr.

Jedes Jahr an ihrem Eostre-Fest – wenn im Frühling zur Tagundnachtgleiche die Geburt der Göttin gefeiert wird – kommen Pilger aus der ganzen griechischen Welt nach Ortygia. Kinder suchen am Wachtelberg nach den roten Eostre-Eiern, die Glück und Fruchtbarkeit symbolisieren und der Göttin geweiht werden. Dieses Fest wird zur gleichen Zeit wie unser Passahfest gefeiert. Genau in der Passahwoche vor zwei Jahren starb der Meister. Deshalb scheinen mir diese heidnische Göttin und ihre Riten auf seltsame Weise mit der Erinnerung an den Tod des Meisters zusammenzuhängen und auch mit der einen Sache, von der ich Dir sagte, daß sie in all den anderen Erinnerungsberichten fehlt: eine Geschichte, die uns der Meister auf dem Berg erzählt hat an dem Tag, als Du vor zwei Jahren nach der Rückkehr von Deiner Seereise in mein Haus kamst.

«Als ich jung war», erzählte uns der Meister an jenem Vormittag oben auf der blühenden Wiese, «reiste ich zu meinen fremden Völkern. Ich lernte, daß die Menschen im fernen Norden für etwas, das sie für wahr halten, ein Wort haben. Es heißt *dru*, was auch ‹glauben› und ‹geloben› bedeutet. Wie in unserer jüdischen Tradition sind Wahrheit, Recht und Glaube eins. Die Priester sind auch die Gesetzgeber. Wenn einer ihrer Priester Recht spricht, steht er unter dem *duru*, einem Baum, den wir Eiche nennen. Deshalb nennen sie ihren Priester den *D'rui* – oder in der Mehrzahl die *D'ruid*, und das bedeutet ‹Geber der Wahrheit›. Wie bei den alten Hebräern», fuhr der Meister in seiner Erzählung fort, «ist auch für diese Bewohner des Nordens dreizehn die heiligste Zahl, die Zahl der Monate in einem Jahr nach dem Mondkalender. Weil der dreizehnte Mond das Ende des Jahres anzeigt, bedeutet diese Zahl für uns Veränderung, einen neuen Zyklus, Wiedergeburt und Hoffnung. Die Zahl Dreizehn ist der Kern der Wahrheit in der Geschichte von Jakob, der mit dem Engel Gottes kämpfte und ‹Isra'el› wurde. Man vergißt gern, daß Jakob, unser Stammvater, nicht zwölf, sondern dreizehn Kinder hatte.»

«Aber Meister!» rief Simon Petrus. «Das kann doch nicht stimmen! Ich gebe ja zu, daß ich über die Eichen-Männer und das, was sie glauben, nicht mitreden kann, denn ich weiß nichts von ihnen. Aber bei uns heißt es in der Thora, daß es *zwölf* Stämme Israels waren – nicht dreizehn. Das hat nie jemand angezweifelt!»

«Petrus, Petrus – Gott hat dir Ohren gegeben. Du solltest es ihm vergelten und sie benützen!» sagte der Meister lachend und legte Petrus den Arm um die Schultern. Als Petrus den Kopf hängen ließ, fügte der Meister hinzu: «Ich habe nicht gesagt: dreizehn Stämme, sondern dreizehn *Kinder.* Hör die Geschichte mit neuen Ohren. Frag dich, warum diese Tatsache den Kern der Wahrheit darstellt, die ich gesucht habe.

Der Meister kam zu mir, die ich mit den anderen im Kreis auf der Wiese saß. Er legte die Hand auf mein Haar und lächelte auf mich nieder.

«Eines Tages wird Miriam vielleicht die Antwort finden», sagte er zu Petrus. «Miriam war für mich immer mein dreizehnter Apostel. Aber eines Tages wird sie auch mein erster Apostel sein: dreizehn und eins, die Vollendung eines Zyklus. Alpha und Omega. Erster und Letzter.» Und nachträglich fügte er hinzu: «Jakobs vergessenes Kind hieß Dina. So wie ich es sehe, verkörpert Dina selbst den Kern der Wahrheit in der Geschichte. Ihr Name, wie der ihres Bruders Dan, bedeutet ‹Richter›.»

Josef, Du weißt so gut wie ich, daß der Meister nie Gleichnisse oder falsche Behauptungen aufstellte, um uns zu verwirren oder auch nur zu necken. Hinter dieser Methode steckte ein Motiv. Er dachte, nur wenn wir nach Wahrheit suchen und selbst zu ihr gelangen, würden wir die Wahrheit, die wir finden, auch ganz verstehen, sie in uns aufnehmen und zu einem Teil von uns machen.

An jenem Vormittag erklärte der Meister den Zusammenhang der Zahl Dreizehn mit dem hebräischen Mondkalender und dem Jahreswechsel. Aber warum hat er nicht auch gesagt, daß dem Namen *Dina* der römische Name *Diana* entspricht? Das muß er gewußt haben. Und warum hat er uns nichts von seinem Vorhaben gesagt, seine Mutter eines Tages in einem berühmten Eichenhain bei Ortygia unterzubringen? Daß ihr Haus neben einer Quelle gebaut werden soll, genau an der Stelle, wo die Mondgöttin Artemis geboren wurde, die auch Diana von Ephesus genannt wird, Schirmherrin der Quellen und Brunnen ist und deren Riten überall in der griechischen Welt in Eichenhainen gefeiert werden?

Nein, es kann kein Zufall gewesen sein, daß dies die letzte Geschichte war, die der Meister uns erzählt hat – und dies, wie sich später herausstellte, am letzten Tag, an dem wir alle beisammen waren. Der Fehler liegt allein bei mir, weil ich nicht früher darauf gekommen bin.

Josef, ich weiß, daß Dir diese Geschichte und die Berichte, die ich geschickt habe, viel zu denken geben werden. Du wirst sie verdaut haben, bis wir uns wiedersehen. Ich werde inzwischen versuchen, mehr über die privaten Gründe des Meisters zu erfahren – denn privater Natur waren sie, davon bin ich überzeugt –, die ihn bewegt haben, seine Mutter an die Heimstätte dieser berühmten ephesischen Göttin zu schicken. Vielleicht gelingt es uns beiden, das fehlende Glied in der Kette dieser scheinbar voneinander getrennten Ereignisse zu finden, die sich während der letzten Tage des Meisters zugetragen haben.

Nun geh mit Gott, Josef, und ich sende Dir meine Augen, meine Ohren, mein Herz und meinen Segen – damit du sehen, hören, lieben und glauben kannst, wie es sich der Meister für uns gewünscht hat.

Miriam von Magdali

Als Josef von dem Brief aufblickte, leuchtete das Meer blutrot im Widerschein der Sonne, die bereits unter den Horizont gesunken war. Der Nebel wogte wie aus den Tiefen aufsteigender Schwefeldunst über dem Wasser. Lovernios blickte still und wie gedankenverloren auf das Naturschauspiel.

«Etwas hat Miriam bei dieser Geschichte nicht erwähnt», sagte Josef. «Es stimmt zwar, daß Jakobs Tochter Dina eines von dreizehn Kindern war, aber sie war nicht das dreizehnte, das ihm geboren wurde. In der Thora ist die Geburtenfolge – zumindest bei den Söhnen eines Stammes – ziemlich wichtig. Dina war das Kind von Jakobs erster Frau Lea, aber nicht das letzte von Jakobs dreizehn Kindern. Alle Zahlen in der Thora sind von Bedeutung, denn das hebräische Alphabet beruht wie das griechische auf Zahlen. Ich bin auch der Meinung, daß der Meister wollte, daß wir die Geschichte von Dina aus mehreren Blickwinkeln sehen.»

«Dann laß die Geschichte hören», sagte Lovernios.

Die beiden Männer setzten sich auf eine Felsplatte, und Josef begann zu erzählen.

Der dreizehnte Stamm

Die Geschichte beginnt, als unser Stammvater Jakob ein junger Mann war. Zweimal hatte Jakob seinen älteren Zwillingsbruder um sein Erstgeburtsrecht geprellt. Als er hörte, daß Esau gedroht hatte, ihn zu töten, floh Jakob aus dem Land Kanaan nach Norden in das Land, wo der Stamm seiner Mutter siedelte. In den Bergen am Oberlauf des Euphrat sah Jakob eine schöne junge Hirtin, die ihre Schafe zu einem Brunnen führte, und verliebte sich in sie. Wie sich herausstellte, war sie seine Cousine Rahel, die jüngere Tochter von Laban, dem Bruder seiner Mutter. Jakob hielt sofort um ihre Hand an.

Sieben Jahre mußte Jakob für seinen Onkel arbeiten, um Rahel heiraten zu dürfen. Aber am Morgen nach der Hochzeitsnacht mußte er feststellen, daß man ihn betrogen hatte. Die Frau, mit der er die Nacht verbracht hatte, war im Schutz der Dunkelheit in sein Bett geschmuggelt worden. Es war nicht Rahel, sondern ihre ältere, schielende Schwester Lea, denn es war hier Brauch, zuerst die älteste Tochter zu verheiraten. Daraufhin mußte Jakob noch einmal sieben Jahre auf Labans Feldern arbeiten, um sich auch Rahel als Frau zu verdienen. Die Zahl Sieben ist die Schlüsselzahl in der Geschichte unseres Volkes. Gott schuf die Welt, und am siebten Tag ruhte er. Die Zahl Sieben kennzeichnet die Erfüllung und Vollendung aller schöpferischen Taten. Sie ist die Zahl der göttlichen Weisheit. Deshalb ist es von Bedeutung, daß Jakobs einzige Tochter das siebte Kind in der Reihenfolge der Geburten war und daß die Zahl Sieben bei den Ereignissen, die zu ihrer Geburt führten, eine wesentliche Rolle spielte.

Während Gott Rahels Kinderwunsch zunächst unerfüllt ließ, gebar ihre Schwester Lea vier Söhne. Rahel führte ihrem Mann ihre Dienerin Bilha zu, die zwei weitere Söhne gebar. Als Jakob nicht mehr in Leas Bett kam, bot Lea ihm ihre Dienerin Silpa an, die ebenfalls zwei Söhne von Jakob bekam – während die unglückliche Rahel immer noch kinderlos war. Aber das sollte sich ändern.

Eines Tages fand Ruben, der älteste Sohn von Jakob, Alraunwurzeln in den Weizenfeldern und brachte sie seiner Mutter Lea. Alraunwurzeln fördern die Empfängnis und werden mit der Verführung Adams durch Eva in Zusammenhang gebracht. Rahel bat Lea, die Alraunwurzeln mit ihr zu teilen, aber Lea verlangte dafür, daß Jakob bei ihr seine Pflicht als Gatte erfüllte. Die verzweifelte Rahel willigte ein, worauf Lea zwei weitere Söhne gebar. Und dann kam es zu dem entscheidenen Ereignis. Leas siebtes und letztes Kind – das elfte von Jakobs Kindern – war ein Mädchen, das den Namen Dina erhielt.

Mit Dinas Geburt endete Leas Fruchtbarkeit und Rahels Unfruchtbarkeit. Rahels erstgeborener Sohn Josef, der spätere Pharao von Ägypten, wurde Jakobs zwölftes Kind. Das letzte und dreizehnte Kind Jakobs war Benjamin, bei dessen Geburt Rahel starb.

Die Reihenfolge, in der die Kinder geboren wurden, die Art, wie Jakob sie vor seinem Tod segnete, und sogar die Art, wie die Stämme später von Mose in der Wüste gesegnet wurden – das alles ist in der Geschichte unseres Volkes von Bedeutung. Aber Dina taucht in der Geschichte erst wieder auf, als ihr Vater Jakob nach seinem Exil im Norden mit seiner Familie ins Land Kanaan zurückkehrte.

Jakob kaufte Land vom Landesherrn Hemor, grub einen Brunnen, den es noch heute am Fluß des heiligen Bergs Garizim gibt, und siedelte mit seiner Familie im Land Kanaan. Eines Tages, als Dina durch die Weizenfelder ging, um sich mit einheimischen Mädchen zu treffen, begegnete sie Sichem, dem Sohn von Hemor. Sichem begehrte sie, und er nahm und schändete sie dort auf dem Feld. Aber als Sichem merkte, daß ihm Dina etwas bedeutete, nahm er sie mit nach Hause und bat seinen Vater, sie ihm zur Frau zu geben.

Hemor ging zu Dinas Vater Jakob und bot ihm an, jeden Brautpreis zu zahlen, den Jakob verlangte. Jakob und seine Söhne erklärten sich einverstanden, aber nur, wenn sich alle männlichen Kanaaniter beschneiden ließen, wie es jüdischer Brauch verlangte. Aber zwei von Dinas Brüdern, Simeon und Levi, waren nicht ehrlich; denn kaum hatten sich die kanaanitischen Männer beschneiden lassen, überfielen und zerstörten sie deren Häuser, erschlugen alle Männer, holten ihre Schwester Dina gewaltsam aus Sichems Haus, nahmen Frauen und Kinder gefangen und machten sich mit Rindern und Schafen und allem, was sie geraubt hatten, davon. Jakobs Familie mußte aus Kanaan fliehen, denn die Bewohner Kanaans hätten für diese Täuschung und das blutige Massaker Vergeltung üben können. Zu dieser Geschichte sind uns zwei weitere Umstände bekannt:

Jakob und seine Familie kehrten nie nach Kanaan zurück. Bei dem

Brunnen, den sie dort gegraben hatten – dem Jakobsbrunnen –, wuchs die Eiche von Sichem, wo Mose die Hebräer den ersten Altar errichten ließ nach ihrer Rückkehr aus Ägypten. Unter dem heute berühmten Baum vergrub Jakob alle Kleider, Juwelen und Schätze, sogar alle fremden Götteridole – alles, was seine Frauen, Nebenfrauen und Diener und die Gefangenen aus Kanaan besaßen –, damit sie alle reine Kleider anlegen und ein neues Leben beginnen konnten, bevor sie in das Land seines Vaters aufbrachen.

Zwischen dem Land Kanaan, das sie hinter sich ließen, und dem Land Judäa, das vor ihnen lag, gebar Rahel bei Bethlehem das dreizehnte und letzte Kind, das sie Benoni, Jakob aber Benjamin nannte – und dann starb sie.

«Und was geschah mit Dina, der Ursache all dieser Schicksalsschläge und Veränderungen?» fragte Lovernios, als Josef geendet hatte.

«Wir wissen nicht, was sie von dem Verrat hielt, den ihre Brüder in ihrem Namen begangen hatten, denn sie wird in der Thora hier zum letzten Mal erwähnt», antwortete Josef. «Aber die Dinge, die unter jener Eiche vergraben wurden, werden oft ‹Dinas Vermächtnis› genannt, denn als die Hebräer hier ihre Vergangenheit und sogar ihre Identität abstreiften, nahm ihr Schicksal eine andere Wendung. Seit diesem Tag vor fast zweitausend Jahren, als sie Kanaan – das heutige Samaria – verließen und nach Hebron – heute Judäa – zogen, waren sie nicht mehr die Söhne Jakobs, sondern die Söhne Israels.»

«Meinst du, das war die verborgene Botschaft des Meisters?» fragte Lovernios. «Daß wir unsere Vergangenheit abstreifen, um zu neuem Leben wiedergeboren zu werden?»

«Das ist es, was ich aus dem Inhalt dieser versiegelten Rollen erfahren möchte», erwiderte Josef.

«Ich glaube, ich kann schon nach dem Brief dieser Frau erraten, was er im Sinn hatte und warum er seinen Schülern diese Geschichte erzählt hat», sagte der Druide. «Es hat etwas mit dem Jakobsbrunnen und mit dem Baum zu tun, von dem du gesprochen hast.»

Josef blickte in die tiefen blauen Augen seines Gegenübers, die im Feuerschein beinahe schwarz wirkten.

«Bei uns gibt es auch Eichen, mein Freund», sagte Lovernios, «Eichenhaine mit heiligen Brunnen, die von heiligen Quellen gespeist werden.

Und an jedem dieser heiligen Orte opfern wir einer bestimmten Gottheit. Sie heißt nicht Dina oder Diana, sondern Danu – mein eigener Stamm zum Beispiel, die *Tuatha de Danaan*, ist das Volk der Danu –, und es liegt zu nah beieinander, um ein Zufall zu sein. Danu ist die große Jungfrau, die Mutter allen ‹gefundenen Wassers›, daß heißt, aller Süßwasserquellen und Brunnen. Ihr Name bedeutet ‹Geschenk›, denn solches Wasser ist gleichbedeutend mit Leben. Und unsere Art, ihr zu huldigen, erinnert an die deines Vorfahren Jakob, nur daß wir unsere Schätze nicht unter einer Eiche vergraben, sondern sie in den Brunnen bei der Eiche werfen, wo sie in die wartenden Arme der Göttin fallen.»

«Aber kannst du dir wirklich vorstellen, daß die letzte Botschaft des Meisters –»

«... heidnisch war?» fiel ihm Lovernios ins Wort. «So würdest du es doch nennen, nicht wahr? Ich fürchte, keiner von euch hat ihn verstanden, nicht einmal du. Ich habt ihn als einen großen Denker gesehen, als mächtigen Propheten, als einen Erlöser und König. Aber ich sah ihn, wie ein *fili* oder Seher den anderen sieht, mit unverstellten Augen. Ich sah ihn nackt – so nackt wie wir auf die Welt kommen und so nackt, wie wir sind, wenn wir sterben. Ein *fili* kann die blanke Seele eines anderen sehen – und die Seele eures Meisters war alt. Aber da war noch mehr ...»

«Noch mehr?» fragte Josef, obwohl er fast Angst hatte, noch mehr zu hören.

Der Fürst der Füchse blickte ins Feuer und beobachtete die Funken, die wie etwas Lebendiges über den Boden krochen, bevor sie lautlos in der schwarzen Nacht aufgingen. Josef lief ein ahnungsvoller Schauder über den Rücken, noch bevor er die geflüsterten Worte des Druiden hörte.

«Er hat einen Gott in sich.»

Wie von einem Schlag getroffen stieß Josef den Atem aus. Und es war ihm nicht entgangen, daß Lovernios in der Gegenwart gesprochen hatte.

«Einen Gott?» rief Josef. «Aber Lovernios, du weißt, daß es für unser Volk nur einen Gott geben kann, den König der Könige, Herr der Heerscharen, den Einen, dessen Name nicht ausgesprochen, dessen Bild nie geschnitzt wurde, der mit seinem Atem die Welt schuf, der sich selbst schafft, indem er einfach sagt: ‹Ich bin.› Glaubst du im Ernst, dieser Gott könnte tatsächlich in einen lebenden Menschen eingehen?»

«Ich fürchte, ich habe seine Ähnlichkeit mit einem anderen Gott gesehen», antwortete der Keltenfürst zögernd, «denn sogar sein Name ist der des großen keltischen Gottes Esus, des Herrn der Unterwelt, des Reichtums, der der Erde entspringt. Menschenopfer – oder richtiger: Menschen, die sich Esus opfern – müssen an einem Baum hängen, um die echte Weisheit und das Bewußtsein von Unsterblichkeit zu erlangen. Wotan, ein Gott des fernen Nordens, hing neun Tage lang an einem Baum, um sich das Geheimnis der Runen zu verschaffen, das Geheimnis aller Geheimnisse. Dein Esus von Nazareth hing neun *Stunden* am Kreuz, aber die Idee ist die gleiche. Ich glaube, daß er ein ganz großer Schamane war – daß er sich selbst geopfert hat, um in den magischen Kreis zu gelangen, in dem die Wahrheit wohnt; um göttliche Weisheit und geistige Unsterblichkeit zu erlangen.»

«Sich selbst geopfert? Für Weisheit? Für eine Art von Unsterblichkeit?» rief Josef von Arimathäa aufspringend. Es stimmte, daß die Römer von Menschenopfern bei den Kelten sprachen, aber heute hörte er dies zum ersten Mal von einem Druiden. «Nein, nein. Das ist einfach nicht möglich. Jesua mag ein Meister gewesen sein, aber ich habe ihn aufgezogen – für mich war er wie mein einziges Kind. Ich habe ihn besser als alle gekannt. Er hätte sich nie von der Menschheit abgewandt oder von seiner Lebensaufgabe, Erlösung für seine Mitmenschen zu suchen durch Liebe, und zwar hier auf der Erde! Er strebte immer zum Leben und zum Licht. Erwarte nicht von mir, daß ich glaube, der Meister hätte sich auf irgendein dunkles barbarisches Ritual eingelassen, um die blutrünstigen Götter unserer Vorfahren anzurufen.»

Auch Lovernios war aufgestanden. Er legte die Hände auf Josefs Schultern und blickte ihm tief in die Augen, bevor er sprach.

«Aber genau das glaubst du, mein Freund», sagte er, und als Josef zurückwich, fügte er hinzu: «Es ist das, was du die ganze Zeit befürchtet hast, nicht wahr? Oder warum hast du gewartet, bis Jakob Zebedäus abgereist war, um diese Tongefäße zu öffnen? Warum hast du mich von den Inseln kommen lassen, um bei dir zu sein, wenn du sie öffnest?»

Ohne auf Josefs Antwort zu warten, bückte sich der Fürst, um das Netz mit den Amphoren aufzuheben und es gegen das helle Feuer zu halten.

«Die einzige Frage ist jetzt, ob wir lesen, was hier drin ist, oder ob wir es verbrennen», sagte er zu Josef. «Euer Meister hat einen Weg gewählt, den ich gut kenne. Bei unserem Volk dürfen nur diejenigen, die vom Schicksal auserwählt sind, den Weg eines Druiden gehen, eines Boten zu den Göttern. Es ist ein Weg, der einen darauf vorbereitet, sich selbst zu opfern, und das hat euer Meister meiner Meinung nach immer im Sinn gehabt: sich zu opfern für die Menschheit. Auf diesem Weg findet der Bote die Weisheit und Wahrheit, die für die Vollendung eines solchen Ziels notwendig sind. Aber es gibt einen anderen Weg, einen, der viel größere Gefahren birgt, der aber, wenn er erfolgreich zu Ende gegangen wird, zu wesentlich größerer Erkenntnis und Macht führt.»

«Zu welcher Macht?» fragte Josef.

Lovernios ließ das Netz sinken und sah Josef grimmig an. «Wir müssen herausfinden, was das für Gegenstände waren, die deine Vorfahren unter den Wurzeln jener Eiche in Samaria vergraben haben, und wo sie heute sind – ob sie tatsächlich während der vergangenen zwei Jahrtausende unter der Erde blieben, was ich leider für unwahrscheinlich halte. Denn ich vermute, daß die Geschichte, die Esus von Nazareth erzählen wollte, nicht so einfach ist wie die Schändung von Dina und die Rache ihrer Brüder. Ich denke, daß sich der eigentliche Kern dieser Geschichte auf eine weitaus größere Verwandlung bezieht und daß die von Jakob vergrabenen Gegenstände der Schlüssel zu dem Geheimnis sein könnten.»

«Aber ich war es doch, der dir diese Dinge erzählt hat», sagte Josef. «Der Meister hat nicht davon gesprochen. Außerdem waren es nur Kleider und Ohrringe, persönliche Habe und die Haushaltsgötter der Diener, und sie wurden vor zweitausend Jahren vergraben. Wie könnten sie etwas mit Verwandlung zu tun haben oder gar die Taten des Meisters erklären?»

«Es ist deine Beschreibung, wo sie vergraben wurden; neben einem heiligen Brunnen und unter einer heiligen Eiche. Das läßt darauf schließen, daß es nicht nur persönliche Habe war, sondern daß es Talismane waren, magische Gegenstände mit dem Charisma jedes einzelnen Stammesmitglieds», sagte Lovernios. «Derjenige, der auserwählt ist, jenen schwierigeren Weg zu gehen, von dem ich vorhin sprach, muß zuerst im Besitz solcher Talismane sein. Sie müssen in ihrer gemeinsamen Kraft vereint sein, wenn er die alten Mysterien beschwört. Ich bin überzeugt, das war das Ziel eures Meisters. Und wenn er auserwählt war, diesen Weg zum Wohle eures Volkes zu gehen, muß er selbst in den Besitz der Talismane eurer Vorfahren gelangt sein. Aber ob er nun sein endliches Ziel, die Verwandlung, erreicht hat oder nicht – diese Gegenstände müssen der Erde schleunigst zurückgegeben werden, um die Götter versöhnlich zu stimmen.»

«Ich verstehe dich nicht», rief Josef. «Du meinst, der Meister hat Dinge ausgegraben, die vielleicht Tausende von Jahren in der Erde lagen oder vielleicht nie existierten, um für sich selbst eine geheimnisvolle Macht zu erlangen? Aber Lovernios, der Meister hat doch schon zu Lebzeiten Tote aufgeweckt, und nach seinem eigenen Tod ist er Miriam erschienen wie im wirklichen Leben. Welch größeren Kräfte könnte es geben als die, die er bereits besaß?»

Das Feuer war niedergebrannt. In stummer Übereinstimmung traten sie die Glut aus und kehrten zu Josefs Schiff zurück. Lovernios trug das Netz mit den Amphoren über der breiten Schulter. Unterwegs wandte er sich an Josef, der nur die Umrisse der kräftigen Gestalt seines Begleiters sehen konnte.

«Die Druiden glauben, daß jemand ein Gott sein *muß*, um ein neues Zeitalter hervorzubringen», sagte Lovernios leise.

SYRIEN, ANTIOCHIA

Herbst, A. D. 35

Die Zeit der Wahrheit

Bericht der Dritten Legion in Antiochia,
Untersuchung der Vorwürfe in Sachen:
Der Rat von Sichem, Samaria,
gegen Pontius Pilatus, Präfekt von Judäa

Vom Bürgerrat von Sichem wurde schriftliche Klage erhoben gegen Pontius Pilatus, den römischen Präfekten von Judäa. Klagegrund ist ein Befehl des Präfekten, demzufolge im vergangenen Monat einhundertzwanzig Samariter – unbewaffnete Männer, Frauen und Kinder – ermordet wurden, die an einer religiösen Pilgerfahrt von über viertausend Menschen zu dem für die Hebräer heiligen Berg Garizim teilnahmen. Ferner wird beklagt, daß der Präfekt Pilatus anschließend die Folter und Hinrichtung einiger der bekanntesten Bürger Samarias befahl, die zuvor auf seine Anweisung hin dort festgenommen worden waren.

Samaria trennt die römische Provinz Judäa von der von Herodes Antipas regierten Tetrarchie Galiläa und hat als Zentralregion von Römisch-Palästina politische Bedeutung. Sichem, die wichtigste Stadt in Samaria, liegt zwischen zwei bedeutenden religiösen Stätten, dem Berg Ebal und dem Berg Garizim. Judäer und Samariter hassen sich von alters her. Die Samariter haben seit Jahrhunderten an ihrer eigenen Form der Religionsausübung festgehalten. Sie verehren die Taube und die heilige Eiche. Der Berg Garizim ist die heilige Stätte ihrer Sekte. Alle Hebräer, einschließlich der Judäer, sind überzeugt, daß der Berg Garizim in der Geschichte ihres Glaubens immense Bedeutung hat. Sie nennen ihn

Tabbur Ha'ares, was soviel bedeutet wie der absolute geographische Mittelpunkt oder was wir die *axis mundi* nennen würden.

Nach der Legende sollen heilige Gefäße und andere Schätze, die aus dem ersten Tempel König Salomos in Judäa während der Zerstörung des Tempels entfernt wurden, dort vergraben worden sein; und nach der Rückkehr der Juden aus der ägyptischen Gefangenschaft soll ihr geistiger Führer Mose befohlen haben, die ihnen heiligen Überreste ihrer ersten Stiftshütte, die sie in der Wildnis gebaut hatten, sowie die bekannte Bundeslade und sogar die Stiftshütte selbst dort aufzustellen. Die verschiedenen Stämme der Hebräer sind sich überdies einig in dem Glauben, daß der Brunnen bei Sichem, dessen Wasser für seine heilkräftigen Eigenschaften berühmt ist, von ihrem Vorfahren Jakob gegründet wurde, und daß Jakob, als er in dieses Land kam, an dieser Stelle seinen ersten Altar errichtete.

Die Hebräer aller Glaubensrichtungen glaubten auch seit langem, daß diese heiligen Relikte mit dem Beginn des Jahrtausends nach Mose ans Licht kommen würden. Nach ihrem Kalender ist diese Zeit sehr nah. Vergangenen Monat nun, nachdem ein samaritischer Prophet vorausgesagt hatte, daß diese Gegenstände genau zur Herbst-Tagundnachtgleiche auftauchen würden, versammelte sich eine Menge von rund viertausend Menschen und zog zum Berg Garizim.

Als Pontius Pilatus dies hörte, gab er römischen Soldaten einer Garnison bei Caesarea den Auftrag, sich als Pilger verkleidet zum Berg Garizim zu begeben. Als die jüdischen Pilger den Aufstieg zu ihrer heiligen Stätte begannen, fielen die Soldaten auf Pilatus' Befehl über sie her. Nach dem Massaker wurden andere – besonders die Wohlhabenden und Prominenten unter ihnen – als Geiseln genommen und nach Caesarea gebracht, wo sie über das Motiv der Pilgerfahrt befragt und anschließend, ebenfalls auf Befehl von Pilatus, hingerichtet wurden.

Vor dem hiesigen Tribunal behauptete Pilatus, er habe versucht, Unruhen unter der Zivilbevölkerung vorzubeugen, nachdem er zuvor erfahren habe, daß viele Pilger bewaffnet sein würden. Aber die Samariter tragen stets Waffen bei sich wegen des Räuberunwesens in dieser Gegend, und viele der bei Garizim Erschlagenen waren unbewaffnete Frauen und Kinder. Deshalb wurde diese Erklärung für unbefriedigend erachtet. Der Präfekt blieb in Antiochia in Haft, bis über weitere Maßnahmen entschieden wurde.

Die Untersuchungsrichter waren sich einig aufgrund von Augenzeugenberichten römischer Soldaten, die bei den Verhören der gefangengenommenen Samariter zugegen waren, daß das eigentliche Interesse des Präfekten Pilatus den obengenannten Gegenständen der hebräischen Legende galt: Er wollte offensichtlich erfahren, wo sie vergraben sind.

Um diese Vermutung zu überprüfen, schickten wir eine Reserveeinheit der dritten Legion in das Gebiet um den Berg Garizim. Ihrem Bericht zufolge fanden sich auf dem Berg zahlreiche Spuren von frisch umgegrabener Erde. Nachdem der Angriff auf die Pilger bereits am Fuß des Berges erfolgt war, müssen andere dort oben gegraben haben, vielleicht sogar im Auftrag von Pilatus. Aber die gesuchten Reliquien wurden nicht gefunden.

ROM

Frühling, A. D. 37

Ich nähre eine Schlange für das römische Volk
und einen Phaethon für die ganze Welt.
Tiberius über Caligula

Laßt sie mich hassen, solange sie mich fürchten.
Gaius Julius Caesar Germanicus, genannt Caligula

Ist es nicht faszinierend, daß das Leben immer wieder für Überraschungen sorgt, wenn wir sie am wenigsten erwarten?» sagte Gaius scheinbar heiter zu seinem Onkel Claudius.

Arm in Arm schlenderten sie über das Marsfeld und am Tiber entlang zum Mausoleum des göttlichen Augustus, wo der halbfertige Augustus-Tempel nach dem Tod von Tiberius unvollendet geblieben war. Caligula schmunzelte wie über einen heimlichen Scherz. Dann atmete er tief den Duft des frischen Frühlingsgrüns ein und fuhr fort:

«Wenn ich mir vorstelle, daß man mich noch vor einem Monat ‹Stiefelchen› nennen durfte – geboren in einem Stiefel und von meinem Vater wie eine Soldatenhure in Feldlagern aufgezogen – und daß ich mit achtzehn nichts anderes war als einer von vielen Tänzern, die sich Großvater neben seinem Harem auf diesem schrecklichen Felsen von Capreae hielt. Aber schau mich heute an! Mit vierundzwanzig bin ich Herrscher über das gesamte Römische Reich! Wäre Mutter nicht stolz auf mich?» Dann verdüsterte sich sein Gesicht plötzlich, und er zischte bösartig: «Wenn man ihr gestattet hätte, es zu erleben!»

Claudius nahm diese raschen und heftigen Gefühlsumschwünge gelassen hin. Er kannte die kaiserliche Familiengeschichte. Verständnisvoll tätschelte er den Arm seines Neffen. Wie der junge Kaiser, den sie alle noch liebevoll Caligula nannten, hatte sich auch Claudius sein Leben lang gefragt, wer in der Familie, die eigene Person eingeschlossen, als nächstes ermordet würde und welches Familienglied dahinter stecken könnte.

Es kursierte zum Beispiel das Gerücht, Tiberius habe, bevor er auf den Thron kam, den Germanicus – den Vater von Caligula und Bruder von Claudius – ermordet, um zu verhindern, daß Germanicus als der rechtsgültig adoptierte Sohn von Tiberius und der von Augustus favorisierte Nachfolger an seiner Stelle den Thron erbte. Aber das war der letzte Todesfall in der Familie, über dessen Ursache nur gemunkelt wurde. Caligulas Brüder Nero und Drusus und seine Mutter Agrippina waren von Tiberius öffentlich verbannt und inhaftiert worden; letztere hatte man verhungern lassen.

«Natürlich werden mich einige als Komplizen verdächtigen», fuhr Caligula fort. Er bezog sich auf den Tod seines Adoptiv-Großvaters. «Es stimmt schon, daß ich zugegen war, als Tiberius im Landhaus in Misenum Station machte. Ich war da, als er in der Nacht plötzlich starb. Er ist zwar an Verstopfung gestorben, nachdem er auf seiner Reise drei Tage lang gegessen und getrunken hat, aber ich gebe zu, es sieht verdächtig nach Gift aus – und der Himmel weiß, daß ich nicht weniger Gründe hatte als jeder andere, den alten Bock abzuservieren. Schließlich hat er beinah jeden beseitigen lassen, mit dem er gespeist hat.»

«Also, wenn es so ist und wenn sie alle glauben, daß du es getan hast», sagte Claudius augenzwinkernd, «dann überlege ich mir, welche wundervollen Belohnungen der Senat und die Bürger von Rom für dich bereithalten werden? Hast du gewußt, daß der Pöbel während der Festlichkeiten zu deiner Thronbesteigung auf den Straßen rief: ‹*In den Tiber mit Tiberius!*› Wie in den guten alten Tagen des Sejanus: Was hinaufsteigt, muß auch wieder hinunter.»

«Sag das nicht!» rief Caligula. Er ließ Claudius' Arm los und sah ihn mit einem merkwürdig leeren Ausdruck an. Dann sagte er mit einem Lächeln, das Claudius einen kalten Schauder über den Rücken jagte «Hast du gewußt, daß ich mit meiner Schwester schlafe?»

Claudius war wie vor den Kopf geschlagen. Caligula hatte schon als Kind unter Anfällen gelitten, bei denen er umfiel und Schaum vor dem Mund hatte. Aber jetzt – als er dort in der frischen Luft auf dem grünen Gras des Marsfelds stand, unter dem leuchtendblauen Himmel an diesem scheinbar ganz normalen Frühlingstag –, da begriff Claudius, daß dies kein gewöhnlicher Wahnsinn war und daß er sehr schnell eine Antwort auf die Bemerkung seines Neffen finden mußte.

«Gütiger Himmel!» sagte er glucksend. «Nein, nein, so etwas hätte ich nicht mal vermutet – und was für eine Überraschung! Wirklich, wie hätte ich das annehmen können? Ich meine, du hast gesagt ‹meine Schwester›, aber du hast ja insgesamt drei, und eine ist hübscher als die andere!»

«Die Familie hat wirklich recht, Onkel Claudius», entgegnete Caligula kalt. «Du bist ein vollendeter Trottel. Es tut mir fast leid, daß ich dich zu meinem Ersten Mitkonsul gemacht habe. Du warst mir zwar immer lieber als jeder andere in der Familie, aber ich hätte mir wirklich einen Klügeren aussuchen sollen.»

«Aber diese Ernennung kann doch jederzeit geändert werden – obwohl ich natürlich froh und überglücklich bin über diese Ehre», antwortete Claudius, während er fieberhaft überlegte, war er tun sollte. Er wartete und betete um eine göttliche Eingebung, bis sein Neffe endlich wieder etwas sagte.

«Ich spreche nicht von meiner *Schwester*!» stieß er flüsternd hervor, obwohl ihn die um das Feld postierten Wachen nicht gehört hätten, selbst wenn er geschrien hätte. «Verstehst du denn nicht? Ich spreche von der *Göttin*.»

«Ah – die Göttin», sagte Claudius und versuchte, Caligulas brennendem Blick standzuhalten.

«Die *Göttin*!» kreischt Caligula. Er ballte die Fäuste, und sein Gesicht lief erneut dunkelrot an. «Verstehst du nicht? Ich kann keine *Sterbliche* zu meiner Kaiserin machen! *Sterbliche* Geschwister können nicht heiraten! Aber Götter heiraten immer ihre Geschwister – immer! Daran erkennen wir, daß sie wirklich *Götter* sind, verstehst du?»

«Ja, natürlich!» Claudius schlug sich mit der Hand gegen die Stirn, als wäre ihm gerade etwas aufgegangen. «Aber du hast nicht *gesagt*, daß es die Göttin ist. Das hat mich verwirrt. Deine Schwester, die Göttin. Natürlich. Dann sprichst du also von... Drusilla!» schloß er und schickte ein Stoßgebet zu allen wirklichen Göttinnen, die ihm einfielen.

Caligula lächelte. «Onkel Claudius, du bist ein Fuchs. Du hast es die ganze Zeit gewußt. Also, jetzt will ich dir sagen, was wir tun sollten, um das Reich zu retten.»

Caligulas Ideen zur Rettung des Reichs erschreckten selbst Claudius, dessen Vorliebe für kostspielige Frauen und üppige Feste bekannt war. In der einen Stunde, in der sie das Mausoleum und den Tempel des Augustus besichtigten und darüber sprachen, wie der Bau fertiggestellt werden könnte, errechnete Claudius, was solche Ideen kosten würden.

«Hier in Rom werde ich den Augustus-Tempel und das Pompeius-Theater vollenden», sagte der junge Kaiser, ein Projekt nach dem anderen an den Fingern abzählend. «Ich werde den Kaiserpalast über den Capitolinischen Hügel ausbauen, ihn mit dem Tempel von Castor und Pollux verbinden, eine Wasserleitung für die Gärten anbauen und für Mnester ein neues Amphitheater errichten. In Syrakus werde ich alle Tempel wiederaufbauen. Ich werde einen Kanal durch den Isthmus von Griechenland stechen, den Palast des Polykrates auf Samos wiederherstellen, die Statue des olympischen Jupiter nach Rom bringen lassen, wo sie hingehört – und außerdem möchte ich dem Didymaischen Apollon in Ephesus einen neuen Tempel bauen, dessen Planung und Bau ich persönlich überwachen werde...»

So ging es weiter, bis sie den Palast erreichten, und erst als sie sich in Caligulas Privatgemächern befanden, konnte Claudius die Frage stellen, die ihm schon die ganze Zeit auf der Zunge lag.

«Du hast dir natürlich etwas Schlaues ausgedacht, um deine Truhen zu füllen, nicht wahr?»

«Willst du mit einem Gott über schnöden Mammon sprechen?» entgegnete Caligula verächtlich und griff nach dem goldenen Donnerkeil des Jupiter, den er gern bei öffentlichen Anlässen trug. Mit nachdenklicher Miene begann er, sich damit die Fingernägel zu reinigen.

«Nun gut, nachdem du mein Mitkonsul bist, sollte ich es dir vermutlich sagen», meinte Caligula. Nachdem er ein paarmal auf und ab gegangen war, wobei er mit dem goldenen Donnerkeil leicht auf seine Handfläche schlug, trat er an einen Tisch, goß aus einem Krug etwas Wein in einen Becher und läutete. Der Vorkoster, ein Junge von neun oder zehn Jahren, trat ein und trank von dem Wein, während Caligula zwei weitere Becher bis zum Rand füllte. Dann wartete er, bis sich der Vorkoster verneigt und den Raum verlassen hatte. Zu Claudius' Überraschung öffnete sein Neffe nun eine große Schatulle, die auf dem Tisch stand, entnahm ihr zwei kostbare, daumendicke Perlen und ließ sie in die Becher fallen, wo sie sich auflösten, während er das Gespräch wiederaufnahm.

«Ich habe mir Tiberius' Akten aus Capreae bringen lassen, und ich habe sie alle gelesen», sagte Caligula, nachdem er einen kräftigen Schluck genommen hatte. «Es gibt da einen sehr interessanten Brief von Lucius Vitellius, den er kurz nach seinem Amtsantritt in Syrien voriges Jahr geschrieben hat. Er bezieht sich auf einige Gegenstände von großem Wert, die einst den Juden gehörten und auf einem heiligen Berg in Samaria vergraben waren. Anscheinend ist der frühere Schützling von Sejanus, Pontius Pilatus, hinter diesen Dingen hergewesen und hat dabei einen Haufen Leute umlegen lassen.»

Claudius, das einzige verarmte Mitglied der kaiserlichen Familie, überlegte, wie er die Perle aus dem Becher fischen und sie heimlich einstecken könnte, bevor sie sich auflöste. Aber dann besann er sich eines Besseren und trank von dem Wein, der mit Perle auch nicht anders schmeckte als ohne.

«Hat Vitellius Genaueres über diese Gegenstände geschrieben? Und was ist aus ihnen und aus Pilatus geworden?» fragte er.

«Pilatus wurde von seinem Posten entfernt. Er wurde aber in Antiochia mindestens zehn Monate in Gewahrsam gehalten, bis ein Truppentransporter von dort direkt nach Rom ging», sagte Caligula. «Das Schiff traf hier in derselben Woche ein, in der Großvater starb. Also habe ich dafür gesorgt, daß Pilatus auch hier in Haft blieb, bis man ihn verhören würde – obwohl ich mir nicht viel Neues von ihm erhoffte. Ein paar Einzelheiten dieser Geschichte kenne ich schon seit einiger Zeit, und den Rest kann man sich zusammenreimen. Wie du weißt, bestand meine erste Amtshandlung als Kaiser darin, den Herodes Agrippa aus dem Gefängnis zu entlassen und ihm die Tetrarchien von Lysanias und seinem verstorbenen Onkel Philipp in Syrien zu übertragen. Und König darf er sich jetzt außerdem nennen. Dafür muß er mir aber einen Dienst erweisen.»

Claudius hatte den Eindruck, als hätte Caligula nach diesem ersten Schluck Wein einen klareren Kopf bekommen. Vielleicht war dieser besessene Neffe doch nicht so wahnsinnig, wie es den Anschein hatte. *In vino veritas*, dachte er und nahm einen weiteren kräftigen Schluck.

«Weißt du», sagte Caligula, «ich habe sechs Jahre bei Großvater in Capreae gelebt, wo ich vieles gesehen und gehört habe. Vor fünf Jahren – vielleicht erinnerst du dich – ließ Tiberius einen ägyptischen Lotsen hierher nach Rom bringen, und dann hat er sich unten auf Capreae selbst mit dem Burschen getroffen …»

«Du meinst den Ägypter, der vor dem Senat erschien und behauptete, er habe eines Nachts, so um die Frühlingsäquinoktien, als sie vor der griechischen Küste lagen, jemand rufen gehört, der große Gott Pan sei tot?» sagte Claudius ganz interessiert und trank einen weiteren Schluck.

«Ja, genau den», antwortete Caligula. «Großvater hat nie über dieses Treffen gesprochen. Aber was er von dem Ägypter erfahren hat, das hat ihn verändert – das weiß ich. Ich habe darüber mit dem Mann meiner Schwester Drusilla gesprochen.»

«Der Göttin», merkte Claudius mit einem kleinen Schluckauf an, aber Caligula ging nicht darauf ein.

«Vor fünf Jahren, als mein Schwager Lucius Cassius Longinus hier in Rom Konsul war, diente sein Bruder, ein Offizier namens Gaius Cassius Longinus, bei der Dritten Legion in Syrien. An ebendiesem Wochenende der Frühlingsäquinoktien war er Pontius Pilatus als diensthabender Offizier bei einer offiziellen Hinrichtung zugeteilt, und dabei soll etwas sehr Merkwürdiges geschehen sein.»

«Willst du damit sagen, daß dieses Gerücht über den Tod des großen Gottes Pan etwas mit den wertvollen Gegenständen zu tun hat, nach denen Pilatus gesucht hat?» fragte Claudius, der vom Wein schon etwas benebelt war. «Und weil du von deinem Schwager etwas darüber erfahren hast, hast du Herodes Agrippa aus dem Gefängnis geholt und ihn zum König ernannt, damit er dir hilft, das Geheimnis zu lüften und herauszubekommen, was aus diesen Gegenständen geworden ist. Stimmt's?»

«Genau!» rief Caligula und stieß mit dem Donnerkeil in die Luft, als wollte er ihn gegen die Decke schleudern. «Onkel Claudius, du bist vielleicht der Trunkenbold, für den dich alle halten, aber du bist auch ein Genie!»

Er nahm Claudius am Arm und zog ihn neben sich auf die Thronstufen.

«Hör zu, Claudius», fuhr Caligula fort, während er nah an seinen Onkel heranrückte. «Vor fünf Jahren, am Freitag vor dem Äquinoktium, ließ Pilatus einen Juden und ein paar Verbrecher kreuzigen. Er wußte, daß die Leichen nach dem Gesetz vor Einbruch der Nacht abgenommen werden mußten, denn am nächsten Tag war für die Juden Sabbat. Damit sie schneller sterben, bricht man ihnen die Beine, damit die Lunge aussetzt und sie ersticken.»

Claudius dachte, es lag am Wein, den er getrunken hatte, weil ihm das Licht plötzlich so trüb erschien. Und die Augen seines Neffen hatten einen seltsamen Glanz angenommen, während er diesen abstoßenden Vorgang schilderte. Claudius nahm einen kräftigen Schluck aus seinem Becher.

«Es war die erste Kreuzigung, die Gaius Cassius Longinus erlebt hatte», erzählte Caligula weiter, «und deshalb, als es Zeit wurde, die Gekreuzigten ins Jenseits zu schicken, ritt er einfach vor sie hin und stach dem einen in der Mitte in die Brust, um es hinter sich zu bringen. Aber dann fiel Gaius plötzlich etwas an der Lanze in seiner Hand auf. Einer der Soldaten mußte sie ihm gegeben haben, kurz bevor er die Truppe zur Hinrichtungsstätte führte, denn es war nicht seine Lanze. Diese hier war alt und schartig und schien aus einem primitiven Metall gefertigt. Er weiß noch, daß die Stoßklinge am Lanzenschaft mit so etwas wie Fuchsdarm befestigt war. Aber er machte sich keine weiteren Gedanken, und nachdem die Leichen weggebracht waren, kehrte er zunächst ins Hauptquartier von Pilatus zurück, um dann nach Antiochia aufzubrechen. Pilatus fragte Gaius, ob er die Lanze habe, denn sie sei so etwas wie eine Amtsinsignie, die er zurückhaben wolle – obwohl ich das bezweifle. Erst dann bemerkte Gaius, daß sie verschwunden war.»

«Du meinst, die Lanze war einer dieser Gegenstände?» fragte Claudius, dem die Augen weh taten vom Wein oder der plötzlichen merkwürdigen Düsternis im Raum. «Aber es klingt nicht so, als wäre sie kostbar oder geheimnisvoll.»

«Geheimnisvoll ist sie insofern, als sie verschwunden ist und nie mehr gefunden wurde», sagte Caligula. «Und kostbar muß sie sein, weil Pontius Pilatus sie schon mehrere Jahre vor dem Massaker auf jenem Berg haben wollte, und das bedeutet auch, daß seiner Meinung nach zumindest einige dieser Gegenstände bereits aufgetaucht waren. Aber woher sie kam, oder wohin sie verschwunden ist – ich vermute, mein Großvater hat versucht, das herauszufinden, aber dann ist er auf der Rückreise nach Capreae bei Kap Misenum gestorben. Doch ich habe allen Grund zu glauben, daß er die Antwort kurz vor seinem Tod schon so gut wie gefunden hatte.»

«Tiberius?» sagte Claudius, während er seinen Becher abstellte und seinen Neffen anblinzelte. «Tiberius besaß siebenundzwanzig Millionen in Gold – warum wollte er unbedingt noch reicher werden?»

«Ich glaube, diese Dinge waren nicht nur in materieller Hinsicht kostbar», sagte Caligula. «Ich habe darüber noch mit niemand gesprochen, nicht einmal mit Drusilla. Siehst du, es war kein Zufall, daß ich in Misenum war, als Tiberius dort eintraf. Ich habe auf ihn gewartet. Obwohl er Capreae ganz selten verließ, war er diesmal monatelang fort gewesen, aber niemand konnte genau erfahren, wo er sich aufhielt. Ich fand heraus, daß Tiberius bei den Paxi-Inseln war, jenen Inseln, wo der ägyptische Steuermann angeblich den Ruf vom Tod des Gottes Pan gehört hat. Und ich glaube, ich weiß, was er dort zu finden hoffte.

Auf den Paxi-Inseln, nahe der griechischen Küste, steht ein großer Stein ähnlich denen in den Keltenländern, und darauf steht etwas in einer vergessenen Sprache, das angeblich niemand mehr entziffern kann. Aber Tiberius glaubte jemand zu kennen, der das vielleicht konnte – jemand, der ein ebenso großes Interesse daran haben könnte wie er und der ihm einen Gefallen schuldete. Du weißt, wer es ist, Onkel Claudius. Du selbst hast ihn vor ein paar Jahren nach Capreae gebracht, wo er Großvater bat, die von Sejanus erlassene Bestimmung aufzuheben und den Juden die Rückkehr nach Rom zu gestatten.»

«Josef von Arimathäa! Aber er ist ein reicher jüdischer Kaufmann und ein Freund von Herodes Agrippa. Was weiß er von diesen Dingen?» rief Claudius.

«Er scheint genug gewußt zu haben, um sich mit Tiberius auf Paxi zu treffen und im Lauf jener Monate diese Schrift auf dem Stein zu entziffern», erwiderte Caligula. «Als Großvater an jenem Abend in Misenum während des Essens krank wurde, blieb ich in seinem Zimmer, um nach ihm zu sehen, und ich habe gehört, was er im Schlaf oder vielmehr in seinen Fieberträumen, während er mit dem Tode rang, gesprochen hat. Soll ich es dir sagen? Ich habe nämlich alles aufgeschrieben. Ich bin der einzige auf der Welt, der es weiß – bis jetzt.»

Als Caligula lächelte, wollte Claudius zurücklächeln, aber seine Lippen waren taub. In diesem Augenblick machte er sich kaum noch Illusionen über Tiberius' Todesursache; er betete nur, daß der Wein, den er selbst eben getrunken hatte, nicht auch vergiftet war. Er fühlte sich richtig krank.

Als Caligula seinen Onkel bei der Hand nahm, schien es Claudius, als würde es ringsum noch dunkler werden. Das einzige Licht, auf das er sich noch konzentrieren konnte, war das merkwürdige Funkeln, das aus den Tiefen von Caligulas Augen zu dringen schien.

«Gewiß, gewiß», gelang es Claudius noch zu flüstern, bevor es völlig dunkel um ihn wurde.

Die dreizehn heiligen Gegenstände

Alle tausend Jahre, wenn während der Frühlings-Tagundnachtgleiche die Sonne vor dem Hintergrund eines neuen Sternbilds aufgeht, steigt ein Gott auf die Erde nieder und wird im Fleisch eines Sterblichen geboren. Der Gott lebt bis zum Reifealter unter den Sterblichen, dann läßt er sich opfern, wobei er seine fleischliche Hülle abwirft, um ins Universum zurückzukehren. Vor seinem Tod verleiht der Gott einem einzigen auserwählten sterblichen Wesen allumfassende Weisheit.

Damit sich jedoch die göttliche Weisheit innerhalb der chronologischen Zeit auf Erden offenbaren kann, muß sie zu einem Gewebe geknüpft werden, dessen Knoten die Schnittpunkte von Geist und Materie im Universum darstellen. Nur der wahre Initiierte, der von dem Gott Erfüllte, wird wissen, wie dies geschieht.

Um diese Verbindung herzustellen, müssen dreizehn heilige Gegenstände an einem Ort versammelt werden. Jeder Gegenstand erfüllt einen besonderen Zweck bei der rituellen Wiedergeburt des neuen Zeitalters, und jeder dieser Gegenstände muß mit der göttlichen Flüssigkeit gesalbt werden, bevor er benutzt wird. Die Gegenstände für das nächste Zeitalter sind diese:

Die Lanze
Das Schwert
Der Nagel
Der Kelch
Der Stein
Die Truhe
Der Kessel
Der Teller
Das Gewand
Der Webstuhl

Das Pferdegeschirr
Das Rad
Das Spielbrett

Wer diese Gegenstände versammelt, ohne die ewige Weisheit zu besitzen, wird kein Zeitalter kosmischer Einheit heraufbeschwören, sondern ein Zeitalter der Barbarei und Schreckensherrschaft.

«Siehst du?» sagte Caligula, als er zu Ende gelesen hatte. «Was habe ich dir von der Lanze bei der Kreuzigung in Judäa erzählt? Eine Lanze war der erste Gegenstand auf der Liste. Verstehst du jetzt, was das bedeutet? Tiberius hat gedacht, Pan wäre der Gott, der sich hat opfern lassen, um das neue Jahrtausend zu bringen – der Ziegengott, der Gott, der am engsten mit der Insel Capreae in Verbindung gebracht wird oder mit ihm, Tiberius.

Aber wenn dieser Stein auf Paxi übersetzt worden ist, beweist das, daß es die Juden waren, mein Lieber, die den Kadaver für diese Verwandlung geliefert haben. Sind es nicht die Juden, die auf der ganzen Welt herumrennen und alte Sprachen studieren, damit sie die Geheimnisse übersetzen können – und vielleicht auch, um diese Gegenstände, die unendliche Macht verleihen, zu sammeln? Glaubst du, daß dein Josef von Arimathäa nicht genau gewußt hat, was er tat, als er bei Tiberius um die Rückkehr seines Volkes nach Rom bettelte? Kannst du dir vorstellen, er hätte nicht gewußt, was er tat, als er die Leiche des gekreuzigten Juden in Judäa stahl? Denn das hat er getan, und er hat auch die Lanze genommen, die Gaius Cassius Longinus in die Leiche gestoßen hat.»

«Du liebe Zeit, Gaius! Bitte, hör auf!» rief Claudius. In seinem Kopf drehte sich alles. Er beugte sich vornüber. «Bring mir eine Feder, Gaius, damit ich mich übergeben kann», stöhnte er.

«Kannst du dich nicht für einen winzigen Augenblick konzentrieren?» sagte sein Neffe, während er aufstand und ihm eine Schüssel und eine der in einem Ständer bereitstehenden Straußenfedern brachte.

Claudius hob den Kopf und wedelte mit der Feder durch die Luft, um sie auszuschütteln; dann öffnete er den Mund und kitzelte sich den Rachen, bis er würgte und den Wein aus seinem Magen in die Schüssel erbrach.

«So ist es besser – jetzt habe ich wieder einen klaren Kopf», sagte er zu Caligula. «Aber in Bacchus' Namen, sag mir, was das alles zu bedeuten hat!»

«Es bedeutet», sagte Caligula, «daß wir zwei nach Britannien reisen, um Josef von Arimathäa zu finden und diese Lanze, während Herodes Agrippa in Judäa herauszufinden versucht, wo die anderen Gegenstände sind.»

DIE WIEDERKEHR

24. Fu / Die Wiederkehr (Die Wendezeit)

... Die Zeit des Dunkels ist vorüber. Die Sonnenwende bringt den Sieg des Lichts... Nach einer Zeit des Zerfalls kommt die Wendezeit. Das starke Licht, das zuvor vertrieben war, tritt wieder ein. Es gibt Bewegung. Diese Bewegung ist aber nicht erzwungen...

Die Wiederkehr ist im Naturverlauf begründet. Die Bewegung ist kreisförmig. Der Weg ist in sich geschlossen... Es kommt alles von selber, wie es an der Zeit ist.

Das I Ging
nach Richard Wilhelm

Ich fühlte mich noch immer wie zerschlagen und saß seit über einer Stunde in dem dampfendheißen Pool. Nach Onkel Lafs aufschlußreichem Bericht über Nazi-Kollaborateure und Vergewaltiger, die meinen Stammbaum schmückten, ganz zu schweigen von meiner entzückenden ergrauten Tante Zoe in Paris, die sich ins Herz Adolf Hitlers getanzt hatte, sah meine Familiengeschichte mehr und mehr wie das Zeug aus, mit dem ich mein Geld verdiente: eine Riesenschweinerei, die man verbuddelt hatte und die jetzt, nach einem halben Jahrhundert, aus ihren Behältern zu sickern begann.

Als sich Laf verabschiedete, um seine Siesta zu halten, ging auch ich auf mein Zimmer, um allein zu sein und über einiges nachzudenken.

Ich wußte, daß mein Cousin und Blutsbruder seine eigene Ermordung vorgetäuscht hatte, und es schien jetzt, als hätte er es wegen desselben Manuskripts getan, das vielleicht seinen Vater Earnest und auch meine Großmutter Pandora getötet hatte – ein Manuskript, das meinen Vater und meine Stiefmutter mit Unterstützung der Presse veranlaßte, Komplotte zu schmieden, um es in die Finger zu bekommen und gewinnbringend zu veröffentlichen. Und obwohl mir noch nicht klar war, worum es bei diesem mysteriösen Manuskript ging, zweifelte ich nicht daran, daß das Dokument, das ich gestern nacht zwischen den Seiten des *DOD Standard* versteckt hatte, von Sam gekommen war.

Ich hatte das Packpapier weggeworfen, so daß ich den Poststempel nicht nachprüfen konnte. Aber im selben Augenblick, als Laf davon sprach, erschien ein lebhaftes Bild vor meinen Augen. Auf dem gelben Abholschein, den Jason aus dem Schnee gerettet hatte, stand die Postleitzahl des Absenders, und sie begann mit 941; das bedeutete, das Paket wurde in San Francisco aufgegeben. Folglich war Wolfgang Hausers Behauptung, er habe es mir aus Idaho geschickt, ein Märchen – wie vielleicht auch alles andere, was er mir erzählt hatte.

Ich hätte mich ohrfeigen können, weil ich auf ein hübsches Gesicht hereingefallen war, und ich schwor mir, daß er mich nicht noch einmal, auch nicht mit Hilfe einer Lawine, aus dem Gleichgewicht werfen würde. Trotzdem konnte es bereits zu spät sein. Wolfgang war die ganze Nacht in meinem Zimmer gewesen, wo sich auch das Manuskript befunden hatte, und nachdem ich tief geschlafen hatte, konnte ich nicht wissen, ob er es gesehen oder vielleicht sogar auf Mikrofilm kopiert hatte. Im Grund war ich wieder dort angekommen, wo ich vor einer Woche war – zwischen Scylla und Charybdis und in ernsten Schwierigkeiten.

Als ich die Tür zu meinem Hotelzimmer aufschloß, fiel mir ein, daß ich Jason vollkommen vergessen hatte. Er saß auf dem riesigen Doppelbett und sah fuchsteufelswild aus.

«Miau!» machte er im Ton einer wütenden Großkatze.

Natürlich wußte ich, warum er so sauer war: Ich war ohne ihn schwimmen gegangen!

«Okay, Jason, wie wär's dafür mit einem schönen Wannenbad?» sagte ich.

Statt ins Bad zu sausen, um den Wasserhahn anzustellen, was er gewöhnlich tat, wenn er das Wort «Bad» hörte, zockelte er an mir vorbei, griff sich einen rosa Zettel, auf den ich beinahe getreten wäre, und überreichte ihn mir, indem er die Vorderpfoten gegen meine Knie stemmte. Es war ein Zettel mit einer Nachricht, die telefonisch für mich hinterlassen wurde; jemand hatte ihn unter der Tür durchgeschoben.

An: Ariel Behn
Von: Salomo
Kann leider nicht wie verabredet zum Lunch kommen.
Für neuen Termin rufen Sie bitte an unter:
(214) 178-0217

Großartig. Sam änderte plötzlich die Tagesordnung. Und diese erfundene Telefonnummer sollte mir vermutlich sagen, wie es jetzt weiterging.

Es war das dritte Mal, daß Sam König Salomo erwähnte, dessen Verse ich noch immer nicht nach verborgenen Bedeutungen untersucht hatte.

Aber diese Nachricht deutete eher auf eine Änderung in letzter Minute hin als auf eine komplizierte Entschlüsselung. Und Sam konnte davon ausgehen, daß mir der Name Salomo nach meinem kleinen Dechiffrier-Job von gestern nacht etwas sagte – das heißt: Die «Telefonnummer» wies auf das Hohelied hin, aus dessen Text ich die neuen Modalitäten unseres Treffens herauslesen sollte.

Mit einem Seufzer holte ich die Bibel aus meiner Tasche und nahm sie mit ins Bad. Während ich für Jason Wasser in die Wanne laufen ließ, sah ich mir die Nachricht noch einmal an und schlug das Buch auf. Das Hohelied hat nur acht Kapitel, also bezog sich die Vorwahlnummer 214 auf Kapitel 2, Vers 14:

Meine Taube in den Felsklüften, im Versteck der Felswand,
zeige mir deine Gestalt, laß mich hören deine Stimme;
denn deine Stimme ist süß, und deine Gestalt ist lieblich.

Sam würde weder meine süße Stimme hören noch meine liebliche Gestalt sehen, wenn er sich nicht ein bißchen präziser äußerte.

Er tat es in Kapitel 1, Vers 7: Dort fragt die junge Frau ihren Geliebten, wo er am Mittag ruhen würde, und in Vers 8 erklärt er ihr, wie sie ihn finden wird.

Sage mir an, du, den meine Seele liebt, wo du weidest,
wo du ruhst am Mittag, damit ich nicht herumlaufen muß
bei den Herden deiner Gesellen.

Weißt du es nicht, du Schönste unter den Frauen,
so geh hinaus auf die Spuren der Schafe
und weide deine Zicklein bei den Zelten der Hirten.

Auf dem Berg gab es keinen Ort, dessen Name sich auf Hirten, Ziegen oder Herden bezog. Aber an der Straße ein Stück unterhalb des Hotels gab es tatsächlich eine Weide, die «Schafwiese», wo im Sommer Zelte errichtet wurden für Musikveranstaltungen und Ausstellungen. Im Winter war es ein beliebtes Langlaufgebiet – ein flaches, offenes Gelände, das von der Straße aus leicht zu erreichen war. Das mußte der neue Ort für mein Rendezvous mit Sam sein.

Aber es erschien mir sehr merkwürdig, daß Sam sein früheres kompliziertes, Spuren verwischendes Szenario zugunsten einer gut sichtbaren Stelle neben der Hauptstraße aufgegeben hatte – allerdings nur, bis ich Kapitel 2, Vers 17 gelesen hatte, wo der Zeitpunkt unseres Treffens angegeben war.

Bis der Tag kühl wird und die Schatten schwinden,
wende dich her gleich einer Gazelle, oder gleich einem
jungen Hirsch auf den Balsambergen.

Noch vor Tagesanbruch? Wenn die Schatten schwinden? Ich verstand durchaus, warum Sam eine Begegnung mitten am Tag für zu auffällig hielt. Und die Skilifte, mit denen wir unseren ursprünglich vereinbarten Treffpunkt hätten ansteuern müssen, fuhren erst ab neun Uhr. Aber wie konnte ich *un*auffällig vor Sonnenaufgang drei Meilen zur Schafwiese fahren, meine Langlaufskier aus dem Wagen holen und mutterseelenallein in der Dunkelheit auf eine Loipentour gehen? Hatte Sam den Verstand verloren?

Glücklicherweise wollten an diesem Abend alle, mit denen ich hier im Hotel zusammen war, früh schlafen gehen. Olivier hatte sich anscheinend übernommen bei dem Versuch, Bambi zu beeindrucken. Als er festgestellt hatte, wie gut sie Ski fahren konnte, hatte er sie auf sämtliche schwarzen Pisten geschleppt und war nach so viel ungewohnter Höchstleistung erschöpft.

Nachdem Bambi den ganzen Tag auf Skiern unterwegs war, blieben ihr und Laf für das tägliche Üben, das Musiker brauchen, nur zwei Stunden vor dem Abendessen. Die Hotelleitung überließ uns den Sun-Room mit dem Klavier. Laf spielte so schön wie eh und je. Und Bambi verblüffte uns alle mit einer Virtuosität, die man selten außerhalb eines Konzertsaales hört. Ich mußte ihr mehr als nur einen guten Griff mit den Schenkeln zugestehen.

Als wir den Raum verließen, um zum Abendessen zu gehen, standen draußen auf dem Balkon zahlreiche Hotelgäste, die zugehört hatten und nun begeistert applaudierten. Laf wurde mit Komplimenten überschüttet und mußte auf Speisekarten, hoteleigenen Briefumschlägen und sogar auf Liftkarten Autogramme geben.

«Gavroche», sagte Laf, als sich die Gäste schließlich zerstreut hatten, «ich denke, ich werde heute abend allein auf meinem Zimmer essen und euch junge Leute euch selbst überlassen. Ich bin nicht mehr so fit wie früher. Wir sehen uns morgen beim Frühstück. Dann kann ich noch ein bißchen aus dem Nähkästchen plaudern.»

«Okay, Onkel Laf», sagte ich und dachte, daß ich noch mehr aus diesem «Nähkästchen» wahrscheinlich kaum ertragen würde. «Aber nicht zu früh, bitte. Sagen wir lieber zum Brunch. Ich muß morgen früh noch etwas erledigen.»

Bambi lehnte es ab, sich Olivier und mir anzuschließen, und zog sich mit Laf und Volga zurück. Und als ich in den Speisesaal gehen wollte, überraschte mich Olivier, indem er sich ebenfalls vom Dinner abmeldete.

«Ich muß gestehen», sagte er, «daß mir alles weh tut. Ich denke, ich springe in den Pool, solange er noch geöffnet ist. Und nach einem warmen Süppchen auf meinem Zimmer werde ich mich aufs Ohr legen.»

Bis um elf hatte ich mir mit Jason eine Pasta mit Meeresfrüchten und Knoblauchbrot geteilt, den Wetterbericht gehört, so daß ich wußte, daß morgen um sechs Uhr dreißig die Sonne aufgehen würde, und wir lagen beide im Bett. Ich las noch ein bißchen und trank den Rest meines Weins aus, und als ich das Licht ausmachen wollte, tauchte plötzlich Jasons Kopf hinter dem Kissen auf, wo er sich zusammengerollt hatte. Er spitzte die Ohren und schaute zur Tür, als erwartete er, daß jemand hereinkommt. Er sah mich kurz an, aber ich hatte nichts gehört. Lautlos sprang er auf den Boden und lief über den weichen Teppich zur Tür, wo er wieder den Kopf wandte, um mich anzusehen. Dort draußen war jemand. Mein Herz begann laut zu klopfen. Ich holte tief Luft, stand auf und zog den Morgenrock an, der auf einem Stuhl in der Nähe des Bettes lag, und ging zur Tür. Jason stand gespannt neben mir. Er irrte sich nie, wenn Besuch vor der Tür stand. Andererseits, wenn mich jemand besuchen wollte – warum tat er es nicht?

Ich hielt ein Auge an das Guckloch und sah ein bekanntes Gesicht, das mich dennoch überraschte. Ich packte den Türknauf und riß die Tür auf.

Im weichen gelblichen Licht des Korridors stand die schöne blonde Bambi und sah mich aus großen, unschuldigen Augen an. Sie trug einen schwarzsamtenen Morgenrock, der wie ein Smoking geschnitten war. An Hals und Handgelenken quollen Kaskaden kostbarer Spitze hervor. Aber sie hielt eine Hand hinter dem Rücken versteckt.

Ein völlig wahnsinniger, aber immerhin nicht unmöglicher Gedanke schoß mir durch den Kopf: Sie versteckt eine Pistole! Ich wollte mich schon zur Seite werfen und die Tür zuknallen – da brachte sie eine Flasche *Rémy Martin* und zwei Cognacschwenker zum Vorschein.

«Trinken Sie einen Cognac mit mir?» sagte sie lächelnd. «Es ist eine Art Friedensangebot – nicht nur für mich.»

«Ich muß ziemlich früh raus», sagte ich.

«Ich auch», sagte sie, «aber was ich Ihnen zu sagen habe, möchte ich lieber nicht hier draußen auf dem Gang sagen. Darf ich eintreten?»

Ich wich zögernd zurück und ließ sie herein.

Es war seltsam, aber etwas an dieser Frau störte mich trotz ihrer Schönheit und ihrer künstlerischen Fähigkeiten – und es war nicht nur ihr komisches Benehmen.

Ich ging zum Tisch, wo Bambi einschenkte, blieb aber stehen. Ich hob mein Glas, und wir stießen an und tranken.

«Was konnten Sie mir draußen auf dem Gang nicht sagen?» fragte ich, während ich hartnäckig stehenblieb.

«Bitte, setzen wir uns doch», sagte Bambi leise.

Auf dem Weg zum Sessel beschloß ich, Miss Bambi etwas mehr Aufmerksamkeit zu widmen.

«Ich möchte nicht, daß Sie etwas gegen mich haben», sagte Bambi. «Ich hoffe, daß wir Freundinnen werden.»

Das Licht im Zimmer war gedämpft, und ihre hellen Augen, in denen Goldstäubchen zu schwimmen schienen, waren von ihren Wimpern halb überschattet. Ich hatte keine Ahnung, was sie sich eigentlich dachte, aber plötzlich wollte ich es wissen – ja, ich fand, ich mußte es unbedingt wissen und daß der ehrliche Weg hier wohl der beste wäre.

«Ich habe nichts gegen Sie. Es ist nur, daß ich Sie nicht ganz verstehe», gab ich zu. «Und deshalb fühle ich mich in Ihrer Gegenwart unbehaglich. Sie sprechen und benehmen sich anders, als Sie aussehen. Ich habe das Gefühl, daß Sie nicht sind, was Sie zu sein scheinen.»

«Das trifft vielleicht auch auf Sie zu», sagte Bambi und streichelte Jason. Er schnurrte nicht, aber er rannte auch nicht weg.

«Wir haben eigentlich nicht über mich gesprochen», sagte ich. «Aber nach unserer Unterhaltung heute vormittag wissen Sie sicherlich, daß ich in einer Familie aufgewachsen bin, in der man sich nie sehr nahestand. Wenn ich im Familienkreis geheimnisvoll wirke, dann vielleicht nur, weil ich mich von allen Streitereien fernhalten will. Deshalb habe ich mich entschlossen, meinen eigenen Weg zu gehen – einen anderen als die anderen.»

«Glauben Sie das?» fragte sie rätselhafterweise. Dann fügte sie hinzu: «Sehen Sie, jetzt haben wir doch über Sie gesprochen. Aber was Sie von mir halten, bedeutet mir etwas. Als ich gesagt habe, ich möchte nicht, daß Sie etwas gegen mich haben, da meinte ich nicht, wir würden eines Tages wie richtige Schwestern zueinander sein, wie es Ihr Onkel ausdrückte. Ich wollte nur sagen, daß ich das Gefühl habe, es wäre unter den jetzigen Umständen – wie soll ich sagen? – schwierig, wenn wir nicht wenigstens Freunde sein könnten.»

«Also hören Sie», begann ich, und dann nahm ich erst einmal noch einen Schluck von dem Cognac, der ausgezeichnet war. «Es gibt für uns beide wirklich keinen Grund, uns den Kopf darüber zu zerbrechen, ob wir Freunde werden oder nicht. Ich habe Onkel Laf jetzt nach vielen Jahren zum ersten Mal wiedergesehen, und es ist sehr unwahrscheinlich, daß wir zwei uns nach diesem Wochenende noch einmal wiedersehen …»

«Da irren Sie sich», sagte sie lächelnd. «Aber bevor ich das erkläre, würde ich gern von Ihnen hören – wenn es Ihnen nichts ausmacht –, warum Sie sich in meiner Gegenwart ‹unbehaglich› fühlen.»

«Okay, vielleicht ist es ja zu persönlich», sagte ich, «aber Sie sind diejenige, die hier mitten in der Nacht mit einer Flasche Cognac aufkreuzt, um zu plaudern. Das Leben meines Onkels Laf ist kein Buch mit sieben Siegeln, also muß Ihnen klar sein, daß er schon viele Frauen hatte – eine schöner als die andere, und viele besaßen wie meine Großmutter Pandora auch großes Talent. Aber Sie sind anders als die anderen. Ich glaube, Sie sind wirklich begabt. Ihr Spiel heute abend war außergewöhnlich. Unverständlich ist mir, warum jemand mit einem solchen Können bereit ist, nur das Schmuckstück an der Seite eines Mannes zu sein, selbst wenn dieser so talentiert, berühmt und charmant ist wie mein Onkel Laf. Meine Großmutter hätte das nicht getan, und ich kann mir offen gesagt nicht vorstellen, warum Sie es tun. Ich habe das Gefühl, daß es dahinter andere Gründe gibt, die mir verborgen geblieben sind.»

«Ich verstehe. Nun, vielleicht stimmt das sogar», sagte Bambi, während sie ihre Hände betrachtete. Als sie wieder aufblickte, lächelte sie nicht. «Ihr Onkel Lafcadio bedeutet mir sehr viel, Fräulein Behn. Er und ich, wir verstehen uns vollkommen», erklärte sie mir. «Aber das gehört gar nicht hierher. Das ist nicht der Grund, aus dem ich zu Ihnen gekommen bin und Sie um Ihre Freundschaft bitte.»

Ich wartete. Doch was sie dann sagte, traf mich wie ein Schlag.

«Fräulein Behn», sagte Bambi. «Ich mache mir große Sorgen wegen des Interesses, das mein Bruder an Ihnen hat. Ich fürchte, wenn Sie nicht bald etwas unternehmen, wird diese Beziehung uns alle in Gefahr bringen.»

Ich saß da wie betäubt. Auf so etwas war ich nicht gefaßt – aber plötzlich begriff ich, warum mir alles an Bambi so vertraut vorkam.

«Ihr Bruder?» sagte ich lahm, obwohl es keines Genies bedurfte, um herauszubekommen, wer dieser Bruder war.

«Erlauben Sie mir, daß ich mich korrekt vorstelle, Fräulein Behn», sagte sie. «Ich heiße Bettina Brunhilde von Hauser – und Wolfgang ist mein einziger Bruder.»

Heilige Scheiße! Mir fiel einfach nichts anderes ein bei dieser plötzlichen Wendung der Ereignisse. Bambi war Onkel Lafs Kosename für Bettina, so wie er mich Gavroche nannte. Ich hatte sogar schon von einer Bettina von Hauser, einer aufstrebenden Cellistin, gehört, die im weltweiten Musikzirkus für Aufsehen gesorgt hatte; aber nie wäre mir in den Sinn gekommen, daß Bambi Bettina war oder daß eine von beiden mit meiner gefährlichen Liebschaft, sprich Wolfgang Hauser, etwas zu tun haben könnte.

Aber erfreulich war diese Überraschung nicht, denn sie steigerte mein Mißtrauen gegen alle und jeden – besonders gegenüber meinem Onkel Laf, der sich im nachhinein mit seinem Benehmen besonders verdächtig gemacht hatte. Wenn er mit Bambi auf so gutem Fuß stand, daß er, wie er mir sagte, keine Geheimnisse vor ihr zu haben brauchte, warum wartete er dann, bis er mit mir allein im Pool saß, um Pandora und die Runen zu erwähnen? Warum hatte er mich vor Wolfgang praktisch gewarnt, aber mit keinem Wort die Verwandtschaft mit Bambi erwähnt? Und wenn unsere Nazifreundin Tante Zoe so dick mit Bambis Bruder befreundet war, wie Laf dachte, warum nahm er dann Bambi um den halben Erdball mit, um mich zu besuchen?

Und nun war Bambi hier und schlich nachts mit einer Flasche Cognac unter dem Arm durch das Hotel, um mir hinter Lafs Rücken ein paar Dinge zu verraten, die er vielleicht selbst nicht wußte oder zu erwähnen vergessen hatte. Nachdem mir Bambi erklärt hatte, sie und Laf verstünden einander «vollkommen», mußte ich annehmen, daß ich die einzige in dieser verqueren Familie war, die keine Ahnung hatte, was hier lief. Aber ich würde es herausfinden, und zwar gleich!

Glücklicherweise verfügte ich über eine wertvolle Geheimwaffe. Trotz meines relativ geringen Gewichts, meiner jungen Jahre und wenig Übung konnte ich, wenn es darauf ankam, jeden Cowboy unter den Tisch trinken. Ich konnte eine Nacht lang doppelte Tequilas trinken und aufrecht das Lokal verlassen; und am nächsten Morgen wußte ich auch noch genau, was in der Nacht zuvor gesprochen wurde. Eine halbvolle Flasche Rémy Martin war für mich kein Problem. Ich hoffte, dieses Talent für ein Verhör von Bambi nutzen zu können, schenkte nach und hob lächelnd mein Glas.

Um drei Uhr war die Flasche leer und Bambi nicht mehr da. Sie war mitten im Satz und aufrecht im Sessel sitzend weggetreten. Aber ich bekam sie wieder auf die Beine und brachte sie in das Suitenlabyrinth auf der anderen Seite des Hotels. Ich konnte sie nicht in meinem Zimmer lassen und riskieren, daß sie ein paar Stunden später aufwachte und feststellte, daß ich nicht da war. Aber in dem dreistündigen, wenn auch in betrunkenem Zustand durchgeführten Kreuzverhör hatte ich mehr erfahren, als ich erwartet hatte; einiges davon war sehr aufschlußreich.

Wolfgang Hauser war kein Österreicher. Beide Geschwister wurden in Nürnberg geboren, wuchsen teils in Deutschland, teils in der Schweiz auf und studierten später in Wien – er Naturwissenschaften, sie Musik. Ihre Familie gehörte nicht zu den wohlhabendsten, aber das Wörtchen «von», das Prädikat des Adels, zierte ihren Namen seit etlichen hundert Jahren. Wolfgang hatte es abgelegt, weil er es, wie Bambi erklärte, im Umgang mit der Geschäftswelt für unangemessen hielt. Nach Bambis Schilderung schienen sie im Vergleich zu mir ein idyllisches Leben geführt zu haben – bis sie mit der Familie Behn in Berührung kamen.

Bambi war über zehn Jahre lang, seit ihrem fünfzehnten Lebensjahr, der Schützling meines Onkels Laf gewesen. Als man erkannte, wie begabt sie war, und Laf anbot, ihr die besten Lehrer zu besorgen und ihre Ausbildung selbst in die Hand zu nehmen, wurde Bambi von ihrer Familie nach Wien geschickt, wo sie im Haus von Onkel Laf wohnte. Wolfgang hatte seine Schwester dort häufig besucht, so daß Lafs Bemerkung, er kenne ihn kaum, nicht wahr sein konnte.

Aber vor sieben Jahren geschah etwas, das sogar diese begrenzte Beziehung zur Familie änderte. Wolfgang hatte einige Jahre zuvor promoviert, und seine erste berufliche Tätigkeit als Berater der Atomindustrie zwang ihn zu immer häufigeren Reisen. Als er vor sieben Jahren von einer Auslandsreise nach Wien zurückkehrte, besuchte er seine Schwester in Onkel Lafs Wohnung, die gegenüber der Hofburg lag. Wolfgang erzählte Laf und Bambi, er würde seinen bisherigen Job aufgeben und eine neue Stellung bei der Internationalen Atomenergiebehörde antreten. Zur Feier des Tages wollte er die beiden zum Mittagessen in ein nahegelegenes Restaurant einladen.

«Nach dem Essen», sagte Bambi, «bat uns Wolfgang, mit ihm in die Hofburg zu gehen. Er zeigte uns die Schätze in der Residenz, die berühmte Sammlung aus dem alten Ephesus, die sich auch dort befindet, und dann führte er uns in die Waffenkammer.»

«In die kaiserliche Waffensammlung», sagte ich.

Ich hatte die Geschichte nicht vergessen, die mir Laf im Pool erzählt hatte, wie er als Kind diese Räume in der Hofburg besucht hatte – in Begleitung von Adolf Hitler.

«Richtig», sagte Bambi. «Mein Bruder zeigte uns ein Schwert und eine Lanze und fragte Ihren Onkel: ‹Habt ihr, du und Pandora, alles über diese sogenannten heiligen Gegenstände gewußt?› Aber Lafcadio schwieg, und dann sagte Wolfgang, er interessiere sich seit langem für diese Objekte. In Nürnberg hat man davon gewußt, denn Adolf Hitler hatte als erstes nach dem Anschluß Österreichs an das Deutsche Reich viele Schätze aus den Wiener Museen – zum Beispiel die alten Reichsinsignien: Kaiserkrone, Reichsapfel und Szepter, das kaiserliche Schwert und dergleichen – in die Nürnberger Burg bringen lassen.»

War es nur ein Zufall, daß meine Tante Zoe vor genau einem Jahr – im März 1988, am fünfzigsten Jahrestag dieses Ereignisses – mit ihren «Friedenswächtern» aus dem Zweiten Weltkrieg nach Wien gekommen war und dort die Bekanntschaft des Herrn Prof. Dr. Wolfgang K. Hauser machte? Ich glaubte das nicht, denn Bambi erzählte mir, daß sich Laf heftig geweigert hatte, Wolfgang wiederzusehen oder in seinem Haus zu empfangen, nachdem dieser behauptet hatte, wenn es Pandora möglich gewesen war, ihre teure Wohnung in der Hofburg den ganzen Krieg über zu behalten und weiterhin an der Wiener Staatsoper zu singen, dann nur deshalb, weil sie etwas Wichtiges über die heiligen Gegenstände wußte –

etwas, das die Objekte mit Nürnberg, vielleicht sogar mit Hitler verband.

«Du und Wolfgang, ihr seid in Nürnberg aufgewachsen, wo 1946 der Kriegsverbrecherprozeß stattfand. Wurden diese Objekte bei dem Prozeß erwähnt?»

«Das weiß ich nicht», sagte Bambi und stützte den Ellbogen auf den Tisch, um sich aufrecht zu halten. «Der Nürnberger Prozeß... der Krieg... das alles war, bevor Wolfgang und ich geboren wurden. Aber auch nach dem Krieg wußte jeder in Nürnberg von diesen alten Sachen. Sie wurden in einer Kammer in der Burg aufbewahrt. Hitler glaubte, sie wären irgendwie heilig und hätten geheimnisvolle Kräfte, die mit der alten germanischen Abstammung zusammenhingen. Hitler hatte in Nürnberg eine Wohnung, in der er sich während der Parteitage aufhielt. Sie lag neben dem Opernhaus, und von den Fenstern aus konnte er die Burg sehen, die die Gegenstände beherbergte. Auf den großen Parteitagen wurden sie häufig auch auf dem Zeppelinfeld zur Schau gestellt. Erst nach dem Krieg kamen sie wieder nach Österreich –»

«Natürlich – Nürnberg!» Erst in diesem Moment erinnerte ich mich plötzlich wieder an die Bilder aus Filmen. Dies führte zu einer weiteren Frage.

Die Cognacflasche war fast leer. Weil ich nicht wollte, daß Bambi schlappmachte, bevor ich erfahren hatte, was ich wissen wollte, goß ich den letzten Rest in mein Glas.

«Warum brachte Hitler die Gegenstände ausgerechnet nach Nürnberg? Warum hielt er gerade dort seine Parteitage ab?» fragte ich.

Bambi sah mich mit großen Augen an, die schon ein wenig glasig wirkten. «Nürnberg ist die Achse», sagte sie. «Wußten Sie das nicht?»

«Die Achse? Sie meinen, wo sich die Achsenmächte während des Kriegs getroffen haben? Ich dachte, sie hätten sich gewöhnlich in Rom, Wien oder Berlin getroffen.»

«Ich meine, es ist *die* Achse», erwiderte sie. «Die Weltachse, die Stelle, von der man annimmt, daß dort alle geomantischen Kraftlinien zusammenlaufen. Der alte Name der Stadt war Nornenberg – Berg der Nornen. Es heißt, daß die drei Nornen, die Schicksalsgöttinnen Urd, Werdandi und Skuld, von denen die erste die Vergangenheit, die zweite die Gegenwart und die dritte die Zukunft kannte, seit Urzeiten in diesem Berg wohnen. Sie spinnen den Schicksalsfaden und weben die Geschichte unseres Schicksals zu einem Gewebe aus Runen. Diese Frauen bestimmen wie Richter über Leben und Tod, und die Geschichte, die sie schreiben, wird das Schicksal der Welt in den letzten Tagen, der Götterdämmerung, entscheiden. Es ist die Geschichte von den Ereignissen am Ende der Zeit.»

Vielleicht war es naiv zu glauben, ich könnte die Knoten eines so verschlungenen Labyrinths lösen, indem ich versuchte, meine familiären Beziehungen aufzudröseln. Aber meine nächsten Verwandten schienen tatsächlich bis zum Hals in diesem nationalsozialistischen mythologisch-kosmischen Sumpf zu stecken.

Es überraschte mich nicht, daß jemand wie Bambi, die für mich eine Fremde war, so viele widerwärtige Dinge über meine Familie wußte, von denen ich selbst keine Ahnung hatte. Schließlich hatte ich mein Leben lang versucht, mich von dieser Familie fernzuhalten. Wie es jetzt aussah, hatte ich, wenn auch ohne es zu wissen, viele und wichtige Gründe dafür.

Aber ich mußte mich doch fragen: Wenn es stimmte, was Bambi sagte, wieso waren dann Laf, Pandora und Zoe nach Hitlers Tod so gut davongekommen? Es gab noch einen weiteren seltsamen und beinahe beängstigenden Zufall in dieser Familiensaga. Es war das letzte, was mir einfiel, bevor ich für ein paar Stunden die Augen schloß.

Bambi hatte mir gesagt, diese Konfrontation zwischen ihrem Bruder Wolfgang und meinem Onkel Laf habe vor sieben Jahren – also 1982 – in Wien stattgefunden. Aber es war auch genau sieben Jahre her, daß mein Onkel Earnest starb und Sam das Runenmanuskript erbte – und dann plötzlich verschwunden war. Bis jetzt.

Bläulich, fast unheimlich leuchtend lag das weite Schneefeld vor dem nachtschwarzen Wald. Am dunkelblauen Sternenhimmel hing noch die Mondsichel. Kälte und Gefahr lagen in der Luft. Es hatte fast die ganze Nacht geschneit. Frische Spuren waren nirgends zu sehen. Ich lief bis zur Mitte des freien Felds, wo ich anhielt und mich umsah.

Im selben Augenblick traf mich ein Schneeball, hinter dem immerhin so viel Wucht steckte, daß er mir die Mütze vom Kopf fegte und mir ein kalter Schauer in den Nacken rieselte. Als ich mich umdrehte, sah ich eine Gestalt, die sich vom Waldrand löste, durch die Mondhelle huschte und wieder im Wald verschwand. Aber ein erhobener Arm signalisierte mir, daß es Sam war und daß ich ihm folgen sollte. Ich hob meine Mütze auf, lief über die Weide und tauchte in das silbrige Fichten- und Birkendickicht, wo er verschwunden war.

Ich blieb stehen und horchte. Von einer kleinen Anhöhe ertönte der Ruf einer Eule, der mich tiefer in den fast stockdunklen Wald hineinführte. Als ich nicht weiterwußte, blieb ich erneut stehen. Dann hörte ich ihn aus nächster Nähe flüstern:

«Hier, Ariel, halt fest. Ich führe dich.»

Er drückte mir den Teller seines Skistocks in die Hand und ging vor mir durch die Dunkelheit. Mit meinen zwei Skistöcken in der anderen Hand folgte ich ihm wie blind. Wir schlängelten uns eine ganze Weile zwischen Bäumen hindurch, dann ging es bergauf zu der hochgelegenen Wiese. Als wir sie schließlich erreicht hatten, leuchtete der Himmel bereits kobaltblau, und ich konnte Sams Gestalt vor mir erkennen.

Er wendete auf seinen Skiern und ließ die Skispitzen zwischen meine Ski gleiten wie Finger, die sich ineinanderschieben. Dann warf er die Arme um mich, genau so wie ich es auf jenem Berg vor fast achtzehn Jahren getan hatte. Er roch nach sonnengebräunter Haut und Holzrauch.

Das Gesicht in meinen Haaren vergraben, flüsterte er: «Gott sei Dank, Ariel. Du lebst, du bist unversehrt!»

«Was ich nicht *dir* zu verdanken habe», murmelte ich an seine Schulter gepreßt.

Dann schob er mich ein Stück von sich und versuchte, mich in der vormorgendlichen Dunkelheit anzusehen, die nur durch das milchige Mondlicht und den bläulich schimmernden Schnee erhellt wurde.

Zum ersten Mal wurde mir erschreckend klar, daß ich Sam gut sieben Jahre nicht gesehen hatte. Mir wäre nie in den Sinn gekommen, daß er sich in all der Zeit verändert haben könnte. Aber da stand er – groß, breitschultrig, ein erwachsener Mann mit dem Profil seines Vaters, meines Onkels Earnest, dem dunklen Haar seiner Mutter, das ihm auf die Schultern fiel, und den geheimnisvollen silbergrauen Augen, die von innen zu leuchten schienen. Mit einem gewissen Unbehagen registrierte ich, daß hier nicht mehr mein jugendlicher Mentor und Blutsbruder vor mir stand, sondern ein unglaublich gutaussehender Mann. Und so überrascht, wie er mich ansah, mußte seine Reaktion auf mich ziemlich ähnlich sein.

«Wo ist die kleine Bohnenstange geblieben mit den aufgeschürften

Knien, die mir überallhin nachgelaufen ist?» sagte er mit einem merkwürdig verlegenen Lächeln. «Hotshot – du bist umwerfend!»

«Das war dein Schneeball auch», sagte ich und war ebenso verlegen. Es fiel mir tatsächlich schwer, Sam anzusehen, bevor ich mich an die Vorstellung gewöhnt hatte, daß er und ich plötzlich erwachsen waren.

«Es tut mir leid», sagte er, während er mich immer noch wie eine fast fremde Person betrachtete. «Ich glaube, mehr kann ich nicht sagen, Ariel. Es tut mir aufrichtig leid, daß dies alles passiert ist und daß ich dich hineingezogen habe.»

«Leid tun hilft nichts», sagte ich, wieder einmal Jerseys Lieblingsausspruch zitierend. Aber ich lächelte, und er lächelte zurück. Dann wußte ich, daß ich ihm sofort alles erzählen mußte.

«Sam», sagte ich, «ich habe auch etwas getan, und es tut mir mehr leid als alles, was ich je in meinem Leben verbockt habe. Hoffentlich habe ich dir dadurch nicht alles kaputtgemacht oder uns beide in noch größere Gefahr gebracht. Ich habe etwas furchtbar Dummes getan. Ich habe jemand eine ganze Nacht lang in einem Zimmer gelassen mit dem Runenmanuskript.»

Sam sah mich mit ständig wachsendem Entsetzen an, bis ich meine Schandtat beim Namen nannte. Und dann war die Überraschung auf meiner Seite.

«Welches Runenmanuskript?» fragte Sam.

Ich hatte das Gefühl, wenn ich noch mehr solche Tiefschläge verkraften müßte, würde mein Herz bald nicht mehr schlagen, sondern nur noch auf und ab hüpfen wie ein Jo-Jo. Aber ein paar Meilen Langlauf mit Sam über die hochgelegenen Weiden wirkten wie eine Thoraxmassage. Als wir die Hütte erreichten, war ich wieder in Ordnung; zumindest hatte ich meine Fähigkeit zu sprechen wiedererlangt.

Ich hatte inzwischen auch den Grund für die Verlegung unseres Treffpunkts erfahren. Sam fühlte sich in letzter Zeit so gefährdet, daß er Hotels mied; seit seinem vorgetäuschten Tod hatte er in Jagdhütten, in Unterständen von Entenjägern und in Heuschobern übernachtet, die es überall in Idaho gab und die um diese Jahreszeit nicht benutzt wurden. Als er etwas früher als ich in Sun Valley eintraf, stellte er fest, daß es in der Nähe des Skiberges keine solche Unterkunft gab. Also machte er sich auf die Suche, bis er diese Hütte fand – auf Skiern ungefähr drei Kilometer von der Hauptstraße entfernt. Aber der größte Teil des Geländes war freies Feld, so daß ich leicht gesehen und verfolgt werden konnte, es sei denn, ich würde ganz früh vor Tagesanbruch kommen.

An der einsamen Hütte, in der Sam die Nacht verbracht hatte, schnallten wir unsere Ski ab, klopften den Schnee von der Bindung und stellten Ski und Stöcke hinter der Hütte ab. Drinnen fachte Sam die Glut an, die von seinem Feuer vom gestrigen Abend noch übrig war, und legte einige Scheite darauf. Es gab keine andere Heizung und auch keine Wasserleitung – nur die Pumpe vor der Tür. Sam füllte einen Blechnapf mit Wasser und stellte ihn aufs Feuer. Dann zog er sich einen Hocker neben den durchgesessenen Polstersessel, in dem ich bereits Platz genommen hatte.

«Ariel, ich weiß, du verstehst vielleicht nicht, was ich getan oder warum ich es getan habe», begann er. «Aber bevor ich dir erkläre, was passiert ist, muß ich wissen, was letzte Woche los war – warum du nicht wie vereinbart telefonisch zu erreichen warst, was du über das fehlende Paket weißt, und was du bis jetzt von Laf erfahren hast.»

«Also gut», sagte ich, obwohl mir tausend Fragen auf der Zunge lagen. «Aber wenn du es nicht warst, der mir das Manuskript, von dem ich gesprochen habe, geschickt hat, dann muß ich jetzt auch sofort etwas wissen. Hast du jemals von einem Dr. Wolfgang K. Hauser gehört?» Als Sam den Mund zu einem halben Lächeln verzog, sagte ich: «Du kennst ihn also!» Aber er schüttelte den Kopf.

«Nein, ich kenne ihn nicht. Es war nur… ich glaube, es war die Art, wie du seinen Namen gesagt hast.» Sam wirkte plötzlich merkwürdig verschlossen. «Ich glaube, ich habe dich mir immer als meinen kleinen Blutsbruder vorgestellt», fuhr er fort, «aber jetzt eben… also, nun sag schon, wer ist dieser Bursche, Ariel? Ist da irgend etwas, was du mir sagen möchtest?»

Ich fühlte, wie mir das Blut in die Wangen schoß. Ich schlug die Hände vor das Gesicht. Sam zwang mich sanft, sie wieder herunterzunehmen. Ich sah ihn an.

«Großer Gott, Ariel, hast du dich in ihn verliebt?» fragte er ungläubig. Dann sprang er auf und fing an, im Kreis herumzugehen und sich die Stirn zu reiben, während ich dasaß und nicht wußte, was ich sagen sollte.

Sam setzte sich wieder und beugte sich zu mir.

«Ariel», sagte er eindringlich, «abgesehen davon, was ich persönlich in dieser Situation empfinde, muß ich dir sagen, daß dies kaum der richtige Augenblick ist für eine Romanze! Du hast gesagt, du hast diesen Mann eben erst kennengelernt. Was weißt du über ihn? Wo kommt er her? Du hast keine Ahnung, wie gefährlich diese unzeitgemäße Freundschaft für uns beide werden könnte.»

Ich war so empört über diese Standpauke, daß ich am liebsten ein Holzscheit nach ihm geworfen hätte. Ich sprang auf, und im selben Moment kochte der Wassertopf über. Sam griff nach einem Handschuh, um ihn aus dem Feuer zu nehmen, was uns beiden ein bißchen Zeit gab, um uns zu beruhigen.

«Ich habe nicht gesagt, daß ich verliebt bin», erklärte ich so ruhig, wie ich konnte.

«Das brauchtest du auch nicht», erwiderte Sam, ohne mich anzusehen.

Er hantierte mit dem Wassertopf. Dann kehrte er mir den Rücken, damit ich sein Gesicht nicht sehen konnte, und füllte Pulverkaffee in unsere Tassen. Schließlich sagte er wie zu sich selbst:

«Ich habe nur gerade gemerkt, daß ich deine augenblicklichen Gefühle viel besser zu verstehen scheine als meine eigenen.»

Als er sich mit den zwei Kaffeetassen umdrehte, wirkte sein Lächeln etwas angestrengt. Er reichte mir meine Tasse, und dann zauste er mir das Haar wie früher, als wir Kinder waren.

«Es tut mir leid, Ariel», sagte er. «Ich habe kein Recht, dir etwas vorzuschreiben oder dich so ins Kreuzverhör zu nehmen wie eben. Ich war nur so überrascht. Du bist intelligent genug, nicht auf jemand hereinzufallen, der uns beiden gefährlich werden könnte. Und wer weiß? Vielleicht gibt es in dieser Situation eine Verbindung, die uns aus diesem Schlamassel heraushilft, in den ich uns gebracht habe. Wir müssen sie nur finden. Übrigens, dieser Wolfgang K. Hauser – ich bin nur neugierig –, hat er dir gesagt, wofür das ‹K› steht?»

Ich schüttelte überrascht den Kopf. «Nein. Ist das wichtig?»

«Wahrscheinlich nicht», sagte Sam. «Aber wenn du ihn wiedersiehst, frag ihn mal. Und jetzt erzähl mir, was in der vergangenen Woche los war.»

Ich holte tief Luft, wir setzten uns wieder, und ich erzählte, was sich alles zugetragen hatte – beinahe alles. Nach Sams Reaktion auf meine Art, Wolfgangs Namen auszusprechen, ersparte ich uns die Kleinigkeit, daß er die Nacht nicht nur neben dem Manuskript, sondern auch neben mir verbracht hatte – aber in allem übrigen war ich korrekt.

«Ich kann nicht glauben, daß mein Paket noch nicht angekommen ist», sagte Sam. «Irgend etwas ergibt hier keinen Sinn.»

Ich fragte Sam, warum der Inhalt des fehlenden Pakets so wertvoll war, daß jeder auf dem Planeten dahinter her zu sein schien, einschließlich Mitglieder unserer Familie, die jahrelang nicht miteinander gesprochen hatten, und warum dieser Inhalt so gefährlich war, daß Sam seinen Tod vortäuschen mußte.

«Wenn ich das alles wüßte», sagte Sam mit grimmigem Lächeln, «dann bräuchten wir uns nicht in einer einsamen Hütte zu verkriechen, um miteinander zu sprechen, nachdem wir eine Woche lang mit Geheimcodes herumgespielt haben.»

«Herumgespielt?» sagte ich empört. «*Du* hast herumgespielt mit Beerdigungen und biblischen Anagrammen und geheimen Rendezvous! Aber nach dem, was ich in dieser Woche durchgemacht habe, will ich eine Antwort, und zwar jetzt: Was ist in dem fehlenden Paket, und warum hast du es an mich geschickt?»

«Es ist mein Erbe», sagte Sam. «Bitte, hör mir genau zu, Ariel. Es ist unheimlich wichtig, daß du alles verstehst, was ich dir jetzt sage. Vor sieben Jahren, kurz bevor mein Vater starb, sagte er mir, was Pandora ihm hinterlassen hatte. Er sagte, er habe vorher nie darüber gesprochen, weil ihn Pandoras Testament verpflichtet hatte, das Vermächtnis vertraulich zu behandeln. Vater verwahrte es in einem Banksafe in San Francisco, dem Sitz der Anwaltskanzlei unserer Familie. Als er starb, holte ich die Kassette und brachte sie nach Idaho, um mir ihren Inhalt in Ruhe anzusehen. Sie enthielt viele alte und seltene Manuskripte, die Pandora im Lauf ihres Lebens gesammelt hatte. Das Paket, das ich an dich geschickt habe, enthält Kopien –»

«Kopien?» rief ich. «Du mußtest deinen Tod vortäuschen und unser Leben in Gefahr bringen wegen ein paar *Kopien*?»

«Es sind nicht nur Kopien», erwiderte Sam ungeduldig. «Als ich sagte, die Originale seien alt und selten, hätte ich sagen sollen: Sie sind uralt. Sie wurden in einer luftdichten Kassette aufbewahrt, um sie vor dem weiteren Zerfall zu schützen. Es sind Schriftrollen aus Papyrus, Leinen, Kupfer oder Zinn sowie beschriftete Brettchen und Metallplatten. Meiner Meinung nach stammen sie aufgrund des verwendeten Materials und der verschiedenen Sprachen – Griechisch, Hebräisch, Latein, Sanskrit, Akkadisch, Aramäisch und sogar Ugaritisch – aus vielen Regionen der Welt.

Ich wußte sofort, daß ich da etwas Seltenes und vermutlich sehr Kostbares in Händen hielt. Aber ich spürte auch, vielleicht ähnlich wie mein Vater, daß diese Manuskripte irgendwie gefährlich sind. Viele sind bereits so brüchig, daß sie fast zu Staub zerfallen, und können nur mit Hilfe eines komplizierten und kostspieligen Verfahrens fotografiert werden. Ich habe von jedem Stück Kopien gemacht. Es war eine Arbeit, die mich Jahre gekostet hat. Dann erst konnte ich anfangen, die Texte zu übersetzen. Die Kopien habe ich dann im Banksafe verwahrt und die Originale an einem Ort versteckt, wo sie bestimmt niemand findet – wenigstens so lange nicht, bis meine Übertragungen ins Englische fertig sind.»

«Hast du denn viel davon übersetzen können?» fragte ich.

«Eine ganze Menge», antwortete Sam. «Aber es ist ein seltsames Sammelsurium – Briefe, Geschichten, Empfehlungsschreiben, Berichte, Verwaltungskram aus dem kaiserliche Rom, germanische Legenden, Beschreibungen von thrakischen Festen und jüdischen Feierlichkeiten, Sagen von heidnischen Göttern und Göttinnen aus Nordgriechenland – und nirgends ein Anhaltspunkt, wie das alles zusammenhängen könnte. Aber es muß eine Verbindung geben. Warum sonst hätte Pandora diese Schriftstücke sammeln sollen?»

«Wenn du nach jahrelanger Arbeit keine Verbindung unter diesen Manuskripten gefunden hast», sagte ich, «warum hält sie dann jeder für so wertvoll und so gefährlich? Könnten sie mit den Gegenständen in der Hofburg zusammenhängen – mit den Dingen, von denen jeder sagt, Hitler habe versucht, sie in die Hand zu bekommen?»

«Daran habe ich auch schon gedacht», sagte Sam. «Aber wichtiger war mir, herauszufinden, woher die Dokumente kamen, wie sie in Pandoras Besitz gelangten und warum sie sie haben wollte. Und die allerwichtigste Frage war: Warum hat sie sie ausgerechnet meinem Vater vermacht?»

«Dasselbe frage ich mich auch, seit ich von den Dokumenten erfahren habe», sagte ich. «Weißt du es denn jetzt?»

«Vielleicht», sagte Sam, «aber ich würde gern deine Meinung dazu hören. Ich habe mit niemandem über meine Theorie sprechen können. Ich fange mal mit Pandoras Testament an. Als sie starb, wurde mein Vater aufgefordert, als Haupterbe zur Testamentseröffnung nach Europa zu kommen. Er war überrascht. Schließlich war sie nur seine Stiefmutter und kurze Zeit mit Hieronymus verheiratet gewesen. Sie hatte meinen Vater nicht mehr gesehen seit dem ‹Familienschisma›.

Ich denke, mit dem Familienschisma hat alles angefangen. Laß uns mal nachdenken: Pandora führte die Spaltung herbei, indem sie mit Laf und Zoe fortging. Daß Pandora deinen Vater fast unmittelbar nach seiner Geburt verlassen hat, hinterließ einen bösen Stachel im Fleisch unseres Familienzweigs und erklärt sicherlich zum großen Teil das kaltblütige, eigennützige Wesen von Augustus. Pandora hat dann im Lauf ihres Lebens kräftig dazu beigetragen, diese Spaltung zu *erhalten*. Ferner wissen wir, daß sie meinem Vater diese alten Dokumente hinterlassen hat; und laut deinem Freund Hauser besitzt Zoe das Original des Runenmanuskripts, von dem du jetzt eine Kopie hast. Wir wissen nicht, was Laf vielleicht noch geerbt hat außer der Wohnung gegenüber der Hofburg – wahrscheinlich hat auch diese Wohnung ihre besondere Bewandtnis –, aber wir wissen eindeutig, daß er von der Existenz eines Runenmanuskripts wußte, obwohl er nicht zu wissen schien, daß es sich in Zoes Besitz befindet.»

Sam hielt inne und lächelte mich an.

«Du siehst also, Hotshot, daß alles auf eine einzige Frage hinweist. Wenn du etwas so verstecken müßtest und wolltest, daß es auch lange nach deinem Tod versteckt bleiben würde, kannst du dir eine bessere Methode vorstellen, als es unter vier Geschwister wie Lafcadio, Earnest, Zoe und Augustus aufzuteilen, deren gegenseitige Feindschaft bis in die Kindheit, ja sogar bis in die Wiege zurückreicht?»

Genau so mußte es gewesen sein. Denn seit ich «geerbt» hatte, schickte jeder in der Familie Boten hierhin und dorthin oder kam selbst aus Europa oder rief nach Mitternacht an, und all das, um mich auszuhorchen. Sogar Olivier war das ungewöhnliche Verhalten meiner Verwandten aufgefallen. Und eine Familie wie die unsrige, wo es alten Wunden, Mißtrauen und Ressentiments gab, bot Pandora die perfekte Chance, die Beute aufzuteilen, ohne daß jemand ahnte, wer was bekam. Aber etwas anderes machte mir Sorgen.

«Was hat dich zu dem drastischen Schritt veranlaßt, deinen Tod vorzutäuschen?» fragte ich Sam. «Wozu diese pompöse Beerdigung mit Familie, Militärkapelle, Würdenträgern und Presse? Und warum mußtest du *mein* Leben mit diesen Dokumenten gefährden und jeden wissen lassen, daß du sie mir vermacht hast?»

«Ariel, bitte», sagte Sam und nahm meine Hände. «Ich schwöre bei meinem Leben, daß ich keine andere Wahl hatte. Seit über einem Jahr weiß ich, daß mich jemand verfolgt. Dann hat man vergangenen Monat in San Francisco ganz offensichtlich versucht, mich zu töten. Daran besteht kein Zweifel. Man hat eine Bombe in meinen Wagen gelegt.»

«Eine *Bombe*?» rief ich entsetzt.

Und dann kam mir ein fast noch entsetzlicherer Gedanke:

Wenn Sam nicht in dem Sarg auf dem Presidio-Friedhof in San Francisco lag, wer dann?

«Willst du damit sagen, jemand anderer wurde an deiner Stelle getötet?» fragte ich Sam mit bebender Stimme.

«Ja. Jemand wurde in meinem Mietwagen in Chinatown getötet», sagte Sam langsam. Er hatte einen merkwürdig abwesenden Blick, und seine Worte schienen von so weit her zu kommen, als müßte seine Erinnerung eine Nebelwand durchdringen. «Weißt du, Ariel, ich habe nie direkt für die Regierung oder das Militär gearbeitet, aber ich habe als Berater jahrelang die meisten ihrer Dechiffrierer ausgebildet und sogar im Außenministerium mitgearbeitet. Ich habe auch oft verschiedenen Abteilungen des Geheimdienstes bei kniffligen Sachen geholfen, die schnell, sauber und leise ver- oder entschlüsselt werden mußten. Von daher kenne ich ziemlich viele Leute und weiß so einiges.

Der Mann, der bei der Explosion meines Wagens ums Leben kam, war ein Freund von mir, ein hoher Regierungsbeamter, mit dem ich jahrelang zusammengearbeitet habe. Er hieß Theron Vane. Auf meine Bitte hin hat Theron voriges Jahr einen seiner Agenten beauftragt, herauszufinden, von wem und warum ich verfolgt werde. Vergangenen Monat bat mich Theron, sofort nach San Francisco zu kommen. Der Agent, der meinen Fall untersuchte, war auf geheimnisvolle Weise gestorben, und der Dienst hatte das kleine Büro, das er als Tarnung benützte, versiegeln lassen. Normalerweise werden solche Räume von Undercover-Agenten sofort gesäubert und alle eventuellen Unterlagen oder Beweismittel mitgenommen oder vernichtet. Aber Theron dachte, wir könnten vielleicht etwas finden, das mit mir und auch mit dem Tod des Agenten zusammenhängt. Wir haben also die Wohnung gründlich durchsucht. Ich habe alle Daten aus dem Computer geholt und anschließend alle Speicher gelöscht.

Danach wollten wir schnell und unauffällig verschwinden. Ich sollte zu Fuß zur nächsten Haltestelle gehen, wo Theron mich mit meinem Wagen abholen wollte. Aber an der Treppe zum Hauseingang kehrte ich noch einmal um, weil Theron meinte, wir sollten nachsehen, ob vielleicht in der Zeit, in der wir oben waren, noch etwas in den Briefkasten geworfen wurde. Als ich zurückkam und die Stufen schon halb hinuntergelaufen war, ließ Theron unten den Wagen an… und er explodierte.»

Sam fuhr sich mit der Hand über die Augen und rieb sich die Schläfen. Ich wußte nicht, was ich sagen sollte. Ich schwieg und rührte mich nicht, bis er die Hand vom Gesicht nahm und mich gequält ansah.

«Ariel, ich kann dir nicht sagen, wie schrecklich es war», sagte er. «Ich habe Theron Vane fast zehn Jahre gekannt. Er war mein Freund. Aber ich wußte, daß diese Bombe mir gegolten hatte. Du kannst dir nicht vorstellen, wie mir zumute war.»

Ich konnte es mir so lebhaft vorstellen, daß ich am ganzen Leib zu zittern anfing. Erst jetzt wurde mir richtig bewußt, in welcher Gefahr wir uns befanden. Es war kein Unfall, worüber wir sprachen, sondern Mord, ein gewaltsamer Tod, dem Sam nur durch Zufall entgangen war. Jetzt verstand ich, daß Sams Vorsichtsmaßnahmen nicht übertrieben waren.

«Aber warum meinst du, daß die Bombe für dich bestimmt war?» fragte ich.

«Die einzige wirklich bedeutsame Information, die wir in der Wohnung des Agenten gefunden haben, war eine Zahl im Computer, von der ich bis dahin geglaubt hatte, daß nur ich sie kenne: die Nummer eines Safes in einer Bank, die nur ein paar Häuserblocks von dieser Wohnung entfernt liegt», sagte Sam. «Ganz offensichtlich hatten meine Verfolger erfahren, wo ich die kopierten Manuskripte versteckt hatte, und vertrauten darauf, daß sie sie bekommen würden, und das um so leichter, wenn ich tot wäre.

Die Bombe ging los, als ich auf dem Weg zur Bank war, um die Manuskripte zu holen. Das konnte kein Zufall sein. Ich flüchtete in die Bank und holte die Manuskripte aus dem Safe. Der Bankangestellte gab mir freundlicherweise eine Tüte und ließ mich das Paket wiegen. Dann zog ich Briefmarken aus dem Automaten, frankierte den Umschlag und warf ihn in den nächsten Briefkasten, adressiert an die einzige Person, der ich mit absoluter Sicherheit vertrauen konnte – und das bist du. Aus einer Telefonzelle rief ich bei Therons Vorgesetztem an und teilte ihm die ganze Geschichte mit. Es war die Entscheidung der Regierung, daß wir weiterhin so tun sollten, als wäre ich tot. Ich habe sowohl mein Wort gebrochen als auch meine Tarnung aufgegeben, indem ich mit jemand anderem Kontakt aufgenommen habe – und noch dazu mit dir, einem Mitglied der Familie.» Sam sah mich mit seltsam verschleierten Augen an.

«Die Familie? Was hat das mit der Familie zu tun?» fragte ich, obwohl ich wieder das Gefühl hatte, daß ich es lieber nicht wissen wollte.

«In diesem Puzzle gibt es nur eines, was die einzelnen Teile miteinander und auch mit unserer Familie verbindet», sagte Sam, «und das ist Pandoras Testament. Nachdem wir uns einig sind, daß sie drei von unseren Verwandten wahrscheinlich etwas Wichtiges vermacht hat, bleibt die Frage: Was hat sie dem vierten, ihrem einzigen Kind hinterlassen?»

Ich hatte plötzlich ein flaues Gefühl im Magen.

«Augustus? Meinem Vater?» fragte ich. «Warum sollte sie ihm etwas hinterlassen? Schließlich hat sie ihn gleich nach der Geburt verlassen, oder?»

«Nun, Ariel», sagte Sam mit einem ironischen Lächeln, «er ist der einzige in der Familie, außer dir und mir, über den wir noch nicht gesprochen haben. Ich war erst vier und du warst noch nicht geboren, als Pandora starb; deshalb würde ich gern ein paar Dinge ins richtige Licht rücken. Erscheint es nicht seltsam, daß mein Vater Earnest als das älteste Kind von Hieronymus Behn nur die Idaho-Bergwerksanteile geerbt hat, während dein Vater als der Jüngste ein weltweites Minenkonsortium sein eigen nennen durfte?»

«Willst du damit sagen, mein Vater hat mit all dem etwas zu tun?» sagte ich ungläubig und entzog ihm meine Hand. Als ich aufstand, blieb Sam sitzen, doch er beobachtete mich scharf. Meine Gedanken überschlugen sich; aber Sam war noch nicht fertig.

«Nach dem, was du heute hier gesagt hast», fuhr er fort, «müßtest du ein paar Dinge beantworten können, und wenn du sie nur dir selbst beantwortest. Warum hat sich Augustus, sobald er mich für tot hielt, mit meinem Testamentsvollstrecker in Verbindung gesetzt – wie du mir erzählt hast –, um zu erfahren, was ich dir hinterlassen habe? Warum hat er in San Francisco eine Pressekonferenz abgehalten, um den Inhalt meines Testaments publik zu machen? Warum hat dich Augustus tagelang in Idaho angerufen? Und als er dich erreicht hat, warum hat er dich so dringend gebeten, ihn zu informieren, sobald du die Manuskripte aus meinem Nachlaß erhalten würdest? Wie kam Augustus dazu, überhaupt etwas von irgendwelchen Manuskripten zu wissen?»

«Aber wir wußten doch alle davon!» rief ich. «Sie wurden doch in deinem –»

Ich wollte sagen: «in deinem Testament erwähnt», aber da wurde mir schlagartig bewußt, daß während der ganzen Testamentseröffnung kein einziges Wort über derartige Papiere in der Erbmasse gefallen war; es hieß nur, ich sei die Alleinerbin. Das jagte mir nun einen noch größeren Schrecken ein. Wenn ich Sams alleinige Erbin war, warum war Augustus dann bei der Testamentseröffnung zugegen gewesen? Warum hatte er die Presse bestellt? Und nachdem mein Vater Sam seit Jahren nicht gesehen und seinen eigenen Bruder Earnest viele Jahre vor dessen Tod nicht gesehen hatte – warum war Augustus dann auf Sams Beerdigung erschienen?

Sam saß da und nickte, aber er lächelte nicht mehr.

«Wenn du dir also sein Verhalten während und nach der Beerdigung vor Augen führst, errätst du dann nicht, warum es so wichtig war, daß jeder in unserer Familie, besonders dein Vater, glauben sollte, ich sei tot?» fragte mich Sam. Er stand auf und blickte mir direkt in die Augen.

Ich war entsetzt.

«Bist du verrückt?» sagte ich. «Okay, Augustus ist ein Fall für sich und sein Benehmen fragwürdig, aber du kannst nicht im Ernst annehmen, er würde dich verfolgen und versuchen, dich wegen dieser Manuskripte zu töten, und wenn er sie für noch so wertvoll hielte. Und selbst wenn es wahr wäre, was du ihm unterstellst – warum hat er dann nicht schon eher versucht, an die Manuskripte zu kommen? Earnest hat sie schließlich schon vor Jahrzehnten geerbt; sie waren fast zwanzig Jahre in seinem Besitz.»

«Möglicherweise hat Augustus gar nicht gewußt, daß mein Vater sie hatte», antwortete Sam. «Niemand schien zu wissen, daß ich sie habe, zumindest bis vor einem Jahr, als jemand begann, mich zu verfolgen.»

Vor einem Jahr … Vor einem Jahr begann jemand, Sam zu verfolgen. Vor einem Jahr wandte sich Sam an seinen Freund bei der Regierung. Aber welches wichtige Ereignis hatte sich außerdem vor genau einem Jahr zugetragen? Ich wußte, da war noch etwas, aber es wollte mir nicht einfallen. Und dann erinnerte ich mich plötzlich, und ein paar andere Dinge fügten sich nahtlos ein.

Im März 1988, vor genau einem Jahr, traf Wolfgang Hauser meine Tante Zoe in Wien bei einer Feier zum fünfzigsten Jubiläum des österreichischen Anschlusses an Deutschland. Und Zoe enthüllte, daß sie ein weiteres Manuskript besaß – ein in Runen geschriebenes Manuskript.

Folglich hatte Sam in einer Hinsicht recht: Wenn mein Vater tatsächlich vor fünfundzwanzig Jahren etwas von Pandora geerbt und irgendwie erfahren hatte, daß auch Zoe etwas geerbt hatte, hätte er sich genauso wie Sam und ich ausrechnen können, daß dieses Puzzle aus mehr als nur einem Teil bestand. Er hätte wie wir zu dem Schluß kommen können, daß andere Teile auf ähnliche Weise durch Pandoras Testament in den Besitz verschiedener Mitglieder unserer Familie gelangt waren.

Augustus hatte mir gesagt, daß die Manuskripte Pandora gehörten und daß sie in einer Art Geheimschrift verfaßt sind. Kurz darauf – ein bißchen sehr zufällig – kam der Anruf von Helena Voorheer-LeBlanc von der *Washington Post* –, die meine private Telefonnummer direkt von meinem Vater bekommen hatte und mir erklärte, die Manuskripte könnten auch die von Zoe sein. Wie konnte ich wissen, ob sie tatsächlich für die *Post* oder nicht doch für meinen Vater arbeitete? Trotzdem bewies dies alles nicht, daß Augustus der Schuldige war, der versuchte, die einzelnen Manuskriptteile wiederzuvereinen, geschweige denn die lächerliche Idee, er könnte ein Bombenleger sein.

«Weißt du, wer Pandoras Testamentsvollstrecker war»? fragte ich Sam.

«Genau! Das ist der kritische Punkt!» rief er und packte mich an beiden Armen. Der Schmerz schoß bis in meine Schulter hinauf und trieb mir Tränen in die Augen. Mir blieb regelrecht die Luft weg, so daß ich nicht einmal schreien konnte. Sam ließ meinen Arm sofort wieder los.

«Was hast du?» fragte er.

«Vierzehn Stiche. Ich bin beinahe unter eine Lawine gekommen», erklärte ich ihm. Es war eines der weniger dramatischen Ereignisse der letzten Woche, das ich in meinem vorangegangenen Bericht ausgelassen hatte. Vorsichtig befühlte ich meinen schmerzenden Arm. Sam sah mich besorgt an. Dann strich er mir kopfschüttelnd über das Haar. «Die Wunde ist fast geheilt. Ich bin okay», sagte ich. «Aber um auf Pandora zurückzukommen: Sie muß sehr viel Vertrauen zu der Person gehabt haben, der sie erlaubte, nach ihrem Tod Dokumente weiterzugeben, die sie ihr Leben lang gesammelt und gehütet hat.»

«Das habe ich mir auch gesagt, vor allem wegen der seltsamen Umstände», sagte Sam. «Meine Mutter, Bright Cloud, war wenige Monate vor Pandora gestorben. Vater und ich hatten ihren Tod noch nicht verwunden, und ich hatte noch nie eine weite Reise gemacht, schon gar nicht bis nach Europa. Deshalb hat Vater darum gebeten, man möge ihm alle Papiere, die er für das Vermächtnis unterschreiben müßte, per Post schicken. Doch es hieß, das sei nicht möglich. Nach den Bedingungen in Pandoras Testament müsse er sein Erbe persönlich vom Testamentsvollstrecker in Empfang nehmen. Also fuhren Vater und ich nach Wien.»

«Dann hat der Testamentsvollstrecker doch eine wichtige Rolle gespielt», sagte ich. «Wer war es?»

«Es war der Mann, von dem wir erst jetzt erfahren haben, daß er Lafs Geigenlehrer war», antwortete Sam, «Pandoras Cousin Dacian Bassarides, den sie und die Kinder am Karussell im Prater getroffen haben und der mit ihnen in der Hofburg die Waffen besichtigte. Als ich damals mit meinem Vater wegen des Testaments nach Wien fuhr, war ich erst vier Jahre alt, und Dacian Bassarides war über Siebzig, aber ich werde nie sein Gesicht vergessen – ein schönes Gesicht, wild, romantisch, so wie Laf die junge Pandora beschrieben hat.

Interessant ist auch, daß Laf die Geschichte auf dem Karussell erwähnt hat, wo Wolf den Kindern seinen Namen erklärte. *Earn* bedeutet auf althochdeutsch ‹Adler›, und *Daci* bedeutet ‹Wolf›. Solche Worte scheinen wichtig zu sein. Eine ganze Reihe der Manuskripte, die ich übersetzt habe, handeln von der Familie des römischen Kaisers Augustus. Ich würde zu gern wissen, wer deinem Vater diesen Namen gegeben hat. Und du weißt bestimmt auch, was Pandoras Familienname ‹Bassarides› auf griechisch bedeutet.»

Ich schüttelte den Kopf.

«Fuchsfelle», sagte Sam. «Aber das griechische Wort stammt aus der libyschen Berbersprache. Dort hieß *bassara* ‹Füchsin›. Und so hat Laf Pandora beschrieben – als eine wilde Füchsin. Ganz schön ironisch, nicht wahr?»

«‹Fangt uns die Füchse, die kleinen Füchse, die die Weinberge verderben; denn unsere Weinberge haben Blüten bekommen›», zitierte ich aus dem Hohenlied Salomos.

Sam blickte erstaunt auf, und dann erschien sein anerkennendes Lächeln, das mich schon als Kind so entzückte und mir nach wie vor das Gefühl gab, ich hätte gerade etwas ganz Tolles vollbracht.

«Du hast also meine Nachricht verstanden!» sagte er. «Ich wußte, du könntest es, aber ich dachte nicht, daß du dir so schnell einen Reim darauf machen würdest.»

«Das habe ich auch nicht», sagte ich. Meine Gedanken rasten noch immer. «Ich habe nur aus dem Hohenlied herausgelesen, was ich brauchte, um unseren heutigen Treffpunkt zu finden, aber nicht, was du mich außerdem noch wissen lassen wolltest.»

«Aber das ist es doch, Ariel! Verstehst du nicht?» sagte Sam. «Das ist die Ironie. Die kleine schlaue Füchsin Pandora hat den Wein verdorben – seit mindestens fünfundzwanzig Jahren –, indem sie diese Manuskripte so erfolgreich getrennt hielt.»

Wenn jemand so verzweifelt versucht, diese Manuskripte zu bekommen, daß unser Leben dadurch gefährdet ist, müssen wir zuerst herausfinden, was die vier einzelnen Teile sind, vor allem, warum Pandora diese Manuskripte gesammelt hat. Ich muß die Person sprechen, die uns als einzige diese Frage beantworten kann: Pandoras Cousin und Testamentsvollstrecker Dacian Bassarides.»

«Wieso glaubst du, daß Dacian Bassarides noch lebt?» fragte ich. «Er war ungefähr so alt wie Pandora und liegt jetzt wahrscheinlich auf einem Wiener Friedhof. Und wie willst du ihn finden? Du hast ihn vor fünfundzwanzig Jahren zuletzt gesehen. Ich würde sagen, die Spur ist inzwischen ein bißchen kalt.»

«Keineswegs», sagte Sam. «Dacian Bassarides ist fünfundneunzig und wohlauf. Und manche erinnern sich sogar noch an ihn. Vor einem halben Jahrhundert war er ein bekannter Virtuose à la Paganini. Sie nannten ihn ‹Fürst der Füchse›. Wenn du nicht von ihm gehört hast, liegt es nur daran, daß er aus irgendeinem Grund keine Plattenaufnahmen machen wollte. Ich habe erst jetzt durch dich erfahren, daß er Laf unterrichtet hat. Und wo wir ihn heute finden können? Nun, das hätte dir dein Freund Hauser sagen können. Soviel ich weiß, hat Dacian Bassarides die letzten fünfzig Jahre und sogar während des Krieges in Frankreich gelebt und ist eng mit Zoe befreundet, die jetzt über achtzig Jahre alt sein muß. Wenn jemand ein Treffen mit ihm arrangieren könnte, dann sie.»

Ich wußte, daß es für Sam zu gefährlich war, nach Paris zu fliegen, um Dacian Bassarides zu suchen. Er bräuchte einen neuen Paß und müßte sich in zwei Ländern mit falschen Papieren ausweisen. Aber ich fand bald eine Lösung für dieses Problem.

Hatte Wolfgang Hauser nicht gesagt, er wolle mir helfen, meine Erbschaft zu «beschützen», und er hoffe, ich würde Tante Zoe in Paris treffen, um mehr zu erfahren? Nachdem uns der Pod mit einem Regierungsauftrag nach Rußland schicken wollte, könnten wir vielleicht in Paris Zwischenstation machen. Sam schien die Vorstellung von mir und Wolfgang im frühlingshaften Paris nicht sehr zu begeistern, aber schließlich war es seine Idee, Dacian Bassarides zu interviewen.

Wir einigten uns, daß Sam während der nächsten Wochen, in denen ich in Europa unterwegs sein würde, heimlich unseren Familienstammbaum rütteln sollte, um zu sehen, ob ein paar faule Äpfel herunterfielen, und daß es eine gute Idee wäre, wenn er seinen Großvater Dark Bear in der Nez-Percé-Reservation in Lapwai besuchen würde. Obwohl wir beide Dark Bear seit Jahren nicht gesehen hatten, dachten wir, er könnte vielleicht einiges über Sams Vater erzählen aus der Zeit vor Sams Geburt, als Earnest in Lapwai lebte. Vielleicht wußte Dark Bear etwas, das wenigstens auf eine der Personen, die in das Familienschisma verwickelt waren und Manuskripte geerbt hatten, etwas mehr Licht warf.

In meiner Familie gab es nicht nur exzentrische Charaktere, Berühmtheiten und verfeindete Parteien, sondern auch etwas Geheimnisvolles oder auch nur Heimliches, das tief in ihrem Innersten begraben zu liegen schien. Um dieses Innere zu erforschen, benötigten wir neue Informationen von jemand, der unparteiisch war und nicht dazugehörte. Ich dachte an die Mormonenkirche am Great Salt Lake.

Nur wenige «Nichtmormonen» wissen, daß die Mormonenkirche bei Salt Lake City umfangreiche genealogische Archive unterhält mit Familienregistern, die bis auf Kain und Set zurückgehen. Olivier erzählte mir, diese Register befänden sich, in Computern gespeichert, in bombensicheren Höhlen in einem Berg in Utah – wie die Runenteppiche der legendären Nornen von Nürnberg, dachte ich.

Nun hatten Sam und ich zwar unseren Aktionsplan entworfen, aber wir wußten nicht, wie wir uns verständigen sollten, wenn wir diese Hütte verlassen und sich unsere Wege trennen würden. Es war gar nicht so einfach, denn keiner konnte genau sagen, wo er am nächsten Morgen sein würde. Aber Sam hatte eine Idee: Er würde jeden Tag in ein Copycenter gehen und an den Computer an meinem Arbeitsplatz ein Fax schicken mit einem falschen Namen, aber einer echten Nummer, an die ich zurückfaxen konnte. Ich würde ihm dann von einem Apparat außerhalb der Firma alle neuen Informationen verschlüsselt mitteilen und eine

Nummer angeben, unter der er antworten konnte. Das würde für eine Weile funktionieren, denn Copyshops gab es in jeder Stadt rings um den Globus – ausgenommen vielleicht in Rußland.

Als Sam unser Feuer gelöscht hatte und wir die Hütte nach gut einer Stunde wieder verließen, glitzerte der Schnee auf der hochgelegenen Wiese im blendend hellen Sonnenlicht. Bevor ich meine Sonnenbrille aufsetzen konnte, zog mich Sam an sich und küßte mich auf die Stirn. Dann sah er mich an, aber er lächelte nicht.

«Vergiß nicht, daß ich dich liebe», sagte er ernst. «Und lauf nicht noch einmal in eine Lawine. Ich möchte dich gern in einem Stück wiederhaben. Und diese Paris-Geschichte gefällt mir immer noch nicht.»

«Ich liebe dich auch», sagte ich lächelnd. Ich setzte die Brille auf und gab ihm die Hand. «In der Zwischenzeit, Blutsbruder, möge der Geist der Großen Bärin in deinen Mokassinspuren wandeln. Und bevor wir uns trennen, mußt du mir bei ihrem Totem schwören, daß du auf dich aufpassen wirst.»

Sam lächelte und hob die Hand zum Schwur.

«Großes Indianerehrenwort», sagte er.

Ich kam gerade über den Kamm der hohen Weide, als ich seine Umrisse vor dem blauen Schnee im Schatten der unteren Wiese sah – eine athletische Gestalt in dunklem Skianzug, mit Schneebrille und vom Morgenwind zerzaustem Haar. Ich brauchte sein Gesicht nicht zu sehen. Keine zwei Menschen auf der Erde konnten sich so anmutig und behend im Schnee bewegen. Es war eindeutig Wolfgang Hauser. Und er kam auf mich zu, in meinen Skispuren – den einzigen, da war ich mir sicher, die hier nach dem Schneefall der vergangenen Nacht zu sehen waren.

Ich war nur froh, daß wir beschlossen hatten, uns auf verschiedenen Routen von hier zu entfernen. Aber so schnell, wie Wolfgang lief, konnte es nur noch Sekunden dauern, bis er die Stelle am Wald erreichte, wo Sam und ich in der Dunkelheit zusammengetroffen waren. Wie zum Teufel sollte ich erklären, warum und mit wem ich in diesem abgelegenen Winkel vor Morgengrauen langlaufen war? Die Frage, was Wolfgang hier zu suchen hatte, nachdem er tausend Kilometer weit weg in Nevada sein sollte, mußte erst einmal warten.

In heller Panik stürzte ich mich den Hang hinunter und hetzte bergab durch den Wald. Ich hatte nicht daran gedacht, daß ich vielleicht auf demselben Weg, den ich heute früh eingeschlagen hatte, zurückfahren sollte. Ich wußte nicht einmal mehr, wo meine alte Spur in diesem Wald verlief oder wo genau ich Sam getroffen hatte – schließlich war es noch dunkel gewesen. Mein einziges Ziel war, Wolfgang zu finden, bevor er jene Stelle entdeckte und wir etwas sehr Schwieriges zu besprechen haben würden. Ich lief so schnell, daß die Bäume nur so an mir vorüberflitzten und ich schnurstracks an Wolfgang vorbeisauste.

«Ariel!» hörte ich und bremste so scharf, daß ich mich fast um einen Baum wickelte.

Behutsam ging ich im Zickzack zurück, während Wolfgang sich zwischen den verschneiten Bäumen durchschlängelte. Jedesmal, wenn er einen Ast berührte, fiel eine Ladung Schnee mit einem dumpfen Plumps auf die Erde. Als wir uns schließlich im Halbschatten gegenüberstanden, sah er mich fragend und so finster an, daß ich es für besser hielt, als erste etwas zu sagen.

«Hallo Dr. Hauser! Was für eine Überraschung», sagte ich und versuchte, ihm ein Lächeln zu entlocken, obwohl ich immer noch nicht wußte, ob er unsere Spuren gefunden hatte. «Wir laufen uns an den seltsamsten Orten über den Weg, findest du nicht? Ich dachte, du bist in Nevada.»

«Ich habe dir doch gesagt, ich würde kommen, wenn ich es einrichten könnte», entgegnete er leicht gereizt. «Ich bin die ganze Nacht gefahren, um herzukommen.»

«Und danach hattest du vermutlich das Bedürfnis nach einem kleinen Abstecher ins Nirgendwo», bemerkte ich ziemlich naßforsch.

«Ariel, bitte, spiel keine Spielchen mit mir», sagte er. «Sobald ich im Hotel war, bin ich zu deinem Zimmer gegangen. Die Sonne war noch nicht einmal aufgegangen. Als du nicht da warst, habe ich mir schreckliche Sorgen gemacht. Aber ich dachte, bevor ich Alarm schlage, sehe ich erst einmal auf dem Hotelparkplatz nach. Dein Wagen war nicht da, aber die einzigen frischen Spuren auf dem Parkplatz führten in diese Richtung. So habe ich dich gefunden. Aber jetzt bist du dran. Was hast du dir bloß dabei gedacht, noch vor Sonnenaufgang und Meilen vom Hotel entfernt allein Ski zu laufen?»

Toll! Er dachte also, ich sei allein unterwegs gewesen, und das bedeutete, daß er unsere Spuren nicht entdeckt hatte. Aber ganz aus dem Schlamassel war ich damit noch nicht.

«Ich habe gehofft, ein bißchen Bewegung in der frischen Luft würde mir guttun nach dem Cognac, den deine Schwester und ich gestern nacht auf meinem Zimmer geschluckt haben», sagte ich. Und das stimmte sogar.

«Bettina?» fragte er erstaunt. Also hatte ich den richtigen Knopf gedrückt. «Bettina ist hier im Hotel?»

«Wir haben uns gemeinsam betrunken, und ich habe sie über dich ausgefragt. Du hättest schon mal erwähnen können, daß deine Schwester seit zehn Jahren bei meinem Onkel lebt.»

«Tut mir leid», sagte Wolfgang und schüttelte den Kopf, als wachte er gerade auf – und vielleicht fühlte er sich tatsächlich so, wenn er die ganze Nacht gefahren war.

«Es überrascht mich, daß Lafcadio sie einfach so aus Wien mitgebracht hat. Er wird nicht gewußt haben, daß ich auch hier sein könnte.»

«Dann wird er es jetzt erfahren», sagte ich. «Wir werden alle zusammen frühstücken und sehen, was für eine Art Feuerwerk er loslassen wird.»

Wolfgang stieß seine Stöcke in den Schnee und legte die Hände auf meine Schultern.

«Habe ich dir gesagt, daß du mir gefehlt hast und daß Nevada abscheulich ist?»

«Nein, aber was ich noch fragen wollte, nachdem wir ja jetzt so gut wie verwandt sind durch die Verbindung zwischen meinem Onkel und deiner Schwester ... Wofür steht das ‹K›?»

Wolfgang lächelte noch immer, zog aber fragend eine Augenbraue hoch. «Es steht für meinen zweiten Vornamen: Kaspar. Warum interessiert dich das?»

«Wie der kleine lustige Kaspar?» sagte ich lachend.

«Nein, wie Kaspar, Melchior und Balthasar, die drei Weisen aus dem Morgenland, die dem Jesuskind Geschenke brachten», erklärte er mir, und dann fügte er hinzu: «Wer hat dir gesagt, daß du mich danach fragen sollst?»

Junge, Junge! Ich war ja vielleicht große Klasse beim Verhör sinnlos Betrunkener, aber bestimmt miserabel im Umgang mit unerwarteten Fragen. Ich versuchte, ihn abzulenken.

«Ja weißt du, ich habe nun mal ein fotografisches Gedächtnis», sagte ich. «Ich habe in der Firma deinen Namen im Besucherbuch gesehen mit all dem Herrn Professor Doktor und so, daß du in Krems in Österreich wohnst. Wo um alles in der Welt ist Krems?» Ich plapperte drauflos in der Hoffnung, ich könnte mich unter seinem mißtrauischen Blick herauswinden.

«Es ist dort, wohin wir uns beide am Dienstag auf die Reise machen werden», sagte er.

Ich versuchte, mir meine Überraschung nicht anmerken zu lassen, aber in meinem Kopf machte sich plötzlich der Alkohol bemerkbar, den ich noch nicht ausgeschwitzt hatte.

«Du meinst, nächsten Dienstag?» sagte ich, während ich das Gefühl hatte, ich würde gleich durchdrehen. Das konnte nicht sein – nicht schon wieder –, nicht jetzt, nachdem ich Sam gerade gefunden hatte und keine Möglichkeit hatte, ihn wieder zu finden, bis er mich fand. «Soll das heißen, wir fliegen übermorgen nach Österreich?»

Wolfgang nickte, und dann sagte er mit einer gewissen Dringlichkeit: «Pastor Dart rief mich gestern in Nevada an. Er hat uns gesucht, dich und mich, und war sehr erleichtert, daß ich wußte, wo du zu erreichen warst. Unser Flugzeug nach Wien geht Montagnacht, also morgen, ab New York. Wir brauchen einen Tag bis New York. Deshalb bin ich letzte Nacht von Nevada hierhergefahren, um dich abzuholen und nach Hause zu bringen, denn wir müssen ja auch noch packen. Maxfield kann deinen Wagen später zurückbringen. Es gibt einiges zu besprechen, bevor wir abreisen. Natürlich können wir hier noch frühstücken, aber dann müssen wir los –»

«Nun mal langsam», sagte ich und strich mir mit dem Skihandschuh über die Stirn. «Darf ich fragen, warum wir beide plötzlich nach Wien jetten? Oder ist mir etwas entgangen?»

«Oh, habe ich das nicht gesagt?» Er lächelte etwas verlegen. «Unsere russischen Visa wurden genehmigt. Wien ist unser erster Stopp auf dem Weg nach Leningrad.»

Unseren Brunch als frostig zu beschreiben wäre untertrieben. Laf starrte mich wütend an, als ich mit Wolfgang hereinschneite und Bambi ihren Bruder umarmte. Dann traf mich im Verlauf der Mahlzeit mehrmals ein funkelnder Blick von Olivier, als er in rascher Folge erfuhr, daß a) Bambi Wolfgangs Schwester war; b) Wolfgang heute mit mir zurückfahren würde, während er meinen Wagen und den Kater aufs Auge gedrückt bekam; und c) daß Wolfgang und ich am nächsten Morgen zu einer gemeinsamen Reise in die UdSSR aufbrechen würden.

Nur Laf taute wieder ein bißchen auf, als ich ihm sagte, unser erster

Zwischenstopp sei Wien – wohin er selbst am Montag abend von San Francisco aus zurückfliegen wollte – und daß ich ihn dort besuchen würde für den Fall, es wäre zwischen uns noch etwas ungesagt geblieben. Doch bevor ich den Speisesaal verließ, nahm ich seinen Arm und zog ihn etwas beiseite.

«Laf», sagte ich, «ich kenne deine Gefühle für Bambis Bruder. Aber nachdem ich mit ihm geschäftlich in Wien sein werde, bitte ich dich, dies eine Mal eine Ausnahme zu machen und uns beide in dein Wiener Zuhause einzuladen. Gibt es noch irgend etwas Wichtiges über unsere Familiensituation, das ich jetzt gleich erfahren müßte?»

«Gavroche», sagte Laf mit einem Seufzer, «du hast die Augen deiner Mutter – diese eisblauen Augen, auf die sie immer so stolz war. Aber mehr noch gleichen sie den Augen von Pandora, ihren wilden eisgrünen Leopardenaugen. Ich kann es Wolfgang nicht verübeln. Welcher Mann könnte solchen Augen widerstehen? Ich könnte es bestimmt nicht. Aber Gavroche, *du* mußt den Männern widerstehen, solange du deine eigene Situation nicht genau kennst.»

Mehr wollte mir Laf nicht sagen, aber ich wußte, er war ehrlich zu mir. Er war besorgt – nicht wegen einer Fehde mit Bambis Familie oder mit unserer, sondern wegen mir.

Ich küßte Laf, umarmte Bambi, übergab Jason an Olivier und schüttelte dem stillen, niemals lächelnden Volga Dragonoff die Hand. Während wir die zweihundertfünfzig Kilometer entlang dem Snake River zu meiner Kellerwohnung zurückfuhren, fragte ich mich, worauf zum Teufel ich mich einließ und wie ich vor meiner Abreise Kontakt mit Sam aufnehmen könnte, damit er Bescheid wußte.

Wolfgang informierte mich während der Heimfahrt über unsere bevorstehende Reise. Er hatte den Zwischenstopp in Wien im letzten Moment arrangiert, aber nicht aus dem Grund, den er dem Pod genannt hatte.

Obwohl die Internationale Atomenergiebehörde in Wien saß, hatte Wolfgang sein Büro in Krems, einer kleinen mittelalterlichen Stadt ein Stück donauaufwärts am Eingang zur Wachau. Wolfgang hatte dem Pod erzählt, wir müßten dort noch etliche Unterlagen durchgehen, die Planspiele der IAEA und unseren Auftrag betrafen, bevor er mich nach Rußland mitnehmen könne. Wie es schien, hatte ihm der Pod die Geschichte abgekauft.

Aber Wolfgangs eigentlicher Grund für den Abstecher nach Krems war ein anderer Ort in der Wachau: das berühmte Kloster Melk. Das in der alten Burg der Babenberger – die vor den Habsburgern Landesherren in Österreich waren – gegründete Benediktinerkloster besaß eine Bibliothek von nahezu hunderttausend Bänden, darunter sehr viele aus alter Zeit.

Am Spätnachmittag setzte mich Wolfgang vor meiner Kellertür ab. Wir verabredeten uns für den nächsten Morgen, neun Uhr dreißig, am Flugplatz, um mit der Zehn-Uhr-Maschine nach Salt Lake City zu fliegen. Damit hatte ich für meine Reisevorbereitungen nur diesen einen Abend. Ich versuchte, mich darauf zu konzentrieren, was ich für zwei Wochen brauchte, die ich größtenteils in der Sowjetunion verbringen würde, aber im Grunde überlegte ich die ganze Zeit nur, wie ich mit Sam Verbindung aufnehmen könnte. Mir fiel ein, daß Sam meinen Computer vielleicht schon vor morgen früh anwählte, um unsere neue Kommunikationstechnik auszuprobieren. Ich könnte seine Nachricht auf dem Weg zum Flughafen abholen, und wenn mir im Büro keine Zeit bliebe, um zurückzufaxen, wüßte ich wenigstens, wo ich ihn von Salt Lake City oder vom Kennedy Airport in New York aus erreichen konnte. Außerdem wäre es keine schlechte Idee, mich von Pastor Dart zu verabschieden, der vielleicht noch einige letzte Anweisungen für mich hatte.

Ich stellte meine gepackten Taschen neben die Tür und war schon auf dem Weg ins Bett, als ich Oliver ins Haus kommen hörte. Er polterte mit den Skiern, daß ich dachte, er könnte ein bißchen Hilfe gebrauchen; also ging ich im Morgenrock und in meinen pelzgefütterten Mokassins nach oben.

«Du hast wahrscheinlich seit dem Brunch nichts mehr gegessen», war das erste, was er sagte. Und es stimmte. Ich hatte überhaupt nicht daran gedacht. «Ich wollte für den kleinen Argonauten und mich Mousse von geräucherter Forelle auf Dill und Roggenbrot machen, um uns über deine morgige Abreise hinwegzutrösten. Nachdem wir in nächster Zeit wie zwei arme Junggesellen essen werden – würdest du uns die Freude machen und uns bei einem abendlichen Happen Gesellschaft leisten?»

«Mit dem größten Vergnügen», antwortete ich. Obwohl ich todmüde war, fiel mir ein, daß mir morgen vielleicht keine Zeit für ein Frühstück blieb und ich wahrscheinlich bis zum Nachmittag nichts anderes als Erdnüsse bekommen würde. «Soll ich uns einen Grog als Nachtisch machen?» fragte ich. Ich wollte mich bei Olivier für den Ausgang unseres Wochenendes entschuldigen, aber ich merkte bald, daß es nicht nötig war.

«Bien sûr», sagte Olivier grinsend, während er die Ski auf das Regal in der Speisekammer warf und die Stöcke an den Schlaufen aufhängte. «Ich habe dir vergeben, mein einziger Darling, nachdem du mich der schönen und lohnenden *Bambita* vorgestellt hast. Ich glaube, ich habe mich verliebt, und sie ist nicht einmal annähernd das Cowgirl, nach dem sich mein Herz gesehnt hat.»

«Aber sie und mein Onkel Laf scheinen zusammenzugehören», sagte ich. «Und sie leben in Wien, ziemlich weit weg von hier.»

«Das ist okay», meinte Olivier. «Die Tage deines Onkels Laf als Skiläufer sind nun vorüber, und wenn er noch so munter fiedelt. Ich bin bereit, dieser Frau auf ewig und wie ein Sklave über alle Pisten zu folgen, nur um sie wedeln zu sehen. Und jetzt, wo du so dicke mit ihrem Bruder bist, kommt sie vielleicht bald wieder, um uns zu besuchen.»

Ich ging nach unten, um etwas Burgunder aus meiner eisernen Reserve mit ein paar Glühweinbeuteln zu erhitzen. Während ich am Herd stand und zusah, wie der Wein heiß wurde, kam mir etwas in den Sinn, das ich fast vergessen hatte.

Ich ging durch das große kalte Wohnzimmer zur Bücherwand und blätterte durch den Band «H» meiner zerfledderten *Encyclopedia Britannica*, bis ich das gesuchte Stichwort fand. Erstaunt stellte ich fest, daß es tatsächlich schon einmal einen Hauser mit Vornamen Kaspar gegeben hatte. Seine Geschichte war mehr als merkwürdig:

HAUSER, KASPAR

Deutsches Findelkind rätselhafter Herkunft. H. tauchte am 26. Mai 1828 in Nürnberg auf, machte einen verwahrlosten Eindruck, nannte sich Kaspar H. und gab an, er habe, seit er denken könne, in einem dunklen Behältnis gelebt…

In einem der bei ihm gefundenen Briefe erklärte ein Handwerker, der Junge sei im Oktober 1812 in seine Obhut gegeben worden; er habe ihn wie vereinbart Lesen und Schreiben und den christlichen Glauben gelehrt, ihn aber bis zu der Zeit, da seine Aufsichtspflicht endete, in strengem Gewahrsam gehalten… In dem anderen Brief [von seiner Mutter] hieß es, er sei am 30. April 1812 geboren, heiße Kaspar und

sein Vater, ein Offizier des 6. Königlich Bairischen Kavallerieregiments, sei tot.
Der Junge wies jede Nahrung außer Wasser und Brot zurück und kannte anscheinend nichts von der Außenwelt…

Ferner hieß es in dem Artikel, Kaspar Hauser habe international wissenschaftliches Interesse geweckt, nachdem man erfahren hatte, daß er in einem Käfig aufgewachsen war; und weder seine Familie noch der Mann, der ihn aufzog, seien gefunden worden. Anscheinend hatte es zur damaligen Zeit überall in Deutschland ein enormes Interesse an solchen Dingen gegeben wie Naturkinder, die von wilden Tieren aufgezogen wurden, sowie Tiermagnetismus und ähnliche okkultistische Theorien. Hauser wurde dann bei einem Lehrer in Nürnberg untergebracht.

Am 17. Oktober 1829 fand man ihn mit einer schweren Stirnverletzung, die ihm laut seiner Aussage ein Mann mit geschwärztem Gesicht beigebracht hatte.

Der britische Wissenschaftler Lord Stanhope adoptierte den Jungen und gab ihn in die Obhut eines Ratsherrn in Ansbach, wo er genauer beobachtet werden konnte. Der Fall war in der Öffentlichkeit fast vergessen, als Kaspar Hauser am 14. Dezember 1833 von einem Unbekannten mit einem Messerstich in die linke Brust verletzt wurde und drei oder vier Tage später starb.

Es schien, daß über Kaspar Hauser in den letzten hundertfünfzig Jahren viele Bücher erschienen waren mit den verwegensten Theorien, angefangen von der Ermordung Hausers durch Lord Stanhope bis zu der Behauptung, Kaspar Hauser sei ein legitimer Sohn des Großherzogs Karl von Baden gewesen und aus politischen Gründen beseitigt worden. Die Enzyklopädie ließ wenig Zweifel aufkommen, daß die ganze Geschichte unsinnig war, und bezeichnete die historischen Fakten als «verworren».

Verworren ging es auch in meinem Kopf zu, denn warum hatte Wolfgang K. Hauser, der wie sein Namensvetter aus Nürnberg stammte, seinen zweiten Vornamen ausschließlich auf einen der drei Weisen aus dem Morgenland bezogen, ohne eine historische Figur seines Geburtsorts zu erwähnen, die immerhin so bekannt war, daß sie einen ganzseitigen Eintrag in der *Encyclopedia Britannica* erhalten hatte. Und paßte der Name Wolfgang – «Der mit den Wölfen geht» – nicht auch irgendwie zum Namen eines Jungen, der wie ein Tier aufwuchs?

Ich blickte auf und sah Jason neben der Tür an meinen Taschen herumschnüffeln. Wenn zwei gepackte Reisetaschen herumstanden, wußte er, daß ich für längere Zeit verreisen würde, und ich fürchtete schon, er würde wie schon einmal, als er merkte, daß er allein hierbleiben mußte, meine Taschen anpinkeln.

«O nein, das läßt du schön bleiben», sagte ich und klemmte ihn mir unter den Arm. Dann nahm ich den blubbernden Glühwein vom Herd und ging nach oben in Oliviers warme Küche. «Olivier, wenn ich weg bin, mußt du ein bißchen auf meinen Zimmergenossen hier aufpassen», sagte ich. «Ich glaube, er nimmt es mir übel, daß ich verreise, und du weiß, was das bedeutet.»

«Er kann hier oben bei mir bleiben», sagte Olivier, während er eine Toastecke mit Mousse bestrich und sie an Jason verfütterte. «Damit sparen wir Heizkosten. Und was ist mit deiner Post?» fügter er hinzu. «Hast du morgen noch Zeit, einen Sammelauftrag abzugeben, oder soll ich… Nanu, was ist los?»

Teufel auch! Ich wußte, ich hatte etwas vergessen! Ich machte den Mund auf für das Stück Toast mit Mousse, das mir Olivier hinhielt, und kaute, so daß ich nicht sprechen konnte. Ich goß den dampfenden Glühwein in zwei Becher und nahm einen kräftigen Schluck, während mein Gehirn Loopings drehte auf der Suche nach einer raschen Lösung für dieses Problem.

«Es ist okay», sagte ich schließlich zu Olivier und zwang mich, zu lächeln. «Mir ist plötzlich eingefallen, daß ich noch etwas einpacken muß, das ist alles. Aber das kann ich auch morgen tun. Ich kann auch noch im Büro und bei der Post vorbeischauen.»

Gottlob traf das alles zu – die Post öffnete um neun, und ich mußte erst um halb zehn am Flughafen sein. Es hätte auch anders sein können, und dann hätte sich die Post von zwei Wochen hier gestapelt, während ich mich in Rußland herumtrieb. Wo hatte ich nur meine Gedanken?

Als wir gegessen hatten, ging ich in meine Wohnung hinunter und verfluchte mich, weil ich die Geistesgegenwart hatte, Wecker und Pyjamas einzupacken, aber beinahe eine Sache vergessen hätte, die Sam und mich das Leben kosten konnte. Was nützte mir ein fotografisches Gedächtnis für Kleinkram, wenn dabei die wichtigen Dinge untergingen?

Um halb neun am nächsten Morgen fuhr ich mit Reisetaschen und Reisepaß auf dem Rücksitz zum Büro.

Ich ging in mein Büro und sah mir an, was an E-mail eingegangen war. Wie ich gehofft hatte, befand sich eine Nachricht von Sam dabei – von den «Great Bear Enterprises» –, gefolgt von einer Telefonnummer mit einer Idaho-Vorwahl, wahrscheinlich von irgendwo zwischen Sun Valley und der Reservation bei Lapwai. Ich prägte sie mir ein, löschte sie aus dem Computer und verabschiedete mich vom Pod.

Mir blieben noch zwanzig Minuten, um rechtzeitig am Flughafen zu sein, der – ohne Umweg – von hier aus in gut zehn Minuten zu erreichen war. Mit quietschenden Reifen hielt ich vor der Post. Ich sprang aus dem Wagen und rannte die Stufen hinauf. George, der Postbedienstete, der mich kannte, saß hinter dem Schalter, vor dem aber schon mehrere Kunden anstanden.

«George, ich brauche ein paar Wochen keine Postzustellung», rief ich über die Köpfe der Wartenden hinweg. «Ich füll nur schnell das Formular aus. Kann man die heutige Post noch zurückhalten?»

«Oh, Miss Behn, es tut mir so leid», sagte George, während er Briefe für andere Kunden wog und stempelte. «Das neulich war alles mein Fehler. Aber ich habe versucht, es wiedergutzumachen. Wenn Sie eine Minute warten – ich hab was für Sie.»

Er schlug auf die Glocke am Schalter, während ich ein gräßlich flaues Gefühl bekam. Was war schiefgegangen? Was mußte George wiedergutmachen? Was hatte er für mich? Ich ahnte es, und ich bekam schreckliche Angst. Ich füllte meinen Sammelantrag aus und wartete.

Dann erschien ein zweiter Postangestellter hinter dem Schalter und nahm die Benachrichtigungsscheine entgegen von den Kunden, die nur Pakete abholen wollten. George verschwand nach hinten und kam mit einem Paket zurück. Es sah nicht viel anders aus als das, welches ich letzte Woche erhalten hatte – aber es war tatsächlich eine große, etwas ramponierte Jiffytüte, wie Sam sie beschrieben hatte, ungefähr so dick wie zwei Packen Schreibpapier.

«Ich hab Ihnen letzte Woche das falsche Paket gegeben», sagte George. «Dieses hier hätte zu Ihrem gelben Benachrichtigungszettel gehört, aber ich habe nicht aufgepaßt. Das andere ist am selben Tag gekommen, als Sie hier waren, aber wir hatten noch keinen Zettel dafür ausgestellt. Am Samstag, als wir die Pakete hier unten sortiert haben –

was die Leute nicht abholen, wird zurückgeschickt –, da war ich Gott sei Dank hier und habe meinen Fehler entdeckt. Es tut mir wirklich sehr leid, Miss Behn.»

Er gab mir das Paket, und ich biß die Zähne zusammen, bevor ich einen Blick darauf warf. Ich hatte nur noch zehn Minuten, um das Flugzeug für meinen Flug nach Europa mit Wolfgang Hauser zu erreichen. Ich zwang mich, das Paket anzusehen. Der Poststempel stammte aus San Francisco, wie auf dem gelben Abholschein, den ich im Schnee gefunden hatte. Und diesmal bestand kein Irrtum: Die Handschrift auf dem Umschlag war die von Sam.

DAS GESCHENK

Timeo Danaos et dona ferentes. *(Ich fürchte die Danaer, selbst wenn sie Geschenke bringen.)*

Vergil, Aeneis

Die Gefahr [für Geber und Nehmer ist] nirgends besser zu erahnen als in den sehr alten germanischen Gesetzen und Sprachen. Das erklärt die Doppelbedeutung des germanischen Wortes giftiz*: Einmal ist es etwas Gegebenes oder Empfangenes, ein andermal ein Gift.*

Die tödliche Gabe, das Geschenk oder die besondere Eigenschaft, die sich in Gift verwandelt, ist ein Grundthema in den germanischen Sagen. Das Rheingold ist tödlich für den, der es erobert; Hagens Becher ist tödlich für den Helden, der daraus trinkt. Tausend Abenteuer- und Liebesgeschichten dieser Art, germanische und keltische, prägen noch heute unsere Gefühlswelt.

Marcel Mauss, The Gift

Ich rannte aus dem Postgebäude, stieg in den Wagen und fuhr in halsbrecherischem Tempo zum Flughafen, parkte, lud mein Gepäck aus und schlitterte über den eisglatten Asphalt. Im Gebäude reckte ich verzweifelt den Kopf, um die zwei Abflugbereiche zu überblicken. Am anderen Ende, bei Gate B, sah ich Wolfgang, der mit beiden Armen fuchtelnd eine hitzige Debatte mit einem Mann vom Bodenpersonal führte.

«Gott sei Dank», sagte Wolfgang erleichtert, als ich bei ihm anlangte; aber man sah, daß er wütend war. Er wandte sich rasch an den Flughafenangestellten: «Sind wir zu spät?»

«Eine Sekunde», sagte der Mann und griff zum Telefon, um im Cockpit anzurufen, während mich Wolfgang finster musterte. Der Mann drehte sich zu Wolfgang um und nickte. «Die Gangways sind noch draußen. Also beeilen Sie sich. Wir haben schließlich einen Flugplan.»

Er schob unsere Taschen durch die Gepäckkontrolle und entwertete unsere Tickets. Wir hasteten über das Flugfeld und die Gangway hinauf und waren kaum angeschnallt, als sich die Maschine in Bewegung setzte.

«Ich hoffe, du hast eine gute Ausrede», sagte Wolfgang, während wir zur Startbahn rollten. «In den nächsten drei Stunden hätte es keinen weiteren Flug nach Salt Lake City gegeben, und wir hätten sämtliche Anschlußflüge verpaßt.»

Ich war von der Rennerei noch so außer Atem, daß ich kaum sprechen konnte. «Ich... ich mußte unterwegs noch etwas erledigen», stieß ich hervor.

«Noch etwas erledigen? Heute morgen?» sagte Wolfgang ungläubig und wollte noch mehr sagen, aber dann begannen die Triebwerke zu dröhnen, so daß ich ihn nicht mehr verstand. Verärgert wandte er sich ab und nahm etliche Papiere aus seinem Aktenkoffer, in die er sich vertiefte, während das Flugzeug über die Runway raste und abhob. Wir sprachen nicht mehr während des vierzig Minuten dauernden Flugs bis Salt Lake City, der ruhig, aber unter ohrenbetäubendem Lärm verlief. Mir konnte das nur recht sein, denn ich hatte über eine Menge nachzudenken.

Es bestand kein Zweifel, daß das Paket, das jetzt in meiner Umhängetasche unter meinem Sitz lag, das Geschenk meiner Großmutter Pandora an meinen Onkel Earnest enthielt, das anschließend Sam geerbt hatte – ein so gefährliches Geschenk, das nicht nur einige von Sams Kollegen, sondern vielleicht auch Pandora und Earnest das Leben gekostet hatte und das um ein Haar auch für Sam tödlich geworden wäre. Jetzt hatte ich es bekommen.

Weil ich inzwischen weder Freunden, Kollegen noch den meisten Familienmitgliedern hinsichtlich dieses tückischen Pakets traute, zögerte ich verständlicherweise, es vor den Augen mehrerer Postkunden bei George hinter dem Postschalter zu lassen. In der kurzen Zeit, die mir für den Weg zum Flughafen geblieben war, konnte ich kein sicheres Versteck mehr finden, und nun saß ich da und wußte nicht, was ich mit meiner tödlichen Erbschaft tun sollte. Bei der Einreise in die UdSSR würde das Paket bestimmt gründlich untersucht und wahrscheinlich konfisziert werden. Dadurch könnte die Gefahr für alle Betroffenen und besonders für mich noch größer werden. Folglich war mein erster Gedanke, das Paket zu vernichten.

Ich hatte an verschiedene Methoden gedacht für den Fall, daß ich es schnell loswerden müßte. Aber bis wir Salt Lake City erreichten, schienen mir die Chancen für eine solche Lösung meines Problems sehr gering, denn ich konnte nicht eintausend Seiten die Toilette hinunterspülen und ebensowenig auf einem der Flughäfen, die wir in den nächsten 24 Stunden passieren würden, fünf Kilo Papier verbrennen. Außerdem war die Vernichtung keine Garantie für ein ruhigeres Dasein, weil ich keine Ahnung hatte, wer diese Manuskripte haben wollte und warum sie jemand haben wollte. Wie konnte ich signalisieren, daß das begehrte Objekt nicht mehr im Umlauf war? Und wenn es mir gelänge, es aus dem Verkehr zu ziehen, konnte das für Sam vielleicht tödlich werden, weil er als einziger wußte, wo sich die Originale befanden. Ich mußte dieses Paket genauso wie das erste, das ich erhalten hatte, irgendwo verstecken, wo es niemand suchen würde.

Ich wußte, daß man in den Schließfächern am Flughafen in Salt Lake

City nicht wie in Hollywoodfilmen einfach seine Beute verstauen konnte, um sie irgendwann abzuholen. Hier funktionierten die Schließfächer mehr wie Parkuhren. Und wenn ich, vorausgesetzt ich hätte die Zeit dazu, die Manuskripte in kleinere Pakete aufteilen und sie an meine Adresse schicken würde, hätte ich das ganze Ding gleich bei George auf der Post lassen können, wo Olivier und mein Boss und wer weiß noch herumschnüffelten. Ich war mit meinem Latein am Ende.

In Salt Lake City entschuldigte ich mich bei dem immer noch verstimmten Wolfgang noch einmal für meine Verspätung. Sobald wir unser großes Gepäck nach Wien eingecheckt hatten, suchte ich den Waschraum auf und öffnete Sams Paket. Ich blickte auf merkwürdige Schnörkel, Buchstaben einer fremden Sprache, die aber deutlich erkennbar von Sams Hand geschrieben waren. Ich stopfte das Paket zwischen meine Arbeitsunterlagen und hängte mir die schwere Tasche über die Schulter. Bevor ich die Lounge verließ, schickte ich ein Fax an Sam: *Erhielt dein Geschenk. Geben ist seliger als nehmen.* Eine Nachricht, aufgegeben am Flughafen von Salt Lake City, würde Sam überdies sagen, daß ich bereits mit Wolfgang unterwegs war. Ich fügte noch hinzu, daß mir jedes Fax von meinem Büro nachgeschickt würde.

Wolfgang wartete auf mich wie vereinbart vor der Cafeteria. Er hielt zwei dampfende Pappbecher in der Hand.

«Ich dachte, wir trinken unseren Tee lieber am Gate. Da drin ist es einfach zu voll.»

Er wies mit einer Kopfbewegung in Richtung Cafeteria, die voll besetzt war mit Mormonenmissionaren – alles frisch gewaschene, rotbackige junge Männer in weißen Hemden, dunklen Anzügen und Krawatten, die einheitlichen Rucksäcke vollgepackt mit Lesestoff für die zu Bekehrenden. Sie tranken Eiswasser, während sie auf ihre Flüge warteten. Tag für Tag und jahraus, jahrein flogen solche jungen Missionare wie Löwenzahnsamen über den Globus, um die gute Botschaft direkt aus dem Herzen der Mormonenkirche in Salt Lake City in die Welt hinauszutragen.

«Sie bekehren nicht viele Österreicher», sagte Wolfgang, während wir den Gang zu unserem Gate entlanggingen. «In einem Land, das so katholisch ist, tritt selten jemand zu einem neuen Glauben über. Aber auf Flughäfen sieht man so viele von diesen jungen Männern. Auf mich wirken sie sehr sonderbar.»

«Sie sind nicht sonderbar, nur anders», erklärte ich ihm, während ich den Deckel von meinem Tee nahm und einen Schluck probierte. Er war kochend heiß. «Du hast doch meinen Hausherrn Olivier kennengelernt. Er ist Mormone, oder um genau zu sein, ein Jack-Mormone. So nennen sie diejenigen, die nicht alle Regeln befolgen. Olivier trinkt manchmal Kaffee oder Alkohol, obwohl es verboten ist. Und obwohl er nicht gerade ein Don Juan ist, sagt er, er sei auch nicht Jungfrau geblieben.»

«Jungfrau?» sagte Wolfgang und sah mich mißtrauisch an. «Ist das bei ihnen Brauch?»

«Ich versichere dir, ich bin keine Expertin», sagte ich lachend. «Aber laut Olivier geschieht das mehr oder weniger auf freiwilliger Basis – ich meine, die Reinhaltung von Körper und Seele. Sie scheinen sich auf diese Weise auf die Erlösung in einem zukünftigen Zeitalter des Glücks und des Friedens vorzubereiten.»

«Ein zukünftiges Zeitalter?» sagte Wolfgang. «Das verstehe ich nicht.»

«Es ist eben ihr Weg zur Höherentwicklung des Menschen», sagte ich. «Die Katholiken haben einen eigenen Katechismus, richtig? Nun, die Mormonen richten sich nach dem ihren, und soviel ich verstanden habe, heißt es darin: Das Heute ist der Anfang vom Ende. Die Zeit geht ihrem Ende entgegen. Dies sind die letzten Tage, in denen die Welt, wie wir sie kennen, zu Ende geht. Nur wer sich gereinigt und sich zu ihrem Glauben bekannt hat, daß Jesus Christus das Licht und der Weg ist, wie sie sagen, wird gerettet werden, wenn Christus zur Erde zurückkehrt, Gericht hält und das Neue Zeitalter bringt. Darauf bereiten sie sich in diesen letzten Tagen vor, indem sie taufen, sich reinigen und läutern, damit jeder in einem neuen vergeistigten Körper auferstehen kann und das ewige Leben gewinnt. Daher der Name ‹Heilige der Letzten Tage›.»

«Die letzten Tage oder Dinge sind eine uralte Vorstellung», sagte Wolfgang. «So weit die Geschichte zurückreicht, ist das die Eschatologie, von *eschatos*, das Fernste, Äußerste, das Extreme. Im Katholizismus ist es die *parousia*: die Wiederkehr des Erlösers beim Jüngsten Gericht.» Und ganz unerwartet für mich fügte er hinzu: «Glaubst du daran?»

«An die Apokalypse und das alles?» Bei Glaubensfragen war mir nie so recht wohl. War nicht die Wirklichkeit schon schwierig genug? «Dieses Versprechen ist zweitausend Jahre alt, und ich weiß, daß ein paar Leute immer noch den Atem anhalten. Aber ich fürchte, ich brauche etwas Handfesteres, um mich daran festzuhalten.»

«Woran glaubst du dann?» fragte Wolfgang.

«Ich weiß es nicht genau», gab ich zu. «Ich bin viel mit Nez-Percé-Indianern zusammengewesen. Ihre Weisheit ist ungefähr das einzige, was ich an religiöser Erziehung mitbekommen habe. Ich denke, hinsichtlich der Vorstellung eines neuen Zeitalters glaube ich, was sie glauben.»

Während wir den Gang entlangschlenderten, versuchte ich, näher darauf einzugehen. «Wie die meisten Indianerstämme glauben die Nez Percé, daß die Indianer das Volk sind, das dazu ausersehen ist, den Übergang herbeizuführen. Ende des vorigen Jahrhunderts gab es einen Propheten namens Wovoka. Er war ein Nevada-Paiute.

Während einer Krankheit hatte er eine Vision von dem, was am Ende der Zeit geschehen würde – und das ist für die Paiute das Zeichen für den Übergang ins neue Jahrtausend. Wovoka sah in seinen Träumen von Geistern inspirierte Tänzer, die die Grenze zwischen sich und der Geisterwelt überschreiten konnten. Jedes Jahr sollten sich die Menschen bei den Händen nehmen und fünf Tage lang ununterbrochen tanzen. Er nannte den Tanz *Wanagi Wacipi*, den Geistertanz.

Die Tänzer rufen den Sohn des Großen Geistes an, und er wird als Wirbelwind kommen und alle *Wasichu*, die mit gespaltener Zunge sprechenden Europäer, die alles verderben, was sie berühren, hinwegfegen. Die alten Geister werden zur Erde zurückkehren mit allen Bisons, die der weiße Mann abgeschlachtet hat. Mutter Erde wird wieder fruchtbar, und wir werden wieder in Harmonie mit der Natur leben, wie es in all den alten Visionen gesehen wurde.»

«Das ist sehr schön», sagte Wolfgang. «Und du glaubst tatsächlich daran – an dieses harmonische Bild vom wiedergewonnenen Paradies?»

«Ich denke, es ist Zeit, daß jemand von uns anfängt, daran zu glauben», antwortete ich. «Wir haben unser Nest hier auf dem dritten Planeten zur Genüge beschmutzt. Aus diesem Grund habe ich mich auch für die Arbeit entschieden, die ich tue. Atommüllmanagement – Auffindung, Beseitigung, Lagerung – ist mein Reinigungsritual.»

Sam hatte einmal gesagt, keine Zivilisation, auch nicht die mächtigste, habe sich ohne anständige sanitäre Einrichtung lange gehalten. Rom beherrschte die halbe Welt mit Hilfe seiner Aquädukte, mit Trinkwasser- und Abwassersystemen. Als Gandhi Indien von den Briten befreien wollte, veranlaßte er als erstes, daß sich alle auf Hände und Knie niederließen und die Abtritte schrubbten.

Als ich das Wolfgang erzählte, lachte er. Wir hatten unser Gate erreicht. In der Wartezone stellte er seinen Aktenkoffer ab und stieß mit seinem Pappbecher an den meinen, als würden wir mit Champagner auf etwas anstoßen.

«Die Welt durch Abfallkontrolle zu retten ist ganz im Sinn meines Arbeitgebers, der IAEA», sagte er lächelnd. «Aber im Grunde sind die Menschen überall gleich. Ich sehe nicht, wie man das menschliche Verhalten ändern oder eine globale Reform herbeiführen könnte.»

«Aber wir haben über Glauben gesprochen, nicht über Verhaltensweisen», warf ich ein. «Wenn Dinge, die wir glauben, auf der Erde verwirklicht werden, sieht das Ergebnis nie genauso aus, wie wir uns das gedacht haben. Zum Beispiel die Geistertänze. Was ist in der Wirklichkeit daraus geworden? Der Tanz enthielt so viele paradiesische Elemente, daß er sehr schnell von den Arapaho, den Oglala, den Schoschonen und besonders von den Dakota übernommen wurde, die schließlich daran zugrunde gingen.»

«Wie meinst du das?» fragte Wolfgang.

«Sie wurden getötet», sagte ich und sah ihn erstaunt an, denn ich konnte kaum glauben, daß es jemanden gab, der überhaupt nichts von dieser Geschichte wußte. «Es ist eines der bittersten Kapitel in der Geschichte der Indianer. Aber schuld waren im Grunde unvereinbare Religionen. Man hat den Indianern verboten zu jagen; sie wurden in Reservaten zusammengetrieben und gezwungen, Feldfrüchte anzubauen. Dann kam kurz vor der Jahrhundertwende die große Hungersnot. Die Indianer starben zu Tausenden, und die, die noch lebten, tanzten. Sie tanzten wild und ekstatisch und verfielen in Trance, so verzweifelt versuchten sie, die idyllische Vergangenheit zurückzubringen, als die Erde und ihre Kinder eins waren. Sie glaubten, die Geisterhemden, die sie trugen, würden die Kugeln der Soldaten abweisen. Die weißen Siedler schreckte die neue Religion; sie hielten diese Tänze für Kriegstänze, woraufhin die Regierung die Geistertänze verbot. Als die Dakota ihre Tänze an einer abgelegenen Stätte fortsetzten, rückten Regierungstruppen an und metzelten ganze Familien nieder. Du hast doch bestimmt von dem Massaker gehört, bei dem 1890 am Wounded Knee alle Geistertänzer getötet wurden.»

Sie wurden umgebracht, weil sie getanzt haben?» sagte Wolfgang fassungslos.

«Man kann es sich kaum vorstellen, nicht wahr?» sagte ich und fügte sarkastisch hinzu: «Aber die Bundesregierung vertrat in diesen regionalen Streitfragen gewöhnlich einen harten Kurs.

«Das ist eine wirklich erstaunliche Geschichte», sagte Wolfgang. «Dann sind die Nachfahren der zivilisierten weißen Europäer also die Bösewichte in dem Stück?»

«Du hast wirklich keine Ahnung», sagte ich. «Aber du hast mich gefragt, woran ich glaube. Ich wünschte, es gäbe so etwas wie einen Geistertanz, der wieder zu einer Harmonie zwischen uns und unserer Großmutter, wie die Indianer die Erde nennen, führen würde. Allerdings wäre ich dabei keine große Hilfe. Ich bin keine sehr gute Tänzerin.»

Wolfgang lächelte. «Wie kann das sein», sagte er, «nachdem deine Tante Zoe eine der berühmtesten Tänzerinnen des Jahrhunderts war? Und du scheinst viele ähnliche Eigenschaften zu haben. Du bist gebaut wie eine Tänzerin. Man braucht dich nur Ski laufen zu sehen.»

«Aber ich habe Angst im tiefen Pulverschnee», erklärte ich. «Ich möchte immer alles unter Kontrolle haben, und wenn man das will, kann man nicht gleichzeitig ein guter Tänzer sein. Sams Mutter, die ich nie kennengelernt habe, war eine echte Nez Percé. Als Sam und ich Kinder waren, wurden wir feierlich ‹Blutsbrüder›. Ich wollte zum Stamm gehören, aber Sams Großvater war dagegen, weil ich nicht tanzen wollte. Siehst du, ein Neuling im Stamm muß erst das werden, was die Hopi *hoya* nennen. *Hoya* ist der Name für einen Initiationstanz und bedeutet ‹flügge werden›.»

«Aber ich habe dich von einem ziemlich hohen Felsen springen sehen», sagte Wolfgang immer noch lächelnd. «Und doch glaubst du, du könntest nicht genug loslassen, um im tiefen Pulverschnee zu tanzen. Verstehst du jetzt, wie mächtig der Glaube sein kann? Denn in Wirklichkeit hast du selbst entschieden, daß du das eine kannst und das andere nicht.»

«Zumindest weiß ich, was ich glaube, wenn ich an Sams Großvater denke», sagte ich, ohne auf Wolfgangs Bemerkung einzugehen. «Er hat gehofft, Sam, der sein einziges Enkelkind ist, von meiner Seite der Familie fernzuhalten. Wir *sind* ein bißchen komisch. Aus der Sicht von Dark Bear waren Sam und ich vielleicht engere Freunde geworden, als ihm lieb war. Für Blutsverwandte haben die Nez Percé sehr strenge

Regeln. Als Sams Cousine hätte ich zu den verbotenen Früchten gehört. Eine Heirat innerhalb der Familie ist nicht erlaubt, nicht einmal unter entfernteren Verwandten.»

«Heirat?» warf Wolfgang ein. «Aber du hast doch gesagt, du warst ein Kind!»

Ich fühlte, wie mir das Blut in die Wangen schoß. Ich senkte den Kopf, aber Wolfgang legte den Finger unter mein Kinn und zwang mich, ihn anzusehen.

«Ich will dir sagen, was ich glaube, meine Liebe», sagte er. «Wenn dieser Cousin von dir nicht vorzeitig verschieden wäre, müßte mich dieses Erröten ziemlich beunruhigen.»

Glücklicherweise wurde im selben Augenblick unser Flug aufgerufen.

Während des langen Flugs nach New York informierte mich Wolfgang ausführlich über unseren Auftrag in der Sowjetunion. Was die Hintergründe unseres Auftraggebers, der Internationalen Atomenergiebehörde, betraf, so wußte ich darüber bereits einiges.

Nach dem Reaktorunfall in Tschernobyl im Jahr 1986 verlangte die IAEA, sofort über jeden nuklearen Unfall informiert zu werden, der grenzüberschreitende Auswirkungen haben könnte. Ein Jahr später erarbeitete die IAEA ein Programm, um die Mitgliedstaaten bei der Entsorgung des nuklearen Abfalls zu beraten – ein Problem, mit dem Olivier und ich für die USA täglich zu tun hatten.

Die Katastrophe von Tschernobyl hat viele dieser Veränderungen bewirkt, aber der eigentliche Grund war der Öffentlichkeit weitgehend vorenthalten worden. Tschernobyl war ein Brutreaktor eines Typs, der in der UdSSR, aber auch in Amerika und anderen Ländern lange Zeit gefördert wurde, bei der Bevölkerung aber instinktiv Ängste geweckt hatte – möglicherweise aus gutem Grund.

Ein Brutreaktor brütet, wie der Name sagt, und erzeugt dabei mehr brennbares Material, als er verbraucht. Es funktioniert ähnlich wie beim Brotbacken. Man braucht ein bißchen nuklearen Sauerteig, in diesem Fall ein spaltbares Material wie Plutonium 239, gibt ein Quantum Uran 238 dazu, das für sich allein als Triebmittel ungeeignet ist. Daraus erhält man einen größeren Batzen Sauerteig, sprich mehr Plutonium, das entweder wiederaufgearbeitet wird zu nuklearem Brennstoff oder für die Herstellung von Kernwaffen abgezweigt wird.

Weil dieser Reaktortyp wegen des wesentlich geringeren Uranbedarfs so kostengünstig arbeitet, wurde er jahrzehntelang von den Russen und von uns genutzt. Aber wo war all das Plutonium geblieben? In den USA war dies während des Kalten Krieges kein Geheimnis: Es wurde wiederaufgearbeitet und zu atomaren Sprengköpfen verwendet, von denen es schließlich so viele gab, daß jeder in Amerika ein paar in seiner Garage hätte haben können. Was jedoch den hochradioaktiven Atommüll der Russen anging, so würden wir darüber möglicherweise in Wien einiges herausfinden.

Der Sitz der Internationalen Atomenergiebehörde befindet sich in Wien in der UNO-City an der Wagramerstraße auf einer Insel zwischen Donau und Alter Donau. Jenseits des Stroms liegt der Prater mit dem berühmten Riesenrad – derselbe Vergnügungspark, wo meine Großmutter Pandora vor fünfundsiebzig Jahren mit Onkel Laf und Adolf Hitler Karussell gefahren war.

Als wir am Dienstag um neun Uhr morgens in Schwechat landeten, wurden wir bereits von Wolfgangs Mitarbeiter Lars Fennish erwartet, der uns mitsamt unserem Gepäck zu den ersten Besprechungen in die UNO-City brachte. Nach der langen und anstrengenden Reise, während der ich wenig geschlafen hatte, war mir nicht nach viel reden zumute. Ich saß still auf dem Rücksitz, und während sich die zwei Männer auf deutsch über unseren Tagesablauf unterhielten, blickte ich durch die blaugetönten Scheiben auf die trübselige Vorstadtkulisse. Doch als wir uns Wien näherten und den Fluß überquerten, tauchten Erinnerungen an früher auf.

Ich hatte Wien vor rund zehn Jahren das letzte Mal gesehen, aber bis jetzt war mir nie klar geworden, wie sehr ich die Stadt meiner Kindheit vermißt hatte, all die Weihnachtsfeste und Ferien, die ich mit Jersey inmitten der Musikwelt bei Onkel Laf verbracht hatte, wo ich Lebkuchen und Plätzchen gegessen, mit Bändern und Schleifen verschnürte Geschenkpakete geöffnet und Ostereier gesucht hatte. Mein Bild von Wien war schöner und bunter als das Bild, das die Stadt dem Rest der Welt präsentierte – «die Stadt von Strudel, Schnitzel und Schlagobers», wie es Onkel Laf ausdrückte. Ich sah ein anderes Wien, eine Stadt mit so vielen Traditionen, dem Flair so vieler verschiedener Kulturen und spürte in allem den Zauber ihrer Geschichte.

Die Donau ist der Strom, der West- und Osteuropa verbindet. Im 7. Jahrhundert v. Chr. erschlossen die Griechen den Unterlauf der Donau und nannten ihn *Istros*. Am Oberlauf bildete der Fluß seit Kaiser Oktavian die Nordgrenze des Römischen Reichs und hieß dort *Danubius*. Aber wie auch immer dieser Fluß im Lauf der Jahrhunderte von den Völkern genannt wurde – alle Formen seines heutigen Namens gehen zurück auf das keltische Wort «Danu» – das Geschenk.

Das Wasser der Donau war ein Geschenk für alle Länder, die an ihrem Weg lagen. Sie kümmerte sich nicht um Grenzen, überwand alle künstlichen oder natürlichen Hindernisse und brachte allen das lebenspendende Wasser. Und sie hatte noch ein Geschenk, und das war der Wein, der an ihren Ufern geerntet wurde und nach dem Wien, einst *Vindobona*, benannt wurde.

Auch heute sah ich auf den Hügeln die Reihen der Rebstöcke und dazwischen das gelbe Stroh der letztjährigen Getreideernte – eine Gabe der Göttin Ceres. Aber der Wein war das Geschenk des Gottes Dionysos, das Schmerzen linderte, Träume schenkte und zum Tanz anregte, dem sich die Mänaden im Gefolge des Dionysos bis zur Raserei hingaben. Ich dachte, wenn es eine Stadt gab, die diesem Gott gehörte, dann war es Wien, die Stadt von Wein, Weib und Gesang.

Ich selbst war hier in frühester Jugend mit diesem Gott zusammengetroffen, als Jersey bei einer Matinee in der Staatsoper Richard Strauß' «Ariadne auf Naxos» sang. Von ihrem Geliebten Theseus auf Naxos verlassen, will sich Ariadne dem Tod in die Arme stürzen. Als Bacchus erscheint, um sie zu retten, hält ihn Ariadne für den Gott des Todes, der sie in den Hades mitnehmen will. Sie erkennt nicht, daß es Bacchus ist, der sie liebt und heiraten will, um sie in den Himmel zu tragen und ihren Hochzeitskranz als leuchtendes Sternbild ans Firmament zu hängen.

Aber ich war so jung, daß ich die Situation ebensowenig verstand wie Ariadne, und so kam es zu meinem ersten und wahrscheinlich einzigen Bühnenauftritt in meinem Leben, der, zumindest in meiner Familie, unvergessen blieb. Ich glaubte, wirklich, dieser schreckliche Fürst der Finsternis – der Tenor – würde meine Mutter in die Hölle verschleppen, und so lief ich auf die Bühne und versuchte, sie zu retten. Ich erntete schallendes Gelächter und wurde, entsetzlich beschämt, von der Bühne entfernt. Gott sei Dank war Onkel Laf da, um *mich* zu retten.

Nach der Vorstellung verdrückten wir uns aus Jerseys Garderobe, wo sie umgeben von einem Meer von Blumen Autogramme gab und sich zweifellos, sobald wir gegangen waren, bei ihrem Publikum für das Benehmen ihres Kindes entschuldigte. Laf tröstete mich mit Erdbeerkuchen und Schlagobers, und dann spazierten wir über den Ring. An einem Brunnen setzte sich Laf auf den Beckenrand und nahm mich auf den Schoß.

«Hör zu, Gavroche», sagte er, «ich will dir einen kleinen Rat geben. Beiß nie in die Wadeln von jemand wie Bacchus. Ich sage das nicht nur, weil der Tenor, der heute den Bacchus gesungen hat, vielleicht nie wieder mit deiner Mutter auftreten will, sondern auch, weil Bacchus oder Dionysos, wie man auch zu ihm sagen kann, ein großer Gott ist – auch wenn dieser Sänger nur so getan hat, als wäre er der Gott» fügte er tröstlicherweise hinzu.

«Es tut mir leid, daß ich den Mann gebissen habe, der mit Mama gesungen hat», sagte ich. Aber Laf hatte mich neugierig gemacht. «Du hast gesagt, daß er nur so getan hat, als wäre er der Gott. Gibt es ihn auch in echt – den Di-oo-ny-sos?» Ich gab mir Mühe, das Wort richtig auszusprechen, und Laf nickte lächelnd. «Hast du ihn schon mal gesehen? Wie sieht er aus?» fragte ich.

«Nicht jeder glaubt, daß es ihn gibt, Gavroche», sagte Laf. «Viele glauben, er kommt nur im Märchen vor. Aber für deine Großmutter Pandora war es etwas ganz Besonderes. Sie hat geglaubt, der Gott kommt zu denen, die ihn um Hilfe bitten. Aber man muß seine Hilfe wirklich dringend nötig haben, bevor man sich an ihn wendet. Er reitet auf einem Tier, das sein engster Gefährte ist – auf einem wilden schwarzen Panther mit smaragdgrünen Augen.»

Ich fand das ungeheuer aufregend. Das Bild des Tenors, dem ich erst eine Stunde zuvor in die Wade gebissen hatte, war völlig verschwunden, und ich konnte es kaum erwarten, dem echten Gott auf dem Rükken eines fauchenden Dschungeltiers auf der Kärntnerstraße zu begegnen.

«Wenn ich seine Hilfe wirklich brauche und er mich rettet, bringt er mich dann fort, so wie Ariadne?» fragte ich.

«Da bin ich ganz sicher, Gavroche, wenn es das ist, was du möchtest», versicherte mir Laf. «Aber dazu muß ich dir noch etwas sagen. Der Gott Dionysos liebte Ariadne, und weil sie eine Sterbliche war, kam er wegen ihr auf die Erde. Aber wenn ein großer Gott auf die Erde kommt, kann das allerlei Probleme schaffen. Und deshalb mußt du ganz sicher sein, ihn nur dann um Hilfe zu bitten, wenn du sie wirklich und wahrhaftig brauchst. Du darfst keinen blinden Alarm schlagen.»

Ich sagte: «Okay. Aber was sind das für Probleme? Und wenn ich zufällig einen Fehler mache, was passiert dann?» Laf nahm meine Hand und sah mir in die Augen, als blickte er in eine ferne Vergangenheit.

«Gavroche, sagte er, «wenn jemand so meergrüne Augen hat wie du, wird dir selbst ein Gott nicht böse sein. Aber deine Großmutter glaubte, die Zeit des Dionysos würde jetzt bald kommen. Und weil er der Gott der Feuchtigkeit, der Quellen, Bäche und Flüsse ist, wird er, wenn man ihn ruft, das Wasser befreien. Es wird regnen wie zur Zeit Noahs, und die Flüsse werden über die Ufer treten ...»

Plötzlich hatte ich Angst vor den Mächten, die meine Großmutter und vielleicht sogar auch ich rufen konnte.

«Onkel Laf, meinst du, die Welt könnte überschwemmt und zerstört werden, wenn jemand blinden Alarm schlägt – jemand wie ich?»

Laf schwieg einen Augenblick, und als er sprach, versuchte er nicht, mir etwas vorzumachen.

«Ich denke, Gavroche, du wirst wissen, wann der richtige Augenblick gekommen ist», sagte er leise. «Und ich bin überzeugt, auch der Gott wird genau wissen, wann er kommen muß.»

Ich hatte in den vergangenen zwanzig Jahren kaum an diese Episode aus meiner Kindheit gedacht. Nun sah ich, daß wir über den Flußdeich fuhren, einen einseitigen Mühlendamm, der die Donau umleitete und ihre Wasserenergie nutzbar machte; kurz dahinter lag unser Ziel. Ich warf einen Blick auf die Segeltuchtasche neben mir, in der sich Pandoras Manuskripte befanden.

Wir passierten den Eingang zum Gelände der UNO-City und hielten vor der IAEA. Als ich mit der verhängnisvollen Tasche unter dem Arm ausstieg, schoß mir durch den Kopf, was Onkel Laf vor so langer Zeit in Wien gesagt hatte – daß ich genau wissen würde, wann ich den Gott rufen müßte. Und ich fragte mich, ob dieser kritische Augenblick jetzt gekommen war.

Um die Mittagszeit hatte ich denn eine ziemlich klare Vorstellung davon, wo unser Reiseziel lag. Es befand sich tief im Inneren der UdSSR in einem Gebiet von Zentralasien, das allgemein als Gelbe Steppe bezeichnet wird.

Es stimmte, daß die Russen in den letzten Jahren und besonders nach der Katastrophe in Tschernobyl weniger ablehnend auf die Intervention solcher Organisationen wie die IAEA reagiert hatten. Aber *glasnost* und *perestroika* einmal beiseite – das Verhältnis der Sowjets zum Westen war nicht ganz so herzlich, wie sie es öffentlich darstellten. Warum also sollten sie plötzlich ihre Haltung ändern, den Kalten Krieg praktisch für beendet erklären und uns verschämt bitten, ihren Wäscheschrank zu inspizieren?

In unserem ausführlichen Briefing hörte ich von einer mysteriösen Clique, die man «Gruppe der 77» nannte, die es sich anscheinend vorgenommen hatte, dem «Club der Big Five» anzugehören, der alles waffengrädige Material auf der Welt beherrschte.

Es war ein Uhr mittag, als Wolfgang und ich den Konferenzraum verließen. Nach einem Minimum an Schlaf und Frühstück und stundenlangem intensiven Briefing brauchte ich dringend etwas Anständiges zu essen und ein bißchen Gemütlichkeit.

Wir ließen unser Gepäck in den Räumen der IAEA, um es später abzuholen, und besorgten uns ein Taxi. Am Kanal stiegen wir aus und gingen zu Fuß zum Café Central, wo Wolfgang einen Tisch für uns bestellt hatte. Ich schleppte meine schwere Schultertasche durch die kopfsteingepflasterten Straßen, hatte aber glücklicherweise bequeme Schuhe angezogen. Das Gehen tat mir gut. Der kalte Nebel, der vom Kanal herüberzog, wirkte erfrischend.

«Erzähl mir ein bißchen mehr über diese ‹Gruppe der 77›», bat ich Wolfgang. «Was sind das für Leute? Eine Verbrecherorganisation der dritten Welt, die so viel flüssiges Plutonium haben will, wie sie nur kriegen kann?»

«Hier in Wien weiß man schon seit einiger Zeit von dieser Gruppe», erklärte mir Wolfgang. «Es fing an mit 77 Entwicklungsländern – alles UN-Mitglieder –, die sich zu einer Interessengruppe zusammenschlossen, um die Zusammenarbeit unter den Ländern der dritten Welt zu fördern. Heute hat sich ihre Mitgliederzahl nahezu verdoppelt. Sie nennen sich aber immer noch ‹Gruppe der 77›, und sie haben gelernt, geschlossen abzustimmen. Damit haben sie wesentlich an Einfluß gewonnen.

Obwohl viele dieser Länder auch der IAEA angehören, ist die IAEA vor solchen besonderen Interessengruppen geschützt, weil an der Spitze der Behörde hauptsächlich Männer aus hochindustrialisierten Ländern sitzen, die sehr genau überlegen, wem sie ihr kerntechnisches Know-how zukommen lassen und wem nicht.»

«Du meinst also, die Russen befürchten, daß jemand wie die ‹Gruppe der 77› die zentralasiatischen Republiken aufmischen könnte?»

«Vielleicht», sagte Wolfgang. «Es gibt jemand, der uns eine Menge darüber sagen könnte, denn er kennt diese Leute gut. Er wollte sich mit uns zum Mittagessen treffen. Hoffentlich wartet er auf uns. Es war sehr schwierig, ihn zu diesem Treffen zu bewegen. Er ist alt und halsstarrig und wollte nur mit dir über diese Sache sprechen. Deshalb war es so wichtig, den Flug ab Idaho nicht zu verpassen. Weißt du, die Vorbereitungen für diese Reise haben jeden von uns einige Mühe gekostet.»

«So sieht es tatsächlich aus», sagte ich. Ich hatte keine Ahnung, was hier lief. Der Nebel war dichter geworden. Wolfgangs Stimme klang wie aus weiter Ferne, und ich fing nur die letzten Worte auf.

«... aus Paris gestern abend. Er wollte dich unbedingt persönlich sprechen.»

«Wer kam gestern abend aus Paris?» fragte ich.

«Dein Großvater. Wir werden ihn gleich treffen», antwortete Wolfgang.

«Das ist unmöglich. Hieronymus Behn ist seit dreißig Jahren tot.»

«Ich meine nicht den Mann, den du für deinen Großvater hältst», sagte Wolfgang. «Ich meine den, der deinen Vater Augustus mit deiner Großmutter Pandora gezeugt hat und der vielleicht der einzige Mann war, den sie je geliebt hat.»

Vielleicht lag es am Nebel oder an zu wenig Schlaf und Essen, daß mir plötzlich schwindlig wurde. Wolfgang nahm meinen Arm, als wollte er mich stützen, aber er redete weiter.

«Ich war mir nicht sicher, wieviel ich dir schon vorher sagen sollte. Aber das war der eigentliche Grund, warum ich nach Idaho kam», erklärte er mir. «Wie ich dir schon an jenem ersten Tag auf dem Berg erklärt habe, dürfen die Dokumente, die du geerbt hast, nicht in die falschen Hände geraten. Der Mann, den wir jetzt treffen wollen, weiß einiges über das Geheimnis, das dahintersteckt. Aber ich wollte dich erst ein wenig vorbereiten, denn du könntest – nun, er hat etwas an sich, das schwer zu beschreiben ist. Er wirkt wie eine Gestalt aus uralter Zeit, wie ein Zauberer. Aber vielleicht errätst du bereits, wer dieser Mann ist. Sein Name ist Dacian Bassarides.»

DER MAGUS

Magus leitet sich her von Maja, *dem Spiegel, in dem Brahma nach der indischen Mythologie seit Ewigkeit sich sowie seine Allmacht und seine Wunder sieht. Auch Worte unserer Sprachen wie Magie, Image, Imagination gehen darauf zurück, und sie alle beinhalten das Festhalten in einer Form… die Kräfte der urzeitlichen, gestaltlosen lebendigen Materie. Deshalb ist der Magus jemand, der das Wirken des Ewigen Lebens studiert.*

Charles William Heckethorne, The Secret Societies

Der Mensch steht über den Sternen, wenn ihm die Kraft der höheren Weisheit innewohnt. Ein solcher Mensch, der Herr über Himmel und Erde ist kraft seines Willens, ist ein Magus. Und Magie ist keine Hexerei, sondern höchste Weisheit.

Paracelsus

Das Café Central war vor kurzem renoviert worden. Im Hintergrund wurde offensichtlich noch immer gebaut, worauf ein paar Staubspuren und das gelegentliche Aufheulen einer Säge schließen ließen. Aber die dunkle Täfelung, die alten Tapeten und schäbigen Wandleuchten, an die ich mich von meinem letzten Besuch her erinnerte, waren verschwunden, jetzt war das Lokal hell und geräumig.

Als wir eintraten, hatte sich draußen der Nebel etwas gelichtet. Fahles Licht fiel durch die großen Fenster und schimmerte auf den Truhen aus Glas und Messing, in denen die Kuchen und Torten ausgestellt waren. Die Gäste saßen auf ungepolsterten Stühlen an kleinen Marmortischen und lasen Zeitungen, die an lackierten Stöcken befestigt waren und so frisch aussahen, als hätte man sie gewaschen und gebügelt. Die bemalte Gipsfigur eines Wieners mittleren Alters saß allein an einem Tisch neben der Tür, vor sich auf einem Tablett eine gipserne Kaffeetasse.

Wolfgang und ich gingen zu dem eine Stufe höher liegenden Restaurantbereich im Hintergrund des Lokals. Der Oberkellner führte uns zu einer der nur nach einen Seiten hin offenen Nischen. Der Tisch war weiß gedeckt, das Silber glänzte, und eine Vase mit frischen Blumen erinnerte an den Frühling. Das «Reserviert»-Schildchen wurde entfernt, und wir bestellten Wein und Mineralwasser. Als die Getränke kamen, sagte Wolfgang: «Ich habe gehofft, er würde schon hier sein.»

Der Wein tat mir gut. Ich entspannte mich, aber Wolfgang war mit seinen Gedanken woanders. Er trank einen Schluck Wein, dann sah er sich im Lokal um, faltete seine Serviette auf, legte sie wieder zusammen und war sichtlich ungeduldig.

«Vielleicht ist er ja schon hier, nachdem wir uns verspätet haben. Ich will mal nachsehen. Bestell inzwischen eine Vorspeise für uns beide. Ich schicke dir den Ober.» Er stand auf, sah sich wieder um und ließ mich allein am Tisch zurück.

Ich nahm noch einen Schluck Wein, während ich die Speisekarte studierte. Ich weiß nicht, wieviel Zeit vergangen war, aber gerade als ich mich fragte, ob ich den Ober nun selbst holen sollte, fiel ein Schatten über den Tisch. Ich blickte auf und sah die hohe Gestalt eines Mannes in einem grünen Lodenmantel. Die breite Krempe seines Huts überschattete sein Gesicht, so daß ich seine Züge nicht erkennen konnte. Über der Schulter trug er eine Ledertasche, die ähnlich wie meine aussah. Er legte sie auf den Platz, den Wolfgang vor einiger Zeit geräumt hatte.

«Darf ich mich zu Ihnen setzen?» fragte er leise. Ohne meine Zustimmung abzuwarten, begann er seinen Mantel aufzuknöpfen. Er zog ihn aus und hängte ihn an einen Haken, während ich mich nervös nach Wolfgang umsah.

«Ich habe unseren Herrn Hauser eben in der Küche gesehen», sagte er, «und ihn gebeten, uns allein zu lassen.»

Bevor ich etwas erwidern konnte, hatte er seinen Hut abgenommen und saß mir gegenüber. Ich war fasziniert.

Sein Gesicht war verwittert wie ein alter Stein und wirkte dennoch wie eine zeitlos schöne Maske. Das lange, dunkle Haar, durch das sich einige Silberfäden zogen, war straff zurückgekämmt, so daß sein kräftiges Kinn und die hohen Backenknochen deutlich zu sehen waren, und hing zu mehreren Zöpfen geflochten auf seine Schultern.

Unter einer gefütterten Lederweste trug er ein weißes Hemd mit weiten Ärmeln, das am Hals offen war und eine Kette aus kunstvoll geschnitzten bunten Perlen enthüllte. Die Weste war in schillernden Farben mit Vogel- und Ziermotiven bestickt.

Die Farbe und der tiefe Glanz seiner alten Augen unter der nachdenklichen Stirn waren nur mit den seltensten Edelsteinen zu vergleichen; als mischten sich Mitternachtsblau und Smaragdgrün und Ebenholzschwarz in schimmernden Teichen, auf deren Grund eine dunkle Flamme brannte. Wolfgang hatte mir den Mann ausgezeichnet beschrieben.

«Wenn Sie mich so ansehen, meine Liebe, machen Sie mich verlegen», sagte er. Dann lächelte er, aber bevor ich antworten konnte, nahm er mir die Speisekarte aus der Hand und auch mein Weinglas.

«Ich habe mir eine weitere Freiheit erlaubt», sagte er mit seiner leisen, fremdartig betonenden Stimme. «Ich habe ein paar Flaschen *Côtes du Rhône* aus meinen Weinbergen bei Avignon in die Küche gebracht. Und dann habe ich für Sie einen Tafelspitz bestellt, weil unser Freund Wolfgang uns nur allein lassen wollte, wenn Sie etwas Ordentliches essen würden. Ich hoffe, Sie mögen Tafelspitz.»

Der Ober brachte die neue Flasche und frische Gläser, schenkte ein und zog sich rasch wieder zurück, während Dacian fortfuhr: «Nachdem Sie meine einzige Erbin sind, werden mein Weingut und die dort geernteten Weine eines Tages Ihnen gehören. Deshalb freut es mich, daß Sie Bekanntschaft mit ihnen machen – so wie es mich freut, Ihre Bekanntschaft zu machen. Darf ich mich vorstellen? Ich bin Ihr Großvater, Dacian Bassarides. Und für mich ist eine so hübsche Enkeltochter ein schöneres Geschenk als alle Weine der *Vaucluse*.»

Heiliger Bimbam, dachte ich, als wir anstießen. Wenn sich alle meine Erbschaften als so problematisch erwiesen wie die letzte, würde ich nicht lang genug leben, um irgend etwas zu erben.

«Freut mich, Sie kennenzulernen», sagte ich, und ich meinte es. «Aber ich muß Ihnen erklären, daß ich von unserer Verwandtschaft erst vor einigen Minuten erfahren habe. Sie werden verstehen, daß ich noch etwas verunsichert bin. Meine Großmutter Pandora starb, bevor ich geboren wurde. In meiner Familie wurde kaum über Pandora gesprochen, deshalb weiß ich über sie ebensowenig wie über Dacian Bassarides. Aber wenn Sie wirklich mein Großvater sind, wüßte ich gern, warum man mir dies all die Jahre verheimlicht hat. Wissen es denn die anderen?»

«Natürlich muß das ein Schock für dich sein», sagte Dacian mit einer schwungvollen Bewegung seiner langen, anmutigen Hände – den Händen eines Geigers, wie mir einfiel. «Ich darf ‹du› sagen, nicht wahr? Und ich bitte um die gleiche Anrede.»

Ich nickte, worauf er fortfuhr: «Ich werde dir alles erklären, sogar einige Dinge, die du vielleicht lieber nicht erfahren möchtest, obwohl mir persönlich die nackten Tatsachen lieber sind als eine hübsche Erfindung. Aber du mußt mir sagen, was du bereits weißt, damit ich das Fehlende ergänzen kann.»

«Ich fürchte, ich weiß sehr wenig», sagte ich. «Alles, was ich über diese Seite der Familie erfahren habe, ist, daß du und Pandora Cousin und Cousine wart, daß sie in Wien Musik studiert hat und im Hause Behn als Gesellschafterin oder Lehrerin arbeitete und daß du meinen Onkel Lafcadio Geigenunterricht gegeben hast. Er sagt, du seist jung gewesen, aber schon ein Meister.»

«Ein großes Kompliment. Aber hier kommt unser Essen», sagte er.

Der Ober stellte mehrere zugedeckte Schüsseln vor uns hin. Als er den Deckel von meinem Tafelspitz nahm, lief mir das Wasser im Mund zusammen. Aber was Dacian auf seinem Teller hatte, kannte ich nicht. Ich fragte ihn, was es sei.

«Das ist *Cevapcici*, eine Art *kebab* aus gehacktem Rind, Lamm, Knoblauch, Zwiebeln und Paprika. Es wird über Holzkohle aus Rebstöcken gegrillt. In Dalmatien behauptet man, die Serben hätten dieses Gericht erfunden, aber es ist viel älter. Es wurde nämlich von den Dakiern, meinen Namensvettern, erfunden, einem alten Volksstamm, der einst in dem Teil von Makedonien lebte, der heute zu Jugoslawien gehört. Sie waren sogar am Kaspischen Meer bekannt, wo sie sich *Daoi* – die Wölfe – nannten. Wir Wölfe – daran erkennt man uns – essen gern Fleisch.» Und dabei spießte er mit der Gabel eines der Fleischröllchen auf und schob es zwischen seine wundervoll weißen Zähne.

Als mir der erste Bissen meines Essens auf der Zunge zerging, merkte ich, wie hungrig ich war. Dacian reichte mir die verschiedenen Beilagen, und ich hätte am liebsten nur gegessen und gegessen. Aber ich nahm mich zusammen und griff unser Gespräch wieder auf.

«Dann stammen die Dakier aus Jugoslawien beziehungsweise aus der Türkei, nicht aus Österreich», sagte ich fragend.

«Nun, ich wurde nach ihnen benannt, aber meine Leute stammen in Wirklichkeit von den Roma ab. Und wer kann schon sagen, woher die Roma ursprünglich kommen?» sagte er achselzuckend.

«Wer sind die Roma? Kommen sie aus Rom? Oder hast du Rumänien gemeint?»

«Wir haben keinen einheitlichen Namen für unser in alle Winde verstreutes Volk», sagte er. «Unsere Sprache, das Romani, hat ihre Wurzeln im Sanskrit. Wir nennen uns manchmal Roma, aber wir haben im Lauf der Jahrhunderte viele andere Namen bekommen – Boheme, Cingari, Tsiganes, Gitanos, Flamencos, Tartares, Zigeuner ...»

«Dann seid ihr, du und Pandora, Zigeuner?» sagte ich reichlich verwirrt. Noch vor einer Stunde hatte ich eine irische Mutter und einen Vater mit einer, wie ich dachte, österreichisch-niederländischen Herkunft. Nun stammte ich plötzlich von einem illegitimen Abkömmling zweier Zigeuner ab, die Geschwisterkinder waren und ihr Kind, meinen Vater, gleich nach der Geburt verlassen hatten. Aber so verwirrt ich wegen meiner eigenen Herkunft war, so wenig zweifelte ich an der von Dacian Bassarides. Er sah genau so wild und romantisch aus, wie man ihn mir beschrieben hatte.

«Die Einzelheiten unserer Familiengeschichte sind nichts für die Oberen der *Gadje* – der anderen, der Außenstehenden», sagte Dacian. «Deshalb habe ich unseren Freund Hauser fortgeschickt. Aber nun zu deiner Frage: Ja, wir waren Roma. Pandora lebte zeitweise bei den *Gadje*, aber in ihrem Herzen und ihrem Westen nach war sie immer eine von uns. Ich kannte sie seit unserer Kindheit. Sie hat so wundervoll gesungen, und schon damals war zu erkennen, daß sie eines Tages eine große ‹Diva› werden könnte. Vielleicht weißt du, daß dieses Wort in Sanskrit einen Engel beschreibt, während er auf persisch ‹Teufel› bedeutet. Pandora war ein wenig von beidem.

Er und Pandora waren also Zigeuner, aber nach allem, was ich gehört hatte, standen Zigeuner für die Nazis auf einer noch tieferen Entwicklungsstufe als Katholiken, Kommunisten, Homosexuelle und Juden.

«Wenn ihr Zigeuner seid», sagte ich, «wie konnte Pandora dann so leben, wie sie gelebt hat – sowohl vor wie während des Krieges?»

Dacian sah mich mit einem merkwürdigen Lächeln an.

«Und wie hat sie gelebt?» fragte er. «Ich dachte, du wüßtest fast nichts über sie.»

«Das stimmt auch», sagte ich, «aber ich meinte: Wie gelang es Pandora und Laf, den ganzen Krieg über in dieser Luxuswohnung in Wien zu bleiben? Ich war selbst dort und weiß, wovon ich rede. Wie konnten sie weiterhin einen so aufwendigen Lebensstil führen? Wie konnte Pandora mit Nazis und dergleichen verkehren? Ich meine damit nicht nur, wie sie als Zigeunerin imstande war, sich als vornehme Wienerin auszugeben, sondern auch wie sie es fertigbrachte, hier in Wien zu bleiben, wenn ihre eigenen Leute –» Ich senkte meine Stimme und fuhr leise fort: «Ich meine, *wie konnte sie hierbleiben als Hitlers favorisierter Opernstar?*»

Dacian blickte auf unsere Weingläser, als hätte er eben bemerkt, daß sie leer waren. Er schenkte selbst nach. Da ich die Aufmerksamkeit der Wiener Kellner in solchen Dingen kannte, konnte ich nur vermuten, daß Dacian unseren Ober angewiesen hatte, sich von unserem Tisch fernzuhalten.

«Hat man dir das erzählt?» sagte er wie zu sich selbst. «Sehr interessant. Ich hätte gern gewußt, wo du diese Geschichte gehört hast, denn sie muß durch das Zusammenwirken mehrerer erfinderischer Geister entstanden sein.» Er sah mich an und fügte hinzu: «*Sehr* erfinderischer Geister.»

«Willst du damit sagen, nichts davon sei wahr?»

«Ich sage, jede halbe Wahrheit ist auch eine halbe Lüge», antwortete er vorsichtig. «Was die Leute glauben, soll man nie mit der Wirklichkeit verwechseln. Die einzige Wahrheit, die es sich zu erforschen lohnt, ist immer die, die uns näher an den Mittelpunkt führt.»

«Den Mittelpunkt wovon?» fragte ich.

«An den Kreismittelpunkt der Wahrheit», antwortete Dacian.

«Wirst du mir helfen, die Halbwahrheiten und diversen Meinungen, die sich bei mir angesammelt haben, loszuwerden, und ein wenig Licht auf meine eigene Wirklichkeit werfen?»

«Ja, obwohl es schwer ist, Fragen richtig zu beantworten, die nicht richtig gestellt wurden», sagte er lächelnd.

Plötzlich legte er seine Hände auf meine Hände, die rechts und links neben meinem Teller lagen. Ich fühlte eine Welle von Wärme durch meinen Körper strömen. Aber bevor ich etwas sagen konnte, legte er einen Finger auf seine Lippen und wies auf den Ober, der etwas auf deutsch sagte, was ich nicht verstand.

«Ich habe uns eine Nachspeise bestellt», sagte Dacian, «etwas mit viel Schokolade. Sie wurde nach Rigo Jancsi benannt, einem berühmten Zigeunergeiger aus dem vorigen Jahrhundert, der das Herz aller vornehmen Wienerinnen brach – und nicht nur, weil er phantastisch Paganini spielte!» Er lachte und schüttelte den Kopf, aber er schien mich genau zu beobachten, auch nachdem er meine Hände freigegeben hatte.

Wortlos nahm er etwas aus der Innentasche seiner Weste und gab es mir. Es war ein ovales goldenes Medaillon mit einer Gravierung, die einen Vogel darstellte, der den gestickten Vögeln auf seiner Weste glich. An beiden Seiten befand sich ein kleines Scharnier. Als ich auf die Feder an der einen Seite drückte, sprang das Medaillon auf. Ich blickte auf ein schimmerndes, handkoloriertes Foto, ähnlich den Platindrucken aus der Zeit der Jahrhundertwende. Aber im Gegensatz zu vielen Fotos aus jener Zeit, auf denen die Leute wie tote Fische starren, wirkte dieses Bild mit seinen fast lebensechten Farben so frisch wie ein kürzlich aufgenommener Schnappschuß.

Das Bild in dem kleinen Oval zeigte ganz offensichtlich den jungen Dacian Bassarides. Von dem schönen Gesicht mit der geraden schmalen Nase, den dunklen Augen und vollen Lippen ging etwas atemberaubend Wildes aus, das an Lafs Panther erinnerte, den Begleiter des Gottes.

Aber als ich ein zweites Mal auf die Feder drückte und sich ein weiterer Verschluß öffnete, wäre mir das Medaillon beinahe aus der Hand gefallen. Es war, als erblickte ich mein eigenes Spiegelbild!

Das Gesicht in dem Medaillon hatte die gleichen hellen «irischen» Farben wie ich, meine Haarpracht und meine hellgrünen Augen. Aber auch Details, bis zu dem Grübchen im Kinn, waren identisch. Obwohl die Kleidung in eine andere Zeit gehörte, hatte ich das Gefühl, unverhofft meinem Zwilling begegnet zu sein.

Dacian Bassarides beobachtete mich noch immer.

«Du bist genau wie sie», sagte er schließlich. «Wolfgang Hauser hatte mich vorgewarnt, aber trotzdem hatte ich damit nicht gerechnet. Ich habe dich aus dem Hintergrund des Restaurants eine ganze Weile beobachtet, bevor ich mich an diesen Tisch wagte, um dich kennenzulernen. Es ist schwer zu beschreiben, was ich fühle. Es ist wie ein Schwindelgefühl… als würde ich durch die Zeit fallen.» Er verstummte.

«Du mußt sie sehr geliebt haben.»

Als ich das sagte, begriff ich erst, welche Fragen sich damit ergaben bezüglich seiner Person und der Rolle, die er in meiner Familie spielte. Auch wenn es grausam für ihn war – ich mußte ihn danach fragen.

«Wenn du und meine Großmutter, wenn ihr gemeinsam aufgewachsen seid und euch geliebt habt und wenn sie von dir ein Kind bekommen hat, warum hat sie dann Hieronymus Behn geheiratet? Ich dachte, sie hat ihn verachtet. Und warum ist sie mit Lafcadio weggelaufen, nachdem das Kind geboren war? Warum hat sie ihr Kind nicht mitgenommen?»

«Wie ich schon sagte – es ist schwer, Fragen zu beantworten, wenn sie nicht richtig gestellt werden», sagte er mit einem traurigen Lächeln. «Du darfst nicht glauben, was du hörst – und was du von mir hörst, schon gar nicht, schließlich bin ich ein Roma. Aber ich versuche eine Erklärung, denn ich glaube, du hast ein Recht darauf. Du *mußt* sogar alles wissen, wenn du diese Papiere beschützen willst, die du dort in deiner Tasche unter dem Tisch hast.»

Ich verschluckte mich, würgte und griff nach dem Wasserglas, während ich mich fragte, ob er Röntgenaugen hatte oder vielleicht Gedanken lesen konnte.

«Wolfgang Hauser hat es mir gesagt, als wir in der Küche waren», sagte er. «Als deine Tasche beim Zoll und von den Sicherheitsbeamten der IAEA durchsucht wurde, fand er es merkwürdig, daß du so viel Papier nur für deine Arbeit herumträgst. Er hat eine plausible Schlußfolgerung gezogen. Aber darauf kommen wir noch. Pandora war in der Tat meine Geliebte und die Mutter meines Sohnes und einzigen Kindes, aber sie war nicht meine Cousine. Sie war meine Ehefrau. Diese Bilder in dem Medaillon wurden an unserem Hochzeitstag aufgenommen.»

«Du warst mit Pandora verheiratet?» sagte ich verblüfft. «Wann?»

«Wie du siehst, könnte sie auf diesem Foto achtzehn oder zwanzig Jahre alt gewesen sein», sagte er. «Aber in Wirklichkeit war sie dreizehn, und ich war sechzehn an dem Tag, als wir heirateten. Weißt du, damals war das anders als heute. Mädchen in zartem Alter waren schon Frauen, und bei den Roma war es Brauch, früh zu heiraten. Pandora war mit dreizehn Jahren eine Frau, das versichere ich dir. Als ich zwanzig war und sie siebzehn, ging sie fort, und unser Sohn Augustus wurde im Haus von Hieronymus Behn geboren.»

In meinem Kopf drängten sich tausend Fragen. Dann kam das Schokoladendessert mit einer Schale Schlagobers und einer Flasche Grappa. Dacian füllte unsere Gläser.

«Trink den Grappa», sagte er. «Du wirst ihn vielleicht brauchen, denn ich habe noch nicht zu Ende erzählt.»

«Du bist noch nicht fertig?» stieß ich flüsternd hervor, obwohl wir die einzigen Gäste in diesem Teil des Restaurants waren und sich die Kellner, die Servietten über dem Arm, in diskretem Abstand auf der anderen Seite des Raums aufhielten.

Nach all dem Durcheinander aus Fakten und Meinungen wußte ich plötzlich, was *ich* glaubte: Von allem, was ich bis jetzt vielleicht nicht hatte hören wollen, war dies das Schlimmste. Ich betete, daß mich die Wirklichkeit eines Besseren belehren würde, aber so recht daran glauben konnte ich nicht. Ich schloß für einen Moment die Augen. Als ich sie wieder öffnete, saß Dacian Bassarides neben mir, so daß ich die Box, in der wir saßen, nicht verlassen konnte. Er legte mir die Hand auf die Schulter, und wieder spürte ich die Energie, die von ihm ausging. «Ich habe es mein Leben lang vermieden, mich mit der Geschichte meiner

Familie zu beschäftigen», erklärte ich ihm. «Ich bin gut dabei gefahren. Also warum soll ich jetzt damit anfangen?»

«Unkenntnis ist nicht unbedingt ein Erfolg», sagte Dacian.

Dagegen war kaum etwas einzuwenden. Also breitete ich die Hände aus, um zu zeigen, daß ich ihm weiter zuhören würde.

«Kurz bevor wir heirateten», begann Dacian, «erfuhren Pandora und ich, daß etwas, das ihrer Familie gehörte, etwas von großem Wert und ungeheurer Bedeutung, auf betrügerische Weise in den Besitz eines Mannes namens Hieronymus Behn gelangt war. Pandora war besessen davon, es wiederzubekommen, und ich half ihr dabei. Wir kannten die möglichen Folgen, wenn es uns nicht gelingen würde. Es dauerte einige Zeit, bis wir Hieronymus Behn gefunden hatten. Dann mußten wir Zutritt zu seinem Haus bekommen und das Vertrauen der Familie gewinnen. Ich freundete mich mit Lafcadio an, der damals in Salzburg zur Schule ging, und Pandora lernte Hermione und die Kinder kennen und zog schließlich in das Haus der Behns in Wien. Aber gerade, als es so aussah, als würden unsere Bemühungen Früchte tragen, wurde Hermione schwer krank. Als sie starb, vergewaltigte Hieronymus Pandora noch in derselben Nacht und zwang sie, ihn ohne größeren Aufschub zu heiraten. Der Mann war ein Schuft der übelsten Sorte. Aber als sie ihn heiratete, war sie bereits mit mir verheiratet. Ich konnte lange nicht akzeptieren, daß sie uns alle einem solchen Schicksal unterwerfen mußte – denn was könnte schlimmer sein, als wenn die eigene schwangere Frau von einem anderen mißbraucht wird, der sie dann aus dem Haus jagt und ihr Kind entführt –»

«Entführt?» sagte ich entsetzt. «Um Himmels willen, wie meinst du das?»

«Ich meine, dein Vater wurde von niemandem verlassen», erklärte er mir. «Als Hieronymus Behn entdeckte, daß Pandora gefunden hatte, was sie suchte, warf er sie hinaus, verriegelte das Haus und machte sich heimlich mit unserem Kind davon. Er behielt Augustus als Geisel und verlangte ein Lösegeld, das wir nicht zahlen konnten, selbst wenn wir die nötigen Mittel gehabt hätten.»

«Lösegeld!» sagte ich. Aber dann begriff ich. Keiner von uns blickte auf die Tasche, die zwischen uns auf der Bank lag. Meine Gedanken liefen so durcheinander, daß ich, als er zu sprechen fortfuhr, eine Minute brauchte, um zu verarbeiten, was er sagte.

«Vielleicht weißt du nicht genau, was du da in deiner Tasche mit dir herumträgst, meine Liebe», sagte er, «aber du weißt, daß es wertvoll und gefährlich ist. Andernfalls hättest du das Zeug verkauft oder verbrannt oder zu Hause gelassen. Du hättest dir nie die Mühe gemacht, es um die halbe Welt zu schleppen. Als Wolfgang Hauser die Vermutung äußerte, daß sich die Dokumente in deinem Besitz befinden, und ich beschloß, dir alles über unsere Familie zu erzählen – einschließlich unserer Abstammung von den Roma –, da schickte ich ihn schleunigst fort. Siehst du, die Information, daß diese Papiere hier in deiner Tasche sind, sagte mir etwas, das ihm glücklicherweise entgangen ist. Ich bat ihn, uns hier in der Nähe in einer Viertelstunde, von jetzt an gerechnet, zu treffen.»

Er hielt inne und schaute mir direkt in die Augen. Ich erstarrte, als ich seine nächsten Worte vernahm.

«Du kannst von der Bedeutung dieser Dokumente erst vor kurzem erfahren haben, und zwar von jemand, der eine mehr als oberflächliche Kenntnis von ihrer wahren Bedeutung hat. Nachdem *ich* nicht derjenige war und alle anderen ihr Geheimnis ins Grab mitgenommen haben, nehme ich an, du wurdest von der Person über die Bedeutung der Papiere unterrichtet, die sie zuletzt besaß. Das läßt darauf schließen, daß dein Cousin Samuel lebt – und daß du erst vor kurzem mit ihm gesprochen hast.»

DIE ACHSE

Die Zweige und Früchte des... Weltenbaums kommen in der Kunst und im Mythos Griechenlands vor, aber seine Wurzeln sind in Asien... Der Weltenbaum ist ein Symbol, das das des Weltberges ergänzt oder gelegentlich überlappt, und beide sind nur kunstvollere Formen der kosmischen Achse oder Weltsäule.

E. A. S. Butterworth, The Tree at the Navel of the Earth

Ich war am Boden zerstört. Ich fühlte mich körperlich krank. Wie konnte ich so naiv gewesen sein zu glauben, daß eine kleine harmlose Regierungsangestellte wie ich ohne jegliche Spionageausbildung diese gefährlichen Manuskripte und auch Sam schützen könnte, wenn es so einfach war herauszufinden, was ich in meiner Tasche bei mir trug?

Ich versuchte, meinen inneren Aufruhr zu verbergen, als der Ober kam, um zu kassieren. Ich weiß nicht mehr, wie ich aus der Nische kroch, in den Mantel schlüpfte und aus dem Lokal hinausfand. Dacian Bassarides folgte mir wortlos. Draußen auf der Herrengasse hängte ich mir die Tasche um und hielt sie mit eisernem Griff fest.

«Meine Liebe, deine Angst ist beinahe mit Händen zu greifen», sagte Dacian. «Aber Angst ist etwas Notwendiges und Gesundes. Sie schärft unser Bewußtsein. Man braucht sie nicht zu unterdrücken.»

«Du verstehst nicht ganz», sagte ich ungeduldig. «Wenn du und Wolfgang erraten konntet, daß ich diese Papiere habe, dann konnten das vielleicht auch andere. Sam ist in schrecklicher Gefahr. Man hat versucht, ihn zu töten. Aber ich weiß nicht einmal, was das für Manuskripte sind, und noch weniger, wie ich sie schützen soll. Ich weiß nicht, wem ich trauen kann!»

«Die Antwort ist ganz einfach», sagte Dacian. Er nahm gelassen meine Hand und schob sie unter seinen Arm. «Du mußt der Person trauen, die weiß, was sie sind, und die dir, jedenfalls im Moment, raten kann, was du mit ihnen tun sollst. Beides trifft zufällig auf mich zu. Des weiteren wäre es ein Fehler, gegenüber unserem Freund Hauser, der glaubt, daß du diese Papiere hast, so zu tun, als hättest du sie nicht. Das würde ihn nur mißtrauisch machen. Du mußt ihn ins Vertrauen ziehen, zumindest in den Dingen, die er bereits erraten hat. Es wäre eine Geste, die sich auch auf andere Weise als nützlich erweisen könnte. Wenn wir ihn jetzt treffen, möchte ich euch beiden etwas zeigen.»

Ich versuchte mich zu beruhigen, während mich Dacian durch die engen Straßen führte bis dorthin, wo der Graben in die elegante Kärntnerstraße mündet. Auf der anderen Seite ging es zum Stephansplatz mit dem wunderschönen Dom in der Mitte mit den farbigen Dachziegeln und den vielen Türmen.

Wolfgang stand an der Ecke, wo die zwei Straßen zusammenliefen. Er blickte auf seine Uhr, dann sah er sich suchend in der Menge um. Ich erinnerte mich, wie ich ihn das erste Mal in der Firma gesehen hatte, in demselben eleganten Kamelhaarmantel mit Seidenschal und Lederhandschuhen – mein Gott, war es wirklich erst eine Woche her? Mir schien eine Ewigkeit vergangen zu sein.

«Kennst du die Bedeutung des Wortes ‹Äon›? Oder richtiger *aion,* wie es auf griechisch heißt?» fragte mich Dacian. «Es hat etwas damit zu tun, warum ich euch beide an diesen Ort hier gebracht habe.»

«Es ist eine lange Zeitspanne», sagte ich. «Länger als ein Jahrtausend.»

Wolfgang entdeckte uns und kam freudig auf uns zu. Aber nach einem Blick auf mich verdüsterte sich seine Miene.

«Es tut mir leid, daß ich dich allein gelassen habe», sagte er. «Du warst schon vorher völlig übermüdet.» Dann wandte er sich an Dacian und sagte barsch: «Sie sieht furchtbar aus – was haben Sie ihr gesagt?»

«Oh, besten Dank», bemerkte ich sarkastisch. Aber wenn man mir meine Nervenbelastung so ansah, mußte ich mich zusammennehmen.

«Es ist halb so schlimm, Herr Hauser», sagte Dacian beruhigend. «Ariel hat nur die schwere Prüfung einer einstündigen Unterhaltung mit einem Familienmitglied hinter sich. Es war vielleicht keine angenehme Aufgabe, aber sie hat sie großartig gemeistert.»

«Wir haben köstlich gegessen und philosophiert», erklärte ich Wolfgang. «Nun waren wir gerade beim Millenium angelangt. Dacian wollte erklären, was das griechische Wort *aion* bedeutet.»

Wolfgang sah Dacian überrascht an und sagte «Mit dem nächsten Jahrhundert wird auch ein neues Zeitalter oder Äon beginnen – ein wichtiger Zweitausendjahrezyklus.»

«Das ist die allgemeine Auffassung», sagte Dacian. «Eine große Zeitspanne, ein wiederkehrender Zyklus, entstanden aus *aevum,* auf deutsch Kreis oder Achse. Aber für die alten Griechen bedeutet *aion* etwas mehr, nämlich Feuchtigkeit; es ist der Lebenszyklus, der im Wasser beginnt und im Wasser endet. Sie stellten sich einen Fluß vor, der das Land wie eine Schlange, die ihren Schwanz verschlingt, umgibt. Der *aion* der Erde bestand aus Flüssen, Quellen, Brunnen, unterirdischen Gewässern, die aus der Tiefe hervorbrachen und sich ausbreiteten, um alle Formen des Lebens zu schaffen und zu ernähren. Die Ägypter glaubten, wir wurden aus den Tränen der Götter geboren, und der Zodiak war für sie ein kreisender Fluß, dessen Achse der Schwanz des Kleinen Bären war – ein weiterer Grund, warum der Große und der Kleine Bär im Angelsächsischen ‹Dipper› oder Kelle genannt werden. Und das führt zu dem, was ich euch hier zeigen möchte.»

An der Ecke, wo Wolfgang auf uns gewartet hatte, wies Dacian auf ein unauffälliges graues Gebäude mit einem an der Außenmauer angebrochenen Glaszylinder. In dem Glasbehälter befand sich ein knorriger, ungefähr ein Meter hoher Gegenstand mit einer schwarzen, klumpigen, wie von einem Pilz befallenen Oberfläche. Das Ding schien sich wie etwas Lebendiges zu winden. Obwohl es hinter Glas war, schauderte ich, so eklig sah es aus.

«Was ist das?» fragte ich Dacian.

Doch es war Wolfgang, der meine Frage beantwortete: «Das ist der berühmte Stock im Eisen, ein fünfhundert Jahre alter Baumstumpf, der so dicht mit Nägeln beschlagen ist, daß man kein Holz mehr sieht. Die Leute erzählen von einem Brauch der Schlossergilde. Die Naglergasse ist hier ganz in der Nähe. Man fand auch eine alte Kapelle, die man vollkommen restauriert in der U-Bahn sehen kann. Niemand weiß, warum und von wem sie so tief unter der Erde gebaut wurde, vor Hunderten von Jahren –»

«*Fast* niemand», wandte Dacian mit einem geheimnisvollen Lächeln ein. «Aber es ist spät geworden, und ich will euch noch einen Nagel in der Schatzkammer der Hofburg zeigen.» Im Licht des Spätnachmittags gingen wir die breite Kärntnerstraße entlang, wo sich scharenweise Touristen tummelten.

«In vielen Kulturen», begann Dacian, «wurde dem Nagel eine heiligende verbindende Eigenschaft zugedacht, die gegensätzliche Reiche zusammenbringt wie Feuer und Wasser, Geist und Materie. Nachdem der Baum in alten Texten häufig als die Weltachse gilt, über die Energie vom Himmel zur Erde geleitet wird, nannte man den Nagel den Stift Gottes, mit dem er diese Energie verankert. Im Hebräischen enthält sogar der Name Gottes einen Nagel. ‹Jahwe› wird auf hebräisch nur mit vier Buchstaben geschrieben – JHVH –, und der Buchstabe ‹V› bedeutet Nagel. Und Stock bedeutet im Deutschen nicht nur Baumstumpf, Stamm, Stab, Knüppel oder Krücke, sondern steht als Kurzform auch für strauchartige Pflanzen wie Rosen, für Stockwerk oder Etage und für Bienenstock. Und Bienen assoziiert man mit hohlen Bäumen. Es ist von größter Bedeutung, wie alle diese Dinge zusammenhängen.»

Ich assoziierte Bienen im Augenblick nur mit meinem brummenden Schädel. Wie sollte ich das alles auf die Reihe bringen? Der Zodiak war vielleicht ein Zoo archetypischer Tiere, aber dieses neue Äon, über das wir sprachen, sollte von einem Menschen symbolisiert werden, von Aquarius, dem Wassermann, der einem Fisch Wasser ins Maul gießt. Obwohl das gut zu den Schöpflöffeln alias Großer und Kleiner Bär paßte, behauptete Dacian, es gäbe etwas, das *alles* miteinander verbinden würde – den rotierenden Himmel, die Bäume und Nägel, das fließende Wasser, die Bären – und vielleicht sogar Orion, den mächtigen Jäger. Dann glaubte ich, den Zusammenhang zu sehen.

«Die Göttin Diana», sagte ich, «oder Artemis, wie sie bei den Griechen heißt, wurde mit den Schöpflöffeln – will sagen, dem Großen und Kleinen Bären – gleichgesetzt die sich um den Himmelspol drehen, das heißt mit der Achse. Sie war auch die Mondgöttin – so wie ihr Bruder Apollon Phoebus war, der Gott des Sonnenlichts. Sie war eine jungfräuliche Jägerin, die nachts mit ihrer Meute durch die Wälder stürmte. In frühen Religionen entstand durch die Jagd und den Verzehr eines Tiers eine Einheit mit dem Tier. Deshalb war Artemis die Herrin aller Totemtiere. Und noch heute herrscht sie am Himmel, wie ihr Name besagt: *arktos* gleich Bär; *themis* gleich Gesetz.»

«Nicht nur ‹Gesetz›», wandte Dacian ein, «*themis* ist ‹die Gerechtigkeit›. Das ist ein wesentlicher Unterschied. Das Orakel von Delphi war *themistos*, das heißt, es wußte nicht nur, was recht war, sondern konnte auch prophezeien. Es konnte die höhere Gerechtigkeit der Götter übersetzen. Die Jungfrau ist für das eben endende Äon wichtig. Vor zweitausend Jahren, zu Beginn dieses Zeitalters, wurde die jungfräuliche Göttin auf der ganzen Welt verehrt. Die Römer nannten sie Diana der Epheser. Ihr griechischer Tempel in Ephesus, das Artemision, war eines der sieben Weltwunder. Eine Nachbildung der berühmten Statue der

Göttin, gegen deren Verehrung der Apostel Paulus so leidenschaftlich wetterte, steht noch heute dort. Ihr Gewand ist mit Tier- und Vogelgestalten bedeckt und auch mit ihren prophetischen Bienen. Es sind diese Göttin in einer neuen Inkarnation und ihr Sohn, der ‹Menschenfischer›, die in dem jetzt zu Ende gehenden Äon die Achse bilden – im Zeitalter der Fische. Das Sternzeichen, das den Fischen auf dem Tierkreiszeichen genau gegenüberliegt, ist Virgo, die Jungfrau.»

Im vergangenen Zweitausendjahrezyklus haben wir während der Tagundnachtgleichen die Sonne vor dem Hintergrund der beiden in diesem Zeitalter herrschenden Sternbilder gesehen: die Fische bei der Frühlings-Tagundnachtgleiche und die Jungfrau im Herbst. So gesehen wird der Charakter des Zeitalters durch den Charakter seiner Herrscher bestimmt. Man könnte es Himmelmythologie nennen.

Es ist interessant. Wie genau die Legenden aller Völker zu den archetypischen Bildern der neuen Äonen paßten. Das Zeitalter der Zwillinge zum Beispiel war eine historische Periode, die wegen ihrer Legenden von Zwillingen wie Remus und Romulus oder Castor und Pollux berühmt war. Das nächste Zeitalter von Taurus, dem Stier, hatte als Symbolfigur den ägyptischen Stiergott Apis, das Goldene Kalb bei den Juden und den weißen Stier des Meeres in Kreta, der den Minotaurus zeugte. Im Zeitalter des Widders suchten Jasons Argonauten das Goldene Vlies, Alexander der Große trug ein Widdergehörn; es steht in Zusammenhang mit anderen Initiierten der späteren ägyptischen Mysterien – und natürlich mit Jesus, dem Lamm Gottes und bedeutendstem Dreh- und Angelpunkt beim Übergang vom Widder-Zeitalter zu dem, das jetzt endet, dem Zeitalter der Fische.

Und hier haben wir die Fisch-Symbole wie den Fischerkönig, der den von König Artus und den Rittern seiner Tafelrunde gesuchten Heiligen Gral bewachte – obwohl der Gral als Kelch, aus dem man gießen kann, ein geeigneteres Symbol für das kommende neue Zeitalter wäre.»

Wir überquerten einen Platz mit einem grotesken, in alle Richtungen spritzenden Brunnen und näherten uns dem Ring.

«Was kannst du uns über das Zeitalter des Wassermanns sagen?» fragte ich Dacian.

«Das Bild dieses Zeitalters gleicht von Anfang an einer Sintflut», antwortete Dacian, «aber nicht jener, wie sie Noah erlebte, als Gott die Erde unter Wasser setzte, um die Menschen für ihre Sünden zu strafen. Dieses Zeitalter wird eines der unverhofften, unberechenbaren gesellschaftlichen Umwälzungen sein. Was der Wassermann ausgießt, wird als eine gigantische Flutwelle der Befreiung gedeutet: Die Wasser der Erde werden steigen, Urströme der Freiheit werden hervorbrechen und sich gegen tyrannische Fesseln wenden. So zumindest verstehen es die, die eine solche Befreiung wünschen. Insofern ist es kein Zufall, daß Uranus, der herrschende Planet dieses kommenden Zeitalters, entdeckt wurde, als sich die Französische Revolution ankündigte.

Bei den alten Griechen und Römern heißt es, unser kommendes Zeitalter wird durch ungehindert ausströmendes Wasser eingeleitet werden. Diejenigen, die Dämme bauen, um es aufzuhalten, die Mauern errichten, um sich der Veränderung zu widersetzen, die unterdrücken, unflexibel sind und sich stur stellen, die die Uhren zurückdrehen wollen, um zu einem goldenen Zeitalter zurückzukehren, das nie existiert hat – sie werden von dieser Flutwelle der Veränderung überrollt werden. Überleben wird nur, wer lernt, auf diesen Wogen zu tanzen.»

Inzwischen hatten wir die Hofburg erreicht. Wolfgang besorgte uns Eintrittskarten, und wir gingen zur Schatzkammer. Wir schritten durch Räume mit großen Glasvitrinen, in denen Kronjuwelen, kaiserliche Insignien, Kostüme und Reliquienschreine zu bewundern waren: die tausend Jahre alte, achteckige und juwelenbesetzte Krone des Heiligen Römischen Reichs, die an einer Seite mit dem Bild König Salomos verziert ist; die Habsburgerkrone und der Reichsapfel mit der Aufschrift AEIOU – *Austria est imperare orbi universo* – sowie andere bescheidenere Familienstücke. Schließlich betraten wir den letzten Raum mit den Prunk- und Zierwaffen.

In einer kleinen Vitrine an der Wand lag neben einigen Dingen von anscheinend geringem Wert auf einem Stückchen rotem Samt ein kleiner dolchförmiger Gegenstand, der mit etwas zusammengebunden war, das wie eine Darmsaite aussah. Der Griff war so geformt, daß er in einen Schaft eingefügt werden konnte; den Mittelteil umgab ein dünnes Messingband. Das Ganze sah aus wie die Lanze, die Laf beschrieben hatte, als er mir von seinem Besuch hier erzählte.

«Es ist völlig unscheinbar, nicht wahr?» sagte Dacian, der neben mir vor der Vitrine stand.

Wolfgang, der auf der anderen Seite neben mir stand, sagte: «Aber es soll die berühmte Lanze des Longinus sein. Darüber wurden viele Bücher geschrieben. Gaius Cassius Longinus war ein römischer Centurio, der angeblich mit dieser Lanze die Brust von Jesus geöffnet hat. Unter der Bronzemanschette soll sich einer der Nägel befinden, mit denen er ans Kreuz geschlagen wurde. Es heißt auch, daß das Schwert Karls des Großen in der Vitrine daneben – das angeblich dem Hunnenkönig Attila gehört hat – dasselbe ist, mit dem Petrus vor zweitausend Jahren im Garten Gethsemane dem Malchus das Ohr abgetrennt hat.»

«Das ist natürlich alles Unsinn», sagte Dacian. «Das Schwert ist ein mittelalterlicher Säbel, keine hebräische oder römische Waffe. Und diese Lanze ist nur eine Kopie. Auch darüber wurden Bücher geschrieben. Jeder wollte sie haben, bis hin zu Adolf Hitler, wegen der geheimnisvollen Kräfte, die sie besaß. Es wird berichtet, Hitler habe die echte Longinus-Lanze und andere solche Schätze nach Nürnberg bringen und anschließend Kopien herstellen lassen – und diese Kopien sehen wir heute. Seitdem suchten alle, die an Macht oder Ruhm interessiert waren, nach den Originalen, einschließlich der Windsors während ihres langen Exils und des amerikanischen Generals Patton, der alte Geschichte studiert hatte und persönlich die Nürnberger Burg durchstöberte, als er gegen Ende des Krieges dort hinkam. Aber die Originale waren verschwunden.»

«Sie glauben doch nicht, Hitler habe nach dem Krieg weitergelebt und die heiligen Gegenstände für sich behalten?» fragte Wolfgang.

«Wie du siehst, meine Liebe», sagte Dacian und wandte sich mit einem Lächeln an mich, «es sind allerlei Geschichten im Umlauf. Einige befürworten sogar die Theorie, daß jeder, der mit diesen Gegenständen zusammengebracht wurde, von Hitler bis Jesus, über den Tod hinaus gelebt haben soll. Weil religiöse und politische Bewegungen – die für mich, ich gebe es zu, oft kaum zu unterscheiden sind – weitgehend auf solchen Geschichten beruhen, will ich mich dazu nicht weiter äußern. Ich finde das Thema weder wichtig noch interessant. Interessant dagegen ist, warum Leute wie Hitler oder Patton diese sogenannten heiligen Objekte haben wollten. Diese Frage kann nur *ein* Mensch beantworten.»

«Sie wollen doch nicht sagen, *Sie* wüßten, wo die heiligen Objekte sein könnten», sagte Wolfgang. Natürlich hätte mich Dacians Antwort auch interessiert, aber er ging nicht darauf ein.

«Wie ich Ariel schon erklärt habe», antwortete er geduldig, «kommt es bei der Suche auf den Weg an, nicht auf das Ergebnis.»

«Aber wenn die gesuchten Objekte nicht das Ziel sind», sagte Wolfgang verärgert, «was dann?»

Dacian blickte düster vor sich hin und schüttelte den Kopf. «Nicht *was*», wiederholte er. «Nicht *wer*, auch nicht *wie, wo* oder *wann*, sondern *warum*: Das ist die Frage. Doch weil Ihnen Fakten so wichtig zu sein scheinen, will ich Ihnen mitteilen, was ich weiß, sobald wir hier fertig sind. Zu diesem Zweck habe ich in der Tat schon Vorbereitungen getroffen.»

Er legte einen Finger unter mein Kinn. «Als ich von Wolfgang hörte, was du bei dir haben könntest, habe ich vom Restaurant aus telefonisch für drei Uhr einen Platz für uns reserviert. Es ist nur eine Minute von hier entfernt. Wir haben den Raum eine Stunde lang ganz für uns allein. Die Geschichte hat eine lange Vorgeschichte und beruht sowohl auf Hörensagen als auch auf einigen Mutmaßungen meinerseits. Ich werde sie erzählen, während ihr beide euch dieser gefährlichen Papiere entledigt –»

«Entledigen!» stieß ich hervor, während ich meine Tasche noch fester umklammerte. Auch Wolfgang wirkte schockiert.

«Meine Liebe, sei vernünftig», sagte Dacian. «Du kannst sie nicht in die Sowjetunion mitnehmen. Der russische Zoll konfisziert alles, was nicht identifiziert werden kann. Und du kannst sie auch nicht auf den Straßen Wiens verstreuen und weder mir noch Wolfgang anvertrauen, weil ich ebenso wie Wolfgang morgen das Land verlassen werde. Deshalb rate ich dir dringend, die einzige Lösung zu wählen, die ich in der kurzen Zeit, die ich zur Verfügung hatte, finden konnte. Versteck die Papiere an einem Ort, wo sie wahrscheinlich niemand in der nächsten Zeit finden wird: Zwischen den Büchern der österreichischen Nationalbibliothek.»

Die zwischen 1723 und 1735 entstandene Nationalbibliothek ist eines der eindrucksvollsten Museen der Welt – nicht wegen ihrer Größe und Pracht, sondern wegen ihrer fast unirdischen Schönheit und ihrer einzigartigen Sammlung seltener Bücher, von Avicenna bis Zeno, die in ihrer Bedeutung nur von der des Vatikans übertroffen wird.

Ich war als Kind nicht oft hier, aber ich erinnerte mich noch lebhaft an die luftig barocke Architektur und die erstaunliche Trompe-l'œil-Malerei an der Decke des hohen Prunksaals. Aber die wundervollste Überraschung für ein Kind war, daß die Bücherschränke *Türen* waren, die sich öffnen ließen, und dahinter lagen geheime, ringsum mit Büchern vollgestellte Kabinette mit einem großen Tisch und Stühlen und großen Fenstern, die auf den Hof hinausgingen. Hier konnten sich die Wissenschaftler zurückziehen, um stundenlang ungestört zu arbeiten. Ein solches Kabinett hatte Dacian für uns reservieren lassen.

«Es ist ein guter Plan», versicherte mir Wolfgang, als sich die Büchertür hinter uns schloß. «Mir wäre kurzfristig bestimmt nichts Besseres eingefallen.»

Auch ich fand Dacians Vorschlag inzwischen akzeptabel. Selbst wenn jemand erfahren sollte, daß die Manuskripte hier versteckt lagen, wäre die Suche danach eine Sisyphusarbeit. Vor dem Plakat am Eingang der Bibliothek, auf dem die Museumsbestände in Zahlen angegeben waren, hatte ich kurz gerechnet und war zu dem Ergebnis gekommen, daß hier insgesamt rund vier Millionen Bücher, Folianten, Handschriften, Landkarten, Zeitschriften und Inkunabeln aufbewahrt wurden. Dies und die Tatsache, daß die Bestände nicht öffentlich zugänglich waren, beruhigte mich einigermaßen.

Zehn Minuten lang füllten wir Karten aus für Dutzende von Titeln, die uns anschließend von den Bibliotheksdienern gebracht wurden. Als wir allein waren, legte ich meine Textseiten in Bücher, die ich aus den Regalen in diesem Raum genommen hatte. Als weitere Vorsichtsmaßnahme schlug ich vor, alle Bestellkarten zu vernichten, sobald wir hier fertig waren, und keine Liste aufzustellen.

«Aber wie wollen wir sie wiederfinden?» protestierte Wolfgang. «Um zwischen so vielen Büchern tausend Seiten zu finden – dazu bräuchten Dutzende von Leuten mehrere Jahre!»

«Genau darauf zähle ich», sagte ich.

Ich hielt es nicht für wichtig, auf mein fotografisches Gedächtnis hinzuweisen, aber ich konnte mir eine Liste mit fünfhundert Posten – also auch Autor und Titel eines jeden Buchs, in dem wir Seiten versteckt hatten – ungefähr ein Vierteljahr lang merken. Wenn ich innerhalb dieser Zeit nicht zurückkommen könnte, würde ich mir die Liste aufschreiben, sie auswendig lernen und wieder vernichten.

Dringender war die Sache mit Dacian. Er würde nach Paris zurückfliegen, und wahrscheinlich würden wir uns nach diesem Zusammensein in der Bibliothek eine ganze Weile nicht mehr sehen. Dabei wollte ich noch so vieles von ihm wissen. Ich mußte also gleichzeitig mit Dacian sprechen und mir die Liste der Bücher einprägen. Ich setzte mich neben ihn ans Fenster. Wolfgang blieb an der Tür, um die Bücherlieferungen in Empfang zu nehmen. Er schob jeden Stapel vor mich hin und achtete darauf, daß unser Gespräch nicht belauscht wurde. Während ich gefaltete Manuskriptseiten zwischen Buchseiten legte, bat ich Dacian fortzufahren.

«Ich versuche, beide Fragen zu beantworten», begann er, «Wolfgangs Frage nach den dreizehn heiligen Gegenständen und Ariels Frage nach der Bedeutung von Pandoras Papieren, die in ihren Besitz gelangt sind. Beide führen zurück zu einem abgelegenen Teil der Welt, der heute wenig besucht und kaum verstanden wird. Früher einmal erfreute sich diese Gegend der höchsten Kultur. Aber jetzt liegt ihre Vergangenheit unter dem Staub von Jahrhunderten. Dieses Gebiet war von den großen Mächten ständig umkämpft, und noch heute sind seine Grenzen umstritten. Aber einige haben inzwischen erfahren müssen, daß dieses Land so wild und geheimnisvoll ist, daß seine Menschen, wie der wilde Panther, nie gezähmt werden können.»

Er sah mich mit seinen smaragdgrünen Augen an. «Ich spreche von einem Ort, wo ihr beide, soviel ich verstanden habe, auf eurer Reise nach Rußland Ermittlungen anstellen werdet. Unser heutiges Zusammentreffen ist wirklich sehr nützlich. Ich bin einer der wenigen, die über die Geschichte dieses Gebiets etwas sagen können und, was noch wichtiger ist, über die tiefere Bedeutung, die in dieser Geschichte verborgen ist – denn ich wurde dort vor fast einem Jahrhundert geboren.»

«Du wurdest in Zentralasien geboren?» sagte ich überrascht.

«Ja. Und Sanskrit war einst die Sprache dieser Region – das ist ein wichtiger Schlüsselfaktor. Ich will euch ein bißchen über meine Heimat aufklären.»

Dacian nahm aus seiner Tasche eine Rolle, die mit einem Sämischlederbändchen zugebunden war. Er löste das Band und reichte mir die Rolle – ein Stück zusammengerolltes Leder, das so dünn und brüchig wirkte, daß ich zögerte, es zu berühren. Daraufhin breitete es Dacian auf dem Tisch aus. Wolfgang trat interessiert näher.

Es war eine alte, sorgfältig gezeichnete und kolorierte Landkarte, in der jedoch Grenzlinien fehlten. Die Karte, die ich an diesem Vormittag bei der IAEA studiert hatte, zeigte ziemlich dasselbe Terrain, so daß mir diese Topographie auch ohne Bezeichnungen vertraut war: Die großen

Binnengewässer waren der Aralsee und das Kaspische Meer, die Flüsse Oxus und Indus; die Gebirgszüge der Hindukusch, das Hochland von Pamir und die beiden Himalayas. Die getüpfelten Linien bedeuteten vielleicht wichtige Reiserouten. Einige geographische Besonderheiten wie der Mt. Everest waren mit Kreisen markiert; andere waren ohne die nationalen Grenzen, die wir gewöhnt waren, jedoch kaum zu erraten. Dacian schien dies geahnt zu haben, denn jetzt legte er über diese Karte ein durchsichtiges Blatt mit den heutigen Grenzen, und schon wurden die einzelnen Regionen deutlicher.

«Hier haben im Lauf der Jahrhunderte so viele Völker gelebt, daß sich das Wesentliche verwischt hat», erklärte er. «Diese Kreise auf der Karte kennzeichnen Orte von legendärer, sogar magischer Bedeutung, die über politische Veränderungen erhaben sind. Zum Beispiel hier.»

Er deutete auf eine Stelle, wo sich eine schlauchförmige Ausbuchtung von Afghanistan zwischen zwei Gebirgsregionen von Pakistan beziehungsweise der Sowjetrepublik Tadschikistan bis an die westlichste Grenze Chinas schob.

«Es ist sicher kein Zufall», sagte Dacian, «daß die ersten größeren Umwälzungen, die unseren Eintritt in den neuen Äon ankündigten, in dieser besonderen Ecke der Welt stattfanden. Von alters her befand sich hier wie an keinem anderen Fleck der Erde ein kultureller Hexenkessel, in dem sich Osten, Westen, Norden und Süden mischten, und damit liefert uns diese Gegend den perfekten Mikrokosmos des jetzt heraufziehenden neuen Zeitalters.»

«Aber wenn dieses Zeitalter eine Woge sein soll, die Mauern niederreißt und Kulturen vermischt», sagte Wolfgang, «verstehe ich nicht, was es mit diesem Teil der Welt und besonders mit Afghanistan zu tun haben könnte. Der blutige, aber unbedeutende kleine Krieg, den die Russen hier führen, wird wahrscheinlich keine Auswirkung auf eine andere Kultur haben.»

«So unbedeutend ist dieser Krieg nicht. Ein Wendepunkt ist erreicht worden», antwortete Dacian. «Halten Sie es für einen Zufall, daß sich die Sowjets erst in diesem Februar, zehn Jahre nach der Invasion, aus diesem unglücklichen Krieg zurückgezogen haben? Der Rückzug begann genau in diesem Augenblick, als sich der Sonnenaufgang während der Frühlings-Tagundnachtgleiche bis auf ein Zehntelgrad dem Eintritt in das

Sternbild Wassermann näherte – genau elf Jahre und elf Monate vor dem offiziellen Eintritt in den neuen Äon im Jahr 2001.»

«Ich bin der gleichen Meinung wie Wolfgang», sagte ich, während ich weitere Seiten in Büchern verstaute. «Es sieht kaum so aus, als würden sieglos heimkehrende Soldaten einen weltbewegenden neuen Zweitausendjahrezyklus auslösen. Die Russen scheinen doch nur zu ihrem alten Trott zurückzukehren.»

«Das sieht nur so aus, weil sich niemand gefragt hat, warum die Sowjets dort waren», entgegnete Dacian. «Dabei ist die Antwort einfach. Genau wie Hitler vor fünzig Jahren suchten sie nach der heiligen Stadt.»

Wolfgang und ich hielten einen Augenblick inne und starrten Dacian an. Er legte den Finger auf die Landkarte und lächelte flüchtig.

«Es hat stets viele magische Städte in dieser Region gegeben», sagte er. «Einige waren historisch nachweisbar, andere wurden nur vermutet oder waren ein Mythos wie das mongolische Chan-du – das Xanadu des Kublai Khan, das Marco Polo beschrieb – oder der Zufluchtsort Shangri La im Himalaya, der nach der Legende nur einmal in tausend Jahren sichtbar wird. Dann haben wir hier im äußersten Westen von China die autonome Region Sinkiang. In den zwanziger Jahren gab der russische

Maler Nikolai Rjorich Geschichten heraus, die er von Kaschmir bis Sinkiang und Tibet über die legendäre versunkene Stadt Schambala, eine orientalische Version von Atlantis, gesammelt hatte. Man glaubte, diese wunderbare Stadt sei einst von der Erde verschlungen worden und würde bald wiederauferstehen, um den neuen Äon einzuleiten.»

Dacians Augen waren geschlossen, während sein Finger über die Landkarte glitt; aber er schien alle diese Orte, die er berührte, zu sehen. Obwohl er zugegeben hatte, daß das meiste, was er erzählte, ins Reich der Mythen gehörte, schien es für ihn so echt zu sein, daß ich fasziniert war. Ich mußte mich sehr anstrengen, mich wieder auf die Papiere zu konzentrieren und darauf, wo ich sie versteckte.

«Nach einem Jahrtausende alten buddhistischen Glauben», fuhr Dacian fort, «ist hier in Nepal die verlorene Stadt *Agharti* im Kanchenjunga begraben, im dritthöchsten Berg der Welt, dessen Name ‹fünf heilige Schätze im Schnee› bedeutet. Im Süden des zweithöchsten Berges, des K2 – in dem umstrittenen Gebiet, das von China, Indien und Pakistan beansprucht wird –, liegt ein weiterer heimlicher Hort geheimnisvoller Schätze und heiliger Manuskripte. Und der magischste Berg in der Region ist der Mount Pamir – früher Pik Stalin, heute heißt er Pik Kommunismus – in Tadschikistan. Mit fast 7500 m ist er der höchste Berg der Sowjetunion. Die zoroastrischen Perser betrachten diesen Berg als die Hauptachse eines Kräfterasters, der heilige Punkte von Europa und dem Mittelmeer mit denen im Nahen Osten und Asien verbindet – ein Relais, von dem sie glauben, daß es nur unter den richtigen Umständen wie zum Beispiel jenen, die beim nächsten Äonenwechsel eintreten werden, aktiviert werden kann.

Der interessanteste dieser heiligen Orte war eine Stadt, die Alexander der Große um 330 v. Chr. nahe der heutigen russisch-afghanischen Grenze gründete. Nach der Legende soll dort vor Tausenden von Jahren eine Stadt gestanden haben, die große Geheimnisse und Magie in ihren Mauern barg – die letzte der sieben Städte Salomos.»

«König Salomo?» wiederholte Wolfgang mit merkwürdigem Tonfall. «Aber ist es möglich?» Er stand auf und trat vor die Tür unseres Kabinetts, wo er leise mit einem Bibliothekar sprach. Dann kam er zurück, schloß die mit Büchern bestückte Tür und setzte sich neben mich.

Ich saß vornübergebeugt und schob Pandoras Papiere in dicke Bücher. Weder Wolfgang noch Dacian konnten mein Gesicht sehen. Ich wußte, daß Dacian diesen Hinweis auf Salomo nicht zufällig gemacht hatte. Ebensowenig zufällig waren Sams Anspielungen: der Salomonsknoten, den er an meinem Rückspiegel hinterlassen hatte; die Anagramme und Memos, mit denen er mich auf das Hohelied hinwies. Jede Menge Input, aber was bedeutete es? Ich kam mir vor wie ein Reaktor bei kritischer Masse. Ich saß da und versuchte, meine Kontrollstäbe einzufahren und mich auf die Verbindungen zu konzentrieren. Ich schob einen Bücherstapel vor Wolfgang hin, der mir einen weiteren reichte.

«Es ist ein Teil der Welt, den nur wenige mit Salomo in Verbindung bringen», räumte Dacian ein. «Doch zwischen dem Industal und Afghanistan, unmittelbar südlich der Gegend, wo die verborgene Stadt liegen soll, ist ein ganzer Gebirgszug nach ihm benannt – die Sulaimanberge. Sein Thron – *takht-i-Suliman* – in einem hohlen Krater dort oben galt in der Antike als eine weitere Verbindungsachse zwischen Himmel und Erde.

Bei Salomo gehen Mythos und Fakten oft ineinander über. Es heißt, er sei ein Magus gewesen, der Wasser, Erde, Wind und Feuer beherrschte; er habe die Sprache der Tiere verstanden und sich der Hilfe von Ameisen und Bienen bedient, um den Tempel von Jerusalem zu bauen; und Tauben und Hellseher hätten seine Wunderstadt der Sonne in Zentralasien geplant – eine Stadt, die Alexander der Große lange und in vielen Ländern gesucht hat. Als Bilkis, die legendäre Königin von Saba, bei Salomo zu Besuch weilte, unternahm er mit ihr auf einem fliegenden Teppich, auf dem ein Königsthron stand, eine Besichtigungstour zu den von ihm gegründeten Städten. Als die Königin zu ihrem Heimatland zurückschauen wollte, schaufelte Salomos Dschinn, sein dienstbarer Geist, die Vertiefung auf jenem Berggipfel, um den Thron dort aufzustellen, damit sie sich in Ruhe umsehen konnte. Eine 1883 in dieser Gegend durchgeführte Vermessungsexpedition berichtete von einem echten *takht-i-Suliman.* An derselben Stelle gab es auch einen persischen Feuertempel aus der Zeit Alexanders. Die Verbindung zur Feuerverehrung ist für unsere Geschichte von Bedeutung. Alexander und Salomo, die beide mit einem Fuß in der Geschichte, mit dem anderen in der Legende stehen, sind aber auch durch überlieferte Sagen der Hindu, Buddhisten, tantrischen Tibeter, nestorianischen Christen und sogar durch das heilige Buch des Islam, den Koran, miteinander verbunden.»

«Salomo und Alexander werden im Koran erwähnt?» sagte ich überrascht.

«In der Tat», antwortete Dacian. «Einer der heiligen Gegenstände, die Wolfgang so faszinieren, wurde im Koran beschrieben: ein magischer, leuchtender grüner Stein, von dem man glaubt, er sei vor Millionen vor Jahren vom Himmel gefallen. Salomo, der in die Geheimnisse der persischen Magie eingeführt war, ließ sich ein Stück davon in einen Ring fassen, den er bis zu seinem Tod getragen hat. Später suchte Alexander diesen Stein wegen der Kräfte, die er über Himmel und Erde verlieh.»

Ich fuhr fort, lose Blätter zwischen Buchseiten zu legen, und lauschte dabei der Geschichte von dem Stein, die Dacian nun erzählte.

Der Stein

Er kam in Pella in Makedonien zur Welt, um Mitternacht in den Hundstagen des Jahres 356 v. Chr. Sie nannten ihn Alexandros.

Vor seiner Geburt prophezeite das sibyllinische Orakel die blutige Schlacht um Asien durch den einen, der jetzt kam.

Alexanders Mutter Olympias, eine Königstochter aus Epirus, war eine Priesterin der orphischen Mysterien von Leben und Tod. Sie hatte seinen Vater Philipp II. von Makedonien auf der Insel Samothrake kennengelernt bei den Weihen für die dunklen dionysischen Mysterien, denen in den Wintermonaten gehuldigt wurde. Als Olympias und Philipp fünf Jahre später heirateten, war sie eine leidenschaftliche Bacchantin, eine jener Anhängerinnen des Weingottes Dionysos, der in seiner thrakischen Heimat *bassarides* genannt wurde nach den Fuchsfellen, die die Bacchantinnen trugen, wenn sie nächtelang betrunken vom unverdünnten Wein über die Hügel tanzten und sich in wilde sexuelle und blutrünstige Raserei steigerten. In ihrer Gottbesessenheit fingen die *bassarides* mit bloßen Händen wilde Tiere und zerfleischten sie mit den Zähnen. In diesem Zustand nannte man sie Mänaden – die sich wild Gebärdenden.

Im Jahre 333 v. Chr. eroberte Alexander Syrien, Ägypten, Mesopotamien, Persien, Zentralasien und Indien.

Zum Schlüsselereignis kam es in Zentralasien, am Fels ohne Vögel. Irgendwo dort in der Nähe, so berichtet der Koran, baute Alexander ein riesiges Eisentor, um einen schwer zu bewachenden Paß gegen die Stämme der Gog und Magog – später nannte man sie Mongolen – abzuriegeln. Und hier, an der Stätte der einstigen siebenten Stadt Salomos, baute auch er seine heilige Stadt. Es heißt, der heilige Stein Salomos sei als ein Grundstein eingemauert worden und deshalb könne die Stadt zu Beginn eines jeden neuen Äons wieder erscheinen.

Sobald Alexander das Gebiet jenseits des Oxus befriedet hatte, traf eine vornehme Besuchergruppe aus Nysa ein, einem Tal auf der anderen Seite des Hindukusch. Als die Besucher Alexander erblickten, trug er seine Kriegerrüstung und war von Staub bedeckt. Trotzdem verschlug es ihnen die Sprache, und sie fielen vor Ehrfurcht zu Boden, denn sie erkannten in ihm jene göttlichen Eigenschaften, die auch die ägyptischen Hohenpriester und die persischen Magier bei ihm erkannt hatten. Die Nysaer luden Alexander und sein Gefolge in ihr Heimatland ein, von dem sie sagten, es sei die Geburtsstätte des Gottes Nysa, was sehr ähnlich klang wie Dio-nysos, der ja der höchste Gott der Makedonier war.

Es heißt, der Besuch Alexanders in Nysa sei der Wendepunkt in seinem kurzen, aber einflußreichen Leben gewesen. Als er sich diesem grünen, zwischen Gebirgszügen hingebreiteten Tal näherte, war es, als beträte er ein verlorenes und wundervolles Land. Das Tal rühmte sich nicht nur außergewöhnlicher Weingärten und berauschender Weine, die Alexander gerne trank, sondern es war auch der einzige Ort in diesem Teil der Welt, wo der den Göttern heilige Efeu gedieh.

Der Wein steht für die Reise in die äußere Welt, die Suche; der Efeu für die Reise nach innen, das Labyrinth. Alexander und seine Soldaten, die einer Feier zu Ehren des bedeutendsten Gottes ihrer Heimat nie abgeneigt waren, wanden sich Efeu um die Stirn und tranken, lärmten und tanzten über die Hügel zur Feier dieser erneuten Invasion in Indien – denn die Legenden besagten, der Gott Dionysos habe auf seinem schnaubenden, wohlriechenden Panther den Indus als erster überquert.

Alexanders Leben war kurz, aber die Orakelwürfel waren vor seiner Geburt gefallen. In dreizehn Jahren und zahlreichen Feldzügen eroberte er den größten Teil der damals bekannten Welt. Er starb mit dreiunddreißig Jahren in Babylon. Weil sein schwer errungenes und ausgedehntes Reich unmittelbar nach seinem Tod zerfiel, glauben die Historiker, er habe nichts hinterlassen außer seiner Legende. Doch hier irren sie sich.

In diesen dreizehn Jahren erreichte er alles, was er sich vorgenommen hatte: eine Vermischung von Ost und West, Geist und Materie, Philosophien und Rassen. In jeder großen Stadt, die er eroberte, veranstaltete er öffentliche Massentrauungen – Hochzeiten zwischen makedonisch-griechischen Offizieren und eingeborenen Frauen der Oberschicht. Er selbst hatte mehrere Frauen persischen Geblüts.

Wir wissen auch, daß Alexander in die östliche Geheimlehre eingeweiht war. Die ägyptischen Hohenpriester von Zeus Jupiter Ammon sahen in ihm die Verkörperung dieser Gottheit und übertrugen ihm die Widderhörner. Der Widder aber wurde auf allen drei Kontinenten mit dem kriegerischen Planeten Mars assoziiert und mit dem damaligen Zeitalter des Widders. Im Norden, im Land der Skythen in Zentralasien – dem Teil der Welt, von dem wir sprechen –, wurde er *Zul-quarnain,* der zweigehörnte Gott, genannt. Der Ausdruck bedeutet auch «Herr der zwei Wege» oder zwei Epochen – das heißt: Er, der beim Übergang von einem Äon zu einem anderen herrschen wird.

«Alexanders Mutter Olympias», so schloß Dacian, «erzählte ihm, er sei die Saat der Schlangenmacht, der kosmischen Kraft. Der Ehrgeiz, den sie in ihm von Kindesbeinen an nährte, wurde zu einem unstillbaren Verlangen nach Weltherrschaft. Zu diesem Zweck baute Alexander an jedem ‹Akupunkturpunkt› auf dem Kräfteraster der Erde eine heilige Stadt. Er dachte, wenn er diese Punkte entlang des Rückgrats der Erde fixierte, ungefähr so, als triebe man einen Nagel in einen Baum, würde er imstande sein, die ‹Drachenkräfte› der Erde nutzbar zu machen – und daß derjenige, der den heiligen Stein des neuen Zeitalters besaß und ihn genau im Zentrum des Rasters einpflanzte, die letzte Drehung des Äonenrads herbeiführen und die Drachenkräfte sowie den Rest der Welt beherrschen würde. Das war eine so wichtige Sache, daß Alexander seine Feldzüge unterbrach, um jede Örtlichkeit zu erkunden, bevor er weiterzog und daß er darauf bestand, jeder Stadt – insgesamt waren es siebzig Städte – selbst einen Namen zu geben, bevor er starb.»

«Siebzig Städte?» sagte Wolfgang und blickte von dem Buch auf, das er mit Pandoras Manuskriptseiten fütterte.

«Eine interessante Zahl, nicht wahr?» pflichtete ihm Dacian bei. «Mit den früheren sieben Städten Salomos ergibt das 77 Punkte auf dem Raster – eine bedeutende magische Zahl.»

Mir war die Parallele zwischen den 77 Städten Alexanders und Salomos und der Gruppe 77 der blockfreien Länder, über die man uns im Lauf des Vormittags bei der IAEA instruiert hatte, nicht entgangen. Als ich Wolfgang das Buch reichte, in dem ich eben einige Seiten verstaut hatte, ging die Tür auf, und ein Bibliothekar steckte den Kopf herein, um uns zu sagen, daß es Zeit war, Schluß zu machen. Dacian rollte seine Lederlandkarte auf und steckte sie in seine Tasche, während Wolfgang den letzten Bücherstapel ordnete.

«Selbst wenn es so einen Raster geben würde, der geheimnisvolle Energien nutzbar macht – was würde es bringen, wenn man sie beherrscht?» fragte ich Dacian.

«Nun, Salomo galt als Herr der vier Wohnungen, nicht nur der Erde, sondern auch der vier Elemente», antwortete er. «Deshalb besaß er die Macht eines Unsterblichen. Und Alexander wurde in der kurzen Zeit seines Lebens der erste westliche Mensch, der schon vor seinem Tod als lebender Gott angesehen wurde.»

«Du glaubst doch nicht, daß es Götter gibt, die in menschlicher Gestalt auf die Erde kommen», entgegnete ich. «Ich liebe diese alten Mythen – aber schließlich leben wir im ausgehenden zwanzigsten Jahrhundert.»

«Und genau das ist die Zeit, in der man ihre Ankunft erwartet», sagte Dacian.

Die Tür der Bibliothek schloß sich hinter uns, und wir traten hinaus auf die Straße, wo es bereits dunkel wurde. Dacian sah ziemlich erschöpft aus, als er dort im gelblichen Licht der eben aufleuchtenden Straßenlaterne stand – und trotzdem war sein Gesicht immer noch schön.

«Ich muß euch jetzt verlassen», sagte er, «ich bin sehr müde. Aber ich werde euch wiedersehen – zumindest wenn es die Götter, von denen wir sprachen, wollen. Obwohl ich nur angerissen habe, was ihr wissen müßt, habt ihr jetzt wenigstens eine gewisse Vorstellung davon bekommen. Wegen der Manuskripte würde ich mir keine Sorgen machen. Sie allein sind nur von geringem Nutzen. Es genügt nicht, sie zu lesen; man muß sie auch verstehen, und das erfordert, wie ich schon sagte, einen forschenden Verstand – und noch etwas mehr.»

«Noch mehr? Zum Beispiel, die richtigen Fragen zu stellen?» fragte ich. «Aber vorhin in der Hofburg hast du gesagt, du seist der einzige Mensch, der erklären könnte, warum jeder diese Manuskripte und die heiligen Gegenstände haben will – nur du könntest sagen, was so gefährlich daran ist. Also lautet die Frage: Warum hast du es nicht gesagt?»

«Ich habe gesagt, *ein* Mensch könnte dies beantworten, aber nicht, daß *ich* derjenige bin», erklärte Dacian. «Vielleicht erinnerst du dich, daß ich gesagt habe, Sanskrit sei der Schlüssel zu diesem Geheimnis, daß der alte Feuertempel an der Stätte von Salomos Thron in Afghanistan von Bedeutung ist. Beides bezieht sich auf dieses ‹Etwas mehr›. Es ist am besten beschrieben mit einem Sanskrit-Wort, *salubha*, was soviel bedeutet, wie ‹die Eigenart der Motten oder Grashüpfer›, also: ins Feuer fliegen, sich wie ein Salamander bedenkenlos in Gefahr stürzen, stromaufwärts ziehen wie der Lachs – kurzum, die Kraft des Salzes zu besitzen.»

«Salz?» sagte ich verständnislos.

«Richtig. Salz – die am höchsten geschätzte Ware der Alten Welt», antwortete Dacian. «Die Römer bezahlten ihre Soldaten mit Salz. Die älteste keltische Siedlung in Österreich, eine der frühesten und reichsten in Europa, war Hallstatt im Salzkammergut. Der Name erklärt den Wohlstand der alten Siedlung: *hal* war das keltische Wort für Salz. Salomo, der Salamander, der Salm, sogar die Stadt Salzburg – sie alle haben eines gemeinsam. Ob es nun Salz heißt oder *sal*, *saut* oder *sault*, es läuft immer auf ‹saltare› hinaus, was hüpfen, springen, tanzen bedeutet –»

«Ich fürchte, dafür brauche ich einen Quantensprung», sagte ich.

«Das ist die geheime Zutat, das ‹Etwas mehr›, das ihr braucht – das *sal sapiente*, das Salz der Weisheit», sagte Dacian. «Nimm eine Prise davon, und deine Intuition wird Sprünge machen wie die des weisen Königs Salomo, dein Verstand wird vor Energie sprühen, und du wirst wie der Salm stromaufwärts springen. Es ist wie ein Übertritt zu einem anderen Glauben.»

Da ist die Stimme meines Freundes! Mir war, als hörte ich das Hohelied, Salomos Echo in meinem Gedächtnis. *Siehe, er kommt und hüpft über die Berge und springt über die Hügel.*

Dacian wandte sich zu mir und legte mir feierlich die Hände auf die Schultern, beinahe so, als wollte er mir einen Orden verleihen oder eine Fackel überreichen. Dann blickte er mit einem rätselhaften Lächeln über meine Schulter zu Wolfgang.

«Meine Liebe», sagte er, «du mußt nur eines tun. Du mußt unbedingt tanzen lernen!»

Dann ging er und war kurz darauf um eine Ecke verschwunden.

«Da fällt mir etwas ein», sagte Wolfgang, als Dacian gegangen war. «Ich war so hypnotisiert von diesem Mann, daß ich es fast vergessen hätte. Während ihr zu Mittag gegessen habt, war ich noch einmal im Büro. Es war ein Fax für dich da, das dir dein Büro aus den Staaten geschickt hat. Ich hoffe, es ist nichts Dringendes.» Er griff in seine Tasche und reichte mir ein zusammengefaltetes Stück Papier. Ich öffnete es unter der Straßenlaterne.

Die erste Phase unseres Projekts ist jetzt ernsthaft abgeschlossen, das Informationsarchiv für Phase zwei in Angriff genommen. Bitte teilen Sie uns mit, wie Sie künftig zu erreichen sind, während wir weitermachen. Unser Team erreichen Sie ab morgen unter obiger Nummer.

R. F. Burton, Qualitätssicherheit

Der Forschungsreisende und Orientalist Richard Francis Burton gehörte zu meinen Lieblingsautoren. Ich hatte alles gelesen, was er geschrieben oder übersetzt hatte. Diese Nachricht kam eindeutig von Sam. Obwohl ich mich hier unter der Straßenlaterne und in Wolfgangs Anwesenheit nicht lange mit dem Inhalt aufhalten konnte, war die Mitteilung doch so schlicht gefaßt, daß ich einiges sofort herauslesen konnte:

Phase eins «ernsthaft abgeschlossen», sagte mir, daß sich Sam mit seinem Großvater Dark Bear im Nez-Percé-Reservat in Lapwai getroffen und etwas ziemlich Wichtiges über seinen Vater Earnest erfahren hatte – andernfalls hätte er es nicht gewagt, so offen mit mir in Verbindung zu treten, auch wenn ich ihm gesagt hatte, er könne dies tun. Und Phase zwei erklärte sich aus der Unterschrift. Unter den Büchern, die Burton über seine Reisen zu exotischen Stätten wie Mekka und Medina und zu den Quellen des Nils geschrieben hatte, gab es auch eines über seine Pilgerfahrt zur «City of the Saints» – der Stadt der Heiligen oder der Heiligen der Letzten Tage.

Also teilte mir Sam mit, daß er ab morgen den Rest unserer Familiengeschichte nachprüfen würde, und zwar in jener anderen bekannten Salzstadt: in Salt Lake City, Utah, USA.

DER WEINBERG

Auf ein Orakel der Göttin [Kybele] eingehend lernte Dionysos von einer Schlange, wozu Trauben zu gebrauchen sind. Daraufhin erfand er die primitivste Methode zur Herstellung von Wein.

Karl Kereny, Dionysos

Ich bin der rechte Weinstock, und mein Vater der Weingärtner.

Jesus von Nazareth, Johannesevangelium, Kap. 15,1

Und Gott sagte... Meinen Bogen habe ich in die Wolken gesetzt; der soll das Zeichen sein des Bundes zwischen mir und der Erde...
Alsdann will ich gedenken an meinen Bund zwischen mir und euch... daß hinfort keine Sintflut mehr komme, die alles Fleisch verderbe...
Noah aber, der Ackermann, pflanzte als erster einen Weinberg. Und da er von dem Wein trank...

1. Buch Mose, Kap. 9; 12–21

Laß uns... früh aufbrechen zu den Weinbergen und sehen, ob der Weinstock sproßt, ob die Granatbäume blühen. Da will ich mir meine Liebe schenken.

Das Hohelied, Kap. 7, 12–13

Es war dunkel, als Wolfgang und ich auf der Ausfallstraße entlang der Donau die Stadt verließen. Wir sprachen nicht viel während der Fahrt. Obwohl ich emotional völlig ausgelaugt war, konnte ich die Augen nicht schließen. Bald waren die Lichter von Wien verschwunden, und wir folgten dem weiten anmutigen Bogen der Donau nach Westen in Richtung Wachau, dem Weinland. Wolfgang erwies sich am Steuer als ebenso sicher und gewandt wie auf Skiern, und ich blickte aus dem Fenster auf den breiten schimmernden Fluß und die Dörfer auf der anderen Seite der Straße. Nach knapp einer Stunde waren wir in Krems, wo sich Wolfgangs Büro befand.

Inzwischen stand der Mond hoch am Himmel und tauchte die umliegenden Hügel in mildes Licht. Wir nahmen die Abzweigung nach Krems und fuhren zu der mittelalterlich befestigten Stadt hinauf, deren weißgekalkte Gebäude ein interessantes Potpourri verschiedener Baustile darstellen, vom Mittelalter bis in die Zeit des Barock. Wir überquerten den Höheren Markt mit den stattlichen Bürgerhäusern und Museen, aber zu meiner Überraschung fuhr Wolfgang wieder aus der Stadt hinaus und auf einer schmäleren, kurvenreichen Straße noch höher hinauf ins Hügelland, wo ein Weinberg neben dem anderen lag. Ich warf einen Blick auf sein Profil, das sich vor dem grünlichen Schein der Armaturen abzeichnete.

«Ich dachte, wir wollten zu deinem Büro, um unsere Tagesordnung für morgen durchzugehen», sagte ich.

«Ja. Aber mein Büro ist in meinem Haus», erklärte Wolfgang, ohne die Augen von der Straße zu nehmen. «Es ist nicht mehr weit. Nur noch ein paar Kilometer, dann sind wir da.»

Die Straße wurde noch schmäler und schien nur noch ein Fahrweg zu sein, als wir weiter bergauf fuhren und uns immer mehr vom Fluß und den kleinen besiedelten Flecken entfernten. Wir passierten eine winzige strohgedeckte und in den Berg hineingebaute Lehmhütte, in der die Weinbauern Körbe und Geräte aufbewahrten und sich unterstellten, wenn es während ihrer Arbeit zu einem der hier häufigen plötzlichen Regengüsse kam. Danach sah ich nichts mehr, was auf eine Zivilisation schließen ließ – ausgenommen natürlich die Reihen der Weinstöcke.

Oben auf dem Hügel endeten die Weingärten plötzlich, und auch die Straße schien hier zu enden. Wir fuhren auf eine Brücke zu, die einen breiten Bach überspannte. Eine Wolke schob sich vor den Mond, so daß die Umrisse der groben und sehr hohen Steinmauer, die den Weg auf dem gegenüberliegenden Ufer zu versperren schien, kaum zu sehen waren.

Wolfgang hielt vor der Brücke an und stieg aus. Ich dachte, vielleicht sollte ich auch aussteigen, aber plötzlich gingen helle Flutlichter an und tauchten die Landschaft wie eine Theaterkulisse in goldenes Licht. Ich schaute in ungläubigem Staunen durch die Windschutzscheibe.

Was ich für eine hohe Weideumzäunung gehalten hatte, war der mit Zinnen versehene Festungswall einer alten Burg, einer steinernen Festung, und der Bach, den ich zu sehen glaubte, war ein Burggraben, dessen moosbewachsene Granitwände schräg zum Wasser hin abfielen. In die Mauer war ein hohes hölzernes Tor eingelassen, das offenstand, so daß ich in den beleuchteten Hof sehen konnte. Es war ein großer Rasenplatz, über den eine alte Eiche ihre Krone breitete, und dahinter lag ein echtes mittelalterliches Schloß.

Wolfgang stieg wortlos wieder ein, legte den Gang ein und fuhr langsam über die Zugbrücke und durch das offene Tor. Er parkte auf dem Rasen unter der Eiche, direkt neben einem alten steinernen Brunnen. Er stellte den Motor ab und sah mich beinahe schüchtern an.

«Ist das dein Haus?» fragte ich verdutzt.

«*My home is my castle* – heißt es nicht so bei euch?» erwiderte er. «Aber in meinem Fall hat man mir nur einen hübschen Haufen Steine hinterlassen, der vor fast tausend Jahren einmal ein Schloß oberhalb der Stelle war, wo sich heute die Stadt Krems befindet. Es hat mich fast zehn Jahre gekostet und den größten Teil meiner Freizeit und meines Einkommens, um Fachleute aufzutreiben, die mir bei der Restaurierung helfen konnten. Außer diesen wenigen Experten und Bettina – die es verrückt findet, was ich hier tue – bist du die einzige, die ich je hierhergebracht habe. Gefällt es dir?»

«Es ist unglaublich!» sagte ich.

Ich stieg aus, um mich umzusehen. Wolfgang begleitete mich auf meiner Runde durch den Hof. Ich hatte mich angesichts der vielen schön gelegenen Burgruinen in Deutschland und Österreich oft gefragt, warum sich niemand die Mühe machte, sie zu restaurieren. Aber nun sah ich an diesem Beispiel, wieviel Mühe und Geld so etwas kosten mußte. Sogar die Steine der Burgmauer waren frisch behauen und von Hand vermörtelt. Und mein Erstaunen wuchs, als Wolfgang die Tür des Schlosses aufsperrte, mich eintreten ließ und das Licht einschaltete.

Wir standen in einem großen runden Turm. Die Decke befand sich mindestens zwanzig Meter über uns mit einem komplizierten kuppelförmigen und wie ein Kaleidoskop angelegten Oberlicht, durch das ich den Nachthimmel sehen konnte. Das Innere des Turms wurde von Lichtern erhellt, die wie Sterne aus Mauernischen leuchteten. Ein Metallgerüst, das wie eine abstrakte Skulptur aussah, reichte vom Boden bis ganz nach oben und stützte verschiedenartig geformte Gebilde, die wie Baumhäuser aussahen und aus der runden Turmmauer herausragten. Jedes «Haus» war von einer gewölbten, in warmen Tönen glänzenden Holzwand umgeben und hatte zur Turmmitte hin ein breites und vom Boden bis in die Decke hineinreichendes Plexiglasfenster, so daß auch von oben Licht einfallen konnte. Es dauerte eine Weile, bis ich sah, daß diese Gemächer durch eine spiralförmige Holztreppe entlang der Außenmauer miteinander verbunden waren. Das Ergebnis war atemberaubend.

«Am Tag ist es ganz hell hier», sagte er. «Du wirst sehen, morgen beim Frühstück sitzen wir hier in der Sonne.»

«Wir bleiben hier über Nacht?» Sein Vorschlag stürzte mich in Verwirrung.

«Ich dachte, du würdest zu müde sein, um heute abend noch nach Wien zu deinem Onkel Lafcadio zu fahren», erklärte er mir. «Und mein Haus liegt ganz in der Nähe des Klosters, zu dem wir morgen wollen.»

«Es ist okay», sagte ich, «wenn es dir keine allzu großen Umstände macht.»

«Es ist alles vorbereitet», versicherte er mir. «Wir werden eine Kleinigkeit in dem Gasthof essen, der zu dem Weinberg hier oben gehört. Man hat dort einen schönen Blick auf den Fluß. Aber vorher möchte ich dir hier noch einiges zeigen – das heißt, wenn du Lust hast.»

«Und ob ich Lust habe», sagte ich. «Ich habe noch nie etwas Ähnliches gesehen.»

Der mit Schieferplatten ausgelegte Boden des Turms hatte einen Durchmesser von ungefähr fünfzehn Metern. In der Mitte stand ein Eßtisch aus dunkler Eiche, umgeben von gepolsterten Stühlen. Dahinter, genau gegenüber dem Eingang, befand sich die Küche, die durch offene Regale mit Gläsern, Geschirr und Gewürzen vom übrigen Raum getrennt war. Entlang der Mauer im Küchenbereich gab es Arbeitsflächen aus dickem Holz und dazwischen einen großen gemauerten Herd mit einem in die Mauer eingelassenen Rauchfang, wie man ihn auf einer Burg erwartete. Die Treppe entlang der Turmmauer führte zur Bibliothek in der ersten Etage.

Dieser Raum, der etwas größer war als die höher gelegenen Gemächer und fächerförmig in den Turm hineinragte, wurde ebenfalls von dem Gerüst getragen und von Balken, die in der Außenmauer verankert waren. Der größte Teil der Mauer wurde hier von einem großen Kamin eingenommen, in dem bereits dicke Scheite und Kleinholz bereitlagen. Wolfgang öffnete den Rauchabzug und entzündete das Feuer mit einem langen Streichholz.

Vor dem Kamin stand ein gemütliches Ledersofa mit vielen Kissen und ein bumerangförmiger niedriger Tisch, auf dem sich dicke Bücher stapelten. Der Boden war mit hellfarbigen orientalischen Teppichen belegt. Richtige Bücherschränke fehlten, aber der hohe Biedermeierschreibtisch war übersät mit Papieren und Schreibzeug, und überall im Zimmer, auf Tischen, Stühlen und sogar auf dem Boden, lagen Bücher herum.

Nach der nächsten geschwungenen Treppenflucht, auf der zweiten Etage, lag der Raum, den Wolfgang mir für heute nacht zugedacht hatte – mit einem großen Bett, Kleiderschrank, Sofa und Bad. Die zwei Räume darüber waren wahlweise Schlaf-, Arbeits- oder Wohnräume, und die Akten, Computer und anderen Arbeitsgeräte ließen erkennen, daß sich Wolfgang hier sein Büro eingerichtet hatte. Jeder Raum hatte mehrere hohe, schlitzähnliche Fenster, die sich öffnen ließen und den Blick auf den begrünten Hof freigaben. Die oberste Etage unmittelbar unter dem großen Oberlicht war Wolfgangs Suite, an die sich wie bei meinem Zimmer ein großes Bad anschloß. Aber sonst war sie einzigartig. In einer Höhe von zirka siebzehn Metern verlief diese Etage wie eine vier Meter breite Galerie kreisförmig entlang der Turmmauer und ließ in der Mitte ein ungefähr sieben Meter breites Rund frei, das ein schützendes Geländer aus poliertem Holz umgab. Wenn es draußen dunkel war wie jetzt, wurde das Licht der glitzernden Lämpchen in der Turmmauer sowie das weiche Licht, das durch die Glaswände drang, reflektiert, so daß man den Eindruck hatte, als würden die unteren Gemächer wie auf Wolken schweben.

Wir gingen um die O-förmige Galerie herum, so daß ich alles besichtigen konnte. Da gab es auf einer Seite ein Podest für ein Bett; einen Sitzplatz, Kleiderschränke und Kommoden auf der anderen Seite; dazwischen ein großes, auf den Himmel gerichtetes Messingfernrohr.

Die Turmmauer weitete sich hier oben nach außen und war ungefähr ab Hüfthöhe von Gußerkern oder Pechnasen unterbrochen – schmale Schlitze, aus denen man im Fall einer Belagerung Pech und Steine auf die Feinde schütten konnte. Wolfgang hatte in diese Öffnungen Fenster gebaut, die sich nach innen öffneten und wie Läden geschlossen werden konnten.

Diese Suite hatte eine höhere Decke als die anderen Räume, da sie direkt unter dem schweren Gebälk der lichtdurchlässigen Kuppel lag. Tagsüber würde durch diese Kuppel zusätzliches Licht in den Turm dringen, und jetzt schien es, als blickte das ganze sterngeschmückte Universum herein. Es war wirklich wundervoll.

Wolfgang nahm meine Hand und führte mich zu einem der Fenster. Er öffnete es und ließ die kühle Luft aus dem Flußtal herein. Dann schaltete er die Außenbeleuchtung aus, die den Graben und den Vorhof erhellt hatte, damit wir auch die Landschaft sehen konnten. Wir standen nebeneinander und blickten hinunter auf die blinkenden Lichter im Hügelland und die gewundene doppelte Lichterkette neben der Donau. Auf dem dunkel glänzenden Fluß flimmerte das Spiegelbild des Vollmonds. An diesem zauberhaften Ort empfand ich zum ersten Mal seit Wochen so etwas wie Frieden.

Wolfgang wandte sich zu mir und legte die Hände auf meine Schultern. Ich hatte das Gefühl, als baute sich eine Welle zwischen uns auf, eine rauschende Meereswoge.

«Oft fällt es mir schwer, dich nur anzusehen. Du bist ihr so unglaublich ähnlich», sagte er.

Ihr ähnlich? Was sollte das nun wieder heißen?

«Mein Vater hat mich mitgenommen, als ich noch klein war», fuhr er fort. Obwohl er mich immer noch an den Schultern festhielt, blickte er jetzt wie traumverloren hinunter zum Fluß. «Sie sang Lieder von Gustav Mahler. Als ich ihr nach der Vorstellung einen kleinen Blumenstrauß in die Garderobe bringen durfte, sah sie mich mit diesen Augen an.» Und dann sagte er mit merkwürdig erstickter Stimme: «Mit *deinen* Augen. Als ich dir in Idaho begegnete, waren sie das erste, was ich gesehen habe, obwohl du vermummt warst wie ein Polarforscher – und ich war wie gebannt.»

War dieser Mann, den ich so hinreißend fand, vielleicht in meine *Großmutter* verliebt? Nach allem, was ich in letzter Zeit durchgemacht hatte, hätte ich mich jetzt am liebsten wie ein mittelalterliches Wurfgeschoß durch dieses Pechnasenfenster gestürzt. Zu allem Überfluß schoß mir mein stürmisches irisches Zigeunerblut in die Wangen. Ich wandte mich von Wolfgang ab. Seine Hände sanken von meinen Schultern.

«Was ist los?» fragte er überrascht und drehte mich wieder um, bevor ich mich unter Kontrolle hatte.

«Es ist nicht so, wie du denkst», sagte er ernst. «Ich war ein kleiner Junge. Wie hätte ich damals so empfinden können, wie ich das heute tue – ein erwachsener Mann?» Er fuhr sich mit den Fingern durch das Haar. «Ariel, anscheinend kann ich mich dir gegenüber nie richtig ausdrücken», fuhr er frustriert fort. «Wenn ich nur –»

Er nahm mich bei den Oberarmen, und ich zuckte vor Schmerz zusammen.

Er ließ mich sofort los. «Was hast du?» fragte er erschrocken.

Ich berührte vorsichtig meinen verletzten Arm und lächelte durch einen Tränenschleier.

«O Gott!» rief er. «Hast du noch die Fäden in der Wunde?»

«Mein Arzttermin war gestern vormittag», sagte ich und holte tief Luft, um den stechenden Schmerz zu unterdrücken. «Aber da waren wir schon in Utah.»

«Wenn du einen Ton gesagt hättest, hätten wir noch in Wien zu einem Arzt gehen können», sagte er. «Die Fäden müssen unbedingt entfernt werden. Auch wenn sie sich auflösen, kann sich die Wunde entzünden. Aber jetzt ist bis zu unserem Abflug nach Rußland nur noch so wenig Zeit ... Soll *ich* dir die Fäden ziehen?»

«Du?» Ich starrte ihn entsetzt an.

«Jetzt müßtest du dein Gesicht sehen», sagte er lachend. «Ich habe alles hier, was wir brauchen: Desinfektionsmittel, Heilsalbe, Pinzette, Schere. Es ist wirklich eine ganz simple Sache. Im Internat habe ich in der Krankenstation geholfen, und Jungen haben immer wieder mal Platzwunden, die genäht werden müssen. Ich versichere dir, ich habe so etwas schon hundertmal gemacht. Jetzt hole ich erst einmal unsere Sachen aus dem Wagen, damit wir uns nachher nicht mehr darum zu kümmern brauchen.»

Er öffnete einen Kleiderschrank und nahm einen dicken weichen Bademantel heraus. «Zieh den hier an, damit du deine Sachen nicht ruinierst», sagte er. «Und dann warte auf mich in der Bibliothek. Da ist es inzwischen schön warm, und das Licht ist dort besser.» Damit verschwand er.

Es war mir nicht klar, was ich von diesem Abend erwartet hatte – aber *Ich liebe deine Großmutter*, gefolgt von *Soll ich dir die Fäden ziehen?* war bestimmt nicht die Richtung, in der ich mir den weiteren Verlauf vorgestellt hatte.

Ich ging in Wolfgangs Badezimmer, zog mein warmes Musselinkleid aus und sah mir im Spiegel die lilafarbene Wunde an, die sich mit vierzehn spinnenähnlichen schwarzen Stichen vom Ellbogen bis zur Schulter zog. Meine Augenlider waren geschwollen, und meine Nase war rot von den Tränen, die mir der Schmerz in die Augen getrieben hatte. Ich war ein Wrack. Ich nahm eine Bürste und fuhr mir damit einige Male durchs Haar. Dann wusch ich mir das Gesicht, schlüpfte in den flauschigen Bademantel und ging nach unten.

Als ich in die Bibliothek kam, prasselte ein munteres Feuer im Kamin, und es roch nach Tannenzapfen. Ich trat an den offenen Biedermeiersekretär und strich mit den Fingern über die dort gestapelten Bücher, wobei mir eines mit Goldschnitt und wundervoll weichem Ledereinband in nahezu dem gleichen Cremegelb wie das Ledersofa besonders auffiel. Offensichtlich war es ein altes und seltenes Buch. Ein Lesezeichen lag darin. Ich zog das Buch aus dem Stapel und schlug es auf. Die erste Seite war mit dem Titel illuminiert:

Legenda Aurea
Die goldene Legende: Lesungen über die Heiligen
von Jacobus de Voragine

Den Text begleiteten schauerliche, aber schön vergoldete Bilder, auf denen Männer und Frauen in verschiedenen Stadien der Folter oder Kreuzigung zu sehen waren. Ich wandte mich der Stelle zu, wo das Lesezeichen eingelegt war: Heiliger Nummer 146, Sankt Hieronymus. Das war der Namenspatron des Mannes, den ich bis heute für meinen Großvater väterlicherseits gehalten hatte.

Abgesehen davon, daß dieser gelehrteste der lateinischen Kirchenväter, der vor 1500 Jahren lebte, wegen seines umfangreichen literarischen Werks und besonders wegen seiner Neuübersetzung des Alten Testaments aus dem hebräischen Berühmtheit genoß, war er auch der Mann, der die Pfote eines verwundeten Löwen heilte. Irgendwie erinnerte mich das an etwas, was Dacian im Lauf des heutigen Tages gesagt hatte, aber es wollte mir im Moment nicht einfallen.

Dann kam auch schon Wolfgang mit einem Tablett, beladen mit Medikamenten, Chirurgenbesteck in Desinfektionslösung, einer Flasche Cognac und einem Cognacschwenker. Über dem Arm trug er mehrere Handtücher. Er stellte das Tablett auf dem niedrigen Tisch vor dem Sofa ab, auf dem ich mich niedergelassen hatte. Ich legte das Buch beiseite. Als Wolfgang sah, womit ich mich beschäftigt hatte, sagte er lächelnd: «Aufbauende Lektüre, nicht wahr? Aber ganz so schlimm wird es nicht.»

Er zog eine Stehlampe näher zum Sofa, breitete einige Handtücher über die Kissen und setzte sich neben mich. Ein kurzer Ruck am Gürtel des Bademantels, und die flauschige Hülle, praktisch die einzige, die ich trug, fiel auseinander und ich saß da in meiner knappen Unterwäsche. Nach einem Blick auf mein Gesicht sagte er mit einer Grimasse: «Soll ich mit geschlossenen Augen weitermachen?»

Er zog meinen Arm aus dem Bademantel und bedeckte diskret den entblößten Rest.

«Jetzt laß Professor Hauser das mal genauer anschauen.»

Er hob meinen Arm ans Licht und untersuchte sorgfältig die Wunde.

«Das sieht leider gar nicht gut aus. Die Wunde ist zu schnell zugeheilt. Viele Stellen sind schon von Haut überwachsen. Wenn die Fäden jetzt nicht rauskommen, wird es nur noch schlimmer. Es wird ein bißchen weh tun und etwas länger dauern, als ich gedacht habe. Ich muß die Fadenreste sorgfältig entfernen, damit die Wunde nicht wieder aufgeht. Trink einen ordentlichen Schluck Cognac. Und wenn es zu sehr weh tut, beiß auf ein Handtuch.»

«Vielleicht sollten wir es doch lieber nicht heute abend machen», wandte ich ein.

Aber Wolfgang schüttelte den Kopf. Er legte meinen Arm vorsichtig ab und goß mir einen mindestens doppelten Cognac ein.

«Jetzt trinkst du das erst einmal, und dann leg dich auf die Seite, damit ich den richtigen Anstellwinkel habe.»

Ich hatte ein flaues Gefühl im Magen, aber ich trank den Cognac. Dann streckte ich mich seitlich auf dem mit Handtüchern drapierten Sofa aus und ließ mich von Wolfgang mit weiteren Handtüchern zudecken. Meinen Arm mit der Wunde legte er vorsichtig obenauf. Ich schloß die Augen. Das Feuer war so warm, daß ich es auf den Augenlidern spürte. Ich versuchte mich zu entspannen.

Zuerst war der Schmerz fern und kalt, als das Desinfektionsmittel auf meine Haut tropfte; aber er wurde ganz schnell brennend heiß. Als ich das Zupfen der Pinzette am ersten Stich spürte, fragte ich mich, was ein Fisch fühlt, wenn sich ihm der Angelhaken ins Fleisch bohrt. Aber noch gingen weder der Schmerz noch die Angst besonders tief. Ich hatte nur das scheußliche Gefühl, daß irgend etwas ganz und gar nicht stimmte.

Nach dem ersten Ziehen war es, als kratzte ein Nagel über Glas. Der Schmerz ging mir durch Mark und Bein. Ich versuchte, nicht zurückzuzucken, damit es nicht noch schlimmer wurde, aber das dumpfe, rhythmische Pochen war fast mehr, als ich ertragen konnte. Ich spürte, wie mir hinter den geschlossenen Lidern die Tränen kamen. Mit einem tiefen Atemzug wappnete ich mich für einen neuen Angriff.

Nach einer Ewigkeit hörte das Zupfen auf. Als ich die Augen öffnete, liefen mir dicke Tränen über die Wangen und tropften auf das mit Handtüchern belegte Sofa. Ich biß die Zähne zusammen; mein Magen war völlig verkrampft. Hätte ich jetzt etwas sagen müssen, ich hätte nur geschluchzt. Also holte ich noch einmal tief Luft und atmete ganz langsam aus.

«So, den ersten haben wir», sagte Wolfgang.

«Den *ersten*!» stieß ich hervor, während ich mich auf dem Ellbogen meines heilen Arms aufrichtete. «Könnten wir nicht einfach meinen Arm mit einem kurzen kräftigen Hieb amputieren? Dann hätten wir es hinter uns.»

«Ich tu dir wirklich sehr ungern weh, meine Liebe», sagte Wolfgang. «Aber das Zeug muß raus. Es ist höchste Zeit.»

Er hielt mir den Cognac an die Lippen. Ich trank einen großen Schluck, der mir fast die Luft nahm. Wolfgang wischte mir mit dem Finger eine Träne ab und sah schweigend zu, wie ich noch mehr Cognac in mich hineinschüttete. Dann gab ich ihm das Glas zurück.

«Weißt du», sagte er, «als Bettina und ich klein waren, sagte meine Mutter immer, wenn sie etwas Unangenehmes tun mußte: ‹Ein Kuß macht alles besser.›»

Er beugte sich vor und berührte mit den Lippen die Stelle, wo er den ersten Faden gezogen hatte. Ich schloß die Augen, während sich eine angenehme Wärme in meinem Arm ausbreitete.

«Und? Stimmt es?» fragte er leise. Als ich stumm nickte, sagte er: «Dann müssen die anderen Stellen auch geküßt werden. Also, bringen wir's hinter uns.»

Ich legte mich wieder hin, bereit für die nächste Schmerzwelle. Jedesmal, wenn er mit der Pinzette einen Faden aus der Haut zog, mußte ich die Zähne zusammenbeißen, um nicht aufzuschreien. Dann kündigte das scharfe Schnippen der Schere das letzte schmerzhafte Ziepen an dieser Stelle an. Wolfgang küßte die fadenfreie Stelle, und dann ging es weiter. Ich versuchte mitzuzählen, aber nach fünf oder zehn Minuten war ich überzeugt, wir hätten bereits dreißig oder hundert Fäden gezogen anstatt der verbliebenen dreizehn. Trotzdem – die Küsse schienen auf rätselhafte Weise zu helfen.

Als die Folter überstanden war, massierte Wolfgang meinen Arm, bis durch die bessere Durchblutung der Schmerz verschwand. Dann wischte er ihn mit einem Desinfektionsmittel ab, das leicht nach frischen Tannennadeln roch. Als er fertig war, setzte ich mich auf. Er half mir, den Bademantel überzuziehen, und band den Gürtel zu.

«Das war bestimmt nicht angenehm. Du warst die ganze letzte Woche über sehr tapfer, Ariel, aber jetzt ist alles vorbei», sagte er, während er den Arm um meine Schulter legte und mich leicht an sich drückte. «Jetzt ist es erst kurz nach sieben. Du hast also reichlich Zeit, um ein Bad zu nehmen und ein bißchen auszuruhen, wenn du möchtest, bevor wir ans Abendessen denken. Wie fühlst du dich?»

«Ich bin okay – nur müde», sagte ich, aber ich rührte mich nicht.

Wolfgang sah mich mit einem Blick an, der besorgt wirkte, in dem aber noch etwas anderes lag, das ich nicht deuten konnte. Ich war zu benommen von der Mischung aus Cognac und einer Riesendosis Endorphine, die mein Körper während der nahezu eine halbe Stunde dauernden Quälerei ausgeschüttet hatte. Ich lehnte mich in die Kissen und versuchte, mich zusammenzureißen. Wolfgang sah mich an und zwirbelte versonnen eine Haarsträhne von mir. Dann sagte er, als wäre er zu einem Entschluß gelangt:

«Ariel, dies ist wahrscheinlich der falsche Moment, aber ich weiß nicht, wann der richtige kommen wird. Wenn nicht jetzt, dann vielleicht nie –» Er unterbrach sich und schloß kurz die Augen. «Mein Gott, ich weiß nicht, wie ich das alles tun soll. Gib mir einen Schluck von dem Cognac.»

Er beugte sich über mich, nahm mein halbvolles Glas vom Tisch und genehmigte sich einen kräftigen Schluck. Dann stellte er das Glas ab, sah mich mit seinen unergründlichen Augen an und sagte: «Als ich dich das erste Mal im Technical-Science-Trakt der Atomanlage sah – hast du gehört, was ich gesagt habe, als ich an dir vorbeiging?»

«Leider nicht ganz», sagte ich, obwohl ich mich lebhaft erinnerte, was ich gern gehört hätte. Attribute, von denen ich mich im Augenblick himmelweit entfernt wußte. Aber was dann kam, hatte ich nicht erwartet.

«Ich habe ‹Ekstase› gesagt. In diesem Augenblick habe ich mir ernstlich überlegt, den ganzen Auftrag an den Nagel zu hängen. Und ich versichere dir, es gibt Leute, denen nichts lieber wäre. Meine Reaktion auf dich war so – ich weiß wirklich nicht, wie ich es sagen soll –, so spontan. Ich nehme an, du merkst, wohin dieses peinliche Geständnis führen wird.»

Er hielt inne, denn ich war abrupt aufgestanden. Ich war völlig durcheinander. Hier war ich – ein Mädchen, das sich sträubte, im tiefen Pulverschnee Ski zu laufen –, und jetzt sollte ich einfach so von einer weiteren gefährlich hohen Klippe springen. Eine Welle panischer Angst stieg in mir hoch, obwohl ich mich dagegen wehrte. Auch wenn ich im Augenblick etwas benebelt war, bedurfte es keines Albert Einsteins, um herauszukriegen, was ich mir von Wolfgang jetzt wünschte – und was er sich selbst zu wünschen schien.

Ich versuchte, vernünftig an die Sache heranzugehen. Welcher andere Mann würde mich um die halbe Welt mitnehmen und mich für die Nacht in sein eigenes Schloß einladen? Welcher andere Mann würde mich in meinem jetzigen mitgenommenen Zustand so ansehen, wie Wolfgang mich ansah – und mich auch noch *begehren*? Welcher andere Mann verströmte einen so berauschenden Duft von Pinien, Zitrone und Leder, daß ich mich am liebsten darin baden würde? Wo in drei Teufels Namen lag das Problem?

Aber tief innerlich wußte ich, was es war.

Wolfgang stand vor mir, ohne mich zu berühren. Er sah mich mit diesen Röntgenaugen an. Ich bekam weiche Knie und ein leeres Gehirn. Unsere Lippen waren nur Zentimeter voneinander entfernt.

Ohne ein weiteres Wort zu sagen, nahm er mich in die Arme und vergrub die Hände in meinem Haar. Unsere Lippen berührten sich. Dann lag sein Mund auf dem meinen, als wollte er meine Seele trinken, und mein Verstand registrierte nur noch die Wärme, die von seinen Lippen in meinen Körper strömte. Der Bademantel rutschte mir von den Schultern und lag neben meinen nackten Füßen auf dem Boden. Seine Zähne streiften über meine Schultern, seine Hände über meinen Körper, wo meine Unterwäsche gewesen war. Ich konnte kaum atmen.

Ich wich zurück. «Ich habe Angst», flüsterte ich.

Wolfgang legte meine Hand auf seinen Mund und küßte sie. «Denkst du, ich hätte keine?» fragte er und sah mich ernst an. «Aber wir dürfen nur eins nicht, Ariel: *Zurückschauen*.»

Nicht zurückschauen – das einzige, was die Götter von Orpheus verlangten, bevor er in die Unterwelt eintauchte, um seine geliebte Eurydike zu retten. Ich schauderte bei diesem Gedanken.

«Ich schaue auf nichts zurück», log ich. Dann senkte ich die Augen – aber zu spät.

«O doch, das tust du», sagte Wolfgang und hob mein Gesicht zu sich empor. «Du blickst auf einen Schatten zurück, der von Anfang an zwischen uns stand – den Schatten deines verstorbenen Cousins Sam. Aber wenn diese Nacht vorbei ist, wirst du hoffentlich nie mehr zurückschauen.»

Okay, nennt mich verrückt. In jener Nacht habe auch ich gedacht, ich sei verrückt und vielleicht mehr als das. Wolfgang hatte eine Wunde geöffnet, die tiefer ging als der zusammengeflickte Riß in meinem Arm – eine Wunde, die innerlich blutete, so daß ich nicht genau wußte, wie groß der Schaden war. Dieses Trauma, das ich bislang sogar vor mir selbst verheimlicht hatte, war die Tatsache, daß ich vielleicht mehr als nur ein bißchen verliebt in meinen Cousin Sam war. So, und nun stand ich da – ein ziemlich verwirrtes Ding, das für die Atomwirtschaft arbeitete.

Aber diese widersprüchlichen Emotionen, die in meiner Brust Krieg führten, verwischten sich in jener Nacht zumindest zum Teil – zusammen mit allem anderen –, weil Wolfgang etwas in mir geweckt hatte, von dem ich weder gewußt noch geahnt hatte, daß es in mir existierte. Als sich unsere Körper in der Hitze der Leidenschaft trafen und verschmolzen, fühlte ich eine Mischung aus Schmerz und Sehnsucht in mir, die wie eine Droge wirkte und mit jeder neuen Kostprobe mein Verlangen steigerte. Wir gaben uns unserer Leidenschaft mit einer Gier und Besessenheit hin, bis jeder Muskel meines Körpers vor Erschöpfung zitterte.

Schließlich lag Wolfgang neben mir auf dem weichen Teppich vor dem Feuer und preßte das Gesicht auf meinen Bauch. Unsere Haut war schweißnaß. Wolfgangs muskulöser Körper glänzte im Feuerschein wie aus Bronze gegossen. Ich strich mit der Hand über seinen Rücken, von den Schultern zur Hüfte, und er schauderte.

«Bitte, Ariel!» Er hob den zerzausten Kopf und grinste mich an. «Überleg dir, was du tust. Du bist eine Hexe, die mich mit einem Zauber belegt hat.»

«Du bist derjenige mit dem Zauberstab», gab ich lachend zurück.

Wolfgang setzte sich auf die Fersen und zog mich hoch, so daß ich vor ihm saß. Das Feuer war bis auf die Glut heruntergebrannt, und uns wurde nun doch ein wenig kalt.

«Einer von uns muß jetzt seinen Verstand gebrauchen», sagte Wolfgang, während er mir den Bademantel über die Schultern legte. «Du brauchst etwas, um dich zu entspannen.»

«Was du vorhin getan hast, war dafür recht gut geeignet», versicherte ich ihm.

Wolfgang schüttelte lächelnd den Kopf. Er stellte mich auf die Beine, hob mich hoch und trug mich nach oben in mein Zimmer und weiter ins Bad, wo er mich wieder abstellte und uns ein heißes Bad einlaufen ließ. Er streute eine Handvoll Badesalz ins Wasser. Dann holte er uns frische Anziehsachen und legte sie neben die Wanne. Als wir im aromatisch duftenden Wasser saßen, nahm Wolfgang einen dicken Naturschwamm und ließ das Wasser daraus über meine Schultern und Beine rieseln.

«Du bist das begehrenswerteste Etwas, das ich je gesehen habe», sagte er und küßte mich von hinten auf die Schulter. «Aber jetzt sollten wir praktisch denken. Es ist kurz nach neun. Hast du großen Hunger?»

«Ich habe einen Mordshunger», sagte ich, und es war wirklich so.

Also zogen wir nach dem Baden unsere warmen Sachen an und spazierten zwischen Rebstöcken hinunter zu dem kleinen Gasthof, von dem Wolfgang gesprochen hatte. Als wir ankamen, brannte auch dort ein kräftiges Feuer im Kamin.

Wir aßen eine heiße Suppe, grünen Salat und Raclette. Wir stippten den geschmolzenen Käse mit knusprigem Brot von den Tellern, leckten den würzigen Saft der sauren Gurken von unseren Fingern und tranken einen ausgezeichneten trockenen Riesling dazu.

Als wir uns auf den Heimweg machten, war es gerade kurz nach zehn. Vom Fluß zogen weiße Nebelschwaden herauf, die sich gespenstisch zwischen die Reihen der Weinstöcke schoben, die ihre ersten Schößlinge trieben. Die Luft war frisch und kühl, und die Erde verströmte diesen besonderen, leicht dumpfigen Nachtgeruch, der den Frühling ankündigt. Wolfgang zog mir einen Handschuh aus und nahm meine bloße Hand, und wie immer, wenn er mich berührte, strömte Wärme durch meinen Körper. Er lächelte mich an, aber im selben Augenblick schob sich eine Nebelbank über den Mond, und es war plötzlich völlig dunkel.

Dann war mir, als hörte ich nicht weit hinter uns Schritte, ich bekam plötzlich Angst, obwohl ich nicht recht wußte, warum. Ich blieb stehen und entzog Wolfgang meine Hand. Wer außer uns könnte so spät abends hier herumlaufen?

Wolfgang legte die Hand auf meine Schulter. Er hatte es auch gehört. «Warte hier. Rühr dich nicht vom Fleck», sagte er ruhig. «Ich bin gleich wieder da.»

Ich sollte mich nicht vom Fleck rühren? Wieso? Ich geriet schon wieder in Panik. Aber die Dunkelheit hatte ihn bereits verschluckt.

Ich duckte mich zwischen zwei Weinstöcken und konzentrierte mich auf die nächtlichen Geräusche, wie Sam es mich gelehrt hatte. Jetzt konnte ich zum Beispiel die verschiedenen Insektenstimmen von den aus dem Flußtal heraufdringenden Geräuschen unterscheiden. Aber hinter den Stimmen der Natur hörte ich auch das Flüstern zweier verschiedener Männerstimmen. Ich fing nur Wortfetzen auf – jemand sagte das Wort «sie» und dann «morgen».

Gerade als sich meine Augen an die Dunkelheit gewöhnt hatten, kam der Mond wieder zum Vorschein und tauchte den Hang in silbriges Licht. Ich stand auf und sah mich um. Ungefähr zwanzig Meter weiter unten standen zwei Männer mitten im Weinberg. Der eine war eindeutig Wolfgang; als er mich sah, hob er den Arm und winkte. Dann wandte er sich von der anderen Gestalt ab, um wieder zu mir zurückzukehren. Ich schaute zu dem anderen Mann. Er trug einen zerknautschten Hut, der sein Gesicht überschattete, so daß ich es nicht erkennen konnte. Als er sich bergab wandte, sah ich, daß er kleiner war als Wolfgang und sich auf eine Art bewegte…

Doch da legte Wolfgang schon die Arme um mich und schwenkte mich einmal im Kreis umher. Dann stellte er mich wieder auf den Boden und küßte mich herzhaft auf den Mund.

«Wenn du dich in diesem silbernen Licht sehen könntest», sagte er. «Du bist so unglaublich schön. Ich kann gar nicht glauben, daß du wirklich bist… daß du mir gehörst.»

«Wer war der Mann, der uns gefolgt ist?» fragte ich. «Er kam mir irgendwie bekannt vor.»

«O nein. Das war nur mein Hausverwalter, der Hans», erklärte Wolfgang. «Er arbeitet im Nachbardorf und schaut jeden Abend auf dem Heimweg hier vorbei. Oft kommt er ziemlich spät. Jemand hat ihm gesagt, er hätte Licht in der Burg gesehen, und da wollte er vor dem Schlafengehen noch mal nachsehen, ob alles in Ordnung ist. Vermutlich habe ich vergessen, ihm zu sagen, daß ich heute hiersein werde. Und daß ich Hausgäste mitbringe, ist er bestimmt nicht gewohnt.»

Damit legte er den Arm um mich, und wir gingen weiter. «Und jetzt, mein lieber kleiner Hausgast», fügte er hinzu und drückte mich an sich, «jetzt ist es auch für uns Zeit, ins Bett zu gehen – wenn auch nicht unbedingt, um zu schlafen.»

Und schließlich schliefen wir doch, unter herrlich leichten Daunendecken in Wolfgangs Bett, hoch oben im Turm unter dem riesigen Sternenbaldachin. Die stürmische Odyssee der Leidenschaft dieser Nacht hatte mich zutiefst aufgewühlt. Endlich fühlte ich mich entspannt und innerlich ruhig trotz der Tatsache, daß ich keine Ahnung hatte, was der nächste Morgen oder die fernere Zukunft bringen könnten.

Wolfgang lag erschöpft in den Kissen. Er hatte einen Arm über meine Brust gelegt. Seine Hand liebkoste eine Haarlocke, die auf meiner Schulter lag. Bald darauf schien er friedlich zu schlafen. Ich lag auf dem Rücken und blickte in den mitternächtlichen Sternenhimmel. Direkt über mir stand Orion mit den drei Sternen in der Mitte des Stundenglases: Kaspar, Melchior und Balthasar.

Das letzte, woran ich mich erinnerte, war die riesige Lichterschlange am Himmel, von der Sam sagte, daß die Menschen in alter Zeit glaubten, aus den Brüsten der Göttin Rhea sei Milch gespritzt und so sei die Milchstraße entstanden. Ich erinnerte mich, wie ich zum ersten Mal die ganze Nacht aufgeblieben war, um sie zu sehen – es war die Nacht von Sams *tiwa-titmas*, die so viele Jahre zurücklag. Und dann glitt ich unwillkürlich noch einmal zurück in den Traum…

Es war lang nach Mitternacht, aber noch nicht Morgen. Sam und ich hatten fast die ganze Nacht gewacht und das Feuer in Gang gehalten, während wir auf die Totemgeister warteten. Seit ungefähr einer Stunde waren wir sehr still geworden. Wir saßen mit überkreuzten Beinen nebeneinander auf dem Boden – nur unsere Fingerspitzen berührten sich – und hofften, daß Sam noch vor dem Ende der Nacht eine Vision haben würde, auf die er in den vergangenen fünf Jahren immer wieder gewartet hatte. Der Mond hing tief über dem westlichen Horizont. Unser Feuer war zu einem Häuflein glühender Asche niedergebrannt.

Und dann hörte ich es. Ich war mir nicht sicher, aber es hörte sich an, als atmete jemand ganz in der Nähe. Ich wurde nervös, aber Sam verstärkte warnend den Druck seiner Finger, damit ich still blieb. Ich hielt den Atem an. Nun schien es noch näher zu sein, direkt hinter meinen Ohren, ein heiseres, angestrengtes Atemgeräusch. Und dann roch ich den warmen, berauschenden Duft von etwas, das gewaltig und wild sein mußte. Einen Moment später sah ich aus dem Augenwinkel eine Bewegung. Ich blickte starr geradeaus. Ich wagte nicht einmal zu zwinkern, und mein Herz schlug wie wild. Als sich die flüchtige Bewegung zu einem Bild in meinem Blickfeld fügte, wurde ich fast ohnmächtig vor Schreck. Nur wenige Schritte von mir entfernt stand ein ausgewachsener Puma.

Sam drückte meine Hand noch fester, damit ich mich ja nicht bewegte, aber ich war ohnehin wie erstarrt vor Angst. Selbst wenn ich versucht hätte aufzustehen – ich hätte nicht gewußt, ob mich meine Beine tragen würden. Der Puma glitt lautlos und wie in Zeitlupe durch den Kreis. Nur das gleichmäßige heisere Atmen, das fast wie ein Schnurren klang, war zu hören. Dann blieb er neben dem verlöschenden Feuer stehen, wandte langsam und anmutig den Kopf und sah mich an.

Dann schienen mehrere Dinge gleichzeitig zu passieren. Im Gebüsch auf der anderen Seite des Kreises raschelte und knackte es plötzlich. Der Puma blickte über die Schulter in die Richtung, aus der das Geräusch kam, und zögerte. Sam packte meine Hand. Und dann taumelte ein dunkles Etwas aus dem Unterholz und lief in den Kreis. Es war ein Bärenjunges!

Der Puma schnaubte und bewegte sich auf den kleinen Bären zu. Doch da schoß aus dem Dickicht hinter dem kleinen Bären eine riesige Bärin hervor. Mit einer schwungvollen Bewegung ihrer Tatze schob sie ihr Junges hinter sich, und dann richtete sie sich drohend auf den Hinterbeinen auf – eine riesige Silhouette, die den Mond verdeckte. Der überraschte Puma huschte über den Rand des Plateaus und verschwand im dunklen Wald. Sam und ich saßen da wie versteinert, während sich die Bärin wieder auf alle viere niederließ und an den Rand unseres Lagerfeuers kam. Sie schnüffelte ein paarmal an meinem kleinen Rucksack und wühlte darin herum, bis sie meinen Apfel fand. Sie nahm ihn ins Maul und brachte ihn ihrem Jungen. Dann stupste sie den Kleinen mit der Nase vor sich her in Richtung des Dickichts, aus dem sie gekommen waren.

Sam und ich blieben noch eine halbe Stunde lang still, bis der Himmel langsam hell wurde. Schließlich drückte er leicht meine Hand und flüsterte:

«Hotshot, ich denke, du hast heute nacht auch dein *tiwa-titmas* gehabt. Wer weiß, wonach der Berglöwe gesucht hat, aber er hat bestimmt den richtigen Menschen gefunden – Ariel, die mit dem Löwenherzen.»

«Und zu dir sind sie auch gekommen – deine Totembären!» flüsterte ich aufgeregt.

Sam stand auf und half mir auf die Beine, und dann umarmte er mich wie ein großer Bär.

«Wir sind gemeinsam in den magischen Zirkel eingedrungen, Ariel, und wir haben sie gesehen – den Löwen und den Großen und Kleinen Bären. Verstehst du, was das bedeutet? Unsere Totemtiere haben uns gezeigt, daß sie wirklich unser Totem sind. Sobald die Sonne aufgeht, mischen wir unser Blut, damit wir Blutsbrüder sind. Danach wird für uns beide alles anders. Du wirst schon sehen.»

Und es hatte sich wirklich alles geändert, genau wie Sam es vorausgesagt hatte. Aber das war fast achtzehn Jahre her, und heute nacht, in Wolfgangs Bett unter dem kreisenden Firmament, war mein Totem zum ersten Mal seit meiner Kindheit wieder in einem Traum zu mir gekommen.

Als ich am nächsten Morgen erwachte, wurde ich ziemlich rasch gewahr, daß ich nicht mit Sam auf einem Berggipfel saß und die Sonne aufgehen sah. Ich lag allein im Bett auf dem obersten Geschoß von Wolfgangs Burg, umgeben von Daunenkissen und seidenen Bettdecken, und die Sonne durchflutete bereits den ganzen Raum. Wie spät war es? Erschrocken setzte ich mich auf.

Im selben Augenblick erschien Wolfgang in Jeans und einem grauen Kaschmirpullover mit Rollkragen. Er brachte ein Tablett mit Tassen und Tellern, heißer Schokolade, frischen Brötchen und noch warmen Croissants. Ich nahm eines der dunklen knusprigen Brötchen, während sich Wolfgang auf das Bett setzte und die Schokolade einschenkte.

«Wie sieht denn nun unser Plan für heute aus?» fragte ich.

«Unser Flugzeug nach Leningrad geht heute nachmittag um fünf», sagte Wolfgang. «Und Kloster Melk macht um zehn Uhr auf – in ungefähr einer Stunde. Das heißt, wir haben für unsere Nachforschungen ein paar Stunden Zeit, bevor wir uns auf den Weg zum Flughafen machen müssen.»

«Hast du irgendwelche Anhaltspunkte, wonach wir suchen sollen?» fragte ich.

«Es soll etwas geben, das die Dokumente, die von deiner Großmutter all die Jahre gehortet wurden, miteinander verbindet», antwortete Wolfgang. «Melk beherbergt eine große mittelalterliche Sammlung, die uns dieses fehlende Glied liefern könnte.

«Aber wenn die Klosterbibliothek so viele Bücher enthält wie die Bibliothek, in der wir gestern waren – wie sollen wir da in ein paar Stunden etwas finden?» fragte ich.

«Ich hoffe wie deine Verwandten, daß *du* finden wirst, wonach wir suchen.»

Mit dieser kryptischen Antwort mußte ich mich abfinden, wenn ich mich noch duschen und anziehen wollte; denn wir wollten von hier aufbrechen, bevor das Kloster Melk öffnete. Ich war reisefertig, als mir plötzlich etwas einfiel. Ich bat Wolfgang, sein Faxgerät benützen zu dürfen, um das gestrige Fax aus den Staaten zu beantworten.

Während ich in das kleine Büro hinunterging, versuchte ich, meine Gedanken zu ordnen. Ich wollte Sam die wichtigeren Ereignisse des gestrigen Tages mitteilen, aber es gab da etwas, dem ich mich stellen mußte. Schon an Sam zu denken war mir peinlich, und noch unangenehmer war es mir, ihm in dieser Umgebung und nach meinen nächtlichen Aktivitäten zu schreiben. Es klingt vielleicht lächerlich, aber ich wußte, wenn jemand meine Strahlung, ob heiß oder andersartig, empfangen konnte – selbst wenn sie mehrere tausend Kilometer Glasfaserkabel durchlaufen mußte –, dann war es Sam. Vielleicht hatte er sie sogar schon aufgefangen. In meinem Traum in der vergangenen Nacht hatte mich nicht nur die Löwin besucht, sondern auch Sam und seine Totemtiere waren neben meinen Mokassinspuren durch die Traumwelt gegangen.

Ich schob diese Gedanken beiseite und versuchte, mir einen doppeldeutigen Text auszudenken – kurz, lieb und auf den Punkt gebracht und so informativ wie möglich. Nachdem sich Sam neuerdings Sir Richard Francis Burton nannte, schrieb ich die folgenden Zeilen:

Sehr geehrter Dr. Burton,

danke für Ihr Memo. Ihr Team scheint auf dem richtigen Weg zu sein. Auch ich bin besser vorangekommen als im Plan vorgesehen. Der Job, der mir zunächst unhandlich wie ein Walfisch vorkam, ist unter Dach und Fach. Sollte es während meiner Abwesenheit Probleme geben, erreichen Sie mich direkt via IAEA, Faxnummer s. unten. Ich fliege heute um 17:00 von Wien nach Rußland.

Mit freundlichen Grüßen, Ariel Behn

Ich dachte, das dürfte genügen. Ich hatte sein Fax erhalten und verstanden. Das einzige, was wir bei unserer letzten Begegnung «geplant» hatten – weil wir noch nicht wußten, wo sich Pandoras Papiere befanden –, war, daß ich versuchen sollte, Dacian Bassarides persönlich zu sprechen und so viel wie möglich aus ihm herauszuholen. Meine Feststellung, ich sei besser vorangekommen als geplant, würde ihm sagen, daß mir dies gelungen war. Mit der Erwähnung des Wals – der Wal war der schwimmende Hort des Clan-Totemgedächtnisses – teilte ich Sam mit, daß ich das «Geschenk», von dem er aufgrund meines letzten Fax wußte, daß es sich jetzt in meinem Besitz befand, sicher verwahrt hatte.

Ich hätte ihm gern noch mehr mitgeteilt, aber ich schaffte es einfach nicht, in dieser kurzen Zeit all die verzwickten Dinge, die ich über den Rest meiner Familie erfahren hatte, ganz zu schweigen von den heiligen Gegenständen und verschwundenen Städten, in eine verschlüsselte Nachricht zu packen. Wenigstens würde Sam wissen, daß das Spiel begonnen hatte. Nachdem ich mein Originalmemo im Kamin verbrannt und die Reste unter die kalte Asche gemischt hatte, ging ich nach draußen, wo mir Wolfgang auf dem Rasen entgegenkam.

«Wir können fahren», sagte er. «Ich habe unser Gepäck schon im Wagen, so daß wir nicht mehr zurückkommen müssen. Wir können direkt von Melk zum Flughafen fahren. Klaus hat einen Schlüssel und wird aufräumen, wenn wir weg sind.»

«Wer ist Klaus?» fragte ich.

«Mein Hausverwalter», antwortete Wolfgang, während er mir in den Wagen half. Dann schloß er den Kofferraum ab.

Als er sich hinter das Steuer setzte, sagte ich: «Ich dachte, er heißt Hans.»

«Wer?» sagte Wolfgang, während er den Wagen wendete und vorsichtig über die Zugbrücke hinausfuhr.

«Der Mann, den du eben Klaus genannt hast», sagte ich. «Gestern abend, als uns dein Hausverwalter gefolgt ist, hast du gesagt, sein Name ist Hans.» Ich hielt es nicht für nötig zu erwähnen, daß mir der Mann schon gestern irgendwie verdächtig vorkam.

«Ganz recht: Hans Klaus», sagte Wolfgang. «Hier nennt man solche Leute meistens beim Familiennamen. Vielleicht habe ich ihn gestern beim Vornamen genannt.»

«Bist du sicher, daß er nicht Klaus *Hans* heißt?» fragte ich.

Wolfgang hob eine Augenbraue und sah mich mit einem fragenden Lächeln an. «Ist das ein Verhör? Ich fürchte, so etwas bin ich nicht gewöhnt. Ich kann jedoch von mir behaupten, daß ich die Namen meiner Angestellten kenne.»

«Okay», räumte ich ein. «Wie steht es dann mit deinem Namen? Du hast mir gegenüber nie erwähnt, daß es einmal jemand gab, der ebenfalls Kaspar Hauser hieß.»

«Aber ich dachte, die Geschichte würdest du kennen», antwortete er, während wir zwischen den Weingärten ins Tal hinunterfuhren. «Der wilde Bub von Nürnberg, wie sie ihn genannt haben. Die Legende von Kaspar Hauser ist in Deutschland sehr berühmt.»

«Ja, inzwischen weiß ich das auch. Ich habe über ihn nachgelesen», sagte ich. «Aber du hast gesagt, du seist nach einem der biblischen Magi genannt worden. Vielleicht weißt du mehr über diesen Kaspar Hauser als ich. Es scheint, er ist vor allem wegen seiner dunklen Herkunft und der ungeklärten Umstände seiner Ermordung berühmt geworden. Ich finde es merkwürdig, einem Kind einen Namen zu geben, der solche Assoziationen hervorruft.»

Wolfgang lachte. «Ich habe auch an ihn denken müssen, als Dacian Bassarides gestern diese erstaunliche Geschichte von den sieben verborgenen Städten Salomos erzählte. Ich wollte gestern abend mit dir darüber sprechen, aber ich wurde etwas abgelenkt.» Er lächelte. «Nach dem, was Dacian gestern gesagt hat, glaube ich, daß alle diese Dinge mit der Hagalrune zusammenhängen.»

«Die Hagalrune?»

«*Hagal* bedeutete auf altdeutsch Hagel», sagte Wolfgang. «Und Hagel ist eines der zwei bedeutenden Symbole arischer Macht: Feuer und Eis. Das Hakenkreuz symbolisiert von alters her die Macht des Feuers. Es war in viele der orientalischen Feuertempel gemeißelt, von denen Dacian gestern sprach. Noch bedeutender ist, daß Nürnberg, die Stadt, in der Kaspar Hauser zum ersten Mal auftauchte, als der absolute geomantische Mittelpunkt Deutschlands gilt. Die drei Linien, die aus anderen Teilen Europas und Asiens kommend das *Hagal*-Runenkreuz bilden, treffen sich in Nürnberg, wo sie ein Machtzentrum bilden.»

Mich überlief es kalt, als Wolfgang eine Hand vom Steuer nahm und mit dem Finger ein Zeichen in die Luft malte, das so aussah wie das Bild, das auf meinem Computerbildschirm in jener Nacht erschien, als Sam mit mir heimlich Verbindung aufnahm.

Mein Herz klopfte laut. Ich wünschte, ich hätte mit Sam sprechen können. Ich hüllte mich enger in meinen Mantel, mehr um meine Hände zu beruhigen als wegen der morgendlichen Kühle. Wolfgang schien nichts zu bemerken. Er lenkte den Wagen wieder mit beiden Händen, und während er fuhr, erzählte er mir die folgende Geschichte.

Die Hagalrune

Schon vor dem Ende der Befreiungskriege praktizierten viele Bruderschaften oder geheime Gesellschaften ein Ritual, bei dem königliches Blut vergossen wurde.

Nach Kaspar Hausers Tod glaubten viele, der Junge sei adliger oder königlicher Herkunft gewesen, er sei bei der Geburt entführt und von Bauern unter absonderlichen Bedingungen aufgezogen worden, wie ein Tier, das als Opfergabe dienen sollte. Mit anderen Worten: Kaspar Hauser war sehr wahrscheinlich das Opfer eines heidnischen Rituals, das zu Beginn der neuzeitlichen Ära plötzlich in Nürnberg auftauchte. Der Boden Deutschlands war mit dem «königlichen Blut» Kaspar Hausers geweiht worden.

Gegen Ende des vorigen Jahrhunderts erforschte man in Deutschland die völkischen Wurzeln des germanischen Volkes, des gemeinen Volkes oder der Bauern, wie sie in den nordischen Legenden und deutschen Sagen dargestellt wurden. Man wollte die traditionellen Werte und Bräuche wiederbeleben, von denen man glaubte, sie seien der Kern der deutschen Seele und würden wieder ein goldenes Zeitalter herbeiführen.

Die *Hagal*rune ist das neunte Zeichen des Runenalphabets. Neun ist eine sehr mächtige Zahl in der nordischen Sagenwelt: Das *Havamal*, ein Teil der berühmten Lieder-Edda, erzählt, daß Odin neun Tage lang am Weltenbaum hängen mußte, um in die Zaubermacht der Runen eingeweiht zu werden.

Auch bedeutende geschichtliche Ereignisse fielen auf den 9. November: Napoleons Coup, der die Französische Revolution 1799 beendete; der Todestag von Charles de Gaulle 1970; die Revolution in Berlin und Bekanntgabe der Abdankung Kaiser Wilhelms II. 1918; die Kristallnacht 1938, als in Österreich und Deutschland die Schaufenster jüdischer Geschäfte eingeschlagen wurden.

Aber die *Hagal*rune hat noch andere wichtige Bedeutungen. Sie steht für den H-Laut, der in unserem Alphabet dem Buchstaben H entspricht – im griechischen Alphabet gibt es diesen Buchstaben nicht.

Wir fuhren zwischen Hügeln und Wiesen auf das in Weiß und einem satten Goldton prunkende Kloster Melk zu, das auf einem Bergsporn hoch über dem fruchtbaren Donautal thront. Wolfgang fuhr auf einen breiten gekiesten Vorplatz, und nachdem er den Motor abgestellt hatte, drehte er sich zu mir.

«Noch etwas scheint mit der Kraft der *Hagal*rune verbunden worden zu sein», sagte er. Im Wien der Jahruhundertwende lebte Guido von List, der Vater des germanischen Heidentums. List hatte 1902 als Fünfzigjähriger ein mystisches Erlebnis. Er war am grauen Star operiert worden und anschließend elf Monate lang blind. In dieser Zeit glaubte er, auf übersinnliche Weise die verlorengegangenen Bedeutungen, Ursprünge und Kräfte der Runen wiederentdeckt zu haben. Er behauptete auch, er habe Informationen über einen elitären Wotan-Priesterorden erhalten, den es in alten Zeiten in Deutschland gegeben haben soll, und gründete bald darauf einen solchen neuzeitlichen Orden.

Der Historienschreiber Tacitus hatte die Deutschen im ersten Jahrhundert in drei Stämme unterteilt. List behauptete, bei diesen «Stämmen» habe es sich in Wirklichkeit um Kasten gehandelt: die Ingaevonen im äußeren Kreis seien Bauern gewesen; die nächsten, die Istaevonen, das Militär; und die Hermionen im inneren Kreis seien geweihte Priesterkönige gewesen, die das Geheimnis der Runen bewachten.

Diese Vorstellung wurde von vielen so ernst genommen, daß 1908 die Listgesellschaft zur Erhaltung des germanischen Erbes gegründet wurde, der einige der wohlhabendsten und prominentesten Bürger aus den deutschsprachigen Ländern angehörten. Ihr Gedankengut wurde für die leidenschaftlichen Anhänger fast zur Religion. Später entwickelte sie sich zu einer fanatischen nationalistischen Bewegung. Im Jahr 1911 bildete List einen ausgewählten inneren Kreis innerhalb der Gesellschaft nach dem Muster des heidnischen Priestertums und nannte ihn die Armanenschaft. Nur die Mitglieder dieser neuen Priesterschaft wußten, daß die *Hagal*rune die geheime, unausgesprochene Macht war, die im Namen ihrer Priesterschaft enthalten war.»

Wolfgang legte eine Pause ein und sah mich an, als erwarte er eine Antwort.

«Du meinst den Namen Hermione?» sagte ich zaghaft.

Mir war natürlich die Ähnlichkeit dieser teutonischen Armanenschaft der Jahrhundertwende mit dem Namen meiner Vorfahrin Hermione aufgefallen. Und ich sah auch – mit einem gewissen Unbehagen –, daß die einstige niederländische Waise, die in Südafrika landete, bis jetzt eine sehr vage Figur geblieben war, die mit ihrer angeblich bezaubernden Schönheit anscheinend nicht viel mehr getan hatte, als zweimal zu heiraten, Geld zu erben und jung zu sterben.

«Ein interessanter Name, nicht wahr?» sagte er mit einem seltsamen Lächeln. «Im Mythos war sie die Tochter der trojanischen Helena. Sie wurde von ihrer Mutter im Alter von neun Jahren verlassen, als diese mit Paris durchbrannte und der Trojanische Krieg begann. Das griechische Wort *herm* bedeutet ‹Säule› – und das gleiche bedeutet der Name jener alten Stämme am absoluten geographischen Mittelpunkt von Deutschland und natürlich auch der Name der Runen-Priesterschaft: Die Säulen. Du siehst also, wenn Hermione die ‹Säulenkönigin› ist, ist sie die Frau, um die sich alles dreht. Sie muß die Achse sein.»

DIE MÜTTER

MEPHISTOPHELES:
Ungern entdeck ich höheres Geheimnis.
Göttinnen thronen hehr in Einsamkeit,
Um sie kein Ort, noch weniger eine Zeit.
Von ihnen sprechen ist Verlegenheit.
Die Mütter *sind es!*

FAUST:
Mütter!
... Wohin der Weg?

MEPHISTOPHELES:
Kein Weg! Ins Unbetretene,
Nicht zu Betretende! Ein Weg ans Unerbetene,
Nicht zu Erbittende! Bist du bereit? –
Nicht Schlösser sind, nicht Riegel wegzuschieben,
Von Einsamkeiten wirst umhergetrieben.
Hast du Begriff von Öd und Einsamkeit?
... Hier diesen Schlüssel nimm ...
Der Schlüssel wird die rechte Stelle wittern;
Folg ihm hinab: er führt dich zu den Müttern.

JOHANN WOLFGANG VON GOETHE, Faust II

Wer dem Leid mutig begegnet,
den Tod umarmt
und sterbend im Tanz sich dreht –
zu dem kommt die Mutter.

VIVEKANANDA

Meine Großmutter Pandora hatte die Dinge in Bewegung gebracht, als sie den Inhalt jener Kassette unter meinen Familienangehörigen verteilte. Aber jetzt sah es so aus, als wäre sie nicht die einzige, die sich an diesem Spiel beteiligt hatte. Schlagartig ging mir auf, daß es *zwei* Mütter waren – Pandora und Hermione –, die all jene anderen hervorgebracht hatten, die Pandoras Vermächtnis empfingen.

Was genau wußte ich über Hermione Behn, die Mutter von Zoe, Earnest und Lafcadio? Es spielte kaum eine Rolle, ob das, was ich über sie gehört hatte, der Wahrheit entsprach – ob sie wirklich, wie Laf behauptete, eine arme Waise aus den Niederlanden und später eine reiche südafrikanische Witwe war oder daß sie, wie Wolfgang sagte, die Namensschwester einer Armanenschaft war, dieser geheimen arischen Priesterschaft, die sich um Wotan und die Runen geschart hatte. Bis jetzt war für mich alles an ihr, von Alpha bis Omega, griechisch.

Es war der eine Anhaltspunkt aus all den Meinungen, Mythen und vielleicht auch nur reinen Erfindungen, mit denen ich in den letzten Tagen vollgestopft worden war. Wenn Hermione auf griechisch «Achse» bedeutete und wenn es wirklich eine geographische Verbindung mit der Mythologie gab, wie jeder zu glauben schien, dann würde ich die Hermione, nach der ich suchen sollte, wahrscheinlich weder in einem Telefonbuch noch einem Familienalbum noch in einer Geschichte über frühe germanische Stämme finden, sondern auf einer Landkarte.

Als ich mit Wolfgang die Eingangshalle der Bibliothek betrat, sah ich sie sofort: An der Wand gegenüber, unter einer Glasplatte, hing eine von Hand gezeichnete Landkarte von Europa, die in karolingischen Minuskeln beschriftet war.

Eine Tafel neben der Landkarte informierte in deutscher, französischer und englischer Sprache, daß die Karte aus dem 9. Jahrhundert, der Zeit Karls des Großen, stammt und bedeutende religiöse Stätten in ganz Europa zeigt – Kirchen, Schreine und Heiligtümer, die seit Beginn der christlichen Ära errichtet wurden. Ein griechischer Name wie Hermione schien natürlich auf einen Ort in Griechenland hinzuweisen, und schon nach kurzem Suchen hatte ich ihn gefunden.

Hermione war ein Hafen an der Südostküste des Peloponnes. Auf dieser Karte war dort mit einem kleinen Kreuz eine christliche Kirche eingetragen und dazu ein Datum aus dem ersten Jahrhundert. Interessanterweise war Hermione von vier anderen Stätten umringt, die mit dem Sonnengott Apollo gekennzeichnet waren. Also war eine offensichtlich bedeutende heidnische Stätte vielleicht umgewandelt worden, wie es Dacian Bassarides gestern geschildert hatte, und man verehrte jetzt dort die Götter eines neuen Äons. Wenn dies zutraf, waren heilige Stätten des Widderzeitalters durch Stätten des neuen Zeitalters ersetzt worden, das vor zweitausend Jahren gerade heraufdämmerte. Ich dachte an Fische und Menschenfischer; Jungfrau und jungfräuliche Gottesmutter.

Wenn Hermione schon vor Christus auf dem weltumspannenden Netz eine Achse darstellte, mußte es Verbindungen zu früheren heidnischen Stätten mit Widder- und Stiersymbolen geben. Hermione lag gegenüber von Kreta, wo einst gleichzeitig mit Ägypten die minoische Kultur eine Blütezeit erlebte. Ich zog eine Linie von Hermione nach Kreta, wo einst auf dem Berg Ida der Göttervater Zeus von der Ziege Amaltheia gesäugt wurde, deren Bild er später liebevoll zwischen das Sternbild des Steinbocks setzte. Aber ich wußte, es gab noch einen anderen Gott, dessen Stierkult einen ebenso großen Einfluß auf Kreta ausgeübt hatte: Dionysos.

Als ich, während mir Wolfgang zusah, die Kreta-Hermione-Achse nach Nordwesten verlängerte, fand ich es mehr als interessant, daß sie genau durch das Herz der mächtigsten religiösen Stätte des Altertums verlief, einer Stätte, die sich zwei große Götter teilten. Im Sommer wurde hier Apollo verehrt, und während der langen, dunklen Wintermonate, bis im Frühjahr die Sonne aus dem Land der Toten zurückkehrte, Dionysos. Diese Stätte war natürlich Delphi.

Es war der Ort des Orakels, der Pythia, die vom Drachen Python inspiriert wurde. Seit Tausenden von Jahren sagten hier die Prophetinnen

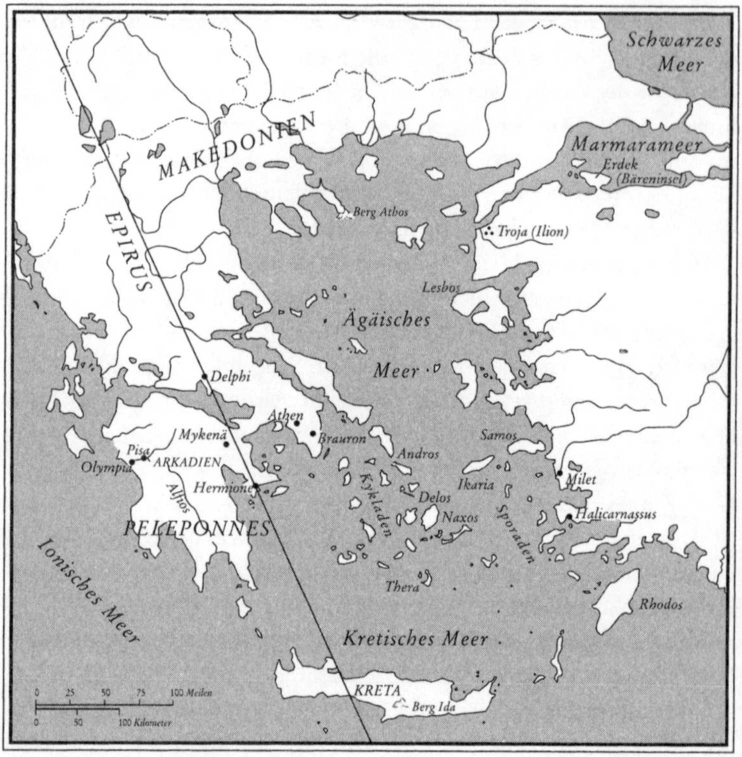

als Sprachrohr Apollos Ereignisse voraus und rieten zu bestimmten Aktionen, die die Griechen gläubig befolgten. Kein Schriftsteller der Antike zweifelte daran, daß das Orakel von Delphi imstande war, Vergangenheit, Gegenwart und Zukunft zu sehen. Folglich könnte ein Ort wie Hermione, der so bedeutende Stätten wie Delphi und den Berg Ida auf Kreta verband, *die* Achse gewesen sein.

Ich zeichnete mit dem Finger ein unsichtbares X über die Achse, so daß ein sechszackiger Stern entstand, eine *Hagal*rune, wie sie Wolfgang während der Herfahrt in die Luft geschrieben hatte.

An diesem Punkt schien es kein Zufall mehr zu sein, daß die erste Linie durch Eleusis ging, die Heimat der Eleusinischen Mysterien, und weiter zur makedonischen Halbinsel, wo der Berg Athos in die Ägäis ragt – eine Stelle, die hier auf der Landkarte mit Dutzenden kleinen

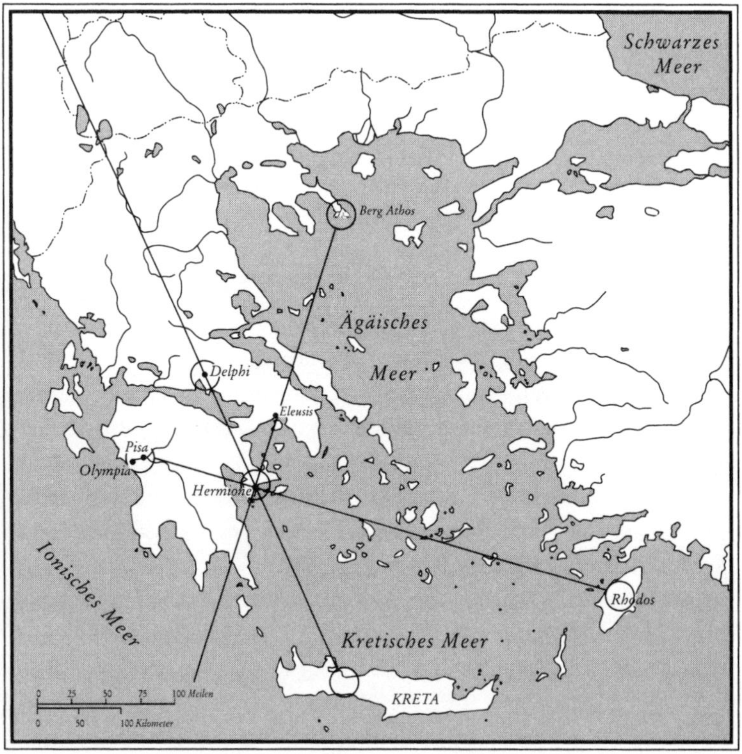

Kreuzen versehen war. Kaiser Theodosius, der Schirmherr des heiligen Hieronymus, ließ hier zwanzig Klöster errichten, und Athos, das wiederholt von Türken und Slawen in zahllosen Balkankriegen geplündert wurde, beherbergte eine bedeutende Sammlung alter Manuskripte. Aufgrund seiner ungewöhnlichen Lage – der Berg Athos ist vom Olymp auf dem griechischen Festland und von Troja in Kleinasien gleich weit entfernt – war er von diesen beiden Orten aus zu sehen. Vielleicht war der Berg Athos selbst eine weitere Achse?

Die andere Linie meines Sterns war sogar noch interessanter. Sie führte nach Olympia am Alfios, an den Ort der antiken Olympischen Spiele. Ich war einmal dort gewesen nach einem Konzert, das Jersey in Athen gegeben hatte. Unterhalb des Bergs Kronos waren wir über Steintrümmer gestiegen. Neben so berühmten Ruinen wie dem Zeustempel sind mir von Olympia auch die Überreste des Heraion – des Tempels der Göttin Hera, der Gemahlin und Schwester des Zeus – in Erinnerung geblieben, obwohl dieser aus Holz und Gipsmörtel errichtete Tempel weniger eindrucksvoll war als der Zeustempel. Das ursprüngliche Heraion wurde bereits 1000 v. Chr. erbaut und ist der älteste noch bestehende Tempel Griechenlands.

Dann wußte ich plötzlich, warum mir der Name Hermione so vertraut war, nicht nur als ein Name in unserer Familie. In den Mythen war Hermione der Ort, an dem Hera und Zeus aus Kreta kommend zum ersten Mal in Griechenland an Land gingen – es war die Pforte der olympischen Götter zum europäischen Kontinent.

Wolfgang, der stumm zugesehen hatte, wie mein Finger über die Glasscheibe und die darunter befindliche Landkarte fuhr, wandte sich jetzt zu mir.

«Es ist erstaunlich», sagte er. «Ich bin oft an dieser Landkarte vorbeigekommen, aber ich habe nie die Verbindung gesehen, die du anscheinend auf den ersten Blick entdeckt hast.»

Ein Aufseher in Uniform erschien und öffnete die hohen Eingangstüren zu der in Gold und Weiß gehaltenen barocken Bibliothek. Vor der Fensterfront am gegenüberliegenden Ende des Saals erstreckte sich eine breite terrakottafarbene Terrasse; darunter lag die Donau, die in der Morgensonne glitzerte und ihr flimmerndes Licht in die Bibliothek reflektierte. Ein Wärter staubte eine der Glasvitrinen ab, die den Raum unterteilten, während ein Stück weiter ein drahtiger grauhaariger Mann in einem Priestergewand in Leder gebundene Bücher auf einem Bord ordnete. Er drehte sich um, als wir eintraten, lächelte und kam auf uns zu. Er kam mir irgendwie bekannt vor.

«Ich hoffe, es macht dir nichts aus», sagte Wolfgang, indem er meinen Arm nahm. «Aber ich habe jemand gebeten, uns zu helfen.» Wir gingen auf den Mann zu, um ihn zu begrüßen.

«Professor Hauser», sagte der Priester auf englisch mit starkem italienischem Akzent. «Ich bin froh, daß Sie und Ihre amerikanische Kollegin so früh gekommen sind. Ich habe schon einiges für Sie vorbereitet. Aber, *scusi, signorina.* Ich bin Pater Virgilio, der Archivar. Ich hoffe, Sie entschuldigen mein schlechtes Englisch.» Dann fügte er mit einem irgendwie unangenehmen Lächeln hinzu: «Virgilio ist ein guter Name für einen Führer, nicht wahr? Wie Vergil in der *Divina Commedia*.»

«War er es, der Dante das Paradies zeigte?» fragte ich.

«Nein, das war Beatrice, eine schöne junge Frau wie Sie», erwiderte er charmant. «Der Dichter Vergil – es tut mir leid, das sagen zu müssen – führte ihn durch Fegefeuer, Vorhölle und Hölle. Ich hoffe, Sie werden mit mir bessere Erfahrungen machen.» Er lachte, und als wäre es ihm eben erst eingefallen, fügte er hinzu: «Aber Dante hatte einen dritten Führer, was viele vergessen – einen, dessen Werke hier in unserer Sammlung sehr geschätzt werden.»

«Und wer war der dritte Führer?»

«Der heilige Bernhard von Clairvaux. Eine höchst interessante Figur», antwortete Pater Virgilio. «Obwohl er heiliggesprochen wurde, hielten ihn viele für einen falschen Propheten, sogar für den Fürsten der Finsternis. Er ist schuld an dem verheerenden zweiten Kreuzzug, der bereits in Kleinasien scheiterte. Er führte auch den berüchtigten Templerorden ein, der den Tempel Salomos gegen die Sarazenen verteidigen sollte. Zweihundert Jahre später wurden die Templer als Häretiker unterdrückt. Hier in Melk besitzen wir die mit Buchmalerei verzierten Texte der vielen Predigten, die der heilige Bernhard über das Hohelied verfaßt und König Salomons gewidmet hat.»

Aber als sich Pater Virgilio abwandte und uns durch den langen Saal vorausging, läutete irgendwo in meinem Kopf eine Glocke, und der Grund dafür war nicht seine Erwähnung des Hohenlieds. Während wir unserem Hirten folgten, schweifte mein Blick über die Bücher in den Regalen zu meiner Rechten und den Inhalt der imposanten Vitrinen zu meiner Linken, und ich zermarterte mir das Gehirn, um herauszufinden, was mir an diesem Priester in seiner schwarzen Kutte so auf die Nerven ging. Vor allem hatte Wolfgang mit keinem Wort erwähnt, daß wir für unser heutiges Pensum einen geistlichen Führer haben würden, und auch nicht, daß ich mich über Ritterorden kundig machen sollte. Ich musterte Virgilio, während wir ihm folgten, und plötzlich war ich unheimlich wütend.

Ohne diese Priesterkutte, aber mit einem dunklen zerknautschten Hut auf dem Kopf, hätte Pater Virgilio sehr gut jemand anderer sein können. Dann erinnerte ich mich, daß die geflüsterten Worte, die ich am vergangenen Abend im Weinberg gehört hatte, Englisch waren, nicht Deutsch. Als sich Pater Virgilio schließlich vor einer großen Glasvitrine am Ende des Saals zu uns umdrehte, kochte ich innerlich vor Zorn.

«Ist das nicht ein wunderschönes Kunstwerk?» sagte er, auf die reich verzierte Handschrift unter dem Glas weisend. Dabei blickte er mit seinen wäßrigen Augen von Wolfgang zu mir und befingerte sein Kruzifix.

Ich nickte mit einem gezwungenen Lächeln und sagte in meinem verkümmerten Deutsch: «Also, Pater, wenn Sie nun hier mit uns sind, was tut heute Hans Klaus?»

Der Priester sah Wolfgang verwirrt an, der sich zu mir wandte und sagte: «Ich wußte nicht, daß du Deutsch sprichst.»

«Nicht sehr viel», antwortete ich kühl, «aber sicherlich mehr als unser österreichischer Archivar.»

«Ich denke, Pater, Sie haben uns vorerst genug geholfen», sagte Wolfgang auf englisch. «Würden Sie uns einen Moment entschuldigen, damit ich mit meiner Kollegin sprechen kann?»

Virgilio verneigte sich zweimal und verließ eilig den Saal.

Wolfgang beugte sich, auf die Unterarme gestützt, über die Vitrine und betrachtete die vergoldete Handschrift. «Es ist großartig, nicht wahr?» bemerkte er, als sei nichts gewesen. «Aber dieses Exemplar wurde natürlich etliche hundert Jahre nach Bernhards Lebzeiten angefertigt –»

«Wolfgang», sagte ich ungeduldig. «An jenem Morgen in deiner Wohnung in Idaho – hast du da nicht gesagt, du würdest mir immer die Wahrheit sagen? Was genau geht hier vor?»

Sein Blick hätte den Eisberg unter der *Titanic* zum Schmelzen gebracht, und ich gestehe, er wirkte auch bei mir ziemlich gut – aber er hatte noch mehr auf Lager.

«Ich liebe dich, Ariel», sagte er schlicht und ergreifend. «Wenn ich sage, daß es Dinge gibt, bei denen du mir einfach vertrauen mußt, erwarte ich, daß du mir glaubst – daß du an mich glaubst. Verstehst du das? Oder ist das nicht genug?»

«Nein», sagte ich standhaft.

Zu seiner Ehre sei gesagt, daß er keine Überraschung zeigte, nur gespannte Aufmerksamkeit, als wartete er auf etwas. Ich wußte nicht recht, wie ich ihm das, was ich ihm sagen mußte, beibringen sollte.

«Gestern abend habe ich auch geglaubt, ich würde mich in dich verlieben», sagte ich. Seine Augen wurden schmal wie damals, als er in der Empfangshalle der Firma an mir vorbeiging. Aber ich konnte meine Enttäuschung nicht für mich behalten. «Wie konntest du mit mir schlafen», sagte ich, während ich mich vergewisserte, daß uns niemand hörte, «und mich danach so anlügen, wie du es im Weinberg getan hast? Wer ist dieser verdammte Pater Virgilio, der uns wie ein Gespenst folgt?»

«Vermutlich hast du eine Erklärung verdient», sagte er, während er sich mit der Hand über die Augen fuhr. Dann sah er mich wieder ganz offen an. «Pater Virgilio ist wirklich ein Priester aus Triest. Ich kenne ihn seit Jahren. Er hat für mich gearbeitet, jedoch nicht in der Eigenschaft eines Hausmeisters. Zur Zeit forscht er in dieser Bibliothek. Ich wollte, daß du ihn kennenlernst – aber nicht gestern abend, als ich... andere Dinge im Kopf hatte.» Er lächelte ein bißchen verlegen. «Schließlich ist er Priester.»

«Wozu dann diese ganze Hans-Klaus-Geschichte heute morgen, wenn du gewußt hast, daß wir ihn hier treffen würden?»

«Ich habe mir Sorgen gemacht, nachdem du gestern abend gesagt hast, er käme dir bekannt vor», antwortete Wolfgang. «Als ich mich dann heute früh versprochen habe und du nachgefragt hast, war es bereits zu spät. Wie konnte ich annehmen, daß du ihn wiedererkennst, nachdem du ihn nur kurz im Dunkeln und aus einiger Entfernung gesehen hast?»

Ich hatte erneut dieses *déjà-vu*-Gefühl. Mir war, als hätte ich diesen Pater Virgilio nicht erst im Weingarten, sondern schon früher gesehen. Aber ich brauchte Wolfgang gar nicht danach zu fragen, denn er sagte:

«Ich kann es dir nicht verübeln, wenn du mich jetzt verachtest. Aber es kam für mich völlig überraschend, als ich erfuhr, ich sollte nicht mit dir und Dacian Bassarides zu Mittag essen. Dieser Mann ist so unberechenbar! Es hätte mich nicht gewundert, wenn er dich weggezaubert und ich dich nie mehr gesehen hätte. Glücklicherweise hatte ich ein Lokal gewählt, wo man mich gut genug kennt, um Virgilio als ‹Aushilfe› zu akzeptieren – um auf dich aufzupassen –»

Das also war es! Kein Wunder, daß er mir auf dem Weinberg bekannt vorkam. Im Café Central war ich so auf das Gespräch mit Dacian konzentriert gewesen, daß ich kaum einen Blick für meine Umgebung hatte, aber irgendwie mußte ich die Gestalt wahrgenommen haben, die mindestens ein halbes Dutzend Mal an unseren Tisch gekommen war. Nun fragte ich mich, wieviel von unserem Tischgespräch unser improvisierter Hilfskellner mitgehört hatte. Obwohl mich Wolfgang anscheinend nur vor den Kaprizen meines Großvaters beschützen wollte, verfluchte ich mich, daß ich nicht so wachsam gewesen war, wie mich Sam das meine ganze Kindheit hindurch gelehrt hatte.

Aber ich hatte keine Gelegenheit, lang darüber nachzudenken, denn Pater Virgilio spähte durch die Eingangstür, offensichtlich in der Annahme, der Staub habe sich inzwischen genügend gelegt, um wieder zu uns zurückzukehren. Als Wolfgang ihn an der Tür sah, beugte er sich zu mir und sagte rasch: «Wenn du halb so gut Latein kannst wie Deutsch, dann würde ich die erste Zeile dieser St.-Bernhard-Handschrift nicht vor Virgilio kommentieren. Es könnte ihm peinlich sein.»

Ich warf einen Blick auf das Buch und schüttelte den Kopf. «Was steht da?»

«‹Göttliche Liebe wird durch fleischliche Liebe erlangt›», sagte Wolfgang und lächelte verschwörerisch. «Wenn wir später ein bißchen Zeit haben, würde ich das gern ausprobieren...»

Pater Virgilio brachte eine Karte von Europa mit, eine moderne Landkarte, die er auf einem Kartentisch vor uns ausbreitete. «Es ist wichtig zu wissen, daß seit alter Zeit das Totem eines geheimnisvollen Stammes in dieser Region die Bärin war und daß diese Menschen eine beinahe mystische Verehrung für einen Stoff mit vielen alchimistischen Eigenschaften hegten – für Salz.»

Die Bären

Sieben Jahr alt, trug ich schon
Herses Heiligtum beim Fest,
Mit zehn Jahren mahlt' ich dann
Opfermehl der Artemis,
Ward im Safrankleid in Brauron
Ihr geweiht beim Bärenfest...

ARISTOPHANES, Lysistrata

Bernard Sorrel – so lautete der Familienname des Heiligen – wurde 1091 geboren. Es war die Zeit, als die Kreuzzüge begannen. Väterlicherseits stammte er aus einer wohlhabenden Adelsfamilie aus der Franche-Comté; seine Vorfahren mütterlicherseits waren die Herzöge von Montbard – dem «Bärenberg». Der Familiensitz Fontaine lag zwischen Dijon im nördlichen Burgund und Troyes in der Champagne, einem Gebiet, wo seit der Römerzeit Wein angebaut wird.

Bernards Vater starb beim ersten Kreuzzug. Als die Mutter ebenfalls starb, während sich Bernard auf einer Schule befand, erlitt der junge Mann einen Nervenzusammenbruch. Mit zweiundzwanzig Jahren schloß er sich den Benediktinermönchen an. Doch da er noch nie sehr gesund gewesen war, erkrankte er bald, woraufhin er von seinem Schirmherrn Hugues de Troyes, dem Grafen von Champagne, auf dessen Land ein kleines Landhaus erhielt, wo er sich erholte. Im folgenden Jahr reiste Graf Hugo ins Heilige Land, um das nach dem ersten Kreuzzug gegründete christliche Königreich von Jerusalem mit eigenen Augen zu sehen. Sofort nach seiner Rückkehr stiftete der Graf einen Teil seines Landes – das wilde Tal von Clairvaux, das von der Aube abzweigt – der Kirche. Hier gründete Bernard Sorrel im Alter von vierundzwanzig Jahren eine Abtei und wurde der erste Abt von Clairvaux.

Für unsere Geschichte ist bedeutsam, daß Clairvaux im Herzen eines Gebiets lag, das sich aus Bourgogne, Champagne, Franche-Comté, Elsaß-Lothringen sowie angrenzenden Teilen von Luxemburg, Belgien und der Schweiz zusammensetzte und von den Saliern beherrscht wurde, den «Salzleuten». Diese salischen Franken behaupteten wie die römischen Kaiser aus der Zeit von Augustus, ihre Vorfahren kämen aus Troja in Kleinasien – was Ortsnamen wie Troyes und Paris bezeugen. Das antike Troja hatte eine tiefgreifende Verbindung mit Salz. Seine im Osten vom Idagebirge begrenzten halaisischen Ebenen (Halai = Salzpfannen) werden unter anderem vom Tuzla bewässert, dessen türkischer Name einst Salniois lautete – also auch hier wieder Salz.

In den ersten zehn Jahren seines Waltens als Abt stieg Bernhard von Clairvaux sehr rasch zum führenden Mann der Kirche in Frankreich auf und wurde ein Vertrauter der Päpste. Bernhard spielte außerdem eine wesentliche Rolle, um die Kirche für Sanktionen gegen die Tempelritter zu gewinnen, ein Orden, der von seinem Onkel André de Montbard und seinem Schirmherrn Hugues de Troyes gegründet worden war.

Die Kreuzzüge begannen ein Jahrtausend nach Christus und dauerten rund zweihundert Jahre. Ihr Ziel war, das Heilige Land von den «Ungläubigen», *al-Islam*, zurückzugewinnen und die östlichen und westlichen Kirchen, Konstantinopel und Rom, zu vereinen und ihnen in Jerusalem einen gemeinsamen Mittelpunkt zu schaffen. Besonders wichtig war dabei, religiöse Schlüsselstätten wie den Tempel Salomos unter westliche Herrschaft zu bringen.

Der echte, um 1000 v. Chr. erbaute Tempel Salomos war rund fünfhundert Jahre später von den Chaldäern zerstört worden. Er wurde wiederaufgebaut, aber schon damals fehlten viele heilige Reliquien einschließlich der Bundeslade aus der Zeit von Mose, die Salomos Vater David nach Jerusalem zurückgebracht hatte. Dieser zweite Tempel, den Herodes der Große kurz vor Christi Geburt erneuern ließ, wurde von den Römern in den jüdischen Kriegen 70 n. Chr. zerstört und nie wieder aufgebaut. Der «Tempel», den die Tempelritter zur Zeit der Kreuzzüge bewachten, war eines der zwei islamischen Heiligtümer, die im 8. Jahrhundert errichtet wurden: die *Masdschid Al-Aksa*, «die ferne Gebetsstätte», sowie der Felsendom, der an der Stätte stand, wo David einst sein Korn dreschen ließ und die Hebräer ihren ersten Altar im Gelobten Land errichteten.

Unter beiden Stätten gab es ein ausgedehntes Kanalsystem aus Höhlen und unterirdischen Gängen, mit dessen Bau schon vor der Zeit König Davids begonnen wurde und von dem es in der Bibel heißt, es habe den ganzen Tempelberg wabenartig durchlöchert. In diesen Katakomben lagen auch «Salomos Ställe», Höhlen, die von den Tempelrittern benutzt wurden und angeblich zweitausend Pferde beherbergen konnten. Eine der Schriftrollen aus Qumran am Toten Meer, die Kupferrolle, enthält eine Liste der Schätze, die in diesen Höhlen verborgen waren, darunter viele alte hebräische Reliquien und Schriften sowie die Lanze, mit der Christus am Kreuz die Brust geöffnet wurde.

Diese Lanze entdeckten die ersten Kreuzritter, als sie von den Sarazenen in der syrischen Stadt Antiochia belagert wurden. Schon über einen Monat waren sie zwischen den inneren und äußeren Festungsmauern eingeschlossen; sie mußten sich vom Fleisch ihrer Pferde ernähren, und viele verhungerten. Aber eines Tages hatte ein Mönch eine Vision. Er sah, daß die berühmte Lanze in der Kirche von St. Peter unter ihren Füßen begraben lag. Die Kreuzritter gruben die Lanze aus und trugen sie als Standarte vor sich her. Dank ihrer geheimnisvollen Kraft konnten sie Antiochia erobern und weiterziehen, um Jerusalem zu erstürmen.

Der Name «Franke» – *Franko* auf althochdeutsch – bedeutet «Speer» oder «Lanze». Die Nachbarn der Franken waren die Sachsen, und *Sako* bedeutet «Schwert». Aber diese kriegerischen germanischen Stämme erwiesen sich allesamt als so furchterregend, daß die arabischen Chronisten auf feinere Unterschiede verzichteten und alle Kreuzzügler «Franken» nannten.

«Obwohl der zweite Kreuzzug, den Bernhard von Clairvaux propagiert hatte, zu einer Katastrophe wurde», schloß Pater Virgilio, «gedieh der Templerorden weiterhin. Der Abt von Clairvaux machte sich nun an eine merkwürdige Aufgabe, die er sich selbst gestellt hatte. Er wollte einhundert allegorische und mystische Predigten über das Hohelied schreiben, von denen er bis zu seinem Tod sechsundachtzig vollendete. Noch merkwürdiger ist die Tatsache, daß sich Bernhard mit Sulamith, der schwarzen Jungfrau in dem Gedicht, identifizierte – die Kirche natürlich mit Salomo, ihrem geliebten König. Einige glauben, das Hohelied sei ein verschlüsseltes esoterisches Initiationsritual aus alter Zeit, das den Zugang zu den Geheimreligionen lieferte und das Bernhard entschlüsselt habe. Doch Bernhard stand im Ansehen der Kirche so hoch, daß er bereits zwanzig Jahre nach seinem Tod – er starb 1153 – heiliggesprochen wurde.»

«Was wurde aus dem Templerorden, an dessen Gründung er beteiligt war?» fragte ich. «Sie sagten, daß den Templern Ketzerei vorgeworfen wurde.»

«Über das Schicksal der Templer sind unzählige Bücher geschrieben worden», antwortete Virgilio. «Es war an einen Stern gekettet, der schnell aufstieg, zwei Jahrhunderte hell leuchtete und dann so schnell verschwand, wie er gekommen war. Ihr ursprünglicher und vom Papst genehmigter Auftrag war es, die Pilger zu beschützen, die ins Heilige Land reisten, und den Tempelberg zu sichern. Aber die Mitglieder der Armen Ritterschaft Christi vom Salomonischen Tempel, wie sie offiziell hießen, wurden bald die mächtigsten Bankiers in Europa. Ihre Anteile am Vermögen der gekrönten Häupter Europas betrugen schließlich bis zu zehn Prozent. Sie agierten ausgesprochen politisch und blieben unabhängig von Staat und Kirche, bis sich beide Institutionen zusammentaten und den Templern wegen Ketzerei, Verrat und abwegiger sexueller Praktiken den Prozeß machten. Sie wurden verhaftet, gefoltert und von der Inquisition auf den Scheiterhaufen geschickt.

Zu den Schätzen der Templer», fuhr Virgilio fort, «gehörten angeblich auch heilige Reliquien, die enorme Kräfte besaßen, so das Schwert des heiligen Petrus, die Lanze des Longinus, ganz zu schweigen vom Heiligen Gral – Reliquien also, die von höfischen Rittern, von Galahad bis Parsifal, während des ganzen Mittelalters gesucht wurden. Doch wo sich diese Schätze befinden, ist ein Geheimnis geblieben.»

Selbstverständlich waren mir die Parallelen zwischen Pater Virgilios mittelalterlichem Krimi und all den Details, die von anderen mehr oder minder zufällig erwähnt worden waren, nicht entgangen. Aber Virgilios Geschichte schien noch auf etwas anderes hinzuweisen – und zwar wieder auf eine Landkarte. Obwohl ich noch nicht sehen konnte, wie das Ganze zusammenhing, hoffte ich, wenigstens ein paar lose Enden zusammenzubringen – und das tat diesmal Wolfgang für mich, als wir uns Virgilios Karte noch einmal ansahen.

«Es ist unglaublich, wie deutlich die Dinge werden, wenn man sich die Karte ansieht», sagte Wolfgang. «Ich sehe jetzt, daß viele alte Epen – wie

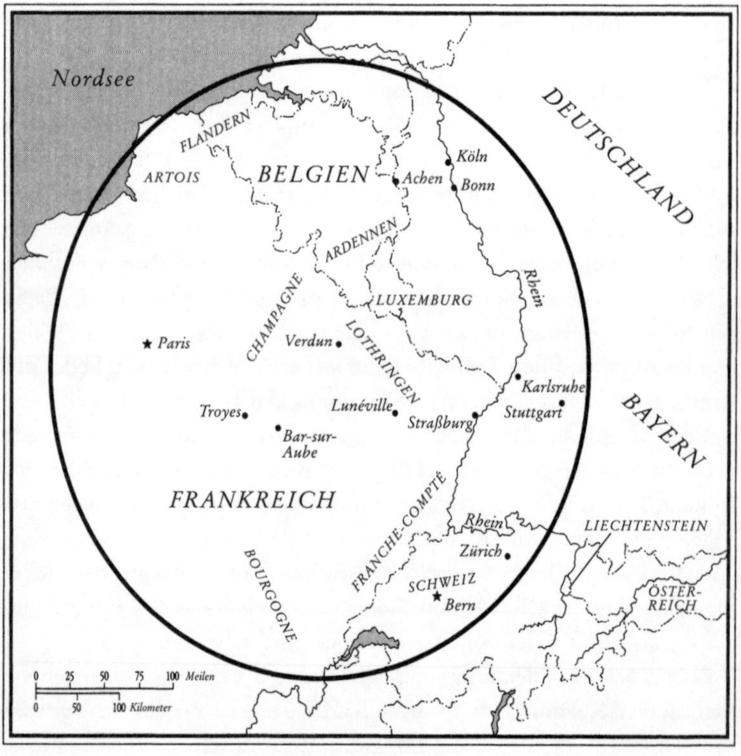

die Edda und sogar die frühesten Gralslegenden von Chrétien de Troyes – Schlachten und Abenteuer beschreiben, die sich um diese eine Region drehen. Richard Wagner verwendete als Stoff für seinen *Ring* das germanische *Nibelungenlied*, in dem erzählt wird, wie die Nibelungen, die niemand anderer als die Merowinger waren, gegen den aus dem Osten vordringenden Hunnenkönig Attila kämpften.»

«Aber das war doch alles lange vor den Kreuzzügen», sagte ich. «Selbst wenn wir über dieselbe Gegend reden, was hat das mit Bernhard oder den Templern zu tun, die etliche hundert Jahre später kamen?»

«Alles entwickelt sich aus dem, was vorher war», sagte Virgilio. «In diesem Fall geht es um drei Königreiche: das von Salomos Vater gegründete Reich mit der Basis Jerusalem, das von den Merowingern im 5. Jahrhundert gegründete Königreich in Europa und das christliche Königreich Jerusalem, das fünfhundert Jahre später während der Kreuzzüge von Männern errichtet wurde, die aus dieser Gegend in Frankreich kamen. Es gibt viele Theorien, aber alle beziehen sich auf eines: das Blut.»

«Das Blut?» wiederholte ich.

«Manche behaupten, die Merowinger seien von heiligem Blut gewesen», fuhr er fort, «denn sie stammten möglicherweise von Jakobus, dem Bruder Christi, ab oder waren sogar die Nachfahren einer heimlichen Ehe zwischen Miriam von Magdali und Jesus. Andere sagen, Josef von Arimathäa habe das Blut des Erlösers im Heiligen Gral aufgefangen, einem Gefäß, das die Magdalis später nach Frankreich brachten und für den Tag aufbewahrten, wenn die Wissenschaft imstande sein würde, ein menschliches Wesen wiederherzustellen.»

«Sie meinen so etwas wie die Nachschöpfung anhand der DNS oder Klonen?» sagte ich ungläubig und zog eine Grimasse.

«Solche Ansichten sind natürlich nicht nur ketzerisch, sondern auch, wenn ich das so sagen darf, ziemlich töricht», erwiderte Virgilio mit einem schiefen Lächeln. «Die große Geschichte des Hochmittelalters in Europa sind nicht die Kreuzzüge, sondern es ist die Blutfehde zwischen zwei Adelsgeschlechtern: den fränkischen Welfen und den schwäbischen Staufern. *Welf* bedeutet ‹Welpe› oder ‹Bärenjunges›. Das Blut dieser beiden Gegner vereinte sich nur in einem Mann, der zufällig auch ein Schützling von Bernhard von Clairvaux war. Er hatte den zweiten Kreuzzug überlebt und war Kaiser des Heiligen Römischen Reiches geworden.

Kaiser Friedrich I., auch Barbarossa genannt, der als erster Herrscher das Blut dieser zwei mächtigen deutschen Geschlechter in sich trug, deren Privatkriege die Geschichte des Mittelalters bestimmt hatten, wurde als Retter des deutschen Volkes angesehen, als jemand, der es eines Tages einen würde, um in der Welt die Führung zu übernehmen.

Barbarossa schuf ein mächtiges Reich und ritt im Alter von sechsundsechzig Jahren an der Spitze des dritten Kreuzzuges. Aber auf dem Weg ins Heilige Land ertrank er unter mysteriösen Umständen in einem Fluß in der südlichen Türkei. Der Legende nach schläft Barbarossa noch heute im Kyffhäuser in Thüringen, und in der Stunde der Not soll er den Deutschen zu Hilfe kommen.»

DAS BLUT

Man glaubte, das Blut in ihren Adern habe ihnen [den Merowingern] magische Kräfte verliehen: Sie konnten die Ernten verbessern, indem sie über die Felder gingen; sie konnten den Gesang der Vögel und die Rufe der wilden Tiere deuten; und sie waren unbesiegbar im Kampf, vorausgesetzt sie schnitten sich nicht die Haare…

Pippin III. [dem ersten Karolinger] fehlten die magischen Kräfte im königlichen Blut. Deshalb suchte er den Segen der Kirche… um zu zeigen, daß sein Königreich nicht vom Blut, sondern von Gott kam. Damit war er der erste Monarch, der von Gottes Gnaden herrschte. Um die Bedeutung dieses Schritts zu unterstreichen, wurde Pippin bei zwei Anlässen gesalbt, das zweite Mal mit seinen Söhnen Karl [dem Großen] und Karlmann, um das neue Konzept der Herrschaft aufgrund göttlichen Rechts mit der germanischen Auffassung zu [kombinieren], wonach das Blut magische Kraft übertrug.

MARTIN KITCHEN, Cambridge Illustrated History of Germany

TIBERIAS, GALILÄA

Frühling, A. D. 39

Introitus

In dieser Zeit stand [Herodes Antipas] fast völlig unter dem Einfluß einer Frau, die ihm eine Menge Unheil bescherte.

Emil Schürer, The History of the Jewish People in the Age of Jesus Christ

Bei Weh und Ach, weshalb auch immer,
geht's meistens um ein Frauenzimmer.

Gilbert & Sullivan

Herodes Antipas, Tetrarch von Galiläa und Peraia, stand wie jeden Morgen mit ausgebreiteten Armen in der Mitte seiner königlichen Gemächer, während ihn drei Sklaven für seinen Auftritt vor den Bittstellern im Audienzsaal ankleideten. Sie hängten ihm die goldene Brustplatte mit den schweren Amtsketten um und legten ihm den roten Mantel um die Schultern. Als ihre Arbeit getan war, knieten sie nieder und wurden von dem freigelassenen Sklaven Atticus entlassen, der anschließend die vor der Tür postierten Wachen rief, damit sie den Tetrarchen vom Wohnflügel des riesigen Palastes in Tiberias zum Audienzsaal begleiteten.

Dieser lange Weg, den Herodes Antipas schweigend zurückzulegen pflegte, war die einzige Zeit des Tages, in der er Gelegenheit zum Nachdenken fand. Er wußte bereits, daß ihn etwas Unangenehmes erwartete: Es war der eben aus Baiae, der kaiserlichen Sommerresidenz, eingetroffene Bote, den Caligula entsandt hatte – jener Kaiser, bei dem Antipas auf keinen Fall vergessen durfte, daß er sich für einen Gott hielt.

Von allen Übeln, die Antipas in letzter Zeit heimgesucht hatten, konnte sich dieses leicht als das schlimmste erweisen. Und wie bei früheren Krisen lag die Ursache wieder einmal in seiner Familie. Vielleicht lag es in ihrem Blut, dachte Antipas mit einem gewissen schwarzen Humor. Schon viele hatten bemerkt, daß es in der kurzen Geschichte der herodischen Dynastie nicht an verwandtschaftlichen Problemen mangelte. Ob es sich um Heirat innerhalb der eigenen Familie, um Blutfehden, Blutvergießen oder ein regelrechtes Blutbad handelte, die Herren Herodes schienen die Dinge gern in der Familie zu halten.

Dieser Makel im Blut der Herodes-Familie stammte von Antipas' Vater, Herodes dem Großen, einem in jeder Hinsicht unersättlichen Mann, dessen Gier nach Reichtum und Macht zehn Ehefrauen und Dutzende von Kindern zum Opfer fielen, die er zum Teil wie Tiere schlachten ließ.

Herodes Antipas hatte ganz unten auf der Liste der Thronfolger gestanden. Aber beim Tod seines Vaters vor vierzig Jahren waren die Erben plötzlich knapp geworden, und so wurden er, sein Bruder Archelaos und sein Halbbruder Philippos von Jerusalem die Thronfolger. Nach dem Tod seiner Brüder war Antipas, inzwischen sechzigjährig, der letzte Herodes, der noch über jüdische Länder herrschte. Aber seit heute hatte sich das alles geändert – zum großen Teil dank der Machenschaften seiner ehrgeizigen Frau Herodias.

Antipas wußte, daß er von Anfang an gestraft war mit dieser Liebe, dieser zwanghaften Leidenschaft für die Frau, die eigentlich seine Nichte war und die, als er sie zum ersten Mal sah, mit einem seiner Halbbrüder, Herodes von Rom, vermählt war. Daß er seinem Bruder die Gemahlin wegnahm, hatte seinen jüdischen Untertanen hier in Galiläa nicht gefallen, und sie waren empört, als er seine erste Frau, eine Prinzessin von königlichem Geblüt, verstieß.

Zu allem Überfluß hatte er dann vor zehn Jahren dem Drängen von Herodias und ihrer Tochter Salome nachgegeben und einen religiösen Führer der Essener hinrichten lassen, der nicht mehr verbrochen hatte, als die Frau des Tetrarchen öffentlich eine Hure zu nennen. Doch es hatte der machthungrigen Herodias nicht genügt, daß ein Mann zu ihrer Ehrenrettung geköpft wurde. Inzwischen war sie erneut am Werk – diesmal innerhalb der eigenen, seit langem verfeindeten Familie.

Vor über vierzig Jahren, als Herodias' Vater von Herodes dem Großen hingerichtet wurde, waren die junge Herodias und ihr Bruder Agrippa von ihrer Mutter nach Rom gebracht worden, wo sie neben den Kindern der kaiserlichen Familie aufwuchsen. Agrippa war heute, mit fast fünfzig Jahren, ein verwöhnter, zügelloser Verschwender, der sich nur einer einzigen Errungenschaft rühmen konnte: Er hatte Gefallen daran gefunden, wie ein König zu leben. Und hier lag das Problem, denn dank seiner Freundschaft mit Caligula war Agrippa heute ein König.

Tiberius hatte kaum das Zeitliche gesegnet, da hatte Caligula – dieser üble kleine ehemalige Tänzer, der ihm auf den Thron gefolgt war – den Agrippa aus dem Gefängnis geholt und ihn mit derselben Großzügigkeit mit Geschenken, Ländern und Titeln überschüttet, mit der er bald darauf, innerhalb eines knappen Jahres, das gesamte Erbe von Tiberius – 27 Millionen Goldsesterzen – vertändeln sollte. Caligula hatte Agrippa unter anderem Länder geschenkt, die nach Herodias' Meinung ihrem Mann, Herodes Antipas, zugestanden hätten, einschließlich des Landes, auf dem das Grab Abels lag, des Sohns von Adam und Eva – die Stelle, wo das erste Blut von Menschenhand vergossen worden war.

Herodes Antipas wußte genau, daß das Gift der Machtgier noch in den Adern seiner ehrgeizigen Verwandten wirkte, und ganz besonders in denen seiner Frau. Sie empfand es als Erniedrigung, daß man ihren Bruder zum König gemacht hatte, während ihr Gatte ein kleiner Tetrarch geblieben war, und sie drängelte so lange, bis Antipas eine Abordnung aus Galiläa mit Geschenken für den habgierigen jungen Kaiser nach Rom schickte, um von ihm die gleiche Behandlung wie Agrippa zu erfahren. Aber leider hatte er mit diesem Bestechungsversuch genau das Gegenteil erreicht. Der eben aus Baiae eingetroffene Gesandte Caligulas hatte eine Liste weiterer Kontributionen mitgebracht, die vom Tetrarchen erwartet wurden. Auf dieser Liste war zudem ein Gegenstand aufgeführt, der, abgesehen von seinem materiellen Wert, für Antipas – und nur für ihn – von tiefer Bedeutung war – und beim Gedanken daran verkrampfte sich sein Herz.

Dieser Schmerz rührte aus der Zeit, als er zu dem von Herodes dem Großen errichteten Palast nach Machairus östlich des Toten Meers gereist war, um seinen Geburtstag zu feiern. Herodias und ihre schöne Tochter Salome waren mitgekommen, und Salome hatte ihm zu Ehren getanzt. Aber Herodias hatte natürlich auch gewußt, daß der Mann, der sie geschmäht hatte, im Kerker der Festung Machairus gefangengehalten wurde. Nachdem Salome ganz reizend getanzt hatte, bat sie, sich etwas wünschen zu dürfen.

Die schreckliche Szene verfolgte Antipas noch immer in seinen Träumen. Auch jetzt noch, nach so vielen Jahren, wurde ihm übel, wenn er daran dachte. Der Tod dieses Mannes hatte nicht genügt, um Herodias' Wut zu besänftigen. Sie befahl, den abgetrennten Kopf ihres Opfers in den großen Saal bringen zu lassen, wo sie zu Tische saßen – angerichtet wie ein Eberkopf auf einer Platte. Er war entsetzt und ihm graute, aber es spielte noch Tieferes, Verborgenes in dieser Szene eine Rolle – etwas, worüber Antipas in all diesen Jahren nie gesprochen hatte, obwohl er oft daran dachte. Es war die Platte, auf der der Kopf lag.

Antipas kannte diese Platte seit seiner Kindheit. Man hatte sie unter dem Tempelberg ausgegraben während des acht Jahre dauernden, kostspieligen Wiederaufbaus des Tempels durch seinen Vater Herodes. Man glaubte, die Platte gehörte zu König Salomos Schatz, der bei der Zerstörung des Tempels möglicherweise in Eile vergraben worden war. Aber sein Vater Herodes hatte immer gescherzt – Antipas überlief es kalt, wenn er daran dachte – und gesagt, in Wirklichkeit sei die Platte der Schild gewesen, mit dem Perseus die schlangenköpfige Medusa in Stein verwandelt hatte.

Dieses altehrwürdige Gerät war in Antipas' Vorstellung nun für immer mit dem abgetrennten Haupt des Mannes verbunden, der Herodias zum Opfer gefallen war – mit jenem ausgezehrten, ekstatischen Gesicht, den offenen Augen, dem bluttriefenden Haar.

Er fragte sich, wie Caligula von der goldenen Platte erfahren hatte und warum dieser Bengel, der sich seit neuestem für einen Gott hielt, die Platte als Teil der Tributzahlung verlangte.

ANTIOCHIA IN SYRIEN

Passah, A. D.42

Briefe der Apostel

An: *Maria Markus*
zu Jerusalem, Judäa
Von: *Johannes Markus*
zu Antiochia, Syrien

Verehrte und geliebte Mutter!

Was soll ich sagen? In diesem Jahr hat sich hier in unserer Kirche von Antiochia so viel verändert, daß ich kaum weiß, wo ich beginnen soll. Diese Woche feiern wir bereits das zehnte Passahfest nach dem Tod des Meisters – eine beinahe unvorstellbare, aber auch erschreckende Tatsache. Obwohl ich damals sehr jung war, erinnere ich mich noch so deutlich an den Meister und seine ständigen Besuche bei uns. Besonders lebhaft ist mir jenes letzte Abendessen in Erinnerung, das er und seine Jünger in unserem Haus einnahmen.

Ich war so stolz, daß er *mich* ausgewählt hatte, mit dem Krug zum Brunnen zu laufen, damit mir die Jünger zu ihrem Treffpunkt folgen konnten. Und es ist diese Erinnerung, die mich bewegt hat, Dir heute zu schreiben.

Onkel Barnabas – der mich bittet, Dir wie immer seine herzlichsten brüderlichen Grüße zu übermitteln – sagt, ich würde im kommenden Sommer, wenn ich einundzwanzig sein werde, genügend Kenntnisse über das Werk des Meisters erworben haben – auch mein Latein und Griechisch würden bis dahin gut genug sein –, um ihn in offiziellem Auftrag zu den Heiden zu begleiten. Das ist natürlich großartig, und ich weiß, Du wirst stolz sein, daß ich es in unserer zweiten größeren Kirche außerhalb von Jerusalem so weit gebracht habe. Aber es gibt etwas, das mir die Freude darüber verdirbt. Ich brauche Deinen Rat. Bitte, erzähle dies niemandem, auch nicht Deinen engsten Freunden wie Simon Petrus. Warum ich Dich darum bitte, wirst Du bald verstehen.

Es gibt da einen Mann, der auf die ausdrückliche Bitte von Onkel Barnabas nach Antiochia gekommen ist, um in unserer Kirche zu arbeiten. Er ist ein Diasporajude aus Zilizien. Als junger Mann studierte er bei Rabbi Gamaliël im Tempel von Jerusalem, so daß Du ihn möglicherweise kennst. Er heißt Saul von Tarsus, nennt sich aber jetzt Paulus – und, Mutter, *er* ist das Problem.

Er ist überzeugt, er habe einen persönlichen Ruf des Meisters erhalten, und dieser Ruf habe ihm – und nur ihm allein – besondere Einsicht gewährt. Deshalb ging er nach Jerusalem zu Jakobus, dem Bruder des Meisters, und zu Simon Petrus, um ihnen mitzuteilen, er habe die Absicht, ein Führer unserer Kirche zu werden. Sie ließen ihn abblitzen, wie ich gehört habe, und deshalb wandte er sich an Onkel Barnabas, den unabhängigen Führer der nördlichen Gemeinde.

Erinnerst du Dich, wie vor acht oder neun Jahren, nicht lang nach dem Tod des Meisters, Miriam von Magdali auf die dringende Bitte von Josef von Arimathäa vorbeikam und jeden von uns aufforderte, zu erzählen, was wir über die letzte Woche des Meisters auf der Erde wissen? Sogar ich wurde gefragt, obwohl ich noch ein Kind war – und wie es scheint, erwies sich das als Glück.

Erst im vergangenen Jahr erhielt ich einen Brief von Miriam. Sie schrieb mir, kurz bevor sie Ephesus verließ, um zu ihrem Bruder und ihrer Schwester in die Mission nach Gallien zu gehen. In diesem Brief berichtete mir Miriam, sie habe viele Schriftrollen dieser Augenzeugenberichte in Tonbehältern versiegelt und durch Jakob Zebedäus an Josef von Arimathäa in Britannien geschickt. Der Rest ihres Briefes sagte mir zunächst wenig. Erst als Saul von Tarsus erkennen ließ, er wisse von diesen Dokumenten, und anfing, Fragen zu stellen, sah ich mir ihren Brief noch einmal genauer an.

Miriam schrieb, sie habe daraufhin von Josef erfahren, daß es ihm die Dokumente zusammen mit dem von ihm selbst gesammelten Wissen ermöglicht hatten, sich ein wesentlich weitreichenderes Bild zu machen, als ihm das kurz nach dem Tod des Meisters möglich gewesen war. Einzelheiten wollte ihr Josef erst mitteilen, wenn sie in den keltischen Ländern sein würde; aber so viel konnte sie mir bereits jetzt verraten: Es scheint, daß ich in meiner Rolle als Wasserträger an jenem letzten Passah-Abendmahl möglicherweise etwas gesehen oder gehört oder sogar getan habe, das dazu beigetragen hat, dieses Bild zu erweitern. Das Geheimnis, das ich erst verstanden habe, als ich diesen Brief von Miriam erhielt, betrifft die letzten Anweisungen, die mir der Meister an jenem schicksalhaften Abend vor genau zehn Jahren gegeben hat, und was sie in Wirklichkeit bedeuteten.

Er sagte mir, ich solle mit einem großen Krug zum Schlangenteich gehen, und wenn die anderen kommen und mir folgen würden, solle ich durch das Essenertor gehen und zu unserem Haus auf dem Zionberg. Den anderen sei gesagt worden: Folgt dem Wasserträger. Aber was ich nicht erkannt habe, bis mich Miriam darauf aufmerksam machte, ist die Tatsache, daß der Wasserträger auch ein Sternbild ist und auch das Symbol des Weltzeitalters, das diesem folgt. «Denn ich bin das Alpha und das Omega, der Anfang und das Ende», hatte der Meister gesagt. Meinte er damit Anfang und Ende des jetzigen Äons?

Diese Frage, Mutter, bringt mich wieder auf Saul von Tarsus. Obwohl ich ihn seit fast einem Jahr tagtäglich sehe, bleibt mir dieser Mann ein Rätsel. Aber jetzt hat sich etwas getan, das vielleicht ein Schlüssel zu diesem Rätsel sein könnte: Saul nennt sich jetzt Paulus. Einige denken, er wollte damit nur den Meister nachahmen, der allen seinen Jüngern Spitznamen gab. Aber ich denke, ich habe die Wahrheit herausgefunden – daß es nämlich mit der Leidenschaft des Meisters für die *geomatria* zu tun hat, mit seiner Suche nach einer in den Zahlen verborgenen Bedeutung. Ich habe einmal selbst versucht, welche verborgene Bedeutung durch eine solche Namensänderung herauskommen würde.

Der numerische Wert von «Saul» in hebräischen Buchstaben ergibt 90. Den gleichen Wert hat der Buchstabe *tzaddi*, der auch für das Sternzeichen Wassermann steht. Aber «Paul» hat in der hebräischen Zahlenmystik den Wert 110, *qoph-yod*, und steht für die Sternzeichen Fische und Jungfrau – das heißt, für das neue Zeitalter der Fische und der Jungfrau, in das wir eben eingetreten sind.

In der griechischen Zahlenmystik haben die Buchstaben etwa dieselbe Bedeutung. «Saulos» mit dem Wert 901 bezeichnet Iakkhos – Bacchus oder Dionysos –, den Wasserträger, der nicht dieses Zeitalter hervorbringt, sondern das danach, während «Paulos», 780 und 81, einerseits

Sophia oder Jungfrau und andererseits Ophis, die Schlange oder das Seeungeheuer, also Fische symbolisiert.

Deshalb Mutter, glaube ich zu wissen, was Saul von Tarsus mit diesem Buchstabentausch von Saul zu Paul beabsichtigt: Er will sich selbst und nicht den Meister als Avatar des kommenden Zeitalters verkünden.

An: *Miriam von Magdali*
zu Massilia, röm. Gallien
Von: *Maria Markus*
zu Jerusalem, röm. Judäa

Liebste Miriam,

verzeih meine wirre Handschrift und meine nicht minder wirren Gedanken. Obwohl jetzt jede Woche ein Schiff von Joppe nach Massilia abgeht, beeile ich mich mit diesem Brief, weil ich weiß, daß Du nicht vorhast, lange dort an der Küste Galliens zu bleiben, sondern bald nach Norden zu Deiner Familie in den Pyrenäen weiterreisen willst.

Ich lege den Brief bei, den ich eben von meinem Sohn erhalten habe. Wie Du siehst, möchte er, daß ich mit niemandem darüber spreche. Aber Miriam, dieser Brief hat mich sehr aufgeregt.

Ich fürchte, ich hätte Dir in Deiner Eigenschaft als Apostel oder Bote schon früher einige Dinge sagen sollen. Doch sie hatten kaum Bedeutung für mich, bis der Brief von Johannes wieder so vieles wachgerufen hat, was damals in der letzten Woche im Leben des Meisters geschah – besonders an jenem letzten Abend.

Wie Du bestimmt schon von anderen erfahren hast, fand das letzte Passah-Abendmahl, an dem der Meister teilnahm, hier in meinem Haus statt. Aber vielleicht weiß außer mir niemand, daß der Meister dieses Mahl bis ins kleinste Detail geplant hatte. Er erklärte mir genau, wie alles in dem oberen Zimmer meines Hauses, wo das Essen serviert wurde, hergerichtet sein sollte. Einiges, was er bestellte, war so luxuriös, daß ich überrascht war. Und immer wieder betonte er, daß alles vor, während und nach der Mahlzeit genau so erfolgen mußte, wie er es angeordnet hatte. Außerdem sagte er mir im Vertrauen, daß er sich nach dem Abendessen in die Höhle auf Josephs Grundstück im Gethsemane zu einem Initiationsritual zurückziehen wollte. Heute erscheint mir das von Bedeutung.

Mir ist natürlich schon früher der Gedanke gekommen, daß es einen

Grund geben mußte, warum Du nicht zu dem Essen eingeladen wurdest, von dem der Meister sicher gewußt hat, daß es das letzte im Kreis seiner Jünger sein würde. Schließlich wußte jeder, daß Du der erwählte Jünger warst – «Alpha und Omega» hat er Dich oft genannt, nicht wahr? Dann warst Du nach seinem Tod die erste Zeugin seines Aufstiegs in die Obhut Gottes. Aber das Entscheidende für mich ist, daß Du, Miriam, schon vor dem Abendmahl in die Mysterien eingeweiht warst!

Zweifellos hast Du viele Berichte von anderen erhalten, die bei jenen Ereignissen anwesend waren. Aber ihre Berichte waren vielleicht nicht ganz sachlich, weil sie selbst Teilnehmer waren und ihnen dadurch das Wesentliche entgangen sein könnte. Es ist durchaus möglich, daß – wie mein Sohn einmal vermutete – das ganze Mahl und die damit verbundenen Ereignisse vom Meister als eine Art Prüfung für die anderen Jünger gedacht waren, sozusagen um die Spreu vom Weizen zu trennen: Wer würde sich nach diesem Abend und nach dem Tod des Meisters der Verwandlung würdig erweisen, die er stets jenen anbot, die solche Prüfungen bestanden? Ich habe diese Geschichte wie ein unbeteiligter Beobachter aufgeschrieben. Ich bitte allein Dich, Richter zu sein.

Das letzte Mahl

Einige Tage vor Passah erklärte der Meister seinen Jüngern aus Gründen, die nur ihm bekannt waren, auf welche Weise sie am Abend in die Stadt kommen sollten, um den Ort zu finden, wo das Nachtmahl stattfinden sollte. Er bat sie, am Schlangenteich in der Nähe des Essenertors im Süden der Stadt zu warten. Ein Mann mit einem Wasserkrug würde kommen und sie nacheinander zu dem vereinbarten Ort führen. Auf diese Weise stellte der Meister sicher, daß nur die zwölf an dem Mahl teilnahmen. Er selbst kam als letzter, als dreizehnter.

Es war eine Überraschung, daß der Wasserträger der junge Johannes Markus war, der zehnjährige Sohn von Maria Markus, die mit ihrem Bruder Barnabas von Zypern zu den wohlhabendsten Gönnern des Meisters zählte. Ihr palastartiges Haus auf der Westseite des Zionbergs war jahrelang für Simon Petrus das zweite Zuhause, wenn er sich nicht in Galiläa aufhielt; und wenn der Meister und seine Jünger hier bis spät in die

Nacht am Kaminfeuer saßen und miteinander sprachen, wurden sie stets großzügig bewirtet.

An diesem Abend gab es eine weitere Überraschung. Jeder Jünger wurde am Eingang von Rosa, Maria Markus' Haushälterin, begrüßt und anschließend von einem Diener nicht in den Speisesaal, sondern mehrere Treppen nach oben in einen Raum unmittelbar unter dem Dach des Hauses geführt. Dieser Raum war kostbar eingerichtet, wie es keiner von ihnen je in einem Privathaus gesehen hatte. Die niedrigen, mit bunten Steinen eingelegten Marmortische glänzten im gelblichen Licht der persischen Ampeln; dicke Teppiche von der ionischen Küste und bunte Behänge aus Nordafrika schmückten Boden und Wände. Riesige Tee-Samowars und Krüge voll schäumenden Weins standen bereit.

Obwohl viele der zwölf Jünger erfolgreiche Geschäftsleute waren – Matthäus war Steuereinnehmer, Simon und Andreas und die Brüder Zebedäus hatten ihre eigene Fischfangflotte –, waren sie dennoch verblüfft über diesen ungewöhnlichen Luxus, der ihnen beinahe römisch-dekadent erschien. Sie standen verlegen herum und waren zu schüchtern, um sich Wein einzuschenken, bis endlich der Meister eintraf.

Er wirkte irgendwie geistesabwesend. Er bat die anderen, sich zu setzen, blieb selbst aber stehen und ging neben der Tür auf und ab, als würde er auf etwas warten. Die Diener brachten Schüsseln mit Wasser und Handtücher. Als sie gegangen waren, nahm der Meister wortlos eine Schüssel und stellte sie auf einen Tisch. Dann legte er alle seine Kleider ab, wickelte sich ein Handtuch um die Hüfte und vor Judas niederkniend begann er, ihm die Füße zu waschen. Die anderen fanden es peinlich, und sie erschraken zutiefst, als sie sahen, daß er beabsichtigte, das bei jedem von ihnen zu tun. Einem nach dem anderen wusch er die Füße und trocknete sie mit einem Handtuch ab, während sie unbehaglich zusahen. Doch als der Meister zu Simon Petrus kam, sprang dieser auf und rief:

«Nein! Niemals! Du sollst meine Füße nicht waschen!»

«Dann haben wir anscheinend nichts gemeinsam», erklärte ihm der Meister ruhig, aber ohne zu lächeln. «Wenn ihr alle glaubt, daß ich euer Meister bin, solltet ihr meinem Beispiel folgen. Ich hoffe, ihr werdet das gleiche tun, wenn ich nicht mehr hiersein werde, um euch zu zeigen, was Liebe ist. Petrus, wer nichts lernen will und sich selbst für größer hält als der Eine, der ihn gesandt hat, ist ein hochmütiger Diener. Wenn ich gegangen bin, werden meine Anhänger hoffentlich daran zu erkennen sein, daß sie einander dienen und die Menschen lieben.»

«Dann wasche mich, Meister!» rief Petrus leidenschaftlich und setzte sich schnell wieder hin. «Nicht nur die Füße – wasch mir auch die Hände und den Kopf –»

Der Meister lachte. «Nur was unrein ist», sagte er, und mit einem rätselhaften Lächeln an Judas gewandt fügte er hinzu: «Das meiste, was ich hier sehe, ist rein – aber nicht alles.» Diese Bemerkung wurde später von vielen als ein Hinweis auf das «schmutzige» Geld gedeutet, das Judas als Lohn für seinen Verrat genommen hatte.

Als der Meister sein Leinengewand wieder angelegt hatte, ließ er sich auf dem Diwan zwischen Simon Petrus und dem jungen Johannes Zebedäus nieder, den er liebevoll *parthenos*, das Jungfräulein, nannte wegen seiner kindlichen Unschuld und Ausgelassenheit. Der Meister sprach fast während der ganzen Mahlzeit mit großer Eindringlichkeit. Er trank nur etwas Wein, wie es das Ritual verlangte, und kostete von den traditionellen symbolischen Speisen.

Er schien hauptsächlich über die Geschichte des Passahfestes und den Auszug unseres Volkes aus Ägypten zu sprechen, wie es die Tradition vorschreibt. Aber trotz seines Interesses am rabbinischen Gesetz hatten die Anwesenden das Gefühl, daß er eine ungewöhnliche Betonung auf Essen und Trinken in Verbindung mit diesem rituellen Mahl legte, mehr noch auf die Dinge, die Gott verboten hat. Im folgenden ist zu lesen, was der Meister sagte:

Der Sauerteig

Dies sind die Dinge, mit denen ein Mann am Passahfest seine Pflicht erfüllt: Gerste, Weizen, Dinkel, Roggen und Hafer.

PESACHIM 2; MISCHNA 5

Anders als heute wurden früher die zwei Feiertage, die wir Pesach und Massot nennen – das Passahfest und das Fest des ungesäuerten Brots –, getrennt gefeiert. Das Fest des ungesäuerten Brots war das ältere traditionelle Fest, das auf Abraham und Noah zurückgeht. Es wurde erst später Teil des Passah-Rituals, das an die Flucht unseres Volkes aus Ägypten erinnert.

Das erste Passah-Mahl wurde hastig verzehrt, denn unser Volk bereitete sich auf die Flucht vor. Auf unsere Türen waren wie befohlen mit Schafblut *tau*-Symbole gemalt, damit der Herr vorübergehe und die Erstgeborenen der Ägypter schlage, nicht aber die der unsrigen. Und ebenfalls wie befohlen war in der Zeit vor der Flucht kein Sauerteig erlaubt.

Das Gesetz bezieht sich auf fünf Getreidearten: Gerste, Weizen, Dinkel, Roggen und Hafer. Wenn das Mehl dieser Getreide für längere Zeit mit Wasser in Berührung kommt, entsteht Sauerteig. Gott sagte zu Mose und Aaron, das Volk dürfe «Sauerteig nicht essen, nicht berühren, nicht Vorteil daraus ziehen und auch nicht in den Häusern aufbewahren» – und dies sieben Tage lang, vom 14. des Monats Nisan bis zum Abend des 21., an dem sie Ägypten verlassen würden. Wer nicht gehorchte, wurde *für immer* von der Gemeinde Israel ausgeschlossen.

Warum war dieses merkwürdige Gebot so wichtig? Und nachdem das Fest des ungesäuerten Brots älter ist als Moses Auszug aus Ägypten, ist das Ritual der Suche nach Sauerteig *älter als die Anerkennung des einen wahren Gottes durch das hebräische Volk.* Was bedeutet das?

Wir zählen fünf Getreidearten, aus denen Sauerteig entsteht. Fünf war für die Griechen eine wichtige Zahl; sie nannten sie die *quintessence*, den fünften wesentlichen Bestandteil, die höchste Wirklichkeitsebene, nach der alle streben. Der fünfzackige Stern – das Pentagramm mit einem Fünfeck in der Mitte – war das Symbol sowohl von Pythagoras als auch von König Salomo. Es steht für Weisheit und zeigt sich im Apfel, einem natürlichen Gebilde, das dieses Symbol in seinem Kerngehäuse versteckt. Und in diesem Symbol – den wahren Siegel Salomos – befindet sich das Geheimnis der ewigen Flamme.

Bei der Entstehung von Sauerteig wird etwas auf eine höhere Ebene gehoben und verwandelt. Gott hat den Juden beim ersten Passah irdischen Sauerteig verboten zugunsten einer Verwandlung in einen höheren Zustand, der uns befähigt, jenes himmlische Brot zu erlangen, das Pythagoras den «Ewigen Sauerteig» nannte; eine Nahrung, die wir auch als Manna, Weisheit, *sapientia* und das Wort Gottes kennen. Es ist mit einem geheimnisvollen unsichtbaren Element verwandt, dem «Äther», der nach der Auffassung der alten Griechen das Universum verband: die Achse.

Miriam, ich sage Dir, als der Meister diese Geschichte zu Ende erzählt hatte, war es im oberen Zimmer meines Hauses mucksmäuschenstill. Der Meister blickte langsam von einem Jünger zum anderen, und in dieser völligen Stille stellte er eine unvermutete Frage:

«Weiß jemand, wer ‹die Sulamith› in Wahrheit war?» Und er fügte hinzu: «Ich spreche von der dunklen, schönen und geheimnisvollen Geliebten König Salomos im Hohenlied. Sulamith bedeutet *Salem-ite*, denn sie wohnte in einer Stadt, und Salem war einst ein Name für Jerusalem. Als Salomo Gott um ihre Hand bat, war sie vielleicht älter als die Stadt selbst. Wer also war sie wirklich?»

Alle schwiegen verlegen, bis sich Simon Petrus zu einer Antwort aufraffte.

«Aber Meister», sagte er, «seit tausend Jahren, seit der Zeit Salomos, haben Rabbis und Priester wegen dieser berühmten Frau hin und her überlegt, die weder eine Königin noch eine offizielle königliche Konkubine war, sondern nur eine Arbeiterin im Weinberg. Aber die weisen Männer sind zu keinem Ergebnis gekommen. Wie sollen dann wir, unwissend wie wir in den gelehrten Dingen der Thora sind, klüger sein?»

Die Antwort des Meisters, obwohl er sie in sanftem Tonfall vortrug, traf Petrus so, daß er fast zurückwich.

«Miriam von Magdali würde die Antwort wissen.» Dann lächelte der Meister. «Es *ist* ein verschlungenes Rätsel. Aber vielleicht erinnert ihr euch, daß Salomo in der Nacht, bevor er mit dem Bau des Tempels begann, einen Traum hatte, in dem ihm Gott erschien und ihn aufforderte, sich etwas zu wünschen. Der junge König antwortete, sein einziger Wunsch sei, Sulamith zu heiraten –»

«Vergib mir, Meister», warf der junge Johannes Zebedäus ein, «aber ich fürchte, das stimmt nicht. Salomos erste Frau war eine Pharaonentochter. Und außerdem hat Salomo Gott nicht um eine Heirat gebeten, sondern um *Weisheit.*»

«Genau so ist es», stimmte ihm der Meister lächelnd zu. «Und obwohl Salomo viele Frauen hatte, war die eine, die den ersten Platz in seinem Herzen behielt, wie du richtig gesagt hast, die dunkle, geheimnisvolle Schöne, mit der er im Hohenlied Verlobung feiert. Mit welcher Braut könnte ein König ein Leben lang lieber verbunden sein als mit der Weisheit? Im Hohenlied sagt sie uns selbst, daß ihr Symbol jener fünfstrahlige Stern ist, den Salomo später als sein Siegel verwendete: ‹Lege mich wie ein Siegel auf dein Herz, wie ein Siegel auf deinen Arm. Denn Liebe ist stark wie der Tod... Ihre Glut ist feurig...› Das ist die geheime Flamme, der ewige Sauerteig», sagte der Meister. «Für die Griechen war der Morgenstern Artemis oder Athena – Jungfrauen, die für ihre Weisheit berühmt waren. Der Abendstern war Aphrodite, die Göttin der Liebe. Nachdem wir wissen, daß Morgen- und Abendstern ein und derselbe Stern sind, wissen wir auch, daß die Menschen in frühester Zeit den Schlüssel zum höchsten Geheimnis kannten: daß Weisheit und Liebe eins sind, und daß uns dieses Wissen erlaubt, uns sogar über den Tod zu erheben.»

Alle im Raum verharrten in betroffenem Schweigen, während der Meister dem jungen und sehr verwirrt aussehenden Johannes Zebedäus, der neben ihm auf dem Diwan saß, das Haar zauste. Dann bedeutete er meinem Sohn, ihm noch etwas Wein einzuschenken.

«Meister, vergib mir», sagte Philipp von Bethsaida, «deine Worte scheinen vergangene, gegenwärtige und zukünftige Ereignisse zu berühren, deshalb weiß ich nie so recht, wie ich verstehen soll, was du sagst. Aber wenn du von Liebe sprichst, meinst du bestimmt unsere Liebe zum Göttlichen, die uns, wenn sie richtig verstanden und gepflegt wird, sogar über den Tod erhebt. Und doch muß man zugeben, daß das Lied Salomos wie auch der historische König das Bild einer ganz anderen, sinnlichen, man könnte fast sagen, *fleischlichen* Liebe vermitteln – ein Bild, das kaum zu dem Bild des kommenden Königreichs zu passen scheint, das du vorhergesagt hast.»

«In der Tat, Philipp», sagte der Meister. «Und genau dort liegt das Geheimnis.»

INSEL MONA, BRITANNIEN

Herbst, A. D. 44

An: *Miriam von Magdali*
zu Lugdunum, Gallien
Von: *Josef von Arimathäa*
auf Mona, Irische See, Britannien

Liebste Miriam,
wie Du siehst, hat mich Dein jüngstes Paket erreicht, obwohl es einige Zeit unterwegs war. Wegen der Eroberung des südlichen Britanniens durch Kaiser Claudius habe ich die Basis für unsere Tätigkeit hierher nach Norden verlegt, in eine Druidenfestung, wo wir viel Unterstützung erhalten haben. Obwohl wir nie um Leib und Leben fürchten mußten – die Landung der Römer war eine unblutige Sache ohne Kämpfe, Verwundete oder Tote; die Römer kamen und gingen nach wenigen Monaten wieder und ließen nur ein paar Legionen zurück, um mit dem Ausbau zu beginnen –, fürchtete ich dennoch um die Sicherheit der Dinge, die ich besitze und die, wie Du weißt, von einigem Wert sind. Und damit sind wir schon beim Thema Deines Briefes.

Zunächst zu Deinem Angebot: So gern ich Dich wiedersehen würde, halte ich es nicht für ratsam, wenn Du jetzt von Gallien hierherreisen würdest. Ich werde im einzelnen noch darauf eingehen, aber vorher muß ich Dir danken für die neuen aufschlußreichen Dokumente, die Du mir übermittelt hast.

Nachdem unsere anfängliche Schar von den Römern und ihren Marionetten stark geschwächt wurde – ich denke an die grausame Hinrichtung von Jakob Zebedäus im letzten Frühjahr durch Herodes Agrippa oder an Simon Petrus, der ins Gefängnis kam und anschließend freiwillig in den Norden ins Exil ging –, bin ich mehr und mehr zu der Überzeugung gelangt, wie ungeheuer wichtig es für uns ist, ein vollständigeres Bild von dem zu bekommen, was der Meister in jener verhängnisvollen letzten Woche seines Lebens erreichen wollte.

Ferner hat der Meister – wenn man alle seine Warnungen vor falschen Propheten bedenkt – anscheinend wirklich jemand wie diesen Saul von Tarsus vorausgesehen, von dem Johannes Markus in seinem Brief spricht – jemand, der nach seinem Tod auftreten und versuchen könnte, die ganze Botschaft Jesu auf solche Weise zu ändern. Folglich habe ich versucht, diesen neuen Bericht, den Du mir über das letzte Mahl des Meisters mit seinen Jüngern geschickt hast, mit dem zu verbinden, was ich zusammengetragen habe. Und ich stimme Dir zu, daß wir jetzt die Richtung seiner Botschaft viel klarer erkennen können.

Erstens: Der Meister hat sich als der Diener Gottes präsentiert, dessen Hauptaufgabe es ist, auf rituelle Weise den Tempel und alle, die ihn betreten wollen, zu reinigen – also Unterwerfung. Zweitens: Er vergleicht sein Fleisch und Blut mit Brot und Wein – eine Isaac-Geste, so als opferte er sich selbst sowohl körperlich als auch geistig, anstatt ein rituelles Opfer zu bringen, wie es bei solchen Gelegenheiten üblich ist – also Selbstaufopferung.

Wäre er nur nicht so bald festgenommen worden – damals in meinem Garten –, dann hätte er die Einführung des jungen Johannes Zebedäus so vollenden können, wie er es beabsichtigt hatte. Ich kann übrigens verstehen, warum Johannes heute auf Dich ärgerlich ist, denn *Du* bist jetzt der einzige Jünger, der die vollständige Einweihung unmittelbar aus den Händen des Meister empfangen hat.

Schließlich mußt Du ebenso wie ich aus dem Brief von Maria Markus geschlossen haben, daß der Meister wahrscheinlich nicht nur jede Einzelheit jener letzten Mahlzeit, sondern auch die anderen Ereignisse in jener Woche geplant hatte. Vielleicht sollte der ganze Aufwand, mit dem er das Mahl vorbereiten ließ, verschleiern, wie wichtig ihm einige besondere Gegenstände waren – zum Beispiel der Kelch, aus dem er trank und den Maria Markus, wie Du mir berichtet hast, später auf seine Bitte hin Dir anvertraut hat.

Nach meinem jetzigen Eindruck hat er heimlich dafür gesorgt, daß jeder von uns einen der Gegenstände, die er in den letzten Stunden seines Lebens berührt hat oder die mit ihm in Berührung kamen, an sich nimmt, um ihn bis zu seiner Rückkehr an einem besonderen Ort zu verwahren – zum Beispiel den Rock, den er trug und den Nikodemus an sich nahm, nachdem wir den Leichnam gewaschen hatten; oder die Lanzenspitze, die seine Brust durchbohrte und die ich aus dem Schaft der Lanze des römischen Hauptmanns lösen und aufbewahren sollte, was ich getan habe. Ich glaube, daß diese Gegenstände eine heilige Kraft besitzen – und daß sie vielleicht viel älter sind, als wir uns vorstellen.

Aber wie Du weißt, wurden mir etliche solche Gegenstände auch von anderen anvertraut, denn Britannien ist einer der wenigen Vorposten, die von römischer Besatzung oder römischem Einfluß verschont blieben – bis jetzt. Und nur aus diesem Grund, Miriam, möchte ich nicht, daß du jetzt mit dem Kelch hierherkommst. Es wäre zu gefährlich. Ich glaube, es ist jetzt an der Zeit, daß ich Dir einige Dinge mitteile, die Du wissen solltest für den Fall, daß mir etwas zustößt.

Vielleicht erinnerst Du Dich, daß ich vor zwölf Jahren, kurz vor dem Tod des Meisters, von einer Reise zurückkehrte. Ich war damals auf Capri, wo ich den Kaiser Tiberius im Auftrag des Sanhedrin bat, den exilierten Juden die Rückkehr nach Rom zu erlauben. Und wer mich nach Capri begleitete und als mein Fürsprecher auftrat, war kein anderer als der Mann, der eben in Britannien einmarschiert ist: Claudius.

Darüber hinaus weiß unser neuer Kaiser wahrscheinlich, daß jenes Gespräch auf Capri nicht das letzte war, das ich mit seinem Onkel Tiberius führte. Ich habe Tiberius knapp eine Woche vor seinem Tod noch einmal auf den Paxi-Inseln getroffen. Und wenn Claudius erfahren hat, was wir dort getan haben, müssen wir uns fragen, ob er nicht mehr als ein Motiv für seinen Feldzug gegen Britannien hatte. Er hat drei Legionen hiergelassen, die jetzt Straßen und Dörfer bauen für eine dauerhafte Besetzung Britanniens. In Camulodunum bauen sie mit einheimischen Zwangsarbeitern einen Tempel.

Kaiser Claudius hat vielleicht nicht gefunden, was er hier suchte. Aber er scheint einen längeren Besuch zu planen.

ROM

Frühling, A. D. 56

Conflagratio

Mag die Erde verbrennen – wenn nur ich lebe.

Nero

Während die Sklaven die Lockenwickler lösten, legte sich Strähne für Strähne eine blonde Lockenpracht um Neros Haupt und Schultern. Der Kaiser saß nackt vor dem hohen Spiegel und betrachtete sich prüfend mit kalten blauen Augen.

Ja, es stimmte, was alle behaupteten. Er wurde Phoebus Apollo von Tag zu Tag ähnlicher. Seine Gesichtszüge waren so fein, daß sie beinahe hübsch waren. Er tupfte etwas Rouge auf die Lippen, damit sie noch sinnlicher wirkten. Seit seiner Kindheit war er sowohl Männern als auch Frauen zugetan.

Nachdem er die Locken ausgeschüttelt hatte – sie reichten ihm fast bis zur Taille –, stand er auf, um sich in seiner ganzen Schönheit im Spiegel zu betrachten. Er hatte einen bemerkenswerten Körper mit kräftigen Muskeln, die er mehrere Jahre lang für die olympischen Ringkämpfe in Griechenland gestählt hatte – wo er tatsächlich erst vor kurzem etliche Siegermedaillen gewonnen hatte. Ach ja, das durfte er nicht vergessen! Er beugte sich vor und schrieb eine Notiz: Freiheit für die Provinz Olympia.

Man stelle sich vor: Er war noch keine zwanzig Jahre alt und schon Herrscher über eines der größten Reiche der Weltgeschichte – und sicher war er der einzige Kaiser mit der Stimme eines Engels und dem Körper eines Gottes. All dies war ihm in den Schoß gefallen, nur weil seine schöne Mutter Agrippina klug genug war, ihren Onkel Claudius zu heiraten, der dann praktischerweise zufällig an einer Portion vergifteter Pilze starb. Bald danach hatte Nero Claudius zum Gott ernannt; als Begründung sagte er in seiner Lobrede, Pilze seien schließlich die Speise der Götter.

Die Diener hatten ihm eben die purpurne Seidentoga übergeworfen, seine Locken geordnet und ihm den mit goldenen Sternen besetzten Umhang um die Schultern gelegt, als seine Mutter eintrat. Sie sah schön aus wie immer. Er umarmte sie innig und drückte ihr einen noch innigeren Kuß auf den Mund.

«Liebste, du wirst nicht glauben, was ich für unseren heutigen Abend vorbereitet habe», verkündete er, während er sie losließ, um sie genauer zu betrachten.

Dann löste er die Schärpe, die ihre Toga vorne zusammenhielt, und entblößte ihre Brüste. Während Diener und Sklaven diskret wegsahen, beugte er sein blondes Haupt über die Brüste seiner Mutter und liebkoste sie züngelnd wie eine Schlange, bis sich ihre Brustwarzen aufrichteten. Er ließ sich von ihr unter der Toga berühren, so wie er es gern hatte. Seine Mutter war die einzige, die ihn zu erregen verstand. Aber einen Augenblick später nahm er sanft ihre Hand von dort weg.

«Nicht heute abend, Liebste», sagte er. «Zumindest noch nicht. Wir werden im Turm von Maecenas speisen, nur du und ich, im obersten Stockwerk. Ich habe ein Schauspiel vorbereitet, das bald beginnen wird – kurz nach Einbruch der Dunkelheit, weißt du. Wir würden den ersten Teil versäumen, wenn wir hier weitertändeln.»

Nero war hingerissen von der Schönheit der Flammen. Als ihm zum ersten Mal die Idee kam, wie er die schäbigen Holzhäuser der Stadt loswerden könnte, die ihm den Blick aus seinem neuen Palast verdarben, hatte er sich nicht vorgestellt, daß das Feuer so schön aussehen würde. Er nahm sich vor, seine Gefühle gleich danach in seinem Tagebuch zu notieren, damit er sie nicht vergaß. Aber der Gedanke an sein Tagebuch erinnerte ihn auch an etwas, das er mit Agrippina besprechen wollte.

«Mutter, ich habe mir gestern einiges aus dem Papierwust von Claudius angesehen, und stell dir vor, was ich gefunden habe», sagte er. «Der alte Bock hat Tagebuch geführt! Alle möglichen libidinösen Vorstellungen und wenig echte Taten. Ich bin die ganze Nacht aufgeblieben, um es zu lesen, und ich habe dabei etwas ungeheuer Interessantes entdeckt. Es scheint, daß dein Bruder Caligula vor seinem verfrühten Tod einem gewaltigen Geheimnis auf der Spur war. Nicht einmal deiner Schwester Drusilla hat er etwas davon gesagt, obwohl sie so vertraut miteinander waren. Aber Claudius hat er eingeweiht – so steht es jedenfalls im Tagebuch. Obwohl ihr, du und Julia, im Exil wart und kaum zu Caligulas Vertrauten gehört habt, könntest du vielleicht doch etwas darüber von Claudius erfahren haben.»

«Nicht damals», sagte Neros Mutter ruhig, während sie ihren Wein trank und über die sieben Hügel der Stadt blickte, wo überall aus der Dunkelheit einzelne Brände aufleuchteten, die heller und heller wurden.

«Aber ich habe von Lucius, Drusillas Ehemann, davon gehört», fügte sie hinzu, «als ich nach Rom zurückkam, um meinen Bruder zu beerdigen. Gaius, der Bruder von Lucius, der vor über zwanzig Jahren unter Tiberius Centurio in Römisch-Judäa war, leitete die Hinrichtung von einem dieser fanatischen Juden, die du in letzter Zeit den Löwen vorwirfst. Es scheint, daß sie schon damals Aufwiegler waren, und ihr ursprünglicher Anführer war genau der, den Gaius gekreuzigt hat. Interessant daran ist, daß er anscheinend nicht durch die Kreuzigung gestorben ist, sondern durch einen Stich von Gaius' Lanze, die dann unerklärlicherweise verschwand. Anscheinend glaubten die Juden, die Lanze habe eine geheimnisvolle religiöse Kraft. Was da sonst noch war, habe ich nie so recht verstanden, deshalb kann ich dir leider nicht mehr sagen.»

Agrippina stellte ihr Weinglas ab und kam herüber zu Nero, um sich auf seinen Schoß zu setzen – geradeso, wie sie es bei Claudius getan hatte, wenn sie etwas von ihm wollte. Nero schöpfte sofort Verdacht. Aber als seine Mutter anfing, seine Genitalien zu streicheln, fühlte er sich erregt.

Verflucht, dachte er, gerade jetzt, wo er nicht nur dem wundervollen Schauspiel zusehen wollte, das er arrangiert hatte, sondern sich für das Thema interessierte, über das sie eben gesprochen hatten. Agrippina hatte inzwischen ihr Gewand auseinandergeschlagen, und ihre goldenen Äpfel prangten aufreizend vor seinem Gesicht. Er holte tief Luft, stand auf, und die Hexe Agrippina landete in einem Haufen Seide auf dem Boden.

«Ich glaube nicht, daß das alles ist, was du weißt», sagte Nero. Er warf seine blonde Mähne zurück und blickte mit eisigen blauen Augen auf sie nieder. «Claudius schreibt in seinem Tagebuch, Caligula habe dies alles nicht nur von deinem Schwager erfahren, sondern auch einiges von Tiberius. Er nennt dreizehn Gegenstände, die gar nicht kostbar sein sollen, dafür aber eine bestimmte Kraft besitzen. Claudius ist sogar in Britannien einmarschiert, um sie in die Finger zu kriegen! Du *mußt* etwas darüber wissen und kennst vielleicht auch ihren Wert.»

Er bückte sich und packte Agrippina am Arm, um sie wieder auf die Beine zu stellen. Er versuchte, nur in ihr Gesicht zu blicken und sich nicht ablenken zu lassen von den schönen Rundungen ihres goldenen, halbnackten Körpers – ihres warmen, sinnlichen Fleischs, über das jetzt das Licht der lodernden Flammen leckte, das von den Hügeln Roms zu ihnen heraufstrahlte. Agrippina lächelte wie eine Katze. «Ich brauche ein neues Schiff, damit ich meinen Besitz in Bauli bequemer erreichen und verlassen kann», sagte Agrippina, indem sie zu ihrem Weinglas griff, als ob seit ihrem letzten Schluck nicht geschehen wäre.

«Es gehört dir», sagte er und überlegte gleichzeitig, wer ein zerlegbares Boot bauen könnte. Agrippina hatte zu viel Macht über ihn – und sie wußte es. Aber wenn er Claudius beiseite schaffen konnte, warum nicht auch sie? Dann wäre er endlich frei und mächtiger als jeder andere auf der Welt – was ihn wieder auf das interessante Thema brachte.

«Was hat Lucius über die religiöse Kraft gesagt, die diese Lanze nach Meinung der Juden besitzt?»

«Oh, Lucius hat sich recht genau umgehört», antwortete sie. «Angeblich geht es dabei um mehrere Dinge, die die Juden aus Babylon oder Ägypten mitbrachten, und um einige Geheimnisse ihrer mysteriösen Religionen. Ich glaube, es hatte alles etwas mit Wiedergeburt zu tun – wenn diese Gegenstände in den richtigen Händen vereint sind.»

«Glauben das diese Juden wirklich?» fragte Nero. «Oder hat Longinus eine Idee gehabt, wie so etwas gehen könnte?»

«Anscheinend müssen die Dinge an den richtigen Ort gelegt werden», sagte sie. «An einen mächtigen Ort wie die Höhlen in Eleusis oder die in Subiaco vor den Toren Roms, gleich gegenüber von deinem Sommerpalast, den du dir gerade baust. Und natürlich muß es auch die richtige Zeit sein.»

«Die Zeit?» sagte Nero. «Meinst du die Tages- oder die Jahreszeit?»

«Nein, nichts dergleichen», antwortete Agrippina. «Lucius sagte, es sei ein persischer oder ägyptischer Begriff. Sie streichelte seinen Arm und fügte lächelnd hinzu: «Ich meine, es muß wahrscheinlich während des Äonenwechsels geschehen – an der Wende von einem himmlischen Zeitalter zu einem anderen.»

«Aber das würde ja bedeuten», sagte Nero, während er auf das Flammenmeer blickte, das seine ewige Stadt verschlang, «daß diese Gegenstände jetzt sofort versammelt werden müßten!»

DAS VERLORENE REICH

Solche besonderen Momente, die uns einen Ausblick auf das Ferne, Unerreichbare gewähren… [beschreiben] Ausdrücke wie domaine perdu *und* pays sans nom *weit mehr als eine bestimmte Art von archetypischer Landschaft oder eine emotionale Perspektive… Wir begreifen das schwarze Paradoxon im Herzen der menschlichen Natur erst, [wenn wir einsehen], daß die Befriedigung der Sehnsucht auch der Tod der Sehnsucht ist.*

John Fowles, *Nachwort zu* Le Grand Meaulnes *von Alain-Fournier*

Erst nachdem Wolfgang und ich die zweistündige Fahrt zum Flughafen von Wien hinter uns gebracht hatten, nachdem wir den Wagen geparkt, eingecheckt, den Zoll passiert hatten und im Flugzeug nach Leningrad saßen, hatte ich Zeit, darüber nachzudenken, was ich bis jetzt über Pandoras Geheimnis wußte.

Ich kam mir vor wie auf einer Schnitzeljagd, bei der die Hinweise über Kontinente und Äonen verteilt waren. Aber aus den verwirrenden, unzusammenhängenden Fakten bildete sich allmählich eine Spur heraus, die geographische Punkte auf der Landkarte mit Tiertotems, Tiere mit Sternbildern am Nachthimmel, Sternbilder mit Göttern und deren Namen verband und den Schlüssel lieferte. Als ich dann aus dem Flugzeugfenster auf das von Kanälen durchzogene Leningrad hinunterblickte, schien es zu passen, daß dieses Land, das wir jetzt betreten würden, den russischen Bären als Symbol, Maskottchen und Tiertotem hatte.

Zum ersten Mal wurde mir klar, in wie vielen Städten ich mich aufgehalten hatte, ohne sie so zu sehen wie ihre Bewohner oder auch nur wie normale Touristen. Weil Jersey und Laf überall den Status von Weltklassestars genossen, war ihr Leben, wenn sie auf Tournee waren, geprägt von chauffierten Limousinen und Champagnerbuffets.

Auch mein Vater hatte sich bei den seltenen Gelegenheiten, wenn er mich ins Ausland mitnahm, in Hotels verschanzt, um ein Privatleben zu führen, das nur mit Geld zu kaufen war – genau wie in jener Woche in San Francisco. Auf diese Weise hatte ich zwar die glitzernden, von Geschichte, Geheimnis und Magie durchwirkten Fassaden vieler Orte auf diesem Planeten gesehen, aber kaum etwas von dem Schmutz und dem Elend und den Unannehmlichkeiten, die mir höchstwahrscheinlich ein realistischeres Bild vermittelt hätten.

Wolfgang und ich wurden am Flughafen von einer uniformierten jungen Frau von Intourist – angeblich die Abteilung für Gastfreundlichkeit des KGB – abgeholt und zum Hotel gebracht.

Unterwegs deutete Wolfgang an, daß es die Sowjetregierung nicht billigte, wenn unverheiratete männliche und weibliche Kollegen in ihrem Hoheitsgebiet das praktizierten, was er und ich auf seiner Burg eine Nacht lang nahezu perfektioniert hatten. Ich verstand, was damit gemeint war – aber wie es gemeint war, erfuhr ich erst etwas später.

Das kasernenähnliche «Hotel», in dem uns unsere Gastgeber, die sowjetische Atombehörde, freundlicherweise für die Dauer unseres Aufenthalts untergebracht hatte, verströmte den Charme unserer Bundesstrafanstalten. Es gab viele Stockwerke, die alle gleich aussahen – lange, mit grauem Linoleum ausgelegte Korridore mit Neonbeleuchtung, deren summende und flackernde364365w Röhren vermutlich seit ihrer Installation nicht ausgewechselt worden waren.

Nach einer kurzen Information über den geplanten Ablauf des folgenden Tages wurden Wolfgang und ich getrennt, und ich wurde von einer stämmigen Uniformierten in einen separaten Flügel geführt. In meinem Zimmer erklärte sie mir in gebrochenem Englisch, daß sie die ganze Nacht unten wachen würde. Dann zeigte sie mir dreimal, wie ich meine Tür verschließen sollte, und wartete draußen, bis sie hörte, daß ich ihren Anweisungen folgte.

Erst jetzt bemerkte ich, wie hungrig ich war. Außer den Croissants und der Schokolade zum Frühstück hatte ich heute noch nichts gegessen. Ich wühlte in meiner Reisetasche, fand ein paar Müsliriegel und eine Flasche Wasser, die meinen ausgehungerten Magen beruhigten, und dann zog ich mich in dem feuchten, ungeheizten und ungemütlichen Quartier aus, packte noch einige Sachen aus und kroch ins Bett.

Ein leises Klopfen an der Tür weckte mich. Ich warf einen Blick auf meinen Wecker auf der Kommode des spärlich möblierten Zimmers. Ich hatte ihn noch nicht umgestellt, also bedeutete halb elf Wiener Zeit, daß es in Leningrad nach Mitternacht war. Wolfgang hatte mir unmißverständlich klargemacht, daß heimliche nächtliche Besuche in liebender Absicht nach sowjetischer Etikette streng verboten waren. Wer also könnte mitten in der Nacht bei mir klopfen?

Ich schlüpfte in den Bademantel und ging zur Tür, um aufzuschließen.

Die Uniformierte stand draußen und wirkte merkwürdig verlegen. Sie blickte nach rechts und links, und dann warf sie mir mit geschürzten Lippen einen Blick zu, der vermutlich ein Lächeln war.

«Bitte», sagte sie mit ihrem russischen Akzent leise und beinahe vertraulich. «Jemand will Sie sprechen.» Sie wies mit der Hand den Gang entlang, als erwartete sie tatsächlich, daß ich meinen relativ sicheren Eisschrank von einem Zimmer verlassen und ihr mitten in der Nacht zu einem Rendezvous mit einem Unbekannten folgen würde.

«Welcher ‹Jemand›?» Ich zog den Kragen meines Bademantels enger unter dem Kinn zusammen, während ich, den Türknauf fest in der Hand, einen Schritt zurückwich.

«Es ist sehr dringend», flüsterte sie, während sie sich nervös umsah. «Er muß jetzt mit Ihnen sprechen. Sofort. Bitte, kommen Sie mit. Er ist unten an der Treppe.»

«Ich gehe nirgends hin, wenn Sie mir nicht sagen, wer mich sprechen will», erklärte ich ihr und schüttelte heftig den Kopf, um meinen Standpunkt zu unterstreichen. «Weiß Professor Hauser etwas davon?»

«Nein! Er darf *nichts* wissen!» stieß sie in einem Ton hervor, der in jeder Sprache nur als Angst interpretiert werden konnte.

Was in drei Teufels Namen ging hier vor?

Jetzt kramte sie in ihrer Jackentasche und brachte eine Karte hervor, die sie mir vor die Nase hielt und gleich darauf wieder verschwinden ließ. Ich hatte kaum Zeit, die zwei Worte zu lesen, die darauf gedruckt waren: Volga Dragonoff.

Großer Gott! Volga – Onkel Lafs Kammerdiener! War Laf etwas zugestoßen, seit ich ihn zuletzt in Sun Valley gesehen hatte? Aber warum sonst würde mich Volga hier aufsuchen? Zu allem Überfluß benahm sich meine stattliche Leibwächterin mehr als verdächtig. Ihre ängstlichen Augen schossen hin und her und machten mich ziemlich nervös.

Ich beschloß also herauszufinden, was hier los war, schlüpfte in meine Pelzstiefel, die neben der Tür standen, warf mir meinen dicken Mantel über die Schultern und trat in den Gang hinaus. Im trüben Neonlicht des Korridors konnte ich unsere Atemwölkchen sehen, und während wir die zwei Stockwerke hinunterstiegen, zog ich meine Handschuhe an.

Volga wartete in der Eingangshalle, eingemummt in einen dunklen schweren Mantel. Als ich ihn begrüßte und in sein zerfurchtes, nüchternes Gesicht blickte, das niemals lächelte, wurde mir bewußt, daß ich in den rund zwanzig Jahren, seit ich den treuen Begleiter meines Onkels kannte, wahrscheinlich höchstens zwei Dutzend Worte mit ihm gewechselt hatte, was dieses mitternächtliche Treffen noch befremdlicher machte.

Volga verbeugte sich vor mir, warf einen Blick auf seine Begleiterin. Sie durchquerte die Halle, schloß eine Tür auf, schaltete eine Reihe trüber Beleuchtungskörper an und ließ uns allein. Volga ließ mir den Vortritt in den Raum, einen riesigen Speisesaal mit langen, bereits für das Frühstück gedeckten Tischen. Er bot mir einen Stuhl an, dann setzte er sich ebenfalls, holte eine Flasche aus der Manteltasche und reichte sie mir.

«Trinken Sie. Es ist Slivovitz, vermischt mit heißem Wasser. Es wird sie warmhalten, solange wir sprechen.»

«Warum kommen Sie mitten in der Nacht zu mir, Volga?» fragte ich, während ich die Flasche nahm, um mir wenigstens die Hände zu wärmen. «Ist Onkel Laf etwas passiert?»

«Als wir gestern nichts von Ihnen gehört haben und Sie auch nicht wie erwartet in die Wiener Wohnung des Maestro gekommen sind, hat er sich Sorgen gemacht», antwortete Volga. «Heute haben wir uns an Ihren Kollegen in Idaho, Mr. Olivier Maxfield, gewandt, aber als wir mit ihm Kontakt bekamen, hatten Sie Wien bereits Richtung Leningrad verlassen.»

«Und wo ist Onkel Laf jetzt?» fragte ich mit einem gräßlich flauen Gefühl im Magen. Ich schraubte den Deckel von der Flasche und nahm einen Schluck von dem seltsamen Getränk, das mich tatsächlich etwas wärmte.

«Der Maestro wollte selbst kommen, um die Dringlichkeit der Lage zu erklären», sagte Volga, «aber sein sowjetisches Visum war abgelaufen. Ich bin Transsylvanier. Die rumänische Regierung hat einen Freundschaftsvertrag mit der Sowjetunion, so daß ich kurzfristig einreisen konnte. Ich bin mit dem letzten Flugzeug aus Wien gekommen, aber die Einreiseformalitäten verursachten eine weitere Verzögerung. Ich bitte um Vergebung, aber der Maestro bestand darauf, daß ich Sie noch heute nacht treffe. Hier ist ein Brief von ihm, der Ihnen bestätigt, was ich sage.»

Volga reichte mir ein Kuvert. Während ich es öffnete, fragte ich: «Wie haben Sie es geschafft, daß mich meine gestrenge Bewacherin für ein nächtliches Rendezvous aus dem Käfig gelassen hat?»

«Mit Angst», sagte Volga. «Ich kenne diese Menschen sehr gut.» Darauf wußte ich nichts zu sagen. Ich las Onkel Lafs Brief:

Liebste Gavroche,
nachdem Du nicht gekommen bist, vermute ich, daß Du meinen Rat nicht befolgt und gestern abend vielleicht etwas Dummes getan hast. Laß Dich trotzdem herzlich grüßen.
Volga hat Dir etwas ziemlich Wichtiges zu sagen: Bitte höre ihm aufmerksam zu. Ich hätte Dir gern alles selbst gesagt, bevor wir uns in Sun Valley trennten, aber nicht vor der Person, mit der Du gekommen bist – und dann mußtest Du ja plötzlich weg.
Dein Kollege, Mr. Olivier Maxfield, bat mich, Dir zu sagen, daß auch er Dich gern erreichen würde wegen einer anderen Privatsache, und das bald.

Dein Onkel Lafcadio

«Hat Olivier eine Andeutung gemacht, worüber er mit mir sprechen will?» fragte ich Volga und dachte vor allem an Jason, meinen Kater.

«Ich glaube, es ging um etwas Geschäftliches», antwortete Volga. «Ich habe wenig Zeit und viel zu sagen», fuhr er fort. «Und ich möchte nicht, daß Sie sich erkälten. Deshalb will ich gleich zur Sache kommen. Ich bitte Sie, keine Fragen zu stellen, bevor ich geendet habe, und auch dann mit äußerster Vorsicht, denn russische Wände haben oft Ohren.»

Ich nickte, nahm einen weiteren Schluck aus der Flasche, die er mitgebracht hatte, und hüllte mich enger in meinen Mantel. Und Volga setzte zu der vermutlich längsten Rede seines Lebens an:

«Als erstes sollten Sie wissen, daß der Maestro nicht die erste Herrschaft ist, der ich gedient habe. Die erste war Ihre Großmutter, die *daeva*. Sie fand mich, als sie bereits eine bekannte Sängerin war und ich ein Junge, der im Ersten Weltkrieg beide Eltern verloren hatte und für ein paar Pfennige auf den Straßen von Paris arbeitete.»

«Sie meinen, Pandora hat Sie wie ein Kind aufgenommen?» sagte ich überrascht. Für eine junge Frau, die bereits für Laf und Zoe zu sorgen hatte und die laut Dacian Ende des Krieges nicht viel älter als zwanzig gewesen sein konnte, schien mir das eine außerordentliche Belastung. «Und wie kam sie nach Paris? Ich dachte, sie lebte in Wien.»

«Damit Sie die Art unserer Beziehung verstehen, muß ich Ihnen etwas über mich und mein Volk erzählen», sagte Volga, als müßte er sich bei mir entschuldigen. «Es ist ein Teil der Geschichte.»

Plötzlich kam mir der Gedanke, daß der steinerne Volga Dragonoff vielleicht tatsächlich mehr wußte – oder zumindest bereit war, mir von dem, was er wußte, mehr mitzuteilen als die anderen Mitspieler in meiner ungewöhnlich zurückhaltenden und argwöhnischen Familie. Daß ich hier mitten in der Nacht allein mit ihm zusammensaß in einem Speisesaal einer einstmaligen Kaserne, erwies sich möglicherweise als Gelegenheit, das Geheimnis zu lüften.

«Sie haben sich die Mühe gemacht, hierherzukommen, Volga, und ich werde Ihnen selbstverständlich zuhören», versicherte ich ihm, während ich einen Handschuh auszog und auf meine Finger pustete, um sie zu wärmen.

«Ich wurde in Transsylvanien geboren, aber nur meine Mutter stammte von dort», sagte Volga. «Mein Vater kam aus einer Gegend, die ein Dreieck bildet zwischen dem Berg Ararat nahe der türkisch-iranischen Grenze, dem georgischen Kaukasus und Armenien. In diesem Landstrich lebte früher – und das lag damals schon ein Jahrhundert zurück – ein aussterbender Menschenschlag, zu dem auch mein Vater gehörte. Es waren die *ashokhi*, Barden oder Poeten, die die ganze Geschichte und Genealogie unseres Volkes bis zurück zu Gilgamesch in ihrem Gedächtnis speicherten. Auch ich wurde von Kind an als *ashokh* ausgebildet. Ich kannte die ungeschriebene Geschichte unseres Volkes. Als meine Eltern im Ersten Weltkrieg während der sogenannten Balkankrise umkamen, befand sich die Welt im Wandel. Ich wurde von einer Zigeunergruppe aufgenommen, die aus der Region flüchtete. Wie andere Zigeunerkinder auch bettelte ich auf den Straßen um Geld. Die Menschen, die vor der Römerzeit in Transsylvanien lebten, hießen ‹Daci› oder ‹Wölfe›, und der Mann, der mich in seinen Zigeunerstamm aufnahm, hieß ‹Dacian›. Er war damals wohl Mitte Zwanzig und ein hervorragender Geiger, der später einen jungen Burschen unterrichtete, den wir gegen Ende des Krieges in Salzburg auflasen und der sich Lafcadio Behn nannte.»

Ich wollte ihn unterbrechen, aber ich zwang mich, den Mund zu halten und ihn fortfahren zu lassen.

«Als Dacian allmählich erkannte, was ich gelernt hatte – daß ich trotz meiner Jugend vielleicht eine alte Legende kannte, von der nur wenige je etwas gehört hatten –, sagte er, wir müßten nach Frankreich reisen und seine ‹Cousine› Pandora treffen; daß ich ihr alles erzählen müßte, was ich weiß, und daß sie wissen würde, was zu tun sei.»

«Und haben Sie ihr die Legende erzählt?» fragte ich und wagte vor Spannung kaum zu atmen.

«Das habe ich», antwortete Volga. «Die Welt sähe heute anders aus, hätte ich Ihre Großmutter damals nicht getroffen – oder hätten wir ihr bei ihrer höchst wichtigen Aufgabe nicht geholfen.»

Zu meiner Überraschung ergriff der sonst so zurückhaltende Volga Dragonoff meine Hände, ähnlich wie es Dacian in Wien getan hatte, und gab mir zum ersten Mal seit Wochen ein Gefühl von Sicherheit und Vertrauen.

«Ich werde Ihnen jetzt etwas erzählen, das niemand weiß, nur ihre Großmutter, der ich gesagt habe, was ich Ihnen jetzt sagen werde.» Als ich einen Blick zur Tür warf, fügte er hinzu: «Sie brauchen keine Angst zu haben. Nur ein Eingeweihter wird verstehen, was es wirklich bedeutet.»

«Aber ich bin auch keine Eingeweihte, Volga», sagte ich.

«Doch, das sind Sie», erwiderte er mit einem kleinen Lächeln. «Sie besitzen gewisse Eigenschaften wie einst Ihre Großmutter. Versuchen Sie, ob Sie imstande sind, in der Geschichte, die ich Ihnen jetzt erzählen werde, eine weitere, verborgene Ebene zu entdecken.»

Die geheime Geschichte

Einst wurde ein blaugrauer Wolf geboren, dessen Schicksal der Himmel bestimmte. Seine Gespielin war eine Damhirschkuh. Sie kamen über den Tenggis…
Als [ihr Nachfahre] geboren wurde, hielt er in seiner Rechten ein Klümpchen Blut, so groß wie ein Knöchelbein. [Er erhielt] den Namen Temudschin [Schmied].

THE SECRET HISTORY OF THE MONGOLS;
nach der Übersetzung von Francis Woodman Cleaves.

Im Jahr 1160 wurde an einer Süßwasserquelle nahe des Onon in der mongolischen Steppe eine geheimnisumwitterte Gestalt geboren. Seine Vorfahren waren, so erzählt es die Legende, ein blauer Wolf und eine Damhirschkuh. Sein Name war Temudschin. Als Temudschin neun Jahre alt war, vereinbarte sein Vater seine Verlobung mit einem Mädchen aus einem Nachbarstamm; doch auf dem Rückweg zu seinem Stamm rastete er bei einigen Tataren, die ihm zu essen gaben und ihn vergifteten. Temudschin und seine Brüder, die alle noch Kinder waren, verloren die Herden ihres Vaters an ihren Stamm, der weiterzog und die Witwe mit den Kindern in Armut zurückließ. Die Familie zog zum heiligen Berg Burqan Qaldun an der Quelle des Onon, wo sie nach Nahrung suchten. Temudschin betete jeden Tag zu diesem Berg.

Als Temudschin erwachsen und mit seiner Braut verheiratet war, hatte er die Mongolenstämme um sich geschart, und von den Tataren lagen nur noch die Knochen auf den Schlachtfeldern. Er eroberte ein Drittel von China und einen großen Teil der östlichen Steppe. Der Schamane Koktschu erklärte den Mongolenvölkern, es sei Temudschins Schicksal, eines Tages die Welt zu beherrschen und der große Führer zu werden, der die vier Ecken vereinen würde, wie dies seit Urzeiten vorausgesagt war.

Und tatsächlich wurde Temudschin im Alter von sechsundzwanzig Jahren und nach vielen erfolgreichen Schlachten zum ersten Großkhan gewählt, der alle Stämme unter einem *tug* oder einer Fahne vereinte. Sein Khan-Titel lautete «Dschingis», ein Wort aus der Uigurensprache, das wie das tibetische «Dalai» Meer bedeutet.

Später sagte man, es sei Dschingis-Khan von Geburt an bestimmt gewesen, daß sich unter ihm Ost und West wie die Fäden eines kunstvollen Teppichs untrennbar verweben und verknüpfen würden. In wenigen Jahren hatten die Mongolen ein Weltreich aufgebaut, das sich vom Kaspischen Meer bis an den Stillen Ozean erstreckte. Dschingis-Khan hatte sich seinen Titel «Herrscher der Meere» zu Recht verdient.

Obwohl Dschingis-Khan nicht lesen und schreiben konnte, erkannte er die Macht des geschriebenen Wortes. Er ließ seinen Moralkodex als Gesetz aufschreiben, und diese Gesetze wurden so streng durchgeführt, daß angeblich zu seinen Lebzeiten eine Jungfrau mit einer goldenen Schale auf dem Kopf unbehelligt über die ganze Seidenstraße wandern konnte. Er ließ die Geschichte und Genealogie der Mongolen in heiligen Blauen Büchern aufzeichnen und für spätere Generationen in Höhlen aufbewahren; und genauso verfuhr er mit dem alten Wissen der Schamanen, Magi und Priester, das er in jedem eroberten Land sorgfältig erforschen und aufschreiben ließ.

Es heißt, daß alle diese Dokumente zusammen den Schlüssel zu alten, sehr mächtigen Geheimnissen liefern – Geheimnissen von so elementarer Natur, daß sie, sobald sie ans Licht kämen, die Anmaßung der heutigen «organisierten» Religionen, die sich im Lauf der Jahrhunderte innerhalb ihrer eigensinnigen Dogmen als versteinerte Riten und Rituale herauskristallisiert haben, hinwegfegen würden.

Was Dschingis-Khan wirklich in den Höhlen verbarg, ist angeblich eine Tradition, die über jede Religion hinausgeht, aber die konzentrierte Essenz enthält, die den Kern einer jeden ausmacht. Bis in unser Jahrhundert haben Menschen, die an der Nutzung einer solchen Kraft interessiert sind oder waren, nach diesen Höhlen und ihrem Inhalt gesucht.

In den 1920er Jahren, zwischen dem Ersten und Zweiten Weltkrieg, hörte der russische Mystiker Nicholas Roerich auf seinen Reisen durch die Mongolei, Tibet und Kaschmir von diesen Dokumenten. Man erzählte ihm, sie seien über Zentralasien, Afghanistan und Tibet verstreut und wenn sie auftauchten, würden sich auch die verborgenen Städte Shangri-La, Shambhala und Agharthi erheben. Aber es gab noch eine weitere verborgene Stadt, die in einem geheimnisvollen See versank, als die Mongolen zum ersten Mal in Rußland einfielen; das war *Kitesch*, die russische Stadt des Grals, die sich ebenfalls aus dem Wasser erheben wird, um den Übergang in ein neues Zeitalter einzuleiten.

Volga hatte den Nagel auf den Kopf getroffen, als er sagte, ich würde in der Geschichte, die er mir zu erzählen hatte, vielleicht eine «verborgene Ebene» finden. Er muß bemerkt haben, welche Wirkung seine Worte auf mich ausübten, denn er hielt plötzlich inne. Er hatte meine Hände schon vor einer Weile losgelassen, und nun sah er mich prüfend an.

In diesem Fall wußte ich, daß die verlorene Stadt nicht nur eine Phantasielandschaft war. In derselben Region waren erst kürzlich die verlorenen Städte der Khasaren entdeckt worden, die Stalin durch die Umleitung von Flüssen versenkt hatte. Dies löste in meiner Vorstellung ein Bild aus, das sich immer mehr in den Vordergrund schob und anscheinend an jeder metaphysisch-metaphorisch-mythisch-mystischen Ecke in dieser Jahrtausendjagd nach den «heiligen Gegenständen» auftauchte. Es war etwas, von dem ich wußte, daß es der Kern der verborgenen Wahrheit in Pandoras Manuskripten sein mußte.

«Alle diese Legenden, Kitesch, die Eddas, das Nibelungenlied, die

Gralssagen von Wolfram von Eschenbach und Chrétien de Troyes – sie hängen alle irgendwie zusammen, nicht wahr, Volga?» sagte ich.

Er nickte langsam und sah mich weiterhin aufmerksam an. Also fuhr ich fort:

«Dann muß es etwas bedeuten, daß alle diese Legenden im Kontext mit zahlreichen verifizierbaren historischen Tatsachen stehen, ganz zu schweigen davon, daß die in den Legenden beschriebenen Gegenstände und Orte und Ereignisse seit so langer Zeit von jedem, von mächtigen politischen Führern bis zu mysteriösen Mystikern, gesucht wurden.»

Ich dachte, ich hätte einen merkwürdigen Glanz in den Tiefen von Volgas schwarzen Augen bemerkt.

«Okay, ich hab's», sagte ich, plötzlich aufspringend. Obwohl ich noch immer meine Atemwölkchen sehen konnte, wollte ich jetzt keinen Wodka mehr. Ich ging lieber auf und ab, während Volga sitzen blieb. «Altnordisch, Germanisch, Slawisch, Keltisch, Semitisch, Indogermanisch, Arisch, Gräkoromanisch, Drawidisch, Thrakisch, Persisch, Aramäisch, Ugarit», zählte ich auf. «Aber Pandora fand heraus, wie sie alle untereinander verbunden waren, nicht wahr? Aus diesem Grund hat sie ihre Manuskripte zwischen vier Menschen innerhalb derselben Familie, die nie miteinander geredet haben, aufgeteilt – so daß niemand alles zusammensetzen und sehen konnte, was sie gesehen hat.»

Dann blieb ich stehen und schaute Volga betroffen an, weil mir plötzlich klar wurde, daß ich vielleicht zu deutlich gemacht hatte, was ich wußte oder nicht wußte. Schließlich hatte Laf ihn den weiten Weg zu mir geschickt, damit er *mir* einiges enthüllte! Volgas Gesicht hatte einen merkwürdigen Ausdruck bekommen.

«Sie haben eben eine Sache erwähnt, die sehr wichtig ist – wichtiger als alles übrige», sagte er. «Wissen Sie, was es ist?» Da ich sichtlich ratlos war, fuhr er fort: «Die Zahl Vier. Vier Menschen, vier Ecken, vier Quadranten, vier Dokumentensätze. Zeit ist das Wesentliche, denn der Äon nähert sich. Und Sie haben die Teile, die Pandora gesammelt hat, nicht zu einer Einheit zusammengefügt gesehen.»

«Soviel ich weiß, hat das niemand getan», entgegnete ich.

«Deshalb bin ich heute zu Ihnen nach Rußland gekommen», sagte Volga sehr ernst. Ich setzte mich mit klopfendem Herzen wieder auf meinen Stuhl. «In Idaho waren Sie noch nicht bereit, diesen Auftrag anzunehmen, den ich jetzt in Ihren Augen sehe. Ich hoffe, es ist nicht zu spät. Es *gibt* jemand, der in den vergangenen Jahren Zugang zu allen Dokumenten hatte – oder zumindest zu den Personen, die sie besaßen. Obwohl diese vier – Lafcadio, Augustus, Earnest und Zoe – nicht miteinander redeten, wie Sie schon sagten, verkehrten sie sehr wohl mit *ihr*.»

Ich starrte ihn an und wollte meinen Ohren nicht trauen. Es gab nur eine Person, die er damit meinen konnte. Aber dann fiel mir Gott sei Dank etwas ein, das diese Vermutung ausschloß.

«Es stimmt, daß Jersey mit meinem Vater Augustus und später mit Onkel Earnest verheiratet war», gab ich zu. «Und als ich heranwuchs, wohnten wir hin und wieder bei Onkel Laf. Aber Jersey hatte nie etwas mit meiner schrecklichen Tante Zoe in Paris zu tun. Die beiden sind sich, soviel ich weiß, nie begegnet.»

«Ich bedaure, daß ausgerechnet ich es Ihnen sagen muß, aber es ist etwas, was Sie unbedingt wissen müssen», sagte Volga ruhig. «Ihre Mutter, Jersey, ist die Tochter von Zoe Behn.»

KETTE UND SCHUSS

[Wenn die Moiren das Schicksal weben], stellen… die Kettfäden die Länge eines Menschenlebens dar. [Aber] was bedeuten die Schußfäden, die… um die einzelnen Kettfäden geknüpft werden? Es wäre natürlich, darin die verschiedenen Schicksalsphasen zu sehen, die das Los des Menschen sind, während er lebt, und deren letzte der Tod ist.
Die alten nordischen Gottheiten, die Nornen, spannen das Schicksal der Menschen bei deren Geburt… Auch die Slawen hatten [solche] Göttinnen… und anscheinend auch die alten Hindu und die Zigeuner… Die Nornen spinnen und knüpfen nicht nur, sie weben auch. Ihr Netz hängt über jedem Menschen.

RICHARD BROXTON ONIANS, The Origins of European Thought

Buddhismus ist sowohl Philosophie als auch Praxis. Die buddhistische Philosophie ist reich und tief. Die buddhistischen Praktiken werden Tantra genannt. Tantra ist das Sanskritwort für «weben».
Die größten Denker der indischen Zivilisation entdeckten, daß Worte und Begriffe sie nur bis zu einem bestimmten Punkt bringen konnten. Jenseits davon kam die konkrete Ausführung von Praktiken, und dieses Erlebnis war unsagbar.
Tantra bedeutet nicht das Ende rationalen Denkens. Es bedeutet die Integration des Denkens… in größere Bewußtseinsspektren.

GARY ZUKAV, Die tanzenden Wu-Li-Meister

Volga Dragonoffs Enthüllung war die erste, bei der ich nicht das Gefühl hatte, ich müßte zusammenbrechen. Bei diesem revidierten Bild gab es in der Tat Aspekte, die wahr sein konnten nach dem, was ich über meine Familie mütterlicherseits wußte. Möglicherweise halfen sie mir sogar, ein paar leere Stellen im größeren Puzzle zu füllen.

Als ich zwei Jahre alt war, hatte meine Mutter unsere Koffer gepackt und meinen Vater verlassen. Augustus verbrachte die nächsten zwanzig Jahre teils in seinem Haus in Pennsylvania oder in den eleganten New Yorker Büros des familieneigenen Bergbau-Imperiums, dem Vermächtnis von Hieronymus Behn.

Jersey trat wieder wie vor ihrer Ehe in den glitzernden Hauptstädten Europas auf. Ich wurde sechs Jahre lang in ihrem turbulenten Kielwasser mitgeschleppt, bis sie Onkel Earnest heiratete. Augustus sah ich nach der Trennung nur selten. Er sprach nie viel über Familienangelegenheiten, und so sah ich zwangsläufig alles, was ich über die Ehe meiner Eltern oder über das frühere Leben meiner Mutter wußte, durch Jerseys Augen.

Jersey wurde 1930 auf der britischen Kanalinsel geboren, der sie ihren Namen verdankte. Sie hatte eine französische Mutter und einen irischen Vater. Als Frankreich 1940 vor Deutschland kapitulierte, waren die Kanalinseln vor der Küste der Normandie für die Engländer nicht mehr zu halten. Die Bewohner konnten sich evakuieren lassen, aber auf Jersey wollten über achtzig Prozent der Bevölkerung lieber bleiben trotz der vorhersehbaren Deportationen und Zerstörungen durch die Deutschen, die die Insel besetzten und zur «eisernen Faust des Westwalls» ausbauten. Erst gegen Ende des Krieges konnten die Briten die Inseln befreien. Aber so lange war meine Mutter nicht dort.

Zu Beginn der Invasion in Frankreich – so bekam ich es jedenfalls erzählt – eilte Jerseys Mutter ihrer Familie zu Hilfe und saß dann in Frankreich fest. Jerseys Vater, der für die britische Air Force flog, fiel in der Schlacht um England. Die zehnjährige Jersey, nun praktisch eine Waise, wurde von den Engländern nach London evakuiert. Als dann die Deutschen London bombardierten, wurde sie zusammen mit anderen englischen Kindern zu Familien in den USA geschickt, um dort das Ende des Krieges abzuwarten. Jerseys Mutter, die in der Résistance gekämpft hatte, wurde inzwischen als vermißt gemeldet.

Diese Geschichte, die Jersey immer wieder einmal erzählte, endete stets damit, daß sich Jersey die Tränen abwischte und uns zu bedenken gab, wie tapfer ihre unglücklichen Eltern waren und was sie selbst in jenen schweren Zeiten mitgemacht hatte. Damit erübrigte sich jeder weitere Kommentar.

Indizien für die Richtigkeit dieser Geschichte gab es genug; es gab auch Plakate, Programmhefte und Zeitungsberichte, die über Jerseys außerordentlich frühe Karriere in Amerika Auskunft gaben. Mit zehn kam sie als Pflegekind zu einer Familie in Neuengland, die sehr bald ihre bemerkenswerte Stimme erkannte. Im Mai 1945, als der Zweite Weltkrieg endete und Jersey erst fünfzehn war, bewarb sie sich um die Hauptrolle in *The Desert Song*, einem Musical von Sigmund Romberg, das seit Adam und Eva durch die Lande tingelte und dringend frisches Blut brauchte. Sie gab sich für älter aus, als sie war. Die Rolle der Margot, eine *tour de force*, war ideal für eine junge Koloratursängerin wie Jersey.

Bei der Premiere irgendwo in der Provinz wurde unsere Cinderella von einem New Yorker Talentsucher entdeckt, der die Klangschönheit und den Umfang ihrer Stimme erkannte, die sie später von Dutzenden anderen jungen Sopranistinnen unüberhörbar unterschied. Der Agent nahm Jersey unter Vertrag, versicherte jedem, sie würde trotz der glänzenden Karriere, die er voraussah, die Schule abschließen, besorgte ihr einen erstklassigen Gesangslehrer, und der Rest ist, wie man so sagte, Geschichte.

Was ich jetzt herausfinden mußte, war die *geheime* Geschichte, wie Volga Dragonoff vielleicht sagen würde – die unbekannte Geschichte hinter der sehr auf die Medien zugeschnittenen Vita meiner Mutter. Aber selbst wenn man die Fakten der Reihe nach durchging, gab es in Jerseys gut dokumentiertem Leben nichts, was Volgas Behauptung, ihre Mutter sei die Tänzerin und Halbweltdame Zoe Behn, widerlegt hätte.

Zum Beispiel, wenn Laf um die Jahrhundertwende geboren wurde und Zoe sechs Jahre alt war, als er zwölf war, dann war Zoe, als meine Mutter 1930 auf der Insel Jersey geboren wurde, vierundzwanzig und genau im richtigen Alter, um mit einem hübschen irischen Piloten auf eine Insel durchzubrennen und ein Baby zu bekommen. Und hatte Wolfgang nicht gesagt, sie sei in der Résistance gewesen? Es war also auch durchaus glaubwürdig, daß Zoe, die den größten Teil ihres extravaganten und ebenfalls ausführlich dokumentierten Lebens in Frankreich verbracht hatte, eine zehnjährige Tochter in der relativen Sicherheit der Kanalinseln zurückließ, wenn sie befürchtete, die Sicherheit eines anderen Menschen könnte durch die deutsche Besatzung gefährdet sein. Aber wer könnte dieser andere gewesen sein?

Andererseits waren seit dem Krieg fast fünfzig Jahre vergangen. Sicherlich waren unzählige Familien getrennt worden, und es hatte oft Jahrzehnte gedauert, bis verlorene Angehörige wiedergefunden wurden; aber es war doch sehr verdächtig und eigentlich kaum vorstellbar, daß in all diesen Jahren weder Jersey noch Zoe wußten, daß die jeweils andere gesund und wohlauf ein glanzvolles Leben in Wien beziehungsweise Paris führte.

Dazu kam die Tatsache, daß meine Mutter nacheinander mit zwei Männern namens Behn verheiratet war und bei einem dritten, meinem Onkel Laf, gewohnt hatte. Auch wenn Jersey behauptete, nur wenig über ihre Herkunft zu wissen, oder tatsächlich nicht mehr wußte, konnte ihr nicht entgangen sein, daß diese drei Männer, mit denen sie viele Jahre zusammengelebt hatte, ihre leiblichen Onkel waren. Und wenn Volga und Laf von dieser Sache wußten, was wußten dann Jerseys Ehemänner, Onkel Earnest und mein Vater Augustus?

Volga wollte sich zu diesen Fragen nicht äußern. Entweder wußte er nicht mehr, oder er wollte nicht mehr sagen.

«Da müssen Sie Ihre Mutter fragen», wiederholte er, sobald ich nachhakte. «Es ist ihre Sache. Vielleicht hatte sie Gründe, so lange zu schweigen.»

Als ich mit meiner Geduld und meiner Ausdauer so gut wie am Ende war, kehrte meine Bewacherin zurück und gab mit aufgeregten Gesten zu verstehen, daß sie mich wieder in mein Zimmer sperren wollte, bevor uns jemand hier im Speisesaal erwischte. Bevor wir uns trennten, bedankte ich mich bei Volga für alles, was er mir gesagt hatte. Dann schrieb ich rasch ein paar Zeilen an Onkel Laf, um ihm mitzuteilen, daß ich versuchen würde, auf dem Rückweg in die USA bei ihm vorbeizukommen, und ich entschuldigte mein Ausbleiben während meines letzten Wienaufenthalts mit Terminen und der Entfernung zwischen der IAEA und Melk.

Wieder zurück in meinem Zimmer war ich hellwach, was bestimmt nicht nur an meinem leeren Magen, der Kälte oder meiner mentalen Erschöpfung lag. Ich war einfach zu aufgekratzt. Dieses Geflecht aus Irrtümern, Unterlassungen, Mythen und Lügen, das anscheinend mein Leben darstellte, gab mir sehr zu denken. Morgen früh würden wieder die netten kleinen Anforderungen des Lebens an meine Tür klopfen, aber ich war nicht bereit, irgend etwas Neues anzufangen, solange ich nicht herausgefunden hatte, wo ich im Augenblick stand.

Seit Volga meine Mutter als eine mögliche Teilnehmerin an dem Spiel erwähnt hatte, dachte ich daran, daß Jersey genau wie Hermione nicht nur ein Name, sondern auch ein Ort war – ein Ort, an dem es, wenn ich mich recht erinnerte, genug keltische Steinsetzungen gab, die ihn als eine Schlüsselstelle auf dem geheimnisvollen Kräfteraster qualifizierten. Und ich war schließlich auf den Gedanken gekommen, daß ich vielleicht die ganze Zeit in die falsche Richtung gesehen hatte, nämlich nach unten statt nach oben.

Die alten Baumeister, die die ägyptischen Pyramiden oder den Tempel Salomos bauten, benötigten weder Landkarten noch Zirkel, um die Lage ihrer Bauwerke zu bestimmen. Sie benutzten dasselbe Werkzeug mit dem man sich seit Jahrtausenden in der Wüste oder auf dem Meer zurechtgefunden hatte, es war auch das einzige, womit sie einzelne Punkte auf der Erde genau bestimmt hätten. Dieses Werkzeug waren die Sterne am Firmament. Also schienen wieder einmal all das Historische, Geheimnisvolle und Mythologische auf eine Schlüsselstelle zu zielen, und gleichzeitig wurde mir dabei die richtige Richtung gewiesen, nach oben zu den Sternen.

Bevor ich mich wieder ins Bett legte, suchte ich in meiner Tasche nach einer Flasche Mineralwasser, um mir die Zähne zu putzen, und entdeckte ganz unten die Bibel, die dort seit meiner Fahrt nach Sun Valley lag. Ihr Anblick löste die Erinnerung an eine Unterhaltung mit Sam aus, die wir eines Abends unter freiem Himmel führten, kurz bevor ich wieder in meine Schule fahren mußte. Obwohl ich es damals nicht wissen konnte, war es bis zum vergangenen Wochenende das letzte Mal, das ich Sam gesehen hatte.

Ich nahm die Bibel aus der Tasche, legte sie auf den angeschlagenen Rand des Waschbeckens und schlug das Buch Hiob auf, während ich in Gedanken Sams Stimme hörte…

«Erinnerst du dich an die Geschichte von Hiob?» fragte er, als wir damals zum Nachthimmel aufblickten.

Ich fand das eine komische Frage. Wer von uns hatte schon die Bibel gelesen? Ich wußte nur soviel, daß Jahwe dem armen Hiob ziemlich übel mitgespielt und Satan freie Hand gegeben hatte, «Gottes Knecht» nach Lust und Laune zu quälen, was mir sehr grausam vorkam. Das sage ich auch zu Sam.

«Und doch», sagte Sam, «hatte Hiob interessanterweise trotz allem, was er erleiden mußte, schließlich nur einen wirklichen Streit mit Gott. Wo soll man Weisheit und Verstand finden? fragte er. Und weißt du, was Gott geantwortet hat?»

Als ich den Kopf schüttelte, nahm Sam meine Hand, und mit der freien Hand beschrieb er einen weiten Bogen, der das ganze funkelnde Sternenmeer umfaßte, das über Milliarden von Jahren fern und unverändert geblieben war.

«*Das* war die Antwort an Hiob», sagte Sam. «Gott kommt zu ihm in einem schrecklichen Wettersturm und zählt auf, was er alles vollbracht hat. Er hat alles erschaffen, vom Hagel bis zu den Pferden und den Straußeneiern und dem Universum. Hiob kommt bei diesem Wortschwall überhaupt nicht zu Wort, und nach allem was er durchgemacht hat, will er das vielleicht auch gar nicht mehr. Wie Gott sich hier verhält, erscheint völlig unverständlich, und die Philosophen haben sich seit Tausenden von Jahren darüber gewundert. Aber ich glaube, ich habe einen interessanten Hinweis gefunden…»

Sam sah mit seinen klaren grauen Augen zu mir herunter und zitierte: «‹Wo warst du, als ich die Erde gründete?… Weißt du, wer ihr das Maß gesetzt hat oder wer über sie die Richtschnur gezogen hat?… Weißt du des Himmels Ordnungen, oder bestimmst du seine Herrschaft über die Erde?›»

Als ich nichts dazu sagte, meinte er: «Das ist eine ziemlich präzise Antwort auf eine ebenso präzise Frage. Findest du nicht auch?»

«Aber du hast gesagt, Hiob habe gefragt, wo Weisheit zu finden ist», wandte ich ein. «Wieso ist das Protzen mit der Erschaffung des Universums darauf eine Antwort?»

«Genau daran rätseln die Denker und Weisen herum: Was wollte Gott damit sagen?» Sam nickte lächelnd. «Aber wie mein Lieblingsdichter und Lieblingsphilosoph schon sagte: ‹Am Ende gehen die Philosophen immer durch dieselbe Tür hinaus, durch die sie hereingekommen sind.› Andererseits ist Gottes Erwiderung für alle, die eine Straßenkarte lesen können, durchaus eine Antwort. Denk mal nach. Gott scheint zu sagen, die Koordinaten, nach denen der Himmel eingeteilt ist, sind der Führer zur Weisheit hier auf Erden – ‹wie im Himmel, so auf Erden›. Verstehst du?»

Vielleicht hatte ich es damals noch nicht verstanden, aber ich glaubte, es jetzt zu verstehen. Wenn die heiligen Stätten wirklich nach dem Muster der Sternbilder angeordnet waren, konnte man sich sogar vorstellen, wie mit der Zeit diese himmlische Landkarte die Landkarte der Erde geworden war – was wiederum die Geographie hier unten mit der archetypischen Bedeutung der Sternbilder über uns verbinden würde: Totems und Altäre und Götter.

Zum ersten Mal hatte ich tatsächlich das Gefühl, daß Kette und Schuß zu einem Muster verknüpft waren.

Wolfgang rief mich rechtzeitig genug über das Haustelefon an, so daß wir beim Frühstück noch Zeit für ein kurzes Gespräch hatten, bevor wir uns um neun Uhr mit den russischen Kollegen trafen. Er saß mit dem Rücken zur Wand am Ende eines langen Tisches in dem Speisesaal, wo ich nur ein paar Stunden zuvor mit Volga gesprochen hatte.

Ich ging an russischen Geschäftsleuten in schlecht sitzenden schwarzen Anzügen vorbei, die Ellbogen an Ellbogen ihren Haferbrei löffelten und schwarzen Kaffee tranken. Als mich Wolfgang kommen sah, legte er seine Serviette beiseite, stand auf, um mir einen Stuhl zurechtzurücken, und schenkte mir Kaffee ein. Aber als er sprach, klang er eisig.

«Ich weiß nicht, ob du unsere Lage hier in der Sowjetunion ganz verstehst», sagte er. «Es ist äußerst selten, daß Westler zu einer offenen Diskussion eines so heiklen Themas eingeladen werden, und ich habe dich darauf hingewiesen, daß wir beobachtet werden. Was zum Teufel hast du dir gedacht, dich heimlich in der Nacht mit jemand in diesem Hotel zu treffen? Wer war das?»

«Ich war genauso überrascht, als er hier auftauchte. Ich war schon im Bett», beteuerte ich. «Es war Volga, der Diener meines Onkels. Laf hat sich Sorgen gemacht, weil ich ihn in Wien nicht einmal angerufen habe.»

«Sein Diener?» sagte Wolfgang ungläubig. «Aber man hat mir gesagt, ihr seid stundenlang zusammengewesen – fast bis zum Morgen! Hat er denn so viel zu sagen gehabt?»

Ich wußte nicht so recht, wieviel ich Wolfgang von meiner nächtlichen Unterhaltung sagen wollte. Außerdem gefiel mir sein Ton nicht. Mir reichte es, daß ich eine Woche lang kaum geschlafen und gestern den ganzen Tag nichts zu essen bekommen hatte. Da brauchte ich nicht auch noch die spanische Inquisition zum Frühstück. Als dann eine Frau mit einer Terrine und einem Brotkorb an unseren Tisch kam, füllte ich meinen Teller mit Haferbrei und stopfte mir statt zu antworten ein Stück Brot in den Mund. Nachdem ich etwas Warmes im Magen hatte, ging es mir besser.

«Wolfgang, es tut mir leid, aber du weißt, wie mein Onkel Lafcadio über dich denkt», erklärte ich. «Er war wirklich besorgt. Als er nichts von mir gehört hat, rief er sogar in der Firma in Idaho an, um herauszufinden, was aus mir geworden ist.»

«Er hat in deinem Büro angerufen?» sagte Wolfgang. «Aber mit wem hat er gesprochen?»

«Mit meinem Hausherrn, Olivier Maxfield», sagte ich. «Anscheinend wollte Laf etwas mit mir besprechen. Er hat es zuerst in Sun Valley versucht, dann in Wien, aber wir sind nie dazu gekommen. Deshalb hat er Volga geschickt.»

«Was wollte Laf mit dir besprechen?» fragte Wolfgang ruhig, während er seinen Kaffee trank.

«Familienangelegenheiten», sagte ich. «Lauter privates Zeug.»

Ich blickte auf meinen Haferbrei, auf dem sich eine Haut bildete. Aber ich hatte gestern gelernt, daß man nie wissen konnte, wann man wieder etwas zu essen bekommen würde, und so zwang ich mich, noch einen Löffel voll zu essen, und spülte ihn mit dem bitteren Kaffee hinunter. Ich wußte nicht genau, wie ich sagen sollte, was ich unbedingt sagen mußte, deshalb platzte ich einfach damit heraus:

«Wolfgang, wenn wir wieder in Wien sind, möchte ich, daß wir nicht direkt nach Idaho zurückfliegen, sondern – nur für einen Tag – einen Abstecher machen.» Ich hielt inne, als er mich ansah. «Ich möchte, daß du für mich ein Treffen mit meiner Tante Zoe arrangierst – in Paris.»

Nach dem Frühstück wurden Wolfgang und ich vor der reizenden Strafkolonie, die wir jetzt unser Zuhause nannten, von einem Kombiwagen abgeholt, der wie ein Panzer mit Fenstern aussah. Neben dem Fahrer begrüßte uns eine neue Intourist-Begleiterin, damit wir auch ganz bestimmt dahin gelangten, wo wir hin sollten. Um mein Gedächtnis aufzufrischen, holte ich meine Unterlagen von der IAEA hervor und sah mir unseren Tagesplan und die beiliegende Landkarte noch einmal an.

Das erste Meeting an diesem Vormittag sollte an einem Ort ungefähr eine Stunde westlich von Leningrad stattfinden, in Sosnovy Bor, in der Nähe des Sommerpalasts von Katharina der Großen, wo wir ein Kernkraftwerk besichtigen sollten.

Als uns dann in Sosnovy Bor eine Gruppe von Ingenieuren und Physikern mit Namen wie Juri und Boris durch die Anlage begleitete, erfuhr ich zum ersten Mal, was die Sowjets bewegt hatte, uns einzuladen. Gerade in diesem April hatte Michael Gorbatschow – möglicherweise im Überschwang seiner Begeisterung für *glasnost* und *perestroika* – während eines Besuchs in London zur Überraschung aller angekündigt, die UdSSR habe beschlossen, die unilaterale Produktion von hochangereichertem Uran, das für Atomsprengköpfe verwendet wurde, einzustellen und außerdem mehrere sowjetische Plutonium erzeugende Reaktoren stillzulegen.

Eine Woche lang fuhren Wolfgang und ich von Meeting zu Meeting quer durch das mittlere Rußland. Wir besichtigten Anlagen, trafen uns mit Gruppen und Einzelpersonen, die in verschiedenen Eigenschaften im Nuklearbereich arbeiteten, und ich entdeckte, daß die größte Sorge der sowjetischen Regierung nicht die Betriebssicherheit ihrer Atomkraftwerke war, sondern etwas, womit auch ich mich beschäftigte: die Sicherheit und Kontrolle von radioaktiven Stoffen, insbesondere des aus abgebrannten Brennstoffen und Waffen wiederaufgearbeiteten Materials. Ein großer Teil davon wurde außerhalb der Russischen Föderativen Republik gelagert. Und hier trat ich in Erscheinung.

Seit fast fünf Jahren führten Olivier und ich eine Datenbank, um giftige, gefährliche und transuranische Abfälle aus staatlichen Betrieben und verwandten Industrien zu ermitteln, zu klassifizieren und kontrollieren. An dem Projekt waren viele Gruppen in den USA und anderswo beteiligt, und wir alle leisteten unseren Beitrag zu unserer Yankeeversion von *glasnost* und *perestroika*. Wir arbeiten mit der IAEA zusammen und mit Datenbanken von Monterey bis Massachusetts, die den Handel mit radioaktiven Stoffen, technischem Gerät und Nukleartechnologie überwachten. Aber wir waren mit unseren Bemühungen noch nicht weiter als bis zur Erforschung der Oberfläche einer tiefen Wunde gelangt.

Die Geheimnistuerei und das Mißtrauen während des kalten Kriegs hatten, wie ich bald feststellen mußte, bleibende Narben hinterlassen – besonders auf unserer Mutter Erde. Es gab Horrorgeschichten noch und noch. Seit Jahren hatte das Motto in der Atomtechnologie gelautet: Die linke Hand braucht nicht zu wissen, was die rechte tut. Das Militär kippte seinen Atommüll auf Schutthalden, auf denen später Wohnhäuser gebaut wurden; flüssiger Reaktorabfall wurde in die Quellgebiete von Flüssen geleitet. Aber unsere Vorgänger in Industrie und Militär im Westen schienen geradezu blütenweiße Westen zu haben verglichen mit denen ihrer russischen Kollegen, bezogen auf die vergangenen vierzig Jahre.

Wir einigten uns mit unseren sowjetischen Kollegen, an den Problemen gemeinsam zu arbeiten, was dank der neuen Offenheit und Bereitschaft zur Kooperation seitens der Sowjet-Regierung möglich wurde, weil sie ihren Wissenschaftlern nun auch erlaubte, ins Ausland jenseits des eisernen Vorhangs zu reisen. Bevor Wolfgang und ich das Land verließen, verabredeten wir weitere Kontakte – und meine Handtasche war vollgestopft mit Visitenkarten, dem neuen Elitezubehör, das man uns eine Woche lang überall in die Hand gedrückt hatte.

Der Flughafen in Wien war fast menschenleer, als wir ankamen, und wir dachten schon, wir hätten aufgrund der Verspätung den letzten Anschlußflug nach Paris verpaßt. Aber auch hier hatte es eine Verzögerung gegeben. Also checkten wir ein, und während Wolfgang mit den anderen Passagieren auf den Zubringerbus wartete, suchte ich mir ein Telefon, um Onkel Laf wie versprochen anzurufen. Wolfgang ermahnte mich, kein langes Gespräch zu führen, weil der Bus jeden Moment kommen konnte.

Ich hoffte, mein Anruf so spät am Abend würde nicht als Unhöflichkeit aufgefaßt werden, aber auf das, was ich dann zu hören bekam, nachdem der Diener meinen Onkel ans Telefon geholt hatte, war ich nicht gefaßt.

«Gavroche, um Himmels willen – wo bist du? Wo bist du gewesen?» sagte Laf und klang völlig aus dem Häuschen. «Wir haben dich die ganze Woche lang gesucht. Die paar Zeilen, die du Volga mitgegeben hast... Was hast du in Melk getan? Warum konntest du mich nicht anrufen – aus Wien oder Lenigrad? Wo bist du denn jetzt?»

«Ich bin hier in Wien am Flughafen», sagte ich. «Aber ich fliege gleich weiter nach Paris –»

«Nach Paris? Gavroche, ich mache mir die größten Sorgen um dich», sagte Laf, und er klang wirklich besorgt. «Warum willst du nach Paris? Nur wegen der Sache, die dir Volga gesagt hat? Hast du schon mit deiner Mutter darüber gesprochen?»

«Jersey hat es fünfundzwanzig Jahre nicht für nötig befunden, mir etwas zu sagen», erwiderte ich. «Aber wenn du es für wichtig hältst, werde ich sie selbstverständlich informieren.»

«Du mußt mir ihr sprechen, *bevor* du mit jemand anderem in Paris sprichst», sagte Laf. «Wie willst du sonst wissen, was du glauben sollst?»

«Nachdem ich nichts und niemandem mehr glaube», sagte ich sarkastisch, «spielt es doch keine Rolle, ob ich mir in Idaho, Wien, Leningrad oder Paris etwas vormache.»

«Es spielt sehr wohl eine Rolle», sagte Laf nun ärgerlich. «Gavroche, ich versuche nur, mich um dich und auch um deine Mutter zu kümmern. Sie hatte gute Gründe, nicht früher über diese Dinge zu sprechen. Es war wirklich zu deinem Schutz. Aber jetzt, nachdem Earnest und dein Cousin Sam tot sind...» Laf stockte, als wäre ihm eben etwas eingefallen. «Mit wem warst du denn in Melk, Gavroche? Mit Wolfgang Hauser?» fragte er dann. «Hast du zufällig während deines Aufenthalts in Wien noch jemand getroffen – außer deinen Berufskollegen, meine ich?»

Ich wußte nicht, wieviel ich Laf gegenüber preisgeben sollte, noch dazu über ein öffentliches Telefon. Aber ich hatte die Geheimnistuerei so satt – besonders die innerhalb meiner Familie –, daß ich beschloß, damit Schluß zu machen.

«Wolfgang und ich verbrachten einen Vormittag in Melk mit einem Mann namens Pater Virgilio», sagte ich, und als daraufhin nichts als

Schweigen folgte, fügte ich hinzu: «Am Nachmittag zuvor habe ich mit einem gutaussehenden Teufel zu Mittag gegessen, der behauptete, mein Großvater zu sein –»

«Das genügt, Gavroche», sagte Laf in einem Ton, den ich überhaupt nicht an ihm kannte. «Ich kenne diesen Virgilio Santorini. Er ist ein sehr gefährlicher Mann, was du vielleicht noch selbst entdecken wirst, wenn du lange genug am Leben bleibst. Und was diesen Großvater angeht, so hoffe ich nur, daß er als Freund zu dir gekommen ist. Du darfst jetzt nichts mehr sagen – wir können das nicht hier am Telefon besprechen, denn du hast so viele dumme und schwere Fehler gemacht, seit wir uns in Idaho verabschiedet haben, daß ich nicht weiß, was ich tun soll. Aber obwohl du bis jetzt nichts gehalten hast, was du mir versprochen hast, mußt du mir eines schwören: daß du erst deine Mutter anrufst, bevor du dich mit der bewußten Person in Paris triffst. Es ist von größter Wichtigkeit, egal was du sonst zu tun oder zu lassen gedenkst.»

Ich wußte nicht, was ich sagen sollte. Ich gebe zu, ich war zerknirscht. Ich hatte Laf noch nie so aufgebracht erlebt. Aber dann wurde unser Flug aufgerufen.

«Es tut mir leid, Laf», flüsterte ich vor dem Hintergrund der Lautsprecherdurchsage. «Ich rufe Jersey an, sobald wir in Paris gelandet sind. Ich schwöre es.»

Es blieb still in der Leitung, während unser Flug noch einmal auf französisch und dann auf englisch aufgerufen wurde. Wolfgang steckte den Kopf aus der Glastür des Warteraums und bedeutete mir ungeduldig, Schluß zu machen – aber im selben Moment drang eine andere Stimme an mein Ohr. Es war Bambi.

«Fräulein Behn», sagte sie, «Ihr Onkel ist so unglücklich wegen des Gesprächs mit Ihnen, daß er möglicherweise vergißt, was er Ihnen noch sagen wollte. Aus Wolfgangs Büro wurde eine Nachricht zu uns herübergeschickt. Und dann haben wir ein Telegramm von Ihrem Kollegen, Herrn Maxfield. Er hat mehrmals angerufen. Er sagte, Sie hätten sich nie bei ihm gemeldet, obwohl er Sie darum gebeten hat. Ich lese Ihnen beides vor.»

«Ja, aber schnell», sagte ich, «sonst verpasse ich mein Flugzeug.»

«Die E-mail kommt aus einem Ort namens Four Corners in Amerika, und der Text lautet: ‹Forschungsreise abgeschlossen. Äußerste Sorgfalt bei Akte K. Daten sind verdächtig.›»

Ich wußte, das einzige, was es in Four Corners, einem entlegenen Ort in der Hochwüste im Südwesten der USA, gab, waren die Ruinen der Anasazi-Indianer. Also war diese Nachricht von Sam, der mir mitteilte, daß ich aufgrund dessen, was er bei seinen Nachforschungen in Utah erfahren hatte, gegenüber Angaben von Wolfgang «K» Hauser vorsichtig sein sollte. Das war unangenehm genug; aber Oliviers Telegramm war schlimmer. Es lautete:

Pod flog mit dem nächsten Flugzeug nach Eurer Abreise nach Wien. Er ist noch dort. Vielleicht hast Du bei unserem Lotteriespiel mehr verloren als ich. Jason geht es gut. Er läßt dich grüßen. Grüße auch von meinem Boß Theron. Alles Liebe, Olivier.

Das war ein Schlag! Die einzige gute Nachricht lieferte mein Kater. Daß sich mein Boß, der Pod, in Wien aufhielt, war entschieden keine gute Nachricht. Im Gegenteil, sie beschwor etwas herauf, das mir schon die ganze vergangene Woche in Rußland im Kopf herumspukte. Sams Warnung schien dies nur zu bestätigen.

Wolfgang hatte die Wahrheit gesagt, als er zugab, daß ich Pater Virgilio schon früher gesehen hatte, bevor wir ihn in Melk trafen, nämlich in dem Restaurant, wo er mich als Aushilfskellner verkleidet den ganzen Nachmittag mit Dacian Bassarides im Auge behalten hatte. Dies erklärte möglicherweise, warum er mir tags darauf bekannt vorkam – aber trotzdem nicht *so* bekannt. Dann erinnerte ich mich an Wolfgangs ausweichende Antworten auf meine Fragen nach dem mysteriösen Hausmeister Hans Klaus, der mal so und mal so hieß. Und hier entdeckte ich die Lüge.

Wie erleichtert mußte er gewesen sein, als ich glaubte, es sei Pater Virgilio gewesen, den ich an jenem Abend im Weinberg erkannt hatte. Aber jetzt wußte ich, daß die Gestalt, die ich im Mondlicht gesehen hatte, nicht Virgilio war, sondern jemand, dem ich oft durch die Gänge der Firma in Idaho gefolgt war – eine drahtige Gestalt mit dem flinken Schritt eines trainierten Boxers und Vietnamveteranen. Ich wußte ohne den Schatten eines Zweifels, daß der Mann, den Wolfgang so heimlich im Weinberg oberhalb von Krems getroffen hatte, niemand anderer war als mein Chef, Pastor Owen Dart.

Eine ganze Flut von Fragen stürzte auf mich ein. Was konnte eine solche Verbindung bedeuten? Zunächst einmal konnte ich nicht übersehen, daß es Dart war, der mich direkt vom College weg in die Firma geholt und mir dann unmittelbar nach meiner Rückkehr von Sams Beerdigung diesen Auftrag zusammen mit Wolfgang übertragen hatte. Im nachhinein und angesichts von allem anderen schien dies mehr zu sein als nur ein ungewöhnliches Timing.

Dann war es wieder Dart, der angeblich mit der *Washington Post* über meine Erbschaft gesprochen hatte und der Olivier zur Post schickte, um mein Paket abzuholen. Es war auch Pastor Dart, der mich von Wolfgang durch zwei US-Staaten bis nach Jackson Hole verfolgen ließ und sogar eine Kontroverse mit dem Bundessicherheitsdienst riskierte, um sicherzugehen, daß ich mit Wolfgang nach Wien fliegen würde. Was sonst konnte es bedeuten, wenn der Pod selbst das nächste Flugzeug nach Wien genommen hatte? Darüber hinaus schien sein heimliches Treffen mit Wolfgang in jener Nacht, kurz nachdem wir die Manuskripte versteckt hatten, in Verbindung mit Oliviers Nachricht, daß der Pod *noch dort*, also in Wien war, offensichtlich etwas zu implizieren – doch es gab verdammt wenig, was ich heute nacht dagegen unternehmen konnte.

Als wir an Bord unseres Flugzeugs nach Paris gingen, formte sich etwas Entschlossenes und Kaltes in mir. Ich versuchte, mir die Enttäuschung über Wolfgangs Verschlagenheit nicht anmerken zu lassen, bis ich dem ganzen Lügenmorast auf den Grund gekommen war. Aber es gab noch etwas Wichtigeres, an das ich gar nicht denken mochte. Ich hatte schreckliche Angst zu erfahren, was der letzte Teil von Oliviers Nachricht bedeutete, denn er konnte sich als das Gefährlichste von allem erweisen.

Denn der Mann, der in San Francisco anstelle meines Cousins Sam getötet worden war, hieß Theron wie Oliviers «Boß». Er hieß Theron Vane.

FEUER UND EIS

SCHÜLER:
Lama, über den Großen Stein gibt es viele Legenden … Viele Völker erinnern sich seit der Druidenzeit an die Legenden von den natürlichen Kräften, die in diesem fremden Besucher unseres Planeten verborgen sind.

LAMA:
Lapis Exilis … der Stein, der bei den alten Meistersingern erwähnt wird. Man sieht, daß West und Ost nach vielen Regeln zusammenarbeiten. Wir brauchen nicht zu den Wüsten zu gehen, um von dem Stein zu hören … Auf alles wird im Kalachakra hingewiesen, aber nur wenige haben es verstanden.

Die Lehre vom Kalachakra, von der Nutzung der Primärenergie, wurde die Lehre vom Feuer genannt. Die Hindu wissen – auch wenn es eine uralte Lehre ist –, daß der große Agni die neue Lehre für die neue Ära sein wird. Wir müssen an die Zukunft denken.

NICHOLAS ROERICH, Shambhala

Eines Tages wird die Welt verglühen,
sagen die einen,
und die anderen sagen, sie wird zu Eis.
Ich würde den Flammentod vorziehen,
nach dem, was ich von der Sehnsucht weiß.
Doch wenn ich zweimal sterben müßte,
hätte ich Haß genug erlebt,
um mir zu sagen, daß eine Wüste
auch unter Eis entsteht.

ROBERT FROST, Fire und Ice

Es war noch nicht Mitternacht, als wir in Paris ankamen, aber der Flughafen Charles de Gaulle wirkte ziemlich verlassen. Die Wechselstuben hatten geschlossen, und die Laufbänder in den Glasröhren standen still. Glücklicherweise waren wir erst für morgen vormittag mit Zoe verabredet.

Mitternacht in Paris bedeutete sechs Uhr abends in Jerseys elegantem Penthouse in New York. Wenn ich sie sofort anrief, erwischte ich sie vielleicht früh genug zur Cocktailstunde, um noch vernünftig mit ihr sprechen zu können. Außerdem hielt ich es für besser, vom Flughafen aus anzurufen statt später aus einem Hotel, das Wolfgang für uns besorgt hatte. Eine Woche zuvor hätte ich in Verbindung mit einem Hotel als erstes an eine weitere lange Liebesnacht vor einem Kaminfeuer gedacht – aber jetzt versuchte ich das alles aus meiner Erinnerung zu verdrängen.

Ich fand heraus, wie ich meine Telefonkarte in einer französischen Telefonzelle benützen konnte. Wolfgang wartete auf unser Gepäck am internationalen Karussell, wo ich ihn durch die Glaswand sehen konnte. Nach zwei- oder dreimaligem Klingeln meldete sich Jersey. Ihre Stimme war klar und deutlich zu hören, als stünde sie einen Meter von mir entfernt, und sie klang erstaunlich nüchtern.

«*Bonsoir* aus Paris, Mutter», sagte ich höflich, aber nicht zu herzlich. «Laf bestand darauf, daß ich dich anrufe. Wir sind gerade aus Wien angekommen. Ich stehe hier mitten in Charles de Gaulle in einer Telefonzelle. Es ist nach Mitternacht, und ich bin nicht allein. Aber du hast wahrscheinlich schon erraten, warum ich hier bin – wegen einer kleinen Familiengeschichte, die du in den vergangenen fünfundzwanzig Jahren zu erwähnen vergessen hast. Du könntest uns Zeit und Ärger ersparen und mir sagen, was ich deiner Meinung nach wissen müßte.»

Jersey schwieg so lange, daß ich schon dachte, sie wäre neben dem Telefon umgekippt.

«Mutter?» sagte ich schließlich.

«O Ariel, Schätzchen, es tut mir so leid», antwortete sie in einem Ton, der echt zerknirscht klang – obwohl ich natürlich keinen Augenblick vergessen hatte, daß Divas auch Schauspielerinnen sind. «Weißt du, Süße, ich habe einfach gehofft, wenn ich dich von allen diesen Dingen fernhielte, würdest wenigstens du eine Chance haben, ein normales Leben zu führen.» Sie lachte und fügte ein wenig sarkastisch, wie mir schien, hinzu: «Was immer das sein mag.»

«Mutter, ich bitte dich nicht, mir die Motive zu erklären für das, was du in diesen Jahren getan oder nicht getan hast. Das kann sicher bis später warten.» Bis sehr viel später, dachte ich. Und wenn ich Glück hatte, blieb ich von dieser Beichte sogar verschont. «Was ich heute abend hören möchte, sind knallharte Fakten. Nur eine kleine Zusammenfassung», schlug ich vor, «ein paar Hinweise, was in deiner oder auch in unserer Familie los sein könnte. Wenn das nicht zuviel verlangt ist.»

«Ich weiß nicht, warum ich gehofft habe, dieser Tag würde nie kommen», sagte Jersey beinahe nervös. «Aber ich hätte bestimmt nicht gedacht, ich würde von meiner eigenen Tochter aus einem Hinterhalt überfallen werden, bevor ich eine Chance hatte, mir ein paar Drinks zu genehmigen! Erwartest du, daß ich mich für mein ganzes Leben in drei Minuten entschuldige?»

«Okay, laß dir Zeit», sagte ich. «Laf wollte, daß ich zuerst mit dir spreche – und das heißt, wir haben die ganze Nacht Zeit, weil ich die liebe Granny erst morgen vormittag treffen werde.»

«Also gut. Dann sag mir, an welche knallharten Fakten du gedacht hast», antwortete sie kühl.

«Zum Beispiel, warum deine Mutter nach Frankreich abgehauen ist und dich mitten im Krieg allein gelassen hat, und warum du dann nicht nur mit einem, sondern mit jedem ihrer drei Brüder verheiratet beziehungsweise liiert warst –»

«Dafür brauche ich erst was zu trinken», unterbrach mich Jersey und ließ dreitausend Meilen von mir entfernt den Hörer baumeln.

Als sie kurz darauf wiederkam, hörte ich die Eiswürfel in ihrem Glas klirren. Vielleicht lag es am Alkohol, daß ihre Stimme einen Ton angenommen hatte, als wäre sie eben in eine Ritterrüstung gestiegen.

«Wieviel genau hat man dir gesagt?» fragte sie mich.

«Viel zuviel, Mutter, und gar nicht zu meinem eigenen Besten. Du brauchst also kein Blatt vor den Mund zu nehmen.»

«Dann weißt du das von Augustus.»

«Augustus?» sagte ich.

Anscheinend spielte sie darauf an, daß Dacian Bassarides der Mann war, der meinen Vater gezeugt hatte. Aber sollte nicht *ich* hier die Fragen stellen? Andererseits war ich mir keineswegs sicher, ob ich alles, was ich wußte, einer Frau offenbaren sollte – Mutter oder nicht –, die mich über ihre eigene Herkunft so lange im dunkeln gelassen hatte. Nach Jerseys nächster Bemerkung war ich froh, daß ich wenigstens einmal klug genug war, den Mund zu halten.

«Ich meine», sagte Jersey, trotz des Drinks noch tadellos artikulierend, «hat dir Lafcadio erklärt, warum ich deinen Vater verlassen habe?»

Ich hatte keine Ahnung, wohin dies führen würde, aber eines wußte ich genau: Was immer jetzt kam, war zu wichtig für mich, um zu kneifen.

«Warum sagst du es nicht mit eigenen Worten?» schlug ich vor. Es war das einzige, was mir als Kompromiß zwischen ja oder nein einfiel.

«Du weißt es also nicht», sagte Jersey. «Und offen gesagt, wenn es mir überlassen bleiben soll, weiß ich nicht so recht, was ich tun soll. Ich weiß, es wäre viel besser, dir von all dem gar nichts zu sagen. Doch wenn ich mir überlege, daß du gerade in Wien warst und jetzt in Paris bist ... Wenn ich es weiterhin geheimhalte, könntest du vielleicht in ernste Gefahr –»

«Ich bin bereits in ernster Gefahr, Mutter!» stieß ich zwischen den Zähnen hervor. Herrje, ich hätte sie am liebsten geschüttelt!

Wolfgang sah durch die Glaswand zu mir herüber und hob fragend eine Braue. Ich zuckte die Achseln und versuchte zu lächeln.

«Ich weiß natürlich, daß du das Recht hast, es zu wissen», sagte Jersey. Aber dann schwieg sie wieder, als versuchte sie, ihre Gedanken zu ordnen. Ich hörte das Klimpern der Eiswürfel im Hintergrund – Tausende von Meilen entfernt – und dachte, daß ich nach allem eigentlich gegen jeden Schlag gewappnet war. Aber als meine Mutter schließlich redete, wünschte ich mir, sie hätte es nicht getan.

«Ariel, Kind, ich habe eine Schwester», sagte sie, und als ich nichts darauf sagte, fuhr sie fort: «Ich sollte sagen, ich *hatte* eine Schwester. Wir standen uns nicht sehr nah. Ich hatte sie jahrelang nicht gesehen, und jetzt ist sie tot. Alles wegen einer unverzeihlichen Untreue seitens deines Vaters. Die nächsten Worte fielen ihr spürbar schwer. «Nun, Darling, du hast auch eine Schwester – ungefähr in deinem Alter.»

Ich konnte wirklich nicht glauben, was hier geschah. Warum hatte mir niemand etwas gesagt? Alle diese Lügen und Täuschungen über Generationen hinweg, die die Sängerkehle unserer Diva, meiner Mutter, jetzt ausspuckte, widerten mich an – obwohl es sicher nicht allein ihre Schuld war. Auch Augustus hatte ziemlich gut vertuscht.

Es wäre vermutlich besser gewesen, wenn ich eingehängt hätte, als wären wir getrennt worden. Aber irgendwie hatte ich das Gefühl, daß das erst der linke Haken war, den sie mir verpaßt hatte, und daß der rechte auf das Kinn noch folgen würde. Also hielt ich den Atem an und wartete. Ich wußte, die fragliche Mutter – die Frau, mit der Augustus meine Mutter betrogen hatte – konnte nicht Grace, seine jetzige Frau, gewesen sein. Sie wäre vor zwanzig Jahren oder so, als Jersey meinen Vater verlassen hatte, noch zu jung gewesen.

«Ariel, ich weiß, dein Vater und ich hätten es dir längst sagen sollen», sagte Jersey und legte erneut eine Pause ein, als könnte sie erst nach einem kräftigen Schluck weitersprechen.

Ich sah Wolfgang am Gepäckkarussell auf und ab gehen und dachte, wie gut, daß man hier so lange auf sein Gepäck warten muß.

«Du wolltest wissen, warum mich meine Mutter verlassen hat», sagte Jersey. «Aber so kann man das eigentlich nicht sagen. Zoe ging nach Frankreich, um meine Schwester Halle abzuholen, die von ihrem Vater nach Paris gebracht worden war. Es war Krieg, weißt du –»

«*Ihr* Vater hat sie gebracht?» unterbrach ich Jersey. «Du meinst, der Vater deiner Schwester war nicht auch dein Vater, der irische Pilot?» Aber warum sollte mich das bei Zoes Ruf überraschen?

«Meine Mutter war verheiratet, oder besser gesagt, sie hatte ein Kind – meine Schwester – von einem anderen Mann. Nachdem unsere Väter bedingt durch den Krieg Gegner waren, wuchsen Halle und ich getrennt auf. Jeder hatte sein eigenes Leben. Aber als du vorhin gesagt hast, daß du aus Wien kommst, dachte ich, dein Onkel Lafcadio hätte dich ihr vorgestellt –»

«Wem? Was meinst du?» sagte ich mit einem seltsam beklommenen Gefühl in der Brust. Die Väter der beiden Mädchen befanden sich während des Krieges auf gegnerischen Seiten. Aber wenn Jerseys Schwester jetzt tot war, wer konnte die *Frau* sein, die Laf mir in Wien vielleicht vorgestellt hätte? Dann versetzte mir Jersey den rechten Haken, auf den ich gewartet hatte.

«Ich kann deinem Vater Augustus und auch meiner Schwester niemals verzeihen, daß sie mich betrogen haben», sagte sie. «Aber das Kind, das sie hatten – deine Schwester –, ist ein wirklich schönes und dazu ungewöhnlich talentiertes Mädchen. In den letzten zehn Jahren war Lafcadio ihr Beschützer und Förderer. Deshalb dachte ich, du hättest sie kennengelernt. Sie reisen auch zusammen.»

Ich preßte den Hörer an die Brust und schnappte nach Luft. Ich konnte es einfach nicht glauben. Dann hob ich den Hörer wieder ans Ohr, gerade in dem Augenblick, als Jersey sagte:

«Ariel, der Name deiner Schwester ist Bettina von Hauser.»

«Ich hoffe, ihr werdet wie Schwestern zueinander sein», hatte Laf gesagt, als Bettina Brunhilde «Bambi» von Hauser und ich uns zum ersten Mal begegneten. Als Bambi dann am selben Abend in mein Hotelzimmer im Lodge kam, sprach sie von der «gefährlichen» Beziehung ihres Bruders Wolfgang und mir – obwohl sie, wie ich mich erinnerte, damals sagte, diese Beziehung könnte für uns alle gefährlich sein. Großer Gott, bedeutete das, daß Wolfgang mein Bruder war?

Glücklicherweise war es nicht so. Wolfgangs Mutter Halle war mit einem Österreicher verheiratet, der einige Zeit nach Wolfgangs Geburt starb – glücklicherweise bevor sie meinen Vater Augustus kennenlernte. Aber das machte die komplizierten Familienverhältnisse nicht einfacher.

Als ich rund zwanzig Minuten später das Gespräch mit meiner Mutter beendete, wußte ich wirklich einiges mehr. Nach Jerseys Darstellung war ihre Mutter Zoe Behn, das jüngste Kind von Hieronymus und Hermione, mit Pandora davongelaufen. Als sie fünfzehn war, hatte sie sich zu einer ausgezeichneten Tänzerin entwickelt. Ähnlich wie die eine Generation ältere Isadora Duncan, die Zoes Freundin, Lehrerin und Schirmherrin wurde, schuf Zoe bald ihren eigenen einzigartigen Tanzstil. Nach dem tragischen Tod von Isadora im Jahr 1927 war Zoe erst zwanzig, aber schon ein Star bei den Folies-Bergère, der Opéra Comique und zahlreichen anderen Bühnen. In diesem Jahr lernte sie Hillmann von Hauser kennen.

Hillmann von Hauser war Ende Dreißig, reich, mächtig, Ritter des

Deutschen Ordens, Mitglied mehrerer nationalsozialistischer Untergrundgruppen wie die Thulegesellschaft und die Armanenschaft und auch schon damals ein zahlungskräftiger Förderer von Adolf Hitler und der NSDAP. Er war blond wie Zoe, ein gutaussehender stämmiger Mann, und er hatte zehn Jahre zuvor in eine österreichische Aristokratenfamilie eingeheiratet, die ebenso alt und angesehen war wie seine Familie in Deutschland. Aber diese Ehe war kinderlos geblieben.

Die junge Zoe war eine begeisterte Selbstdarstellerin und kein Kind von Traurigkeit. Seit fünf Jahren hatte sie Nacht für Nacht nackt auf der Bühne getanzt – nachzulesen in ihren selbstverfaßten Memoiren –, und es hatte ihr anscheinend großen Spaß gemacht, zu beweisen, daß der Grund für die kinderlose Ehe des Ritters von Hauser nicht bei dem Ritter zu suchen war. Die ältere Schwester meiner Mutter, Halle von Hauser, wurde 1927 geboren.

In dem Jahrzehnt nach dem Ersten Weltkrieg waren Hillmann von Hauser und manche andere seiner Gesellschaftsschicht von den Entbehrungen, unter denen die Deutschen zu leiden hatten, weitgehend verschont geblieben. Ähnlich wie einige Großindustrielle und Waffenfabrikanten wie die Krupps und Thyssens überstand auch der Ritter von Hauser die Zeit zwischen den zwei Weltkriegen sehr gut. Zoes Tochter Halle wurde nach Deutschland gebracht, von ihrem Vater und dessen Ehefrau adoptiert und später auf erstklassige Schulen in Frankreich geschickt. So wie Jersey die Geschichte verstanden hatte, floh ihre Mutter Zoe bald auf die Insel Jersey, wo sie einen jungen und erfolgreichen irischen Wollproduzenten mit eigener Schafzucht heiratete. Die beiden blieben mit ihrer gemeinsamen Tochter Jersey auf der Insel bis zum Ausbruch des Zweiten Weltkriegs, als er Pilot wurde und Zoe nach Frankreich ging.

Obwohl dieser idyllische Teil aus Zoes Vergangenheit nicht besonders gut zu ihrer selbstverfaßten Legende paßte, fiel er zeitlich mit einem bedeutenden historischen Ereignis zusammen. Ich hatte nicht vergessen, daß Frankreich 1940 von den Deutschen besetzt wurde; und die Woche, in der Zoe – jedenfalls laut Jersey – ihren überraschenden Ausflug nach Frankreich machte, fiel genau in die Zeit, als Paris in die Hände der Deutschen fiel. In Paris war nicht nur der Ritter von Hauser, wie Jersey sagte, der seine zwölfjährige Tochter Halle abholen wollte, sondern es mußte auch ein noch älterer Bekannter von Zoe dort gewesen sein.

Und ich hatte auch mein Gespräch mit Laf im Pool des Sun Valley Lodge nicht vergessen, wo er mir erzählt hatte, daß Zoe nie die Königin der Nacht war, als die sie sich gern darstellte. Ob meine Großmutter Zoe nun eine Halbweltdame oder nur eine Tänzerin war, ob sie in der Résistance gekämpft hatte, wie Wolfgang behauptete, oder, wie Laf meinte, eher eine Nazikollaborateurin war – morgen jedenfalls würde *ich* Zoe Behn in Augenschein nehmen, und dann würden wir weitersehen.

Dank der Geheimniskrämerei, um nicht zu sagen, der Verlogenheit in unserer Familie, wußte Wolfgang vielleicht nicht, daß unsere Mütter, Jersey und Halle, Halbschwestern waren. Es war auch möglich, daß er nicht wußte, daß die 83jährige Scharteke Zoe, die er so reizend fand, tatsächlich seine eigene Großmutter war. Schließlich hatte ich das alles bis heute nacht auch nicht gewußt.

Aber in einem Punkt, den Jersey erwähnt hatte, *konnte* Wolfgang nicht die ganze Wahrheit gesagt haben. Es hatte mit der Woche von Sams Beerdigung zu tun – und es ließ die letzte kryptische Nachricht von Sam noch bedrohlicher erscheinen.

Jersey hatte, wie Augustus und Grace, vor der Beerdigung kurz mit dem Testamentsvollstrecker über die Testamentseröffnung gesprochen; aber im Gegensatz zu Augustus und Grace hatte Jersey dafür einen Grund. Sie kannte Mr. Leo Abrahams gut, denn er war sowohl der Anwalt von Onkel Earnest gewesen als auch sein Nachlaßverwalter, als Jersey durch den Tod von Earnest zur Witwe geworden war. Nachdem nun auch Sam tot war, wollte Jersey verständlicherweise wissen, wie ihr Einkommen in Zukunft aus dem Vermögen bezahlt wurde, das in den vergangenen sieben Jahren ihrem Stiefsohn gehört hatte. Aber das war noch nicht alles.

Als Jersey erfuhr, daß wahrscheinlich ich Sams Haupterbin sein würde, wollte sie herausfinden, ob ich wußte, was diese Verantwortung mit sich bringen könnte, denn sie hatte mehr als nur eine vage Vermutung, was Sam von seinem Vater geerbt haben könnte. Vielleicht war meine Mutter nicht ganz so betrunken, wie es damals am Grab den Anschein hatte. Im nachhinein hatte uns ihr erstaunliches Benehmen eine Atempause von Augustus und Grace verschafft, die lang genug war, so daß wir beide alleine zu Mittag essen konnten. Aber als Jersey erkannte, daß ich null Ahnung hatte, beschloß sie, sich mit mir zu treffen, sobald der Rest der Familie die Stadt verlassen hatte, und mich über alles zu informieren.

Jersey hatte etwas zu der Beerdigung mitgebracht, und obwohl sie am Telefon nicht viel sagen konnte, war das, was sie sagte, genug. Sie hatte vor, mir das, was sie mitgebracht hatte, später, nach unserem Gespräch, zu geben – aber ich war verschwunden. Nach eingehender Gewissensprüfung hatte sie es dann in Packpapier gewickelt, verschnürt und an mich geschickt. Auf die Innenseite des Packpapiers hatte sie ein paar Zeilen an mich geschrieben, aber leider hatte ich das Papier weggeworfen, ohne ihre Nachricht bemerkt zu haben. Nach Jerseys Beschreibung, die so präzise war, wie sie das bei einem Überseegespräch verantworten konnte, wußte ich, daß es sich um das Runenmanuskript handelte, das ich in der Firma im Department of Defense Standard verstaut hatte – kurz bevor ich die tödlicheren Manuskripte von Sam erhielt, die jetzt in der Österreichischen Nationalbibliothek in Wien versteckt waren. Jerseys Runenmanuskript war also dasselbe, von dem Wolfgang behauptet hatte, er habe es von Zoe bekommen und er *persönlich* habe es mir geschickt – ein Manuskript, von dem mir Laf später versicherte, daß es weder Wolfgang noch Zoe je besessen haben konnten.

Meine Mutter und ich beschlossen vorsichtshalber, alles übrige erst dann zu besprechen, wenn ich wieder zu Hause sein würde. Als ich auflegte, wartete Wolfgang vor der Telefonzelle mit unserem Gepäck, und dann gingen wir hinaus zum Taxistand. Während wir durch die feuchte, samtschwarze Pariser Nacht fuhren, mußte ich daran denken, daß Laf mich wiederholt gewarnt hatte, ich könnte mich in den sprichwörtlichen Löwenkäfig begeben ohne meine Peitsche.

Es war in der Tat durchaus möglich, wie mir jetzt grausam bewußt wurde, daß Wolfgang das Runenmanuskript nie gesehen hatte bis zu jener Nacht in meiner Wohnung in Idaho, nach jenem Lawinenunglück, als ich betäubt und außer Gefecht gesetzt war. Und wenn das stimmte, dann konnte mich der Mann, der hier neben mir in einem Taxi auf einer französischen Schnellstraße fuhr, auch in allen anderen Dingen belogen haben.

Unser Taxi bog in eine enge Straße auf dem linken Seineufer und hielt vor dem «Relais Christine». Wolfgang stieg aus, bezahlte den Chauffeur und läutete am Hoteleingang.

«Unser Flug hatte Verspätung», erklärte Wolfgang dem Portier in ziemlich tadellosem Französisch. «Könnten Sie uns unseren Zimmerschlüssel geben und das Gepäck nach oben bringen lassen? Wir wollen noch etwas essen gehen.»

Der Portier nickte und gab Wolfgang für ein hübsches Trinkgeld den Schlüssel. Wir gingen die kleine Straße hinunter bis zu einer Ecke, wo alles noch hell erleuchtet war. Wir fanden ein gemütliches Bistro, wo sich, anscheinend nach einem Theaterbesuch, ein lebhaftes Publikum eingefunden hatte und an vielen Tischen noch gespeist wurde.

Unsere *coquilles* kamen, gefüllt mit einer wundervoll gewürzten Mischung aus Fisch und Meerestieren. Ein gutes Essen und dazu ein kräftiger Wein schienen mich immer in eine weiche Stimmung zu versetzen und meine Überlebensinstinkte einzulullen – und dies gerade jetzt, wo ich sie am dringendsten brauchte.

«Das war ein ziemlich langes Gespräch in die Staaten», bemerkte Wolfgang schließlich, als der grüne Salat gebracht wurde. «Telefonierst du oft mit deiner Mutter?»

«Mindestens alle paar Jahre – mit Sicherheit», sagte ich.

«Dann hatte dieser Anruf vielleicht etwas mit dem Anruf bei deinem Onkel zu tun», meinte Wolfgang. «Seit Wien bist du auffallend still.»

«Ich rede oft ein bißchen viel, das stimmt schon», sagte ich. «Aber beim Thema Familie halte ich mich gewöhnlich zurück. Jetzt natürlich, wo sich herausstellt, daß wir beide tatsächlich *verwandt* sind, gibt es praktisch nichts, worüber wir nicht miteinander reden könnten. Das heißt, wenn wir beide beschließen würden, zur Abwechslung mal die Wahrheit zu sagen.»

«Ah», sagte Wolfgang ruhig und blickte auf seinen Teller.

Dann brach er ein Brötchen entzwei und betrachtete die Hälften, als glaubte er, sie enthielten die Lösung eines Problems. Schließlich sah er mich mit seinen türkisblauen Augen an, was mir immer ein wenig in die Beine fuhr. Aber ich wußte inzwischen, daß es besser war, mich auf den Geist statt auf die Materie zu konzentrieren.

«Du schlägst auf», sagte ich. «Aber glaube ja nicht, daß wir hier so eine Art Tennis spielen.»

«Ich verstehe schon. Man hat dir etwas gesagt, das ein schlechtes Licht auf mich wirft», sagte Wolfgang ganz gelassen. «Aber bevor ich meine Sicht der Dinge zu erklären versuche, muß ich wissen, inwieweit du die Situation bereits kennst.»

«Warum ist das immer die erste Frage, die ich bei solchen Gesprächen zu hören bekomme?» entgegnete ich. Ich stocherte in meinem Salat herum; dann legte ich die Gabel weg und sah Wolfgang an. «Ich denke, selbst wenn du Zoe Behn voriges Jahr tatsächlich zum ersten Mal getroffen hast, weißt du, daß sie deine Großmutter ist und daß folglich ihre Töchter – unsere Mütter – Halbschwestern sind. Und ich weiß, daß weder du noch Zoe mir das Runenmanuskript geschickt habt, weil das meine Mutter getan hat, wie ich heute erfahren habe. Sie hat mir zwar die Wahrheit sehr lange verheimlicht – aber sie ist nicht durch und durch verlogen. Ich wünschte, ich könnte dasselbe von dir sagen. Das einzige, wofür ich dir zu danken habe, ist, daß du mich aus einer Lawine gerettet hast. Aber sonst hast du mich, so wie ich das sehe, von dem Augenblick an, als wir uns auf dem Berg getroffen haben, nur hinters Licht geführt. Und jetzt möchte ich wissen, warum. Und zwar gleich.»

Wolfgang sah mich aus irgendeinem Grund staunend an. Auch ein paar Kellner hatten in unsere Richtung geblickt, obwohl ich nicht übermäßig laut gesprochen hatte. Dann lächelte Wolfgang unverhofft.

«Im Gegensatz zu dir», sagte er mit hochgezogenen Brauen und ohne auf den Rest meiner Tirade einzugehen, «habe ich dir für etwas mehr zu danken. Das erste ist, daß ich mich bis jetzt noch nie in jemanden verliebt hatte; und das zweite, daß dieser Jemand – was ich wirklich nicht gedacht hätte – eine solche Xanthippe sein kann. Ich muß dir also dankbar sein, nicht wahr?»

Er legte seine Serviette auf den Tisch und bedeutete dem Kellner, die Rechnung zu bringen. Aber ich war verdammt wütend und nicht bereit, mich noch einmal abwimmeln zu lassen, nicht einmal durch seine verletzende und vielleicht sogar zutreffende Kritik an meiner Person. Ich schickte den Kellner wieder weg und hob ostentativ mein Glas.

«Ich bin noch nicht fertig», erklärte ich Wolfgang.

«O doch, das bist du», versicherte er mir in ähnlich entschlossenem Ton. «Ariel, kannst du dir nicht vorstellen, daß ich vielleicht nur deshalb nicht eher von unserer Verwandtschaft gesprochen habe, weil mich jeder gewarnt hat bezüglich deiner Einstellung gegenüber der Behn-Familie? Seit deiner Kindheit hast du dich gegen alle abgeschottet, ausgenommen war nur dein Cousin Sam. Wie, glaubst du, hättest du reagiert, wenn ich unmittelbar nach dem Tod dieses Cousins gekommen wäre und gesagt hätte: ‹Hallo, da bin ich, dein Cousin Wolfgang, von dem du nie etwas gehört hast. Ich bin hier, um dich in den Schoß der Familie zurückzuholen!›? Und was das Runenmanuskript angeht, so hat Zoe gewußt, daß es dir deine Mutter zuschicken würde, weil es die beiden besprochen haben. Wenn du mir nicht glaubst, kannst du sie gern morgen selbst fragen. Es tut mir leid, daß ich gesagt habe, ich hätte es dir geschickt, aber es war der einzige Weg, der mir eingefallen ist, um schnell dein Vertrauen zu gewinnen –»

«Warum fällt dir dazu nie etwas anderes ein, als mir Lügen aufzutischen», unterbrach ich sein läppisches Geständnis.

Aber in einer Ecke meines Verstandes mußte ich zugeben, daß vieles, was er sagte, stimmte. So hübsch und begehrenswert mir Wolfgang vom ersten Moment an erschienen war, hatte ich doch viel Zeit und Mühe verwendet, um ihm aus dem Weg zu gehen – und dies aus einem Grund, den ich ihm weder damals noch jetzt nennen konnte: Weil Sam noch lebte und ihm von allen Seiten, außer von meiner, Gefahr drohte, und weil ich es mir nicht leisten konnte, irgend jemand zu trauen.

Aber mir entging auch nicht, daß ein Rädchen immer noch nicht in Wolfgangs Geschichte hineinpaßte.

«Selbst wenn alles, was du gesagt hast, stimmt», sagte ich, «erklärt das nicht die Geschichte mit dem Pod.»

«Wer ist der Pod?» fragte Wolfgang irritiert.

«Mein Chef – Pastor Owen Dart», erklärte ich ihm. «Warum wollte er mich unbedingt aus der Stadt haben und nach Rußland schicken, und warum ist er uns nach Wien nachgeflogen? Was hatte er in jener Nacht in dem Weinberg unterhalb von deinem Haus zu suchen? Worüber habt ihr gesprochen, was ich nicht hören sollte?»

Vielleicht bildete ich mir nur ein, daß Wolfgang etwas blaß wurde. Er setzte zu einer Antwort an, schien es sich dann aber anders zu überlegen. Ich hoffte, er würde nicht noch einmal versuchen, den Mann im Weinberg als Pater Virgilio auszugeben – aber dieser Gedanke warf sofort eine weitere Frage auf.

«Und wer ist Virgilio Santorini?» fragte ich. «Mein Onkel Laf scheint über ihn Bescheid zu wissen und hält ihn für einen sehr gefährlichen Mann. Warum mußten wir uns mit ihm in der Bibliothek von Melk treffen?»

«Ich hätte für eine solche Unterhaltung bestimmt einen anderen Ort und einen anderen Zeitpunkt gewählt. Aber wenigstens kann man uns hier schlecht belauschen», sagte Wolfgang mit einem Seufzer. «Und nachdem jetzt alles beinahe vorbei ist, kann ich dir sagen, was immer du wissen möchtest – wenigstens wirst du dann endlich das Gefühl haben, daß du mir trauen kannst. Das Leben ist sehr komplex, Ariel, und Menschen sind oft noch komplexer –»

«Wolfgang, um Himmels willen, es ist fast zwei Uhr morgens. Laß uns zur Sache kommen. Wer ist Virgilio, und warum ist uns Pastor Dart nach Wien gefolgt?»

«Also gut», sagte Wolfgang, und es klang wie «Du wolltest es ja nicht anders». Virgilio Santorini ist ein Experte für mittelalterliche Texte, der an der Sorbonne und an der Wiener Universität promoviert hat. Er ist Priester, aber kein Bibliothekar vom Stift Melk. Er hat dort jedoch uneingeschränkten Zugang zu den Archiven, nachdem seine Triester Familie einen großen Teil ihrer kostbaren Büchersammlung dem Stift vermacht hat. Außerdem zahlt die Familie Santorini die zur Zeit im Kloster beginnenden Renovierungen.»

Das war alles nicht sonderlich überraschend. Aber bald danach war ich froh um das Geschirrgeklapper der Kellner und das laute Gelächter an einem Tisch in der Nähe, denn das, was als nächstes kam, war starker Tabak.

«Die Familie Santorini», fuhr Wolfgang fort, «gehört außerdem zu den größten Waffenhändlern in Osteuropa, besonders in Jugoslawien und Ungarn. Mit diesem Geschäft haben sie seit Generationen ihr Geld verdient. Was dein Onkel gemeint haben könnte, als er Virgilio ‹gefährlich› nannte, ist die Tatsache, daß viele meinen, die Familie Santorini sei mit einer Mafiagruppe namens Star verbunden, einem Konsortium, das angeblich mit waffengrädigem Material handelt. Du siehst also, daß sowohl Menschen als auch Situationen komplexer sein können, als sich bei einer Plauderei beim Abendessen erklären läßt.»

Okay, ich war überrascht von dieser Enthüllung betreffend Virgilio, der ein netter, wenn auch etwas wichtigtuerischer Gelehrter zu sein schien. Doch bevor ich diese Sache weiterverfolgte, wollte ich auch die Antwort auf den zweiten Teil meiner Frage hören.

«Pastor Darts Rolle ist sogar noch komplexer», fuhr Wolfgang fort. «Hier muß ich etwas weiter ausholen. Als ich nach Idaho kam, erfuhr ich zu meiner Bestürzung, daß dein Kollege Olivier Maxfield auch dein Hausherr war. Er konnte dich, ohne dein Telefon anzapfen zu müssen, praktisch rund um die Uhr beobachten. Woher sollte ich wissen, daß er nicht für jemand spionierte? Aus diesem Grund bat ich Pastor Dart, sobald du von der Beerdigung zurück warst, Maxfield loszuschicken, um dich an der Post abzufangen, während ich im Wagen nachkam. Aus deinem Verhalten dort ging eindeutig hervor, daß Maxfield, der vor dir angekommen war, etwas getan hatte, was deinen Verdacht erregte. Nachdem du dein Paket abgeholt hattest, sah ich dich von Maxfield wegfahren und aus der Stadt flüchten und bin dir nach Jackson Hole nachgefahren.

Ich wußte, daß dir deine Mutter ein Runenmanuskript geschickt hatte, aber dein ängstliches und mißtrauisches Benehmen sagte mir, daß du das Dokument in deinen Händen für das Erbe von deinem Cousin gehalten hast. Als ich in deiner Wohnung übernachtet habe, konnte ich feststellen, daß es sich um das Runenmanuskript deiner Mutter handelte. Ich wußte auch, daß dies das einzige Dokument war, das du bis dahin erhalten hattest, was bedeutete, daß du die Erbschaft deines Cousins noch nicht bekommen hattest, sondern noch darauf gewartet hast. Das war sehr gefährlich, wenn meine Vermutung stimmte, daß Maxfield ebenfalls versuchte, an die Dokumente heranzukommen.

Obwohl unsere Rußlandreise geplant war, beschlossen Pastor Dart und ich, die Abreise vorzuverlegen, um dich der ständigen Beobachtung durch Maxfield zu entziehen. Dart wollte zurückbleiben, um das zweite Paket abzufangen, damit es nicht in die falschen Hände fiel. Aber nach all diesen sorgfältigen Vorbereitungen bist du beinahe zu spät zu unserem Flug nach Salt Lake City gekommen. Als du schließlich ankamst, ich deine Tasche sah – die dreimal so schwer aussah wie am Tag zuvor – und du, wie du sagtest, zwischen Büro und Flughafen ‹noch etwas zu erledigen hattest›, war ich überzeugt, daß du noch einmal auf der Post warst und diesmal das erwartete Paket abgeholt hast.

Mir blieb also nichts anderes übrig, als in Salt Lake City, während du im Waschraum warst, Pastor Dart anzurufen und ihm zu sagen, er solle sich ein Ticket kaufen und mit der nächsten Maschine nach Wien fliegen. Ich erklärte ihm, wo wir uns unterhalb meines Hauses in Krems treffen konnten, weil es der einzige Ort war, wo ich glaubte, nicht belauscht zu werden, und wo wir, du und ich, allein sein würden. Die ganze Zeit hoffte ich, ich würde dich irgendwie dazu bringen können, die Manuskripte in Österreich zu lassen, statt sie nach Rußland mitzunehmen, wo sie mit Sicherheit konfisziert worden wären. Ich wandte mich an Dacian Bassarides in Frankreich und bat ihn, nach Wien zu kommen, um sich mit uns zu treffen. Ich deutete an, daß du deine Erbschaft erhalten hast und Hilfe bräuchtest, um zu wissen, was du damit tun solltest. Ich hatte nicht erwartet, daß er mich wegschicken würde, um in dem Restaurant allein mit dir zu sprechen. Aber Virgilio konnte wenigstens aufpassen, daß er dich nicht irgendwohin schleppte und auch tatsächlich zum vereinbarten Treffpunkt an der Kärtnerstraße kommen würde...»

Hier machte Wolfgang zum ersten Mal eine Pause. Er schüttelte den Kopf. «Ariel, wenn du wüßtest... Ich bin in den vergangenen vierzehn Tagen fast verrückt geworden bei dem Versuch, dich vor dir selbst zu beschützen.»

Vor mir selbst?! Ich hätte ihn am liebsten angeschrien.

In meinem Kopf heulten tausend Sirenen auf, aber ich zwang mich, ruhig zu bleiben und das Ganze noch einmal durchzugehen: Wolfgang hatte also gerade gestanden, daß er seit der Begegnung mit mir an der Wahrheit herumstückelte, bis sie wie ein Patchwork aussah; daß er mich einen ganzen Nachmittag lang von einem Priester bewachen ließ, der möglicherweise ein Waffenhändler mit Mafiaverbindungen war; und daß er meinen Großvater dazu benützte, um mich zu überreden, meine Erbschaft in einer öffentlichen Bibliothek zurückzulassen. Hatte ich etwas ausgelassen?

Nun, eigentlich schon. Eine kleine Sache war da noch.

«Wolfgang, warum will jeder diese Manuskripte haben? Du, Pastor Dart und wer weiß noch?» fragte ich. «Ich weiß, sie sind wertvoll – aber warum sind sie so wichtig, daß der Pod um die halbe Welt fliegen mußte, nur um dich für ein paar Minuten in dem Weinberg zu treffen? Was mußtet ihr beide unbedingt dort und zu dieser Stunde besprechen?»

Wolfgang sah mich an, als wäre meine Frage lächerlich und die Antwort ganz offensichtlich. Dann winkte er den Kellner zum zweiten Mal heran, um die Rechnung zu bezahlen.

«Was den Inhalt der Dokumente betrifft, so kenne ich ihn nur zum Teil – und selbst das bedarf einiger Erklärung», sagte er. «Und Pastor Dart mußte ich sagen, wo du die Manuskripte versteckt hast – und zwar bevor wir nach Rußland abflogen. Wie sonst hätte Dart sie aus der österreichischen Nationalbibliothek holen können, bevor es jemand anderer tun würde?»

Virgilio war uns vom Café Central aus gefolgt, und als Wolfgang die

Bestellzettel aus unserem Kabinett in der Nationalbibliothek nach draußen gab, hatte er sich jeden einzelnen Buchtitel notiert. Ich fand dafür wirklich keine Worte.

Als wir durch die schmale Straße zurückgingen, die nah genug am Fluß lag, um die feuchte Nachtluft zu riechen, hätte ich am liebsten geheult.

Wolfgang nahm meine Hand und drückte sie, als wäre nichts gewesen. «Gehen wir noch ein bißchen zum Fluß hinunter», schlug er vor.

Wir schlenderten am Flußufer entlang, wo man über das Wasser auf die beleuchtete Fassade von Notre-Dame und die von Efeu überwucherten Kaimauern blicken konnte.

«Ariel», sagte Wolfgang und hob mein Gesicht zu sich empor. «Wenn ich dich anlüge, sagst du, es macht dich unglücklich. Aber wenn ich dir die Wahrheit sage, bist du auch nicht glücklich. Ich liebe dich so sehr. Was kann ich sagen oder tun, um dich glücklich zu machen?»

«Wolfgang», sagte ich, «du hast gerade gesagt, daß du und ein Mafioso und mein Chef Pastor Dart mich manipuliert und verraten habt, daß du alles verraten hast, wofür Sam eingetreten war, wofür er vielleicht sogar sterben mußte – und du erwartest, das könnte mich *glücklich* machen? Es würde mich glücklich machen, wenn du mir ganz einfach die Wahrheit sagen würdest – frei heraus –, statt mich zu zwingen, sie dir abzuluchsen, oder mich ‹zu meinem eigenen Besten› im dunkeln tappen zu lassen. Ich möchte, daß du mir jetzt sagst, was du über Pandoras Manuskripte weißt – was sie mit Rußland und Zentralasien und nuklearem Material zu tun haben, denn das ist ganz offensichtlich der Fall, und welche Rolle du und die anderen bei all dem spielen.»

«Du hast anscheinend nichts von dem verstanden, was ich vorhin gesagt habe», antwortete Wolfgang niedergeschlagen. «Erstens habe ich nie gesagt, Virgilio sei ein Mafioso, sondern daß er aus einer Familie von Waffenhändlern stammt – das ist ein Unterschied. Ich sagte, dein Onkel habe vielleicht etwas von Mafiaverbindungen gehört. Leute wie Virgilio müssen häufig Kontakte mit solchen Typen unterhalten aus Gründen ihrer eigenen Sicherheit. Das gilt auch für meinen Arbeitsbereich. Wenn wir jeden Waffenhändler wie einen Feind behandeln, dann wird sich bald alles nur noch hinter unserem Rücken abspielen, und wir verlieren jegliche Kontrolle über den Schmuggel, die wir jetzt vielleicht noch haben.

Aber wenn du von Verrat sprichst», fuhr er fort, «so weißt du ganz offensichtlich eines nicht. Es gibt eine Gruppe, wie man mir zu verstehen gegeben hat, die Samuel Behn seit vielen Jahren überprüft, seit dem Tod seines Vaters Earnest. Sie haben deinen Cousin sogar manchmal für sich arbeiten lassen, um sein Vertrauen zu gewinnen. Aber am Ende, glaube ich, waren sie es, die ihn getötet haben.

Diese Leute behaupteten, für die US-Regierung zu arbeiten. Aber in Wirklichkeit waren sie eine multinationale Gruppe, die von einem Mann mit einem sehr langen Dossier kontrolliert wurde – einem Mann namens Theron Vane. In der einen Woche, bevor ich zu dir nach Sun Valley kam, habe ich einiges über diesen Mann erfahren. Erstens: Er war in der Woche in San Francisco, als dein Cousin Sam starb. Sie arbeiteten gemeinsam an einem Auftrag. Zweitens: Vane tauchte unmittelbar nach Sams Tod unter. Und drittens, und das mußt du mir glauben, Ariel: Olivier Maxfield ist und war seit dem Tag, an dem du ihn kennengelernt hast, ein Handlanger von Theron Vane. Maxfield kam nach Idaho, sicherte sich seinen Job und die Bekanntschaft und Freundschaft mit dir, und das alles aus einem einzigen Grund: Weil *du* für sie die einzige Möglichkeit warst, den Schutzwall, den dein Cousin Sam um sich errichtet hatte, zu durchbrechen.»

Ich war wie vor den Kopf geschlagen. Ich wußte von Sam, daß er mit Theron Vane seit über zehn Jahren zusammengearbeitet hatte. Der Mann mußte ihn direkt vom College geholt haben, genauso wie der Pod das mit mir getan hatte. Ich wußte auch, daß Theron Vane dabei war, als Sam «starb», weil er laut Sam der Mann war, der an seiner Stelle getötet wurde. Und in jenem Telegramm, das Olivier für mich an Lafs Adresse in Wien geschickt hatte, gab er zu, daß er für Theron Vane arbeitete.

Es erschien wirklich seltsam, daß Oliviers Zeugnisse und Referenzen so perfekt zu meinen paßten, daß wir damals vor fünf Jahren vom ersten Tag an zu gemeinsamen Leitern ein und desselben Projekts ernannt wurden – ganz zu schweigen davon, wie er mich in seine Kellerwohnung gelockt hatte mit preiswerter Miete, selbst zubereiteten Mahlzeiten, der Bereitschaft, notfalls meinen Kater zu hüten.

Alles, was Wolfgang gesagt hatte, ergab in der Tat ein tadelloses Bild, wenn man es aus einer leicht veränderten Perspektive betrachtete. Theron Vane hätte Sam täuschen können. Jemand hätte hinter Theron Vane her sein können und nicht hinter Sam. Und Wolfgang und der Pod könnten einfach versucht haben, die Dokumente besser zu schützen, als Sam und ich auf unsere stümperhafte Weise dazu imstande waren.

Ich war so verdammt verwirrt. Ich hatte noch so viele unbeantwortete Fragen. Aber Wolfgang nahm mich dort neben dem Fluß in die Arme und küßte mich zärtlich auf die Stirn. Dann sah er mich mit ernster Miene an.

«Ich werde dir jede Frage beantworten – sofern ich die Antworten kenne», sagte er. «Aber jetzt ist es bald drei Uhr morgens, und obwohl wir Zoe erst um elf Uhr morgen vormittag treffen, würde ich gern wenigstens einen Teil dieser Nacht damit verbringen, das Unglück, das ich scheinbar verursacht habe, wiedergutzumachen.» Er lächelte und fügte hinzu: «Was es mich gekostet hat, all die Nächte allein in dieser russischen Kaserne zu schlafen, will ich gar nicht sagen.»

Wir gingen am Seineufer entlang. Die Luft war feucht und roch nach Frühling. Die von unten von kleinen Lichtern beleuchteten Kastanien entrollten die ersten fusseligen Blätter, die aussahen wie baumelnde Raupen. Wolfgang blickte gedankenverloren über den Fluß. Er hob einen Arm und wies auf das dunkle Wasser der Seine.

«Vor über hundert Jahren», sagte er, «ging der junge Nicola Tesla genau hier an dieser Stelle im Sommer schwimmen. Er war 1882 von Kroatien nach Paris gekommen, um bei Continental Edison zu arbeiten. Später ging er nach New York, um für Edison selbst zu arbeiten, mit dem er sich bald böse zerstritt.

Wie du sicherlich weißt», fuhr er fort, während wir weitergingen, «besaß Tesla Patente für viele Erfindungen, für die später andere sowohl den Ruhm als auch den materiellen Gewinn beansprucht haben. Tesla gründete eine neue Wissenschaft, die man Telegeodynamik nannte. Ihr Ziel war es, eine Quelle unbegrenzter freier Energie zu bekommen durch die Nutzung der in der Erde verborgenen natürlichen Kräfte. Er glaubte, er könnte unterirdisch rings um den Globus Informationen senden. Er hat in diesem speziellen Bereich nur sehr wenige Patente angemeldet – im Gegensatz zu seinen anderen Entdeckungen –, und er lieferte nur ganz allgemeine Beschreibungen, wie solche Erfindungen funktionieren könnten. Doch er experimentierte ausgiebig mit harmonischen Schwingungen. Er erfand Oszillatoren, die so klein waren, daß man sie in der Jackentasche tragen konnte; doch wenn man ihre Schwingungen auf ein Gebäude wie die Brooklyn Bridge oder das Empire State Building übertrug, konnten sie es innerhalb von Minuten zum Einsturz bringen.»

«Was hat das alles mit Pandora und ihren Manuskripten zu tun?» fragte ich.

Aber Wolfgang war plötzlich auf dem Gehweg stehengeblieben und blickte durch den über dem Marsfeld aufsteigenden Nebel in die Richtung, wo der Eiffelturm wie eine Erscheinung vor uns aufragte. An den Seiten des Turms stand in Leuchtschrift geschrieben: *Deux Cent Ans* – Zweihundert Jahre.

Großer Gott! Ich sah Wolfgang an, der angefangen hatte zu lachen.

«Das hatte ich doch schon wieder vergessen», sagte er. «Dieses Jahr ist der zweihundertste Jahrestag der Französischen Revolution. Aber es ist auch das Jahr des neuen Elements Uran, das Martin Heinrich Klaproth aus Wernigerode 1789 entdeckte. Er nannte es nach dem Planeten Uranus, den ein in England lebender Deutscher namens Herschel zusammen mit seiner Schwester 1781 entdeckt hatte. Diese drei Ereignisse kennzeichneten den Beginn der Zerstörung des alten Äons, und Uranus wurde zum herrschenden Planeten des neuen Zeitalters – des Wassermann-Zeitalters. Ich denke, darum geht es in Pandoras Manuskripten. Siehst du jetzt die Verbindung?»

Ich wollte schon sagen, daß ich sie nicht sah – aber ganz plötzlich begriff ich.

«Prometheus?» sagte ich.

Wolfgang wandte sich um und sah mich überrascht an.

«Stimmt genau», sagte er. «Im Mythos stahl Prometheus das Feuer von den Göttern und brachte es den Menschen – so, wie im kommenden Zeitalter der Wasserträger große Lebenskraft spendet. Solche Geschenke erweisen sich häufig ebensosehr als Segen wie als Fluch. Im Prometheusmythos lenkte Zeus ein und gab uns dafür Pandora. Sie öffnete eine Büchse – eigentlich war es ein Krug – und entließ alle Kümmernisse auf die Erde. Aber es gibt Leute, die die Geschichte von Prometheus und Pandora nicht gänzlich für einen Mythos halten. Ich vermute, deine Großmutter Pandora hat auch dazugehört.»

«Glaubst du, die Manuskripte, die Pandora gesammelt hat, beschreiben einen Atomreaktor? Oder wie man die Kraftquellen der Erde anzapft?» fragte ich. «Aber soviel ich verstanden habe, waren ihre Dokumente uralt – oder zumindest viel älter als jede moderne Technologie oder Erfindung.»

«Die meisten Erfindungen sollte man besser Entdeckungen nennen – oder auch *Wieder*entdeckungen», sagte Wolfgang. «Ich weiß nicht, ob die alten Völker ein solches Wissen hatten, aber ich weiß, daß es Orte auf diesem Planeten gibt, wo die Komponenten für anhaltende Kettenreaktionen – radioaktives Material, Schweres Wasser und anderes – in der Natur gemeinsam vorkommen. Es wurde oft darauf hingewiesen, daß in der Bibel und anderen frühen Texten Szenen beschrieben werden, die Atomexplosionen sehr ähnlich sind – zum Beispiel die Zerstörung von Sodom und Gomorrha –, und daß es in der Tat auf der Erdoberfläche besondere Stellen gibt, die für Teslas Kraftwirbel, künstliche Schaffung von Gewittern und Kugelblitzen und seine harmonischen Schwingungen besonders günstig sind. An den meisten dieser Orte haben die alten Völker Monumente errichtet, Steinkreise oder Höhlen mit schamanistischen Zeichnungen, und dies lange vor der überlieferten Geschichte.»

«Aber selbst wenn Pandoras Dokumente gesammelt, übersetzt, dechiffriert und verstanden würden – was würde man denn damit anfangen können?» fragte ich ungeduldig. «Warum wäre es gefährlich?»

«Nachdem ich die Dokumente nur für einige Augenblicke gesehen habe, kenne ich natürlich nicht alle Antworten», sagte Wolfgang. «Aber zwei Dinge weiß ich. Erstens: Die Philosophen der Antike, von Pythagoras bis Platon, glaubten, die Erde sei eine Kugel, die kraft des Gleichgewichts im Raum hängt, im Einklang mit der Musik der Sphären. Aber die Details der Kraftquellen blieben stets verhüllt, weil man sie für ein Schlüsselelement der Mysterien hielt.

Kurz bevor Sokrates den Schierlingsbecher trank, erzählte er seinen Schülern, wenn man die Erde von oben betrachten würde, gleiche sie einem jener Bälle, die aus zwölf verschiedenfarbigen Fellstücken genäht wurden. Das ist nicht die Beschreibung einer Kugel, sondern des größten pythagoreischen Vieleckes – des Dodekaeders –, ein von zwölf gleichen regelmäßigen Fünfecken begrenzter Körper. Für Pythagoras und seine Anhänger war der Dodekaeder die heiligste Gestalt. Sie stellten sich die Erde wie einen gigantischen Kristall vor, einen Übermittler, der Energie aus dem Himmel oder den Tiefen der Erde nutzbar macht. Sie dachten, er könnte sogar zur psychischen Kontrolle auf breiter Ebene genutzt werden, wenn man diese entscheidenden Druckpunkte manipulierte. Und darüber hinaus stellten sie sich vor, daß die Kräfte innerhalb der Erde, richtig ‹getuned› wie eine Stimmgabel, in Übereinstimmung mit den Sphären schwingen würden.»

«Okay», sagte ich. «Aber du hast gesagt, du wüßtest *zwei* Dinge über Pandoras Dokumente. Was ist das zweite?»

«Das zweite ist das, was Nicola Tesla geglaubt hat – und das unterschied sich nicht sehr von dem, was ich eben geschildert habe», sagte Wolfgang. «Er dachte, die Erde enthält eine Art Wechselstrom, der sich ständig ausdehnt und zusammenzieht in einem Rhythmus, der schwer, aber nicht unmöglich zu messen ist – ziemlich ähnlich wie der Atemrhythmus oder der Herzschlag. Er sagte, wenn er eine Ladung TNT am richtigen Ort und zum richtigen Zeitpunkt – dann, wenn eine Kontraktion einsetzt – anbringen würde, könnte er die Erde zerlegen ‹wie ein Junge einen Apfel spaltet›! Und indem er diesen Strom, diesen Energieraster anzapft, könnte er unbegrenzte Kraft nutzbar machen. ‹Zum ersten Mal in der Geschichte›, sagte Tesla, ‹besitzt der Mensch das Wissen, mit dem er in kosmische Vorgänge eingreifen kann.›»

Großer Manitu, steh uns bei!

Wolfgang blickte noch einmal zum Eiffelturm, wo das rote Blinklicht an der Spitze schon fast im Nebel verschwunden war. Dann legte er den Arm um mich,während wir eine Weile schweigend nebeneinanderstanden.

«Wenn Tesla, ähnlich wie Prometheus, den Menschen eine neue Art von Feuer gab», sagte Wolfgang, «wird sich Pandoras Wissen vielleicht als Geschenk und Strafe zugleich erweisen.»

GUT UND BÖSE

SOKRATES:
Du sprichst von Gut und Böse.

GLAUKON:
Das tue ich.

SOKRATES:
Ich frage mich, ob du es so verstehst wie ich.

PLATON, Der Staat

Gegen meine Absicht und trotz fester Vorsätze fand ich mich in dem geschnitzten Himmelbett einer Renaissance-Suite im «Relais Christine» wieder, wo ich eine so leidenschaftliche Liebesnacht – zumindest in dem Teil der Nacht, der noch übriggeblieben war – verbrachte, daß ich am nächsten Morgen das Gefühl hatte, ich hätte in den Armen eines Vampirs und nicht in denen eines österreichischen Beamten gelegen.

Als ich die Augen öffnete, stand Wolfgang an der Tür, die zu einer Terrasse und einem kleinen Garten hinausführte. Sein großartiger Körper stand wie eine Silhouette vor dem zarten Frühlingsgrün der Büsche. Ich erinnerte mich an jenen ersten Morgen in meinem Kellerschlafzimmer, als er aus meinem Schlafsack kroch und sich mit dem Rücken zu mir anzog, bevor er an mein Bett kam und mich zum ersten Mal küßte.

Nun, ich war keine errötende Jungfrau mehr; dafür hatte das Leben gesorgt. Aber dieser Mann, der meinen Puls eine Nacht lang immer wieder hochgejagt hatte, war das Rätsel geblieben, das er für mich war, seit ich ihn, lange bevor ich wußte, daß er mein Cousin war, das erste Mal gesehen hatte. Und trotz meiner philosophischen Betrachtungen über Geist und Materie mußte ich zugeben, daß das, was ich von Wolfgang bekommen hatte, mit geistiger Erleuchtung wenig zu tun hatte. Ich fragte mich nur, was das über mich aussagte.

Wolfgang öffnete die Fenster, die zum Garten hinausgingen, dann kam er zu mir und setzte sich auf das Bett. Er zog die Decke beiseite und strich über meinen Körper, bis ich wieder zu zittern begann. «Du bist so schön», sagte er.

Ich konnte nicht glauben, daß ich immer noch nicht genug hatte. «Haben wir nicht eine Verabredung zum Lunch, die wir nicht verpassen sollten?» Es fiel mir schwer, an unsere Vernunft zu appellieren.

«Französinnen kommen immer zu spät.» Er küßte meine Finger, während er mich nachdenklich ansah. «Es liegt etwas in der Luft – ein exotischer, erotischer Duft, den du verströmst und den ich wahnsinnig aufregend finde. Doch ich habe immer das Gefühl, es ist eine Illusion – als würde uns ein magischer Schleier umhüllen, den niemand durchdringen darf, sonst würde der Zauberbann brechen.»

Es war eine ziemlich gute Beschreibung meiner Gefühlslage. Wir bewegten uns von Anfang an in einer Atmosphäre der Unwirklichkeit, die mir nicht ganz geheuer war.

«Es ist erst kurz nach neun», flüsterte Wolfgang an meiner Brust. «Wir könnten das Frühstück auslassen – wenn wir früh Mittag essen ...»

«Aux Deux Magots» ist eines der berühmtesten Cafés in Paris. In den Jahren vor dem Krieg war es ein beliebter Treffpunkt von Künstlern und Literaten, von Hemingway bis Simone de Beauvoir und Sartre. Auch heute wird es immer noch vorwiegend von Intellektuellen und Studenten besucht.

Als wir den Platz vor Saint-Germain-des-Prés überquerten, wo die Kastanien schon zu blühen begannen, entdeckte Wolfgang Zoe an einem Tisch in einer sonnigen Ecke der von Glaswänden umgebenen Terrasse. Wir traten durch das Restaurant ein, vorbei an den berühmten Holzplastiken der zwei «Magier». Diese grotesken orientalischen Figuren in ihren blauen, grünen und goldenen Gewändern thronen inmitten von vergoldeten Spiegeln hoch über der Bar.

Wir gingen auf die verglaste Veranda hinaus. Als wir auf Zoes Tisch zusteuerten, musterte ich meine berüchtigte Großmutter, über die man so viele skandalöse Dinge gesagt und geschrieben hatte. Sie war vielleicht 83, aber wie sie dort saß und ihren Champagner trank – «aufrecht im Sattel», wie Olivier gesagt hätte, mit stolzer Haltung, gepflegtem Teint und einem bemerkenswerten schneeweißen Zopf, der ihr fast bis zur Taille reichte –, konnte ich nur denken daß ihr das Leben mit Wein, Männern und Tanz gut bekommen war.

Als wir ihren Tisch erreichten, sah sie mich forschend an mit aquamarinblauen Augen – ein Blau, das irgendwo zwischen Wolfgangs türkisfarbenen und den berühmten eisblauen Augen meiner Mutter lag. Wolfgang stellte mich vor, rückte mir einen Stuhl zurecht, und ich setzte mich, als Zoe nickte.

«Die Ähnlichkeit ist wirklich bemerkenswert», sagte sie an Wolfgang gewandt, ohne mich aus den Augen zu lassen. Ihr Englisch hatte einen ganz leichten Akzent. «Wie muß Dacian zumute gewesen sein, als er sie das erste Mal sah!»

«Anfangs konnte er kaum sprechen», gab Wolfgang zu.

«Ich will nicht unhöflich sein», erklärte mir Zoe. «Aber weißt du, Pandora war einzigartig. Und es ist bestürzend, jetzt, wo sie tot ist, jemandem zu begegnen, der ihr wie aus dem Gesicht geschnitten ähnlich ist. Es war richtig von dir, daß du den meisten aus deiner Familie aus dem Weg gegangen bist. Bei einem regelmäßigeren Verkehr mit dieser erstaunlichen Nachbildung von Pandora hätten wir vielleicht alle zu Bittersalz oder etwas Stärkerem als Champagner greifen müssen! Sie war eine Wucht, das kann ich dir sagen.»

Zum ersten Mal lächelte sie, und für einen Augenblick sah ich jene träge Sinnlichkeit, für die sie so berühmt war und der sie es verdankte, daß ihr fast vierzig Jahre lang adelige und reiche Männer zu Füßen lagen.

«Hast du meine Großmutter gut gekannt?» fragte ich. Dann erinnerte ich mich, daß Zoe ebenfalls meine Großmutter war, und ich stammelte: «Ich meine –»

Aber sie fiel mir ins Wort. «Ich weiß, was du meinst. Du brauchst dich nicht zu entschuldigen. Eines Tages lernst du vielleicht die wichtigste Lektion, die ich dir geben kann: daß du alles tun und sagen kannst, solange du dich für nichts entschuldigst.» Ich hatte das Gefühl, daß Zoe diese kleine Faustregel mehr als einmal sehr gelegen gekommen war.

Sie winkte dem Ober, damit er Champagner in zwei Gläser füllte, die auf einem Nebentisch für uns bereitgestellt waren. Sie waren schon zum Teil mit einer geheimnisvollen rötlichen Mixtur gefüllt, die der Ober umrührte, während er den Champagner darauf goß.

«Dieses Getränk heißt *la Zoe*», verriet sie uns, «und es bedeutet wie mein Name: Leben. Es wurde eines Abends für mich im ‹Maxim› kreiert – oje, wie lange ist das schon her! Wer in Paris chic sein wollte, trank *la Zoe*. Ich wollte euch im ‹Aux Deux Magots› treffen, um einen Toast auf das Leben auszubringen. Weil niemand so früh auf die Straßenseite herauskommt, können wir uns auch ungestört unterhalten. Und weil hier niemand vor zwei Uhr den Lunch nimmt, habe ich uns für später einen Tisch in der ‹Closerie des Lilas› reserviert. Ich hoffe, ihr habt in eurem Hotel ein anständiges Frühstück bekommen.»

Ich saß da mit steinernem Gesicht und versuchte verzweifelt, beim Gedanken an unser «Frühstück» nicht zu erröten. Wolfgang drückte unter dem Tisch meine Hand.

«Bringen Sie uns bitte ein paar Oliven», sagte er zum Kellner auf französisch, und anschließend meinte er zu Zoe: «In Amerika trinkt man so früh am Tag keinen Alkohol, ohne etwas dazu zu essen.»

Ausgenommen meine trinkfreudige Familie, dachte ich. Wir hoben unsere Gläser und tranken auf das Leben. Beim ersten Schluck schmeckte das fremdartige, berauschende Getränk irgendwie nach Gefahr.

«Ariel...» Zoe sprach meinen Namen aus, als wäre es ihr eigener. Ihre nächsten Worte erklärten den Grund dafür. «Nachdem deine Mutter unsere Verwandtschaft immer verheimlicht hat, weißt du vielleicht nicht, daß ich deinen Namen ausgesucht habe. Errätst du, nach wem du genannt wurdest?»

«Wolfgang hat mir erzählt, Ariel sei ein alter Name für Jerusalem und daß er Löwin Gottes bedeutet», sagte ich. «Aber ich hatte mir immer vorgestellt, ich sei nach dem kleinen Luftgeist Ariel aus Shakespeares ‹Der Sturm› genannt, der von dem Zauberer Prospero gefangengehalten wird.»

«Nein – du wurdest nach einem anderen Geist benannt, der aber nach dem Vorbild jenes ersten erfunden wurde», sagte Zoe. Und dann zitierte sie auf deutsch:

«Ariel bewegt den Sang
In himmlisch reinen Tönen;
Viele Fratzen lockt sein Klang,
Doch lockt er auch die Schönen...

Gab die liebende Natur,
Gab der Geist euch Flügel,
Folget meiner leichten Spur:
Auf zum Rosenhügel!»

«Woraus ist das?» fragte ich.

«Aus ‹Faust›», antwortete Wolfgang. «Es ist die Szene auf dem Brokken, die Walpurgisnacht – ein altes germanisches Fest, das Goethe in seinem Stück heraufbeschwört. Das Wort bedeutet ‹die Nacht, in der sie den Wald säubern› – mit Feuer.»

Zoe sah Wolfgang an, als hätte das, was er eben gesagt hatte, eine zusätzliche, unausgesprochene Bedeutung.

«In diesem Teil des ‹Faust› reinigt Ariel den Faust von allem, was er sich und anderen angetan hat», erklärte sie uns. «Und auf seiner Suche nach höherer Weisheit hatte Faust den anderen oft geschadet. Wißt ihr, daß diese Stelle Wolfs Lieblingsstelle war? Er weinte jedesmal, wenn er sie hörte.» Und dann fügte sie hinzu: «Den meisten ist gar nicht klar, daß er am 30. April 1945 starb – am Vorabend des 1. Mai. Das heißt, er hat sich und Eva in der Walpurgisnacht umgebracht.»

«Wolf?» fragte Wolfgang verständnislos. Er hatte Lafs Geschichte nicht gehört und kannte deshalb auch nicht den Spitznamen, den unsere Familie dem übelsten Tyrannen auf dieser Erde verpaßt hatte. «Am 30. April 1945 hat Hitler Selbstmord begangen. War Hitler ‹Wolf›?»

«Warum nicht?» bemerkte ich. «Wie es aussieht, war er ein Freund der Familie. Es erstaunt mich, daß du noch nichts davon gehört hast.» Aber es gab etwas, wovon *ich* noch nichts gehört hatte, und von mir aus hätte es dabei bleiben können.

«Er war nicht eigentlich ein Freund», entgegnete Zoe bemerkenswert kaltblütig. «Man könnte sagen, er war ein Mitglied der Familie.»

Und während ich mich von dieser Bemerkung zu erholen versuchte, fügte sie hinzu: «Ihr müßt wissen, daß ich ihn seit meiner Kindheit gekannt habe. Wolf war ein ganz normaler Mensch ohne besondere Fähigkeiten oder überdurchschnittliche Bildung. Aber er wußte, daß seine große Stärke in seiner Schlichtheit lag. Ich glaube, das war es, was ihn für viele um so erschreckender machte, denn darunter war etwas Ursprüngliches, das – ohne daß wir es wollen – in uns Anklang findet. Es war nicht nur die Massenhypnose, wie viele gerne glauben. Alles an Wolf war archetypisch: Er berührte in jedem von uns ein Stückchen Wahrheit.» Sie schwieg einige Augenblicke. Bei ihren nächsten Worten lief mir ein kalter Schauder über den Rücken. «Wolf wußte, er mußte den Leuten nur das Gefühl geben, das tun zu dürfen, was heimlich und verborgen in ihren Herzen schlummerte.»

Zoe betrachtete mich kühl mit ihren stahlblauen Augen, während sie ihren pflaumenfarbenen Champagnercocktail trank, der wie Blut aussah. Der Sonnenschein wärmte plötzlich nicht mehr. Laf und alle anderen hatten mich gewarnt, Zoe sei eine überzeugte Nazikollaborateurin gewesen – aber das war, bevor ich hier saß, etwas trank, das nach ihr benannt war, und diese üblen Dinge aus ihrem eigenen Mund hörte. Und es war, bevor ich wußte, daß diese Person meine eigene Großmutter war! Kein Wunder, daß Jersey nichts von ihr wissen wollte. Ich stellte mein Glas ab und wappnete mich innerlich, um ihr offen entgegenzutreten.

«Ich finde, wir sollten etwas klarstellen. Denkst du wirklich, es gibt etwas ‹Ursprüngliches› und ‹Archetypisches›, das gewöhnliche Menschen für den Gedanken an Völkermord empfänglich macht?» fragte ich sie. «Denkst du, dein Freund Wolf war nur ein ganz gewöhnlicher Bursche mit einer Idee, für die die Zeit reif war? Und daß wir nur von einer Autorität die *Erlaubnis* brauchen, damit die meisten Leute ‹Führer, wir folgen dir› skandieren und das gleiche heute wieder tun? Also, ich will dir etwas sagen. Es gibt nichts Ursprüngliches, Archetypisches, bildlich oder biologisch gesprochen, das mich veranlassen könnte, etwas zu tun, ohne mir voll bewußt zu sein, was ich tue und warum ich es tue.»

Ich zwang mich, in die klaren kalten Augen meiner entsetzlichen Großmutter zu schauen. Aber unglücklicherweise hatte sie noch längst nicht alles gesagt.

«Ich hatte gehofft, Wolfgang hätte dir unmißverständlich gesagt, warum ich nach Paris gekommen bin», entgegnete ich kalt. «Ich dachte, du bist vielleicht die einzige lebende Person, die das Geheimnis von Pandoras Erbe und die vielen Geheimnisse rings um sie und unsere Familie herum erklären könnte. Ich bin nicht gekommen, um Nazipropaganda zu hören. Ich bin hier, um die Wahrheit zu erfahren.»

«Du willst, daß alles wahr ist oder gelogen, gut oder böse, weiß oder schwarz. Aber das Leben ist nun mal nicht so – und es ist auch nie so gewesen. Die Samen für beides liegen in jedem von uns, und beide bekommen Wasser und wachsen nebeneinander. Und was unsere Familie – *deine* Familie – betrifft, so gibt es da einiges, vor dem du nicht die Augen verschließen solltest. Es wäre sogar sehr dumm von dir, einfach wegzuschauen, nur weil du die Dinge nicht fein säuberlich sortieren kannst. Es ist nicht immer leicht, die Spreu vom Weizen zu trennen, nicht einmal, wenn die Ernte schon eingefahren ist.»

«Oje, Gleichnisse waren noch nie meine Stärke», sagte ich. «Aber wenn deine Vorstellung von Wahrheit die ist, daß wir alle potentielle Massenmörder sind, sofern wir nicht von der richtigen Heugabel aufgespießt werden, dann bin ich anderer Meinung. Was bringt eine Gruppe von Menschen dazu, zu denken, man könnte eines Morgens aufstehen, die Nachbarn zusammentreiben und sie in einem Holocaust töten – wie es von Anbeginn der Geschichte immer wieder geschehen ist?»

«Das ist nicht die richtige Frage», sagte Zoe, und ich dachte, ich hörte Dacian Bassarides.

«Okay, und wie lautet die richtige Frage?»

«Die richtige Frage lautet: Was bringt die Leute dazu, zu denken, daß sie es *nicht* können?»

Ich sah sie einen ziemlich langen Moment starr an. Zugegeben, es war die richtige Frage. Trotzdem waren Zoes und meine Sicht der Dinge von Anfang an sehr unterschiedlich. Ich ging von der vielleicht naiven Voraussetzung aus, alle Menschen seien von Natur aus gut, aber auch fähig, sich in der Masse von den dunklen, hypnotischen Manipulationen eines einzelnen Mannes zu bösen Taten verführen zu lassen. Zoe – die diesen Mann tatsächlich kannte, das durfte ich nicht vergessen – vertrat den Standpunkt, daß wir mit der Veranlagung für Gutes und Böses geboren wurden und daß es nur eines kleinen Rucks bedurfte, um die Waage auf die falsche Seite zu kippen.

«Kennst du denn überhaupt die Bedeutung des Wortes ‹Holocaust›?» fragte mich Zoe.

«Holo-kaustos», erklärte Wolfgang. «Es ist Griechisch und heißt, ‹vollkommen verbrannt›. Wenn die Griechen ein Tier opferten und meinten, es sei ein gutes Opfer gewesen, dann nannten sie es ‹vollkommen verbrannt›».

Was in Gottes Namen redeten die beiden da? Ich rief mir ins Gedächtnis, daß ich mit diesen beiden Herzchen verwandt war, die hier so ruhig und unbekümmert über den größten Massenmord plauderten, als handelte es sich um einen atavistischen religiösen Ritus. Reichte es denn nicht, darauf hinzuweisen, daß Hitler angeordnet hatte, ihn nach seinem Tod wie ein Marshmallow zu braten, nur damit er im Tod einem sich selbst opfernden teutonischen Helden glich? Es war widerlich genug. Aber was sie jetzt andeuteten, wenn ich sie richtig verstanden hatte, war sogar noch schlimmer.

«Das kann nicht euer Ernst sein», sagte ich. «Ihr wollt doch nicht sagen, Hitlers Tod sei Teil eines scheußlichen Ritus gewesen, zu dem ein riesiges Bultbad gehörte?»

«Es ist ein wenig komplexer», belehrte mich Zoe. «Aber lassen wir das jetzt. Zu Beginn unseres Gesprächs sagte ich, ich würde euch den fehlenden Magus von den *deux magots* erklären, den dritten König. Einige denken, es ist Balthasar, der die bittere Myrrhe schenkte für reumütige Tränen. Aber in Wirklichkeit war es Kaspar, der den Weihrauch brachte: eine Opfergabe.»

«Wie Kaspar Hausers Tod», sagte ich in Erinnerung an die Geschichte, die mir Wolfgang auf der Fahrt nach Stift Melk erzählt hatte.

«Hast du jemals das Grab von Kaspar Hauser in Ansbach besucht?» fragte Zoe. «Es ist in einem kleinen ummauerten Friedhof voller Blumen. Links von seinem Grab ist ein Grabstein, auf dem ‹Morgenstern› steht. Der Morgenstern ist der fünfzackige Stern der Venus. Auf dem Stein rechts davon steht ‹Gehrig› – der ‹Speerträger› oder himmlische Zentaur Schütze, nach dem althochdeutschen Wort *ger*, der Speer. Ob das ein Zufall ist? Bestimmt nicht. Eher wohl eine Botschaft.»

«Eine Botschaft?» sagte ich.

«Der Zentaur opferte sein Leben, um mit Prometheus im Hades den Platz zu tauschen», sagte sie. «Er wird immer noch mit den Sufis und den mystischen Schulen des Ostens in Verbindung gebracht. Der fünfzackige Stern der Venus war das Symbol des Opfers, das für die Einführung in die pythagoreische Geheimlehre erforderlich war. Ich denke, die Botschaft, die am Grab von Kaspar Hauser zu lesen ist, lautet, daß an der Wende eines jeden Zeitalters Opfer gebracht werden müssen – freiwillig oder unfreiwillig.»

Zoe lächelte seltsam. Ihre kalten aquamarinblauen Augen blickten durch mich hindurch.

«Vielleicht war er der symbolische Bote, der für etwas starb, das andere suchten.»

«Und was haben sie gesucht?» fragte ich.

«Das Wissen von der ewigen Wiederkehr – Pandoras magischen Zirkel», sagte Zoe. «Ganz einfach die Lebensfähigkeit nach dem Tod.»

DER BOTE

Zalmoxis ist der Gott der thrakischen Geten. Auf ihn gründen sie ihren Unsterblichkeitsglauben, und ihm bringen sie nach altem Brauche alle fünf Jahre ein Menschenopfer dar…
Sie schicken einen von ihnen als Boten zu Zalmoxis… zu erbitten, was sie sich wünschen… Einige halten die Spieße mit den Spitzen nach oben, während andere den Boten an Händen und Füßen ergreifen und in die Luft werfen über die Speerspitzen. Wird er getötet, glauben sie, der Gott sei ihnen wohlgesonnen, aber wenn er lebt, lasten sie es seinem schlechten Charakter an und schicken einen anderen Boten.
Eine andere Geschichte habe ich von den Griechen gehört:… Zalmoxis war ein thrakischer Sklave des Pythagoras. Von den esoterischen Vorstellungen seines Herrn inspiriert, lehrte er nach der Freilassung seiner Landsleute die Unsterblichkeit und überzeugte sie dadurch, daß er drei Jahre in einem unterirdischen Gemach verborgen geblieben und im vierten Jahr wieder unter ihnen erschienen war.

NACH HERODOT 4,94; 95 *und Der Kleine Pauly, Bd. 5, Zalmoxis*

Und die Jünger, die dem Feuer entkamen, waren Lydis und Archippos und Zalmoxis, der Sklave des Pythagoras, der angeblich die Druiden unter den Kelten die pyhtagoreische Philosophie gelehrt hat.

HIPPOLYTOS, BISCHOF VON ROMANUS PORTO, Philosophumena

Und ich allein bin entronnen, daß ich dir's ansagte.

HIOB, 1:15, 16, 17, 19

CAMULODUNUM, BRITANNIEN:

Frühling, A. D. 60

Fractio

Da sie aber aßen, nahm Jesus das Brot, dankte und brach's und gab's den Jüngern und sprach: Nehmet und esset; das ist mein Leib. Und er nahm den Kelch und dankte, gab ihnen den und sprach: Trinket alle daraus; das ist mein Blut…

Und der Herr Zebaoth wird auf diesem Berge allen Völkern ein fettes Mahl machen, ein Mahl von reinem Wein, von Fett, von Mark, von Wein, darin keine Hefe ist. Und er wird auf diesem Berg die Hülle wegnehmen, mit der alle Völker verhüllt sind, und die Decke, mit der alle Heiden zugedeckt sind. Er wird den Tod verschlingen auf ewig.

JESAJA 25:6–8

Der Anblick des Weidelands, das wie ein dicker grüner Teppich unter ihr hingebreitet lag, tat ihre Seele wohl nach einem weiteren langen und harten Winter unter dem römischen Joch. Sie stand groß und stolz in dem leichten, teils aus Weiden geflochtenen Wagen. Die Zügel lagen locker in ihren Händen, und ihr langes rotes Haar, das ihr über die Schultern fiel, blähte sich im Morgenwind und wogte um ihr Taille.

Das vergangene Jahr war weitaus schlimmer gewesen als die fünfzehn Jahre römischer Knechtschaft davor, denn der junge Kaiser Nero hatte sich als noch habgieriger erwiesen als sein Stiefvater Claudius vor ihm, den Nero angeblich selbst ermordet hatte.

Die Britannier waren auf brutale Weise von Scharen römischer Kolonisten enteignet worden, die sich im Schutz der Besatzungstruppen sicher fühlen konnten. Erst wenige Monate zuvor, nach dem Tod ihres Mannes, waren sie, die stolze Icenerfürstin sowie ihre beiden jungen Töchter, von römischen Offizieren vergewaltigt, aus dem Haus geschleppt und öffentlich mit Eisenstangen geschlagen worden. Ihr Landbesitz war im Auftrag des Kaisers konfisziert, und das gesamte Hab und Gut ihrer Familie, wie das so vieler anderer, war nach Rom transportiert worden. Und trotzdem hatte sie noch Glück gehabt, denn überall wurden Britannier gefangen und als Sklavenarbeiter verkauft, die man zum Bau römischer Städte, römischer Garnisonen, römischer Wasserleitungen und römischer Straßen brauchte. Was war ihnen als Britannier noch geblieben? Sie hatten nur noch die Wahl zwischen Freiheit oder Tod.

Während die Rosse stampften und schnaubten, stand sie schweigend neben ihren Töchtern im Wagen und sah hinunter auf die Menschen, die sich im weiten Rund um das offene Feld geschart hatten und erwartungsvoll zu ihr aufblickten.

Als schließlich alle still waren, schlang sie die Zügel um den Knauf und öffnete die Falten ihrer mehrfarbigen Tunika. Sie nahm das Kaninchen heraus und hielt es in die Höhe, damit es alle sehen konnten. Es war ein schneeweißes heiliges Tier, das die Druiden eigens für diesen Zweck gezüchtet hatten. Von den rund achtzigtausend Menschen, die sich hier versammelt hatten – Männer, Frauen und Kinder – war kein einziger Laut zu hören. Nur das Wiehern eines Pferdes unterbrach die Stille. Dann ließ sie das Kaninchen laufen.

Zuerst saß das Tier wie betäubt auf dem grünen Hügel, während unten Tausende von Menschen standen und warteten, stumm und reglos wie ein steinerner Wald. Dann rannte es plötzlich los, den Hügel hinunter und schnurstracks über das freie Feld – ein kleiner weißer Fleck auf grünen Grund. Es rannte nach Südwesten – weg von der Sonne – und als die Menschen das sahen, stießen wie wie mit einer Stimme einen Schrei aus, und dann jubelten sie und warfen ihre Decken in die Luft.

Denn sie hatten gesehen, daß das prophetische Kaninchen geradewegs in die Richtung von Camulodunum rannte. Wenn sie sich beeilten, konnte Boudiccas Heer, das hier versammelt war, Camulodunum vor Einbruch der Dunkelheit erreichen. Und bis zum Morgengrauen würden sie sechzehn Jahre Mißbrauch und Mißhandlung in einer Orgie von römischem Blut von sich und ihrem Land reingewaschen haben.

INSEL MONA (ANGELESEY), BRITANNIEN

Frühling, A. D. 60

Consignatio

Hier am Ende der Welt, auf der letzten Insel der Freiheit, haben wir, geschützt durch unsere Abgeschiedenheit und Zurückgezogenheit, in Frieden gelebt bis zu diesem Tag. Nun liegen die meisten Gebiete Britanniens brach ... nichts als Meer und Fels und feindliche Römer, die sich von ihrer Überheblichkeit weder durch Entgegenkommen noch durch bescheidene Zurückhaltung abbringen lassen. Raubtiere der Welt ... Weder der Osten noch der Westen hat sie satt gemacht ... Plündern, morden, stehlen – diese Dinge bezeichnen sie irrigerweise als Imperium. Sie haben die Welt zu einem Ödland gemacht, und das nennen sie Frieden.

TACITUS; Agricola *zitiert den britannischen Stammesfürsten Calgacus über die Römer*

Es ist das primäre Recht der Menschen, für das Land, in dem sie leben, zu sterben und zu töten, und alle Angehörigen ihres eigenen Volkes, die sich die Hände am Herd der Eindringlinge gewärmt haben, mit ungewöhnlicher Härte zu bestrafen.

WINSTON CHURCHILL,
A History of the English-Speaking Peoples

Sueton Paullinus wußte sehr wohl, daß es hier nicht nur um eine kurzzeitige Unterwerfung der Eingeborenen ging. Er hatte seine Laufbahn als Kommandant der römischen Truppen in Mauretanien begonnen, wo er im Atlasgebirge die Berberaufstände niederschlug, und viele Feldzüge mitgemacht, so daß er für einen Krieg auf schwierigem Gelände und auf einen sich leidenschaftlich wehrenden Gegner vorbereitet war.

Aber in den zwei Jahren, seit er im Auftrag von Kaiser Nero das Amt des Statthalters in Britannien ausübte, war er zu der Erkenntnis gelangt, daß sich die Druiden von seinen bisherigen Gegnern wesentlich unterschieden.

Sie waren, ob männlich oder weiblich, Herrscher und Seher zugleich und besetzten die höchsten Priesterämter im Land. Von ihrem Volk wurden sie beinahe wie Götter verehrt. Sueton war sich klar, daß es auf Dauer gesehen nur einen Weg gab, um mit ihnen fertig zu werden: Man mußte sie völlig vernichten.

Ihr bedeutendstes Heiligtum lag unmittelbar vor der Küste von Cambria (Wales) auf der Insel der Mona – der Kuh, wie der Spitzname für Brighede, eine der Demeter ähnliche Mond- und Fruchtbarkeitsgöttin, lautete. Sie glaubten, diese Göttin würde sie beschützen, und ihre in der Schlacht gefallenen Krieger würden aus dem Kessel der Göttin verjüngt wiedergeboren. Der unterirdische Gang zu dem Kessel lag unter einem See nahe bei Monas heiligem Grab.

Sueton Paullinus hatte zwei Jahre gebraucht, um herauszufinden, wann der günstigste Zeitpunkt für einen Angriff auf diese vor der Küste liegende Festung sein würde. Schließlich erfuhr er, daß sich alle Druidenfürsten einmal im Jahr am 1. Tag des römischen Monats Mai auf Mona versammelten. Es war der Tag, den die Kelten *Beltaine* nannten wegen der *taine* oder Feuer, die sie in der Nacht zuvor entzündeten, um vor dem alljährlichen Besuch der Großen Mutter, die den Monat der Fruchtbarkeit einleiten würde, die heiligen Haine zu reinigen. Der 1. Mai war für die Druiden der heiligste Tag des Jahres, an dem niemand arbeitete oder Waffen trug – und deshalb konnte Sueton hoffen, daß sie an diesem Tag am wenigsten auf einen Angriff vorbereitet sein würden.

Er ließ Flachboote bauen, um seine Truppen über die schmale, aber wegen des oft starken Seegangs schwer zu befahrende Meerenge überzusetzen. In der Dämmerung am Vorabend des 1. Mai umrundeten sie in der schäumenden See die Südspitze der Insel, um im Westen, auf der vom Festland abgewandten Seite, bei Holy Head zu landen.

Als sich ihre Boote näherten, waren die Feierlichkeiten des Reinigungsrituals bereits im Gang, obwohl es noch nicht ganz dunkel war. Schattenhafte Gestalten bewegten sich mit brennenden Fackeln durch die Haine am Ufer. Die Sonne sank langsam ins blutrote Meer, als die römischen Soldaten durch die Brandung wateten, um ihre Schiffe auf den

Strand zu ziehen. Doch plötzlich hielten sie inne, als sie sahen, was ihnen entgegenkam.

Eine ganz in Schwarz gekleidete Menschenmenge rückte wie eine Mauer gegen sie vor. Die männlichen Priester hoben die Arme zum Himmel und schrien ihnen Flüche und Verwünschungen entgegen. Dazwischen liefen wie schwirrende Insekten Frauen umher mit wild wehenden Haaren und brennenden Fackeln, und dann stürzten sie plötzlich wie Furien kreischend über den steinigen Strand direkt auf die römischen Soldaten zu.

Suetons Offiziere mußten zusehen, wie ihre Soldaten stehenblieben, eingeschüchtert und wie gelähmt von einer Horde brüllender Harpyien, die geradewegs aus dem Hades zu kommen schienen. Da rannte Sueton nach vorn zwischen die Front und die anstürmenden Frauen. Über den Lärm der Druiden hinweg brüllte er den Soldaten Befehle zu, fluchte und tobte, bis sich schließlich die Offiziere entschlossen, seinem Befehl zu folgen. «Schlagt sie tot!» schrien sie ihren Männern zu. «Schlagt sie tot!»

Die Frauen mit den Fackeln kamen auf sie zu. Ihr Gekreisch und die wütenden Schreie der Druidenpriester dröhnten den Soldaten in den Ohren.

Im letztmöglichen Augenblick griffen sie an.

Josef von Arimathäa stand neben Lovernios am Rand der Klippe. Als die Schreie vom Strand dort unten an sein Ohr drangen, wandte er sich voller Entsetzen Lovernios zu.

«Wir müssen ihnen helfen!» rief er und packte seinen Freund am Arm. «Sieh doch! Wir müssen etwas tun! Sie verteidigen sich nicht einmal! Die Römer stecken sie mit den Fackeln in Brand – ihre Haare, ihre Kleider! Sie schlagen sie kurz und klein!»

Der Druide rührte sich nicht. Er zuckte nur leicht zusammen, als er über dem entsetzlichen Lärm und den Schreien das Klirren der Äxte hörte und begriff, worauf die Römer wirklich aus waren: Sie zerstörten den heiligen Hain.

Lovernios sah Josef nicht an, und er blickte nicht auf das Gemetzel am Strand, wo nicht nur sein Volk, sondern auch alles, woran sie geglaubt und was sie in Ehren gehalten hatten, vernichtet wurde. Es war das Ende ihrer Lebensweise, sogar das Ende ihrer Götter. Lovernios blickte hinaus auf das Meer, als könnte er in der westlichen Dämmerung einen anderen Ort sehen, eine andere Zeit in der fernen Vergangenheit oder einer noch ferneren Zukunft. Als er schließlich sprach, klangen seine Worte dumpf und wie von weit her, wie das Echo aus einem tiefen bodenlosen Brunnen.

«Als Esus starb, hattest du die Kraft deiner Weisheit», sagte er zu Josef. «Du hast gewußt, was zu tun war, und du hast es getan. Du versuchst, die Bedeutung seines Lebens und Sterbens zu verstehen, und du hast in diesen fast dreißig Jahren nie damit aufgehört. Echte Weisheit liegt aber nicht nur in der Erkenntnis, was getan oder nicht getan werden kann, sondern auch im Wissen, was getan werden *muß* – und, wie du selbst mir vor vielen Jahren gesagt hast, in der Erkenntnis des *kairos*, des richtigen Augenblicks.»

«Bitte, Lovernios, dies *ist* der richtige Augenblick. Mein Gott!» rief Josef.

Aber er mußte selbst erkennen, daß die Situation vollkommen hoffnungslos war. Er fiel auf die Knie, vergrub das Gesicht in den Händen und betete, während sich das Krachen der sterbenden Bäume in das furchtbare Schreien der Menschen mischte. Er hörte ihre gemeinsamen Todesschreie, die wie Geister über das Wasser wehten. Dann spürte Josef eine tröstende Hand auf seinem Haar, und die Stimme von Lovernios klang seltsam ruhig, als hätte er eine Hoffnung gefunden, die außer ihm niemand sah.

«Die Götter fordern zwei Dinge von uns», sagte Lovernios. «Wir müssen sofort, noch heute nacht, aufbrechen und alle die mächtigen Gegenstände, die wir besitzen, opfern. Wir müssen sie in das heilige Wasser des Llyn Cerrig Bachs werfen, in den See der kleinen Steine.»

«Und was dann?» flüsterte Josef.

«Wenn sich dann das Blatt nicht wendet», sagte Lovernios ernst, «kann es sein, daß wir den Boten senden müssen...»

Der Bote aus dem Süden war an der gegenüberliegenden Seite der Insel kurz nach Sonnenaufgang angekommen, während Sueton Paullinus zusah, wie der letzte Baum fiel. Es war ein alter Baum, den zu fällen seine Legion die ganze Nacht benötigt hatte.

Der Baum hatte einen Umfang von über sechzig Fuß. Als er jetzt auf der Seite lag, war er so hoch wie eines der dreistöckigen Gebäude, die sie an der afrikanischen Küste gebaut hatten, als er in Mauretanien stationiert war. Wie alt konnte ein Baum werden, fragte sich Sueton Paullinus. Würde er so viele Ringe haben wie die Anzahl der Leben, die seine Soldaten in der vergangenen Nacht getötet hatten? Würde der Tod dieses Baumes endlich den Tod der Druiden bedeuten – was diese Druiden ja selbst zu glauben schienen?

Doch dann wandte sich Sueton praktischeren Dingen zu. Er befahl, die schwarz gekleideten Leichen der toten Druiden einzusammeln und zu verbrennen. Dann fiel ihm ein, was ihm der Kaiser eigens aufgetragen hatte, und er schickte einen Kundschaftertrupp in das Innere der Insel. Nero hatte geschrieben, nach dem, was er von seinem verstorbenen Stiefvater (und Großonkel) Claudius wisse, habe er Grund zu der Annahme, daß die Druiden viele wertvolle Schätze in solchen Festungen wie auf Mona aufbewahrten, und er wolle sofort von solchen Funden unterrichtet werden.

Nachdem die Befehle zur Ausführung dieses wichtigen Auftrags erteilt waren, erinnerte sich Sueton Paullinus des Boten und ließ ihn zu sich bringen. Der Soldat sah ziemlich mitgenommen aus nach seiner langen Reise. Die nasse Kleidung und das ungepflegte Aussehen des Mannes, so wurde ihm gemeldet, sei außerdem auf die Tatsache zurückzuführen, daß er auf seinem Pferd vom Festland auf die Insel geschwommen und eben erst angekommen sei.

«Laß dir Zeit und komm erst einmal zu Atem», sagte Sueton beruhigend zu dem Boten. «So aufregend deine Nachricht auch ist, schlappmachen darfst du erst, wenn du sie abgeliefert hast.»

«Camulodunum –» keuchte der Bote.

Sueton bemerkte erst jetzt, wie krank der Mann aussah. Seine Lippen waren blutverkrustet, und die Augen irrten ziellos umher.

Sueton ließ dem Mann einen Beutel mit Trinkwasser geben. Als er getrunken und Staub und Salz aus der Kehle gewaschen hatte, nickte der Statthalter und befahl dem Mann fortzufahren. Aber der Bursche machte noch immer einen verwirrten Eindruck. Obwohl alle seine Männer abgehärtete Soldaten waren, fragte sich Sueton, ob diesen hier vielleicht der Anblick der Leichen, in denen sie praktisch wateten, um den Verstand gebracht hatte.

«Also, was bringst du?» fragte Sueton in forderndem Ton. «Du bist viele Meilen geritten, und das auf halsbrecherische Weise. Du hast mir etwas Wichtiges über Camulodunum zu melden.»

«Alle sind tot», krächzte der Bote. «Tausende – Zehntausende – alle tot. Und die Stadt, der Tempel des Claudius – bis auf die Grundmauern verbrannt!» Der Mann begann zu weinen.

Sueton, der zunächst überrascht war, schlug dem Burschen zornig rechts und links ins Gesicht. «Du bist Soldat! Im Namen Jupiters, nimm dich zusammen. Was war in Camulodunum los? Ein Erdbeben? Ein Feuer?»

«Ein Aufstand, Herr», stieß der Bote hervor. «Es waren die Icener und Trinobanten – vielleicht auch einige andere britannische Völker – wir wissen es nicht genau –»

«Und wo war die neunte Legion Hispana?» fragte Sueton mit eisiger Stimme. «Hat der Legat seine Toga geflickt, während barfüßige Eingeborene die Städte verbrannten, die er verteidigen soll?»

«Es sind keine barfüßigen Provinzler, Herr, sondern voll bewaffnete Truppen – vielleicht zweitausend oder mehr», berichtete der Soldat. «Der Legat Petillius Cerialis selbst hat mich zu dir geschickt, Herr. Ich bin quer durch das Land geritten, so schnell ich konnte. Die halbe neunte Legion ist vernichtet – 2500 Mann. Ich war auch dabei, als sie versucht haben, die Stadt zu retten. Der Procurator Decianus ist mit seinen Offizieren aufs Festland geflohen, und Petillius ist in seiner eigenen Festung eingeschlossen, wo er auf Verstärkung wartet, um die er dich bittet.»

«Unsinn. Wie können eine Handvoll ungebildeter Britannier eine halbe römische Garnison vernichten und das Oberhaupt der Kolonialregierung vertreiben?» sagte Sueton voller Verachtung und spuckte aus. «Sie sind nicht einmal gute Sklaven und noch weniger gute Soldaten.»

«Aber sie haben viele Waffen, Pferde und Wagen», erklärte der Soldat. «Die Frauen kämpfen an der Seite der Männer und sind noch bösartiger als diese. Die Greueltaten, die ich in Camulodunum gesehen habe, Herr, sind fast unbegreiflich. Sie haben ohne Unterschied Alte und Junge, Zivilpersonen und Soldaten, Mütter und Kinder erschlagen, sofern sie nur Römer waren oder mit uns zusammengearbeitet haben. Ich habe die Leichen von römischen Frauen gesehen mit durchbohrten Säuglingen an der Brust! Und Männer, die neben den Straßen gekreuzigt waren und denen man – mögen die Götter mir verzeihen – die Geschlechtsteile abgeschnitten und in den Mund gesteckt hatte, während sie noch atmeten.»

Der Bote schwieg. In seinen Augen stand trotz der weiten und anstrengenden Reise, die er hinter sich hatte, noch immer das blanke Entsetzen.

Sueton seufzte. «Und welcher großartige Feldherr hat sie bei diesem Unternehmen geführt?» fragte er.

«Boudicca, die Icenerfürstin, Herr. Sie ist die Anführerin», antwortete der Bote.

«Diese Wilden sind einer *Frau* in die Schlacht gefolgt?» rief Sueton Paullinus und wirkte zum ersten Mal richtig erschrocken.

«Herr», sagte der Bote, «der Kommandant Petillius bittet dich, daß du schnell kommst. Nach dem, was ich gesehen habe, ist der Aufstand noch längst nicht vorbei. Er wächst, je mehr Blut vergossen wird. Camulodunum ist verloren. Jetzt rücken sie gegen Londinium vor.»

LONDINIUM, BRITANNIEN

Frühling, A. D. 61

Commixtio

Sehr viele Arten der Massenvernichtung von Menschen hat es gegeben und wird es geben, die größten durch Feuer und Wasser, andere, geringere, durch tausend andere Unglücksfälle.

Platon, Timaios

Londinium war nicht die größte Stadt in Britannien gewesen und auch nicht die älteste oder bedeutendste – das wußte Josef von Arimathäa. Aber sie war eine der schönsten am breiten, friedlichen Busen des großen Mutterflusses. Als er heute zum letzten Mal am Ufer entlangging, gab es kein Londinium mehr. Von einer blühenden Kolonie war nichts als eine dicke Schicht roter Asche übriggeblieben.

Josef sah, wie die Römer auf der anderen Seite des Flusses ihre aneinandergeketteten Zwangsarbeiter durch die Trümmer trieben. Und er begriff, wieviel bei der Zerstörung dieser Stadt verlorengegangen war – und wie lange die Britannier für diesen wenn auch gerechtfertigten Racheakt würden zahlen müssen.

Als die Römer erkannten, daß die Stadt nicht zu verteidigen war, hatten sie sie aufgegeben, bis sie eine größere Streitmacht beisammen hatten. Nun, nach der Zerstörung von drei römischen Städten, darunter auch Verulamium, war der Aufstand niedergeschlagen. Die Rebellen konnten sich gegen die gut ausgerüsteten und ausgebildeten römischen Legionen nicht behaupten. Sie wurden gegen ihre Wagen gedrängt und niedergemacht mitsamt ihren Pferden und Packtieren. Boudicca beging Selbstmord durch Gift.

Weil die Rebellen im vergangenen Frühjahr vor der Feldbestellung zu ihrem Rachefeldzug aufgebrochen waren, hatte es keine Ernte gegeben, und den ganzen Winter über herrschte Hungersnot. Nun gab es für die Römer ein schier unerschöpfliches Angebot an einheimischen Sklavenarbeitern, bei dem jede Kolonie gedeihen mußte. Und es kamen mehr Siedler als in der Zeit vor dem Aufstand ins Land. Die Römer würden Londinium bald wieder aufbauen, dachte Josef, diesmal aus festen und dauerhaften Steinen und Ziegeln statt aus Lehm und Flechtwerk. Es würde Befestigungsanlagen geben und Garnisonen. Und den fadenscheinigen Anschein von Höflichkeit, den sich die Römer bislang gegenüber den Einheimischen gegeben hatten, konnten sie sich nun auch schenken.

Als er in jener Mordnacht auf der Insel Mona die von ihm als heilig verehrten Gegenstände des Meisters zusammen mit den heiligen Gegenständen der Druiden in den Llyn Cerrig Bach geworfen und zugesehen hatte, wie sie im dunklen Wasser des Sees verschwanden, da hatte er gewußt, daß dies das Ende einer Ära war. Aber was von all dem, das sie einst erhofft und geplant hatten, war wirklich erreicht worden? Was würde aus den Gegenständen werden, von denen der Meister gewollt hatte, daß sie sie sicher aufbewahrten? Würden sie je wiederauftauchen? Würde der Meister je wiederkommen?

Dreißig Jahre waren seit dem Tod des Meisters vergangen. Josef war jetzt fast siebzig, und alles, wofür er gekämpft hatte und was er erhalten wollte, schien unter seinen Füßen weggeschwemmt zu werden. Als er zum Beispiel letztes Jahr in den Süden Britanniens zurückgekommen war, mußte er feststellen, daß die kleine Kirche, die er in Glastonbury errichtet hatte, wie fast alles hier im Süden während des Aufstands zerstört und verbrannt worden war.

Es schien, als ob alles, wofür er gelebt und wofür der Meister gestorben war, wie eine Wolke über ihn hinwegzog und am Horizont verschwand. Sogar jene Worte des Meisters, für deren Bewahrung Josef und Miriam so lange gekämpft hatten, befanden sich wieder in Tonzylindern verstaut in einer Höhle in den kambrischen Bergen. Und da ihnen eine so stolze mündliche Überlieferung fehlte, wie sie die Druiden gepflegt hatten, die die Worte und Taten des Meisters für immer im Gedächtnis bewahren würden, schien ihrer aller Leben in jenes Niemandsland irgendwo zwischen Erinnerung und Mythos zu rücken.

Eroberer schrieben Geschichte, so hieß es häufig – aber Geschichte, dachte Josef, war etwas, das bereits geschehen war, etwas Vergangenes und Abgeschlossenes. Und was war die Zukunft? Um das herauszufinden, kehrte er jetzt in den Norden zurück.

Denn die Druiden, die ihm in den vergangenen dreißig Jahren geholfen hatten, die Philosophie des Meisters hier in Britannien sowie jenseits der Meerengen in Hibernia (Irland) und Gallien zu verbreiten, wurden heute von den Römern wie wilde Tiere gejagt. Aber ihr tief religiöses Gefühl für das Leben und das Land, ihre alte keltische Kultur und jener merkwürdige Hang zum Mystizismus, den sie bei sich und anderen nährten, ließen Josef hoffen, sie könnten ihn vielleicht wieder mit der Botschaft in Verbindung bringen, die ihm der Meister vor so vielen Jahren aufgetragen hatte – vielleicht sogar mit dem Meister selbst. Deshalb hatte er sich als Bote angeboten.

Zum ersten Mal seit dreißig Jahren wußte Josef mit Sicherheit, daß ein Ereignis von großer Bedeutung bevorstand – ob in gutem oder schlechtem Sinn, konnte er nicht sagen.

BLAKE LAKE, BRITANNIEN

Beltaine, A. D. 61

Die Sendung des Boten

Alle guten Dinge, liebe Klea, müssen vernünftige Menschen von den Göttern erbitten.

PLUTARCH; Isis und Osiris *zu Klea, Priesterin von Delphi*

Es war Mitternacht, als die römischen Wachposten abzogen. Erst jetzt konnten sie es wagen, ein Feuer zu machen. Der Rest des Stammes blieb noch in einiger Entfernung im schützenden Dunkel des Waldes.

Josef stand mit drei anderen eigens ausgewählten Männern neben dem Feuer und sah schweigend zu, wie Lovernios, dessen Haut im Feuerschein wie Bronze glänzte, etwas Wasser aus dem See mit dem Mehl von fünf Getreidesorten mischte und einen Fladen zubereitete, den er in feuchte Blätter wickelte und in die heiße Asche legte. Als der Fladen gebacken war, rollte er ihn auf und ließ eine Ecke ein wenig anbrennen. Dann brach er den Fladen in fünf Stücke, vier gebackene und ein verbranntes, und legte sie in eine Schüssel.

Jedem der Männer, die beim Feuer standen, hielt er die Schüssel hin, und jeder nahm sich ein Fladenstück heraus. Lovernios nahm sich das letzte. Als Josef seine Hand öffnete, sah er, daß er nicht das geschwärzte Stück bekommen hatte. Halb erleichtert, halb unbehaglich sah er die anderen an, während einer nach dem anderen aufblickte. Dann lächelte der große junge Mann, der den gleichen roten Haar- und Bartwuchs hatte wie sein Vater Lovernios. Er hob den Handteller, auf dem das geschwärzte Fladenstück lag, und zeigte es allen. Sein Lächeln war so strahlend, daß es Josef für einen Augenblick an den Meister erinnerte.

Josef wäre nie eingefallen, die Zeremonie zu stören, was auch geschehen würde, aber er hatte nicht erwartet, daß Belinus derjenige sein würde. «Nein!» hörte er sich laut sagen.

Lovernios legte beruhigend die Hand auf Josefs Arm. Dann warf er den anderen Arm um die Schulter seines Sohnes und drückte ihn mit einem fast stolzen Blick an sich.

«Laß es mich sein», sagte Josef leise zu Lovernios. «Nicht deinen Sohn. Er ist erst dreiunddreißig Jahre alt und hat noch sein ganzes Leben vor sich. Ich bin fast siebzig und ein Versager.»

Lovernios warf den Kopf in den Nacken und lachte laut, was Josef unter diesen Umständen unpassend fand.

«Wenn das so ist, mein Freund», sagte er zu Josef, «warum hast du dich dann angeboten? Was könntest du uns oder gar den Göttern als Versager nützen? Belinus ist der richtige Mann – stark, gesund, makellos. Und er kann der vollkommene Diener sein. Er kann sich dem Willen der Götter unterwerfen. Frag ihn, ob er nicht glücklich ist, uns als Bote zu dienen.»

Plötzlich sah Josef wieder den Meister vor sich, wie er beim letzten Abendmahl den anderen die Füße gewaschen hatte. Er fragte sich nur, warum er immer weinen wollte, wenn er an etwas tief Bewegendes dachte, statt sich angeregt oder beflügelt zu fühlen. Belinus lächelte Josef fast glückselig zu, während er sich das angekohlte Fladenstück in den Mund schob. Als er es gegessen hatte, umarmte er Josef und wiegte ihn sanft an seiner breiten Brust.

«Josef, Josef», sagte er. «Weißt du, ich werde nicht sterben. Ich gehe ins ewige Leben. Du mußt dich mit mir freuen. Wenn ich deinen Esus drüben sehe, werde ich ihn von dir grüßen.»

Josef hielt sich die Hand über die Augen und schluchzte, aber Belinus sah Lovernios nur mit einem belustigten Achselzucken an, was soviel besagte wie: Nun lebt er seit Jahren bei den Druiden und denkt immer noch wie ein Heide oder ein Römer.

Während Josef versuchte, seine Fassung wiederzuerlangen, bedeutete Lovernios seinen Kelten, sie könnten jetzt aus dem Wald herauskommen. Einer nach dem anderen trat an Feuer, um sich segnen zu lassen. Dann trugen sie ihre Schätze aus Gold und Kupfer zum Seeufer und übergaben sie dem Wasser. Als sie alle Gefäße, Halsringe und selbst Sklavenketten versenkt hatten, reihten sie sich hinter Lovernios ein und zogen vom Feuer weg um den See herum zu der Niederung, wo die Torfmoore lagen. Wolkenschleier schoben sich über den Mond und tauchten das Land in ein unheimliches Halbdunkel.

Am Rand des bodenlosen Moors kniete Belinus nieder und hob die Hände. Die zwei jüngeren Männer, die sich neben Josef und Lovernios ebenfalls freiwillig für diese Rolle gemeldet hatten, zogen Belinus die Kleider aus. Lovernios wartete, bis sein Sohn völlig nackt war; dann reichte er ihm das Band aus Fuchspelz, und Belinus streifte es sich über den Arm. Er senkte den Kopf und legte die Hände auf den Rücken, um sich mit Lederriemen fesseln zu lassen. Nachdem ihm die Männer eine Lederschlinge um den Hals gelegt hatten, sagte Belinus über das Moor gebeugt.

«Mutter, in deine Hände empfehle ich meinen Geist.»

Josef hatte das Gefühl, als schnitten Messer in seine Seele. Mit angehaltenem Atem sah er zu, wie Lovernios nach dem weichen Ledersack griff und das rasiermesserscharfe Jagdbeil herausnahm. Er hielt es hoch über den Kopf und hob die Augen zum Himmel. Da kam der Mond zwischen den Wolken wieder zum Vorschein und überflutete die Landschaft mit seinem Licht. Die Kelten standen schweigend am Rand des Moors. Josef kamen sie vor wie ein Wald aus betenden Bäumen. Dann rief Lovernios mit singender Stimme:

«Das ist der Tod durch Feuer. Durch den Blitz des Gottes empfehlen wir dich Tarani.»

Belinus zuckte nicht zurück, als das Beil niederfuhr. Es war ein schneller und sicherer Schlag – und doch dachte Josef, er hätte ihn einmal keuchen gehört, als die scharfe Klinge mit einem knirschenden Geräusch seinen Hinterkopf traf. Belinus fiel vornüber auf das Gesicht.

Die zwei jüngeren Männer traten rasch hinzu und strafften die Halsschlinge, während Lovernios das Beil mit einem kräftigen Ruck aus dem Kopf seines Sohnes zog.

«Das ist der Tod durch Luft», sagte Lovernios. «Wir empfehlen dich Esus.»

«In der Stille hörte Josef das knackende Geräusch, als der Luftröhrenknorpel brach.

Nun hoben die zwei Männer, unterstützt von Josef, den schlaffen, aber schönen Körper von Belinus vom Boden auf und hielten ihn mit dem Gesicht nach unten über das moorige Wasser. Lovernios sprach die letzten Worte, die in dieser Nacht gesprochen wurden:

«Das ist der Tod durch Wasser. Wir empfehlen dich Teutatas.»

Der Leichnam sank ins Moor, wo er wie von der Erde verschluckt spurlos verschwand.

Doch kurz vorher meinte Josef etwas gesehen zu haben, das sich in dem moorigen schwarzen Wasser bewegte. Er dachte, er hätte den Gott gesehen, wie er den Körper des Belinus mit ausgebreiteten Armen empfing – und lächelte.

UTOPIA

Ich hielt es für meine Pflicht gegenüber meinen Mitmenschen, diese Hinweise als Vorwarnung vor der Kommenden Rasse *aktenkundig zu machen.*

Edward George Bulwer-Lytton

Die «Closerie des Lilas» ist nach wie vor eines der hübschesten Restaurants in Paris und zu jeder Jahreszeit verschwenderisch mit Blumen geschmückt. Wir hatten einen Tisch neben der Terrasse, wo sich Glyzinien am Gitterwerk rankten.

Zoe sagte, sie habe unser Essen schon im voraus bestellt. Als der Sommelier den Wein gebracht und Zoe gekostet hatte, kehrte sie zu unserem Thema zurück: die Familie.

«In der Nähe des San Bernardino entspringen vier Flüsse» begann sie. «Vor hundert Jahren gab es dort oben eine utopische Gemeinschaft. Meine Großmutter Clio, eine Frau, die nicht berühmt wurde, aber für unsere Familie von ungeheurer Bedeutung ist, lebte dort lange Jahre mit meinem Großvater Erasmus Behn, einem der Gründer der Gemeinschaft.»

Das erinnerte mich plötzlich an das, was Dacian Bassarides über Utopien gesagt hatte, als wir in Wien vor der Hofburg standen: daß Idealisten, die die Welt verbessern wollen, häufig damit beginnen, indem sie eine bessere menschliche Rasse zu züchten versuchen.

«Es sollte eine vollkommene Welt sein, dort droben auf dem Berg – die Rückkehr zu einem goldenen Zeitalter», sagte Zoe. «Im vorigen Jahrhundert suchten alle so etwas, und viele tun es heute noch. Aber wie gesagt, das Leben ist weder einfach noch ausschließlich schwarz oder weiß. Es kann durchaus sein, daß die Sehnsucht meines Großvaters nach Utopia das Grundübel war für all das Unglück, das folgte.»

Ich weiß nicht mehr, was wir bei diesem Lunch gegessen haben, aber von Zoes Geschichte habe ich kein Wort vergessen. Als sich immer mehr Teilchen zusammenfügten, sah ich allmählich, wie eine Familie, die eine kleine Rolle spielte, tatsächlich der Dreh- und Angelpunkt sein konnte –

die Achse, um die sich die Dinge drehen wie die Tiere auf einem Karussell und wie der Tierkreis um den Stern an der Schwanzspitze des Kleinen Bären.

Ich hörte mit großem Interesse zu, als Zoe vom Garten Eden unserer Familie – das heißt, bis zu der Zeit vor dem Sündenfall – zu erzählen begann.

Meine Großmutter Clio, sagte Zoe, war das einzige Kind einer Schweizer Familie, die sich, wie viele wohlhabende Familien damals, mit wissenschaftlichen Dingen beschäftigte. Dazu gehörten Reisen und die Erforschung von versunkenen Reichen und Kulturen. Auch Clio interessierte sich für die Antike. Aber sie stöberte nicht nur in Büchern, sondern widmete sich auch der erst kürzlich entdeckten Feldarchäologie.

Als sie zwanzig Jahre alt war, hatte sie mit ihrem Vater bereits zahlreiche Reisen in exotische und weit abgelegene Gegenden der Welt gemacht. Sie schloß sich dem autodidaktischen Archäologen Heinrich Schliemann an, der als Heereslieferant im Krimkrieg ein Vermögen gemacht hatte und es bei groß propagierten und opportunistischen Suchen nach den einstigen Königreichen von Mykenae und Troja ausgab.

Clio hatte alte Sprachen gelernt und war den Ursprüngen vieler Dinge nachgegangen, von denen sie aus modernen Dokumenten aus Gräbern und Höhlen erfahren hatte. Sie nutzte dieses Wissen mit einigem Erfolg zur örtlichen Bestimmung von Stätten einstiger Macht und Größe und bei der Suche nach kostbaren Gegenständen – so wie Schliemann allein durch das sorgfältige Studium der klassischen Literatur schließlich die Gräber von Mykenae fand, die den größten Hort antiker Schätze enthielten.

Clio heiratete 1866 im Alter von 21 Jahren einen Niederländer, der wie Schliemann durch den Krieg reich geworden war und in Schliemanns archäologische Projekte investiert hatte. Dieser Mann war Erasmus Behn. Er war Witwer und hatte einen kleinen Sohn, Hieronymus, der eines Tages mein Vater sein sollte. Ähnlich wie das große Vermögen, das Heinrich Schliemann mit Heereslieferungen verdient hatte, fast ausschließlich zur Plünderung früherer Kulturen genutzt wurde, war das Vermögen meines Großvaters Erasmus Behn zu nichts Geringerem vorgesehen als einer vollständigen Umwandlung der menschlichen Zukunft, die ganz nach *seiner* Vorstellung geformt werden sollte – und zu noch etwas mehr.

Erasmus Behn hatte auch Geld in jene utopische Gemeinschaft in der Schweiz gesteckt, die auf zahlreichen neuen Theorien basierte einschließlich jener der «Auslese», dem genetischen Aussondern und Auswählen oder der Zuchtwahl, die im damaligen Bereich des wissenschaftlichen Interesses eine große Rolle spielte. In solchen utopischen Gemeinschaften wurde experimentiert, um verbesserte Erbanlagen bei Pflanzen und Tieren zu erreichen, und Erasmus verbrachte jeden Sommer in den Alpen, um seine Investition zu begutachten.

Clio war das alles verhaßt. Sie war in einer protestantischen Familie aufgewachsen und zu Toleranz und Großzügigkeit erzogen worden. Der Mann, den sie geheiratet hatte, war reich und intelligent, und er sah auch gut aus, aber es dauerte trotzdem nicht lang, bis sie sich über Erasmus Behn keine Illusionen mehr machte – besonders nicht über seine Ansichten zur Perfektionierung der Welt. Sie erkannte bald, daß sie an einen harten, bornierten Mann geraten war, der Frauen und Kinder für bewegliches Eigentum hielt und sich und seinesgleichen nahezu jedem anderen haushoch überlegen fühlte.

Clio entdeckte auch bald, daß Erasmus sie nicht wegen ihrer rotblonden Schönheit, ihres gesunden Körpers oder ihres klugen Verstandes geheiratet hatte, sondern um sich das große Vermögen zu sichern, das sie als einziges Kind nach dem Tod ihres Vaters erben würde – und mehr noch wegen der historisch wertvollen Sammlung von Artefakten, Talismanen und Schriftrollen, zu der sie ebenfalls auch einen Teil beigetragen hatte und die sie ebenfalls von ihrer Familie erben würde.

Erasmus schien fasziniert, ja geradezu besessen von der Idee, mehr über die Geheimnisse der Vergangenheit zu erfahren sowie über Kräfte, die in der Zukunft erlangt werden könnten, während er das, was die Gegenwart von ihm verlangte, vernachlässigte. Als Clio zwei Jahre nach ihrer Hochzeit eine Tochter zur Welt brachte, betrachtete Erasmus seine ehelichen Pflichten als erfüllt. Wenn man den Sohn aus seiner früheren Ehe hinzuzählte, hatte er dies sogar zweimal getan. Obwohl dies eine Situation schuf, die im vorigen Jahrhundert in den Ehen der höheren Schichten gang und gäbe war, sollte unsere Familiengeschichte bald eine sehr merkwürdige und ganz andere Wendung nehmen.

Die Sommer verbrachte Erasmus mit Clio in den Bergen bei seiner utopistischen Gemeinde. Bald wurde klar, daß er es sich nicht mehr leisten konnte, weiterhin Jahr für Jahr Geld in das Projekt zu stecken. Doch in dieser Region interessierte ihn noch etwas anderes. Hier in der Nähe gab es etwas, das sich von großem Wert erweisen könnte: heidnische Schreine und Höhlen, von denen einige bis in die Zeit des Neandertalers zurückreichten und aufgrund ihrer Unzugänglichkeit weitgehend unbekannt und unerforscht waren. Nur eine Gruppe Zigeuner hielt sich manchmal im Sommer dort in der Nähe auf. Erasmus sah schon goldene Artefakte und hatte eine Menge Rosinen im Kopf. Er meinte, er würde etwas ganz besonders Wertvolles finden, etwas von großer Macht, und interessanterweise stimmte ihm Clio zu.

Er mußte sie nicht lange bitten, sich um die Unterstützung der Zigeuner zu bemühen, denn die Archäologie war ihre große Liebe. Im Sommer nach der Geburt ihrer Tochter brach sie mit ihren Helfern auf. Während sie die alpinen Höhlen erforschte, stellte Clio fest, daß die Zigeuner ungewöhnlich viel sowohl über die Bedeutung als auch den geschichtlichen Hintergrund der Artefakte wußten, die sie ans Tageslicht förderten. Sie begann, immer mehr von ihrer Sammlung den Zigeunern zur Aufbewahrung zu überlassen, denn es war nicht nur die Lebensweise dieses Volkes, die sie faszinierte.

Clios Expeditionen mit den Zigeunern gingen bald über den ursprünglich geplanten Rahmen hinaus. Sie kehrte mit interessanten Objekten und Keramikfunden zurück. Das ungewöhnlichste Stück, das sie in einer Höhle zwischen Interlaken und Bern gefunden hatten, war die Statue einer alten Bärengöttin mit einem Totembären. In derselben Höhle hatten sie in größerer Tiefe Tonkrüge gefunden, die sehr alt aussahen und Schriftrollen enthielten, die sie sofort zu entziffern versuchte.

Bei ihrer Rückkehr in die Niederlande in jenem Herbst mußte Clio feststellen, daß Erasmus einige ihrer Dokumente und Artefakte an sich genommen und mehrere sogar verkauft hatte, um seine Finanzen aufzubessern. Noch ärgerlicher war, daß er sich auch viele ihrer Notizen und Übersetzungen der Dokumente angeeignet hatte, die sie historisch für besonders wertvoll hielt.

Als sie Erasmus zur Rede stellte, konterte er, indem er auf die Schriftrollen hinwies, die sie in den Händen der Zigeuner gelassen hatte. Er hatte gehofft, sie könnten zu weiteren Schätzen führen, und als ihr rechtmäßiger Gatte bestand er darauf, daß sämtliche Funde ihm gehörten. Daraufhin packte Clio heimlich die Schätze, die sich noch in ihren Händen befanden, zusammen und verwahrte sie in einem Tresor.

Während des nächsten halben Jahres wurde Erasmus' neunjähriger Sohn Hieronymus Zeuge der häufigen und erbitterten Streitereien zwischen seinem Vater und einer, wie er es sah, widerborstigen Stiefmutter, die sich nicht dem Willen ihres Mannes beugen wollte. Dieser Zank pflanzte einen Samen in seine junge Seele, der später aufging und gefährliche Früchte trug.

Im Sommer 1879, als Hieronymus zehn und seine kleine Stiefschwester knapp zwei Jahre alt war, starb Clios Vater, und seine reiche Sammlung an Manuskripten und Objekten gelangte in ihren Besitz. Das Geld hatte er vernünftigerweise als Treuhandvermögen angelegt zur alleinigen Nutzung von Clio und ihren Nachfahren – und er hatte einen Brief hinterlassen, der nur von ihr geöffnet werden durfte. Aufgrund dieses Briefes plante Clio eine ausgedehnte Reise mit den Zigeunern über die Schweizer Grenze nach Italien: die Kinder sollten bei ihrem Vater bleiben. Aber diesmal bestand Erasmus darauf, sie zu begleiten. Er hatte den Verdacht, daß seine junge Frau noch mehr Funde zurückhielt – und er glaubte zu wissen, warum.

Dann verschwand Clio einfach eines Nachts mit den Zigeunern und hinterließ nur die Nachricht, sie würde bis Ende des Sommers zurück sein. Aber dazu sollte es nie kommen. Von diesem Zeitpunkt an folgte wie von einer unsichtbaren Hand gelenkt ein Ereignis auf das andere.

Am 19. Juli 1870 brach der Deutsch-Französische Krieg aus. Die utopische Gemeinde löste sich auf, als bedingt durch den Krieg von draußen kein Geld mehr kam. Erasmus Behn – mit zwei Kindern in seiner Obhut, einer vermißten Frau und schwindendem Vermögen – beeilte sich, nach Hause zu kommen, um die Dokumente und Artefakte von Clio, die sich noch in seinem Besitz befanden, in Sicherheit zu bringen für den Fall, daß die Niederlande von feindlichen Truppen überrannt würden.

Erasmus wurde verwundet, als er das Kampfgebiet zwischen der Schweiz und Belgien durchquerte. Mit Müh und Not erreichte er mit den Kindern die Heimat, bevor er starb. Das wenige Geld, das noch vorhanden war, verwendete die Kirche am Ort für die Erziehung des Sohnes; und die Tochter aus der Ehe mit Clio kam in ein Findelhaus. Es scheint das Schicksal unserer Familie zu sein – wie das vieler anderer Familien –, durch Kriege getrennt zu werden. In diesem Fall jedoch werden wir nie genau wissen, ob Clios dauerhafte Trennung von Erasmus

Zufall oder Absicht war. Wäre sie zurückgekommen, wenn der Krieg nicht dazwischengekommen wäre?

Acht Jahre nach dem Tod von Erasmus Behn beendete sein Sohn Hieronymus die Schule und begann mit der Ausbildung zum calvinistischen Geistlichen, dem einzigen Beruf – ausgenommen das Militär – der einem Jungen mit begrenzten finanziellen Mitteln offenstand. Diese Ausbildung bestärkte ihn nur noch in den Ansichten und Meinungen, die er im Lauf der zehn Jahre, die er mit seinem Vater verbrachte, übernommen hatte. Die strengen Prinzipien, die er von der Kirche eingeschärft bekam, wurden in der Tat seine erste Passion.

Hieronymus Behn nahm es seiner Stiefmutter Clio sehr übel, wie sie sich benommen hatte. Für ihn war sie diejenige, die ihn und seinen Vater aller Dinge beraubt hatte, für die sie nach calvinistischer Auffassung «auserwählt» waren. Sie hatte seinen Vater in Kriegszeiten verlassen, ihn bestohlen und sich mit Zigeunern aus dem Staub gemacht. Und insgeheim hegte er einen noch schlimmeren Verdacht, denn wer weiß, wozu die ungezügelten Leidenschaften eine solche Frau verleitet hatten. Hätte doch nur sein Vater bei dieser Frau die Oberhand gewonnen, wie es sein Recht gewesen wäre, in den Augen Gottes und des Gesetzes! Alles, was Clio besaß, hätte nach Hieronymus' Auffassung nun *ihm* gehören sollen.

Statt dessen, argumentierte er, hatte er wegen seiner Stiefmutter nur eine Armenausbildung erhalten. Um das Schicksal seiner Halbschwester, die Gott weiß wohin fortgeschickt worden war, machte er sich keine Gedanken. Schließlich floß in ihren Adern auch Clios Blut. Was er wollte, war sein Erbe. Er hatte die Papiere seines Vaters, die die Kirche für ihn aufbewahrt hatte, genau studiert und verfügte nun über eine ausgezeichnete Vorstellung von der Art und dem Wert jener Artefakte und Dokumente, die seine Stiefmutter gesammelt hatte und die sie seinen Vater weder sehen noch verkaufen lassen wollte. Inzwischen, so rechnete er, würden sie noch mehr wert sein, weil man den Wert solcher Dinge besser schätzen gelernt hatte. Er war entschlossen, seine Stiefmutter zu finden und sein Recht einzufordern. Dieser Tag der Abrechnung würde vielleicht Jahre auf sich warten lassen – aber er würde kommen.

Im Jahr 1899 wurde überall in Europa der Beginn des letzten Jahrhunderts unseres Jahrtausends gefeiert, das eigentlich erst 1901 begann. Das Schloß Schönbrunn wurde zum ersten Mal mit elektrischem Licht beleuchtet. Riesenräder drehten sich in vielen Städten. Wissenschaft und Technik blühten.

Doch keine der neuen Erfindungen fand in der Presse und beim Publikum so viel Beachtung wie die Entdeckung eines einzigen Gegenstands aus antiker Zeit. Am Weihnachtstag 1899 reparierten Arbeiter eine Wasserleitung in den Kellern der Festung Hohensalzburg und entdeckten dort eine große goldene Schale, von der man glaubte, daß sie aus der Zeit 1000 v. Chr. stammte.

Sachverständige wurden herangezogen, und es entstanden verschiedene Theorien über die Herkunft der Schale. Einige glaubten, sie stamme aus dem ersten Tempel Salomos; andere, sie habe zu den Gegenständen gehört, die für das Goldene Kalb eingeschmolzen und später in ihrer ursprünglichen Form wiederhergestellt worden waren. Einige behaupteten, die Formgebung sei griechisch, andere plädierten für makedonisch oder phrygisch. Nachdem diese Kulturen über Jahrtausende hinweg Handelsbeziehungen miteinander hatten, konnte man übereinstimmend nur feststellen, daß die Schale alt war und orientalischen Ursprungs. Sie sollte den ganzen Januar 1900 in der Hohensalzburg ausgestellt werden, bevor sie nach Wien in die Schatzkammer gebracht wurde.

Hieronymus Behn, inzwischen fast vierzig, hatte die vergangenen zwanzig Jahre damit verbracht, die Frau zu suchen, die sein Erbe gestohlen und ihm praktisch das Leben verdorben hatte. Als er in der niederländischen Presse die Berichte über die Salzburger Schale las, wußte er, wo er sie finden würde. Eine der seltenen Schriftrollen, die sich sein Vater von Clio aneignen konnte, befand sich noch in Hieronymus' Besitz, zusammen mit der einzigen Kopie von Clios umfangreichen Forschungen über dieses Dokument. Wenn er sich nicht irrte, bezog sich diese Schriftrolle direkt auf die kürzlich aufgetauchte Schale.

Er fuhr mit dem Zug von Amsterdam nach Salzburg, wo er einen Tag vor Eröffnung der Ausstellung eintraf. Vom Bahnhof aus ging er zu Fuß zur Burg hinauf, wo er sich sofort an den Kurator wandte. Es war nicht die Schale, die ihn interessierte, sondern die Frau, die sicherlich nach Salzburg kommen würde, um die Schale zu besichtigen. Hieronymus mußte nur schnell genug den richtigen Köder auslegen.

Nachdem er dem Kurator die seltene Schriftrolle überreicht hatte, gab er ihm auch Clios Forschungsarbeiten, von denen er behauptete, es wären die seines verstorbenen Vaters, Erasmus Behn, einem bekannten Förderer Schliemanns. Hieronymus ging bereitwillig auf die Forderung des Museums ein, das die Echtheit dieser Dokumente beglaubigen lassen wollte. Er bat nur, daß man bei der Eröffnung auf ihren allgemeinen Inhalt hinweisen und den Namen ihres Spenders, seines verstorbenen Vaters, nennen sollte. Nachdem Hieronymus die Forschungsnotizen genau gelesen hatte, wußte er, wenn sie auftauchten, würden sie nicht nur große Aufmerksamkeit erregen, sondern auch seine Stiefmutter herbeilocken.

In der Schriftrolle, die Clio und ihr Vater in einem alten Tonkrug im Heiligen Land gefunden hatten, hieß es, die Schale sei in der griechischen Antike eine Verzierung auf einem Schwert gewesen; später habe sie sich im Schatz von Herodes dem Großen befunden. Während der Herrschaft des Herodes Antipas lagerte der Schatz im Palast von Machairus, wo um die gleiche Zeit Johannes der Täufer gefangengehalten und enthauptet wurde. Später brachte Antipas die Schale nach Rom, wo sie durch die Hände der Kaiser Caligula, Claudius und Nero ging.

Clio hatte anschließend Nachforschungen angestellt, aus denen hervorging, daß Nero die Schale im Glauben, sie besitze ungewöhnliche geheime Eigenschaften, von Rom nach Subiaco in eine berühmte Orakelhöhle bringen ließ, die gegenüber von seinem Sommerpalast auf der anderen Seite des Tales lag. Nach Neros vorzeitigem Tod blieb sie nahezu fünfhundert Jahre unberührt in der Höhle. In dieselbe Höhle zog sich 500 n. Chr. Benedikt von Nursia während seines Einsiedlerlebens zurück. Laut Clio ging die Schale dann in die Hände des Benediktinerordens über.

Das erste Wiedersehen zwischen Hieronymus Behn und seiner Stiefmutter Clio verlief anders, als es sich beide vielleicht vorgestellt hatten. Clio, trotz ihrer 55 Jahre noch eine schöne Frau, und er, ein blonder, sehr gutaussehender Mann von knapp vierzig, waren ein bemerkenswertes Paar. Aber Hieronymus mußte ziemlich schnell feststellen, daß nicht nur er den Wunsch hatte, für erlittenes Unrecht entschädigt zu werden.

Clio erklärte ihm, daß sie nach jenem Sommer wie versprochen in die utopistische Gemeinde zurückgekommen war, jedoch erfahren mußte, daß es die Gemeinde wegen fehlender finanzieller Unterstützung nicht mehr gab und daß ihr Mann mit den Kindern in die Niederlande zurückgekehrt war. Nach dem Krieg wandte sie sich an die niederländische Regierung und erhielt den Bescheid, daß ihre Familie im Kriegsgebiet als vermißt gemeldet worden war und wahrscheinlich nicht mehr lebte.

In den dreißig Jahren, in denen Hieronymus Clio gehaßt und an Entschädigung und Vergeltung gedacht hatte, lebte sie in der Schweiz bei den Zigeunern in dem Glauben, die Behns seien längst tot. Vor kurzem hatte sie in Erinnerung an das einzige Kind, das sie hatte, sogar ein junges Mädchen adoptiert und begonnen, sie in den gleichen Sprachen und Forschungsmethoden zu unterrichten, die Clio in ihrer Jugend unter der Anleitung ihres Vaters erlernt hatte.

Als sie hörte, daß ihre leibliche Tochter lebte, aber vor dreißig Jahren in einem Waisenhaus untergebracht worden war – und daß Hieronymus Behn in all den Jahren nichts unternommen hatte, um seine Schwester zu finden –, begriff Clio, daß dieser Mann nicht nur so gut aussah wie sein verstorbener Vater, sondern ebenso kaltblütig und selbstsüchtig war. Sie schlug ihm einen Kompromiß vor.

Sie erklärte ihm, daß sie ihm nichts schulde, weil er kein leiblicher Verwandter von ihr sei. Wenn er jedoch seine Verbindungen innerhalb der calvinistischen Kirche nützen würde, um das Waisenhaus zu finden, in das man seine Schwester gebracht hatte – wenn er sie finden und in die Schweiz bringen würde, so daß sich Mutter und Tochter endlich wiedersehen könnten, würde Clio ihnen beiden aus ihrem eigenen Vermögen eine hübsche Summe zukommen lassen. Hieronymus war sofort einverstanden. Aber mit dem, was als nächstes kam, hatte er bestimmt nicht gerechnet.

Zoe legte eine Pause ein. Die Atmosphäre zwischen uns dreien war so spannungsgeladen, daß man meinte, sie mit Händen greifen zu können. «Die Halbschwester, die mein Vater suchen sollte», fuhr Zoe fort, «und die er zum Leidwesen beider fand, war die Frau, die bald seine Ehefrau werden sollte – Hermione.»

Wolfgang sah Zoe mit einem Ausdruck an, den ich mir nicht erklären konnte. Dann verengten sich seine Augen: «Willst du damit sagen, deine Eltern –»

«Waren Halbbruder und Halbschwester», sagte Zoe. «Aber ich bin noch nicht fertig.»

«Also ich habe genug gehört», sagte ich.

Das also war der Grund, warum unsere Familienbeziehungen all die

Jahre unter der Decke gehalten wurden. Ich wollte aufstehen und das Lokal verlassen. Aber Zoe war unerbittlich.

«Diese Manuskripte wurden dir anvertraut», sagte sie. «Aber du wirst sie weder schützen noch nützen können, wenn du nicht alles weißt.»

Aus dem Augenwinkel sah ich, wie Wolfgang nach seinem Weinglas griff und einen kräftigen Schluck nahm. Er hatte sich die ganze Zeit sehr still verhalten. Ich fragte mich, wie ihm zumute war – schließlich war Zoe auch seine Großmutter – und ich hoffte nur, daß dies die letzte Kröte war, die Zoe uns zu schlucken gab.

«Über seine Verbindung mit der calvinistischen Kirche», erzählte Zoe weiter, «machte Hieronymus das Waisenhaus ausfindig und erfuhr, daß seine Halbschwester Hermione im Alter von sechzehn Jahren zusammen mit anderen Mädchen als Burenbräute nach Südafrika geschickt wurde. Der Krieg war vorüber. Also nahm er ein Schiff zum Kap, um sie zu suchen.» Zoe sah mich scharf an, und dann fuhr sie fort. «Christian Alexander war gerade an den Folgen einer Kriegsverletzung gestorben. Hermione erbte sein Vermögen einschließlich großer Anteile an Minen und Schürfrechten, aber sie war auch mit einem zweiten Kind schwanger. Sie war außer sich vor Kummer und Sorge wegen ihrer Zukunft als Witwe mit zwei Kindern in einem von Krieg zerrissenen Land. Als der verblüffend gutaussehende Hieronymus Behn auftauchte und behauptete, er sei ihr Cousin –»

Warte! rief mein Gehirn. Ich mußte das erst auf die Reihe kriegen! Außerdem stimmte hier etwas nicht. Aber diesmal wußte ich, was es war.

«*Zwei* Kinder», sagte ich entsetzt. «Du meinst, Christian Alexander war der Vater von *beiden* Söhnen, die Hermione geboren hatte – von Lafcadio *und* Earnest? Aber wie konnte das sein?»

«Das ist die Lüge, die hinter all dem lauert», sagte Zoe. «Earnest hat die Wahrheit über die Vergangenheit unserer Familie ans Licht gebracht. Es hat ihn viele Jahre gekostet herauszufinden, wie man ihn und Lafcadio betrogen hatte – warum man sie in der Kindheit getrennt und über Earnests Herkunft belogen hatte. Dabei waren sie Brüder und Söhne derselben Eltern – von Hermione und Christian Alexander. Earnest kam nach Europa und stellte Pandora zur Rede. Sie muß das alles gewußt haben, sagte er. Warum also hatte sie ihm nichts gesagt?»

«Ich denke, das gleiche können wir dich fragen», sagte ich zu Zoe. «Erzähl es uns, aber von Anfang an.»

Und sie erzählte.

«Als Hieronymus Behn im Sommer 1900 nach Südafrika kam, war er fast vierzig Jahre alt, ein calvinistischer Geistlicher, dessen weltliche Absichten darin gipfelten, seine Halbschwester zu finden, sie zu ihrer Mutter Clio zu bringen und sich damit die Erbschaft zu verdienen, die ihm seine Stiefmutter seiner Meinung nach schuldete.

Er fand seine schöne blonde Schwester, eine steinreiche Witwe von zweiunddreißig Jahren, die Bergwerke und Land besaß, ein sechs Monate altes Kind hatte (Onkel Lafcadio) und ein weiteres Kind (Onkel Earnest) erwartete. Hieronymus sah hier ungeheure Möglichkeiten für sich, und so beschloß er kurzerhand, zwei Fliegen mit einer Klappe zu schlagen.

Er behauptete, Hermiones Cousin zu sein, der sie seit Jahren gesucht habe, und ließ sie glauben, er habe sich leidenschaftlich in sie verliebt. Hermione, die zwei Jahre alt war, als sie ins Waisenhaus kam, konnte unmöglich wissen, daß dieser Mann, der sich als ihr Cousin ausgab, in Wirklichkeit ihr Halbbruder war. Er eroberte ihr Herz im Sturm. Innerhalb weniger Wochen waren sie verheiratet, und er übernahm die Verwaltung des gesamten Eigentums von Hermiones verstorbenem Ehemann.

Aber Hieronymus wußte, daß er ihre wahren verwandtschaftlichen Beziehungen offenbaren mußte, bevor er Hermione nach Europa brachte; andernfalls würde er sein und Hermiones Erbe nicht von Clio einfordern können. Und es gab noch ein Problem: Wenn Hermione ihre wiedergefundene Mutter von ihrer Eheschließung mit Hieronymus unterrichtete, würde die versprochene Erbschaft mit Sicherheit platzen; und Hermione, die dann erfahren würde, wie er sie getäuscht hatte, könnte versuchen, die Heirat wegen Blutsverwandtschaft für ungültig erklären zu lassen. Eine Annullierung würde allerdings schwierig werden, wenn sie bereits ein gemeinsames Kind hätten.

Nun bestand jedoch die Möglichkeit, daß sie kein Kind bekommen würden. Um sich auch für diesen Fall abzusichern, überredete er Hermione, *ihn* als legitimen Vater von Earnest auf dem Geburtsschein anzugeben, sozusagen als gemeinsames Liebespfand. Erst als Earnest Jahre später entdeckte, daß er nur *ein* Jahr jünger war als Lafcadio – und nicht zwei, wie man ihm immer gesagt hatte – wurde er mißtrauisch und begann, Nachforschungen anzustellen.»

Auch für mich fügte sich nach diesen Enthüllungen vieles zusammen. Zum Beispiel ergab es jetzt einen Sinn, daß der kleine Lafcadio, sobald er ins schulreife Alter kam, an einen Ort wie Salzburg geschickt wurde, wo er niemanden kannte. Wenn er in Südafrika geblieben wäre, hätte er früher oder später von anderen Einzelheiten über die Situation nach dem Tod seines Vaters gehört, über die rasche Heirat seiner Mutter und seines Stiefvaters und den merkwürdigen Zeitpunkt von Earnests Geburt. Es klang auch plausibel, daß Hieronymus, als Hermione mit Zoe schwanger wurde, mit der ganzen Familie nach Wien umzog, wo niemand ihren familiären Hintergrund kannte und wo, nach Lafs Darstellung, Hermione eine Gefangene in ihrem eigenen Haus wurde.

Angesichts dieses Szenarios war es verständlich, daß Laf sich über mein Treffen mit Zoe so aufregte – ganz zu schweigen von seiner Abneigung gegen ihre Person, die offensichtlich von Anfang an bei ihm bestand. Schließlich verkörperte sie den Beweis der inzestuösen Beziehung seiner Mutter. Aber obwohl sich der Nebel da und dort lichtete, schien er an anderen Stellen dichter zu werden.

«Wo paßt denn nun Pandora in all das hinein?» fragte ich Zoe.

«Es gab jemand», sagte Zoe, «der Hieronymus und Hermione als Bruder und Schwester kennengelernt hatte und Jahre später als Ehepaar wiedersah. Es war das Kind, das Clio in der Schweiz adoptiert hatte, um sich über den Verlust ihrer Tochter hinwegzutrösten, und das sie ganz unter ihre Fittiche genommen hatte. Als Hieronymus Behn schließlich mit Hermione zu dem versprochenen Wiedersehen mit ihrer Mutter in die Schweiz kam, unterschrieb Clio die Papiere, mit denen sie einen großen Teil ihres Vermögens ihrer Tochter und ihrem Stiefsohn übertrug, ohne zu wissen, was die beiden sonst noch verband. Als sie abreisten, stellte sich heraus, daß Hieronymus – wie sein Vater vor ihm – einige jener alten Schriftrollen mitgenommen hatte, von denen er meinte, sie sollten nach der göttlichen Vorsehung ihm gehören, die aber inzwischen Clios Adoptivtochter gehörten. Obwohl diese viele Jahre brauchte, um sie aufzustöbern, fand sie sie schließlich. Dieses Kind war Pandora.»

Der Rest der Geschichte ergab sich von selbst nach dem, was ich von Laf, Dacian und anderen bereits wußte: Wie Hieronymus das Kind, das er nur kurz kennengelernt hatte, in der schönen erwachsenen Pandora nicht wiedererkannte; wie Pandora mit Hilfe von Wolfs Studienfreund Gustl in Wien in das Haus der Behns gelangte und sich mit der gefangenen Hermione anfreundete, deren Adoptivschwester sie war; wie Pandora Hieronymus erpreßte, so daß er den jungen Lafcadio an Hermiones Sterbebett holen mußte. Aber hier war immer noch etwas unklar. Laut Dacian zwang Hieronymus Pandora, ihn zu heiraten, und als sie etwas gestohlen hatte, das ihm sehr wertvoll war, warf er sie auf die Straße. Aber war denn damals nicht auch Zoe mit Pandora und den Zigeunern davongelaufen? Und wenn Lafs Geschichte zutraf, waren nicht beide Mädchen von Anfang an recht gut bekannt mit Adolf Hitler?

«Wo hängt dies alles mit Hitler zusammen?» fragte ich Zoe. «Nach allem, was du erzählst, müssen es Clios Manuskripte gewesen sein, die dann wieder in Pandoras Hände gelangt waren. Aber selbst wenn dein Freund Wolf hinter ihnen her war – warum machte er Spaziergänge mit euch oder nahm euch in die Hofburg mit, um das Schwert und die Lanze zu besichtigen? Wieso war er so dick befreundet mit Pandora und Dacian, obwohl er wußte, daß sie Roma waren?»

«Als Wolf mit Pandora und Dacian zum ersten Mal in Salzburg zusammentraf», antwortete Zoe, «erfuhr er, daß sie Hieronymus Behn suchten – den Mann, der zwölf Jahre zuvor mit den Enthüllungen über die mögliche Geschichte und Herkunft der Schale von Johannes dem Täufer enormes Aufsehen erregt hatte. Wolf hatte als elfjähriger Junge die ausgestellte Schale zusammen mit seiner Schulklasse besichtigt. Seitdem träumte er davon, sie selbst zu besitzen. Als er dann in Wien lebte, hatte er eine Menge über den Hintergrund der Familie Behn erfahren. Obwohl es nie bewiesen wurde, bin ich überzeugt, daß mein Vater einer von Wolfs frühesten und mächtigsten Anhängern wurde. Und wie du gesagt hast – Wolf wußte auch viel über Pandoras Hintergrund. Dacian mußte nach Südfrankreich fliehen, wo ich ihm dank meiner eigenen etwas ungewöhnlichen Verbindungen während des Krieges helfen konnte. Und Wolf sorgte dafür – obwohl er die Sache immer herunterspielte, daß Pandora den ganzen Krieg über unbehelligt in Wien bleiben konnte, obwohl er wußte, daß sie und Dacian Roma waren. Denn er glaubte, sie allein habe den Schlüssel zu einer Macht, nach der er suchte.»

«Du sagst, sie waren Roma – aber was bedeutete das?» fragte Wolfgang in merkwürdigem Tonfall. Er war während dieses letzten Teils der Geschichte immer stiller geworden.

«Sie waren Zigeuner», antwortete Zoe, und dann fuhr sie an mich gewandt fort: «Das Kind, das Clio adoptiert hatte, Pandora, war die kleine

Nichte von Aszi Atzingansi, einem Mann von vornehmem Roma-Blut, der ihr geholfen hatte, viele alte Texte zu bergen, darunter die Orakel von Cumae. Obwohl es durch nichts bewiesen ist, glaubte Pandora immer, Aszi sei auch Clios große Liebe gewesen. Wie ich Wolfgang schon letztes Jahr erzählt habe, nachdem er mich in einem Heurigenlokal in Wien ausfindig gemacht hatte, sind es die ältesten Seelen, die das alte Wissen bewahren und lebendig erhalten. Pandora war eine solche alte Seele, wie die meisten der Roma. Dacian lag sehr viel daran, daß ich dich kennenlerne, denn er glaubt, du seist ebenfalls eine –»

«Einen Augenblick, bitte», mischte sich Wolfgang erneut ein, aber diesmal entschiedener. «Du willst mir doch nicht erklären, daß Pandora und Dacian Bassarides – die Eltern von Augustus Behn und die Großeltern von Ariel – tatsächlich Zigeuner waren?»

Zoe sah ihn mit einem merkwürdigen kleinen Lächeln an und hob eine Augenbraue.

Aber war es nicht Wolfgang, der mich Dacian vorgestellt hatte? Dann erinnerte ich mich mit einem gewissen Unbehagen, daß Dacian nichts von Zigeunervorfahren in Wolfgangs Gegenwart erwähnt hatte. Und als ich mir vergegenwärtigte, wie freimütig Dacian andere Themen behandelt hatte – das Schwert und die Lanze – und sogar unser Versteck für Pandoras Manuskripte nicht vor Wolfgang verheimlichte, erschien mir die Tatsache, daß er Wolfgang für den Teil unseres Gesprächs über die Familie weggeschickt hatte, plötzlich erschreckend bezeichnend, und dies um so mehr, als Zoe rätselhaft hinzufügte:

«Deine Mutter wäre stolz auf dich gewesen.»

Ich war mindestens ebenso erschöpft wie Wolfgang, nachdem wir wochenlang in Europa und der Sowjetunion herumgereist waren, ganz zu schweigen von unserem Datenoverload. Kurz nach dem Essen auf der ersten Flugstrecke unserer beinahe 24stündigen Rückreise nach Idaho schlief er ein.

Ich wollte jedoch die momentane Ruhe nutzen, um alles, was wir erfahren hatten, noch einmal Revue passieren zu lassen. Also bestellte ich mir einen starken schwarzen Kaffee und versuchte, mich zu konzentrieren.

Ich hatte keine Ahnung, wo ich anfangen sollte; vielleicht am besten dort, wo die Geschichte für *mich* angefangen hatte, denn das wußte ich.

Ich war zum ersten Mal in dieses Labyrinth geraten in der Nacht, als ich von Sams Beerdigung nach Hause kam und beinahe im Schnee ertrunken wäre. Dann hatte ich das klingelnde Telefon abgenommen und von meinem Vater erfahren, daß ich vielleicht etwas sehr Wertvolles geerbt hatte, auf das ich nicht gefaßt war: Pandoras Manuskripte.

Aber nun kam mir plötzlich der Gedanke, daß ich vielleicht von diesem ersten Anruf an keineswegs die Wahrheit gesucht hatte, wie ich ständig behauptete, sondern statt dessen jedesmal, wenn sie mir direkt ins Gesicht starrte, schnell die Augen zumachte. Es gab etwas, das alle diese scheinbar unzusammenhängenden Dinge verband, und obwohl es mir vorkam, als wühlte ich in einem riesigen Haufen einzelner Puzzleteilchen – ich mußte das fehlende Teilchen finden.

Und genau in diesem Augenblick sah ich es.

Die ganze Zeit hatte ich sortiert und verworfen und war dieser und jener Spur nachgegangen, statt mir das anzusehen, was Sam das «tantra» des Ganzen nannte – die Fäden, die das Bild zusammenhielten, so wie in den östlichen Kulturen das Tantra das Schicksal mit Leben und Tod verband. Sam sagte, das Tantra würde es sogar im Tierreich geben. Eine weibliche Spinne würde den Spinnenmann nicht fressen, wenn er das Netz auf demselben Weg verließ, auf dem er gekommen war und damit bewies, daß er das Muster erkannte. Nun, auch ich hatte endlich ein Muster erkannt, das ich die ganze Zeit übersehen hatte.

Obwohl mir jeder in meiner Familie Geschichten erzählt hatte, die vielleicht mit denen der anderen Verwandten nicht völlig übereinstimmten, gab es nur eine Person, dessen Geschichten *in sich* nicht stimmten, die irgendwie hingebogen und unecht wirkten. Und auch wenn sich die Geschichte oder die Herkunft jedes einzelnen inzwischen anders darstellte, als man mich früher glauben machte, gab es einen, wie mir jetzt klar wurde, von dem ich so gut wie nichts genau wußte. Jeder hatte mich von Anfang an vor ihm gewarnt, sogar seine eigene Schwester.

Es war der Mann, der hier neben mir im Flugzeug saß und seinen Kopf mit den dunklen Haaren an meine Schulter lehnte. Es war mein Kollege, Cousin und einstweiliger Liebhaber Wolfgang K. Hauser aus Krems in Österreich. Obwohl ich geglaubt hatte, in Wolfgang den Mann meiner Träume gefunden zu haben, mußte ich im hellen Licht der Wirklichkeit zugeben, daß jede seiner Lügen zu einer weiteren Lüge geführt hatte, von dem Augenblick an, als er unerklärlicherweise nach Idaho gekommen war, während ich in San Francisco auf Sams Beerdigung war.

In Verbindung mit jener Beerdigung fiel mir ein, was Sam mir über den Arbeitgeber von Olivier und Theron Vane gesagt hatte – und was im Widerspruch zu dem stand, was Wolfgang behauptet hatte. Sam sagte, alle Vereinbarungen seien von den höchsten Ebenen der US-Regierung abgesegnet gewesen. Und hatte nicht Zoe darauf hingewiesen, daß Wolfgang *sie* in Wien ausfindig gemacht hatte, um Informationen zu erhalten, während er die Sache andersherum darstellte?

Aber die bitterste Pille für mich war der Gedanke, daß Wolfgang sich praktisch vor meiner Nase Pandoras Manuskripte angeeignet hatte und dies mit der gleichen Geschicklichkeit, mit der er sich mein Vertrauen erschlich.

Es gab bereits genug Hinweise auf arisches Gedankengut in seinem Walhalla-ähnlichen Schloß sowie in seiner Erziehung durch eine Mutter, die selbst von einem Nazi erzogen worden war. Seine Frage: «Willst du damit sagen, Ariels Großeltern waren Zigeuner?» konnte folglich kaum anders zu deuten sein.

Ich hatte so viele Lügen geschluckt, daß ich mich fragte, wann ich aufhören würde, *mich selbst* zu belügen.

Nachdem ich befürchtete, daß Wolfgang Hauser das fehlende Glied war, das alles in diesem verworrenen Gewebe aus Mythos und Intrige verband, hoffte ich nur, daß ich den richtigen Weg zurück finden würde, um sowohl Sam als auch mich lebend aus diesem Gespinst herauszubringen.

URANUS

Ich möchte bei dieser Gelegenheit kurz auf das größte spirituelle Ereignis eingehen... die Freisetzung von atomarer Energie... und Sie bitten, Ihre Aufmerksamkeit auf den Ausdruck «Freisetzung» zu lenken. Befreiung ist der Grundgedanke der neuen Ära, und für den geistig Orientierten ist er das immer gewesen. Diese Befreiung hat mit der Freisetzung sowohl eines Teils der Materie als auch der seelischen Kräfte innerhalb des Atoms begonnen... Für die Materie eine große und mächtige Initiation, die den Initiationen gleichkommt, die die Seelen der Menschen befreien oder erlösen... Die Stunde der erlösenden Kraft ist gekommen.

EXTERNALISIERUNG DER HIERARCHIE, *«DK der Tibeter», der gesprochen hat durch Alice Bailey am 9. August 1945*

Der Uranuszyklus beginnt, wenn der Plant seinen nördlichen Knotenpunkt erreicht... der letzte heliozentrische Durchgang des Uranus über seinem nördlichen Knotenpunkt war bezeichnenderweise am 20. Juli 1945, vier Tage nach der ersten Atomexplosion in Alamogordo in New Mexico, die in der Tat eine neue Ära einleitete – zum Besseren und Schlechteren... Ereignisse passieren uns nicht; wir passieren die Ereignisse.

DANE RUDHYAR, Astrological Timing

Bevor ich mir einen Aktionsplan zurechtlegen konnte, mußte ich Sam finden. So furchtbar es werden würde, ihm gegenüberzutreten und mein katastrophales Versagen einzugestehen – nicht zuletzt mein Techtelmechtel mit Wolfgang, während Rom brannte – so hatte ich doch endlich begriffen, daß Sam dank mir jetzt möglicherweise in größerer Gefahr war als vor meiner Abreise aus Idaho, sollte jemand erfahren haben, daß er lebte.

Wolfgang war während des ganzen Rückflugs ungewöhnlich still, was mir durchaus entgegenkam. Als wir in Idaho landeten, vereinbarten wir, daß er sofort ins Büro fahren würde, um uns beim Pod, der inzwischen aus Wien zurück sein würde, zurückzumelden, während ich nur rasch meine Sachen nach Hause bringen und anschließend in die Firma kommen wollte. Die einzige Waffe, die ich in meinem geschrumpften Arsenal noch übrig hatte, war, daß Wolfgang mich noch nicht verdächtigte, ihn zu verdächtigen. Ich mußte also rasch handeln.

Ich wußte, daß Olivier inzwischen im Büro sein würde – es war bereits zehn Uhr. Deshalb dachte ich, ich könnte Sams Großvater, Dark Bear, von zu Hause aus anrufen. Auch wenn mein Telefon vielleicht noch abgehört wurde, konnte ich wenigstens versuchen, Sam von meiner Rückkehr zu informieren.

Als ich in meine Straße einbog, sah ich Oliviers Wagen in der Einfahrt und einen anderen, ein Kompaktauto mit Leihwagenschildern, der in der Nähe unserer Briefkästen am Straßenrand parkte. Nachdem unser Nachbarhaus ein ganzes Stück weiter unten an der Straße stand, konnte ich davon ausgehen, daß Olivier Besuch hatte – wirklich das letzte, was ich jetzt brauchen konnte. Ich war in die Einfahrt gefahren, um zu wenden und meinen Plan irgendwie anders auszuführen, als Olivier den

Kopf aus der Hintertür steckte. Seine dunklen Locken waren zerzauster als gewöhnlich, und er wirkte leicht verstört, als er mir mit einer Handbewegung andeutete, schleunigst ins Haus zu kommen. Widerwillig schaltete ich den Motor aus, nahm meinen Mantel und die Schultertasche und stieg aus. Doch bevor ich etwas sagen konnte, kam Olivier auf mich zu und zerrte mich ins Haus.

«Wo in Gottes Namen bist du gewesen?» flüsterte er aufgeregt, um nicht zu sagen hysterisch. «Du hast zwei Wochen lang keine einzige Nachricht von mir beantwortet! Hast du eine Ahnung, was hier los war?»

«Nein», gab ich zu, und mir wurde immer mulmiger zumute. Ich wies auf den Wagen, der oben an der Straße parkte. «Wer ist dein Besuch?»

«*Dein* Besuch, meine Liebe», erklärte Olivier. «Sie ist gestern spätnachts aus Salt Lake gekommen und in meiner Wohnung geblieben, wo es warm ist. Ich habe sie eben erst zu dir nach unten gebracht, zusammen mit dem Argonauten.»

Sie?

«Ich fürchte», fuhr Olivier besorgt fort, «wir sitzen, wie wir Kuhtreiber sagen, ordentlich in der Scheiße, und das verdanken wir dir.»

Als ich mein großes Souterrainwohnzimmer betrat, erwartete mich eine Überraschung. Am Tisch in der gegenüberliegenden Ecke saß meine neue Halbschwester Bettina Brunhilde von Hauser, mit der ich erst vor zwei Tagen vom Wiener Flughafen aus telefoniert hatte.

Olivier hatte recht: Daß sie hier war, konnte nichts Gutes bedeuten. Bambi stand auf und kam auf mich zu. Sie trug wieder einen dieser erstaunlichen Overalls, diesmal einen *biscotti*farbenen, in dem sie aussah, als wäre sie einem Bottich mit Karamelcreme entstiegen. Jason strich vorbei, ohne mich eines Blicks zu würdigen. Ich hängte Mantel und Schultertasche außerhalb seiner Reichweite an den Garderobenständer.

«Fräulein Behn – ich meine, Ariel», begann Bambi. «Laf hat mich hergeschickt, sobald ihm klar war, wie sehr sich die Situation zugespitzt hat.»

Sie sah Olivier mit ihren goldgesprenkelten Augen an, und er errötete leicht.

«Das ist vermutlich mein Stichwort, mich dünn zu machen», sagte er.

«Wieso?» entgegnete ich. «Hast du nicht meine Wohnung genauso verwanzt wie mein Telefon? Und hat dein Boß nicht gesagt, du sollst hierbleiben, um mich rund um die Uhr zu bespitzeln?»

Daraufhin wandte sich Bambi überraschenderweise an Olivier. «Ich denke, du solltest ihr sagen, was du mir letzte Nacht erzählt hast. Dann werde ich den Rest erklären, so gut ich kann.» Bambi erstaunte mich immer mehr.

«Die Gruppe, für die ich arbeite, hat mich vor fünf Jahren hierhergeschickt, als der Pod dich einstellte», sagte Olivier. «Wir wußten damals nicht, wer von deiner Familie in diese komplizierte Affäre verwickelt war – aber wir wußten eine Menge über Pastor Dart und seine Kohorten. Wir haben sie sehr genau im Auge behalten und fanden es verdächtig, daß Dart dich unmittelbar nach Abschluß deiner Ausbildung eingestellt hat als eine ihm direkt unterstellte Mitarbeiterin und ohne besondere Referenzen deinerseits – ausgenommen die eine, daß du ein gutes Verhältnis mit deinem Cousin Sam hattest.»

Es wurde immer schlimmer. Der Pod war also der Bösewicht, wie ich befürchtet hatte und getreu seinem Spitznamen «Prince of Darkness». Aber eine ganz große Frage stand noch im Raum.

«Hat Sam gewußt, daß ihr mir nachspioniert? Oder habt ihr auch ihn bespitzelt, obwohl er oft für euren Boss, Theron Vane, gearbeitet hat?»

«Wir sind keine Spitzel», sagte Olivier. «Wir sind eine Behörde ähnlich wie Interpol, die über nationale Grenzen hinweg mit anderen zusammenarbeitet bei der Verfolgung ungesetzlicher Aktivitäten – insbesondere Schmuggel mit *Space-age*-Waffen. Wir haben festgestellt, daß es Leuten, die an solchen Aktivitäten beteiligt sind, gelungen ist, Institutionen zu infiltrieren, und zwar auf sehr hohen Ebenen, die für ihre Kontrolle zuständig sind. Ganz oben auf der Liste stehen Drogenhändler und sogar KGB und CIA. Wir fürchten, sie verkaufen vielleicht schon bald ‹heiße Ware› – einschließlich atomaren Materials – auf dem freien Markt, so wie sie zur Zeit ihre eigenen Undercover-Agenten an den Meistbietenden verkaufen!»

Das war die längste Rede, die ich je von Olivier gehört hatte, und auch die ernsteste; aber er hatte meine Frage nicht beantwortet.

«Wenn du nicht spioniert hast, warum war dann mein Telefon angezapft?» sagte ich. «Warum hast du verdeckt ermittelt? Warum hast du versucht, dir das Runenmanuskript zu schnappen, bevor ich es von der Post abholen konnte?»

«Ich wurde hingeschickt, um dich zu beschützen, sobald wir erfahren hatten, wonach sie auf der Jagd waren», erklärte Olivier. «Obwohl ich dich meistens mehr vor dir selbst als vor anderen schützen mußte.»

Er hörte sich an wie Wolfgang Hauser.

«Als ich vor der Post das Runenmanuskript in deinem Wagen gesehen habe, wußte ich, daß es nicht die Dokumente waren, die dein Cousin unseren Leuten beschrieben hatte. Als du an jenem Abend länger im Büro geblieben bist, um zu arbeiten, habe ich dich beobachtet, bis ich gesehen habe, wo du das Manuskript verstecken wolltest. Ich habe es herausgeholt und Kopien gemacht, damit es nicht für immer verlorengeht. Bambi sagt, Lafcadio befürchtet, daß die anderen Dokumente – die deinem Cousin gehörten – bereits in die Hände ihres Bruders gefallen sind.»

Ich fühlte mich tatsächlich erleichtert, daß wenigstens ein Dokument, das Runenmanuskript, nicht nur in den Händen meiner Familie existierte. Und ich war auch froh, daß Olivier, wie ich gehofft hatte, auf meiner Seite war. Aber mein Entschluß, mich auf die Wahrheit zu konzentrieren, hatte mir eines klargemacht – daß die wirkliche Gefahr, die diese Dokumente bargen, aus einer anderen Richtung kam.

Ich konnte nicht vergessen, was Sam mir damals gesagt hatte, als er mir schilderte, wie Theron Vane statt seiner von einer Bombe getötet wurde. Das gleiche hatte er gesagt, als er mich warnte, zu oft zur Post oder zum Briefkasten zu gehen. Er sagte, sobald jemand erfahren würde, wie und wo ein Exemplar dieser Manuskripte in die Finger zu bekommen sei, wäre es vielleicht einfacher, wenn einer von *uns* tot wäre. Ich verstand jetzt, daß der Grund für seine vorsichtige Zurückhaltung nicht darin lag, daß das Paket, das er mir geschickt hatte, die einzig vorhandene Version dieser Dokumente enthielt – sondern daß Sam der einzige Mensch war, der wußte, wo Pandoras Originale versteckt waren. Das legte die Vermutung nahe, daß die Leute, die hinter den Dokumenten her waren, nicht nur ihren Inhalt kennen wollten, *sondern auch sicher sein wollten, daß ihn kein anderer kannte.* Die Dokumente, die sich jetzt im Besitz von Wolfgang und dem Pod befanden, würden die einzige Version sein, wenn Sam tot wäre. Ich konnte mir leicht ausrechnen, was in dem Szenario als nächstes folgen würde. Zum ersten Mal versuchte ich nicht, die Augen davor zu verschließen. «Der Pod steckt mit ihnen unter einer Decke», sagte ich zu Olivier. «Dein Telegramm hat mich gewarnt, aber ich erhielt es zu spät. Wolfgang hat die Manuskripte, obwohl ihr beide mich vor ihm gewarnt habt.»

«Ich glaube, mein Bruder hat sich ernstlich in dich verliebt», sagte Bambi. «Hätte er dich eher getroffen, hätte ihn diese Liebe vielleicht dazu bewegt, seine Wertvorstellungen zu überdenken. Du hättest ihn vielleicht gerettet. Wolfgang ist ein gebildeter Mann mit hohen Idealen, nur leider den falschen. Ich denke, es hat ihn überrascht festzustellen, daß er auch starke Leidenschaften besitzt. Aber es war viel zu spät für eine Rettung und sogar für ein Gespräch. Wo ist mein Bruder jetzt?»

«Er ist vom Flughafen direkt ins Büro gefahren», sagte ich. «Ich soll ihn dort noch heute vormittag treffen –»

«Dann müssen wir sofort handeln», sagte Bambi. «Wenn er entdeckt hat, daß Olivier nicht im Büro ist, kommt er vielleicht hierher. Wenn er glaubt, daß du weißt, wo dein Cousin die Originalmanuskripte versteckt hat, bist du in schrecklicher Gefahr. Mein Bruder muß unbedingt aufgehalten werden, bevor er noch jemand tötet.»

Ich starrte sie entsetzt an, während Olivier sanft die Hand auf meinen Arm legte. Was in Gottes Namen sagte sie da? Aber natürlich wußte ich es. Ich denke, irgendwie muß ich es die ganze Zeit gewußt haben.

«Wir waren uns nie ganz sicher», sagte Olivier zu Bambi.

Ich hatte ein leises Summen in den Ohren, als würde ich ohnmächtig werden. Dann hörte ich Bambis Stimme irgendwo in der Ferne.

«Aber ich bin mir sicher. Mein Bruder hat Samuel Behn ermordet.»

Der Mann, mit dem ich stürmische Liebesnächte verbracht hatte, war ein kaltblütiger Killer, der mich mit dem Bewußtsein, Sam ermordet zu haben, geliebt hatte. Ich hatte das Gefühl, als hätte ich Absinth mit Opium getrunken oder etwas von dem Schierlingszeug, mit dem sich Sokrates aus dem Staub gemacht hatte, obwohl es im Augenblick vorteilhafter gewesen wäre, mich konkret auf die Socken zu machen. Aber wohin?

Olivier schien gerade etwas vorschlagen zu wollen, als wir einen seltsamen Ton hörten. Wir sahen uns einen Augenblick lang an, bevor wir begriffen, daß es unsere selten benutzte Haustürklingel am Vordereingang war. Da unser Vordereingang von der Straße durch einen sehr steilen Abhang zum Vorgarten getrennt war, kamen die meisten Leute an die Hintertür gleich neben der Einfahrt. Wir liefen zu den hochliegenden Fenstern meines Kellerwohnzimmers und spähten nach draußen. Wir konnten aber nur die Straße sehen, nicht die Person, die auf den Stufen der vorderen Haustür stand. Dort oben, hinter Bambis Wagen, hatte ein großer Landrover mit Idaho-Kennzeichen geparkt. Auf den vorderen

Kotflügel war ein aufrechtstehender Grisley gemalt. Ich lächelte. Vielleicht besserte sich unsere Lage doch.

«Kennst du ihn?» fragte Olivier.

«Nicht den Wagen – nur den Bären. Geh du an die Tür, Olivier», sagte ich. «Bambi und ich werden inzwischen Jason, warme Mäntel und festes Schuhzeug für uns alle einpacken. Wir fahren wahrscheinlich für eine Weile aufs Land.»

«Aber wer ist da oben?» fragte Olivier. «Wir können jetzt nicht öffnen. Es sei denn, du weißt genau, wer da draußen ist.»

«Es ist ein Bär aus Lapwai. Er ist fünfhundert Meilen gefahren, um mir von meinem lieben verstorbenen Cousin Sam etwas auszurichten.»

Beim Anblick von Dark Bear wirkten Bambi und Olivier leicht verblüfft. Wie die meisten Nez Percé war Dark Bear ein ungewöhnlich gutaussehender Mann mit markanten Zügen. Er hatte eine gerade Nase, ein energisches Kinn mit einer Kerbe in der Kinnspitze, breite Schultern und lange Beine. Seine dunklen Zöpfe waren von weißen Strähnen durchzogen, und die hellen silbrigen Augen unter den dunklen Brauen schienen wie die Augen von Sam in die Ewigkeit blicken zu können.

Er trug eine mit Fransen und Perlen besetzte Jacke und eine Decke, die er sich über eine Schulter geworfen hatte. Er kam auf mich zu und begrüßte mich mit einem festen, aber auch herzlichen Händedruck. Wie schon gesagt – Dark Bear war kein großer Fan von mir, hauptsächlich wegen der sonderbaren Hälfte der Familie, zu der ich gehörte. Aber mit dieser Begrüßung wollte er mir eindeutig zu verstehen geben, daß er meine Hilfe für Sam schätzte. Natürlich wußte weder er noch Sam bis jetzt, wie großartig ich die Sache vermasselt hatte. Ich stellte Dark Bear den anderen vor.

Dann erklärte mir Dark Bear, der nie ein Blatt vor den Mund nahm: «Er hat dein Herz gehört und weiß, welche Entscheidung du getroffen hast. Er stimmt zu. Er bittet dich zu kommen.»

Sam hatte meine Gedanken irgendwie aus der Ferne gelesen, was mich gar nicht mehr überraschte. Er hatte es schon immer getan. Und hatte ich in den vergangenen Wochen nicht gefühlt, daß er in meinen Mokassinspuren gegangen war?

«Von anderen war nicht die Rede», fügte Dark Bear mit einem Blick auf Olivier und Bambi hinzu. «Er hat gesagt, ich soll nur dich bringen.»

Ich wußte nicht, was ich sagen sollte. Hier waren zwei Menschen, die bereit waren, mir die Wahrheit zu sagen – eine Wahrheit, die nicht nur zu meiner, sondern auch zu Sams Sicherheit beitragen konnte.

«Wen meint er mit ‹er›?» fragte Olivier. «Wo will er dich hinbringen, und warum will er nicht, daß wir mitkommen?»

Bevor mir eine Antwort einfiel, löste Bambi das Problem – obwohl ich zugebe, daß ich nicht recht wußte, wie sie es tat.

«Ich bin Halles Tochter», sagte sie zu Dark Bear. «Ich bin aus Wien gekommen, um zu sagen, was ich über den Mann weiß, der Sams Vater und Ariels Stiefvater war – Earnest Behn.»

«Ah», sagte Dark Bear, ohne eine Miene zu verziehen. «Ich verstehe.»

Ich stopfte Jason in meinen Rucksack und gab ihm einen Klaps. Ich wollte ihn nicht allein im Haus lassen, weil ich nicht wußte, wie lange wir weg sein würden. Dann hängte ich mir den Sack mit Jason und meine Umhängetasche über die Schulter, raffte zusammen, was wir sonst noch für eine Fahrt und eine Bergwanderung brauchen würden, rannte nach oben und kletterte auf den Vordersitz von Dark Bears Rangerover, während sich Olivier und Bambi auf den Rücksitz schoben. Ich setzte mich etwas schräg, so daß ich, wenn ich mich zu Bambi und Olivier umwandte, gleichzeitig durch das Rückfenster sehen konnte, ob uns jemand verfolgte.

«Okay, Leute», sagte ich, sobald wir die Stadt hinter uns hatten und entlang der Great Divide, der großen Wasserscheide, Richtung Norden fuhren. «Ich kann euch nicht sagen, wohin wir fahren, weil ich es selbst nicht weiß. Aber ich weiß, zu wem uns Dark Bear bringt. Deshalb versichere ich euch, daß dies hier keine Zeitverschwendung ist. Jetzt werden wir der Sache ein für allemal auf den Grund gehen.»

Olivier sah mich verwundert an, und dann schien ihm allmählich etwas zu dämmern.

«Sag bloß, er ist gar nicht tot!»

Ich nickte langsam. Eines war mir wenigstens gelungen: Ich hatte vor allen geheimgehalten, daß Sam noch am Leben war. Aber auch das würde und mußte sich ändern, wenn wir dieses Durcheinander klären wollten.

«Aber wenn Sam lebt… wen hat Wolfgang dann getötet?» fragte Bambi, die gar nicht so langsam schaltete, wie ich bei unserer ersten Begegnung unterstellt hatte.

Ich sah Olivier betreten an.

«O nein», sagte er, als er plötzlich begriff. «Den ganzen Monat schon hatte ich das Gefühl, daß etwas nicht stimmt. Persönliche Kontaktaufnahme während eines Auftrags ist bei uns nicht üblich, aber ich wußte, daß Theron Vane in derselben Woche in San Francisco war, in der dein Cousin getötet wurde. Es war schon seltsam, daß ich gar nichts erfahren habe, nachdem jemand, der bei einem Fall mitgearbeitet hat, mit dem ich selbst seit fünf Jahren befaßt bin, brutal ermordet wurde. Ich hatte schon daran gedacht, auf eigene Faust mit Theron Kontakt aufzunehmen, aber andererseits hätte er auch gute Gründe haben können, sich still zu verhalten.» Olivier lächelte grimmig. «Wie es jetzt aussieht, hatte er Gründe.»

Als wir in das dichtbewaldete Bergland hinauffuhren, vorbei an dunklen Flüssen und weiß schäumenden Wasserfällen, atmete ich gierig die frische Waldluft ein. Und dann erzählte Bambi ihre Geschichte, und die letzten Puzzleteilchen, die ich ebensolange gesucht, wie ich sie geflissentlich übersehen hatte, fanden endlich den richtigen Platz.

«Meine Mutter Halle wurde von ihrem Vater, Hillmann von Hauser, aufgezogen», sagte Bambi. «Wie du siehst, benutzen auch Wolfgang und ich den Namen unseres Großvaters.»

«Soviel ich meine Mutter Jersey neulich am Telefon verstanden habe, habt ihr verschiedene Väter», sagte ich, obwohl ich wirklich nicht groß herausstellen wollte, daß Bambi das uneheliche Kind meines abscheulichen Vaters Augustus war. Aber wieder war ich diejenige, die sich überraschen lassen mußte.

«Verschiedene Väter, ja – aber sie hatten denselben Familiennamen», sagte Bambi. «Wolfgangs Vater, der Ehemann meiner Mutter Halle, war Earnest Behn.»

Solche Enthüllungen über meine Familie schockierten mich nicht mehr. Aber nach dem, was Bambi zuvor gesagt hatte – daß Wolfgang Sam getötet hatte –, wußte ich, daß dies wirklich wichtig war, denn es bedeutete, daß Sam und Wolfgang denselben Vater hatten: Earnest Behn. Sie waren Halbbrüder – so wie Bambi und ich durch meinen Vater Augustus Halbschwestern waren. Ich sah zu Dark Bear hin, der am Steuer saß, aber meinen Blick aus dem Augenwinkel auffing, und er nickte bestätigend.

«Ja, das habe ich gewußt», sagte er. «Ich habe Earnest Behn viele Jahre gekannt. Er war ein schöner Mann, und er war reich. Einige Zeit vor dem

Krieg kam er nach Nordwestidaho, um Land zu kaufen, auf dem es Bodenschätze gab – fünfzigtausend Acres (über zweitausend Hektar) nördlich von Lapwai, darunter zahlreiche unberührte Berge und Höhlen, einen riesigen Brocken unserer Mutter Erde. Dann kam der Krieg, und er wurde noch reicher.

Nach dem Krieg war Earnest Mitte Vierzig. Er fuhr wieder nach Europa, wo er die junge Halle heiratete und einige Zeit blieb. Sie hatten einen Sohn, Wolfgang. Dann kam Earnest plötzlich zu seinem Besitz nördlich von Lapwai zurück, ohne die Frau und das Kind. Er sagte, sie seien gestorben, und bat mich um die Hand meiner Tochter Bright Cloud, die er seit ihrer Kindheit gekannt hat. Sie hat ihn sehr gern gehabt, aber es war… eben nicht üblich. Earnest Behn war ein weißer Mann aus dem Ausland. Woher sollten wir wissen, daß er nicht wieder fortgehen und vielleicht nie wiederkommen würde?

Als ich Earnest Behn gefragt habe, ob er meine Tochter liebt, hat er geantwortet, er glaube, er sei unfähig zu lieben. Das ist eine Bemerkung, die man offen gesagt bei uns nicht versteht. Wer so etwas sagt, könnte auch sagen, er sei tot. Er hat jedoch versprochen, für meine Tochter zu sorgen und daß jedes Kind, das sie zusammen haben würden, in der Reservation bei unserem Volk aufwachsen würde. Aber er hat sein Versprechen nicht gehalten. Denn als Bright Cloud starb, ist er fortgegangen, und er hat seinen Sohn Sam mitgenommen. Dann hat er deine Mutter Jersey geheiratet, und wir befürchteten, Sam für immer verloren zu haben.»

Dark Bear erzählte dies alles ohne Bitterkeit, obwohl er aussah, als wäre er tief in Gedanken versunken. Dann fügte er hinzu: «Earnest Behn hat noch etwas sehr Merkwürdiges gesagt, kurz vor seiner Hochzeit mit meiner Tochter. ‹Ich hoffe, das wird den Schandfleck auslöschen!› Er hat nie gesagt, was er damit gemeint hat, und er hat auch nicht einsehen wollen, daß ihn die Schwitzhütte reinigen könnte.»

Irgendwie erinnerte mich das an etwas.

«Du hast gesagt, Earnest Behn kaufte vor dem Zweiten Weltkrieg Land in Amerika», sagte ich. «Wann genau war das?»

«Es war 1923», antwortete Dark Bear.

Dieses Datum war zweifellos von Bedeutung, doch – nachdem ich kurz gerechnet hatte – es ergab keinen Sinn.

«Earnest war Jahrgang 1902», sagte ich. «Im Jahr 1923 wäre er erst einundzwanzig Jahre alt gewesen. Warum würde sein Vater einen so jungen Mann mit der Aufgabe betrauen, so viel Land zu kaufen und für den Abbau von Bodenschätzen zu erschließen, noch dazu im fernen Ausland –»

Olivier und Bambi sahen mich mit großen Augen an.

«Mein Gott», sagte ich.

Das also war die «Schande», über die unsere Familie niemals sprach, und das gewiß aus gutem Grund – als ob Bigamie, Kidnapping, Inzest, Faschismus und Mord nicht genügten. Am Ende unserer zweistündigen Fahrt durch die Bitterroot Range der Rocky Mountains konnte ich mir aus dem, was ich selbst wußte, und dem, was ich jetzt von Dark Bear und Bambi erfahren hatte, ein recht gutes Bild machen. Und mir wurde klar, daß ich meinen beiden Großmüttern, besonders Zoe – eine Abbitte schuldete.

Der Hitler-Putsch in München fand am 9. November 1923 statt, zu einer Zeit, als noch lange kein Krieg in Sicht war. Aber Hieronymus Behn wußte, daß es immer wieder Krieg geben würde. Und er wußte auch, auf welcher Seite er sein wollte. Er schickte Earnest nach Amerika, um dort als Bergwerksunternehmen präsent zu sein. Zehn Jahre später, 1933, in dem Jahr, als Hitler deutscher Reichskanzler wurde, schickte Hieronymus seinen anderen Sohn, den inzwischen 21jährigen Augustus, ebenfalls in die USA. Diese zwei jungen Männer wurden wie Maulwürfe eingesetzt, um in den Gebirgen der Neuen Welt zu wühlen und wichtige Bodenschätze zu horten für die Zeit, in der ein neuer Krieg ausbrechen würde.

Einer flog nach Osten, nach Pennsylvania; das war mein Vater. Und einer flog nach Westen, nach Idaho; das war Earnest. Und dann flog noch eine über das Kuckucksnest – und das war Zoe.

Obwohl Zoe ihre Eltern verlassen hatte und mit den Zigeunern davongelaufen war, scheint Hieronymus Behn seine erwachsene Tochter und einzige leibliche Nachfahrin gesucht zu haben, «um mit gutem Blut Nachkommen zu zeugen». Er war es, der seinen Freund und Kollegen Hillmann von Hauser nach Paris schickte, um Zoe zu verführen. Wie auch immer sich diese Beziehung und die Umstände, unter denen sie zustandekam, für Zoe darstellten – Tatsache war, daß ihre Tochter Halle von ihr getrennt und vom Vater und seiner pflichtbewußten, aber unfruchtbaren deutschen Frau aufgezogen wurde; und daß Zoe dann einen wilden Iren heiratete und ein weiteres Kind bekam – Jersey, meine spätere Mutter.

Als Hieronymus Behn meinen Vater Augustus von Pandora kidnappte, hatte er sich bereits auch die zwei Söhne angeeignet, die seine Halbschwester und Ehefrau Hermione von Christian Alexander empfangen hatte: Laf, indem er ihn adoptierte, und Earnest, indem er sich als Vater in dessen Geburtsurkunde eintragen ließ. Das bedeutete, daß Zoes Töchter – meine Mutter Jersey und ihre Schwester Halle – die einzigen echten Enkelkinder von Hieronymus Behn waren. Insofern ergab es einen Sinn, daß Hieronymus intrigierte, um seine Enkeltöchter mit diesen zwei «erworbenen Söhnen» zu verheiraten – Halle mit Earnest, Jersey mit Augustus. Auf diese Weise hoffte Hieronymus sicherzustellen, daß alle künftigen Erben seines Vermögens und seiner Macht mit ihm blutsverwandt sein würden – durch seine Tochter Zoe.

Das Haar in der Suppe war jedoch, daß er die falschen Schwestern mit den falschen Brüdern verheiratet hatte. Mein prestige- und machthungriger Vater Augustus wäre der perfekte Partner für Halle gewesen, die die beste arische Erziehung mitbrachte, die ein schönes blondes Mädchen nationalsozialistischer Eltern bekommen konnte. Das Produkt dieser Liaison war Bambi. Als dann später Earnest und meine Mutter Jersey zusammenkamen, waren sie so glücklich, wie zwei so ausgenützte und emotional traumatisierte Menschen nur sein konnten.

Der Schandfleck, von dem sich Earnest nie reinwaschen konnte, war etwas, das er erst begriff, nachdem er Halle von Hauser geheiratet hatte. Er begriff nicht nur, was Halles Vater im Krieg als Waffenhersteller getan hatte – worauf sie sehr stolz war –, sondern auch, wohin das ganze Erz gegangen war, das er selbst in all den Jahren an seinen «neutralen» holländischen Vater Hieronymus Behn geliefert hatte.

Earnest begann, den Familienhintergrund, den niemand genau kannte, zu erforschen. Als ihm klarwurde, daß er, Augustus und Hieronymus ihr enormes Vermögen auf dem Leid anderer Menschen aufgebaut hatten – in Hieronymus' Fall war dies sogar ganz bewußt geschehen –, war das schlimm genug. Doch als er herausfand, daß er von dem Mann, den er stets als seinen Vater angesehen hatte, als Werkzeug benutzt worden war – nicht nur, um eine «höhere» Rasse zu züchten, sondern auch, um die Welt zu beherrschen – war das für Earnest beinahe zuviel, um damit leben zu können.

Auf der anderen Seite war Zoe, die Mutter der beiden Mädchen, ins besetzte Frankreich gegangen mit dem Ziel, ihre Tochter Halle aus dem von Deutschen besetzten Gebiet herauszuholen, und saß dann dort fest, wie Pandora und Laf in Wien festsaßen. Der Anblick, den ich Zoe in Paris mit meinem entzückenden, rassereinen Liebhaber an der Seite bot, muß ihr wie eine Ironie des Schicksals erschienen sein.

Das eigentlich Ironische für alle diese Leute aber war laut Bambi, daß sie aufgrund ihrer Verbindungen mit Hieronymus Behn und Hillmann von Hauser und Hitler nicht nur den Krieg überlebt hatten, sondern auch etliche hundert Menschen ungestraft schützen oder retten konnten. Das schloß auch Pandoras Mann Dacian Bassarides ein, der – mit Zoes Hilfe von Paris aus – Flüchtlinge durch Südfrankreich schleuste.

«Kennt Wolfgang diese Geschichte – oder die Tatsache, daß Sam sein Bruder ist?» fragte ich Bambi.

Sie antwortete nicht gleich, sondern sah mich mit ihren goldgesprenkelten Augen nachdenklich an.

«Ich bin mir nicht sicher», sagte sie schließlich. «Aber ich weiß, daß er sehr stark von meiner Mutter beeinflußt wurde. Das ist der eigentliche Grund, warum ihn Lafcadio nicht mochte. Ich habe mir einen Teil der Geschichte selbst zusammengereimt aus dem, was ich von Lafcadio erfahren habe, der sein Wissen vor vielen Jahren von Earnest erhalten haben muß, als dieser von Idaho nach Wien kam, um mit Pandora zu sprechen. Es scheint, daß Pandora die ganze Geschichte schon lange kannte.»

Natürlich!

Ich erinnerte mich an Wolfgangs Worte, als wir unter der Glaskuppel seiner Burg standen und zur Donau hinunterblickten, kurz bevor wir uns liebten. Er sagte: «Ich war ein kleiner Junge, als mich mein Vater zu ihr mitnahm. Sie sang ‹Das himmlische Leben›. Sie sah mich mit deinen Augen an.»

«Nach der Hochzeit mit meiner Tochter», sagte Dark Bear, «ist Earnest Behn zweimal nach Europa gefahren. Als Sam drei Jahre alt war, hat er dort Pandora, die Mutter seines Bruders Augustus besucht, um über eine wichtige Familienangelegenheit zu sprechen. Und das zweite Mal ist er zu Pandoras Beerdigung hingefahren, kurz nach dem Tod von Bright Cloud, und damals hat er Sam mitgenommen. Er hat mir gesagt, Pandora habe ihm etwas vermacht, das er persönlich in Empfang nehmen müßte. Als er dann nach Idaho zurückkam, hat er die Reservation verlassen.»

Ich hatte nur noch eine Frage. Und glücklicherweise war ich inzwischen an unverhoffte Antworten so gewöhnt, daß ich sie hinnahm, ohne mit der Wimper zu zucken.

«Wieso bist du nach dem Tod deiner Mutter Halle zu Lafcadio gezogen?» fragte ich Bambi. «Hast du Onkel Laf damals schon gut gekannt?»

«Meine Mutter ist nicht tot. Sie ist sogar noch recht lebendig, fürchte ich – obwohl ich sie nicht mehr gesehen habe, seit ich vor zehn Jahren von zu Hause fortgegangen bin», antwortete Bambi, wobei sie mich aus ganz schmalen Augen ansah. «Aber ich dachte, du wüßtest längst, daß *sie* diejenige ist, die sich im Schatten hält – die hinter allem steckt!»

Wenn Halle von Hauser «hinter allem steckte», wie Bambi sagte, und wenn sie wirklich so furchtbar war, dann war klar, was dies über Wolfgangs Verbindung zur dunklen Seite unserer Familie aussagte.

Aber welche Rolle spielte hier Augustus? Ich fragte Olivier, ob er etwas wußte.

«Dein Vater steht sehr weit oben auf unserer Liste», sagte Olivier. «Anscheinend hat er mit Bambis Mutter seit Jahren kein romantisches Verhältnis mehr. Beide haben inzwischen jemand anderen geheiratet. Aber sie scheinen sich ungewöhnlich gut zu verstehen. Vor ungefähr zehn Jahren verhalf ihr dein Vater zu einer Stellung in Washington, D. C., von der aus sie heute politischen Einfluß ausüben kann, sowohl hier als auch im Ausland. Es ist verdammt schwierig, die Verbindungen dieser beiden zu entwirren. Halle ist in ihrer Eigenschaft als Verwaltungsratsmitglied mehrerer Museen und einer großen Tageszeitung die einflußreichste Dame in –»

«Diese Zeitung ist nicht zufällig die *Washington Post*?» warf ich ein. «Und der Name von Halles neuem Ehemann ist nicht zufällig Voorherr-LeBlanc?»

Olivier lächelte. «Du hast deine Hausaufgaben gemacht.»

Natürlich würde sie sich einen anderen Vornamen geben und sich Helena nennen für den Fall, jemand erinnerte sich an eine Person mit dem nicht ganz so häufigen Namen Halle. Mir fiel auch wieder ein, wie sehr sich mein Vater und meine Stiefmutter Grace bei jenem Abendessen in San Francisco dafür interessierten, was ich über meine Erbschaft wußte. Danach hatten sie eine Pressekonferenz gegeben, um vom Testamentsvollstrecker vielleicht ein bißchen mehr herauszubekommen. Die

Pressekonferenz lieferte außerdem jemand anderem ein gutes Motiv, um mich anzurufen und auszufragen, welche Manuskripte Sams Erbschaft enthielt. Als mich Miss Voorherr-LeBlanc von der *Washington Post* anrief, behauptete sie nicht, Reporterin zu sein; sie wollte nur meine Manuskripte kaufen. Inzwischen war ich ziemlich überzeugt, daß diese Dame niemand anderer war als Wolfgangs und Bambis Mutter Halle von Hauser.

Wußte Jersey, daß ihre Schwester lebte oder was sie und mein Vater trieben, seit sie ihr Liebesverhältnis beendet hatten? Sie hatte es mir nicht gesagt, aber Dark Bear erklärte mir, warum sie es nicht getan hatte.

«Ich habe mich schon gewundert, daß Earnest uns nie gesagt hat, wie es zu dem plötzlichen Tod seiner ersten Frau und dem Kind gekommen ist», sagte Dark Bear. «Aber es gab auch keinen Beweis, jedenfalls nicht für uns, daß sie lebten, bis Sam kürzlich in Utah nachgeforscht hat. Sam meint, deine Mutter und Earnest wollten einfach nichts sagen, um euch Kinder vor der Vergangenheit zu bewahren.»

Ich wollte diesen Punkt weiterverfolgen, als Dark Bear bremste und vorsichtig von der Straße in den Wald abbog. Der dicke Nadelteppich auf dem Waldboden verströmte einen wundervollen Duft, als der Landrover darüberfuhr. Bambi, Olivier und ich wurden ganz still, während Dark Bear den großen Wagen vorsichtig zwischen den Bäumen hindurchmanövrierte. Nach einer Weile, die mir wie eine Ewigkeit vorkam, stieg das Land langsam an, bis wir schließlich nur noch bergauf fuhren. Als das Gelände zu steil wurde, hielt Dark Bear am Rand einer schmalen Kluft und schaltete den Motor aus. Dann wandte er sich an mich.

«Ich soll dich bis zum Fluß bringen. Dort wird uns mein Enkelsohn treffen», sagte er. «Er erwartet, daß ich nur dich mitbringe. Deshalb sollten die anderen im Wagen bleiben.»

Ich drehte mich mit fragend hochgezogenen Brauen zu Olivier und Bambi um.

«Ich würde dich gern begleiten», sagte Bambi, «und in jeder Hinsicht helfen, so gut ich kann. Ich fühle mich für vieles von dem, was dir und deinem – *unserem* Cousin – passiert ist, verantwortlich. Wenn ich dir gleich alles über meinen Bruder erzählt hätte, nachdem ich wußte, daß du ihn kennengelernt hast, wäre das alles vielleicht nicht nötig gewesen.»

«Das glaubt ihr wohl selbst nicht», sagte Olivier. «Kein Mann, der was auf sich hält, läßt zwei Mädels wie euch allein in die Berge.»

Aber er machte ein langes Gesicht, als Bambi eine kleine Browning Automatic aus der Jackentasche zog und sie mit der Professionalität einer Annie Oakley auf das Dach gerichtet hielt.

«Steck das Ding weg, bevor jemand verletzt wird! Wo hast du die Waffe überhaupt her?»

«Mein Großvater Hillmann war Schützenkönig, und ich habe Preise gewonnen mit der Walther, der Luger, der Mauser und allen Browningmodellen», erklärte sie Olivier. «Und ich bin berechtigt, zu meinem Schutz eine Waffe zu tragen.»

Genau. Man weiß nie, wann jemand versuchen könnte, eine fünfundzwanzigjährige blonde Cellistin umzulegen. Besonders nicht in einer Familie wie der unseren.

«Laß sie die Waffe mitnehmen», sagte ich zu Olivier. «Vielleicht ist sie uns noch nützlich.»

Wir folgten Dark Bear durch den langen steinigen Hohlweg. Je höher wir kamen, um so schlechter fanden wir in dem immer gröber werdenden Geröll Halt, und immer wieder traten wir einzelne Felsbrocken ab. Ich hatte wirklich kein Verlangen nach einer weiteren Lawine. Zehntausend Tonnen kullerndem Fels könnte man nicht einmal auf Skiern entkommen.

Wir erreichten den Gipfel des Bergrückens und sahen ungefähr siebzig Meter unter uns ein dicht bewaldetes Tal mit einem breiten, wie Glas glänzenden Fluß und noch etwas, das ich sofort erkannte, so daß ich genau wußte, wo wir waren. Es war Sams Lieblingsplatz im nördlichen Idaho an den oberen Mesa Falls.

Der Fluß weitete sich hier, und an der Abbruchkante stürzte er in einem einzigen glatten Bogen, der in der Sonne golden glänzte, in die Tiefe. Nur das ständig von unten heraufstäubende Wasser ließ ahnen, welche Wassermengen dort unten auf den Fels krachten und ihn zu Kieselsteinen und Sand mahlten. Ich war vor Jahren als Teenager mit Sam hier gewesen. Es war mein letzter Ausflug, bevor ich wieder in die Schule mußte, und Sam wollte mir seinen Geheimplatz zeigen.

«Ich habe ihn einmal beim Angeln gefunden», erzählte er mir. «Ich war noch ziemlich klein und ganz allein unterwegs. Hier ist sehr lange niemand hergekommen – vielleicht seit Tausenden von Jahren.»

Hand in Hand waren wir durch das seichte Wasser oberhalb des Wasserfalls gewatet und drüben, am gegenüberliegenden Ufer, an den Felsen hinuntergeklettert. Unten fanden wir einen schmalen Felsspalt, der nur zu sehen war, wenn man direkt davorstand, und der so nah an dem niederdonnernden Wasser lag, daß in der ständigen Feuchtigkeit beide Seiten mit glitschigem Moos bewachsen waren. Sam schob sich seitlich in den Spalt und zog mich hinter sich her.

Wir befanden uns in einer großen Höhle hinter dem brausenden Wasser, das wie ein Schleier vor der Höhle herunterfiel. Ein paar Meter im Inneren der Höhle wurde es stockfinster. Sam schaltete seine Taschenlampe ein – und was ich sah, war einfach atemberaubend.

Wände und Decken waren mit Kristallen besetzt, die in allen Regenbogenfarben schillerten. Und überall schimmerten Regenbogen, wo sich das Licht in dem wirbelnden Wasserstaub und den unzähligen Prismen brach.

«Wenn ich mich oder dich oder irgend etwas Wertvolles verstecken müßte», sagte Sam in der atemlosen Stille, die uns in diesem Hohlraum unter dem dahinschießenden Wasser umgab, «wüßte ich keinen besseren Platz als diesen.»

Und als ich jetzt mit Dark Bear und Olivier und Bambi auf dem hohen Felsen oberhalb des Wasserfalls stand, wußte ich, warum wir hier waren und was sich dort unten in der Höhle befand.

Für den Abstieg über felsiges Gelände, durch Gebüsch und Wald brauchten wir eine halbe Stunde. Als wir schließlich eine freie, flache Uferstelle oberhalb des Wasserfalls erreicht hatten, wandte ich mich zu den anderen um und rief ihnen über das Getöse der stürzenden Wassermassen zu: «Wir müssen hier über den Fluß waten. Es gibt meilenweit keine andere Stelle, wo er flach genug ist, um ihn sicher zu überqueren!»

«Ohne Brücke ist er für mich nirgends sicher zu überqueren», sagte Olivier und sah mich mit angstgeweiteten Augen an. «Ich kann nicht schwimmen!»

«Dann ist es wirklich zu gefährlich», sagte ich. «Das Wasser ist zwar höchstens knietief, aber die Strömung ist oberhalb des Wasserfalls besonders stark. Bleib lieber hier, während wir hinübergehen und Sam suchen.»

Dark Bear, der zwar schwimmen konnte, aber nicht mehr der jüngste war, wollte zusammen mit Olivier am Ufer warten. Als Bambi und ich die Schuhe auszogen und unsere Hosen hochkrempelten, stellte ich meinen Rucksack neben Olivier auf den Boden. Zu meinem Erstaunen kam Jasons schwarzes Köpfchen zum Vorschein. Ich hatte ihn vollkommen vergessen. Als er das glatt dahinfließende Wasser hinter mir sah, leuchteten seine Augen förmlich auf, und seine Öhrchen zuckten vor Begeisterung über den großen Swimmingpool.

«O nein, mein Lieber», sagte ich in entschiedenem Ton. Ich schob ihn wieder in den Rucksack hinein und übergab ihn Olivier. «Das fehlte uns gerade noch – eine über Bord gehende Katze. Du mußt auf ihn aufpassen.» Und Jason drohte ich mit erhobenem Zeigefinger: «Keine Bücklinge mehr von Herrchen, wenn du dich nicht benimmst, solange ich weg bin!»

Als Bambi und ich Hand in Hand ins Wasser wateten, bekam ich plötzlich Angst. Das Wasser war viel kälter und die Strömung viel stärker als damals, als ich den Fluß mit Sam durchquert hatte. Sam hatte mich im Spätsommer hierhergebracht – in der heißesten und trockensten Jahreszeit, mit der die Waldbrandsaison beginnt. Aber jetzt, nach der Schneeschmelze, führten die Flüsse das meiste Wasser. Die Strömung war so stark, daß ich die Füße nur über den kiesigen Grund schieben konnte. Sobald ich einen Fuß nur leicht anhob, hatte ich das Gefühl, im nächsten Augenblick weggeschwemmt zu werden. Dabei reichte uns das Wasser erst bis zu den Waden. Zur Flußmitte hin würde es mindestens knietief sein, und möglicherweise würden wir dann überhaupt nicht weiterkommen.

Ich wollte Bambi schon über den tosenden Lärm des Wasserfalls hinweg zurufen, daß wir lieber umkehren sollten, aber im selben Augenblick sah ich, daß sich am gegenüberliegenden Ufer, vielleicht zwanzig Meter von uns entfernt, etwas bewegte. Ich schaute hinüber, gegen das gleißende Sonnenlicht, und sah die hohe, schlanke Silhouette von Sam. Er hob die Hand und bedeutete uns, stehenzubleiben, wo wir waren. Dann schlüpfte er aus seinen Mokassins und watete in den Fluß. Als er nah genug bei uns war, sah ich, daß er sich ein Seil umgebunden hatte, das vermutlich am Ufer festgemacht war. «Ich will das Seil nur noch drüben festmachen!» rief er, als er bei uns war. «Dann helfe ich euch hinüber!»

Als Dark Bear das andere Ende des Seils um einen Baum geschlungen hatte, überquerten Sam, Bambi und ich den Fluß, indem wir uns an dem Seil entlangzogen. Das Wasser war nirgends tiefer als knapp einen Meter, reichte uns also nur bis an die Oberschenkel, und trotzdem war ich, als wir das Ufer erreichten, völlig außer Atem von der Anstrengung, mich an dem Seil festzuhalten und auf den Beinen zu bleiben. Bambi schien es ähnlich zu gehen.

Sam stieg als erster auf das felsige Ufer und half uns den Abhang hinauf. Dann kletterte er wortlos – wir hätten uns nicht gehört, selbst wenn wir gebrüllt hätten – an den Felsen neben dem Wasser hinunter bis zu einem kleinen Podest und streckte Bambi die Hände entgegen. Er nahm sie von unten um die Taille, während ich von oben versuchte, ihr bei dem gefährlichen Abstieg Halt zu geben.

Sam stand dort barfuß auf dem schmalen Felsvorsprung, umgeben von sprühender Gischt und nur wenige Zentimeter von Bambi entfernt, und sein langes dunkles Haar wehte im wirbelnden Nebel und mischte sich mit einigen ihrer goldenen Haarsträhnen. Als er sie heruntergehoben hatte und, die Hände immer noch um ihre Taille gelegt, aus seinen silbrigen Augen lächelnd in ihre goldgesprenkelten blickte, fühlte ich einen stechenden Schmerz.

Was in drei Teufels Namen war los mit mir? Das war jetzt kaum der geeignete Zeitpunkt, um sich von dem häßlichen grünen Monster erwischen zu lassen. Wie sollte gerade *ich* dazu kommen, eifersüchtig zu sein? Ich, die keinem einzigen vernünftigen Rat, sondern nur kleinen sexuellen Gelüsten gefolgt war und dadurch beinahe jedem zum Verhängnis wurde? Außerdem mußte ich zugeben, daß mir Sam nie, kein einziges Mal, weder mit Worten noch Taten zu erkennen gegeben hatte, daß wir mehr füreinander sein könnten als Blutsbrüder. Warum konnte ich nicht ebenso distanziert sein oder gar Teilnahme für ihn aufbringen, um ihm Liebe, Offenheit, Vertrauen und Unterstützung zu geben, wie er das mir gegenüber getan hatte, als er merkte, was ich für Wolfgang Hauser empfand? Aber ich brachte es nicht fertig. Als ich die beiden beobachtete, hatte ich das Gefühl, als hätte mir jemand ein Messer ins Herz gestoßen. Aber ich durfte jetzt auf keinen Fall durchdrehen.

Das alles schoß mir in Sekundenschnelle durch den Kopf, obwohl ich das Gefühl hatte, Sam und Bambi blieben stundenlang in ihren gegenseitigen Anblick versunken. Dann schob Sam Bambi durch die Felsspalte und streckte den Arm nach mir aus.

Als er mich auf den Felsvorsprung stellte, hielt er den Mund an mein Ohr und schrie: «Wer ist sie?» Worauf ich in sein Ohr schrie: «Meine Schwester!»

Er beugte sich zurück, um mich anzusehen, schüttelte den Kopf und lachte, was ich nur sehen, aber nicht hören konnte. Dann bugsierte er auch mich in die Spalte und folgte rasch nach.

Sams Taschenlampe leuchtete uns in dem glitzernden Labyrinth, das im Lauf von Äonen aus dem Fels gewaschen und von tropfendem Wasser ausgeschmückt worden war. Er führte uns in den Berg hinein, bis wir eine Stelle erreichten, wo unsre Stimmen nicht mehr vom Getöse des Wasserfalls übertönt wurden. Ich stellte Bambi vor.

«Nun, meine Freundinnen», sagte Sam, und seine Stimme hallte zwischen den Stalagmiten der Kristallhöhle. «Ich würde gern eine Pause einlegen und all die Schönheit bewundern, die sich mir zuliebe in die Wildnis gewagt hat. Aber ich fürchte, wir haben eine ziemlich schwere Aufgabe vor uns.»

«Bettina und ich müssen dir viel erzählen, und ebenso Olivier», sagte ich. «Es könnte gefährlich sein, Pandoras Manuskripte hier herauszuholen – ich nehme an, sie sind hier –, bevor du gehört hast, was wir zu sagen haben. Außerdem könntest du doch kaum ein besseres Versteck finden als das hier.»

«Ich will sie nicht mehr verstecken», sagte Sam. «Versteckt waren sie jetzt lange genug. Mir scheint, ehrlich währt am längsten. Das Motto hab ich übrigens von dir, Hotshot.» Er lächelte Bambi zu. «Wußtest du, daß der Berglöwe das Totem deiner Schwester ist? Ich bin gespannt, welches dein Totemtier sein wird.» Als Bambi zurücklächelte, bekam ich eiskalte Hände – vielleicht wegen der feuchten Kälte in dieser Höhle.

«Wenn du die Manuskripte nicht verstecken willst», sagte ich mit tauben Lippen zu Sam, «was willst du dann tun? Die ganze Welt ist hinter diesen verdammten Dingern her.»

«Mein Großvater hat eine tolle Idee», sagte Sam. «Er findet, es ist höchste Zeit, daß das ganze indianische Volk etwas für unsere Reservationen tut – etwas, das auch für Mutter Erde ein großer Segen sein könnte.» Als Bambi und ich nichts darauf sagten, fügte er hinzu: «Dark Bear findet, es ist Zeit, den ersten elektronischen Verlag der Native Americans zu gründen.»

Sam hatte die Manuskripte in weißlichen, lichtundurchlässigen und luftdichten Plastikröhren versiegelt und im hinteren Teil der Höhle versteckt. Wenn man nicht wußte, wonach man suchte, wirkten sie im trüben Licht nicht anders als die übrigen Stalagmiten, die vom Boden in die Höhe wuchsen.

An jenem Morgen auf dem Berg oberhalb der Schafwiese hatte Sam mir erzählt, daß er die von seinem Vater geerbten Manuskripte, die Pandora zusammengetragen hatte – alte Pergamente, dünne Holzpaneele und Kupferrollen – auf normales Papier übertragen hatte. Daraufhin hatte er die Originale in «hermetischen Behältern» versiegelt und an einem Ort versteckt, wo sie, wie er dachte, nie gefunden würden. Die Papierkopien, die er gemacht hatte – die einzigen, wie er sagte – waren jene Dokumente, die er unmittelbar nach Theron Vanes Tod aus seiner Bank in San Francisco geholt und an mich adressiert in einen Briefkasten geworfen hatte. Es waren die Manuskripte, die ich um die halbe Welt geschleppt und in der österreichischen Staatsbibliothek versteckt hatte – Dokumente, die sich jetzt laut Wolfgang in den Händen von Pater Virgilio und des Pod befanden.

Die Idee von Dark Bear, so erklärte uns Sam, bestand darin, alle die hier in der Höhle versteckten Originalmanuskripte noch einmal zu kopieren und dann ins Englische zu übersetzen – diesmal zusammen mit dem Runenmanuskript unbekannter Herkunft, das ich von Jersey bekommen hatte. Dann sollten wir diese Übersetzungen zur Erbauung und Aufklärung der Öffentlichkeit in einem Computer Network veröffentlichen.

Nach der Veröffentlichung, schlug Dark Bear vor, sollten wir die alten Quellen auf verschiedene indianische Museen und Bibliotheken verteilen, in denen Einrichtungen für eine sachgemäße Behandlung und Aufbewahrung vorhanden waren.

Anders als die berühmten und ähnlich alten Schriftrollen vom Toten Meer, die ein paar totalitär eingestellte Dokumentenhändler in den vergangenen vierzig Jahren unter Verschluß gehalten hatten, würde Pandoras und Clios wundervolle Exotika-Sammlung allen, die sich dafür interessierten, zur Verfügung stehen. Und wenn wir diese Manuskripte selbst übersetzten, würden wir zumindest wissen, daß nichts unter den Teppich gekehrt wurde. Sollten wir dabei auf etwas Gefährliches stoßen, zum Beispiel, daß es tatsächlich Orte auf Mutter Erde gibt, die manipuliert werden konnten, die jedoch heilig oder ungeschützt waren oder beides würden wir dieses Wissen ebenfalls veröffentlichen, damit etwas zum Schutz solcher Stätten unternommen werden kann.

Sam, Bambi und ich bildeten eine Kette, um die Plastikbehälter aus der Höhle zu befördern. Bambi reichte sie durch den Felsspalt hinaus zu Sam, der sie mit Schnur zu drei großen Bündeln zusammenband, während ich an der Felswand bis zur Höhe des Wasserfalls hinaufkletterte. Dann hob Sam die gebündelten Röhren hoch, und ich zog sie an einem Strick nach oben und legte sie neben dem Wasserfall ab, bis Sam und Bambi heraufgeklettert waren.

Obwohl die einzelnen Plastikröhren nicht viel wogen, hatten sie zusammen ein ganz schönes Gewicht. Ich schätzte die Bündel von Bambi und mir jeweils auf zwanzig Pfund. Sams Bündel erschien mir noch schwerer. Und überdies befürchtete Sam, daß ihr wertvoller Inhalt vernichtet werden könnte, falls zufällig in die an sich dicht versiegelten Behälter Feuchtigkeit oder gar Wasser eindringen würde.

Deshalb trugen wir die Röhren quer übereinandergestapelt auf dem Rücken – von der Taille aufwärts bis zu den Schultern. Sam hatte die Bündel mit einem Seil gesichert, ähnlich wie sich Bergsteiger sicherten, für den Fall, daß einer von uns unterging und sein Bündel rasch loswerden mußte. Die sperrigen Bündel waren für die Durchquerung des Flusses ausgesprochen hinderlich.

Kurz bevor ich ins Wasser watete, warf ich einen Blick hinüber zu Dark Bear und Olivier, der meinen Rucksack mit Jason festhielt. Dann stieg ich vorsichtig ins eisige Wasser, und wir gingen einer hinter dem anderen in den Fluß. Sam ging voran, um das Seil straff zu halten, dann folgten Bambi und ich, und jeder hielt sich am Seil fest. Wir mußten achtgeben, daß wir das Gleichgewicht behielten und auf dem glatten, unebenen Fels des Flußbetts einen festen Stand fanden. Als wir schon ziemlich weit draußen waren, bemerkte ich plötzlich, daß etwas nicht stimmte. Sam war mitten im Fluß stehengeblieben.

Am Waldrand auf der gegenüberliegenden Seite sah ich die zwei Personen, die ich am wenigsten auf dieser Erde zu sehen wünschte: meinen Chef, Pastor Owen Dart, und Prof. Dr. Wolfgang K. Hauser. Er hielt Olivier eine Pistole an den Hals. Nur wenige Meter von ihnen entfernt saß Dark Bear an einen Baum gefesselt.

Wie kamen sie hierher, mitten in die Wildnis? Dann wurde mir klar, daß wir nicht auf die Straße geachtet hatten, als Dark Bear zu uns ins Haus gekommen war, und diese wenigen Augenblicke hatten vielleicht genügt, um Peilsender an unseren Autos anzubringen. Offensichtlich hatte Wolfgang etwas dazugelernt, seit er mich das letzte Mal verfolgte.

Ich hätte am liebsten geheult. Aber noch lieber wollte ich am Leben bleiben, obwohl die Chancen dafür im Augenblick schlecht standen. Plötzlich sah ich, daß der Pod ein Jagdmesser in der Hand hielt und sich an dem Seil zu schaffen machte, an dem wir drei uns festhielten – von dem unser Leben hier in der reißenden Strömung abhing. Ich war vor Angst wie gelähmt. Aber dann sah ich, daß Wolfgang den Kopf schüttelte und etwas zum Pod sagte, worauf dieser nickte, das Seil losließ und zu uns herüberschaute.

Bambi und Sam und ich standen wie erstarrt in der Mitte des Flusses, während ich wider jede Vernunft betete, Wolfgang möge eine Sinnesänderung erfahren haben, vielleicht sogar eine radikale Persönlichkeitsveränderung. Wenn sie alle Spuren dieser Dokumente vernichten wollten, so daß ihr Team im Besitz der einzigen, von Sam angefertigten Kopien sein würde, dann bestünde, logisch gefolgert, für den Pod kein Grund, uns nicht wie Fischfutter über den Jordan gehen zu lassen.

Aber wie mir gleich darauf klar wurde, gab es doch einen Grund, der dagegen sprach. Wenn wir jetzt in den Abgrund gerissen würden, bedeutete das, daß auch Pandoras Manuskriptsammlung mitgerissen würde – aber sie würde dabei nicht unbedingt vernichtet. Dutzende uralter Schriften würden in modernen kleinen Plastikbehältern auf den Wellen tanzen und über den etliche hundert Meilen langen Salmon River in den Snake River, dann in den Columbia River und schließlich bis in den Ozean gelangen. Niemand würde sie alle wieder einsammeln und vernichten können, bevor sie nicht auch von anderen gefunden würden. Diese Botschaften und ihre Behälter mußten zuerst geborgen und vernichtet sein, bevor die Überbringer vernichtet wurden.

In diesem Augenblick gab Sam Bambi und mir hinter seinem Rücken ein Zeichen, näher zu kommen. Als wir aufgeschlossen hatten, warf mir Sam über die Schulter einen Blick zu – und zwinkerte! Was in Gottes Namen sollte das nun bedeuten?

Ungefähr dreißig Schritte vor uns kam Wolfgang in Schuhen und Strümpfen – nicht einmal die Hose hatte er hochgekrempelt – ins Wasser. Er schob Olivier als Schutzschild vor sich her und hielt ihm die Pistole an den Kopf. Der Pod folgte ihm auf dem Fuß, in der einen Hand eine Pistole, in der anderen sein Messer. Eines mußte man Wolfgang lassen: Er kannte offensichtlich das Talent seiner kleinen Schwester im Umgang mit Handfeuerwaffen und ging kein Risiko ein. Ich hatte schreckliche Angst um Olivier, denn wenn wir drei versuchen sollten, Wolfgang und den Pod anzugreifen – immerhin waren wir einer mehr als sie –, würde das Olivier vielleicht das Leben kosten, unter anderem auch, weil er nicht schwimmen konnte.

Obwohl die Umstände kaum fröhliche Laune aufkommen ließen, versuchte ich, mich darauf zu konzentrieren, was Sams Zwinkern bedeutet haben könnte. Er führte eindeutig etwas im Schild, und so wie ich Sam kannte, wußte ich, daß wir alle in dem Moment, wo er sich zum Handeln entschließen würde, ebenfalls rasch handeln und vor allem auf den Beinen bleiben mußten. Aber als es soweit war, lief alles ganz anders, als ich gedacht hatte.

Wolfgang und der Pod bewegten sich vorsichtig am Seil entlang an der flußaufwärts gelegenen Seite und benutzten das Seil wie wir als Puffer – was sich für sie bald als Fehler erweisen sollte. Ich konnte sehen, wie sie vorankamen, indem ich mich etwas nach links beugte, weil Bambi vor mir rechts an Sam vorbeilugte.

Als sie die Flußmitte erreichten, machte Wolfgang, der den käsebleichen Olivier fest im Würgegriff hielt, im reißenden Wasser einen Schritt vom Seil weg flußaufwärts, während sich der Pod, in der einen Hand das Messer, in der anderen die Kanone, vorsichtig an ihm vorbeischob, um Sam zu erreichen.

Dann ruckte Sam wie zufällig, beinahe als wollte er dem Pod Hilfestellung leisten, an der Schnur, mit der er sein Röhrenpaket auf dem Rücken festgebunden hatte – und bevor jemand begriff, was er tat, hatte er sein Bündel abgestreift, das sichernde Seil gelöst, und seine Ladung trieb flußabwärts zum Wasserfall.

Wenn ich mich recht erinnere, brach in diesem Augenblick die Hölle los.

Pastor Dart ließ sein Messer ins Wasser fallen und beugte sich über das in Hüfthöhe von Ufer zu Ufer gespannte Seil, um das davonschwimmende Röhrenbündel festzuhalten. Im selben Moment drückte Sam das Seil tiefer ins Wasser, so daß der Pod das Gleichgewicht verlor und vornüber in die reißende Strömung fiel. Dann riß Sam das Seil blitzschnell wieder nach oben, so daß der Pod wie ein Bündel nasse Wäsche über der Leine hing.

Während der Pod zappelnd versuchte, auf die Beine zu kommen, schob Wolfgang Olivier zur Seite, um auf die rasch davontreibenden Röhren zu schießen, bevor sie in die Tiefe gezogen wurden. Aber kurz bevor er zum Schuß kam, explodierte direkt vor seinem Gesicht ein zorniges schwarzes Etwas, das zu lange in Oliviers Rucksack eingesperrt war. Ich hätte nie gedacht, daß Jason seine Krallen so blitzschnell und zielsicher einsetzen konnte.

Als Wolfgang die Arme hochriß, um sein Gesicht zu schützen, hakelte sich Jason an ihnen hoch auf Wolfgangs Kopf, und dann verschwand er hinter seinem Rücken. Wolfgangs Pistole flog in die Luft – dank einer sicher gehandhabten Browning und einer sehr geistesgegenwärtigen Bambi. Wolfgangs Schrei war trotz des tosenden Wasserfalls zu hören. Aber er gab deshalb noch lange nicht auf. Er hielt sich die blutende Hand und sprang über das durch den Pod beschwerte Seil, um das Röhrenbündel einzuholen. Doch nun rempelte ihn Sam von der Seite an, und dann fielen sie beide ins Wasser. Ich sah mich rasch nach Olivier um, aber er war so schnell verschwunden wie mein Kater.

Alles das spielte sich innerhalb von Sekunden ab. Schließlich befreite auch ich mich von meinem hinderlichen Bündel und vertäute es rasch an dem von Ufer zu Ufer gespannten Seil. Dann packte ich den Pod, dessen Waffe ebenfalls in den reißenden Fluten verschwunden war. Und während Bambi ihn mit ihrer Pistole in Schach hielt, nahm ich ihm die Krawatte ab und band ihn mit gefesselten Handgelenken an das Seil neben mein Röhrenbündel.

Bambi nahm ihr Bündel ab, während ich über das Seil stieg und versuchte, mich Wolfgang und Sam zu nähern, die sich noch im Wasser wälzten. Plötzlich stieß Bambi hinter mir einen schrillen Schrei aus. Ich fuhr herum, und ihrem Blick folgend sah ich Olivier vielleicht zwanzig Meter flußabwärts im Wasser um sich schlagen und direkt auf die Kante zutreiben.

Ich überlegte krampfhaft, was ich tun könnte, als ich sah, wie Wolfgang nur ein kurzes Stück vor mir Sam aus dem Wasser zerrte, ihm einen furchtbaren Kinnhaken versetzte, wieder ins Wasser stieß und dann hinter dem rasch verschwindenden Objekt seiner Begierde herrannte.

Sam rappelte sich auf, warf einen Blick flußabwärts und sah Olivier. Bevor ich einen Gedanken fassen konnte, stürzte er sich in dieselbe rasche Strömung, die Olivier erfaßt hatte und an den Rand des Abgrunds trieb. In einiger Entfernung von Sam war Wolfgang immer noch auf den Beinen – das Röhrenbündel trieb praktisch in Reichweite von ihm. Er versuchte, es zu fassen, da riß auch ihn die Strömung mit.

Bambi war es gelungen, ihr Bündel abzunehmen und festzuzurren, ohne daß ihre Pistole naß geworden war. Sie hielt sie in der Hand, als sie das kurze Stück zu mir herüberkam und mir ins Ohr brüllte:

«Können wir nicht etwas *tun*? Sie werden alle umkommen!»

Aber ich wußte auch nicht, wie wir es verhindern konnten. Selbst wenn es mir gelungen wäre, ein Ende des Seils, das Sam über den Fluß gespannt hatte, loszumachen und als Rettungsseil auszuwerfen, hätte es wahrscheinlich nichts mehr genützt, weil das Seil nicht lang genug war, um bis zu ihnen zu reichen. Hilflos mußten wir zusehen, was sich vor unseren Augen abspielte. Drei Männer und ein Bündel weißer Plastikröhren trieben im flaschengrünen Wasser unaufhaltsam dem Absturz entgegen. Der Anblick verschlug mir den Atem.

Bambi griff nach meiner Hand, während wir zusahen, wie sich das Röhrenbündel auf den Rand des Wasserfalls zubewegte, sich wie in Zeitlupe und sehr anmutig einmal um sich selbst drehte und lautlos verschwand. Einen Augenblick später folgte ebenso lautlos Wolfgangs dunkler Haarschopf.

Wir sahen Sam, der mit kräftigen Schlägen zu Oliviers vielleicht schon leblosem Körper kraulte. Aber es war für beide zu spät, sich aus der unheimlich starken Unterströmung zu befreien. Bambi und ich sahen stumm und nur mit dem Brausen des Wassers im Ohr, wie der Rest unserer Generation mit Ausnahme von uns beiden über den Rand und in den Abgrund gerissen wurde.

Als ich dort im eiskalten, reißenden Wasser stand, empfand ich weder Trauer noch Mitleid noch Reue. Ich empfand auch nichts für all jene, die diesen Sumpf aus Lieblosigkeit und Niedertracht geschaffen oder erhalten hatten – die meisten von ihnen waren, wie sich herausgestellt hatte, Mitglieder meiner schrecklichen Familie. Aber ich hatte noch etwas, woran ich mich festhalten konnte wie an einem Rettungsseil, etwas, das mich vielleicht trotz allem am Leben hielt. Es war das, was am Boden von Pandoras Büchse übriggeblieben war, nachdem sich alles andere aus dem Staub gemacht hatte: Es war die Hoffnung.

Ich wandte mich um und wollte zum Ufer zurückkehren, aber Bambi ließ meine Hand nicht los.

«Was sollen wir jetzt tun?» rief sie über das lärmende Wasser hinweg – dieses Wasser, das mir gerade alles genommen hatte, was mir im Leben lieb war.

«Als erstes», schrie ich ebenso laut zurück, «müssen wir meine Katze finden.»

Bambi band unsere zwei Röhrenbündel zusammen und zog sie zum Ufer, während ich den schrecklichen Pod rücklings durch das Wasser zog und ihn unsanft am Flußufer ablegte. Bambi hielt die Pistole auf ihn gerichtet, bis ich Dark Bear befreit hatte, der uns anschließend half, Pastor Dart an den Baum zu binden, an den er bis eben gefesselt war. Dann machten wir drei uns auf die Suche nach Jason.

Ich werde nie begreifen, wieso ich wußte, daß Jason die Lösung des Problems war oder daß er noch lebte. Aber ich kannte Jasons Psyche so gut, wie man die Psyche eines Katers eben kennen kann. Seine natürlichen Instinkte waren selbstverständlich die des mythologischen Helden, nach dem er benannt war. Er fuhr wie ein Argonaut zu Wasser.

Jason war zwar noch nie zuvor über einen Wasserfall von ungefähr dreizehn Meter Höhe und dreißig Meter Breite gefahren, aber in den Funparks konnte ich gar nicht oft genug eine Rutschpartie mit ihm machen von Geräten, die wesentlich höher waren; und er war auch schon in der starken Strömung des Snake River geschwommen. Unterhalb dieses Wasserfalls würde der Fluß wesentlich langsamer und ruhiger fließen. Wenn Jason den Sturz ohne Knochenbrüche überstanden hatte, würden wir ihn wahrscheinlich irgendwo dort unten quicklebendig finden.

Außerdem liebte es Jason, Dinge zu holen, ob einen Gummiball oder einen gelben Abholschein von der Post. Warum also sollte er nicht auch einen Eisberg aus weißen, kostbare Manuskripte enthaltenden Plastikröhren ausfindig machen? Ganz zu schweigen von Olivier, Sam oder Wolfgang, ob sie nun tot waren oder noch lebten.

Als ersten fanden wir Jason. «Vergnügt wie eine Auster bei Flut», wie Olivier sagen würde, paddelte er in einem stillen Tümpel gleich unterhalb des Wasserfalls. Das Ding, um das er mit sichtlichem Besitzerstolz herumschwamm, war Sams Plastikröhrenbündel, dessen Sicherungsseil sich an einem Felsen verhakt hatte. Einige Röhren hatten sich aus dem

Bündel gelöst und schwammen, anscheinend ebensowenig beschädigt, in einem ähnlichen Tümpel ganz in der Nähe.

Nachdem Bambi und ich bereits naß bis auf die Haut waren, kletterten wir hinunter und holten die Röhren und Jason aus dem Wasser, während Dark Bear weiter am Ufer entlangging, um nach den Männern zu suchen. Als wir die Plastikzylinder auf ein Sims befördert hatten, kam er wieder zurück.

«Ich konnte nicht recht viel weiter gehen. Das Ufer verschwindet im Unterholz», sagte er. «Aber ich habe sie von oben gesehen. Sie sind nur ein kleines Stück flußabwärts. Ich habe drei Köpfe gesehen, die in einer Art Mulde schwimmen.»

«Lebendig?» fragte ich.

«Ich glaube schon», antwortete Dark Bear. «Aber die Felswände dort sind blank und glatt. Über das Ufer kriegen wir sie nicht heraus. Wir müssen sie durch das Wasser hierher bringen.»

Das Gefälle des Flusses war hier steiler und das Wasser wesentlich tiefer als oben. Obwohl Dark Bear, Bambi und ich ziemlich gute Schwimmer waren, banden wir uns einige der losen Behälter als Schwimmgürtel um. Bambi versteckte ihre Pistole in einem Busch. Dann ließen wir uns nacheinander in den dunklen Fluß gleiten.

Ungefähr fünfhundert Meter weiter unten fanden wir sie und erlebten eine echte Überraschung. Sam schwamm auf dem Rücken und hielt nicht Oliviers Kopf über Wasser, sondern den von Wolfgang, dessen Augen geschlossen waren, während Olivier vergnügt wie seine sprichwörtliche Auster herumplanschte.

«Mann über Bord!» rief er, als er unsere Rettungsflotille herannahen sah. «Frauen und Eingeborene zu Hilfe!»

«Gott sei Dank seid ihr alle am Leben», sagte ich, als wir Olivier erreichten. «Aber ich dachte, du kannst nicht schwimmen!»

«Das habe ich auch gedacht», entgegnete er. «Aber dein Rucksack hat mich gerettet. Er hat mich über Wasser gehalten, obwohl ich über den Wasserfall gestürzt bin. Ich hatte vielleicht Angst! Aber sobald ich unten war, bin ich wie eine Seifenblase wieder hochgekommen.»

Es war meine große Plastikwasserflasche, die ich bei jeder Wanderung dabei hatte – nur diesmal war sie nur mit Luft gefüllt, und das hatte Olivier das Leben gerettet.

«Bist du in Ordnung?» fragte ich Sam und war wirklich besorgt.

Er sah schrecklich mitgenommen aus, wenn auch nicht ganz so schlimm wie Wolfgang mit seinem zerkratzten Gesicht, der zudem durch die Schußwunde an der Hand eine Menge Blut verloren hatte.

«Ich glaube, er hat sich bei dem Sturz ein Bein gebrochen», sagte Sam, der kräftig Wasser treten mußte, um sich und Wolfgang über Wasser zu halten. «Wahrscheinlich ist er vor Schmerz ohnmächtig geworden.»

«Überlaß ihn uns, Sam», sagte Bambi. «Wir müssen nämlich zurückschwimmen.»

Zusammen mit Dark Bear erlöste sie Sam von dem bewußtlosen Wolfgang, während ich Olivier zeigte, wie er seinen schwimmenden Körper durch die sanftere Strömung unterhalb der Katarakte flußaufwärts bewegen konnte. Nachdem wir ans Ufer geklettert waren, legte sich Dark Bear den bewußtlosen Wolfgang über die Schulter, und wir gingen zurück, um den Pod und die restlichen Behälter mit den Manuskripten zu holen. Olivier, der mit der einen Hand Jason an sich drückte und mit der anderen Bambis Pistole auf unseren demnächst gewesenen Chef richtete, marschierte auf dem Weg zu den Autos voraus, während Dark Bear, Sam, Bambi und ich die übrigen Schätze trugen.

Ein durchnäßter, schlammverschmierter Sam schob sich neben mich auf den Vordersitz des Landrovers. Dark Bear fuhr. Olivier und Bambi saßen auf dem Rücksitz, und unsere Geiseln sowie alles Gepäck hatten im hinteren Teil des Wagens Platz gefunden. Ich war vollkommen erledigt. Trotz all der Gefahren, die ich wegen dieser Manuskripte überstanden hatte, wünschte ich beinahe, sie wären nie wieder aus den dunklen Fluten dieses klaren, aber gefährlichen Flusses aufgetaucht. Ich war von den heutigen Ereignissen wie erschlagen, so daß ich kaum noch imstande war, einen Gedanken zu fassen.

«Und was machen wir als nächstes?» fragte ich die Versammlung, die ebenso erledigt zu sein schien wie ich.

«Das kann ich dir sagen», antwortete Olivier. «Als erstes werde ich alle meine Nuclear-Security-Abzeichen in den nächsten Briefkasten werfen und ein paar meiner anderen Abzeichen anstecken, um diese zwei Burschen da hinten wegen versuchten mehrfachen Mordes den Behörden zu übergeben.»

«Und was mich betrifft», sagte Bambi stolz, «so hat mich Dark Bear vorhin, als wir vom Fluß zum Auto gingen, gefragt, ob Lafcadio und ich nicht unsere Kontakte nützen könnten, um die besten archäologischen und akademischen Einrichtungen in anderen Teilen der Welt ausfindig zu machen, die die Originaldokumente auf ihre Echtheit überprüfen und darüber berichten könnten. Das werden wir mit dem größten Vergnügen tun. Und mein Bruder – nun, Lafcadio würde sagen, er hat gesät, was er demnächst ernten wird.»

Ich selbst war noch nicht bereit, über Wolfgang nachzudenken, der bewußtlos und in nassen Kleidern neben einem ebenso durchweichten Pod im Fond des Wagens lag.

«Wir sind aber noch nicht aus allem heraus», sagte Sam zu mir. «Nicht, solange wir nicht noch ein paar mehr Leute ausgehoben haben, unter anderem auch deinen Vater und Bettinas Mutter, die bestimmt nichts unversucht lassen werden, um die Manuskripte in die Hände zu bekommen.» Trotz meiner wenig töchterlichen Gefühle gegenüber meinem unbußfertigen Vater bedauerte ich, wie sich die Dinge entwickelt hatten, und Bambi konnte ich ansehen, daß es ihr ähnlich ging. «Solange wir nicht sämtliche Übeltäter in dieser Sache außer Gefecht gesetzt haben», fügte Sam hinzu, «werde ich eben weiterhin diese Dokumente beschützen und entziffern.»

Ich dagegen wußte keineswegs, was ich in Zukunft machen sollte. Ich mußte mich das ernstlich fragen, nachdem sich in den vergangenen Wochen alles so unwiderruflich geändert hatte. Ich hatte keinen Job mehr, keine Freunde, keine Aufgabe – und aufregend gefährlich war auch nichts mehr.

«Ich habe keine Ahnung, was ich jetzt machen werde», gab ich allgemein zu bedenken.

«Oh, dich erwartet die schwerste Aufgabe», sagte Sam, und der Schlamm bröselte aus seinem grinsenden Gesicht.

«Du wirst tanzen lernen», sagte er.

DER TANZ

Mandala heißt Kreis, speziell magischer Kreis... Mir sind Fälle von Frauen begegnet, die Mandalas nicht gezeichnet, sondern getanzt haben. In Indien hat man dafür einen eigenen Namen... mandala nrithya, *der Mandalatanz.*

Carl G. Jung

In der Ekstase des Tanzes überbrückt der Mensch die Kluft zwischen dieser und der anderen Welt... Wir können annehmen, daß der Kreistanz bereits ein dauerhaftes Gut der altsteinzeitlichen Kultur war, der ersten nachweislichen Zivilisationsstufe.

Curt Sachs, World History of the Dance

Die älteste Form des Tanzes scheint der Reigen zu sein, ein Rundtanz, der eine höchst bedeutsame Wirklichkeit im Leben der primitiven Menschen symbolisiert – den heiligen Bereich, den magischen Kreis... Im magischen Kreis sind alle dämonischen Kräfte entfesselt.

Susanne K. Langer, Feeling and Form

Der Kreis war geschlossen – aber meine Tanzstundenzeit hatte trotzdem noch nicht begonnen. Olivier rief unterwegs von einer Telefonzelle aus bei der Bundespolizei an, sie möchten aus Boise ein paar Leute schicken, um den Pod und Wolfgang abzuholen, sobald wir in der Stadt sein würden. Was er gegen die beiden in der Hand hatte – Verrat, Spionage, Fraternisierung mit bekannten ausländischen Waffenhändlern und Schmugglern von waffenfähigem Material, versuchter mehrfacher Mord in einem Fluß, Ermordung des Regierungsbeamten Theron Vane – dies alles verblaßte in meinen Augen neben der Tatsache, daß Wolfgang versucht hatte, seinen Halbbruder Sam zu ermorden.

In der Stadt füllte Olivier gegen Dark Bears Landrover gelehnt auf einem Klemmbrett die nötigen Formulare für die Überstellung seiner zwei Gefangenen aus. Der Pod wurde aufgrund seiner hohen Stellung als Leiter der Nuklearanlage als erster in das gepanzerte Polizeifahrzeug gesetzt, das ihn in ein Bundesgefängnis brachte, wo er voraussichtlich bis zu seinem Prozeß bleiben würde.

Wolfgang, der inzwischen das Bewußtsein erlangt hatte, saß gefesselt im Landrover und bat, mit mir allein sprechen zu dürfen. Also stiegen die anderen aus und standen um das Auto herum, während ich mich umdrehte, um Wolfgang ins Gesicht zu sehen – ein Gesicht voll von blutigen Kratzspuren und mit dem Ausdruck unverhohlenen Schmerzes, der eine tiefere Ursache zu haben schien als eine angeschossene Hand oder ein gebrochenes Bein. Die türkisfarbenen Augen, bei denen ich noch vor kurzem weiche Knie bekommen hatte, wirkten fremd und beängstigend nach allem, was geschehen war.

«Ariel», sagte er, «kannst du dir vorstellen, wie weh es mir tut, dich anzusehen? Ich habe geglaubt, du hättest gewußt, daß ich dich liebe.

Und jetzt muß ich feststellen, daß du mich die ganze Zeit angelogen hast.»

Ich hatte *ihn* angelogen? Das überstieg, gelinde ausgedrückt, das sprichtwörtliche «Ein Esel nennt den anderen Langohr»! Seit Wochen hatte ich unter jedem Stein, den ich umdrehte, neue Lügen gefunden. Ich hatte Wolfgang so oft zur Rede gestellt und immer wieder Lügen gehört und leichtgläubig Lügen geschluckt, nur um in seinen Armen und in seinem Bett zu liegen. Nachdem er zum Schluß versucht hatte, sein Ziel mit der Pistole in der Hand zu erreichen, hielt ich es für gnädiger, vorläufig keinen Kommentar abzugeben.

«Du hast *gewußt*, daß Sam lebt, und hast es trotzdem verschwiegen!» stieß er verbittert hervor. «Du hast mich nur belogen.»

«Wolfgang, du hast versucht, ihn zu *töten*!» Ich hielt das für eine naheliegende Erklärung. «Hättest du auch deine Schwester und mich getötet?»

«Ich liebe dich», sagte er zwischen schmalen Lippen, während er sichtlich litt. «Natürlich hätte ich keinen von euch getötet», fuhr er nach einer kleinen Pause fort. «Das wäre doch Wahnsinn. Seh ich aus wie ein wahnsinniger Mörder? Ich wollte nur diese alten Schriften haben, die so wichtig sind. Oh, Ariel, verstehst du denn nicht? Du und ich, wir hätten dieses Wissen richtig anwenden können. Wir hätten so viel erreichen können. Mit Hilfe dieser Manuskripte hätten wir gemeinsam eine bessere Welt geschaffen.»

Er unterbrach sich und fügte leiser hinzu: «Ich weiß, was du gedacht hast, nach Paris – nachdem Zoe mit dir gesprochen hat. Es war meine Frage wegen der Zigeuner, nicht wahr? Ich hätte gleich damals etwas sagen sollen. Ich war nur überrascht, als ich es erfahren habe – weiter nichts. Bitte, glaub mir, es hätte zwischen uns keine Rolle gespielt. Es hätte mir nichts ausgemacht –»

«Was hätte dir nichts ausgemacht?» explodierte ich zornig. «Du meinst, du hättest freundlicherweise weiterhin mit mir geschlafen, obwohl ich Zigeunerblut in den Adern habe! Großer Gott – was bist du für ein Mensch? Kannst du dir nicht vorstellen, wie mir bei dem Gedanken zumute ist, daß *du* derjenige warst, der Sam mit jener Autobombe in San Francisco töten wollte? Du hast versucht, ihn umzubringen, Wolfgang. Und die ganze Zeit hast du gewußt, daß Sam dein eigener Bruder ist!»

«Nein, das ist er nicht!» schrie Wolfgang förmlich. Er war aschfahl im

Gesicht geworden, und seine schmerzverzerrte Miene drückte alles aus, was er nicht ausgesprochen hatte.

Olivier warf einen besorgten Blick durch das Fenster und wollte unser Gespräch schon beenden; aber ich winkte ab. Ich zitterte am ganzen Leib, weil mich etwas erschütterte, das ich nicht annähernd benennen konnte. Heiße Tränen stiegen mir in die Augen, während ich mich wieder Wolfgang zuwandte und tief Luft holte. Ich sagte so ruhig und entschieden, wie ich nur konnte, ohne den letzten Rest meiner Fassung zu verlieren:

«Doch, Wolfgang. Er ist dein Bruder.»

Dann stieg ich aus und schlug die Wagentür hinter mir zu.

Dark Bear, der ein phantastisches Organisationstalent besaß, hätte in jedem Konzern ein hervorragender Vorstandsvorsitzender sein können, wäre es ihm nicht wichtiger gewesen, die Wurzeln seines Volkes zu erhalten und den Geheimnissen des Lebens auf die Spur zu kommen. Nebenbei organisierte er unser Projekt.

Dark Bear hielt es jedoch für gefährlich, jetzt schon damit an die Öffentlichkeit zu gehen. Er meinte, wir sollten warten, bis Olivier und seine Abteilung noch einige dieser üblen Leute gefaßt hatten. Dank ihm lagen jetzt auch mehr Beweise gegen diese Leute vor. Onkel Earnests Unterlagen – jene peinlichen Informationen, die er, wie Zoe sagte, über die Behnfamilie herausgefunden hatte – waren zwischen Stapeln alter Claims und Schürfrechte gefunden worden, die Earnest in einem Safe in der Reservation in Lapwai aufbewahrt hatte.

Obwohl Earnest vielleicht nichts mehr von Halle und Wolfgang wissen wollte, wie Dark Bear uns erzählt hatte, enthielt dieser neue Fund dennoch genaue Hinweise auf die Rolle, die unsere Familie – und auch mein Vater – als heimlicher Geldgeber spielten, um ihre eigene Auffassung von der Überlegenheit einer Kaste zu unterstützen und ihre menschenverachtende neue Weltordnung mit Hilfe von Massenvernichtungswaffen zu verwirklichen.

Es gab ein paar Überraschungen von der erfreulicheren Seite meiner Familie. Wie Sam vermutet hatte und Dacian Bassarides nun bestätigte, existierten von Pandoras Vermächtnis tatsächlich vier Teile, denn sie hatte es unter die vier «Behnkinder» aufgeteilt. Es scheint, daß Dacian nach unserem Zusammentreffen in Wien ein paar Schlußfolgerungen gezogen hatte. Er nahm es auf sich, eine längst überfällige Versöhnung zwischen Lafcadio und Zoe herbeizuführen und endlich mit den jahrzehntelangen Verbitterungen aufzuräumen, die im wesentlichen auf das Konto eines einzigen Mannes gingen, und der war inzwischen tot.

Bei Laf und Zoe fand er außerdem volles Verständnis, daß ich diejenige war, die alle die einzelnen Teile wiedervereinen würde, so wie Pandora das einst getan, aber durch ihr Testament vor fünfundzwanzig Jahren wieder rückgängig gemacht hatte. Onkel Laf schickte mir eine Kiste Wein von Dacians Weingut mit einem Brief von Dacian, der sich mit Pandoras Erbe befaßte, das in all diesen Jahren so viel Interesse auf sich gezogen hatte. Nach einem aufschlußreichen Telefongespräch, das ich nach der Lektüre von Dacians Brief mit meiner Mutter führte, und etlichen Plauderstündchen mit Dark Bear ergab sich für mich ein glasklares Bild.

Zunächst war da das Runenmanuskript, das mir meine Mutter aus San Francisco geschickt und das Olivier dann in der Firma aus dem DOD Standard, wo ich es versteckte, herausgeholt hatte. Ich erinnerte mich, daß Laf mir erzählt hatte, Pandora habe es sich zur Gewohnheit gemacht, Runen von Steinmonumenten überall in Europa eigenhändig zu kopieren: Diese Runen wurden ihr Vermächtnis für meinen Vater. Als Jersey dahinterkam, daß Augustus ein Verhältnis mit ihrer Schwester hatte, machte sie heimlich eine Abschrift von diesem Manuskript. Obwohl mein Vater das Original noch besaß, riet ihr Earnest später, ihre Kopie aufzuheben, um sie mir zu geben, wenn ich erwachsen sein würde, so wie er seinen Teil von Pandoras Erbe für Sam aufgehoben hatte.

Damit kam ich zum zweiten Teil von Pandoras Vermächtnis, das Earnest und dann Sam geerbt hatten. Dieser Teil bestand aus den seltenen und alten Schriftrollen aus Pergament, Holz, Metall oder Stoff, die wir unter so großen Gefahren aus der Tropfsteinhöhle geborgen hatten und die so begehrt waren, daß einige Leute nicht vor Mord und Totschlag zurückschreckten, um sie zu bekommen. Wolfgangs privates Motiv war bei seiner scheinbar obsessiven Voreingenommenheit nicht schwer zu erraten: Sein Vater hatte ihn verlassen und sein gesamtes Erbe – einschließlich dieser Altertümer – seinem jüngeren und halbindianischem Sohn Sam vermacht.

Aber Dacian Bassarides hatte mich in Wien darauf hingewiesen, daß ein Viertel eines Puzzles oder auch die Hälfte ohne die anderen Teile ziemlich wertlos sein würden. Und – wie mir Volga Dragonoff bei unserem mitternächtlichen Gespräch in einem eiskalten Speisesaal in Leningrad erklärt hatte – selbst wenn alle Teile in einem Haufen vor mir liegen würden, bräuchte es immer noch jemand – jemand wie mich, wie er glaubte – der in die richtige Denkungsart eingeführt war, um das Puzzle zusammenzusetzen. Es gab nur einen Menschen, der mir bewußt oder unbewußt eine solche Ausbildung gegeben haben konnte, und das war Sam.

Die zwei anderen «Behnkinder», Lafcadio und Zoe, hatten mir Kopien ihres Teils von Pandoras Erbe zukommen lassen. Sie hatten sie Bambi anvertraut, die sie mir mitbrachte, als sie kam, um mich vor Wolfgang zu warnen. Nachdem nun auch diese Teile in meinem Besitz waren, fühlte ich mich gewappnet, meinen Angriff zu starten.

Dark Bear hatte sich einen genialen Plan ausgedacht, damit Sam und ich uns nicht in irgendwelchen Schuppen oder Berghütten verkriechen mußten, um unser Vorhaben auszuführen. Mit den Vorbereitungen dafür hatte er schon vor Wochen begonnen, sobald Sam mit den Ergebnissen seiner Nachforschungen über die Familie aus Salt Lake City zurückgekommen war. Es war alles da, was wir brauchten, um mindestens ein halbes Jahr «upcountry» zu leben, wo wir die Chance hatten, unser Projekt unter größtmöglicher Geheimhaltung zu beginnen und zu beenden.

Dark Bear hatte vier kräftige Packpferde bereitgestellt, einen ordentlichen Vorrat an getrockneten Nahrungsmitteln und Heilkräutern, ein Tipi und reichlich wasserdichte und wärmende Kleidung, zwei Laptops mit Reservebatterien sowie die beste Software, die auf dem Markt zu haben war, in mehreren alten und neuen Sprachen als Hilfsmittel für unsere Übersetzungsarbeit. Und er hatte uns ein reizendes Grundstück mit einem munter fließenden Bach besorgt, das nur einen Tagesritt vom Pend'Oreille Lake und der Kootenai-Wildnis entfernt in der Idaho-Panhandle dicht an der Grenze zu British Columbia lag und deshalb auch in einem Bereich, wo wir notfalls mit einer Trommel zahlreiche Indianerstämme erreichen würden. Die einzige Stadt im Umkreis von vierzig Kilometern war ein kleiner Ort mit 800 Einwohnern und dem in dieser Gegend verblüffenden Namen Troy (Troja).

Mein dunkler, grünäugiger Retter Jason begleitete uns in die Wildnis, wenn auch zunächst etwas mißmutig, bis er unser fließendes Privatgewässer zu sehen bekam. Jedes Wochenende schickte Dark Bear einen namenlosen Kurier auf einem gefleckten Appaloosa zu uns, der Lebensmittel brachte und das, was wir in der einen Woche an Dokumenten entziffert und übersetzt hatten, abholte und an einen unbekannten Ort brachte – oder zumindest an einen, den nur Dark Bear kannte.

Ich hatte vergessen, wie es sich in der freien Natur lebte, wo Wasser, Essen und Luft direkt von der Erde kommen – unbehandelt und durch nichts verschmutzt. Es war ein wunderbares Erlebnis von dem Augenblick an, als wir unser Tipi aufgestellt und eingeräumt hatten. Sam und ich säten Gemüse, das in der kurzen Wachstumssaison hier oben gedeihen konnte, und wir mußten auch jeden Tag angeln oder sonst etwas Eßbares auftreiben; trotzdem konnten wir den größten Teil unserer Zeit mit Übersetzen verbringen. Und je mehr wir übersetzten, um so faszinierender wurde unsere Arbeit.

Hier kamen Geschichten und Geheimnisse zum Vorschein, die sich wie mit flüsternder Stimme aus der tiefen Stille einer unbekannten und bis jetzt beispiellosen Vergangenheit artikulierten. Langsam begann diese Vergangenheit aus dem verschleiernden Nebel einer Rauchmaschine herauszutreten, die, wie ich bald herausfand, seit Jahrtausenden von Historikern und Biographen in Gang gehalten worden war.

«Etwas ist mir aufgefallen», sagte ich eines Abends am Feuer zu Sam, nachdem wir ungefähr einen Monat an den Dokumenten gearbeitet hatten. «In diesen Geschichten kommt es selten vor, daß eine echt höher entwickelte Gesellschaft eine, die auf einer unteren Stufe steht, überfällt und unterwirft. Viel häufiger ist es umgekehrt, ob du nun die wissenschaftlichen oder die künstlerischen Fähigkeiten der einzelnen Kulturen vergleichst. Im Grunde ist Geschichte ein Bericht von den erstaunlichen Heldentaten der Eroberer. Aber ihre ‹Überlegenheit› beruht häufig auf der Tatsache, daß es ihnen gelang, andere zu unterwerfen und zu versklaven.»

«Du hast es erfaßt», sagte Sam. «Zu schade, daß du keine Indianerin bist, dann hättest du es schon von Geburt an gewußt.»

Es war das einzige Mal, daß Sam auf eine Vergangenheit anspielte, deren Bitterkeit ich als Weiße wahrscheinlich nie so empfinden konnte wie er.

«Aber du hast Wolfgang das Leben gerettet», sagte ich. «Inzwischen weißt du von Bambi, daß er dich gehaßt hat und daß er die Bombe gelegt hat, die für dich bestimmt war. Wenn du das schon früher gewußt hättest – hättest du dann trotzdem versucht, ihn zu retten?»

«Hältst du mich für so altruistisch, daß ich jemand vergeben würde, der Leute wie mich mit Vergnügen ausgerottet hätte?» fragte Sam. Er saß an einen Sattel gelehnt und blickte ins Feuer. Dann stand er auf und zog auch mich auf die Beine.

«Ich habe es gewußt», sagte er lächelnd.

«Daß Wolfgang versucht hat, dich umzubringen?» entgegnete ich verblüfft.

«Jetzt hältst du mich sicher für furchtbar edel, nicht wahr?» sagte Sam. «Aber das bin ich nicht. Leute wie er sollten nicht mit einem gebrochenen Bein und einem schnellen und schmerzlosen Tod durch Ertrinken davonkommen. Ich finde, sein hübscher arischer Name sollte richtig schmutzig werden, und er selbst sollte für den Rest eines langen Lebens ins Gefängnis wandern.»

Wenn man Sams Verbitterung anzapfte, konnte man ganz schön fündig werden. Seine Hände lagen noch immer auf meinen Schultern. Er sah mich mit einem merkwürdigen Ausdruck an, als wir uns dort in der Mitte des Tipis neben dem Feuer gegenüberstanden.

Ich schloß die Augen und dachte an ein anderes Feuer im Haus eines anderen Mannes und an das unlöschbare Feuer, das in mir angefacht worden war durch die Berührung und den Geruch jenes Mannes, über den wir eben gesprochen hatten und der für uns unwiderruflich erledigt war – eines Mannes, der so voller Haß war, daß er seinen eigenen Bruder in die Luft jagen wollte, denselben Bruder, der ihm später das Leben rettete, obwohl er von all dem gewußt hatte. Trotz Wolfgangs Beteuerungen seiner Liebe zu mir fragte ich mich heute, ob er mich jemals wirklich geliebt hatte. Ich fragte mich auch, ob ich ihn geliebt hatte.

Als ich die Augen wieder öffnete, sah mich Sam so an, als suche er nach einer verborgenen Antwort auf eine unausgesprochene Frage. Ich erinnerte mich an seine Worte an jenem Morgen auf dem Berg: «Ariel, weißt du, wie gefährlich deine neue Freundschaft für uns werden könnte?» Hatte er es damals schon gewußt? Nun, ich hatte es inzwischen selbst herausgefunden.

«Ich habe dich wirklich warnen wollen», sagte Sam. «Ich hatte keinen konkreten Verdacht, bevor ich in Salt Lake City war. Aber als ich dort anfing, zwei und zwei zusammenzuzählen anhand der Familienurkunden, und die Situation begriff – als mir klar wurde, daß der Mann, mit dem du zu tun hattest, dieser Wolfgang Hauser, möglicherweise derselbe war, der Theron Vane ermordet hatte –, wußte ich wirklich nicht, was ich tun sollte. Ich wußte, wie gefährlich es für *mich* werden konnte. Ich wußte, daß er hinter mir her war. Aber ich konnte nicht glauben, daß er dir etwas antun würde. Ich habe dir dann die Nachricht geschickt, mit ihm vorsichtig zu sein. Und gleichzeitig habe ich mir gedacht, du bist kein kleines Mädchen mehr, Sweetheart. Ich wollte wirklich, daß du tust, was für *dich* das Beste ist.»

«Das war verdammt großzügig von dir», entgegnete ich mehr als nur ein bißchen wütend und enttäuscht. «Du hast wohl gedacht, es sei das Beste für mich, mich mit einem Mann schlafen zu lassen, mich gar in ihn zu verlieben, obwohl dieser Mann imstande war, uns beide umzubringen.»

Sam zuckte wie unter einem Schlag zusammen, und ich erkannte, wie fest er die Augen vor der Tatsache verschlossen hatte, daß Wolfgang und ich ein Verhältnis gehabt hatten. Schließlich atmete er tief ein und sagte sehr ruhig:

«Wenn du dich mit Alkohol oder Drogen vollgepumpt hättest, hätte ich dich auch das tun lassen, Ariel. Für deine Entscheidungen bist du selbst verantwortlich. Aber das hat nichts mit Liebe zu tun, und das weißt du. Liebe ist nicht etwas, das man mit jemand *tun* will.»

«Ich bin mir gar nicht sicher, ob ich weiß, was Liebe ist», sagte ich, und ich meinte es ehrlich. Mir fiel Dark Bears Bemerkung ein, daß Sams Vater Earnest glaubte, er sei unfähig zu lieben. Vielleicht war ich für die Nez Percé auch schon eine Tote.

«Ich glaube, ich weiß, was Liebe ist. Soll ich es dir sagen?» Sam sah mich immer noch forschend an.

Ich fühlte mich so leer – aber ich nickte.

«Ich glaube, Liebe ist das, wenn du weißt, daß ein Teil von dir der Mensch ist, den du liebst, und daß ein Teil von ihm in dir ist», sagte Sam. «Jemand, den du wirklich liebst, kannst du nicht benutzen oder manipulieren oder anlügen, weil du das alles auch dir selbst antun würdest. Klingt das vernünftig?»

Ich war sprachlos. Aber ich wußte, daß er recht hatte. Ich hatte die intimste Beziehung, die man haben kann, mit einem Mann gehabt, dem ich nie getraut, dem ich nie freiwillig über irgend etwas die Wahrheit gesagt hatte. Es war eine bittere Pille, die ich schlucken mußte. Aber Tatsache war, daß ich tief im Innern die ganze Zeit geahnt hatte, daß mit Wolfgang etwas nicht stimmte.

«Ich habe dir schon vor langer Zeit einen Teil von meiner Seele gegeben, Ariel. Ich glaube, das weißt du.» Er lächelte, und als er weitersprach, blitzte der Schalk aus seinen Augen. «Aber bevor ich dich auch an meinem Körper teilhaben lasse, sind noch ein paar Bedingungen zu erfüllen.»

«An deinem Körper?» sagte ich, während mir das Herz plötzlich bis zum Hals schlug. «Aber ich dachte, du ... hättest ein Auge auf Bambi geworfen?»

«Ich weiß», sagte Sam grinsend. «Ich habe dein Gesicht gesehen, als ich Bambi am Wasserfall heruntergehoben habe. Nun, es war das erste Mal, daß ich dachte, wir beide könnten eine Chance haben – Wolfgang hin oder her.» Er zauste mir das Haar und sagte einfach: «Ich liebe dich, Hotshot. Wahrscheinlich schon immer.»

Ich gebe zu, ich war wie vom Donner gerührt. Ich stand völlig benommen da und wußte nicht, was ich tun sollte. War ich dafür bereit?

Sam hatte unterdessen angefangen, Schlafsäcke und Sattelzeug beiseite zu räumen, so daß um die kleine, von Steinen eingefaßte Feuerstelle in der Mitte des Zelts ein freier Platz entstand.

«Was tust du?» fragte ich.

«Eigentlich ist es nur eine Bedingung», erklärte Sam, während er Decken zusammenrollte. Dann stand er auf und warf ungeduldig sein langes Haar in den Nacken.

«Ariel, wie kannst du von mir erwarten, daß ich jemand auf Dauer liebe, der nicht tanzen kann?»

Es war, wie Dacian gesagt hatte: Der Weg war wichtiger als das Ziel.

In dem einen Monat, den Sam und ich brüderlich nebeneinander gelebt hatten, bis wir anfingen zu tanzen, hatte ich im Grunde nichts von dem verstanden, was wir da übersetzten – daß das ganze Gerede von einem Weltraster, von Kette und Schuß, yin und yang, alchimistischer Verbindung und dionysischem Ritual im wesentlichen auf eines hinauslief: die Verwandlung. Das war in der Tat das Thema all dieser Manuskripte.

Wir tanzten die ganze Nacht. Sam spielte auf seinem tragbaren Recorder Kassetten mit indianischen Tänzen und Liedern, Onkel Lafs Zigeunermusik, ungarische Rhapsodien und Jerseys wilden keltischen Lieder, zu denen, wie sie Sam und mir erzählt hatte, bei jeder irischen

Hochzeit und jeder irischen Totenwache getanzt wird. Wir tanzten zu jeder Musik, schnell und langsam, verrückt und verzaubert, kraftvoll und geheimnisvoll.

Wir tanzten barfuß um das Feuer herum. Dann tanzten wir draußen auf der dunklen Wiese, wo es nach den ersten Sommerblumen roch. Manchmal berührten wir uns, hielten uns an den Händen oder tanzten Arm in Arm, aber oft tanzten wir allein, und das war für mich eine neue und faszinierende Erfahrung.

Während ich immer weitertanzte, schien ich meinen Körper zum ersten Mal richtig zu fühlen – nicht nur, wie er sich drehte und sein Gleichgewicht hielt, sondern auch, daß er auf eine geheimnisvolle Weise auch vollkommen mit der Erde und dem Himmel verbunden war. Ich fühlte, wie Teile von mir abstarben, abfielen, ins Universum hinauswirbelten und zu Sternen wurden in einem riesigen, endlosen Raum glitzernder Galaxien.

Wir tanzten, bis der Morgen graute, bis die letzte Glut unseres Feuers verlöscht war. Wir tanzten wieder hinaus auf die blühende Wiese, um das Morgenrot zu sehen. Und wir tanzten und tanzten noch immer...

Erst nach all dieser Zeit setzte etwas Merkwürdiges ein – etwas Beängstigendes. Und im selben Augenblick hörte ich auf zu tanzen. Der Kassettenrecorder spielte noch, und Sam wirbelte herum und sah mich an, wie ich dort barfuß auf der Wiese stand. Er ging auf mich zu.

«Warum hast du aufgehört?» fragte er.

«Ich weiß es nicht», sagte ich. «Mir ist nicht schwindlig oder sonst was, es ist einfach...» Ich konnte es nicht sagen.

«Dann tanze mit mir», sagte er.

Sam bückte sich, um die Musik abzuschalten. Er nahm mich in die Arme, und wir bewegten uns auf der Wiese langsam, beinahe schwebend im Kreis. Sam hielt mich ganz locker, gerade fest genug, um mich zu führen. Sein kantiges Gesicht mit der geraden Nase, dem energischen Kinn, den Wimpern über den hohen Wangenknochen kam mir vor wie das von einem starken, Schutz gewährenden Geist, der sich über mich neigt. Dann drückte er seine Lippen in mein Haar.

«Ich habe aus Pandoras Manuskripten etwas gelernt», sagte er. «In einer frühen Version eines mittelalterlichen Alchimistentextes heißt es, Engel lieben nicht wie menschliche Wesen. Sie haben keinen Leib.»

«Wie machen sie es dann?» fragte ich.

«Sie haben eine viel bessere Methode», sagte Sam. «Sie vermischen sich und werden für kurze Zeit eins, wo vorher zwei waren. Aber Engel sind eben nicht aus Fleisch und Blut. Sie sind aus Mondschein und kosmischem Staub.

«Sind wir Engel? Was meinst du?» fragte ich, während ich mich in seinen Armen zurücklehnte und lächelte. Sam küßte mich.

«Ich denke, wir sollten unseren Sternenstaub vermischen, Engel», sagte er. Dann zog er mich an der Hand hinunter ins Gras, so daß ich, umgeben von Blumen, auf ihm lag. «Ich möchte, daß du tust, wonach dir zumute ist – oder daß du gar nichts tust. Ganz wie du willst», sagte er lächelnd. «Ich bin dir zu Diensten. Mein Körper ist dein Instrument.»

«Kann er *El Amor Bujo* spielen?» fragte ich lachend.

«Er kann spielen, was immer der Virtuose auf ihm spielen will», versicherte er mir. «Was wirst du spielen?»

«Ich fühle mich plötzlich wie oberhalb der Baumgrenze», sagte ich ernst.

«Dort waren wir schon einmal, und wir haben es überlebt», sagte Sam leise, während er meine Finger nahm und damit über seine Lippen strich. «Wir sind schon einmal zusammen ins Licht gegangen, als uns unsere Totems gefunden haben. Weißt du es noch, Ariel?»

Ich nickte. Ja, ich wußte es noch.

Als der Silberlöwe und zwei Bären von jenem Berg verschwunden waren, saßen Sam und ich sehr lange – vielleicht mehrere Stunden lang – still nebeneinander, und nur unsere Fingerspitzen berührten sich. Als dann die Morgendämmerung anbrach, hatte ich das unheimliche Gefühl, als ob sich etwas in meinem Körper veränderte oder verlagerte wie rieselnder Sand. Dann bewegte ich mich plötzlich von der Erde weg und schwebte durch die Luft hoch hinaus in den Raum. Ich fühlte mich von meinem Körper völlig getrennt, doch ich hatte trotzdem Form und Gestalt. Ich schwebte wie ein mit Helium gefüllter Luftballon am nachtblauen Himmel.

Für einen Moment hatte ich Angst, ich könnte herunterfallen oder daß ich tot war und die Erde für immer verlassen würde. Aber dann merkte ich plötzlich, daß ich nicht allein hier oben war. Sam war bei mir. Es war fast so, als würde er aus meinen eigenen Gedanken zu mir sprechen, dabei sah ich uns beide unten auf der Erde nebeneinander sitzen.

«Schau nicht hinunter, Ariel», flüsterte Sam in meinem Kopf. «Schau nach oben. Laß uns gemeinsam ins Licht gehen ...»

Als Kinder waren Sam und ich ins Licht gegangen. Nun taten wir es auf einer Frühlingswiese wieder. Nur diesmal, das wußte ich, würde es ganz anders sein. Wir waren dabei, uns in eins zu verwandeln.

Und diesmal hatte ich keine Angst mehr.

Als ich Stunden später in Sams Armen lag, fühlte ich mich nicht erschöpft, sondern erfrischt und heiter, als würde Champagner durch meine Adern fließen.

«Wie würdest du es beschreiben?» fragte ich Sam, während er seine Finger zwischen meine schob. «Ich meine, was wir eben erlebt haben?»

«Hmm», sagte Sam. «Der technische Ausdruck wäre vermutlich ‹gemeinsamer Orgasmus›. Ein sehr *langer* Orgasmus. Mehr oder weniger ein im Grunde endloser, stundenlanger gemeinsamer Nonstop –»

Ich hielt ihm die Hand vor den Mund.

«Andererseits», sagte Sam, während er mich auf die Schulter küßte, «könntest du es einfach Liebe nennen. Warst du überrascht?»

«Ich habe noch nie etwas Ähnliches erlebt», gab ich zu.

«Da bin ich aber erleichtert», sagte Sam. «Ehrlich gesagt geht es mir genauso wie dir.»

Er setzte sich auf und sah mich an, wie ich da im Gras lag, und er strich mit den Fingern von meinem Kinn abwärts über die Mitte meines Körpers, bis ich bebte. Dann beugte er sich zu mir herunter und küßte mich auf den Mund – und es fühlte sich wirklich so an, als würden wir langsam Sternenstaub ineinander mischen.

«Ich denke, wir sind bereit», sagte Sam. «Keine weiteren Proben – wie wär's mit einer echten Live-Performance?»

Ein halbes Jahr später waren Sam und ich noch immer in den Bergen. Es war Anfang November. Dark Bear schickte uns Schneeschuhe, Langlaufski und ein paar Bärenfelle, damit wir für den bald einsetzenden Winter gerüstet waren.

Wir waren mit der Übersetzung der Manuskripte von Earnest, Lafcadio, Zoe und der Runen, die Jersey von Augustus gestohlen hatte, beinahe fertig. Wie Wolfgang und andere vermutet hatten, wiesen diese Manuskripte auf Orte hin, die einen Raster formten, dem die alten Völker nicht nur enorme Kräfte zugeschrieben hatten, sondern den sie anscheinend tatsächlich auch *benutzt* hatten bei Zeremonien und Riten, wie hier detailliert dokumentiert war, und zwar über einen Zeitraum von mindestens fünftausend Jahren. Das streng gehütete Geheimnis zum Beispiel der orphischen Mysterien, der pythagoreischen Geheimlehre oder früher ägyptischer Religionen bestand darin, daß die Aktivierung dieses Rasters eine alchimistische Verbindung herstellen würde, die die Erde verwandelt durch die Entfesselung der Energie, die uns in einer Art «Ehe» mit dem Kosmos verbindet.

«Weißt du, was ein Symmetriezentrum ist?» fragte mich Sam eines Tages. Als ich den Kopf schüttelte, erklärte er es mir. «Es ist der absolute Mittelpunkt einer Ebene oder eines Körpers, der mit Hilfe der Geometrie ermittelt wird. Es gibt zum Beispiel ein Modell für Flächenbrände. Wenn irgendwo am Rand eines Feldes, egal welche Form dieses Feld hat, ein Feuer ausbricht, kannst du genau vorhersagen, wo das Feuer ausbrennen wird – nämlich genau in der Mitte. Du legst rings um die Peripherie Tangenten an und fällst darauf die Senkrechte nach innen. Der Ort, wo sich die meisten Senkrechten überschneiden, ist der absolute Mittelpunkt, das Symmetriezentrum – eine Art Weg des geringsten Widerstands. Diese Methode läßt sich auf viele Bereiche anwenden – beim Licht, beim Gehirn, bei der Erde und möglicherweise beim Kosmos. Komm her, ich zeig es dir.»

Er zeichnete die Form auf seinem kleinen Computerbildschirm:

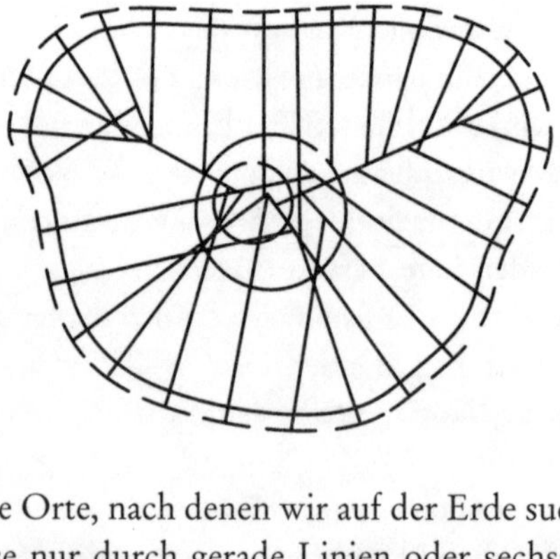

«Du meinst, diese Orte, nach denen wir auf der Erde suchen, sind nicht notwendigerweise nur durch gerade Linien oder sechsstrahlige Sterne verbunden?» sagte ich fragend. «Hältst du sie für wichtig, weil sie Symmetriezentren sind?»

«Ja, sie wirken wie eine Art Strudel oder Mahlstrom», sagte Sam. «Wie etwas, das Energie einsaugt und seine Kraft verstärkt, weil es der *wahre* Mittelpunkt der Form ist.»

Einen Teil des Plans enthielten die Seiten, die wir vor uns hatten. Wir fanden zum Beispiel heraus, daß die Patentzeichnungen, die Nicola Tesla für einen Hochspannungsturm in Colorado Springs angefertigt hatte – jener Turm, von dem er behauptete, er würde Energie über den Weltraster leiten – sehr stark einer berühmten Zeichnung der ersten chemischen Retorte ähnelten, der Chrysopoea von Kleopatra, aus dem ältesten vorhandenen Alchimietext. Und beide glichen einem T – dem Tau-Kreuz und Machtsymbol der alten Ägypter sowie der Tyr-Rune, die sich auf die magische Säule von Zeus bezog.

Tyr-Rune

Irminsul

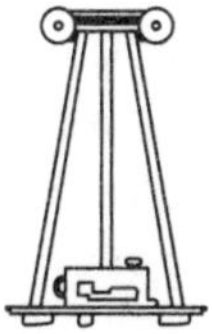

Tessla-Turm

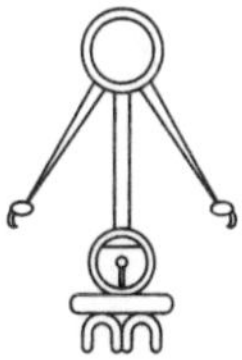

Die Chrysopoea von Kleopatra

Doch Sam und ich wußten, daß unsere Aufgabe noch lange nicht beendet war. Manche Dokumente wiesen auf andere hin, die nicht in unserem Besitz waren. Wir fanden heraus, wo viele vor Jahrtausenden versteckt worden waren: in einer Felsspalte auf dem Idagebirge an der kleinasiatischen Küste; auf dem Mount Pamir in Zentralasien; in einer Höhle im mittleren Griechenland, wo Euripides seine Stücke schrieb. Aber obwohl man vor nicht allzulanger Zeit in diesen Gegenden alte Dokumente gefunden hatte, gab es natürlich keine Garantie, daß die, nach denen wir suchten, heute noch dort sein würden. Wir beschlossen, daß wir im Geiste von Pandora und Clio versuchen würden, wenigstens einige dieser anderen Dokumente zu finden, sobald unsere Aufgabe hier beendet war.

Ein bißchen unheimlich war es, daß jedesmal, wenn aus unserer Pandorabüchse mit den alten Offenbarungen etwas zum Vorschein kam, anscheinend gleichzeitig irgendwo auf der Erde ein Echo auf dieses Ereignis erfolgte. Wir wußten, daß wir der Veränderung, die wir erwarteten, sehr nahe sein mußten.

Im Februar hatten sich nicht nur die Sowjets aus Afghanistan zurückgezogen, sondern auch andere Länder, die sich hinter Mauern verschanzt hatten, wurden vom Verlangen der Menschen nach Freiheit erschüttert. Es war, als wollten sich eingedämmte Wassermassen wieder ihren natürlichen Weg suchen, ihr Symmetriezentrum.

Im Juni war es auf dem Platz des Himmlischen Friedens in Peking, in dem Land, dessen berühmte Mauer sogar aus dem All zu sehen war, zu Unruhen gekommen. Die Panzer walzten den Aufstand nieder; aber es gärte weiter. Dann, am 9. November, den wir erwartet hatten – es war das Datum, das Wolfgang als einen Wendepunkt für Napoleon, de Gaule, Kaiser Wilhelm und Adolf Hitler ausgemacht hatte –, erhielten wir per Appaloosa-Expreß erstaunliche Nachrichten von Laf und Bambi aus Wien: Die Berliner Mauer, seit 28 Jahren das Symbol für die Trennung zwischen Ost und West, war über Nacht gefallen. Die Flutwelle hatte sie schließlich überrannt und war nicht mehr aufzuhalten.

Aber erst Ende Dezember – kurz vor dem neunzigsten Jahrestag von Onkel Lafs Geburt in der Provinz Natal in Südafrika – gelang uns der Durchbruch, auf den Sam und ich gehofft hatten. Ich arbeitete an dem griechischen Text einer langen Schriftrolle aus sehr altem und brüchigem Leinen, die ich kurz zuvor aus einer von Sams versiegelten Plastikröhren genommen hatte. Ich wußte, ich hatte sie noch nie gesehen. Aber während ich die griechischen Worte in meinen Laptop eingab, kam mir etwas daran bekannt vor.

«Erinnerst du dich an ein Dokument von Zoe, das wir ungefähr vor zwei Monaten übersetzt haben?» fragte ich Sam, der auf der anderen Seite des Raums an seinem Computer arbeitete, im Schneidersitz und mit einem rücklings ins Katzennirwana versunkenen Jason auf dem Schoß. «Ich meine die Geschichte über eine Stimme, die von den Paxi-Inseln her über das Wasser rief und einem ägyptischen Steuermann auftrug, er solle vor Palodes Bescheid geben, daß der große Gott Pan gestorben war.»

«Ja, ich erinnere mich», sagte Sam. «Tiberius ließ den Steuermann nach Capri bringen, um ihn zu befragen. Der Steuermann hieß zufällig Tammuz wie der sterbliche Gott in den alten Mysterien. Und er hatte den Tod des Pan in derselben Woche verkündet, in der Jesus starb. Was hast du rausgekriegt?»

«Ich bin mir nicht sicher», sagte ich, während ich weiterschrieb, «aber nach dem bißchen Griechisch, das ich in den letzten Monaten am Computer gelernt habe, denke ich, dieser Brief hier könnte vielleicht eine Art Schlüssel sein und erklären, wie die Dinge auf einer tieferen Ebene zusammenpassen. Leider ist die Rolle zerrissen, und es fehlt einiges. Aber der Brief wurde eindeutig von einer Frau an einen Mann geschrieben. Und ich glaube, die Frau kennen wir bereits.»

«Würdest du mir den Brief vorlesen?» fragte Sam und wies lächelnd auf den schnurrenden Kater auf seinem Schoß. «Ich hasse es, jemand zu stören, der so tief in Betrachtung versunken ist.» Also las ich vor:

Monte Perdido, Pyrenäen

Innig geliebter Josef,

Deinem Rat folgend haben mein Bruder Lazarus und ich die Alabasterdose, den Kelch und alle anderen Gegenstände, die der Meister in seinen letzten Tagen berührt hat, hier auf dem Berg in ein sicheres Versteck gebracht, wo sie hoffentlich niemand findet, bis sie gebraucht werden. Ich habe eine Liste der Gegenstände gemacht mit Hinweisen, wie sie zu finden sind, die ich Dir aber getrennt schicken werde.

In Deinem letzten Brief hast Du davon gesprochen, daß Du jetzt ein beträchtliches Alter erreicht hast und vielleicht bald beim Meister sein wirst. Du hast mich gefragt, ob ich Dir meine Ansicht über jenes letzte Abendmahl, das er mit seinen Jüngern verbrachte, mitteilen könnte, auch in bezug auf die früheren Beschreibungen, die ich Dir geschickt habe und die von anderen stammten, die an jenem Abend anwesend waren.

Es ist unmöglich, etwas in Worte zu fassen, das man nur versteht, wenn man es am eigenen Leib erfährt, wie zum Beispiel bei einer Initiation. Aber ich werde mein Bestes versuchen.

Ich war immer überzeugt, daß sich der Meister bei allem, was er gesagt oder getan hat, auf zwei Ebenen ausdrückte, obwohl er einen deutlichen Unterschied zwischen ihnen machte. Ich will sie die Ebenen des Lehrens und der Initiation nennen. Wenn er lehrte, verwendete er gern Allegorie und Parabel, um für das, was er mitteilen wollte, ein Beispiel zu geben. Aber unter solchen Parabeln lag immer die verborgene zweite Ebene, die Ebene des Symbols, die der Meister, so wie ich es sehe, nur im Zusammenhang mit der Initiation gebrauchte.

Der Meister erklärte mir, daß ein einziges auf diese Weise erfaßtes Symbol viele Ebenen in der Seele des Schülers anrühren würde. Sobald jemand ein spezielles Bild auf diese Weise erlebt, geht ihm die tiefere Bedeutung des Bildes unter die Haut und wirkt in ihm auf einer ursprünglichen, beinahe körperlichen Ebene.

In gewisser Weise war der Meister wie einer jener östlichen Magi, bei denen er gelernt hatte – immer unterwegs, suchend, forschend, Ausschau haltend nach seinem besonderen Stern, um ihm in eine Nacht endloser Geheimnisse zu folgen. Und dann konnte man sehen, daß er auf seinem Weg, auf seiner persönlichen Suche, ständig Hinweise für den Initiierten verstreute, damit dieser sie aufnehmen und ihm folgen konnte. Selbst heute, so viele Jahre, seit er von uns gegangen ist, fühle ich noch den Schreck, den mir sein Ton einjagte, als er mir zum ersten Mal sagte: Laß deine Sachen liegen und folge mir. Heute verstehe ich, daß er mich auf beiden Ebenen ansprechen wollte, daß ich nicht nur ihm, sondern auch seinem Beispiel folgen sollte, indem ich lernte, die richtigen Fragen zu stellen.

Die Fragen des Meisters an jenem letzten Abend schienen mir wie immer genauso wichtig zu sein wie seine Antworten. Er sagte zu den anderen, *ich* wüßte die Antwort auf seine Frage über die Bedeutung der Sulamith, der Geliebten Salomos im Hohenlied. Doch dann beantwortete er die Frage selbst: Sulamith stellt die Weisheit dar. Aber erinnerst du Dich, daß er zuvor gesagt hatte, es sei ein «verschlungenes» Problem? Er benutzte diesen Ausdruck einmal, als er Dich fragte, was «unveränderlich und unvergänglich» sei. Beide Male meinte er wohl, die Frage sei nur zum Teil beantwortet.

Der Meister war immer dafür, daß der Initiierte versucht, die Fragen selbst zu entwirren. In diesem Fall, glaube ich, kann ich die ganze Antwort, die er im Sinn hatte, erraten. Die griechische Wurzel des Wortes «Knoten» oder «Knäuel» ist «gna» – wissen –, von dem wir auch «Gnosis» – geheimes Wissen – ableiten. In vielen Sprachen gibt es Worte aus dieser Wurzel, aber alle haben Bedeutungen, die auf Möglichkeiten hinweisen, wie solch geheimes Wissen oder eine solche Erkenntnis zu erlangen ist.

Indem der Meister die Sulamith mit dem im Osten stehenden Morgenstern gleichsetzte, hat er erneut unsere Aufmerksamkeit auf diese Geheimnisse gelenkt. Im Hohenlied ist Salomos Liebe schwarz und schön. Sie verkörpert etwas Dunkles, die schwarze Jungfrau, die im alten Glauben vorkam, oder den schwarzen Stein, der vom Himmel fällt.

Die drei erwählten Jünger aus dem inneren Kreis des Meisters waren Simon Petrus sowie Jakobus und Johannes Zebedäus, die, wenn das Reich Gottes kommen wird, neben ihm sitzen wollten. Aber statt dessen betraute er jeden – bezeichnenderweise und symbolhaft, wie ich finde – mit einer besonderen Aufgabe, die sie nach seinem Tod an drei verschiedenen und ganz besonderen Orten hier auf der Erde erfüllen sollten: Jakobus in Brigantium, Johannes in Ephesus und Petrus in Rom. Brigantium ist die Heimat der keltischen Göttin Brighde; Ephesus die der griechischen Artemis oder der römischen Diana. Und Rom ist die Heimat der früheren phrygischen Großen Mutter, dem schwarzen Stein aus Anatolien, der sich heute in einem Heiligtum auf dem Palatin befindet. Die Initialen dieser drei Städte ergeben BER – das Akronym jener Göttin in der Form eines Bären.

Diese drei Orte auf der Erde stellen symbolisch die drei Gesichter einer alten Göttin dar – einer Göttin, die von der Sulamith im Hohenlied verkörpert wird.

Folglich zielt die Frage des Meisters – Wer war die dunkle Frau aus dem Hohenlied? – genau ins Herz seiner Botschaft, daß das Hohelied eine Initiationsformel war, die nur jene übernehmen sollten, die sich aufmachten, das große Werk zu leiten. Die Verbindung zwischen dem weißen König aus dem Granatapfelgarten und der dunklen Jungfrau aus dem Weinberg bedeutet die Verbindung von Göttlichem und Fleischlichem, die den eigentlichen Kern der Mysterien offenbart.

Als ich zu Ende gelesen hatte und aufblickte, saß Sam da – immer noch mit Jason auf dem Schoß – und grinste mich an.

«Das war einer von den Briefen, die ich schon einmal übersetzt habe, bevor Wolfgang die Kopien meiner Manuskripte geklaut hat», sagte er. «Wenn es so gemeint ist, wie es klingt, würden bestimmt einige Theorien über den Zölibat hinfällig. Aber warum meinst du, daß es etwas mit der Stimme über dem Wasser oder mit dem Tod des großen Gottes Pan zu tun hat?»

«Es könnte genau das sein, was sämtliche Manuskripte von Pandora miteinander verbindet», antwortete ich. «Ich denke, dieser Brief hier sagt uns, daß eine Initiation – *jede* Initiation – eine Art Tod erfordert – Abschied von der Welt, dem Ego, dem früheren Ich – so wie die Natur sterben muß, um sich jedes Jahr zu erneuern. Vergiß nicht, die zwei Götter, die sich in Delphi jedes Jahr abwechselten, waren Apollo, der Apfelkönig, und Dionysos, der Gott des Weinbergs – die gleiche Sache wie bei unseren Protagonisten im Hohenlied. Umgekehrt verlangen Geburt und Taufe eines neuen Äons, einer schönen neuen Welt, den Tod der alten Art zu denken, der alten Glaubenssysteme – sogar den Tod der alten Götter.»

«Also unterscheiden sich ‹Knoten› und ‹Kette und Schuß› nur durch eine unterschiedliche Art der Betrachtung», sagte Sam.

Dann fiel mir noch etwas anderes ein, und ich holte eines von Onkel Lafs Dokumenten auf den Bildschirm, das ich erst vor kurzem übersetzt hatte.

«Erinnerst du dich an all das Zeug über die Templer, den heiligen Bernhard und den Tempel Salomos? Nun rate mal, wie das Logo auf ihrer Flagge in diesem Manuskript beschrieben wird? Totenkopf mit gekreuzten Knochen – wie das Abzeichen der Totenkopfstandarten von Heinrich Himmler. Aber in diesem Dokument bedeutet es nicht Tod. Es bedeutet Leben.»

«Und wieso?»

«Zwei bedeutende Figuren des griechischen Pantheons erscheinen in diesen Manuskripten immer wieder», erklärte ich ihm. «Athene und Dionysos. Überlege mal, was sie gemeinsam haben?»

«Athene war die Stadtgöttin von Athen», sagte Sam. «Aber sie war auch die Göttin der Familie, des Heims, des Spinnrockens und des Webstuhls – ergo, der Ordnung. Und Ordnung heißt auf Griechisch *cosmos*. Dionysos dagegen war der Herr des Chaos. Seine heidnischen Feste, die zum Beispiel als Mardi Gras auch in christlicher Zeit überlebt haben, waren ein Freibrief für wilde Orgien und Raserei. Sie stehen in einem logischen Zusammenhang mit alten Kosmogonien, wo *cosmos* oft aus Chaos geboren wird.»

«Ich habe noch einen anderen Zusammenhang gefunden – die Art, wie sie geboren wurden», sagte ich. «Als Semele mit Dionysos schwanger war, verglühte sie beim Anblick seines Vaters, des Blitze schleudernden Zeus. Vater Zeus nahm das Kind aus dem verkohlten Leib der Mutter, nähte es in seinen Oberschenkel und trug es dort aus. Deshalb nennen sie Dionysos auch den ‹zweimal Geborenen› oder den ‹Gott der doppelten Tür› –»

«Und Athene wurde von Zeus verschluckt und später aus seinem

Kopf geboren», ergänzte Sam. «Auf diese Weise kann sie stets seine Gedanken lesen. Jetzt sehe ich es auch. Die eine wurde aus dem Schädel geboren, der andere aus dem Schenkel des Vaters. Totenkopf und gekreuzte Knochen, zwei Arten der Schöpfung oder Zeugung, spirituell und profan. Nur gemeinsam sind sie ‹heil› oder ‹heilig› – ist es das?»

Ich erinnerte mich an die Worte des heiligen Bernhard in seinen Kommentaren zum Hohenlied: «Göttliche Liebe wird durch fleischliche Liebe erlangt.»

«Ich bin sicher, daß es das ist, worauf diese Geschichte anspielt», sagte ich zu Sam. «Die Botschaft muß heißen, daß es keinen Tod ohne Sex gibt.»

«Wie bitte?»

«Bakterien sterben nie, sie teilen sich», sagte ich. «Klone vervielfältigen einfach dieselbe Materie. Menschen sind die einzigen Lebewesen, die den Tod verstehen und erwarten. Das ist die Grundlage jeder Religion, jeder religiösen Erfahrung. Es ist nicht nur der Geist, sondern die Beziehung zwischen Leben und Tod, zwischen Geist und Materie.»

«Unser Nervensystem hat zwei Stränge, den kranialen und den sakralen, die das Bewußtsein an die Emotionen binden. Sie verbinden Gehirn und Kreuzbein.» Sam stimmte mir also zu. «Dort, wo dein Totenkopf mit den gekreuzten Knochen das Knie mit dem Schenkelknochen darstellen soll, assoziiert man damit in vielen Sprachen große Zeugungskraft, zum Beispiel in Worten wie ‹Genius› und *genoux*. Es gibt viele Beweise, in der Natur und in der Sprache, für den berühmten Spruch von Pythagoras: Wie oben, so unten.»

«Das war die eigentliche Aufgabe von Dionysos in der Mythologie: Er mußte das Heilige und das Profane verbinden. Und das ging nur, indem man es kreuzte. Indem man die Frauen vom Webstuhl und vom häuslichen Herd wegholte und auf die Berge lockte, wo sie mit den jungen Hirten herumhüpften und tanzten. Dionysos zerstörte seine Heimatstadt Theben nicht nur einmal, sondern zweimal. Oder besser gesagt, die Thebaner zerstörten sich selbst.»

«Einmal war der Grund Inzest», sagte Sam. «Ödipus hat seinen Vater getötet, wurde an dessen Stelle zum König gekrönt und heiratete seine eigene Mutter. Bezogen auf unsere Familie verstehe ich, was du meinst. Aber was war beim zweiten Mal?»

«Pentheus, der junge König von Theben, war ein Gegner des Dionysoskultes, dem die Frauen seines Landes und sogar seine Mutter verfallen waren», erklärte ich. «Pentheus behauptete, der Herr des Tanzes sei kein wahrer Gott und kein Sohn von Zeus. Er wollte die Frauen sogar nachts einsperren, damit die Männer sicher sein konnten, daß ihre Nachkommen und Erben nicht die Söhne von Satyrn oder Hirten waren.»

«Was ist mit dem jungen König von Theben geschehen?» fragte Sam.

«Er wurde durch eine List in die Berge gelockt zum Schauplatz des bacchantischen Treibens», sagte ich, «und von den rasenden Frauen in Stücke gerissen.»

«Das ist ziemlich grausig», meinte Sam, und fügte grinsend hinzu. «Im Grunde willst du also damit sagen, daß Dionysos – der Gott des kommenden Zeitalters – auch Sigmund Freuds bis jetzt unbeantwortete Frage: Was will eine Frau? beantwortet. Du willst hin und wieder eine Nacht frei haben, um dich auf dem Berg auszutoben – willst tanzen, trinken, mit den jungen Hirten schäkern – ist es das?»

«Nun, es würde sicher für ein bißchen frisches Blut sorgen», sagte ich. «Niemand scheint Leuten wie Hitler oder Wolfgang erklärt zu haben, daß starke Rassen durch Kreuzung gezüchtet werden. Ich denke, ein paar Hirtenpollen könnten auch Zoes Frage beantworten: Was läßt sie denken, daß sie es nicht tun können? Ich meine, es ist genau das, was du zu mir über Lüge und Liebe gesagt hast. Ob du einen anderen anlügst oder liebst – du tust es immer auch dir selber an.»

«Gestern habe ich vielleicht noch etwas gelernt, was dieses Zeug verbindet», sagte Sam mit einem seiner schelmischen Blicke. «Die Essener, die zur Zeit von Jesus in Qumran lebten, haben geglaubt, daß Adam eine heimliche Frau hatte und seine erste Frau nicht Eva, sondern Lilith war. Ihr Name bedeutet ‹Eule›, ‹Weisheit›, *sophia*. Lilith hat Adam verlassen. Rate mal, warum.»

«Keine Ahnung», sagte ich.

«Adam wollte sie nicht auf sich haben», antwortete Sam, und als er mein Gesicht sah, begann er zu lachen. «Nein, wirklich, ich meine es ernst», sagte er. «Ich glaube, ich bin da auf etwas gestoßen. Hör zu.»

Er drehte sich auf seinem Bärenfell herum und sah mich an.

«Lilith ist nicht nur Weisheit, sie ist die Mutter Erde – weise genug, um alles Leben zu erhalten, wenn wir sie nicht einsperren, sondern ihr die Freiheit geben, das zu tun, was sie am besten kann. Vielleicht ist das Geheimnis die alte Weisheit, wie wir die natürlichen Rhythmen und

Kräfte der Erde auf eine für die Erde bekömmliche Weise nutzen können, statt Flüsse einzudämmen, die ihre Arterien sind, Mineralien aus ihrem Bauch zu baggern, Bäume umzuhauen, die ihr Atem sind, und Mauern zu errichten, um alles Leben auf bestimmte Orte zu beschränken.» Er schwieg eine Weile, und dann fügte er hinzu: «Du weißt, daß das indianische Volk matriarchalisch ist. Aber du kennst vielleicht nicht die Navaho-Prophezeiung, in der es heißt: Überall, wo Frauen unter der Tyrannei der Männer zu Speichelleckerinnen erniedrigt wurden oder wo man die Erde für einen landgierigen Patriarchen aufgeteilt hat, wird das Land in den letzten Tagen der Endzeit durch die zweite Flut zerstört werden.

Wenn es also um Mutter Erde geht», schloß Sam lächelnd, «so denke ich, wir sollten ihr geben, was Adam ihr verwehrt hat und was sie und wir beide uns wahrlich verdient haben.»

Und das war die Wahrheit.